冰甲

下部

张惠生 ★ 著

作家出版社

六十一

李门楼当即说：“空桶有用啊，大家有了尿，别乱撒，就尿在桶里。俘虏多了也有好处，光是尿，就够我们的水压机枪用的了。”

话一落，向杰公然报告：“我憋得慌了。”

神父凤瑞和小星不紧不慢朝这边走来，分明是推着一辆手推车，直接把手推车停在了车库前。李门楼这时才看到车上装着盛有水的大桶，还有很多罐头。冒着战火毫无顾忌地来这里送吃的喝的，这让李门楼心里不由得有了几分敬意，他说：“没想到这教堂的留守班还是有觉悟的。”

他紧接着大声埋怨，以示表扬：“看不到子弹还在飞？你俩不要命了？”

向杰的表扬是公开的：“患难见真心啊，我要是能逃过这一劫，我也需要信奉上帝，争取提拔个神父当当。”

李门楼白了他一眼，觉得他多事也多嘴。

向杰回头喊：“赵举，你看谁来了。”

那俩人提了慰问品进车库，那些俘虏也都抬眼望着他们，老神父似乎认出了谁，喊了声“举儿”，就奔了过去，说：“能活着就好，你们连早饭也没来得及吃，就开打了。我一看罐头还摆在那里，也给你们带来了。”说着就先舀了一碗水，递给那个举儿，举儿手被绑着，但还是捧了那碗，将水一饮而尽。

看来这个举儿就是向杰喊的那个赵举。

李门楼回过神了，这神父原来是来慰问敌人的。李门楼心生不满甚至憎恨，本想把他俩赶出去，但一想俘虏关在这里，总不能渴死饿死，神父来送食品饮料，也倒省了我们的事，而且这几日城内供水系统瘫痪，饮用水稀缺。李门楼没再作声，指导员也没制止，眼看着俘虏们用那个搪瓷水杯传递着舀水喝。

新郎官拿起杯子舀水时，手上的绑带已经被他挣脱了，成了所有俘虏中唯一能让双手解放的人。他一只手端着杯子，自己并不喝，颠颠地走到了那个敌连长面前，把水孝敬上去，那架势好像是敬酒而不是敬水。连长欣然接受，由于该连长双手是在背后绑着，新郎官便来了个喂水，亲手把水从他的口中灌入。这举动让李门楼很失望，他对小于子说："你的哥们儿不咋地啊。"

小于子不服："我从来没表扬过他。"

李门楼想起来了，当初是自己表扬过新郎官，而且评价不低。这个小于子是存心哪壶不开提哪壶。

新郎官又舀了一杯子水，完全不避嫌，公然走到李门楼跟前，恭恭敬敬把水递上，李门楼没接，他感觉到这个新郎官全然是在搞一仆二主的把戏，而且也看出新郎官和敌连长的关系非同一般。李门楼不便多言，只把自己的水壶盖拧开，咕嘟咕嘟连喝几口，新郎官只是碰了个软钉子，并无狼狈相。小于子见状，也模仿李门楼，喝了几口水壶中的水，这显然是打提前量，先给了新郎官一个信号：别给我溜须拍马，没用。

向杰喝了水，便请示一般地问李门楼："可否让弟兄们暂且松绑，把饭吃了？"

李门楼未准："大狱里戴铐子的犯人，也没见吃饭就先开铐子的。这两个神父也够愚昧，还来慰问敌人，我们允许他们进来，已经是对你们的优待了。"

向杰不服："不能说是愚昧，你对我们也优待，也不能说你愚昧啊，是心胸宽阔，不计前嫌，以德报怨。"

这话让李门楼觉得向杰确实是狡猾。

向杰说："日子久了，我们几个弟兄和神父混得很熟，结下了深厚的友谊。"

见李门楼脸色不对，向杰便补充说："当然，神父没少被我们作弄，也受气呢。"

半年多以来，每到敲钟的时候，两位神父沿教堂的螺旋式楼梯攀缘而上，悬挂大钟之处，也是敌人在制高点部署的火力点。神父来了之后照例先对守敌念念有词：“你们是上帝的孩子，愿上帝保佑你们。”值班的弟兄们很无聊，就拿神父开心，问神父想不想有媳妇，神父自然是坚定不移地说不想，士兵却大声说我们可真想啊，弄得神父也笑起来。问神父想不想有儿子，神父坦然认可说想，但补充说他为天下的孩子祈祷，为他们谋福祉，视他们为已出。有的兵还问神父会不会算卦，神父说子民的命运除了上帝知道之外，那就是子民自己了。

俘虏们很快把那一桶水喝光了。

喝水容易，开罐头吃就难了，手不自由就无法把罐头打开。老神父在那里念念叨叨，并不动手，是君子做派，开罐头的差事只能由那个小神父和新郎官担当，新郎官竟然想跟李门楼借刺刀一用来开罐头，李门楼拒绝且鄙视：“难怪你们当俘虏呢，你们的战斗武器都开罐头卷了刃了。”

那个叫举儿的家伙，手腕子被绑着，却能够用手指头打开罐头，原来他拿的那盒罐头是有机关的，只要一拧，机关就开了。他还能把两根手指头深入罐头内部，夹出里面的干货往嘴洞里填，还能捧起那罐头盒喝里面的汤。

李门楼有了重大发现，原来那罐头里面不是肉，都是蔬菜。有的内装黄瓜，黄瓜真的成了黄色的，连坐在门边的小于子也闻到了一股酸味。李门楼借机发感慨，以义正词严的姿态对俘虏们开导说：“你们的美国干爹也是个穷干爹，加上运输战线长，仗又打得多，耗资巨大，已经养不起你们这些干儿子了，拿了些瓜瓜菜菜汤汤水水做成罐头喂你们，而且是坏了的，你们的鼻子就闻不出来？我们扛长活吃的菜汤里还给煮苞米面疙瘩呢，你们吃这些，撒泡尿就没了，可你们还对干爹感恩不尽，甘愿效犬马之劳。”

旁边的举儿听到这话，竟敢不客气反驳：“你不懂啊，用蔬菜做罐头，很科学，是为了给我们增加粗纤维，增加维他命。”

这让李门楼很没面子也很憋屈，火道：“你别给我咬文嚼字来这个维他命，你还是先管管自己的命吧。”

那个家伙还敢还嘴：“你不能从字面上理解维他命，维他命不是维护他人性命的意思，是人体必需的多种微量物资，如果你的眼睛不好使，那就吃胡萝卜罐头，很管用。”

李门楼理直气壮说：“我眼睛好使着呢，我一眼就能看出你是个顽固不化的敌人，还能看出你是个书呆子，是连队的卫生员。”

新郎官夸奖李门楼：“你的眼够贼，能看透看穿呢，赵举确实是我们的救护兵。”这话总算是替李门楼挽回了一点面子。

不料那个神父也对李门楼开了口：“平心而论，你们的给养不如他们，我们教堂的两间大屋子，都装着人家的食品，情况再急，也能随手拿来就用。”

李门楼揣测他这话是不是在暗示，暗示我们可以去补充给养，但他还是反感地回应说：“上帝是咋教育你的，开口就夸敌人，是不是认贼作父啊。”

这时向杰竟然接了话茬：“不对，是神父大人自己当了父亲呢。”

神父听得出这位班长话中所指，分辩说：“本人信守教规，从未越过雷池一步，只是看举儿是个孤儿，不免怜悯他，关照他，你们就编派我是他干爹，这不能印证我当了父亲。”

李门楼看了一眼那个举儿，说：“举儿就是那个维他命吧？别给我举儿举儿的，你看他德行，是蔫而不举，举而不坚。”

那举儿竟然说：“我也知道这名字不雅，无奈是父母给的，也寄托了父母的心愿，是父母留给我唯一的纪念了。”

这话让李门楼觉得自己无话还击，或者说是这个酸俘虏巧舌如簧，仅用语言就两次把自己弄得很狼狈。

神父也对李门楼说：“贵军给人家起绰号是不妥的，他们都是上帝的子民，上帝会饶恕他们的。”

李门楼从这话里捕捉到了“饶恕”二字，觉得既然是饶恕，其前提当然是承认了他们的罪过，于是不跟这个神父计较，只下了逐客令：“你们劳军已毕。该离开这个是非之地了，干儿子们的子弹是不长眼的。”

神父起身告辞，但只是和那个维他命话别：“你要自己保重。”

维他命见那个装水的桶已经空了，手虽不能提桶，手指头却是自由的，就用几个手指头钩着那桶的提手将空桶递给神父。

神父说：“这桶我就不带了，只要有机会，你们就先把桶里装上水，现在下水道里的污水也被人提上来用呢。”

李门楼当即说：“空桶有用啊，大家有了尿，别乱撒，就尿在桶里。俘虏多了也有好处，光是尿，就够我们的水压机枪用的了。”

话一落，向杰公然报告："我憋得慌了。"

敌连长骂道："要敢往那水桶里尿，我就把你的自来水龙头剁了。"

李门楼见向杰是面朝着自己，很不礼貌，就摆了一下手，下令："转过身去。"

其实在此处转过身也是要面对着人的，而且正对着神父，神父听到了"哗哗"之声，赶紧转身，匆匆离去，落荒而逃似的。

敌连长也听到了那"哗哗"之声，仿佛是又一次提醒他，他的身份不是连长而是俘虏。他无奈地谴责向杰："你是坏了心了，我看你是红透了，拉的屎也是红的了。"

维他命纠正说："拉红屎不是心的毛病，是患了痢疾。"

敌连长蔑视道："你这尿要是红的，我就知道是花柳病。"

李门楼却对那位敌班长向杰给予了高度评价："好，你这泡尿，是给革命的第一个贡献。"

向杰不满意了："当年我就和鬼子拼刺刀，这样的贡献，你没有过吧？"

李门楼是解放战争中当兵的，没参加过抗战，他连声道："失敬失敬。"

车库正面二百多米处有几栋房子，是在围墙之外。我军占领车库之后，青砖楼上的人前去把机关炮和机枪架到一栋高屋顶上打平射，那个位置正对着车库。机关炮瞬间就把车库的墙壁掏出了几个洞，门也被打坏了，机枪子弹也成群结队地钻入库内，撞着对面的墙，又跳回来，一道道光痕在屋里打转。俘虏们闪避着缩在两侧墙边，大气也不敢出。

高屋顶那边传来敌人的喊话："你们的援兵来不了啦，投降吧。"

李门楼在门边朝对面大声喊："南蛮子们，你们的长官也在我们这儿受优待呢，你们朝他射击啊，大不敬啊。"

他又用枪顶了一下敌连长："喊话，劝他们放明白点。"

敌连长说："本人不能讲违心的话，我很清楚，贵军插得太深，人员消耗过大，已被我们困在这儿了。"

李门楼冷笑一声："你们眼下是捏在我手心里的俘虏，不想要命了，容易，咱不用动刀枪，叫你们往前一站，你们那边飞来的子弹就会把你们穿个透心凉。大水冲了龙王庙，我要叫你尝尝你们美国干爹的机关炮。"

对面又是一阵扫射，俘虏们乱了，有人开口："快送我们离开这儿吧，那边高，往这边打，一瞄一个准。”也有求敌连长的：“替弟兄们想想，叫那边别打啦。”

敌连长犹豫了一阵，探出身子朝对面喊道：“你们鹰啄了眼啦，为了几个蟊贼，拿我们这么多弟兄陪葬啊？有本事下来和他们拼，躲在上面瞎打枪算什么好汉。”

喊到这儿，敌连长竟敢从门口挺身而出，站在了明处，手还在背后绑着，还有子弹在飞，他偏往瓦砾堆的高处迈：“怎么都打偏了，就朝你们的连长打啊，什么他娘的鬼枪法，老子的胸口在这儿。”

俘虏们一起把头抬起来，有人感恩戴德地喊：“连长趴下啊，不能往前了，子弹不长眼，他们会误伤你。”

敌连长的胸脯挺得更高了。此时，他要靠这一手赢得他原来的兵们，他也清楚，他越是站在明显处，对面也越是能看清他就是他们的连长，他也就越安全。

对面的枪停了，传过来的话有了变化：“被俘的弟兄们，看押你们的敌人没多少了，你们不要束手待毙，要配合我们的反击，求得自由。”

李门楼听得出来，对面那个喊话之人，嗓门十分洪亮，所言所语，这边都听得真真切切，而且善于随机应变，能够顺口就诌出一连串的词儿来。李门楼对机枪手李福强说：“你们几个都一起朝那个发声的地方射击，一定要把那个反动派击毙，让他去下地狱搞煽动。”

敌连长立刻朝那边点着名地喊：“朱传熙，你在那里逞什么能，有本事你下来拿枪杆子跟他们干，靠嘴里那条肉杆子瞎搅动啥，还真不如吐几个泡泡管用。他们现在集中火力要把你干掉，你还在那里不唱戏光道白，你是亲自为他们指示目标啊。”

那边的喊话戛然而止。

敌连长退回车库，俘虏们纷纷爬起来，向敌连长身边靠。敌连长趁机对李门楼说：“叫你们长官来，我们谈谈条件。”

李门楼操起那把大铡刀片子，他是爆破手，总是随身带铡刀片以砍铁丝网、鹿砦之类的障碍物用，他伸出一个手指头慢慢在刀刃上抹了抹，对敌连长冷笑一声：“它，就是我们的长官，它说了算，它叫你们听喝，这就是条件。想奓翅，先试试刃？”

李门楼提着铡刀片走到指导员跟前，用手做了个劈的姿势：“早解决吧。”

指导员没应声。

李门楼叹道：“后患啊，一有情况，就来不及了。”

二哑也不哑了：“不杀才好呢，留着，当爷，让他们把咱几个的头都剁下来，我这头不值钱，指导员的头值钱哪，提到那边少说换两块大洋。”

敌人调动了两个连的兵力来增援，从东、西两个方向夹击。西面的敌人被我教堂里的火力阻隔在开阔地之外，可是东面的敌人先进入了青砖楼，显然他们会伺机向车库逼近。

考虑到东面青砖楼的敌人要夺回教堂制高点，必须先占领车库，指导员重新部署了兵力，利用这一带到处是废墟和战壕的特点，建立了三个隐蔽的防守点，灵活机动地抗击敌人的反击。由七班长带两名士兵组成一个战斗小组，守在东侧车库的废墟内，那里平房也多，便于迂回，也便于和李门楼这边形成夹击，收拢兵力时，只要穿过车库内部的墙洞即可。九班小于子和两名士兵在车库正南面的战壕交叉点隐蔽，这里战壕交错，机动时比较安全，距车库也近，随时可以撤回车库。第三个防守点在前方西侧靠近教堂的一处碉堡废墟内，那里不仅在教堂火力的可控范围内，而且有战壕与教堂相连。这个防守点由八班班副带领，由于八班只有八班班副还能参加战斗，便由九班和七班各派一名士兵一起前往，其中有三林。

指导员又去了教堂，一排坚守在教堂底层和贴近教堂的废碉堡内，能够参加战斗的兵力也不多了，不仅要抗击从南面和西面进攻的援敌，还要随时增援三排，毕竟东侧青砖楼上的敌人是守敌与援敌会在了一起。考虑再三，指导员还是从守在教堂顶端的二排抽调了一个班下来，归一排指挥。兵力不足，这样的安排明显有捉襟见肘之感，可这也是无奈之举。

敌人的进攻开始了，守在教堂顶端的二排先开了火，无奈敌人是利用了战壕缓步推进，教堂的火力很难奏效。最先能够歼敌的是七班长和那两个士兵。

车库内的俘虏们明显慌乱了，李门楼也顾不上管他们，依托瓦砾堆打单发，只要有敌人露头，他就击发。李福强在隔壁车库断墙边以机枪射击，未被击毙的敌人只能退入战壕。

可是东侧坚守点那里的敌人明显在增加，那是从对面高房下来的敌人，他们预先挖的交通壕，此时就发挥了作用。

李门楼看不到七班长他们了，也没见他们往这边撤。李门楼决定前去增援。他端着冲锋枪，又背上了那个铡刀片，在他看来，短兵相接，敌我纠结在一起，铡刀片是最好的武器。

他穿过了几间车库，很快赶了过去，见七班长和敌人扭打在一起，他也无法开枪，挥着铡刀片跃上去，一声怒吼，一颗人头已滚了下来，落在他脚边，他觉得脚后跟一疼，猜是被那颗头咬住了，一甩腿，把人头踢出老远。

从正面又扑上来两个敌人，一左一右逼近了李门楼，拉手榴弹只能同归于尽，李门楼不干。敌人端着枪猛然刺过来，李门楼闪了一下，就势把那个敌人一推，顺过铡刀片横着一扫，敌人捂着肚子倒下了。

此刻车库已变成了一只颠簸的船，俘虏们蜷缩在角落，也有的随着飞来的子弹，忽而滑向这边，忽而滑向那边，有的已经爬出墙洞逃走了。

二哑在用水压机枪扫射，没被击毙的敌人跳下了战壕，二哑抄起了一把冲锋枪，也跳下了战壕，没追几步，就把敌人击中。

一排的增援兵力赶来，边冲边打，一直打到七班长那里。

枪声停了。

李门楼顺便押回了两个俘虏，有一个是个伤兵，这家伙从交通壕冒出来时，七班长没来得及开枪，抡起枪给了他一枪托，砸在腰上，这个家伙倒地之后还死抓着枪不放，李门楼一脚踩上去，俘虏松了手，估计这家伙至少是小臂断了。

二哑见又带回了俘虏，说："还加啊，这儿就够麻烦的了。"

李门楼并没停留，他要赶往防守点去查看，那两个防守点都有九班的兵。

不料那个受伤的俘虏竟认识二哑，喊了声："大哥，你咋在这儿？"

二哑当即喊出了那家伙的名字："朱传熙？"但二哑并没善待这个小弟，反而冷漠地说："你来凑什么热闹，我看你半死不活的也遭罪，解决了算了。"

这个朱传熙不知深浅，不讨饶，反而说："你们就这么几个人，出不去了，杀了我，你们也别想活，放我回去，我给你们求个情。"

二哑给大家介绍说："我早就听出来了，他就是在对面喊话的那个敌人，他打仗蹿稀，就是嗓门大，嘴皮子有功夫。”

朱传熙对俘虏们说：“我们冲下来，就是为了解救弟兄们，不要上他们的当。”

二哑在一边看着他“嘿嘿”地笑，笑得可爱。

朱传熙口气越发硬起来：“增援我们的弟兄们也不算多，可比你们还是多，再下来，你们一个也活不成，不信就看着。”

二哑柔声地说：“这我信，不过，我不想让你看着，不想等他们下来，我现在就捅了你。我们就这毛病，对造反的能饶，对鼓动造反的不能饶。”

朱传熙抬头看一眼二哑，见这汉子不动声色，脸上没有愤怒，表情平淡，甚至还带着笑意，但那脸上的横肉还是到处都在跳。朱传熙知道遇上真干的主儿了。他分辩道：“我说的是实情，鼓动是长官赋予我的任务，长官还说要跟敌人学习，敌人是会鼓动的。”

敌连长忍不住了，叹口气说：“你消停点吧，家雀喳喳得多就是会鼓动？把土地分给穷棒子，那才是真鼓动，你能学得了？”

朱传熙立刻不鼓动了。

二哑对朱传熙说：“仗打到这个份上，我知道我会阵亡，这是实情，可我不能让你看笑话，一定要你先死。”

朱传熙两眼扫视了一遍车库，他能断定旁边那个人就是敌人的长官，那长官并无阻拦手下人胡作非为的意思，完全像是撒手不管。朱传熙说：“你们的首长不能任凭他乱杀无辜而坐视不管，这是失职。”

这家伙竟然会用首长一词，指导员开口了，对二哑说：“他这家伙已经跑不了啦，再顽固也不应拿刺刀捅他了，还是要讲点人道主义。你开枪把他击毙就行了，就打脑袋瓜子，没什么痛苦，这也算是优待了。”

这是首长的话，是指示，也是命令，朱传熙像是撒了气的皮球，立刻软了瘪了，嘴上的功夫派作了哀求的用场，对二哑说：“哥们儿饶我这条狗命，我知道你是好汉，你不会忘了我还替你给家里捎过东西。”说到这里他觉得在这么多弟兄面前说这些很丢脸，很熊包，尤其是自称狗命，太贬低自己了，他不敢看旁边的俘虏。

二哑抬高了嗓音：“你自己想想，你提我家，我还能有心情饶你吗？”

向杰开口了：“你看他那德行，根本不值得杀。”

朱传熙恨不能给向杰磕头：“向大哥，就你还能替我说话。”

这家伙连向杰也认识，都说冤家路窄，这不明明是哥们儿也有路窄的时候吗？他又求旁边的指导员：“我是建立在相信你们讲政策的基础上才敢信口雌黄的，没想到你们也杀红了眼，只求给我留口气，我肯定把这张嘴都用在说你们的好话上。”

指导员冷漠道：“跟我说没用。”他甩给二哑一个拳头大的小包：“他就全权交给你了，怎么处理，你定。”

二哑气呼呼地把那个小包甩给了朱传熙：“我们长官的意思，让我用这个把你勒死，还是你自己动手吧。”

朱传熙泪汪汪地对旁边的难兄难弟嘟囔：“勒死，还不如给我一颗枪子儿。”

向杰笑了起来，他竟然还能笑得出。那个维他命帮朱传熙捡起小包，撕开，里边是一卷绷带。

打退了敌人的这次进攻，李门楼前出查点了防守点的情况，九班班副那里还好，一名士兵负轻伤，小于子已经为他包扎。但在八班班副负责的那个防守点，已经由二排的兵接替，八班班副和一名士兵牺牲，遗体就在废地堡前面，但没有看到三林。李门楼询问二排的兵，都说他们赶到这里时，两名战士已经牺牲，并没发现还有别的战友。

李门楼赶紧进了教堂，逢人就问，都说没看到三林。他匆匆返回车库，车库这边也没见到他。指导员听了汇报，对李门楼说：“趁着这个机会，你和李福强沿堑壕去找找，李三林要是负了伤，不包扎就耽误了。”

两人分头去寻找，没有踪影，李门楼冲着废墟大声喊：“三林!”

没有回音。

对面高房上打来一梭子弹。

李门楼又奔到小于子那里，明明看到这儿没有三林，但还是问：“看到三林了吗?”

小于子说他熟悉这儿的通道，他也可以帮着再往前找找。

小于子绕道一直走到南围墙下面，也还是一无所获地返回。

李门楼回到车库，哀伤地说：“是我带他参军的，我咋和他娘交代。”

指导员在名册上写下了阵亡人员的名字，其中有副连长和两名排长，但没写李三林。

那个维他命又说话了："你们那个兵估计是精神崩溃，跑了。"

李门楼愤怒至极，说："我要让你脑袋崩溃。"

李福强把刺刀对准了维他命，说："你污蔑我的兄弟。"

维他命慌忙解释："我是说他没死，是想安慰你们。"

敌连长冷冷地说："你们那个兵，这会儿很可能已经在我们那青砖楼上受优待呢。"

二哑把枪口顶在敌连长头上："这儿是你说话的地方吗？我知道我们那个兵是想回家，他就是跑也是往家跑，他不可能投降你们。谁不想回家？你很清楚，在这里，只有我是不想回家的，因为我没了家。"

李门楼一听二哑这话，提枪拿出了拼命的架势："你这不是杀人家的祖宗吗？"他扑到二哑跟前，但只把枪甩给了二哑，喊着："你说三林逃跑，倒不如拿枪崩了我。你和敌人的这个连长，是一唱一和，话不一样，心是一样毒。"

二哑叹了口气："三林哪是打仗的料呢，我敢断定在家他是连鸡都不敢杀，我早就看出他神神道道，在新立屯他撒了几回尿？那次他开了一枪，把冲上来的一个敌人击毙，他当下就丢了魂似的，就愣着站在那里，敌人的刺刀都捅过来了，他也没看到似的，是我一把将他推倒，回手把敌人干掉。他能跑回家去也好，你李门楼从不信任我，可三林从不怀疑我，没说过我一句坏话。"

李门楼清楚地记得那次确实是二哑救了三林一命，他无力还击二哑，只说："你说他逃跑，这不是存心想毁了他吗？"

六十二

二哑又露出了笑，他发过誓，总有一天要和这个连长同归于尽。他没想到自己在临死前如愿以偿，老天把他要杀的人送到他面前来了，他只等着那一声清脆的枪声。

李门楼死盯着刺刀上凝结着的血，觉得那刀尖是刚刚从自己心窝里拔出来的。他目光转向了敌连长，敌连长见他对二哑说出如此绝情之言，就决计自己也不能再触碰他的敏感神经。可是已经晚了，李门楼对敌连长说：“我给你换个单间吧。”

敌连长还没站起，李门楼就把他提了起来，推着他往隔壁房间走，然后继续穿过一个房间。原来敌人把车库改建工事时，就把一些房间打通了，加上这次战斗中的爆破，这里基本上是四通八达。李门楼的眼睛朝外面看了一眼，他总以为瓦砾堆那边会突然冒出三林来。他知道三林在部队的一举一动，都想着给娘争光，三林如果落下个逃跑的名声，这不分明是要那老娘的命吗？更揪心的是如果三林被敌人抓去，这就再也说不清了，逃跑、被俘、叛变全一勺烩了，这比死要可怕得多。

穿过了几个房间，看看位置差不多了，或者说是这里说话那边是听不到的，李门楼停住，说了一句：“你就坐这儿。”

敌连长坐下，但李门楼还站着，转到了敌连长的身后，敌连长立刻明白怎么回事了。

李门楼把枪顶在了敌连长的后脑勺，说：“你给我把那个二哑的底细说清楚，他到底是干啥的？看来你们是老相识。”

敌连长放松了许多，说：“他以前是我们连的班长。”

李门楼不满：“就这么简单？”

敌连长说："那些事不能怪我，四六年你们的东北总部从这里撤走，我们和你们的一支掩护部队死战，我们调来了好几门炮，要把你们掩护部队那边轰平。我下了炮火覆盖的命令，当时是有一个兵求我，说不能用炮覆盖，他的家就在那边。开炮是我下的令，可这能由我吗？且不说我也要把仗打胜，就是不考虑胜负，我也不敢违抗军令。两军交战，最遭殃的自然是百姓，打扫战场时，他拿枪找我，他是要杀我的。对他，我执行军法很容易，可我放过了他。"

这话李门楼信了，他拉了一下枪栓，话也平静了："你还有啥要说的吗？"

敌连长立刻警觉地说："你不能杀我。"

李门楼知道敌人还是会反扑，现在手软，敌人下一次反扑，这个敌连长能老实？这么多俘虏，看都看不过来，这个敌连长一旦领着他们造反，那就成了里应外合的势态。其实，要消除后患是很容易的事，只要自己一个人就解决了，叫哪个，哪个就得出来，要谁的头，谁的头就得搁到地上，这叫金口玉言。他说："我必须除掉后患，你们的人再反击过来，你会领着造反，我们的阵地就丢了。"

敌连长说："我想逃走是真的，也想劝你们投降。可我不会造反，我们被俘，手无寸铁，造反会让弟兄们白送死。你看看我这手，不一直是被你们绑着吗？"

李门楼话中依然燃着怒火："你侮辱我的兄弟三林在接受你们的优待，我必须要你死。"

敌连长急中生智，如同提了一个建议："其实很简单，要是你们的那个兵能回来，你可以当着他的面处决我，那时候你再说我侮辱他，我心服。"

这话让李门楼立刻改变了主意，他收起了枪："等他回来，我要当着他的面砍你的头。"

敌连长很勉强地笑了一下，颇有预见地讨好说："我敢肯定，等他回来，你就更不忍心杀我了。你要是心不软，早就把我宰了。"又补充说："你也不过是个老实巴交的百姓，刀枪相见，你死我活的时候，你能拼命。可现在我被俘，小命就在你手心里捏着，你啰里吧嗦，说明你心善手软，三说两说，你也就唱一出《华容道》了。"

对这话，李门楼没反驳，只把敌连长带回了大房间，他的那些弟兄都惊讶地看着他，好像在看一个从地狱走出来的人。

敌人改变了强攻的办法，开始利用废墟和战壕搞小偷小摸。敌人最先要拿下的是小于子那个坚守点，几个敌兵沿南面围墙绕道抄到了小于子西侧，加上高房内的敌人，无声无息地形成了三面包围。

小于子发现时，距敌已经很近了，他利用这个机会搞近距离射击，两发子弹击中两个敌人。此时李门楼发现这边的废墟后也有了几个敌人，他们只是忽而露头，看得出是在移动。李门楼想射击，可是有废墟遮挡，捕捉不到目标。

二哑端着冲锋枪越了出去，一直冲到那废墟上，朝隐蔽前行的敌人扫射。他朝小于子喊："往这边跑。"

他就站在那里，堑壕内的敌人他也看得真切，他把子弹直接打到了堑壕内。小于子跑到了他的身边，没有敌人能起来追击他们。两个人边打边退，眼看到车库了，高房工事那边打来一排子弹，二哑的手下意识地压在了自己的腹部，他慢慢地倒下了。

李门楼跃过去，哀号起来："咋能是你中弹。"

他把二哑拖了回来，用绷带为二哑包扎伤口，可是二哑腹部的弹孔内涌出的是一团彩色之物，塞不进，也包不住。他俯身把二哑身上携带的小铁碗解下来，把它扣在二哑腹部的洞上，用绷带把小铁碗绑在那里。

二哑笑了笑："老奸细要死了。"

李门楼把敌连长推了过来，敌连长只看了一眼受重伤的二哑，就闭上了眼睛，他知道求饶无用。

李门楼对二哑说："你挺住啊，我要当着你的面把他处决了。"

二哑又露出了笑，他发过誓，总有一天要和这个连长同归于尽。他没想到自己在临死前如愿以偿，老天把他要杀的人送到他面前来了，他只等着那一声清脆的枪声。

敌连长睁开了眼："你们把枪给他，让他打死我好了，我欠了他的。"

李门楼把指导员的手枪递给二哑，二哑没接枪，他突然改变了主意，说："不用了。"

声音微弱，但人们还是听见了："这里死的人够多了，我知道，他，也有家，他的爹是给人看病的。"

二哑死去了。

敌连长在那里一动不动，李门楼吼："他能饶你，我不能饶你。"

李门楼把目光投向了南面的高房，二哑就是被那上面的机枪击中的。从外表看，看不出有改建工事的特征，射击点始终是在房顶上。

李门楼把目光移到维他命身上，维他命讨好地向李门楼点头哈腰，还把两手抱在胸前作了个一揖。李门楼心里一惊，这个酸秀才的手明明是很牢靠地绑着的，眼下却轻松自如了，自己咋就忘了秀才造反呢，难怪自己说一句他顶三句，他是脑瓜里顽固。

李门楼下令："你跟我来。"

维他命颠颠地跟了他走，同样是穿过了几间车库，确认这里的响动在那边听不到，才停住。维他命嘴里还是有话："这里好多了，那边人太多，空气不好，全是阿摩尼亚味儿。"

李门楼很反感地说："阿你妈的味儿。"

维他命指责："你太粗鲁了。"

李门楼说："你要放老实，真正粗鲁的是我手里的枪，你恐怕不会怀疑这点吧。"

维他命立刻乖了，他指了指身后，说："这地方可不能开枪，你看那桶，是美孚油桶，那洋油叫汽油，着了子弹就起火，我还见过汽油做成的炸弹呢。"

李门楼喝道："少卖，我活捉了你们一个开汽车的，连汽车也被我缴获了，我让他给我们当车夫呢，我还能不知道汽油？我所不知道的是你的手咋就松绑了呢，你是造反啊，对造反的俘虏，我们不能饶。"

维他命委屈道："我这不成了窦娥了？天大的冤枉啊。我是救伤员才给自己松绑的。"

李门楼似乎不信，维他命振振有词："那个神父想让我信上帝，我不信，可讲救世，讲与人为善，这总是好的，敌我双方的伤员我都会救。"

李门楼也觉得说他造反是有点勉强，便直截了当指出了他的毛病："我就见不得你这酸样，阎老西儿部队的兵也没你这么酸呢，好像就你行。你给我们活逮了，当俘虏就要有个俘虏的样子，要蔫要软，要谦虚，要有立功表现。"

维他命点头认可。

李门楼布置任务一般："你说说对面那个高房子上面情况，我要拔掉那个钉子，把那儿炸平。"

不料维他命惶恐道："可别炸啊，那上面的班长是我的同乡，他父母被日本鬼子杀了，全家就活了他一个人，你不能赶尽杀绝。"

李门楼不满道："我们班的二哑已经被你们赶尽杀绝了。我看这样吧，那边打枪的时候，我就让你站在这车库的门前，他们如果停止射击，我也不招惹他们，如果他们的子弹把你打穿了，我就把他们彻底端了，也算是为你报仇。"

维他命当即玩了个小花招，说那高房是一座民房，预先也没在里边驻兵，是车库被夺了之后，才从青砖楼派兵占领了那里，把那房里住的老百姓都关在了里面当人质，就是为了防备遭爆破。

这让李门楼困惑了为难了，维他命吹捧说："你们爱民如子，善待百姓，埋葬旧世界，怎么能把老百姓也埋葬呢。"

李门楼对维他命很失望："这城里的仗打了这么多天，老百姓还敢在碉堡群附近住着？估计早跑了。给你个立功机会，你还不要，自寻死路啊。"

维他命赶紧改变说法："在这种地方立功就是保命啊，我哪能不要，我可以给你提供一个情报。"

李门楼逼他快说。

维他命就说了："我们连长是真心效忠党国的，现在他一直备有洋刀片，这里最乱的时候，就是他让一个弟兄用那洋刀片轻轻一划，就帮我们的好几个弟兄把绑带划断了，那几个兄弟就从后墙洞跑掉了。"

李门楼问："你咋不跑？"

维他命答："连长帮我们逃跑，可不是让我们往家跑，是要让我们还回连队，我不干这傻事。"

李门楼疑惑道："抓住你们连长的时候，从他袖子里搜出一枚手榴弹，没发现还有刀片。"

维他命介绍："洋刀片很小。"

李门楼佯装内行："我知道，比我的铡刀片小多了。"

维他命竟然笑了："洋刀片是刮胡子用的，连长管它叫'吉利'，护身符似的，在关键时候，刮胡子刀片能打败你的铡刀片。"

李门楼对维他命的举报和见解给予了充分肯定，维他命受宠若惊，继续说："这会儿那刀片在王进年身上，王进年是新兵，是连长的心腹，连长救过他的命。"

李门楼不知道谁是王进年，愤慨说："新兵蛋子就这么顽固，是哪一个啊?"

维他命描述说："就是端着一缸子水让连长喝的那个，他的手没绑着，还跟你套近乎，尊称你班长大哥，你给他的优待都是上乘的。我这手上的绑带，就是他给我划断的。"

李门楼没想到造反的会是新郎官，王进年这个名字对李门楼来说是陌生的，只记得他姓王，那个村大多数人家都姓王，那时对他的称呼只是新郎官。李门楼小声地对维他命说："他帮你松了绑，你倒举报他?"

维他命把这话理解为赞扬，以不满的口吻应答："你真难伺候。"

李门楼环顾这室内，看那墙上有电线，就伸手去拽，维他命喊："有电，能电死人。"

李门楼拿起铡刀片子要砍，维他命又喊："刀砍也过电。"

砍了两下，电线就下来了，并不像有电的。李门楼用电线把维他命的手捆住了："这就结实了，还带电，你先回集体里去吧。"

维他命真的不高兴了："我刚帮了你，你还捆我。"

李门楼神神秘秘的："我要是照应你，他们就猜测你给我们提供情况了，还不弄死你？你啊，嘴乖巧，其实呢，书呆子一个。"

维他命顺从了，李门楼又布置任务："你过去还是要多留神他们，有什么情况跟我报告，你就是我们的线人了。"

维他命丧气地应允。

李门楼把他押到了俘虏群中，还大声地说："还有谁松绑了？想吃点苦头是不是?"

维他命的理解是这话在为他打掩护。

六十三

敌人的兵来了，来了就抓壮丁，村里的人能跑，可这俩人正在水里赤条条洗澡，来不及穿衣服，就没跑脱。他们被逼迫上岸，一看，衣服被敌人没收了，敌人给他俩一人一身军装。

李门楼直奔新郎官王进年，新郎官慌忙起坐，李门楼客气地说："半年没见到你，真想你啊。"

新郎官不知用何话应对，依旧把头低下。李门楼说："我们这个班在你家住的时候，你是刚娶新娘，美得你半夜不睡觉。"

新郎官怯怯地看了他的连长一眼，那连长正睁大了眼睛盯着他呢。

李门楼说："正是冬天，你给我们把炕烧得那个暖和，我们还夸你是拥军模范，你死活要跟我们当兵去，可你怎么跑到敌人这边当模范了呢？"

新郎官抬头："在这边不是模范，别坑我啊。"

李门楼朝敌连长那边吼："看啥呢，我们哥俩在这儿相见，还不让我们说话？"又对新郎官说："咱们今天遇到了，有没有明天也两说着呢，好好唠唠，我带你到那边去。"

新郎官感觉到了李门楼对他的敌意，狐疑道："你不会把我宰了吧。"

李门楼柔声说："你看你们连长的脑袋还在脖子上长着呢，哪能轮到你呢，你的罪行比他差远了。"

新郎官更加害怕，李门楼拉了他的手，他觉得有一把钳子把他的手夹住了，李门楼亲切地把他拉到了最里面的小房间。李门楼黑着脸说："交出来吧，把你造反用的家伙什儿交出来。"

新郎官辩解说："两边打仗，我只等着回家了，我造反不是找死吗？"

李门楼直呼其名，说：“王进年，把你身上藏的那个刮胡子刀片交出来，我说怎么一眨眼工夫，俘虏就跑了好几个，没想到是你有洋玩意儿给他们割断绳子。”

新郎官哭丧着脸说：“不是我的，是连长的，他怕你们搜出来，就塞到我兜里了。”

李门楼掏出了那刀片一看，真的很小，怀疑不是这个，又动手把他身上搜了一遍，没再搜出别的武器。李门楼两个手指头捏着那刀片，仔细地对着亮处看了看，见这玩意儿和剃头刀完全不一样，说：“这么小个片怎么能刮胡子呢，连个把儿也没有。”

新郎官见过连长用这种洋刀片，他想告诉李门楼用这刀片的时候，还有个刀架，用起来比剃头刀子还快还方便，可是他没敢说，他怕惹得李门楼不高兴，只装憨道：“我以前也没见过这玩意儿，我想是美国人把钢铁都用在造枪炮上，就把刮胡子刀也偷工减料了，怎么用啊，看上去乖巧，干啥都不行。”

李门楼将信将疑：“我看这不是刮胡子刀，美国人造出来就是给部队装备的，又小又快，需要的时候，就用上了，别说是你用它割绑腿带，你就是用它在我这儿一划，就把我脖子抹了，比杀鸡还容易。看来你们准备得很充分哪，连当俘虏后怎么脱身都预有准备。我知道你们连长信得过你，他就把这暗器藏在你身上。”

新郎官说：“是赵举跟你说的吧？我只是个新兵，他陷害我，他是连队卫生员，是连部的兵，他才是连长的心腹。”

李门楼说：“啥时候啊，我还能断你们的官司？其实很简单，刀片既然是你们连长藏在你身上的，就处决你们连长，我派你执行，我把枪给你。”

新郎官拒绝：“我不干，连长有恩于我。”

李门楼真不敢相信新郎官会说出这样的话来，他在国军没干多久，怎么就全变了呢？李门楼觉得眼前这个新郎官身上的气味儿和别的俘虏不一样，别的只是俘虏味儿，而新郎官还带有叛徒味儿。

他问新郎官：“我们在你家住的时候，是几个人？”

新郎官说：“九个，一铺大炕都挤满了。”

李门楼冷笑一声：“记性不错，九个兄弟大多被你们打死了，可你还执迷不悟，你说我该不该宰了你？”他抓住新郎官的衣领一提，扣子飞了，看见了一处红，那是新郎官贴身穿的红坎肩，记得在那个温暖的火炕上的时候，新郎官就是穿着这样的红坎肩，记得自己小时候也穿过这样的红坎肩。

现在李门楼畏惧着这个红坎肩，他坐到了一边，他知道自己不可能下手杀这个新郎官。

新郎官说："我走的时候，我媳妇已经怀了孩子。"

李门楼不想听："别来这套，没用。"

新郎官苦着脸跟他诉苦，那泪水也顺着脸颊往下流，这让李门楼想到头一次遇到新郎官时，是敌人把他吓哭了，按他媳妇的说法，是娘们似的哭。李门楼能辨别出来，眼下他不是吓的，是委屈的，是孩子似的哭，是边哭边述原委。

那时天刚暖和，该往地里送粪了，新郎官和山虎哥一起淘茅厕，谁知一个风筝正好落在路上一匹驾辕的马背上，那马惊了，大马车又撞翻了小粪车，把那两人弄得像是刚从茅坑里捞出来。他俩只好下到水泡子里洗澡，水还凉，统共也就洗一袋烟的工夫。敌人的兵来了，来了就抓壮丁，村里的人能跑，可这俩人正在水里赤条条洗澡，来不及穿衣服，就没跑脱。他们被逼迫上岸，一看，衣服被敌人没收了，敌人给他俩一人一身军装。一个兵还说："不用验，我们都看到了，当兵够格啊，连身上的武器都够壮实。"

新郎官知道跑不掉了，就说咋也得让我见见媳妇，说一声啊。几个兵应允，跟着新郎官去了家里。媳妇一见丈夫穿着军装，"哇"的一声就哭了，一个兵看到屋里贴着"喜"字，拉着声调喊："新媳妇啊，闹洞房啊，要文的要武的？"新郎官知道坏了，引狼入室了，慌忙说："文的，文的，不能动武啊。"

那个兵当即脱下了自己的鞋，不由分说，把鞋捂到了新媳妇的脸上，喊道："是闻的啊，让你闻个够。"

他们正闹哄，连长来了，打了那个兵一耳光，还下令把那个兵绑了。

李门楼听到这里，鄙视道："就为个这个，你就对那个连长感恩戴德？"

新郎官不再哭泣，两只眼睛看着李门楼，那眼里分明闪着冷漠的光，那是一种困惑的甚至是仇恨的光。他说："不是，是你们打怀德，我们坐卡车撤退，路上遭到你们的伏击，我们排的车被炸翻了，没死的都逃命，我跑在后面，正在这时一排的车开来，这辆车没挨炸，驾驶室里坐着连长，车没停，车门开了，连长伸手拉了我一把，把我拉到车上的驾驶室。我们班的兵就活了我一个，我那山虎哥被你们打死了，死得惨哪。当官的挑事，你们对我们当兵的下手也真狠。那次从我们村抓来的好几个兵都被你们打死了，投降都来不及，还有一个是我叔的儿子，我叔就那一个儿子。”

李门楼不想说话，可新郎官还喋喋不休：“我们天天盼啥？不是盼你们来，你们来了我们就没命了，可迟早你们会来。我们能盼的就是侥幸能当俘虏，当了俘虏就能活，在我们心里，当俘虏就是解放。可这次不一样，你们把我们围了，抓了我们，可我们的增援又把你们围了，我们那边的枪炮也往这里打，为了消灭你们，把我们当成垫背的。你们呢，也要杀我们，就是现在不杀，等我们的兵再下来反击，你们抗不了，又怕我们造反，还不是要下手？我们没活路，要想活，就是逃跑。保存那个小刀片，不是反抗造反，是为了离开这个地方。”

李门楼不知如何回答，他想到了小于子，在他的印象里当初小于子和新郎官是无话不谈的密友。他把新郎官押了回来，押到了小于子跟前。

新郎官一见小于子就委屈地告状：“你们班长要杀我。”

只此一句，小于子就信了，两眼冲着李门楼瞪得滚圆，而且圆中带火，好像李门楼是敌人，新郎官才是他的战友。他说：“你杀他除非先杀了我。”

李门楼捏着那个小刀片小声说：“刚搜出来的，按说该杀，可他是咱们的房东啊，我哪能杀他呢。我只是吓唬他，还真就把他吓破胆了，他已经有了立功表现，我就把他交给你了，该关照你就关照。”

见小于子还在生气，李门楼补充道：“他要想逃跑，你得帮他选个机会，搞点掩护啥的，不然敌我两边的子弹都会误伤他。”

小于子还是不满意：“他不可能逃跑。”

青砖楼上的敌人没了动静，枪声停了，依然能听得出城里的战斗还很激烈，不远处偶尔有炮弹的爆炸声。趁着这个机会，李门楼跳到前面的交通壕里收集敌人丢下的枪支弹药。他用一条军裤当袋子，在裤筒里装了好多手榴弹。

他发现不远处有人在蠕动，是一个老太太从交通壕里爬出来，颤巍巍往这边走。

李门楼十分纳闷，那壕沟他走过，周围除了敌人的几具遗体，并没有活着的人，这个老太太怎么会冒出来？四周都在打仗，两军都把该封锁的地方封锁了，估计这个老太太就是从青砖楼上下来的。李门楼沿交通壕往前走，看到这个老太太手里还提着水，装水的工具很怪，是一个用猪尿泡做的水袋子。

李门楼探头喊："你不要命了？"

老太太看到了李门楼，问："人呢？"

李门楼喊："别往前走了，快趴下。"

老太太像没有听到，边走边张望，两边的人都能看得见她，但都没有开枪。

老太太进了车库，谁也没拦她，好歹车库能挡枪子儿。她说了来意："我找人，找我儿子。"

向杰认出她是班里士兵靳大有的母亲，前天来部队看她的儿子，她就住在青砖楼上，没想到就赶上了打仗。

她走近了俘虏们，逐个审视，俘虏中没有她的儿子。她弃了水袋子，颤着手抓住一个俘虏沙哑地问，但得到的只是冷漠的摇头。她想过儿子的各种结局，现在她把全部希望寄托在儿子被俘上，这才是最圆满的结局。她认出了敌连长，还没走过去就说："连长啊，大有在这儿吗？"

连长站起来，毕恭毕敬安慰她说："他可能跑了，我知道你来队就想把儿子领回家去，他想跑，这你最清楚，他肯定趁着乱跑回家去了。你还是回家去看看吧，他说不定比你还早到家呢。"

向杰在一边十分伤心，他知道大有已经死了，刚冲出青砖楼就死了，一颗子弹打在头部，半边脸都没了，连长怕被大有母亲看到，当时就顺手推倒了一段残壁，把大有的遗体盖住了。

向杰也劝老太太赶紧回家，还向李门楼请求派他们的一个兵把老人送出去。李门楼听明白了，向杰是说派一名俘虏把老太太送出去，离开这个是非之地。突破口被敌人封锁，只有敌人的兵才能带老太太走出去。

李门楼为难地说了实话："我只是班长，做不了主，等指导员来了，你跟他说吧。"

六十四

敌连长突然站了起来，十分恭敬地朝老太太鞠了一躬，默默地敬送老太太，那些俘虏都不敢怠慢，都起立，没人说话，目送老太太离开。

好不容易指导员来了，他从教堂那边过来，一眼就看到了地上用裤筒子装的手榴弹，而且那裤子是国军士兵穿的那种裤子，他很严肃地问："这是谁干的?"

李门楼恍然明白了，说："那条裤子根本不是从死了的敌人那儿弄的，是活人不要了，我说借来用一用，说着指向一个俘虏："不信你问他，裤子是他的。"

那个俘虏说："是啊是啊，我说绝不穿这军装了，上衣和帽子这不还在地上？你们的这个弟兄说你不要我要，就出去装了手榴弹。"

指导员看那个俘虏只穿着一身衬衣衬裤，便相信李门楼说的是真的了。敌连长朝那个俘虏狠狠地说："你这身衬衣也是国军发的军装，有本事都不要穿，就赤身露着你的那一杆枪两颗弹。"

那个俘虏点头哈腰说："我只是为了逃跑方便，不是嫌弃咱们的军装。"

敌连长对他说的"逃跑"二字并没斥责，李门楼却不依不饶："想逃跑？我把你的两腿也捆上，把你和你们连长捆一块。"

向杰赶紧说："我知道，他是身在曹营心在汉。"

那个俘虏立刻说："向杰诬我清白。"

敌连长宣布说："弟兄们记住，不管什么时候，对向杰这个内奸都不可饶恕。"

向杰走近指导员，大声说话："这个老太太是临时来队看望儿子，在这里太危险了，还是派我们的一个兵把他送出去。”

不料老太太对向杰说：“你是大有的班长，对大有好，就你跟我走吧，咱们都回家去。”

老太太转向指导员，说：“我求长官了，让我把这孩子带出这是非之地吧，可怜哪。”

指导员没认可，也没反对。下一步，这里的人包括俘虏在内会怎么样，很难说。能让这个俘虏出去也好，可是怎么能让一个老百姓把俘虏领走呢。

老太太又加了一句：“权当是把他放了。”

指导员批准了：“行，就算释放吧。”说完就向李门楼伸出一只手：“我知道咱们几个里就你是老财了，先借。”

李门楼明白指导员的意思了，都怪自己在指导员面前张扬说三林娘给他的一双新鞋里塞了不少零钱。他抬了抬两臂，说：“你可以搜身。”

指导员放下了手，对向杰说：“口音里能听出你家离这儿很远，我们的司务长牺牲了，钱也炸没了，没法给你回家的路费。”

老太太对向杰说：“走吧，回家找你的爹娘。”

向杰低沉道：“几千里呢，我哪能回到家啊。”

老太太叹息：“宁隔千座山，不隔一层板，只要活着，迟早能回到家。”

李门楼拍了拍向杰的肩膀：“那你就先去老太太家。”

向杰对老太太说：“我不走了，我留下来当他们的兵。”

老太太慌了：“可别，咱啥兵也不当了，再好也不当了，子孙后代也不当了。”

李门楼先表态了：“我看行，这个家伙在这时候要求加入咱们的队伍，这是觉悟，我看他以后能成个好参谋呢。”

指导员盘问向杰：“你在家做什么？”

向杰答：“种地。”

指导员又问：“有多少地？”

向杰又答：“是个佃户。”

指导员问完了，就拍了板：“好把，愿意留下，就留下，补到李门楼班里。”

指导员拿过一支冲锋枪，郑重地说：“这支枪归你使用。”

向杰脚后跟一碰，打个立正，双手接枪。

小于子把自己的小铁碗给了他。

敌连长在那儿喊："向杰，你小兔崽子就用这枪杀了我吧。"

向杰拉长声调说："我们啊不能随便杀俘虏。"

向杰选了两名俘虏，看来是让他俩带老人走，向杰见指导员没反对，就请示说："再加一个吧，三个比较保险。"

这是向杰成为九连战士后首次请示指导员，指导员见向杰挑选的是年龄偏小的俘虏，也就同意再加一个。这时小于子开了口，他推荐了那个新郎官，说新郎官是新兵，说新郎官的媳妇已经怀了孩子，向杰却没能同意，说："他靠不住，认贼作父。"

新郎官听到此话，知道向杰此话无非是指自己和连长关系密切，便赌气说："我不走，我就跟我们连长大哥在一起。"

这话让小于子也下不来台，说："没想到你还真的是顽固。"

向杰又挑了一名新兵，新郎官含泪和那个新兵说了几句话，看来那个新兵是新郎官的同乡。那新兵搀了老太太的臂，一行四人往外走。敌连长突然站了起来，十分恭敬地朝老太太鞠了一躬，默默地敬送老太太，那些俘虏都不敢怠慢，都起立，没人说话，目送老太太离开。

指导员、李门楼和向杰都往前走了几步，也没开口。见老太太走远了，向杰才伤心地对指导员他们说："老人的儿子已经死了。"

向杰转身时，见敌连长朝他靠近，说："向杰啊，不管怎么样，能这样把老人送走，我得谢你。等打完了仗你好歹去看望老人一次，大有一直把你当兄弟，刚才老人也把你当儿子，看望一次，也算对得起大有了。"

李门楼是向杰的班长了，他把向杰叫至隔壁，首次给向杰下了命令："你看正面那高房，是杵到我们眼里的棒槌，你去俘虏中找一个熟悉那高房的来，也算是找个舌头吧。别找那个'蹿稀'，他是个小王八蛋。"

向杰答声是，就过去了，目光巡视了片刻，就把一个俘虏推了一把，说了一句："我们班长说你不老实，要教训你。"

向杰将他推到李门楼跟前，介绍："他是今天从那高房冲下的时候被活捉的。"

李门楼问了几个情况，主要是想问清那里面是不是有老百姓。

俘虏说："我们奉命过去时，那高房的门锁着，屋里什么东西都没有了。这里都成炮楼了，谁不躲啊，我想住户早就到别处躲了。"

李门楼恐吓一般："你要是谎报军情，后果你是知道的。"

俘虏不满地说："我的命捏在你手里我还敢编瞎话?"

经请示，指导员批准李门楼去爆破那高房，向杰请求和李门楼一起去，虽没说理由，但指导员知道向杰对那一带情况是了如指掌，当即表示同意。

李门楼携了一个炸药包，向杰效仿，也携了一个炸药包。二人利用地物前出，到了交通壕尽头，又借助废墟往前匍匐，前面就是开阔地了，敌人并没发现他们。

向杰突然探出了头，扬声喊起话来，直呼高房内一名守敌的名字，然后喊："我是向杰，你们这座高房就要被爆破了，只是要端掉这个火力点，并不想要你们的命，也没指望你们投降，你们赶紧撤离这座房子，至少要从那顶上下来，找个隐蔽处，那院里有个地窖，先去那里躲一躲。"

回答向杰的是一阵密集的扫射。

李门楼对向杰的举动也不好埋怨什么，只把方案做了改动，说："你吸引敌火力，我趁这个机会迂回过去。"

李门楼从西面迂回，那里到处是废墟，围墙附近的开阔地是高房工事的射击死角，可是青砖楼上的火力点却控制着这里，李门楼决定趁着青砖楼方向还没动静，快速冲过去。

眼看就到围墙下了，他栽倒了，觉得是自己太匆忙被绊倒了，见大腿上有血流出，才知道自己负了伤。向杰见李门楼被阻，感到凶多吉少，他匍匐过来，见李门楼身边的血浸湿了一片土地。

李门楼喊："赶紧爆破，炸了它就安全了。"

六十五

他看了一下身后，爬过的地方留下了一行血的痕迹，他搞不清楚三林死了怎么还会流出这么多的血，他完全忘记了自己的腿还在出血。他听到了隆隆的炮声，他搞不清是远处在打炮还是耳朵里在作响，那声音真的像很多人在擂羊皮大鼓，那是欢送三林参军时的鼓声，他看见了三林娘牵着马在走，三林骑在马上，分不出身上披的是红的花还是红的血，呜呜咽咽的唢呐声就在耳边响起。

李门楼从昏迷中醒来时，发现那高房的半边被炸塌了，他分不清自己是被震昏的，还是被震醒的。他试着把嘴合上，以往看见被爆炸震死的人，都是笑眯眯张着嘴。他感觉到自己的嘴确实是合上了，于是断定自己真的没有死。他的耳边嗡嗡地响，好像各种武器同时在射击，好像各种小鸟在鸣叫，他担心耳朵是不是给震坏了。他闻到一股焦煳的炒马料的味儿，发现身上落有尘渣，他想起来了，自己很可能是在高房被炸的时候震昏的，向杰完成了任务。

他向前爬动，这才想起子弹击中了他的腿，身子似乎在向土中沉下去，又觉得有人把他的身子从土中拖出来。他抬起头，果然有人在拖他，他分辨出是向杰，是向杰把高房爆破了。

不远处就是刚刚被炸出来的大坑，看上去像一只吃人的大口，参差不齐的断茬恰似牙齿。向杰跳下去，用力一拉，李门楼便栽倒在里面了，里面是安全的。

向杰为李门楼包扎腿，李门楼茫然问："你要干啥？"

向杰以为他脑子震坏了，问："你不认识我了吗？"

李门楼说："你不就是我们班的新兵蛋子吗？"

看来他脑子没坏，他把向杰冠之以新兵之称，是有意抹去了俘虏之类的称呼，这足以证明他在细微之处的把握也很准确，头脑清晰无损。

向杰大声说："我背你回去。"

李门楼推开他："你还嫌目标不够高啊，背起我来，让我挨枪子儿？我自己能爬。"

向杰摆功一般："这高房是我刚才把它炸掉的。"

李门楼还是斥责了一句："真是个国民党，把功劳都揽到自己怀里。"

李门楼拖着一条腿往车库那边爬，向杰没敢动，他卧在那里注视着四周。他知道这里的围墙处被炸出了很大的缺口，外面要是有敌人冲过来，瞬间就能冲到跟前来，他要掩护李门楼爬过开阔地。

李门楼回头看了看那围墙的缺口，他把一枚拧了盖的手榴弹握在手里，这是他与敌人最后拼命的武器。

那缺口处并没有敌人冲进来，这里是一片寂静，显然，高房被炸毁，敌我双方都处于待援的状态，李门楼坚信能活着回到战友的身边。

突然他听到了马的嘶鸣，有一匹马从围墙那刚刚被炸开的缺口处奔跑而来，是九班的战马铜锤。

铜锤没有在李门楼这里停住，它在那废墟中狂奔，看得到它跨战壕，那是一种李门楼也没见过的腾跃，而后便是在废墟中时隐时现。李门楼发出了呼喊，他不知道该用什么口令让它停下来，让它卧倒隐蔽。铜锤的速度突然减缓了，在彷徨与犹豫之后，在一座废墟处停了下来。

李门楼爬了过去，亲眼看到了铜锤卧倒了，是它有意隐蔽，还是负伤了？凭着它那哀鸣一般的嘶叫，李门楼判断它是遇到了不幸。

李门楼绕过废墟，他看出前面是一个被炸塌的地堡，是他来过的地方。

铜锤安静了，一动不动。李门楼却突然号叫起来，拖着伤腿，也拖着号叫，疯了一般往前挣扎。

前面是一具蜷曲着的躯体，战火中厚厚的尘灰如同为那躯体覆盖了庄重的布单，面部却像蒙着一层轻纱，但有一只胳膊是彻底露在外面，像是在朝着苍穹伸出了手，那战马就卧倒在那胳膊一侧。李门楼立刻想到那只胳膊有可能就是铜锤刚刚刨出来的。李门楼眼前发黑，能见度骤然降低，他觉得起了大风，那风带着呼啸，带着迷雾，也带沙尘。他想起来了，刚才爆破的冲击浪把他掀了起来，身边的风暴只是冲击波留下的记忆或幻觉。可是那风暴分明掀走了那具遗体面部上的沙尘，使轮廓依稀可见。

李门楼看出了他的军装他的面容，也就是在刚才，自己不也是被爆破后飞扬的凌乱之物掩埋了吗？可自己从死神的手中爬了出来，自己摆脱了掩埋，自己还活着。

这里也发生过爆破，也许是他面对敌人而引爆了炸药包，也许是敌人面对他而引爆了炸药包，爆破飞起的泥土，将他覆盖了。是老天不忍让他这样离去，让他的好兄弟铜锤能够最后见到他的遗容。

李门楼没有再作声，目光痴呆，锁定在那躯体上。

躺在面前的是三林。

三林死了。

李门楼拂去了他身上的土层，他腹部有一处依旧鲜红的洞，边缘两片嘴唇似的向外翻着。他没能包扎伤口，一切就都停止了，身体决口处的泛滥也随之停止。

李门楼嘴咧到了一边，眼睑被紧绷绷地拉开了，眼珠鼓了出来，似乎占据了脸的大部分位置，凝固的脸上出现了笑，猫头鹰的笑声也没有这样难听。他的喊声是含混不清的，他想要喊的是：谁说他跑了，谁说他被抓去了，他光荣了。

向杰把目光也停滞在三林的遗体上，他不敢再看一眼李门楼的脸，活人的脸比死者的脸更加恐怖。

李门楼的心不再悬着，踏踏实实落了下来。全连他最了解三林，但又似乎最不了解。三林是怕死，因为他还远没到离世的年龄，他也有那么多挥之不去的牵挂。他全家只有两口人，他的牵挂在后人看来都是微不足道的，也包括铜锤是不是已经安全转移。

他现在真的死去了。指导员该来看看，三林在这儿，他没有给铁九连抹黑，指导员那半截铅笔，把全连阵亡的名字都写了下来，连二哑的名字也写了上去，可是没有写李三林。

李门楼摇着三林早已僵硬的血肉之躯，似要把他摇醒，摇得天与地倒转。

他要带三林回去。

三林就要出现在大家面前了。

向杰听到李门楼在向他嘶喊，声音依然很大，话却分辨不清，大约是要向杰掩护。向杰看到李门楼侧过身子，一手揽住了三林，李门楼要携着他的好兄弟往车库方向运动。

李门楼拖着三林的遗体往前爬，向杰朝他喊：“他死了。”

李门楼听不到他喊什么，但他确信自己的耳朵没有震聋。他看了一下身后，爬过的地方留下了一行血的痕迹，他搞不清楚三林死了怎么还会流出这么多的血，他完全忘记了自己的腿还在出血。他听到了隆隆的炮声，他搞不清是远处在打炮还是耳朵里在作响，那声音真的像很多人在擂羊皮大鼓，那是欢送三林参军时的鼓声，他看见了三林娘牵着马在走，三林骑在马上，分不出身上披的是红的花还是红的血，呜呜咽咽的唢呐声就在耳边响起。

教堂上和车库内的战友发现了他们，都派人来接应，他们以为李门楼在搬运伤员。

三林的身躯停在了车库。

战马铜锤也停在那里。

李门楼喊二哑，这才想起二哑已经牺牲了。他对指导员说：“你看看吧，铜锤也知道他就是我们连的三林。”说着把那个军用水壶拿起来，慢慢拧开壶盖儿，一股清水涓涓而出，三林那张脸被冲洗得干干净净。

三林那熟悉的面容展现在人们面前，仿佛是清水把蒙在人们心中对三林的阴影全冲掉了。

李门楼下令般地对指导员说：“你要看他是李三林，你就把他的名字和全连阵亡的同志写在一起。”

指导员没说话，像服从命令一般地掏出了铅笔，在那个名册上写了三个字。李门楼如同完成了一件大事，他可以告慰三林的老母亲了，她的三林没有给她丢脸。

李门楼把敌连长推过来，平静地说：“你不是说他跑到你们那边去了吗?”

敌连长无话可说，却朝着维他命点了一下头。

维他命拿了一块医用纱布把三林的脸庞擦干了，脸上没有伤，依然白净。

李福强来了，面无表情，也没有说话，面向三林的遗体，跪下磕了头。三林两脚上都没有了鞋，李门楼也不知道三林的鞋是啥时候掉了的。李福强说："咋能让他就这么光着脚走。"

李福强把自己脚上的鞋脱下来，那是一双还很新的鞋，李福强把鞋给三林穿上，说："三林，这是你娘做的鞋，你宽心走吧。"

小于子伏在自己膝上哭。

李门楼又像听到了呜呜咽咽的唢呐声。

三林依然骑在马上。

残霞和远处的火融为一体，浓烟中隆隆的声响似火车驶来。

火车早停开了，李门楼不知这是这么回事。一个"地堡"远远地向这边移动，遇墙，遇房，全拱倒，照走不误。有人喊："坦克。"

果然是坦克。那坦克拱进了围墙，沿围墙隆隆地往西驶，开到了一定位置，只一扭动，就掉转了身子，朝着教堂上边的射击窗口开炮，窗口被炸开，那里的机枪再没有响。

制高点失去火力压制，敌人很快会反击过来。指导员命李福强去教堂顶上支援，说一定要让那里的机枪响起来。

指导员接替李福强，成为车库这边的机枪手。

坦克无疑会冲到车库这边来，李门楼将剩下的爆破筒放在车库前面，稍盖了些砖头瓦块。屋里的俘虏们都站了起来，听着隆隆的声音，有的往前几步，很紧张地朝外张望。

李门楼伏在那儿："那是你们的坦克。"

敌连长喊："坦克不是我们团的，不会顾忌我们，也根本不知道我们在这里。"

那坦克后面跟了步兵，大约是为了掩护步兵，坦克放慢了速度。指导员那边的机枪开火，可是敌人有坦克掩护，射击没有任何效果，射击声也被坦克开动的轰鸣掩盖了，机枪连威慑力也失去了，敌人的步兵全都直立着往这边冲。

教堂上边的机枪又响了，居高临下，坦克后面敌人也被击中，活着的步兵也卧倒在地，只有坦克在往前开。坦克那炮筒又朝着教堂射击窗口连打两炮。

敌人的步兵和坦克分离，步兵被压制住，但坦克直冲着东侧的坚守点开过去，毫不犹豫地一撞，那房屋就倒塌了，坦克履带就从废墟上碾过去，坦克顶上落满瓦砾，还在往前推进，一间车库被推倒。有人把手榴弹投过去，想把坦克炸掉，只看到坦克顶上冒出一股烟，连个爆竹都不如。坦克喘息着从废墟里爬出来，只隔着几个房间，就是俘虏们待的那个大车库，坦克一过去，那个大房间将成为一个严严实实的大坟墓。李门楼怎么也没想到俘虏们将会葬身在他们自己的坦克下，那里的人太多了，李门楼觉得不应该是这种结局。

指导员朝俘虏们大喊："赶紧转移。"

一听这话，俘虏们便往教堂那边撤。

向杰督促小于子："你也转移。"

小于子说："那屋里有洋油，我用它烧那屃养的坦克。"

小于子穿过了几个房间就看到了那里的汽油桶，他想把一个桶推倒，往外面滚动，可是地上全是砖头瓦块，无法让油桶移动位置。

他只好跨出房间，在断墙处闪现，引坦克过来。一枚手榴弹刚投出去，坦克就转过来，破壁而入，直撞入了那车库。小于子后退几步，朝着那汽油桶打了一梭子弹，油桶爆炸起火，坦克被烈火包围，瞬间也传出了爆炸声。

敌人的步兵利用残垣断壁，把小于子包抄了，很快有两个家伙架住了他，几个敌人都向他靠拢。

李门楼在这边看到小于子的身体在摆动，在那两个敌人的手中他显得格外矮小，无力，像只被老鹰抓住在腾空蹬腿的小鸭子。

小于子挣扎着在呼喊，李门楼听不清是在喊什么。

"赊小鸭啰。"李门楼分明听到的是这么一句童音。

小于子身上带有连队阵亡人员名册，上面有指导员，有李门楼，但没有小于子的名字，他是最有希望活着回去的，或者说大家都要竭力保护他能活着回去，这才把名册交给了他。当他真的把名册带回去的时候，他无疑就是活着，而指导员和李门楼也无疑就是阵亡了。

可他却落在了敌人的手里。

敌人拥着他，敌人拥有了这个战利品。很多敌人都在向他靠拢，靠近他就安全，伏在地上的敌人也挺挺地站了起来。

李门楼身边就是那挺水压机枪，李门楼把枪瞄向敌人，可眼前没有一个敌人，全是小于子。李门楼明白过来了，有小于子在那边，他无法向敌人扫射。他把枪口抬高，朝着上方扫射，他听到了畅快的连发。敌人就地卧倒，小于子借这个机会挣脱了敌人，爬起来跌跌撞撞朝这边跑。

敌人的枪响了，小于子背后中了好几枪，子弹从前胸穿出炸开，他栽倒在地上。

李门楼把枪口压向敌人，可是他的机枪哑了，他想挪动一下，不远处就是子弹箱，可是怎么也动不了，无法给机枪装子弹。他拔出了腰间的手榴弹，拉了弦，却没能投远，就在附近“哧哧”地冒着烟，他看见小于子随烟而去，他心里喊：等等我。

手榴弹爆炸了，但李门楼没能追上小于子，他只看到了指导员，似乎是指导员踢开了那枚手榴弹。

那些俘虏和伤员都集中在教堂的大厅里，敌连长趁着转移时的混乱跑掉了，是只身一人跑的。新郎官还在，他身上背着一个还有少许水的军用水壶，那是小于子给他的。

卫生员也负了伤，他向指导员报告伤员都安全。指导员去教堂上面查看，找到了负重伤的文书余学谦和李福强，李福强昏迷了，他是在坦克弹从窗口打进来时，头部被炸塌的砖石砸伤了。

向杰背着枪，带了几个俘虏上来背伤员。

指导员和两名负轻伤的战士坚守在教堂高处。

车库成了一片废墟，敌人占领了那里，由于坦克被炸，而且见教堂上的火力点还在，居高临下依然有优势，只好后撤到了废墟后面的安全地带。天一黑，敌人的一挺机枪隔一阵朝教堂这边打一梭子弹，可以判断出这是值班射击，只打不瞄。

四周也静下来。

六十六

他简直不相信自己的眼睛，不相信俘虏们会这么顺从，会没把他甩到沟里去。他也没想到参军不到一天本来也是俘虏兵的向杰竟成了带回一大堆俘虏的功臣。

李门楼躺在那里睡着了。不知道过了多久，他被军号声惊醒，听得出来那是营部司号员吹的号，号谱他熟悉，这号音分明是在命令九连撤出战斗。李门楼以为自己听得不准确，可接下来听出军号声在命令七连和八连撤出，看来自己没听错。他看了怀表，这已是夜里十一点。指导员也从教堂顶端下来，说："准备撤。"

李门楼心里还在疑惑，撤？谁撤？全连就指导员一个人还能自如走动，对了，还有个他，今天才甩掉敌军帽子的向杰，那条前后游动的黑影就是他。李门楼动了一下，觉得只有一条腿还活着，脑瓜也似乎只有一半属于他。和这么多人一起来的，就该和他们一起走，现在却要把他们扔在这儿了。激战的时候，周身的血是一种燃料，现在燃料尽了，心里凝成了冰碴儿。

他又躺倒在地上："我不走了。"

指导员说："你不走，铜锤也不会走。"

指导员走近了俘虏维他命，夜色中看得出指导员手里拿着的是一把闪亮的匕首，他把匕首交给维他命："都割断。"

维他命赶忙为俘虏们松绑。

向杰带领几个俘虏拆了靠墙的那一排溜床板，一个个床板是可以用来抬伤员的，李门楼身边也放了一块木板，这是为李门楼准备的担架。

天很黑，青砖楼那边照例是定时打值班射击。这里伤员多，还有这么多俘虏。周围的路上到处都铺着炉渣，这是敌人预先就撒上去的，人走上去就沙沙作响，走的人多了，声响也就大起来，很难无声地不暴露地撤退。

众多的俘虏的眼睛都注视着这边，知道这是要撤退了，他们会怎样处理这么多俘虏？会扔下俘虏撤退？会来个彻底的了结？那枪口会轻而易举地喷射出无数流星，把这里变得简单起来。俘虏们只有眼睛在转动，没有任何行动，都在黑暗中静静地等待。

指导员对俘虏们平淡地说了一句："现在把你们往后送。"

那些木板都抬到伤员身边，俘虏中的伤员身边也都放了一块。指导员对俘虏们下令："抬上。"

有两名腿受伤的俘虏站了起来却走不了，指导员对两名膀大腰圆的俘虏说："背上。"

那两个大汉抢着去背，动作快的把那个身体瘦个子小的伤员抢先背上了。

李门楼被抬上了床板，四名俘虏把这块床板抬了起来。一队人走出了教堂，只能听到"沙沙"的脚步声。

李门楼躺在担架上，怀里抱着他的枪。指导员和向杰一前一后，各端着一支枪。

青砖楼那边发现了情况，开始了射击，天很黑没有准确的目标。

一个背着俘虏的家伙，突然丢下伤员，跳起来沿着一条沟钻进了夜幕。指导员过来看那伤员，也就在这时，有一梭子弹飞来，搞不清子弹来自何方，枪声似乎很近，又似乎很远，指导员的腰部中弹，他栽倒在地。

维他命赶紧为指导员包扎伤口。

李门楼绝望了，他想坐起来操枪，可是身体好像不是他的了，他这才想到自己是一个不能行走只能由俘虏们抬着的伤员。完了，本来该是押着俘虏们走，现在该由俘虏们押着他走了，而且谁是谁的俘虏也难说了，仅是抬他的这四个俘虏就能把他收拾了。

突然间，他听到了一个声音："大家不要乱来，要听从我的命令，我这枪里的子弹不是好惹的。"

李门楼听得出这是向杰的声音，欠起身看，向杰就在身边，端着一支枪，枪口朝着俘虏们晃动，九连现在还有向杰能战斗。

向杰对俘虏们喊："快走，离开这里就安全了。"

向杰命令一个俘虏背起指导员跟着队伍走。

上了大路，担架变得平稳。李门楼弄不清是在朝哪个方向走，只看到地上出现了一排影子，一会儿长，一会儿短，这里是有路灯的。很快他就不省人事了，他自己也不知道是睡着了还是因伤迷糊了过去。

担架放在地上时，他醒过来，他听见了向杰在大声报告："三营九连的。"

李门楼撑着坐起来，一下看到了那么多熟悉的颜色，他认出了自己的营长。他想扑过去，想喊，想哭上一场。但他实在不知道该喊什么，报告全连就回来这么几个伤员？而且是被俘虏抬回来的吗？

他向前后看，俘虏们还在。他简直不相信自己的眼睛，不相信俘虏们会这么顺从，会没把他甩到沟里去。他也没想到参军不到一天本来也是俘虏兵的向杰竟成了带回一大堆俘虏的功臣。

他听到了铜锤的嘶鸣。

李门楼和伤员们都被送到了卫生队，卫生队也在行军。李门楼被抬上了一副制式的担架，那个担架队很庞大，抬担架的都是支前民工。李门楼看到了秦妹，秦妹始终跟着担架队在行军，随时照料伤员。李门楼没有和秦妹打招呼，秦妹从身边走过时，李门楼把头扭向了另一边。

指导员也认出了秦妹，他和秦妹说了几句话，得知连长已经牺牲了。连长是贯通伤，被送到救护所时还有呼吸，可是没能救过来。

李门楼见行军的行列里并没有三瘸子赶的马车，他大声喊秦妹，问："三瘸子呢？"

秦妹心急地说："我们救护所派军医王继胜往师医院转运重伤员，他们乘坐的就是三瘸子的马车，现在还没有他们的消息。"

迎面来了一辆师医院运送伤员的卡车，担架上的几个重伤员被抬到卡车上，其中有李福强。李福强一直昏迷着，把他往卡车上抬时，李门楼坐起摇了摇他，一点反应也没有，运送伤员的兵把手伸过去，想看看他是不是还有呼吸。李门楼发火道："他只是被砸伤了。"

李门楼嘴上这么说，心里却犯嘀咕，李福强一直是深度昏迷，军医说是他颅压很高，很危险了。

秦妹急着打听军医王继胜和车夫三瘸子的情况。

所得到的回答是他们把伤员送到就返回了。

秦妹没再问，心里有一种不祥的感觉。

三瘸子确实没能及时撤出。

他和军医把重伤员送到了师医院，急匆匆乘马车往回返，不料来时的马路被敌人控制了，刚到路口，便有密集的子弹从楼顶射下来。

军医王继胜决定改道而行，他们转向一侧的土路，绕着行驶了很长时间，终于有了转向的马路。快到救护所位置时，见夜幕中有兵抬着担架在运送一名伤员，还跟着连队的卫生员，看来他们也是去救护所的。军医下了马车，查看那个伤员，伤员是三连副连长罗幼青，战斗中担任突击队长，人已经昏迷。军医让他们都上了马车，三瘸子挥鞭，马车就疾驰而行。

三瘸子突然来了个紧急刹车，那马的前蹄腾空跃起，好在车停住了，原来路中躺着一个人，隐隐看得出那人在招手。下车去看，原来是国民党军队的一个伤员。卫生员喊："你找死啊，爬到路中间了。"

那人说："救救我，我家里还有老婆孩子。"

军医查看他的伤口，他身上有好几处伤，一条腿也断了，军医挥了挥手："把他也抬上去吧。"

大家都不动，军医俯下身子抱那伤员，几个人赶紧搭把手把他弄到了车上，他说只是个士兵，负伤后，连队已经打到前面去了。

军医为他看了断腿，腿上系了一根止血带。

到了救护所的位置，那是一所学校，校内空空如也，找人询问，才知道救护所已撤离了。军医无奈地决定只好往师医院那个方向返，可他心里明白，师医院有可能也撤离了。突然伤员罗副连长挣扎起来，卫生员也按不住，借着路灯看，罗副连长呼吸困难，很有可能是气管被痰堵塞。军医问："谁还有止血带?"

卫生员掏出了一根止血带，那是一根乳胶胶管。

军医用那胶管为伤员吸痰。情况稍有好转，军医就对卫生员说："赶紧找人打听附近是不是有医院，小诊所也行，这城里到处都有诊所。"

趁这个机会，军医把那个敌方伤员断腿上的止血带解开，瞬间那创面血喷如注，那个敌方伤员哀求道："别杀我，我没干过坏事。"军医只是怕他的腿坏死而定时松一下止血带，军医不想跟他解释什么，又把止血带给他系上了。

卫生员找来个老乡，也上了车，有老乡带路，很快就到了一家条件还可以的地方医院。刚进门，就给罗副连长用上了吸痰器，罗副连长呼吸正常了，发青的面色也变了过来。

军医对卫生员和那几个士兵说：“敌人很快会重新占领这一带，事不宜迟，你们赶紧乘着天黑去追赶部队，去参加战斗。”

卫生员坚决不走，要守护罗副连长。军医说：“你留下会惹麻烦，敌人要是来了，一看你就知道是民主联军的。我会看病，我在这里就是这里的大夫，李大江又瘸又哑又聋，没人相信他是咱们部队的，你赶紧走。这里你放心，只要副连长平稳些，我就带他去找咱们的卫生队。”

罗副连长还没醒过来，卫生员朝他行了个军礼，就带着士兵走了。

为罗副连长做完手术，太阳已经升得很高了，此时院外大街上已经有敌人部队在通过，这让军医很不安。医院为军医换上了医院的白大褂，罗副连长穿的是医院的病员服装，至于三瘸子，装束未变，来来往往主要是由他出面。

那个国民党的兵也做了手术，医生为他写病历时，他没说自己的姓，只说自己叫金楼。

罗副连长醒来后，说了几句话，是很浓重的山东口音，军医说：“要是敌人来了，你别说话，你就继续昏迷。”

六十七

军医没开口，他很清楚，眼前敌营长李元不可能不判断真伪，如果解释，反而会弄巧成拙，只有三瘸子出面，才可能有转机，三瘸子跟李元直言自己是支前队的，这是一步高棋。

话刚说完，敌人果然来搜查了。由于在医院治疗的老百姓大多也是战伤，是属于受牵连而受伤，副连长在这里有医院工作人员的帮助，预有准备，是不会轻易被敌人识破的。不承想百密一疏，敌人进来后，那个敌军的伤兵金楼便指着副连长说："他是民主联军的长官。"又指着军医说："他是军医。"

军医有些失态，但还是力求自己冷静，说："我看你才是共军。"话出口，才觉得自己的话是那样无力。

三瘸子在一边也急了，比比画画说了一通，敌人一句也听不懂。三瘸子知道来负责搞搜查的，多半是保安团的，野战军在这时候不可能管这样的事，大哥李元不就是在保安团任职吗？于是他在他的小本子上写了一句："我是保安团长官李元的弟弟李禾。"

一名少尉问："你怎么能证明你是李营长的弟弟？"

这句话三瘸子听不到，他估计是问话。军医不得不开口了："像他这样又瘸又聋又哑满脸是伤疤的，你还能找到第二个吗？"

这句话很见效，少尉说他去找个电话，就出去了。

少尉返回来时，满脸堆笑，说话也打着立正："我联系上了，李营长说你确实是他亲弟弟，还说要来看望你。"

随即有人搬来了两把椅子，一把是给李元准备的，另一把放在三瘸子跟前，少尉亲自扶三瘸子就座。

李元到了，跟有好几个兵，他们知道营长来这里，是与家人相聚，到病房前就站住了，李元只带了老护卫田信一人进了病房，田信手里提着两个点心盒。

虽说三瘸子面目全非，但田信还是一眼就认出了他，没到跟前就喊了声“三瘸子”。李元走到三瘸子跟前，开口便说：“禾儿，是我家的禾儿，咋就到这种地方来了。”

李元目光停留在他那惨不忍睹的脸庞上，随即伸出一只手抚摸那累累伤疤。上一次两人相见，是三瘸子被关押的时候，虽说是蓬头垢面，却也掩饰不住天生的丽质。俊秀的相貌，爽朗的嗓音，即使是发怒，也透着一种柔弱和纯净。大约也正是如此，李元始终把他作为戏子出身的好友，他确实是不允许父亲伤害他的，全然不知也没把他和苦苦寻找的禾儿联系在一起。后来是李科去劝降时把真相告诉了他，对李科的话，李元有一种发自内心的抗拒，但李科说三瘸子是他的亲弟弟，李元没有一丝的怀疑。眼下李元是头一次见到受刑破相之后的他，是噩梦中的相见。李元木呆呆的，如同在梦中游荡。站在一边的田信却毫无节制地像哭丧一样地号起来，他分明是在谴责李元的家人：“你们造的什么孽啊。”

三瘸子终于说话了，他写道：“我参加了支前队，我们三个人被你们困在了这里。”

李元心里明白，支前队当然是支援民主联军的，但他没说什么，只环视了一下病房里的人，病房内的床位很多，还有地铺，看来他要确定三个人中的另外两个人。

三瘸子指了受伤的罗副连长和穿着地方医院工作服的军医。

军医没开口，他很清楚，眼前敌营长李元不可能不判断真伪，如果解释，反而会弄巧成拙，只有三瘸子出面，才可能有转机，三瘸子跟李元直言自己是支前队的，这是一步高棋。

不料那个敌伤兵金楼见有国军高官在这儿，便指着副连长和军医说：“他俩都是共军。”

李元逼近金楼问：“你是干啥的，你咋知道他们是共军？”

金楼说：“我是二六二团的班长卞金楼，我们团长是陈杰。”

军医不得不分辩了：“你们八十八师根本没在这一带驻守，更没在这一带打过仗，这几天，这里都是被民主联军占着，你咋就在我们这里治伤呢。”

金楼解释：“我是坐马车来这里治伤的，我受伤了，在路上拦车，正好共军的马车去送伤员，就把我也捎上了，赶车的就是你这个弟弟。车上好几人呢，都是共军，还有个卫生员，都穿着军装呢，他们已经归队了。”

李元耐心地听金楼把来龙去脉讲了一遍，军医插话，被李元喝住，他只让金楼说情况。金楼说完了，李元淡然地对他说：“小伙子，你是忘恩负义啊。”

听了这话，军医估计李元受江湖义气影响很深，就补充说：“这里老乡受伤的多，医生没先给他治，我对医生说要重伤在先，金楼的腿还在流血，你们得先给他手术，这才把他抬到手术室。”

军医说毕此话，才感觉到自己这话还是太专业了，是军医才能说的话。

金楼认可了这事，说：“这医院欺负我们国军的伤员。”

李元对军医说：“看来你还真懂啊，这里的医生咋就会听你的呢？”

军医暗自埋怨自己言语不慎，回答说：“因为我说得有道理。”

李元拔出了腰间的短枪，“哗啦”一声，子弹上了膛，三瘸子见状，上前抱住了军医，全然是一副替军医挡子弹的样子，嘴里发出的声音越发地不清，但李元能感觉到那是在求他不要杀这个人。

李元对田信说：“你给我看看，啥金楼啊，我咋看着这个断腿的金楼兄弟像门楼呢，我多年在外没见他，可印象还是有的，你看他是不是李门楼。”

田信走近了，盯着端详一阵，说：“还真是像李门楼。”

李元不耐烦道：“我看他就是李门楼，这世上有我没他。”说着掏出枪来对准了金楼的头，军医把他的胳膊按下，军医说：“你不能杀他，他是伤员。”

李元摇了摇头：“他那张嘴会把我们都害死。”

三瘸子哇啦哇啦地说些求情的话，见李元茫然，就用那手死死地抓住了李元手里的枪。李元突然噙了泪，对三瘸子说：“你是个善良的孩子。”说着对田信挥了一下手：“解决了。”

话音刚落，田信已端起枪，拉枪栓和击发几乎是同时的，金楼被击毙在病床上。门外的兵闻枪声冲了进来，田信说："我把这个共军毙了。"

李元大喊："你们都进来，都看看我这个残废弟弟。"

进来的兵中还有大李村的人，也认识三瘸子，说："这不是李光收养的那个小叫花子吗?"

李元叹息说："他们都是来参加支前队的，运送伤员，哪里打仗就得往哪里去，伤亡也很大，我得把我弟弟送出城去，你们都看看我这个弟弟有可能是共军吗?"

大家都说没可能，田信说："人家部队能要一个又瘸又聋的冲锋陷阵?"

那辆马车由田信赶了，三瘸子和伤员罗幼青、军医王继胜一行三人都上了一辆军用吉普，李元坐在驾驶员旁，一路无话。三瘸子想把李科的情况告诉李元，他拿起了笔，但还是没写。车缓缓而行，出了城，车停了下来，李元把一个点心盒拿起来，摇了一下，里面金属相撞之声，显然装的是银元。他又拿起另一个点心盒，对军医说："这个在路上吃，让他赶紧回家去。"

军医只接过了那个装着点心的盒子，李元忧郁地说："你就给他拿着，这是我兄弟俩最后一次见面了。"

从李元的神情中，三瘸子揣测出了李元的心思。

军医心里明白，对于三瘸子这样的残废人来说，自己赶着马车出城是没有问题的，李元把三瘸子送出城，明显的是在送三瘸子的两个朋友。李元不可能判断不出这两个人的身份，这是他送给三瘸子的礼物，三瘸子心里肯定是明白的，他把这个礼物看得很重，他攥着李元的手，反复地说着含混的两个字，李元揣测了这两个字的含义。

军医见李元并没点破他的身份，他也不便道明，只说："我叫王继胜，能帮助我们的就是朋友，我相信你们兄弟还会见面，有希望在一起过和平的日子。"

李元苦笑道："等和平了，一定要选一个能够救敌人伤员的人当总统，这样的人才是真懂三民主义。"

三人换乘了那辆马车。

李元站在那里，没动也没招手，只是很沉闷地发出两个字的音："禾儿。"

军医一路打听，知道卫生队已随部队转移到了吉林东丰。

很快就找到了卫生队，卫生队驻在一个小镇子上，伤员们被安排在了几个大铺面里。李门楼住的那个铺面，全都是地铺，指导员也住在那个房间。

没几天李门楼就能拄着拐杖下地，指导员在铺上不能动，整天几乎都要趴在那里，不过军医说指导员重返前线没问题，至于李门楼，那就要看那条伤腿的恢复状况了。

李科到卫生队来了。

秦妹领着他来到病房。李门楼一看他又是在秦妹的陪同下来的，显然是先找了秦妹。还有一个很显眼的，是李科穿了一身崭新的军装，衣冠楚楚的样子，见了指导员，先打了个敬礼，然后问李门楼："伤好点了吗?"

听这口气，李门楼觉得李科是端了干部的架子在问候他。李门楼怏怏地说："秦妹不都跟你汇报了吗?"

李科随意道："她只说你也在这儿，看你气色还好，不要紧吧?"说着便弯腰假惺惺地看李门楼的腿。

李门楼不客气地说："我死不了，还是囫囵的，我看你是连点漆皮儿都没掉。可是我们连长呢，交给你的时候，他还跟我说话，伤口也包上了，怎么就死了呢?"

李科低沉地解释说："他伤得很重，路上我们遇上了担架队，我要急着带炮班去增援七连，就让炊事班带担架队去送伤员，后来才知道连长没救过来。"

秦妹赶忙说："我听军医说是死于气胸血胸，确实伤得很重。"

李门楼冲着李科发了脾气："伤得轻还用往后送吗？日本鬼子用刺刀把他身上都穿透了，他还活下来，这次咋就顶不住呢？我做梦梦见的就是你把他害死了。"

李科很委屈地说："可别这么说，我担不起，我跟你不一样。"

指导员换了个角度说："李门楼这几天心情很糟，他不敢跟我发脾气，有话也藏一半掖一半，见来了个无话不说的同乡，就乱开炮了。"

李科低头道："是我没完成任务，没尽到责任，我知道我说也没用。营长找我谈话，征求我的意见，说九连想让我去管炮排，我说需要就去。我知道九连是当突击队多，牺牲的人也多，我来找指导员就是要表示我的态度，我要求到九连。我也跟李门楼表个态，我要对得起九连，让连长能安息。我就是在九连牺牲了，我也愿意，我跟连长做伴去。”

李门楼更加不高兴：“你别动不动就说牺牲，我还不知道你的命硬？就是当英雄，你也是活着的英雄。”

当着李科的面，指导员就批评了李门楼：“你怎么这样任性，有的话是不能说的。”

李门楼不以为然：“说说都不行，还供奉起来了？这次不说，以后他高升了，我还敢说吗？他的命令我还不当圣旨？”

这时春阳来了，他是来看望他们连的连长陈德标的，顺便来找李门楼。

李门楼说：“你的头上不是也负伤了吗？”

春阳一开口就止不住：“我的伤不重，我是全连战斗到最后的。我来找连长，就是要说清楚，连长负重伤被送走后，我带伤参加打援。在连里，他们都不说我的表现，我自己来说，我一定要争取立功。上次就把我撇到一边了。”

李科打断了他的话，很严肃地教训他：“这时候你还争功？和谁争？和那些烈士争？你真有这个勇气？”

李门楼对李科越发地不满，说：“你也很清楚他不是为自己争功，他是为了他的父母。他在家时，连我和我媳妇都不给他父母好脸色。那次他父亲被手榴弹炸伤，他归队时你也在。他还能为父母做啥？能不死就是孝敬，这次不死，下次呢？他未必能做到这一条。这一仗他带伤战斗到最后，能让父母知道他立了功，还有啥比这个更能安慰老人？”说到这里，李门楼转向春阳：“这事我帮你，我和秦妹一块跟你们连长说。当时秦妹抢救过你父亲，她还跟我说过你父母真可怜也真让人敬重。”

李科听到这里，话便真诚了：“是我对士兵不了解。”

李门楼还有话：“你不了解的多了，你去问吧，秦妹会告诉你，春阳父亲那身子熬不了多久，能等到胜利？能等到春阳回去？”

指导员把李门楼喝住：“你就给我少说几句。”

六十八

营长说文件袋本来就是空的，我这才明白连长指导员让我送文件，就是看我受了伤，年龄又小，想让我撤出战场。

战斗总结后，纵队授予五连和九连“战四平顽强突击模范连”称号；四连战士刘超群、五连连长陈德标、九连机枪二班班长杨河、六连三排排副李仁和九班班副高传祥、六连四班班副周发起等被授予或追认为战斗英雄；九连指导员宋良、九班班长李门楼等荣获勇敢奖章。

授奖名单中没有李三林，也没有小于子他们。

召开颁奖大会，指导员没能参加，他还不能下地。李门楼能拄着拐杖走路，指导员让他去参加会，李门楼直言说：“要去你去，我不去。他们拿我的建议当耳边风，小于子牺牲的时候，你是看到了的，不给他立功天理不容。”

指导员只得安慰说：“他的血不会白流。”

那天李天壶赶着大马车来卫生队接李门楼去参加颁奖大会，李天壶担任九连三排排长的命令已经下了。

听到马车响，李门楼就一步步走出门来。

马车刚上路，就听到了鼓乐声，村里人们在欢送新参军的青年。同样是骑着马，披红戴花，但送行的队伍里多一条横幅：“向铁九连输送优秀子弟”。

李门楼不解：“九连的官兵不是都补齐了吗？”

李天壶介绍：“这几天好多村庄送子弟参军，都打了这条横幅。等伤员们伤好归队，咱们连就齐装满员了。哈尔滨总部警卫团一部奉命编入咱们团。还有，你们抓的那些俘虏，有不少就留在了九连。”

在村边的打麦场上，号兵们在训练，与往日不同，他们吹奏的是军乐。为了这次大会，全团所有的号兵组成了一个“军乐队”，每一把军号上都挂红绿两条绸子。

李门楼一眼就看到了葛长藤，他在车上大声地喊：“小葛，我还活着。”

小葛手持军号向他挥动了一下，那红绿绸子在他脸旁飘动着，阳光照在他穿的新装上，李门楼头一次发现他是那样英俊。

旁边的号长见状，允许小葛出列。小葛走过来时，那个充满阳光的脸上已是挂了泪水。

李门楼安慰说：“今天是咱们连重建的喜日子。”

小葛埋怨：“是连长指导员骗了我，说是有地图什么的让我送到营里。我送到了，营长一看那袋子里是空的。营长说文件袋本来就是空的，指导员让我送文件，就是看我受了伤，年龄又小，想让我撤出战场。”

李门楼说：“你以后会成长为九连的战斗骨干，你肩上的担子很重。”

小葛提了要求：“他们想让我在营里当号目，我不想当，我想还是留在九连，你替我跟指导员说一说。”

李门楼没拒绝：“行，可是有一条，你还是要听从组织安排。”

马车又行驶了，李天壶对李门楼说：“跟指导员一个屋里住了几天，说话也指导员似的了，开口就是组织。”

李门楼说：“我当不了指导员，还不兴我鹦鹉学舌，学指导员说话?”

天壶以干部的口气说：“你这个人脾性啊，就得让你当几天指导员锻炼锻炼。”

李门楼苦笑道：“我这个人，就是当功臣的命，打大仗，大小也立个功受个奖，就是当不了官。你看你，完成任务没我多，排长了。你看向杰，穿咱们的军装还没穿热乎呢，班长了，过不了多久，他肯定是干部了。看来，我也得争取个官当当，要不脸上可挂不住。”

天壶明确地说：“你啊，就是革命胜利了，你也不会伸手要啥。”

李门楼否认：“不一定。胜利了，不打仗了，想要什么的都有了，恨不能把星星月亮也搂到自己怀里。都想弄把交椅坐坐，有那么多交椅吗?那只好争来争去。要真是那样，我们连的这么多烈士可就冤死了。”

天壶惊讶地看着李门楼：“真叫有见解，跟李科学的?”

李门楼谦虚道："见啥的解啊，见得多了，自然就解了，还用跟地主少爷学？"

车停在一家院门前，李天壶介绍："这里是咱们连部和青年班。"

新连长楚旺山跑过来，搀扶了李门楼往房东家里走，进门李门楼就上了炕："不行，我得歇歇。"

楚连长让他躺下，说："你躺着不影响咱们说话。"

李门楼就仰面躺下了。

连长说："刚才新兵还问你来了没有。"

李门楼纳闷似的："新兵还有认识我的？"

连长略举一二："赵举前天就说要到卫生队去看你和指导员，他说指导员负伤就是他抢救的。"

李门楼想起来了："是他啊，我管他叫维他命，还挑我的话，差一点我就把他杀了。"

连长说："他留在了咱们连当卫生员，就在青年班，和我们几个都在这铺大炕上。"

这话还是让李门楼心里发沉。

连长还说赵举："这个家伙个性还真够强，因为评功评奖的事，带领那几个解放战士提意见，还说民主联军不民主，这些兵可真不好带，我真怕他们闹事，要是宋指导员和你在就好了。"

李门楼坐了起来："他们还评功评奖？开玩笑吧？反了他们了。当了俘虏比病猫还蔫，刚换了军装，就成老虎了。你是连长不好办，我不怕，我不就是个兵吗？我来收拾他们。"

连长完全是大人有大量的架势："收拾就不对了，他们要求给小于子记大功，要是我说了算，我给牺牲了的战友都授称号。"

李门楼又躺下了："是为这个事啊，那我也站在这些解放战士一边了，幸亏我住院，要是我在连队，挑头找你的恐怕就是我了。小于子牺牲的时候，我看得很清楚，敌人坦克过来，要不是小于子去拼命，那些俘虏可真当了冤死鬼了。我建议不要跟他们多说，就一条，跟他们宣布一个决定，决定向上级请求为小于子授称号，他们肯定不闹了。"

连长为难道："这不是把矛盾往上推吗？这不行。"

李门楼头头是道："不往上推还往下推吗？该推就得推，上级是干啥的？啥事都像吃面条那么顺溜，还要上级干啥。这些解放战士能提意见，说明他们一来就把自己当成九连的一员了。我看你还是没把他们当成我们连的兵，他们的意见不是俘虏兵的意见，是我们九连战士的意见。"

连长想了想说："开完会，还是我去老指导员那里一趟。"又说："九连幸存下来的战士中，你就是老兵了，我这个人最不怕的就是老兵，都说兵要是当老了就成精了，我还是老干部呢，我还成精了呢。你要有思想准备，马勺碰锅沿，我碰惯了，别想着从我这儿看到指导员那样的脸色。"

李门楼也不客气："我知道你是从根据地参军的，出了家门就当八路军，没当过国民党的兵，可我看你身上有国民党的作风。"

连长严肃道："你少来这一套，你知道什么是国民党作风？你是在国民党干过？"

李门楼理直气壮："咱是保家保田光荣参军。"

连长想起了什么，叹气道："现在常立垮了似的，见了熟人就哭。炊事班的兵说他夜里也哭，闹得人家没法休息。你还是见见他，别提你们村的那些兵，就劝劝，开导开导，我怕他出事。"

李门楼说："我也正想见他呢。"

常立过来了，见了李门楼，又呜呜咽咽起来，李门楼喝道："你这是干啥呢，咒我啊。"

常立止住了哭，惊恐地看着李门楼。李门楼说："你坐下，别这么看我，怪瘆人的。"

常立不坐，对连长说："我真的干不动了，让我回家吧。"

李门楼对连长说："你去忙你的，我跟他谈谈。"

连长匆匆去了一个院落，全连在那里集合了。连长讲了几句，转身看时，常立已经回来了，他走到连长跟前说："我来参加大会，我不要求回家了。"

连长放了心，和声道："归队吧。"

全团在打麦场集合，连长把李门楼往主席台那边领，李门楼停住了："我不去那边。"

连长解释："这是团里的安排，考虑到你腿不方便，让你坐在主席台的椅子上，和首长坐同一排。"

李门楼更不上去了，转身往回走："腿不方便就坐那儿吗？不方便的多了。"

连长纠正了自己的说法："这次你是获勇敢奖章的，就该坐那儿，授旗的时候，你还要接旗。"

李门楼心里想：这么说就对了。

连长想起了什么，小声说："常立没事了，表态不走了，你还挺会做政治工作的。"

李门楼说："这有啥难的，他不就是想回家吗？我跟他说先去开会，只要你别闹着回家，就能让你回家。"

连长连连摆手："你这是什么工作，差劲。"

首长到场了，师长、政委也来参加大会。团长老远就和李门楼打招呼，对师长说："这就是李门楼。"又对李门楼说："这是咱们师一号。"

李门楼行了军礼，说："我们都叫你毛猴子。"

师长很认真地说："以后有什么要建议，找我，去了就说找毛猴子，就找到了。"

师长搀扶李门楼上了主席台，坐定之后，李门楼才发现自己坐在师长旁边，觉得不对劲，可分明是师长拉他坐在这里的，他也只好就在这里不动了。

师长和他了聊几句，说："听说你带过不少解放战士，和他们能合得来吗？"李门楼说："战友了，哪能合不来，就是侉子多，听话嘀里嘟噜的，不全懂，反正战斗口令什么的都听得懂。"

师长说："老骨干要带好他们，关心他们。"

李门楼借这个机会："他们一来就真正把自己作为九连的兵，还一起提意见呢。"

师长果然就很认真地问了："都提了什么？"

李门楼简要地说："我们连的一个兵在战斗中为了救这批俘虏，牺牲了，现在这批解放战士提出要给那个兵记大功。"

师长当即说："这是好事。"

师政委也说："开完会，咱们到九连一趟，听听这些解放战士的意见。"

主持大会的政治处主任走到了前面，宣布大会开始，由众多司号员组成的"军乐队"奏起了雄壮嘹亮的军乐，李门楼看到了那个军乐方阵，一排排金色的铜号在阳光下闪闪发亮。

主任开始介绍主席台上的来宾，李门楼没想到会介绍他，下面的掌声很热烈，也很持久，他也学着别人的样子，站了起来，打了个敬礼。李门楼心里很难受，他的眼前一片模糊。坐下之后，他想看到会场上自己的九连。可是那么多连队，分辨不出哪个是九连，他想看到常立，可常立是炊事班的，炊事班是在队列的最后。

宣布授旗，依然是军乐齐奏，但这次吹奏的是“演马庄战斗模范连”二连连歌，在此场合，这首歌是作为团歌来演奏的，那是在抗战中诞生的歌曲，九连没有自己的连歌。

九连的两个代表接旗，一个是李门楼，拄着拐杖走向前来，另一个是机枪二班长，两人各拉着锦旗的一角，锦旗上写着“战四平顽强突击模范连”。

九连代表讲话，李门楼站在台上，他讲了一句：“九连还在。”他讲不下去了，可是话毕竟没讲完，他高昂地喊：“九连还在。”

会场上九连全体在连长带领下高呼口号。

李门楼看到了台下新补齐的九连官兵，认出了李科，也认出维他命、新郎官和那么多在战斗中抓获的俘虏。

大会结束后师长、政委去九连开解放战士座谈会去，连长也参加，李门楼不想去，他觉得心口堵得慌。他对通信员葛长藤说：“我该回去换药了，你跟连长说一声。”

六十九

李门楼没有直接把这话说出来，因为把话说白，就等于说如果你牺牲了，也还有人能去找到连长的女儿。

在部队休整期间，纵队召开了战斗总结会。九连指导员宋良和李门楼行动虽有不便，但伤口都已愈合，两人都参加了这个会。宋良等英模单位代表在会上做了经验介绍，这也是个群英会。

会议开两天，有的团驻地离这里远了些，他们的代表当晚住老乡家，和李门楼同住一个屋的有好几个与会代表。如果是往常能和战斗英模聚集，言谈中多半会交流一些摆不到桌面上的作战经验，也会炫耀各自连队的功绩，甚至会争得面红耳赤。宋良清楚地记得一九四四年八月山东军区召开群英会，那时群英会的代表随身带着枪，和他同一个团的二连、四连等刚刚在演马庄与日寇血战，打了个大胜仗，二连和四连都有代表参加群英会。二连来参加群英会的代表是“战斗英雄”二排排副李庆杰和“刺杀英雄”五班长张克胜。五班长身上背了一支刚缴获的三八大盖，炫耀说那刺刀是日本造。来自另一个团的一名红三连英雄不服气，他姓高，也是班长，他说日本造的刺刀上有两个环，你那刺刀上没有，是阎锡山造的。红三连英雄的刺刀上确实有两个环，二连英雄不认账，红三连英雄就当场试验，扬起刺刀在二连英雄的刺刀上猛砍了一下，结果把人家的刺刀上砍了个豁口。二连英雄很气恼，说话上纲上线，红三连英雄火了，举起了刺刀，二连英雄一看不妙，扭头就跑，一直跑到会场主席台前，山东军区的一名首长说：“好个英雄，打到会场上来了。”

尽管出了那事，宋良还是怀念那次会，那晚也是住在老乡家，说话声唱歌声引得老乡们也进来了。这次不同，全屋内少了些激昂与热烈，多了些沉重，话也少，即使开口，也都是疏导式启发式的低声低语，好像个个都变成了指导员。有人早早就上了炕，睡不着也躺着。

快熄灯时，又来了一个人，是四团红三连的三排长史德红，他是来找五连连长陈德标的，在这次战斗中五连配属四团攻打敌大红楼，和史德红一起战斗，陈德标负伤时，史德红就在他身边。陈德标在会上发言后就返回医院了，史德红便问谁是李门楼，李门楼立刻起立，以立正的姿势面对史德红，向他介绍陈德标的康复情况。这次战斗打响，史德红带突击排仅用十分钟就冒着敌人炮火首先登城，为大部队打开了突破口，然而就在这十分钟内，全排大多同志牺牲，包括伤员在内仅存五人，连长王占山也在战斗中牺牲了。战后三排荣获“史德红英雄排”称号，这次战斗中涌现的英雄，活着的不多，李门楼恭敬地等待他的指示，史德红平静地说和他出去走走。

出了房门，史德红便对李门楼说：“你们指导员在会上说到你的儿子就在城里，也没来得及寻找。”

李门楼赶紧表态：“是，我坚信那里很快会得到解放，我和儿子会有团聚的机会。”

史德红哀伤道：“我是这次战斗的头一天晚上被任命为三排排长的，指导员代表党支部找我谈话之后，连长也找我谈了。今天那个战地记者问我连长跟我谈了些什么，其实连长只是托我有机会能找到他的女儿。他是老红军，全家只剩了一个女儿，寄养在一户老乡家里。”

李门楼一听这话，很敏感，立刻想到的是该对史德红说一句话，也可以说是一句忠告，那便是一定要把连长女儿叫什么名字住在什么地方等让更多的人知道，用后来的言辞说，便是要把连长女儿的更多信息告诉更多的人，其用意是显而易见的，是以防不测。李门楼没有直接把这话说出来，因为把话说白，就等于说如果你牺牲了，也还有人能去找到连长的女儿。刚刚打了悲壮的一仗，怎么能对这位战友说这话呢，李门楼换了一种表达方式：“我们很多团队是在山东诞生和成长壮大的，士兵大多是从山东参军的。渡海往东北开拔，官兵们就是离别家乡离别亲人，以后还能不能重逢？还有很多伤病员，都留在了那里。我们二连通信员钱廷翠负伤，把他留在山东家乡养伤，后来他一个人跋涉三千多里找到部队。可是留下的孩子们，就没有这个能力了。我们侦察参谋原是牡丹江二团侦察排的，他说他们排长是战斗英雄，在剿匪中牺牲，后来这个牡二团合并到我们纵队一师，有的就分散到了别的部队，才过两年，很多同志牺牲了，这时候才发现已经没人知道侦察排长的家具体在什么地方了，只知道他是从胶东参加八路军，是哪个县，说法不一，他家里有妻子和一个女儿。我们连有一任连长在抗战中就牺牲了，他有个女儿寄养在山东老区的老乡家，仗打得频繁，打得残酷，连队又几次改编合编，后来知道具体情况的只有我们指导员一个人了，指导员曾经向全连宣布了老连长的女儿寄养的那个村庄，希望等胜利了，能有人找到老连长的女儿，全连只要有一个人活着，就一定能实现老连长的遗愿。”

史德红说：“等胜利了，一定能找到，我们会有我们的新中国，政府也会帮我们找。”

李门楼感慨起来：“到那时候，从北到南，我们想去什么地方都能去，不设关卡，没有封锁，没有敌占区和解放区的区别，都是解放区，没有红区和白区的区别，都是红区，去哪儿都是一路畅行。还有火车，我坐过火车，汽笛响几回，还没坐够呢，就到了。”

史德红的话语先放晴了：“没了军阀割据，没了战乱，老百姓能挺起腰杆做人，流离失所的孩子也会有个家。”

李门楼演绎一般地说：“从小到大，我见得多了，说是人，有几个能过人的日子，有的像牛像马，有的像猪像羊，也有的就是狼就是虎。我有个穷哥们，是个乐天派，唱得好，可我看他过的就是哈巴狗的日子，靠替有钱人家顶壮丁维持生计，见了东家永远是点头哈腰的。他儿子春阳讨饭时，人们是把他当猴耍，春阳还当过伪军，连穷人也不把他当人看。自从分到了土地，春阳和我一起参加了咱们的队伍，他全家成了光荣军属，人们都仰着脸看他们，真是活出人样来了。”

史德红纠正说：“不能说是人家当初像哈巴狗，应当说是像任人宰割的羊。”

李门楼情不自禁地应答一声：“是!”随即说：“是羊是羊，我小时候真的像羊羔一样被卖过。”

史德红竟然难得一笑：“你不是羊，是狐狸。”

李门楼不满了，尽管面前的史德红是干部，又是战斗英雄，但毕竟不是一个连的，不存在服从的问题，他很有策略地反驳了：“不妥不妥，以后大家都做人，狐狸变人，都是变大闺女的，你看我可能吗？”

史德红说：“说你是狐狸，是褒奖，你们指导员在会上讲你那事迹，我一听就知道是善于灵活机动，小聪明派了大用场。”

李门楼似乎是认可了，说：“我们连的兵大多在家都是种地的，小名起得简单，我的儿子就叫小狗子。在连队说是不准起外号，不仅照起不误，以动物命名的就好几个，其实呢是上行下效，有领导带头呢。我们班的小于子，外号叫笨小鸭。”又压着声神神秘秘地说：“那外号是指导员给起的。”

史德红露出了得意之色：“看来你们连的传统作风比我们连差远呢。”

李门楼语气沉重：“你送我狐狸的称号，不是我不接受，是我们连有狐狸了，是我给命名的，他美滋滋地接受，自我表扬说他打仗有智慧。他叫向杰，是解放战士，当过敌班长，在我们连，接任我当了九班长，有勇有谋。虽然是我把他俘虏了，以后我出院回到九连甘愿在九班当他手下的兵。”

史德红很认真地评价说：“我敢肯定，你比他强的一点是政治素质好，有眼光，这很重要，以后会发挥重要作用。”

李门楼谦虚地推辞此评价，不料史德红说：“我不瞒你说，我也是解放战士，是在山东根据地参加了八路军。”

李门楼虽惊讶，却并没表现出来，依旧拿向杰说事，平淡地说：“那有啥奇怪的，我看向杰以后也有希望成为战斗英雄。”

史德红听了这话，没思索就有了一个新的决策，直言道：“你现在住院，不归九连管，我看你出院就到我们红三连来，我们连没几个人了，正补充兵员，手续我给你办。”

李门楼停顿了几秒，就这一刹那间，他已经想出了一个自以为是高招的点子，先问：“真的？”

史德红说：“真的。”

听得出说这两个字的语气是平淡的诚恳的，也可以说语气中没带问号，李门楼往实里砸了砸：“不后悔？”

史德红很自信：“不会，我也是有眼光的。”

李门楼这才把自己的想法说了出来：“我还是跟你说实话，我不可能去你们连，我现在最担心的是会让我出院后去干地方，真要让我滚蛋，我无力抗拒。你说要我去红三连，我想是不是能把你这话当尚方宝剑来一用。他们要是让我离开部队去新区，我就可以说人家红三连还要我呢，部队就这样，一听你们要，他们肯定重视我了，肯定舍不得把我往地方驱赶了，这也是史排长帮了我的忙。”

史德红坚定地说：“行，这个忙我可以帮，需要的时候你尽管把风放出去。有句话叫拉大旗作虎皮，这是敌人爱干的事，你向敌人学这一手，无非就是想留在部队继续战斗，也未尝不可。”

过了伏天，李门楼不用拐杖也能出出进进，指导员也能随意走动了，卫生队并没有让他们出院。接连几天，秦妹都让李门楼帮着做棉球，李门楼做棉球没耐性，他看秦妹又拿来一大团棉花，就说：“我干不了这活儿，弄一阵就腰疼腿痛，憋屈死了。”

秦妹平静地说：“腿疼，说明你伤没好，我跟队长去报告，还是让你在卫生队多住几个月。”

李门楼说：“你把我关禁闭得了。”

指导员自己不动手，却说：“李门楼这性子，就是要通过做棉球磨一磨，这是锻炼。”

李门楼随口说：“我又不当指导员，我这性子用不着磨。”

指导员沮丧道：“我现在也不是指导员了。”

李门楼听得出指导员心绪也不好，能不能让他再回连队任职还两说着呢。

李门楼看眼前的棉花很多，想到自己的枕头包很矮，就把一些棉花塞进了枕头包里，不仅垫厚了，还很软和，他躺下试了试，果然舒坦。秦妹来了，一看就起疑：“就这么点？”

指导员笑了笑：“他吃了不少，把肚子都吃鼓了。”

秦妹很聪明，当即发现了鼓囊囊的枕头包，只一摸，就说：“跟谁学的？”

李门楼满不在乎道：“不就是棉花套子吗？”

秦妹尖声道：“这是脱脂棉，你懂不懂啊？我就去报告。”

李门楼只好和解，编造说：“其实我是看指导员整夜趴在枕头上睡觉，想给他垫个软和的枕头包，你要是觉得不对，拿出来就是了。”

指导员没有否定，秦妹态度改变了，对指导员说："我去给你加个软和的枕头。"

没过多久，秦妹送来个胖枕头，李门楼阴阳怪气："这就对了，该表扬。"

秦妹对指导员说："你看看你们连的这个兵，还轮得到他表扬我们吗？你得好好教育他。"

指导员顺从："他这个人优点多毛病也不少，我要批评他。"

秦妹严肃发话："现在就批评。"

指导员果然就批评起李门楼了："我看你是骄傲情绪冒头了，小尾巴翘起来了，人家卫生队不是想留你，是你伤没好。"

李门楼不服气："我现在出来进去打饭打菜打水扫地都干，伤没好能干这些？"

秦妹撇嘴道："打仗要跑步要冲锋要拼刺刀，你现在能跑步吗？别以为你在这儿受欢迎，恨不能赶你走呢，往哪儿赶？回连队也是累赘，急行军还得背着你。"

李门楼见一左右两个人都在教育他，说："我现在跑步是抄水的燕，离弦的箭。"

秦妹说："是上坡的牛。"

李门楼自信地走出房门，大喊："看好了，我给你们来个冲锋。"

他运足了力气往前冲，谁知那条伤腿承受不住猛劲，大步跨出去，脚掌一落地，他就结结实实摔倒了。秦妹惊慌地跑过来搀扶他，他的胳膊肘、膝盖几处磕伤。

军医当着李门楼和指导员的面很严肃地批评秦妹，说："你是想让他二次负伤？"

秦妹分辩也没用，十分委屈，指导员替她说话："跟她没关系，全是李门楼自己逞能。"

李门楼笑道："这下行了，我又能过几天有人伺候的日子。"

指导员思考的样子："最好的办法是咱们转移的时候，把他移交给地方。"

这话把李门楼镇住了，以前连队经常有把伤员交给老乡护理的事，李门楼坦然道："要移交，把我和指导员一起移交。"

秦妹笑道："那也行，你俩我们都不想要。"

指导员说："卖一个还搭一啊，我还是比较安分守己的。"

秦妹挖苦他："你的表现也好不到哪里，摆个指导员的架子，牛气十足，眼高手低。你在这儿也是伤病员，不是指导员，别弄错了。"

指导员虚心接受："我，一定改正。"

李门楼见状，心里快意，说："指导员眼高，是有水平。"

秦妹说："眼高别住我们这儿，你们去共产主义住着多好。"

秦妹和军医一走，李门楼就冲着指导员说："你咋老是向着秦妹？"

指导员坦荡的样子："是吗？对女同胞，要礼让三分，这一点你要学会。她们自尊心比较强，参加革命比我们还不容易，要多体谅她们。尤其是说话，要多鼓励，少挑剔，多帮助，少批评，批评也要讲究方式，尤其不要当众批评。"

李门楼摇头道："不大对头，你对秦妹和对别的女同胞不一样，不要有牙念。"

指导员听得明白，李门楼他们总是存心把邪念说成牙念，指导员并不纠正，说："你是这么看的？我看啊，是她把我当目标了，先是崇敬，后来发现我的优点那么多，上哪儿找这样的小武生去？多半是对了心思。"

李门楼讥讽说："别臭美了，我咋没听她说你好？她怪罪你的时候，恨不能把你吃了。"

指导员摇头否认："这你就不懂了，她怪我架子大，还不就是因为我不跟她套近乎？你听不出来，我可听得出来。"

李门楼以鄙视的语气说："我看你想歪门邪道的事比我还老成。只不过善于伪装，可眼神你伪装不了，你看到她的时候，两眼放光明。"

指导员有些紧张："眼睛不放光明，不就成了瞎子了，你别吓唬我，她是不是跟你说了什么？"

李门楼故作沉吟："这，我还是不说为好，我是他的长辈。你要跟我说实话，是不是有了作战计划了？你这个人别的我不清楚，作战我清楚，明明是要进攻了，先退一步，还爱兜圈子，其实是在准备攻坚。"

指导员侃侃而谈："作战要有计划，要有短安排，也要有长远打算。秦妹还是不错的，你看她咋咋呼呼的，对伤员，是体贴入微。心地善良，又通情达理，以后对丈夫也差不了，我估计我是把她选到预备队里了。"

李门楼沉下脸来："这事你还有预备队？这预备队的成员老鼻子了吧？"

指导员谦虚起来："目标多是好事，关键是目标要有个序列，我想秦妹恐怕是排头一个。当然，毕竟是预备队，没动用过，也没跟她们说过任何悄悄话。我现在不够格，团级才行，差好多台阶呢，我不指望蹦跶上去，是指望着规定蹦跶下来，东北一解放，我看营级也就有资格了。全国解放呢？连级也就能批准。这是说来就来的事，快得很哪，不预有准备，俘虏就被别人抓走了。"

分不出李门楼是夸赞还是挖苦："你是弯弯肠子花花心。"

指导员的目光躲开了李门楼，叹道："我心情挺糟糕，胡思乱想也是情有可原的，不能算花。"

李门楼叹息一声，说："最近连队好像把咱们忘了，代理指导员也没再到你这儿来请教请教。向杰那个小王八蛋当了九班班长也不来听我讲讲九班传统。可是有一个人老来看望咱们，你不会忘了吧？"

指导员不经意地说："你是说李科啊，他爱琢磨事，有了新点子总想找我交流，还有，他和你是哥们儿啊。"

李门楼冒出一句："看来指导员还真是个老实孩子。"

指导员听他话中有话，放大了嗓门："少来这套，有什么情况你给我如实汇报。"

李门楼犹犹豫豫："那我就汇报？其实呢，你自己应该看出来，李科每次来，在我面前也就是打个幌，说一句不疼不痒的话，跟你呢，又是敬礼又是汇报，也不过就是三下五除二，屁股没坐热，溜了。"

指导员似乎还没听出门道，说："他要是在这儿黏糊，我还不烦死了？"

李门楼摇头晃脑道："每趟来了，他都要到秦妹那儿去，不嘎嘣脆了，那个黏糊劲儿啊，过小年也没那么黏糊的，一去了两腿就像生了根。"

指导员认可："上次咱们吃了饭回来，我看他还没走，我还问他怎么不回去吃饭。我也纳闷，秦妹忙得脚打后脑勺，怎么还有闲暇听他瞎掰。"

李门楼赞不绝口："人家那李科说话多中听，说得秦妹心里开花脸上结果，那果甜啊。李科还常给秦妹指导指导，秦妹在小本上不知道划拉些啥，李科看得认真啊，还拿铅笔给她改哪。"

指导员醒悟了一般："这个家伙是不是看上人家秦妹了？"

李门楼平淡地说："那有啥奇怪的，看上秦妹的多了。秦妹和李科说不上青梅竹马，可也是一块玩大的。现在李科是咱们民主联军的一个排长了，要模样有模样，要能耐有能耐，要我看，秦妹心里是先装了李科。”

指导员话语很冲：“一个臭俘虏，大地主的儿子，他李科有什么好，还把他装到心里了？提在手里也让人受不了。”

李门楼严肃地说：“你这话就不对了，违反政策，他现在是战友，你一个指导员咋能这样踩咕部属呢？”

指导员说：“你还批评起我来了？”

李门楼占了主动：“不该批评吗？有本事表现好一点。”

指导员缓和了语气：“何为表现好？”

李门楼又回到了原点：“支持我出院。”

七十

老指导员对干地方有偏见，我好心宽慰他，不承想他是设了圈套让我钻。我老实善良本分，还真就钻了。他把底牌一摊，我才知道我说的道理条条都是针对我自己的。

有一天，一辆大卡车开到了卫生队，车上装有很多慰问品。带车的团副政委黄伯仲，从驾驶室里出来就去了卫生队队部。

队部的助理来通知指导员宋良："黄副政委来了，点名要找你谈话，让你现在过去。"

指导员很紧张："找我谈话？没说谈什么？"

助理说："我哪知道谈什么。"

指导员身体还没有恢复到能归队的程度，他惴惴不安起来，这一段时间有几个伤残的干部就地转到地方工作了，副政委来了不进病房，而是把自己叫过去，显然是要单独谈话，会不会也是让自己离开部队？看来是不大妙。

指导员返回病房时，李门楼一眼看出他两眼红红的，像是刚哭过。李门楼问："出了啥事？"

指导员带着情绪说："我完蛋了。"

李门楼首先问的是指导员的伤："你的腰又往坏里走了？"

指导员站了起来，扭动着身子："你看我这腰，扭大秧歌都行了，像是恶化吗？你知道副政委找我做什么？现在新区多，他要到新区工作一段。他年龄大了，去就去呗，他还找个垫背的，硬要把我带上，说我当过副区长，干得不错。这一去，恐怕就干地方了，回不到部队了，这可是麻子敲门坑人到家了。"

李门楼松了口气，笑了："我还当是啥事，干地方你也能干好，当个县太爷，七品哪，还哭鼻子？"

指导员自然不承认："你是越来越不像话。"

李门楼编造说："他们让我去那院洗瓶子，我朝窗户里一看，见你在抹泪了，你还跟副政委发火，你是叫副政委把你惯坏了，我还准备让秦妹来劝劝你呢。"

指导员又来了气："我们领导谈话，你听什么听？你少管闲事，要是让那个丫头片子知道了我抹泪，就把我的形象毁了，在她的眼里我必须保持指导员的完美形象。"

李门楼笑道："不服从组织分配，还形象？干地方就不是干革命？把新区搞好了，为部队输送大量优秀青年，天哪，那胜仗还不都落到咱们头上？"

指导员一听他说到这儿，突然就夸赞起李门楼来："不错，没白和我住一块，学会做政治工作了，不过我看你是一掐一泡水的黄瓜，还嫩了点。"

一听这话，李门楼也更有话可说："政治工作又不是你自家的柴火园子，别人就不能动？要是把你从连队调到地方工作，那闹点情绪，情有可原。可你现在是在住院，能打仗吗？就这么泡着？空有一身的本事，白在这里消耗。"

指导员说："我就是等着出院回连队。"

李门楼觉得一定能把指导员说服，以显示他的水平，他来了个口若悬河："你把浑身解数都用上了，死乞白赖地要求回连队，还不都是白费劲？怪谁？怪你身子不争气，当然了还是怪敌人太狠，偏就打在后腰上。按说也算是好了，只是好得不够彻底，半空里悬着。病来如山倒，病去如抽丝，这个丝真不知抽到啥时候呢。人有伤病住院，说了算的就是大夫，大夫说你不符合出院标准，你能出院吗？这和笼子里的鸟似的，身不由己。跟副政委去地方工作一段，正好离开了医院，你自己的身子就是你自己说了算，你说腰好了，那就是腰好了，谁还在你那臭烘烘的腰上又敲又摸？到了地方，你那翅膀可就展开了，你肚子里有干货儿，你是把秤钩子吃到肚子里了，处理事，一掂就准。新区的工作就那么几件事，把土地一分下去，地方政权建立起来，帮他们捯饬顺了，你想继续当区长，人家还不要你了呢。有仗要打，还不是让你回部队？你要是在这件事情上闹情绪，那可就坏了影响了，别说你不执行命令，就是执行不坚决，说牢骚话，哭哭啼啼，这也是犯了军中大忌。你这个人我了解，越闲越有病，工作起来，各村走走，啥屌病也没了。你是打过游击的，能游击出去，就能游击回来，何必指望着一棵树吊死。”

指导员故作惊讶：“真是名师出高徒啊，说起话来都得用箩筐抬。”

李门楼趾高气扬：“子弹再多，也得击中目标，你还看不出来吗？别看眼下休整，大仗还在后头呢，三战四平打完了，肯定还会有个四战，四平四平，打上四战也就太平了。那肯定是要集中更多的兵力兵器，你对四平已经那么熟悉了，到时候，你不用请求，他们也会把你请回来。”

指导员平静地说：“头头是道啊，这事要是轮上你，那就是另一回事了，你为战友报仇心切，让你去干地方，那不是让你挨刀吗？遇事要设身处地想一想，别老想着教训人。”

李门楼慷慨激昂，话说得利索，手也比画，显得有节奏有力度：“咱啊，觉悟是蹿着往上长，干地方就不是为战友报仇？一声令下，就像接受战斗任务，权当是转移战场。当然我和你不一样，大兵一个，这也是优势，就是到了地方工作，想回部队了，我可以报名参军啊，重新当兵了。”

指导员笑道：“我看这样吧，这次到地方工作，我把你也带上，翻身农民，经历过土改，觉悟又高，去了分管征兵什么的工作，肯定能干好。你管的这摊，在我们根据地叫武装部长。”

李门楼说：“考验我哪？真去我也不怕。”

指导员很认真地说了三个字：“是真的。”

军医来查房，秦妹也来了，一见李门楼就说：“听说你要求到地方工作？”

李门楼惊讶：“没有的事，我要求回连队。”

秦妹小声通报情况：“指导员找卫生队长了，说李门楼出院到地方工作一个阶段。”

李门楼这才知道指导员是真的要把他带走，忧心忡忡地说：“我的伤还没好利索，行动不便。”

军医笑道：“干地方没问题。”

李门楼坚定不移地说："我只回连队。"

秦妹变乖了，很真诚地说起了送别的话："你帮我们卫生队做了不少工作，真舍不得你走呢。"

李门楼不好讲牢骚话，说："指导员让我去区里当武装部长，管管征兵啊，民兵连组建啊，我这个人就是打打杀杀的，哪能当干部呢，这不是赶着鸭子上架吗？要想躲了这差事，只有一个办法能见效，那就是请军医出面说我的伤还没全好。"

军医态度很恶劣地说："我们早就想打发你走了。"

代理指导员来了，李门楼知道在这种情况下称呼要变一变，这位代理指导员，应当称指导员，原先的指导员，要加一个"老"，以示区别，也以示尊重。指导员和李门楼握了手，说："我看望你，也代表全连欢送你。"

老指导员说："他是代表连队党支部找你谈话，你毕竟是九连的兵。"

李门楼心想这么快啊，恳求道："我坚决要求回连队去，老指导员走到哪儿也想把我带上，也不看看我能不能胜任。"

指导员鼓励说："你当九班班长能胜任，还有什么工作不能胜任。"

李门楼来了个高姿态："在医院让人伺候着，不自在。能到地方去搞搞征兵啥的，也行。我这个人不管干啥，怀里都夹个小算盘，征兵我也得先有小算盘，我得留意一下，挑几块上等的好料，反正是能打胜仗的好料。我把他们带回九连来，把九连不行的兵换下去，有几个俘虏兵我还真看不上，该打发的打发回去。"

老指导员说："现在是指导员找你谈话，可我就听你在咧咧。"

李门楼对老指导员窝着火，顶撞说："谈话，只一个人说能叫谈话吗？我想说说心里话，不对吗？"

老指导员对指导员说："九班长对去地方工作先表了态，认识比我深刻，我是很受启发很受鼓舞，你就直接把决定通知他就行了。"

指导员很正规地把组织决定给他讲了，又提了要求："你是苦大仇深，到地方后注意不要感情用事，这是一个学习锻炼的机会。"

李门楼向指导员诉苦："老指导员对干地方有偏见，我好心宽慰他，不承想他是设了圈套让我钻。我老实善良本分，还真就钻了。他把底牌一摊，我才知道我说的道理条条都是针对我自己的。他和敌人斗，花花点子多，他把我也当敌人来玩花样，把我和他绑到一块去和老百姓打交道。"

指导员说：“老指导员的做法是欠妥，是低估了我们九班长的觉悟。”

老指导员说：“九班长啊，到地方工作你还是归我领导，以后能不能重返部队，是我说了算，我是有办法整治你的。话说在前头，去了就要安心，不要身在曹营心在汉，那里离部队不远，不要三天两头往部队跑。”

李门楼不满道：“部队是我的家，是娘家，回娘家看看也不行？会不会是嫁出去的闺女泼出去的水？”

老指导员存心打量了李门楼一番：“有这样的闺女吗？”

指导员临走时，李门楼慢吞吞说：“话谈完了，照例该问问我还有什么困难，我没困难，只有三个要求。”

老指导员面目严肃：“你还讲条件？”

指导员却和颜悦色：“说吧。”

李门楼说：“第一，新区工作走上正轨后，我还回六团。第二，我还回九连。第三，我还回九班。”

指导员也严肃了：“干革命讲条件是不对的，至少你的第三条不可能满足你，经过地方工作的锻炼，回来还挑一样的担子？没那么便宜，排长的担子压给你，小夹板给你套上，你敢拒绝？”

李门楼笑道：“指导员是不是也在国民党部队干过啊，这不是封官许愿吗？”

指导员不满：“胡说八道，我能当反动派？我是从一参军就是小八路。”

李门楼故作惊讶：“是吗？可我们这个老指导员是个老牌的国民党，参加地下党啊起义啊都是后来的事。”

话到这里，李门楼起身欲走，心想你俩咬起来才好。老指导员还平静，指导员却很有些不安或者说有些狼狈，不过他对老指导员说：“没想到你俩的官兵关系如此真诚融洽，连你的老底儿都敢揭，是不是你太娇惯他了？”

这话让老指导员满意地一笑，这让李门楼有些失望。指导员打个手势，命李门楼坐下。老指导员说：“娇惯谈不上，火候也不欠，你见过打铁的吗？对他啊，欠的是淬火，浇点凉水，冒冒热气，接着再上锤子敲打。”

指导员心领神会：“战火中锤炼，再到人民群众中淬火，看来你是有心栽培。”

老指导员纠正："在咱们这边叫培养，该拔草拔草，该上肥上肥，人民群众啊，那可是雨露，他能不能成长，就是他的事了。"

指导员信心满满："能，能。"

老指导员冷静得多："战场上能经得住考验，到地方呢，考验不比战场少，他至少有三个弱项，是很难锻炼出来的，其中有一项确实遗憾，原本是他的优点。可到了地方，就成了致命的弱项。"

李门楼听到这里，不想离开了，他倒是要听听领导对他的负面看法。

老指导员说：”他爱憎分明，重感情，我很赞赏，可在地方，很容易感情代替政策代替理智，且不说敌人的腐蚀，他就是谈上一个对象，那也是严重违纪，是要关禁闭，是要被开了的。"

指导员点头："确实是严峻考验。"

李门楼站了起来："正事谈完了，我得走了。老指导员真小气，说他一点毛病，还击我。"

指导员笑道："你要以实际行动证明你能经得住考验。"

七十一

李门楼笑道：“晚上没事，我看书学习到大半夜，你缴获敌人的那本书，挺好看的，写了一帮大闺女小媳妇，让我真开了眼界。”

指导员走后，老指导员见李门楼情绪还不错，搭话说：“你别叫我老指导员，我有那么老吗？我还是条光棍呢，你是要给我把人家都吓跑？”

李门楼闷闷地说：“吓跑才好。”

院里长着几棵蓖麻，结着一簇簇毛扎扎的果实，李门楼小时饿极了吃过一次蓖麻子，上吐下泻。他想现在要是病了，拖过这一两天，兴许就可以不到地方去了。他出去摘了一把蓖麻子，先吃了两颗，心想要是不见效，就再吃几颗。天刚黑就见效了，呕吐不止。指导员把军医喊来，军医说：“你怎么净吐白沫，吃什么了？”

李门楼说：“把指导员安排到别的屋吧，别传染上他。”

医生给他查了体温，又问了些情况，然后就说去炊事班问问，看来军医是怀疑饭菜上出了问题。指导员说：“你得先给他开点药，明天我们还要出发呢。”

指导员并没把他留下的意思。

军医没开药，只让他多喝水，说先观察一下。

这一夜，把李门楼折腾得够呛，天亮时才睡着了。

指导员把他喊醒：“快起来，该出发了。”

李门楼无力地坐起来：“两腿软得走不了路，我就是躺在担架上，也得跟你们出发。”

指导员说：“不用担架，有汽车送，让你坐美国的大吉普。”

李门楼知道想留下来的最后指望也没了，悔不该吃了蓖麻子，自己找罪受。他说：“轻伤还不下火线呢，这点病算啥。”

大吉普车开来了，车上已经坐了几个人，副驾驶的位置上坐着副政委黄伯仲。车里空间不够，行李绑在车外面。

李门楼发现常立在后排坐着，常立两眼直直的，似乎不认识李门楼了。黄伯仲说：“县城成立了个荣军所，顺便把这个老同志送去休养。”

指导员让李门楼坐在最边上，说：“呕吐的时候把脖子一伸就行了。”然后把一个废旧的小布包也扔给他，他见那布包内是旧棉絮，立刻知道是啥用场了，说：“想得啊还很周到，废料筐里我见了，是剪开的棉袄，这棉花套子上肯定有血，我嫌脏。”

指导员说：“本来没让你用在干净的地方，用过了就随手扔了。”

车刚开，李门楼就把那小布包从窗口随手扔了出去，指导员不满：“没用过呢就扔？”

黄伯仲拿出一本很厚的书，给了李门楼，那书前面后面已经缺了很多页，是被人撕下来的。李门楼很不情愿：“带这么重的砖头块，增加行军负荷，很麻烦。”黄伯仲说：“这是从俘虏那里收缴的书，你带上，不是让你看，你不是拉肚子吗？用的时候就撕几张下来，就减少麻烦了。”

吉普车司机是钱榆，这家伙真给团首长开车了。他像见了好友，说：“飞将军，一步飞到天上了。”

黄伯仲问：“你们认识？”

李门楼没敢讲小钱是他们抓住的俘虏，只说：“钱榆给我们开车送过伤员。”

小钱并不避讳什么，直言说：“我是被他们班给抓住的。”

黄伯仲发挥说：“以后抓俘虏，别光是比哪个连抓得多抓得官大，还要比抓得好。”

李门楼不解：“啥是抓得好？要是好，还用我们抓？抓回来再说，啥疙瘩头都能腌成好咸菜，我军的高粱米饭吃上几个月，都可以出缸了。”

小钱握着方向盘说：“九班长啊，你是不是想让我把你开到沟里去。”

黄伯仲说：“会打炮的啦，会开车的啦，铁匠啦，木匠啦，反正咱们最缺的最需要的，这就是抓得好，来了就能撑起一摊来。人家七团抓了一窝敲鼓吹喇叭的，洋喇叭都有，都放到宣传队了，那才是有粉往脸上搽。”

李门楼有气无力地说："别忘了咱们现在是要去干地方，谈不上抓俘虏了，不过副政委的精神我是领会了，在地方征兵的时候，我留心一下，会敲鼓吹喇叭啥的，哪个村都有，我给咱们团挑点最需要的。"

黄伯仲强调说："一般地会不行，要挑拔尖的。"

警卫班已经先到两天了，在区委会执勤站岗。和预想的很不一样，黄副政委没当区长，是分管武装部那一部分，区长是从关内解放区调过来的。

李门楼先分管民兵连的组建。

那天有个村庄的民兵连成立，区长和黄伯仲都去参加，一名警卫员持枪跟着黄伯仲，都上了吉普车。李门楼看警卫员带的是一支只能打单发的步枪，很严肃地说："你这枪不顶事，遇到情况什么也来不及，手榴弹也没有，还是手榴弹有威力，炸不着敌人，也能阻挡一阵子。"

李门楼请示黄伯仲去取点武器带上，说："这里可不是太平地方，国民党部队躲到城里了，可散兵游勇狠着呢，人不多，也会打游击，这高粱地一钻，他在暗处，我们在明处。"

黄伯仲同意了："你去找文书要，就说我批准了。"

李门楼下车去要武器，回来时提了两只冲锋枪，腰里插满了手榴弹。他把一支冲锋枪给了小钱，小钱说："我只会开车不会打枪。"

李门楼态度严肃："说自己不会打枪就显得清白了？有情况你这个位置射击很方便，砸了玻璃就能朝前打。"

小钱笑了："你以为我这车是坦克?"

李门楼炫耀："我们用桌子当坦克照样打胜了。"

黄伯仲说："那可是真的，桌子上蒙了几层棉被，防护能力当然很强了，这车不行。"

这次真被李门楼说准了，吉普车没开出几里路就遭到袭击，敌人从高粱地里射击，车上的人听到枪声的时候，车头已经中弹，李门楼从另一侧的车门跳下来，借着车身的掩护，朝着敌人射击的方向就打了一梭子。

钱榆大喊起来："要燃了。"人们没听懂他的话，钱榆又喊："车要爆炸了。"人们都下了车，向另一侧的高粱地撤退。那汽车起了火，很快就爆炸了。

李门楼连投两枚手榴弹，听听周围没了动静，他往前搜寻，他看到了一个被炸死的敌人。

李门楼命令钱榆："你带副政委他们赶紧离开这里，敌人还会回来的。"

区长说："看来敌人是有准备的袭击。"

李门楼分析："他们肯定会回来把尸体搬走，恶霸地主的爪牙，谁不认识谁啊，他们也知道留下尸体，我们就能顺藤摸瓜，找出背后的黑手。我在这里等一等，这回是我在暗处，他们在明处，我说不定能抓个活口。"

黄伯仲说："你的分析有道理，可你不能留在这儿，先把尸体弄回去让老乡们辨认，顺藤摸瓜没问题。"

区长和黄伯仲改为骑马出行。

小钱当天就找了一匹马两头牛把那辆彻底坏了的吉普车拖回了区委。有两个轮子还好，就卸下来，安装到了一辆崭新的大马车上，车把式由小钱担任。

从此首长外出，指导员都派李门楼跟着去，李门楼满腹牢骚："你把我当成了副政委的警卫员了。"

黄伯仲批评说："这是组织对你的信任，你还闹情绪?"

李门楼没理也搅三分："除了跟着首长跑来跑去，啥工作都没有，我这个人，就是爱工作，只要闲下来，就闹情绪。"

黄伯仲说："这是你学习的好机会。"

李门楼笑道："晚上没事，我看书学习到大半夜，你缴获敌人的那本书，挺好看的，写了一帮大闺女小媳妇，让我真开了眼界。"

黄伯仲吃惊道："敌人看的书，你还看上瘾了，你马上给我交出来烧掉。"

李门楼爽快道："反正我也看完了，我交给你，你也看看啊，真的好看。"但又改变了说法："不对劲，我判断你肯定是看过了，你看中了哪个？我看中的不是那几个小姐，是一个丫头，你猜，是谁?"

黄伯仲醒悟一般地说："告诉你，你越消极，我就越不让你回部队。我不能让你清闲，多交给你任务，让你忙得脚不沾地，看你还看邪书。"

李门楼说："邪不邪我哪懂啊，真的很好看，那一大家子是个很大的地主，那个黑玉也真是可怜，她该起来反抗，起来闹革命，折磨自己算个啥啊。"

黄伯仲很惊讶地看着李门楼，然后鄙视地说：“你别给我来这个黑玉，那字念黛不念黑。”

李门楼盯着黄伯仲，像是不认识似的，说：“没想到啊可真的没想到。”

黄伯仲警告：“有些事你可以跟我学，有些事不能学。我搞地下工作，身边能带革命书籍？只能带杂书。”

李门楼笑了：“对你我啥都不学，不是不想学，是学不来，但是你对我的影响不可避免，这叫近墨者黛。”

黄伯仲突然兴致勃勃了，笑道：“我考考你，看你黛得如何。那书里有专写女兵的地方，不是秦妹那样的女兵，人家是女将军，英勇牺牲了。”

李门楼不信：“不可能，那些闺女媳妇娇生惯养，谁去参军啊，那书不全，我没看有参军妇女，也可能是你学问多，弄混了。”

黄伯仲并不分辩，只介绍书中所写的：“那是叔侄三人写的诗，其实三人也只是中小学生。那个小学生写的只有四句，并不被人看重，其实也是荡气回肠。‘玉为肌骨铁为肠’，不错吧？‘捐躯自报恒王后，此日青州土亦香！’对她的牺牲评价很高。那初中生写的是五言，我小时最喜欢的是其中‘掩啼离绣幕，抱恨出青州’。现在想起来，最让我感慨的却是头和尾：‘红粉不知愁，将军意未休。’‘谁题忠义墓，千古独风流。’当然值得一读的还是那大孩子之笔，算是国高生了，洋洋洒洒四十六句。‘眼前不见尘沙起，将军俏影红灯里。’漂亮不？‘丁香结子芙蓉绦，不系明珠系宝刀。’这装束，才叫特色。‘马践胭脂骨髓香，魂依城郭家乡隔。’几个字就让人挥泪。”

李门楼也感叹：“是好。”又幡然道：“我明白了，你知道我在集体里热闹惯了，到这里不习惯，就变着法给我送一本好看的书。”

黄伯仲坚决否认：“胡说八道，我能把敌人爱看的书给你看？那样有直接证据的错误我不会犯。”

李门楼点头：“细想起来，你也知道我是斗大的字识不了一筐，确实是不会送那大厚本，要送也得送《三字经》啥的，咱需要的是启蒙，我爹还真给我买过一本《三字经》。”

黄伯仲说：“那只是你们的启蒙，‘融四岁，能让梨’，你们以为这就是高尚了，我小时候咳嗽，秦家老大让我吃梨，我就不吃，那桌上啥水果没有啊，吃不完烂了，就换一批，还有那供桌前老是供有鲜货，鲜货就是时兴的水果，我能把让梨当成高风格？所以至今也没读懂也没得到启蒙，”

李门楼觉得有道理，说：“那你们小时候学啥，总不能一来就看这厚书吧？”

黄伯仲说：“我读书时，先生总是要列个书单子，书多了，一直到大，书单子上也没那厚书，是偷偷看的，要是先生发现了，就会打板子，家里发现了，连耳光也打，我最早的坚壁清野，就是藏那本书，从没被发现。”

李门楼笑道：“你赠送我的那本，我也藏得好着呢，连小钱也不知道。”

黄伯仲不解：“还没用完？早该用完了。”

李门楼得意道：“我从小在你们家受剥削，但正面的影响也有，你们家里是从来不容许用有字的纸擦屁股的，说这是亵渎圣人，我也就养成了这习惯。”

黄伯仲不信：“这不可能。”

李门楼当即从挎包里掏出一小捆细细的短短的秫秸秆来，全都是劈成了两半，黄伯仲立刻相信了李门楼的话，说：“看来你还真是爱护书呢。”李门楼说了实话：“其实，我这也主要是做给人看，到了区里，有两条底线不能破。一是和群众打交道多了，绝不能私下里接见年轻的娘们。二是你们这里带字的纸片多了，包括废纸片，咱绝不看也绝不动，涉密的事远离。人们一看我这备战的秫秸秆，就没人怀疑我会用你们的废纸片。别的啊，我不在乎，比在连队还放松，就是犯错误，也是一般化的错误，也不能把我咋样。”

黄伯仲当即郑重其事地说：“今天我才发现，你是个让我放心的人。”

李门楼献上了合理化建议：“油灯这枣核大亮光，躺在床上看书，费老劲了，我看你躺下也不必让两眼劳神，就闭目重温以前看过的书，防止忘了，更重要的是重温可以有新的理解。”

黄伯仲不解：“那咋重温？”

李门楼真诚地说：“简单啊，每晚你就给我把那书背一段，我也受益，省得我灯下一个字一个字抠，有了生字也不需要打扰你了，最重要的是你现在还能背下来还没忘的，肯定是精彩部分。”

黄伯仲一听这无理要求反而笑了：“你咋知道我会背。”

李门楼回答的是：“你自己暴露的啊。”

一个堂堂的副政委听得此言，竟也沾沾自喜，颇有逞强的心理：“咱当年钻研学问也是下了功夫的，当然，会背也不能给你背，劳神啊，通篇也不过就是一把辛酸泪。”

李门楼找到了很在行的话：“过去你从那书里看到的是辛啊酸的泪，现在成了革命家了，看到的是：不革命行吗？”

黄伯仲一听这话，立刻觉得李门楼有见解，他没有给表扬，却来了个试探，似乎看看他陷得多深，说：“那我就给你背‘呦呦鹿鸣，荷叶浮萍’那一段？”

李门楼笑起来，果然他一听便知那是书中小厮错念的一句诗，他怀疑黄伯仲存心把他比作那没文化的小厮，而且自己确实多年就跟着李科当小厮。他感叹说：“书里那小厮对主子是真的忠心，说是主仆，其实是兄弟。我跟着李科那几年，别人看着我是小厮，回到屋里还是兄弟。”

黄伯仲没忘了革命的立场，说：“那你俩吃饭呢？也一样？还有坐，都一块坐着吃？”

李门楼说：“那哪行，坏了规矩，他那姐夫肯定把我辞了。其实呢，那规矩对我俩来讲，是样子货，我俩下馆子，他吃个虱子也少不了给我一条腿，我还时不时地敲诈他一回。”

黄伯仲笑道：“觉悟不够高啊。”

李门楼说：“我想高呢，能高得了吗？连我媳妇都劝我跟李科划清界限，他心里真苦啊，界限没划清，我还就成了地主少爷的狗腿子，一块陪斗。”

黄伯仲说：“你要多帮他。”

李门楼冠冕堂皇了：“现在是革命战友，生死与共，互相帮助，我跟他学会了打六〇炮。”

黄伯仲很满意：“好，一专多能啊。”

李门楼爽快地说：“我还得跟你坦白，有空我就跟钱榆学开汽车。”

黄伯仲反应是：“学车行，开车不行，否则我收拾钱榆那个小兔崽子。”

李门楼略加分辩：“会开车，以后打仗会有大用场，追歼敌人，那就像哪吒踏上了风火轮。水泊梁山踏着甲马日行千里，我看就是坐了摩托车。”

黄伯仲说：“没那么简单，去年冬天我们缴获的汽车，说是水箱都冻坏了，全报废了，说是冬天每天给它放水才行，一次忘了，就完了。一匹战马，要给它喂料给他饮水，可不用管它撒尿，汽车就麻烦多了，撒尿也得管。”

从那以后，李门楼有了不少额外工作，比如枪决一名地主恶霸，李门楼被派当刽子手。

征兵工作开始后，他的工作热情突然提高了，去各村跑，回来很晚。有一天，他在深夜才回来，推开门，见炕上已经睡了一个人，他点了灯，见那人没脱衣服没脱鞋却盖着他的军被。细一看，他有点吃惊，他记得这个人叫刘小大，是去年冬天释放的一个俘虏，现在咋会睡在这里？

他不假思索，当下就把刘小大推了一把，刘小大一醒来就跳下地，站在那里。李门楼埋怨：“你是谁啊，咋睡在我的办公室？”

刘小大迷迷糊糊的，以为李门楼真把他忘了：“你不认识我了？”

李门楼存心说：“我抓俘虏抓得海了去了，咋能都认识。”

刘小大笑了：“当班长的时候认识，现在当了官了，就不认识了？”

李门楼爽快地说：“芝麻大的官，还算官吗？说吧，找我啥事。”

刘小大只说：“想你了，就不能看看你？我下午就来了，一直等你。”

李门楼想起来了，刘小大好像就是这一带的人，见桌上放着个篮子，里边装的是鸡蛋，看来是刘小大带给他的。他问：“娶上媳妇了？”

刘小大颓丧道：“照说我这个人，眉眉眼眼都周正，虽说不是吕布转世周瑜脱胎，却也是俊俏武生。可一盘底细，完了，沾了国民党的边了，好闺女才不跟我呢。”

李门楼笑道：“我看你是敌人的蛮横没扔掉，把人家都吓跑了。”

刘小大白了李门楼一眼：“你看看我这腰板，直不？这胸脯，挺得咋样？还有这身上肌肉，谁能相信我是打光棍的人。”

李门楼笑道：“依你们的作风，抢也得抢一个来。关键是不能把标准定得太高。地主的闺女啥的，还是愿意跟你的。”

刘小大说：“根儿上不好的我可不沾边，宁可划拉个瞎子啦、拐子啦，反正我是落了个吃剩饭的份儿。”

李门楼笑着点头：“是啊，现在打仗，残缺不全的人很多，我也替你留意一下，遇到瞎子拐子，我来给你牵线。”

刘小大说了实话：“是有个闺女看上了我，那可是难找的漂亮妹子，瓜子脸，柳条腰，俩大眼呱唧呱唧会说话。我见过你们部队的秦妹，秦妹要是和她站一块，秦妹就成了丑八怪了。"

李门楼不相信："真的假的？"

刘小大说："假的我找你干吗？她是真心和我相好，可有一条，绝不和遭殃军结婚。我都滚回家了，咋还是遭殃军。她的条件是让我参加民主联军，说那才是脱胎换骨。你说我能不参加你们的队伍吗？"

李门楼说："进步这么快？"

刘小大摇头："我是当兵当怕了，做梦也尽是打仗。可是不当，她是不会嫁给我的。"

李门楼问："报上名了？"

刘小大愤然道："别说我了，就连我的那二弟都因为受我的连累，不准许报名。"

李门楼说："就是那个叫刘小老的？"

刘小大一惊："你还记着他的名字？可见你心里还是有我。你们这次来征兵，变得挑挑拣拣，说主要是从贫雇农子弟里挑，这一条我够格，不够格干吗分给我家土地？可是我们村的韩大村长死活不准我报名，让我二弟也往后排，轮不上他了。二弟怪我扯了他的后腿，跟我别起劲来。这小子不是没良心吗？当初国民党招兵，我心疼他，让他在家，我去，送死也是我去。我大难不死，他不知恩不知报，跟我摔瓢蹾碗，把气撒在我头上。我说你想当八路还不容易吗？我在八路那边可是有个好大哥，我去找他，我说一句话，立马让你穿上二尺半，我说两句话，就给你弄个班长当当。"

李门楼站了起来："你们村搞土政策，刚当家就想当土皇帝了，我得收拾他们，该撸就撸了。"

刘小大说："你知道我是咋找到你这儿来的吗？我去你们部队了。见了葛长藤和李福强，他们跟我说你和老指导员都在我们乡下呢，我急急忙忙赶来找你，你咋也得替我们说一句话。"

李门楼严肃道："我要是说三句话，就得让你弟弟坐八抬大轿了。"

刘小大说："我给他夸海口，也不过是想争个面子，别以为我只是让他沾包，我也能让他沾光。"

李门楼当即做了决定，理直气壮说："这事好办，我去一趟你们村，就都解决了。他们征兵，还不是给我们征？我说不要的，来了我也给他打发回去，我说要哪个，敢不给？我说他破坏征兵，先抓到区里来。”

刘小大又提了一个要求：“你去我们村的时候，去我家一趟吧，让那个韩大村长看看，区里的干部是我兄弟，也让我二弟看看，咱是不是有八路大哥。”

李门楼没反对，说：“不是让你弟弟看我，是我看他行，他要是软了吧唧傻了吧唧，一切都免谈。”

刘小大笑道：“他软不了，从小在铁匠铺里帮工抡锤子。”

这句话正中李门楼下怀：“我们都想找些有特长的呢，特长，知道吧？就是有点特别的本事，哪怕唱得好跳得好，也是特长。”

这俩人唠到了后半夜。

七十二

他兄弟俩当兵的事就交给你，要是你把他哥俩都卡住了，那我就把你也卡住，你也别想参军。要是你让他俩都参军了，那你就留下来伺候军属。

李门楼去了刘小大那个村，村长韩鹁鸪很年轻，比李门楼小，加上李门楼在区里工作，他直呼村长为小韩，赞叹道："小韩啊，听说这次你也参军?"

村长汇报说："我们村也是连锅端，所有村干部都参军。新选了个副村长，我走了之后，这一摊工作就由他来接手了。我们挑个年龄大的来当村长，能多稳定一段。"

李门楼看那个副村长至少有六十岁了，说："接班人也选好了，工作有序啊。"

李门楼听了村里征兵工作进展，又看民兵连的操练，李门楼问："咋没看到刘小大?"

村长说："他不是民兵，他当过蒋匪军，坏事肯定没少干。"

李门楼脸色不对了："当民兵也不行?"

村长带笑说："也不是不行，这会儿人多，就先搁一搁，等我们一参军走了，他肯定是民兵了。"

李门楼提出到刘小大家去一趟，说："听说他有个弟弟刘小老会打铁，我看看他咋样，我们部队缺少这方面的人。"

村长滔滔不绝："我们村不光组织了支前运输队和担架队，还组织了打铁组和木工组，需要打铁的，说一声，我们就派去了。"

李门楼追问："听说刘小老想参军，报名了吗?"

村长如实汇报："主要是考虑他哥的屁股擦不干净，没让他报。"

李门楼心里恼火，却说出了赞扬话："你们村挺牛啊，报名的人多，热火朝天哪，你的工作热情也很高。"

村长不敢怠慢，陪同李门楼去。

路上正经过铁匠铺，村长指点说："打铁的那个叫刘小老，是那个蒋匪军的弟弟。"

刘小老上身只穿着件坎肩，腰间扎着粗布围裙，身板像石磙子，两臂肌肉隆起，有节奏地挥动着铁锤，随着悦耳的叮咚声，火星四溅，李门楼总觉得那火星会溅到他的胸口上，不由得脱口说了一个字："好。"

村长说："刘小老，区里的人要到你家检查工作，你也跟着去。"

刘小老解下围裙，顺便在围裙上擦了手，冒出一句话："我哥早就改邪归正了。"

李门楼笑了笑："你是刘小大的弟弟，我可是刘小大的大哥，你就叫我李大哥好了。"

刘小老没叫，只咧嘴笑了一瞬间。

行至院门前，村长没进门就喊："区里来人了。"

迎出来的是刘小大，刘小大打个立正，大声喊："李大哥，可想死我了。"

村长纳闷道："还真是大哥？"

刘小大很牛气："何止是大哥。"

李门楼的话给足了刘小大面子："黄副政委让我向你问好，宋指导员说他有空就来看你。"

刘小大的父母也慌忙出来，把客人让到了屋里。父亲说："小老没见过世面，从小怕见大官。"

李门楼笑道："咱们这几个，村长是最大的官了，父母官啊，有啥怕的。"

刘小大把刘小老往前拉了一把，说："这就是我跟你说的李大哥，有啥话，你自己说。"

刘小老脸红红的，眼里闪的亮光像是铁锤子迸出的火花，只说："我就是想去当兵。"

李门楼转身对老人说："你们咋就养活了一对这么结实的儿子？"

父亲说："有点啥吃的都喂了他们啦。"

李门楼问刘小老："说说看，为啥要当兵？"

刘小老紧张起来，很不顺溜地说："为了，去打国民党反动派。"

刘小大说："连话都说不好？我咋教你的？要保卫土改胜利果实。"

村长看着刘小大："你还教他？他说得不对吗？就是要打垮国民党反动派。反正你这会儿也不在那边了，又不是打你，咋也轮不到你教他。"

刘小大昂头说："教我进步的是谁？让李大哥跟你们说，说出来吓死你们。"

李门楼认可地笑："那就别说出来了，吓死人出人命不好。"

刘小大倔强道："我也跟你走。"

李门楼刻板起来，面对两位老人说："这俩小伙都是好样的，我把话说在前头，都好，我们也不能都要，最多要一个，一个就是一个，没有商量的余地。留下的搞好生产，支援前线。谁走谁留，要由你们两位老人定。"

当父亲的没吭声，李门楼当即想到眼前这两个小伙，只有刘小大是老人的亲生儿子，老人不好表态。

那位母亲拉住了李门楼的手："我看就遂了他俩的心愿，让他俩一块跟队伍走，我是有三个儿子两个闺女。"

李门楼心里很感慨，也很沉重，他想起了三林和李福强的母亲，说："有你这样的母亲，我们是一定能胜利的。可我还是那句话，不能带两个走。"

村长对李门楼说："你要是带刘小大走，我也管不了，反正到时候别把我和他分在一个连就行。"

李门楼带着劝导人教育人的架势，不客气地说："小韩啊，还没走呢你就跟革命队伍提条件？"

刘小大笑道："我的枪打得好，我去了当个班长就行，我对全班士兵肯定都关心爱护，要是把村长分到我们班，我肯定把他当兄弟对待。"

李门楼依旧给他面子，说："你去了先当副班长，干好了再提拔。"

村长埋怨李门楼："你把刘小大惯坏了。"

李门楼对村长说："他兄弟俩当兵的事就交给你，要是你把他哥俩都卡住了，那我就把你也卡住，你也别想参军。要是你让他俩都参军了，那你就留下来伺候军属。"

李门楼回区里第二天，各村支前队就接到通知，连夜往南运动，到指定地点集结待命。李门楼不知道部队是要攻打什么地方了，但估计离支前队集结地不会太远。

小钱赶的马车也被纳入了这次支前的运输队，小钱找了副政委，说："我的马车被征用了，是不是要打大仗?"

副政委说："秋季攻势胜仗很多，既然需要这么多马车，缴获的物资估计也少不了，"

小钱请求说："什么车也没了，我还能干啥，把我也征用算了，让我也去拉战利品。"

副政委没思索就同意了，还说让他把枪带上，防止遇到偷袭的敌人。

小钱把马牵到河边，仔细地给马刷洗了身上。马不停地去吃河边的青草，小钱索性撒了手里缰绳，让那马悠闲地撒欢。小钱躺在坡地上，把鞋也脱了，跷着腿在那里唱山歌。李门楼从河边走过，他是头一回听到小钱唱歌，唱的是他没听过的歌，那词儿一句也听不懂。

小钱让李门楼也躺在沙土地上晒太阳，李门楼坐了下来，说："你那南蛮子歌还真中听，看来你心境不错，有啥好事吗?"

小钱兴致勃勃地说他要赶着大车去支前了。

李门楼冷言道："我还以为让你参加战斗呢。"

小钱把藏在心里的想法跟李门楼交了底："别看我赶着马车去，到了那里马车我不要了，我准能捡到一辆好汽车，我就开回来。仗一打完，路上肯定又是排满了汽车，找一辆没伤筋动骨的很容易。你也跟我们去吧，什么洋落都能捡到，满载而归。"

李门楼不感兴趣："我不去，捡洋落有啥劲，捡了又不归自己。打扫战场还是抓活的有意思，等老百姓上去，没活的可抓了。你根本不懂，再没有比眼瞅着敌人下软蛋更让人心里舒坦的了。"

小钱听了这话也没生气，反而笑道："我可没下过软蛋，那次你把我抓了，你美滋滋逼我给你开车，我加大油门，把车开得飞快，然后来个急刹车，你那脑袋就结结实实撞到前边，我看你那头上就撞出个鸡蛋一样的大包，软蛋跑到脑门上去了，我这心里别提有多痛快了。"

李门楼盯着小钱："说吧，还对我下过啥黑手?"

小钱笑道："也没几回，反正把你气得嘴也歪了眼也斜了，其实也怪你，傻呵呵的啥也不懂，老上当。我说没油了，开不了啦，你也不懂亲自看看是不是真没油了，被我牵着鼻子走。"

李门楼找了合适的理由："我对你就俩字：信任。"

小钱对这俩字颇为满意："我也不让你白信任，这回我也帮你捡点好东西回来？说吧，你不是爱抓活的吗？还要不要？我也给你带一个活的回来？"

李门楼轻蔑道："我这儿是俘虏营？"

小钱说："咱们这儿做饭的那个老头，脏兮兮的哪会做饭啊，敌人那边可真有好厨子。我一眼就能认出是厨子，我找个小灶的，把他俘获回来，咱们这儿的伙食就改善了。"

李门楼居高临下的口气："你是想找个给我们下信石的来，把我们都毒得翻了白眼？你缴辆车带来倒是真的，可先说好，捡回汽车来，你要继续教我开汽车。"

小钱神气起来："教你可真费劲，要是我，早就出徒了。"

李门楼说："别忘了多缴些油回来，咱们这儿可找不出那种怪味的油。"

小钱服从命令似的："是，我再找几个电棒子来，给你一个。"

李门楼得寸进尺，加码说："你留心一下，看能不能捡到美国佬做的那种刮胡子刀，那可是真快啊。"

小钱为难道："那玩意儿可不好找。"

指导员来找李门楼布置任务："你赶紧准备一下，和几个战士一起全副武装随支前队出发。"

李门楼问了一句："我也加入支前队？"

指导员说："我看了一下支前队，虽有部分民兵携带枪支，可护卫能力不够，路上林子也多，遇到小股敌人袭击，损失就大了。我请示了副政委，决定派你们几个去护卫。"

李门楼欣然受命。他把枪支弹药备好，指导员还给了他一支信号枪和几发信号弹，他把信号枪左肩右斜挎上，很有点像个年轻的指挥员。他说："敌人打不过我们，还不找支前队出气？这么庞大的支前队，遇到敌机轰炸很麻烦。我看最好给我们配个号兵，防空号一响，从头到尾都听到了。"

指导员为难道："咱们这里哪还有号兵。不是带了机枪吗？给他们定好，以打枪为号，要是白天赶路，队伍不要太密集。"

到了集结地，几个村的支前队也到了，不少人举着火把，路上排满了马车，到处是马匹的嘶鸣声。李门楼把护卫的战士分布开，他打头，小钱收尾。他看到了刘小大，刘小大赶着马车，身上也背着一支枪。李门楼没作声就上了那辆马车，刘小大提了要求："我这枪里只有两发子弹，你给我匀点。"

李门楼拒绝："这不行，要子弹，到战场上捡啊，你这车满满当当都可以装子弹。"

天亮以后，有部队人员已经前来迎候，在他们的带领下，马不停蹄地往前行进。他们看到了战场，原来战斗早已结束，支前队只是来搬运物资的。

抬眼望去，公路上的残车废炮排成了长蛇阵，除了有大批粮食弹药被装，还有几车蔬菜，看来至少两个团的敌人在往沈阳方向撤退时遭到我军伏击。

小钱跑了过来，李门楼说："人家的战斗都打完了，咱们连一声枪响都没听到。"

小钱指着前面说："你看那几辆车了吗？我先去挑挑，我要挑一辆美国吉普。"

有的汽车就停在路中央，马车队过不去，有的马车已经从路边的地里往前运动。也有众多的支前队员跳下马车，想合力把挡路的车推开，可那车像扎了根，任凭怎么推怎么吼，纹丝不动。有的大骂那车顽固，只为国民党效劳。李门楼说："你们不懂，这车也像人，看上去没破皮，五脏六腑不知伤在哪儿了，发动机是它的心，心坏了，还能走？"

不能让它这么挡路啊，没法子，只有把它推翻，翻到路边去，好在这里有的是人，铁疙瘩也能让他们翻倒了。有人像喊号子一般地领头喊，大家嗨哟嗨哟地喊得震天响，李门楼被那喊声震撼了，他也情不自禁地去帮着推车。

小钱跑来很失望地对李门楼说："就一辆美国吉普，还给炸坏了。"

李门楼下令："别站着，你也上手，推翻它，这叫扫除障碍。"

小钱纳闷："这么好的车，干啥子要推翻？"

李门楼气急道："怎么推它也推不走，坏了。"

小钱当即说："不像，可能是拉着手刹呢。"

小钱过去拉开驾驶室的门就跳了上去，李门楼也跟着上去。小钱仅摆弄一下，那车就轰鸣而响，然后就开动了，开下了公路，在那宽阔的原野上飞奔起来。李门楼让他停下来，他装着没听见。李门楼大吼："你是想开车逃跑啊。"

小钱笑道："我不过是想过过车瘾，这车比吉普车好多了，我就要这辆车了。"

李门楼说："你养得起吗？它的饭量小不了，把你卖了也供不起那么多油。"

小钱说让车转了个弯往回开，又回到公路上，他站在车门口，挥着手发号施令："支前队的乡亲们，咱们运输队有汽车了。"

小钱穿着一身军装，说话的那口气俨然是一个指挥员。

远处开来一辆军用卡车，车上跳下来很多的兵，看来也是打扫战场的，这些兵只挑汽车，见了没打坏的车，就上去开动了，原来这些兵都是司机。有一个干部是领队的，大家称他助理。

不一会儿，就有十多辆汽车被他们挑选出来，正好是一人一辆。他们还对那些被打坏的大炮和一些炮弹感兴趣，无奈人手少，装车很困难，尤其是那些残炮，拖不了，也抬不上车，他们只好向支前的民工求援。

助理大声喊："你们谁是领队？"

李门楼问："你们是炮团的？"

助理说："是，叫我们来捡汽车，没想到还有炮。"

李门楼笑道："你们来晚了，好炮都叫纵队的人拖走了。"

助理解释："坏炮也有用，能修的修，不能修的还可用部件。"

李门楼当即把村长韩鹁鸪叫来，让他们村的支前队员帮助抬炮上车。小韩得令，把大家召集来。一阵呼喊，残炮就上了车。那干部对村长说："你们很有战斗力啊。"

小韩喜不自禁："我们啊是最后一次支前，回去就参军去了，我以后就是六团的兵了。"

小钱走过来问："那边还有好几辆车能开动，你们不要了？"

助理为难道："我这儿是十二名驾驶员，连我是十三个人，十三辆车，一人一辆。"

小钱傲气十足地说："好几辆车都有挂钩，完全可以在后面拴上一辆汽车，一个司机就能开回两辆车去。"

那个助理很赞赏这个主意，说："好，马上就试试，司机大多是刚从佳木斯汽车学校分过来的，驾驶经验少。"

小钱说："我看这样吧，我帮你们开，我驾一辆，拖一辆，上面还可以背一辆坏了的美国小吉普。我开车有几年了，车有毛病也能捅咕几下。"

助理犹豫："你们领导能同意？我知道你们六团架子大得很，动不动就说大炮不能上刺刀，借个人就像借了他媳妇。"

小钱说："我不一样，我是临时在地方给区政府开车，车早就被敌人打坏了，见了汽车我手就痒痒。现在我的领导就是这个班长，他同意，我就能跟你们走。"

李门楼冷眼说："那我要是不同意呢？"

小钱笑道："不要舍不得，我有啥好啊，你就把我当成去执行任务，很快我就会回来。"

李门楼斥道："你那辆马车呢？扔在这里？"

小钱说："你把它赶回去就行了。这儿的老百姓挺差劲，上次我们团被打坏的十几辆卡车，当天夜里人们就来把车轮子卸下来当马车轱辘，你不觉得可惜了的？你看这汽车还好好的。"

助理说："你这么一说，我真得借你一臂之力，半天就够了。"

小钱指着前面一辆瘫痪在那里的小吉普车说："可不能白借，那辆小汽车我看了，只是水箱被子弹打了洞，我顺便把它放在卡车上驮回炮团去，炮团肯定有维修工具，把水箱的洞焊好，就能开，我把它开回来，我就又有小汽车了，继续当团首长的司机。"

李门楼觉得这个办法可行，于是和那个助理达成了口头协议。接下来便是召集民工把那辆坏了的军用吉普往卡车上装载。下面的人又抬又推，卡车上的人拉了绳子拽。

一切安排就绪，小钱在驾驶室把车开动，加入了炮团的车队。小钱得意地朝李门楼他们招手，这个家伙果然是一次就把三辆汽车运走了。

小钱丢下的那辆马车由李门楼驾驭，他赶车是老把式。

七十三

咱能投降吗？举着两手投降？我可丢不起那人。当然，我在敌人那边是开汽车的，汽车炸了，我也就被俘了。当时李门楼拿着枪和手榴弹逼我开车，我敢不开吗？可我真没举手。

天黑前，支前队满载战利品赶到兵站。大家正在卸车，小钱也就赶来了，果然是开着一辆美国吉普车。小钱欲下车，李门楼却上了车，在座位上颠了几下，到处乱摸，还按了一下喇叭，他说：“也是个大嗓门。”

小钱谴责道：“胡闹，这么多马在这儿，你按喇叭，惊了马要出乱子的。”

李门楼认错一般地说：“我心里高兴，就按了一下，咋就没想到后果呢。”

小钱继续说：“村里的马和部队的马不一样，没经过训练，看到汽车还以为看到啥怪物呢，加上喇叭大叫，那比狗熊大叫还吓得慌。”

李门楼赞赏道：“没想到这么快就把车修好了，我还担心把师傅弄丢了呢。”

小钱指手画脚说：“累死了，我得歇会儿，你去用那个桶找点水来，该加水了。”

李门楼颠颠儿地去提了水，还端了一大碗热开水。小钱这时已经把大脚丫子放在方向盘上睡着了。

支前队卸了物资，开始休息。各村预先都带了干粮，也带了大锅，这会儿都不吃干粮了，支起了大锅做饭。锅里煮的是白米饭，大米也是战利品，外加罐头。马匹也都卸了套，缰绳拴在树上，草料里拌有黑豆和高粱，刘小大还不满足，趁人不备，撩起自己的前襟，兜了一衣襟大米，悄悄加在自家马的草料里。

刘小大来叫李门楼："村长叫你去我们村的灶上吃饭去。"

李门楼把小钱叫醒："开饭了。"

饭好了，但火还烧着，像篝火，把周围照得通亮。民工们吃着饭也大呼小叫，村长对李门楼说："比过年还肥，随便吃。"

小钱说他不饿，说中午炮团请吃了一顿招待饭，也是大米饭。李门楼发现他在说不饿的同时，一碗饭已经下肚了。小钱说他在家的时候，天天都是吃大米饭，吃腊肉和腊肠。村长小韩说："连地主老财的子弟都能参加革命，可见革命真是来了高潮。"

小钱板着脸说："我们家不是地主老财。"

村长说："不要谦虚，你就像个包子，一开口就全露馅。"

李门楼借机发挥："小钱啊，你爱逞能，爱吹牛，吹过了头就惹祸，人们真把你当逃亡地主，你的麻烦就大了。"

小钱不服："你是不是不想当我的徒弟了？我们那儿出门就是水田，都是种水稻，不吃大米吃什么。"

李门楼赔笑道："那以后咱们一块打到你们家乡，我就不回来了，就留在师傅家，过过吃白米的瘾。"

小钱故作忧郁："以后咱俩不一定能在一块了，步兵团没什么汽车，搞不好我就得下连队端着枪打冲锋。我想去炮团开车去，今天我跟炮团长说了，他们还真想要我，让我把名字啊单位啊都写了下来。我看过不了几天，就会接到通知，我就上任去了。"

这是李门楼没想到的，说："跳槽没那么容易，那个炮团归四野特种兵管，不是咱们纵队的，你想跨大单位调动，比打隔山炮还难。"

小钱蛮有把握："以后攻大城多了，炮兵就是战神，六团也得敬神呢。只要炮团说句话，六团还不把我当贡品似的敬过去？"

这话说得让李门楼相信是真的，村长小韩不信："就你？"

李门楼说："别小看了这个家伙，他不光是会开车。人有了病要找大夫看，他啊就是汽车的大夫。"

小钱很满意李门楼的评价："还是徒弟有眼光，我知道你舍不得我，为了胜利，你可别给我使绊子，放我一马，这叫割爱。"

李门楼顺水推舟："我支持你过去施展本事，走之前呢，让我开车的技术过关，我不光不阻拦，我还帮你使劲。"

小钱大大咧咧道："行啊，再有几天就让你出徒。"

小韩说："一个也是教，俩也是教，把我也捎带着教会得了，一个师傅带俩徒弟也用不着多费精气神，你给他指点，我在旁边也就看到了听到了，又不用你来两遍。"

小钱说："行，多教一个是一个，等以后六团改摩托化，你们就可以发挥大作用了，就都是师傅。"

小韩问："啥是摩托化？"

小钱说："摩托化就是当兵的行军不用两腿走路，都坐汽车。我原来的那个连，就是摩托化。"

李门楼明白了似的："我说你们咋就不经打，吃了败仗不奇怪，咋就连逃跑都跑不脱呢？原来是你们的腿老不走路都面条似的软了。"

小钱摆手："你说得不对。"

村长小韩纳闷地问："我咋就越听越糊涂？莫非小钱是从那边投降过来的？"

李门楼严肃地说："不要胡猜疑。"

小钱拍着自己的胸膛说："咱能投降吗？举着两手投降？我可丢不起那人。当然，我在敌人那边是开汽车的，汽车炸了，我也就被俘了。当时李门楼拿着枪和手榴弹逼我开车，我敢不开吗？可我真没举手。"

小韩断然说："我可不让你当我师傅了。"

小钱笑道："不跟我学开车了？"

小韩果断说："学开车也不跟你学，你和刘小大还不一样，刘小大抢老百姓的包袱，也就是背在身上，他就是有猪八戒的力气，也背不了多少。你呢？开着汽车抢包袱，我的天啊，一车得拉多少包袱啊。"

在一边的刘小大听到这话，委屈地反驳："我没抢过老百姓的包袱。"

小钱讥讽地对村长说："你怎么不说抢良家妇女，我这一车拉几十个大闺女呢，也给你一个？"

李门楼批评小韩："村长啊，我还得批评你，你对敌人的认识太肤浅了，老是说他们抢包袱，他们占了大城市，那就是背上了一个大包袱，他们要的是大包袱，不是老百姓的小包袱。"

小韩心服了："等我当了兵，跟敌人打上几仗，就不肤浅了。"

小钱向李门楼建议："让村长去你们九班吧，九班解放战士多，让他和解放战士做朋友。"

小韩长当即说："我不去九班，我最想学的还是打炮，今天扛炮弹，我没想到炮弹那么大，一炮就能把城门楼子打散了。"

小钱笑道："九连炮排长李科是个神炮手，你跟他学打炮，也能当神炮手。"

小韩欣喜道："行。"

小钱说："九班长和李科以前是一个村的，现在是一个连的，让九班长推荐，李科肯定收你为徒。"

村长带笑恳求李门楼："那你替我说说。"

李门楼说："可以。"

小钱这才说："李科一过来就是炮排长，打炮是跟日本鬼子学的，他还当过伪军。"

村长立刻变卦："你们饶了我吧，我可不在他手下当兵。"

民工们饭后立刻睡觉，每个民工都带了行李，就在原地露营。李门楼把自己的铺盖铺在了小钱赶来的那辆马车上，他就在马车睡。小钱嫌小车内睡觉窝憋，想和李门楼换一下，李门楼说："以后这马车归我了。"

第二天支前队有了新的任务，一大早就出发。李门楼并没赶那辆马车，他临时找了个民工赶车。

李门楼钻进了小钱开的汽车，冲锋枪和手榴弹也上了车。美滋滋地说："这辆汽车就专门用来做护卫，跑前跑后当坦克用。"

小钱滔滔不绝："坦克和汽车完全不同，坦克防护能力很强，全是钢板，前面的钢板有好几厘米呢，知道厘米吧？不是吃的那种米。"

李门楼说："我们班打过坦克，把它整个烧瘫了，里面的人也完蛋了，知道完蛋吧？不是吃的那种蛋，你打过吗？"

小钱只好说："没有。"

李门楼笑了："这就对了，不要以为你啥都懂，敌人的坦克再邪乎，我不管，我就一条，能把它摧毁了。"

两天后，小车的油用完了，只好停在路上。李门楼有护卫任务在身，不敢离开支前队。小钱不走，坚持要在车里等，说遇到有我军的军车来，就拦下来说明情况，准能支援汽油。李门楼同意了，嘱咐说："当然了，要是遇到敌人的军车来，你可得赶紧跑，别为了车把小命搭上去。"

到了宿营地，还没见小钱跟来。李门楼半夜听到了一个消息，说他们白天走过的那条公路上，发生了一场战斗。李门楼按照以往的经验，每当我们往北撤一点，敌人就借机往北进一点，我军也因此设掩护部队，有时也借机打个伏击战。可是现在自己身在支前队，战斗部队的行踪一点都不知道，搞不好小钱停车的那个地方已经被敌人占领了。

到了下半夜，李门楼听到了汽车声，他迎声过去看，不是小钱的车，可车上跳下来的分明是小钱。

小钱报捷一般："我换了辆好车，是日本造的小豆卡车。"

李门楼看那卡车，说："小日本造啥都小。"

小钱自得地说："我专门拣了这辆车，车上坐人拉战利品都行，你不是要把车当坦克吗？这车厢板你架机枪都能扫射。"

小钱说他在公路上等来了一辆军车，可人家只给他加了一点点油。他听说前面开火了，当即去战场那边捡汽油。结果就有了意外收获，他发现了一辆完好的卡车，而且油箱里的汽油很多。他便抛弃了自己驾驶的吉普车，开动了这辆卡车，还顺便捡了些物资。

车上的物资看起来很像是布，一匹一匹码放着，摸上去却是发凉发硬，李门楼惊喜："是油布？"

小钱介绍说："我们那儿管它叫桐油布，不渗水。"

李门楼说："我们这儿有钱人家炕上不铺炕席，就铺油布，那油布上还画着花啊草的。"他搬下一匹来，展开了一部分，说："我看就给支前队员每人撕一块，平时在地上睡觉，铺在下面能隔潮。下雨能防雨，省得老淋得落汤鸡似的，尤其是运送粮食。"

天亮出发时，支前队员们都领到了油布。遇到了下雨，完全可以不用找地方避雨，照样可以行进。

这次支前任务结束回到村里时，老乡们敲锣打鼓到村口迎接，这叫迎接支前队凯旋。小钱驾驶的那辆车，开到了区政府门口。

第二天是休息，李门楼找了小钱，抓紧时间学开车。

七十四

你就是那个小铁匠？铁锤子不能乱砸。打虎亲兄弟，你俩要互相提携，不能互相拆台，知道两败俱伤吗？我接兵不偏心，你俩赛跑，谁跑得快，我带谁走。

过了几天，小钱开着卡车拉来了新被装，这次选定的新兵，在村里就要换上军装。

副政委黄伯仲和李门楼都乘车去村里，他们要做的是最后审定入选的新兵。李门楼不由得说起了刘小大和刘小老都想当兵的事，还说："这俩兄弟给咱们出了个难题。"

副政委很赞赏李门楼坚持俩兄弟只能走一个的做法，说："这有啥难的，你说了算就是了，当领导，要敢拍板。"

李门楼自己就拿不定主意，优柔寡断，看来自己就不是当领导的料。副政委说不行就抓阄，说抓阄一是要先明确规则，二是要当众抓，有监督人，照传统习惯，是让娘家舅当监督人比较公道。娘家舅不是刘家人，不涉及利益关系，但又是外姓中最近的亲属。

李门楼很沉思地叹气，说："我自己就动摇不定，刘小老是铁匠，是咱们需要的能工巧匠，我对他也有更多的偏爱。可是刘小大呢，是他先跑去找我的，他在国军有过训练，军事素质很好，他不参军，他的未婚妻就不嫁给他。这就让我举棋不定。"

副政委一听这话，不仅没了高招，他也成了动摇分子。

车开进了村，停在了村公所门前。村长小韩和准备接替小韩当村长的老头都前来迎接，小韩向副政委介绍："这就是新村长了。"

李门楼说："村干部都参军，新村长比老村长年长，这也是新气象啊。"

副政委看到了炮排长李科和李福强，问："你们咋也到我们的地盘上来了？"

李科报告说："我是重任在肩，奉命给全团的炮兵连排物色挑选炮手，名曰挑特种兵。"

副政委便对李福强说："那你就是来挑机枪手的？"

李福强说："是，黄副政委眼光贼啊。"

李门楼纠正："是眼光敏锐。"

副政委面对小韩："都准备好了？"

小韩很自信："都是好苗子，根红苗壮。"

李科不乐，说："都是菠菜苗啊，我挑选的是能长成大树当栋梁的苗子，不是菠菜。"

李门楼不知李科为何扯到了菠菜上，想到菠菜是红根绿叶，估计是李科不喜欢根红苗壮这样的话，这家伙自己根不红，连别人说话也敏感。

小韩解释说："我都没想到翻身农民报名参军这么热火，现在发愁的是还得淘汰十几个人，淘汰谁啊，都不愿意被拿下来。"

李科不在意地说："这好办，要是真的都合格，大不了让副政委增加点名额。"

副政委说："不能搞游击作风，不能有随意性，名额不宜再增加。"

村长小韩向副政委诉苦："我是拿刘家兄弟没办法了，你们的李同志把难题甩给我，说他俩要是都参军，就让我留下来伺候军属，你们的人都把他俩当金豆子，就是我窝囊了，只配留下当人家的孝子了。"

李门楼觉得村长小韩颇有告状的意思。

副政委说："让你留下来，不是当他家的儿子，只是帮助代耕，照顾好老人的生活起居，尤其是老人有病时要精心。你要是不愿意，那就要有智慧，让刘小大刘小老走一留一。"

李门楼热情的样子："小韩啊，你能把全村搞得如此出色，还能因这事跌跟头？"

小韩直言："我早就有办法了，让小铁匠参军，把那个当过国民党反动派的家伙留下，可你们的李同志把他当兄弟，把他捧上了天，他自以为是老革命呢，把我的话当狗叫鸡鸣。"

副政委面带笑容，连连摆手，但并没指出小韩的话有不当之处，只说："我在国民党部队干了多年，抗战开始才站了过来，站了过来就是好同志。"

这话让小韩十分难堪，也可以说是十分狼狈，其实小韩还不知道在他面前的还有两人也是当过反动派的，小韩是一语伤三。

这时候，李科出面了，是出面解围，出面请战，自告奋勇说："把这事交给我，我有好办法把这事办妥。说是兄弟俩，其实就是一个人的工作，走的那个是不需要做工作的，肯定走得愉快，至于留的那个，要想让他留得安心，我会让他心服口服。"

李门楼表态："行，那就看你的了。"

初选上的人员在村口空地上集合了，村长也在队列中。

有很多老乡在围观，指指点点的，李门楼看到刘小大兄弟的父母也来了。黄副政委在那边和老乡交谈，并没干预李科的工作。

李科大声宣布了他的好办法，其实就是让全体搞一个赛跑，脚下是起点，沿着道路往前跑，终点就定在前面那棵大杨树下，距离也就是一千五百米左右，跑在最后的五名就要被淘汰。他还自以为是地解释了啥是淘汰，说淘汰就是当兵不合格，被扒拉下来了。然后下令了："给你们五分钟准备一下，持枪的把枪统一放在这边，鞋带松了的，整理一下，可以脱掉一些衣服，但不能光大膀子。"

大家都准备，持枪的人们去把枪放在指定位置。李科大声斥责："这不是柴火棍，摆整齐。"

那枪摆放得像队列。

李门楼赶紧走到李科跟前，提出了不同意见。凭一次赛跑，就定了淘汰五个，难以服众。人总是有特长的，那个刘小大是飞毛腿，刘小老是个打铁的把式，是铁臂，手榴弹出手，准在五十米之外。显然，还没跑就知道刘小大肯定胜出，刘小老却是可能被淘汰的，刘小老恰恰是黄副政委说的那种拔尖的人。如此做法，肯定他不服。李门楼没敢说这些，只说："你李科赛跑也不是强项，你的强项是打炮，光看跑就把你淘汰了，你不觉得冤得慌?"

李科说话像领导："别小看了赛跑，赛跑是大家伙儿都眼巴巴瞅着跑，这就如同自古以来的校场点兵，当众打赢了，封个元帅，众人也服，这叫公道，有公道就不会出乱子，就不会有意见。”

李门楼反问：“觉悟不高，跑得再快有啥用？用到逃跑上？”

李科不仅不耐烦，还带了讥讽：“觉悟在哪儿？是顶在脑瓜顶上还是挂在嘴上？现在我们部队闹得火爆了，连三岁的孩子也拿个笤帚疙瘩自称是八路。我让他们赛跑，就是给他们个机会，或者说是个台阶，动摇的、心里不想参军的，肯定落在后头，这样的人我不要。”

李门楼当即觉得自己似乎被说服了。

李科竟把自己的手枪掏了出来，说：“听枪一响，你们就跑。”

李科朝天放了一枪，人们像脱缰的马往前冲。李科要跟着去终点看，但他不跑，预先就备了一匹马，他跃上了马背，那马也奔跑起来，李科在马背上还是蛮像回事。李门楼也要去终点，跑了几步，就觉得腿不得劲，跟不上趟。

李科回了一下头，李门楼觉得李科很得意。

李科先到了终点，眼看着人们一个个跑来，跑在最前面那个人一到，李科就问他叫什么名字，说：“状元啦。”

跑在最后面的那几个人眼看到了，李科伸手把一个人拦住，又推了一把，没让他和大家站在一块，是单独站在另一边。

又过来一个，李科也是同样动作，很快这一边已经有四个人列了队。眼看着第五个也到了，那小伙子虽没光大膀子，上身却只穿个小布兜，他并不停下，直接往合格的那边跑。

李科拽了他一把：“站那边。”

小布兜就是不往这边站，大吼道：“你牛啥？我偏要站这边。有本事你跟我打一架，能打过我，我就服，打不过我，就把你淘汰出局去，我去当排长。”

李科坚持说：“那你也先站那边。”

小布兜十分固执：“我不是落后分子，我就要站这边。”

李门楼也跑来了，那个小布兜一见他，就委屈地说：“我的脚脖子扭了，不就是跑得慢了点吗？你们的排长只认跑得快的，他咋不去找野兔子去当兵？”说着坐在地上，脱了鞋让李门楼看。李门楼蹲了来，看过后对李科说：“都肿得老高了，你看看吧。”

李科淡然：“不用看了。”

李门楼生气地说：“我骗你干啥，我让他到那边水沟里先把脚丫子洗干净了，那你该看看是不是真的了。”

李科不耐烦地说：“我不是说不用看了吗？这个人我要了，你怎么就不善于领会干部的精神呢。”

李门楼对小布兜说：“傻小子，你已经过关了，可以当兵了，等到了部队，服从分配就是了。”

小布兜还是有话说，是在加码：“我就跟这个排长，就去他们排。”

李科十分得意，李门楼说：“这个家伙，刚刚我还帮他，转眼就背叛我，向着你了。”

这边只剩了四个人，李科对他们说：“你们回家去吧，在家好好种地，当好民兵，民兵也是兵。”

那四个人谈笑风生往回走。

李门楼心服口服，对李科说：“你看他们四个，真的是动摇分子。”

李科不屑一顾道：“这叫正中他们下怀。”

李门楼问：“刘小大和刘小老谁跑得快？”

李科似乎忘了这事：“我还不认识他俩呢，哪能看出他们谁跑得快，反正都不慢，不是动摇分子。”

李门楼很不高兴：“拿我的话当耳边风。”

李科露出不怀好意的笑：“你是区政府的人，我很注意军队和地方政府的关系，我把你的指示当圣旨呢。我是要让他俩单独比赛，谁跑在前谁跑在后咱们都眼见为实。”

李门楼未语。

刘小大和刘小老来了，俩人并肩而站。黄副政委也走了过来，围着两个人转了一圈，这是他第一次如此近距离地目测这俩兄弟。

李科大声地说：“你俩要单独赛跑。”

刘小大拿出了自己的理由：“李大哥知道我，我有过锻炼。”

刘小老果然反对赛跑：“我哥当过敌人的兵，成天逃跑，跑得屁滚尿流，当然是练出来了。”

至此，李科不用问姓名，就对上号了。他笑道：“你就是那个小铁匠？铁锤子不能乱砸。打虎亲兄弟，你俩要互相提携，不能互相拆台，知道两败俱伤吗？我接兵不偏心，你俩赛跑，谁跑得快，我带谁走。”

刘小老说：“要比，就比掰手腕。”

李科收敛了笑意："你抗拒我的命令?"

刘小老发火也像是在打铁："有本事你跟我掰手腕，能扳过我，我就服，扳不过我，你就把我带走。"

刘小大在刘小老耳边嘀咕一句了，刘小老就同意了赛跑。

李科下了口令，两人如离弦之箭，没跑多远，刘小大就拉住了刘小老的手，兄弟二人携手并肩同跑。李科知道就是跑到天黑，也还是分不出高下。

李科在后面喊："你们给我站住。"

两人停住，刘小大说："我们都跑得快。"

李科叹口气："你们还真互相提携了，我是没办法了，你们都是赢家，算我输，我投降。我宣布，这一关，你俩都过了。下午你俩都到村公所，接受我们领导的考察。"

李门楼阴沉着脸，炮排长说："这俩真的都是好兵的料，就灵活点，别让他俩都到战斗连队，把小铁匠弄到后勤搞军械修理。"

李门楼吼道："那也不行。"

这一切，黄副政委都看在了眼里，但没说什么话。

兄弟俩都牛气烘烘地跟在了炮排长的身后，把九班长李门楼抛弃了。

刘小老问李科："听说下午的考察还要脱成大光腚?"

李科笑道："兴许，总不能把长了一身疥疮的人接去。"

刘小老为难："那还不臊死了?"

刘小大凑过来："听说一个蛋子儿的不要？我可知道那边有个小子是一个蛋子儿，先把他拨拉下去。"

李科严肃道："只要不是女扮男装，不管几个蛋子儿，都要。我说刘小大啊，你还真是敌人的作风，老想说别人的坏话。"

刘小大笑了笑："我不过是想讨你的好，还挨熊了。"

回村时，李科没骑马，他对那个跑了第一名的青年说："你是状元，马要给状元骑。"他的话音刚落，那个青年已经跃上了马背，很神气地在马上大呼小叫。

下午的考察，李科亲自把那兄弟俩带去了。负责考察的是黄副政委，充其量是一次接见。兄弟俩出来时，活蹦乱跳的，李门楼不问也知道是合格了，心里虽不悦，也不好再说什么。

七十五

二人走到老人跟前，刘小大拉了对象一把，双双跪在老人面前。刘小大说：“我明天就参军走了，我俩商量好了，今晚就办喜事，以后她就是你们的儿媳妇了。”

第二天就发了军装，每人还有一床新军被。刘小大领了军装，在院子里就把衣服换了，换下来的衣服和那个新军被都交给了刘小老：“你给我捎回家去，我先不回去，我还有事。”

刘小老估计他是先要去找那个相好的女孩，说：“你不先回去叫娘看看？还没娶媳妇呢就把娘忘了。”

刘小大走到村长小韩跟前说：“村长啊，你这就不对了，穿上军装了，见了首长咋还点头哈腰的，要行军礼，你立正站好，我教你敬礼。”

村长火道：“你行的是哪家的军礼啊？你是不是还要教我咋样抢老百姓的包袱?”

刘小大笑出了声：“我眼下是赶紧得去抢一个大闺女。”

刘小老回到家里，把怀里抱的东西往炕上一放，站在那里喊：“快过来看，都是新的。”

他娘问：“你哥哪?”

刘小老说：“他穿上军装，还不是找那个没过门的嫂子显摆?”

刘小老拿起镜子照了照，又走了几步，说：“我穿上新衣裳咋就不会走路了呢。”

没过多久，刘小大回来了，站在门口不进，只掀起了门帘，让他的那个对象走了进来。二人走到老人跟前，刘小大拉了对象一把，双双跪在老人面前。刘小大说：“我明天就参军走了，我俩商量好了，今晚就办喜事，以后她就是你们的儿媳妇了。”

他娘当下就掀起衣襟擦起了眼泪，接着就听到了娘的呜咽声，他觉得母亲听到这事是该高兴的，可眼下分明是很悲伤，他问：“娘不乐意？”

娘把那姑娘扶起来：“这可委屈了闺女了。”

刘小大也站了起来，环视了一下那屋子，这就是他的新房了。他看到了炕上的军被，笑了一下：“衣裳是新的，被子也是新的。”

刘小老悄悄把自己的那床军被抱走了，刘小大说：“真小气，你让我用我还不用呢，俩人有一床新军被就够用了。”

那姑娘跺脚，狠狠地瞪他一眼。

他爹面带愧色：“明天你就走，也来不及把亲戚找来热闹了。”

他笑道：“热闹不少啊，你们听听外面，锣鼓家伙响得热闹吧？还有合唱队呢，那都是准备明天为我们送行的，今天他们要练到大半夜呢。”

刘小大去找村长，屋里人很多，好像是在开会，李门楼也在。刘小大对小韩行了个军礼：“今儿个晚上，我成亲，啥准备也没有，我想让练花会的挪个地方，挪到我家门前练，也给我助助威，长长脸。”

村长小韩拽了一下自己的军上衣，说：“我不是村长了，让新村长定吧。”

新村长带笑说：“没问题，你今天是双喜临门，我们也都去，酒你还是要准备的。”

刘小大喜得抓耳挠腮的，那个小韩说：“你还没上区里登记吧？你参加革命了，哪能不登记就结婚呢。”

刘小大笑道：“我这不忙不过来吗？门楼哥是区上的人，让他以后帮我登记一下，补上就行了。”

小韩坚持原则：“这事不能补。”

李门楼平静地说：“小韩说得有道理，现在进我们区政府的门，也都得登记呢，你刘小大要进洞房了，哪能不先登记呢。我看这样吧，我就让司机小钱开那辆卡车跑一趟，把区里管登记的人接到这里来。车喇叭一响也就回来了，就在咱村登记，看看村里还有谁要登记，都一块解决了。”

刘小大惊讶道：“天哪，我还真成老大了。”

李门楼问刘小大：“结婚有证婚人吗？”

刘小大含羞道：“我二姑做的媒。”

李门楼说："媒婆现在叫介绍人，不是证婚人。我看就让小韩当证婚人吧，他当过村长，和你以后就是战友，他还和小媳妇娘家人沾亲。"

刘小大连声说好，还说："这可是高攀了。"

小韩不安，脸也涨红了，为难道："我不行，我还不知道啥是证婚人。"

李门楼心想你也有不知道的？你总是嫌他是落后分子，我就是要你给落后分子当个证婚人。李门楼解释说："证婚人就是证明他们结婚了，给你挂这么个衔，到时候你站在那里就行。"

小韩慌张起来："饶了我，我又没娶过亲，也没跟女人说过悄悄话，站在那里，不行，我臊得慌。"

李门楼看他确实是紧张，想一想，他比刘小大还小一岁，自己确实不应该为难他。李门楼笑道："那就算了，另找个证婚人吧，你得锻炼，以后你还是要娶媳妇的。这跟上战场似的，枪一响免不了心慌腿软，真冲上去打起来，也就那样了，真杀红了眼，叫你撒手，叫你撤下来，你还不干呢。"

小韩像得了赦令，"嘿嘿"地傻笑。

李门楼转身笑道："刘小大，有个人当你的伴郎挺合适。"

小韩又紧张了："不会叫我当伴郎吧？"

李门楼轻蔑地一笑："伴郎可得有好模样，你不行，光是思想进步，脸蛋子长得像奸臣，不能给新郎增辉。我说的是他弟弟刘小老，那小伙子多排场。"

刘小大喜悦道："行，我们哥俩都出场，都穿着军装，让大家都看看，我们家也有风光的时候呢。"

天擦黑，区里管民政的办事员果然来了。李门楼出去一看，区长和黄副政委也从卡车上迈下来。区长说："听说刘家两兄弟一块参军，老大还要办喜事，我该来祝贺才对。"

区长从车上抱下了一床被子交给李门楼，说："也没啥送的，这是冬天我爱人给我加的一床被子，现在天不冷，有一床也够了，就顺便把这个带来，也算是一份礼吧。"

李门楼说："你冬天咋办？谁要你的被子，臭烘烘的。"

区长瞪他一眼："胡说八道，春天洗了我就没盖过。"

一行人往刘小大家去，老远就听到了那里的鼓乐声。

刘小大家门前挤满看热闹的，鼓乐队正在演奏，一对小学生排成三行，老师起了头，大家就张着圆圆的小嘴唱起来："大刀向鬼子们的头上砍去——"

刘小大正在忙着招呼客人，他穿着新军装，胸前戴着一朵红花。刘小大的父母亲坐在一排长桌前，满面春风。

李门楼扬声喊："区长到。"

区长和刘小大握手，对两位老人说："你们是好父母啊。"

李门楼把被子送上，笑道："这是区长送的，大半新呢，只是他儿子在上面撒过一泡尿。"

刘小大惊喜："童子尿啊，那我以后也准得个大胖小子。"

李门楼问："你的伴郎呢?"

刘小大朝屋里喊："你给我出来。"

刘小老也穿着新军装，也戴着红花，含羞带怯走出来，那神态，好像他才是新郎官。区长说："果然是：一对好兄弟，两个新战士。"

李门楼扬声喊了两个字，那声调就像戏台上太监在喊"退朝"，但李门楼喊的是："登记!"

众人惊讶，不知道婚礼还有这样一道仪式，刘小大的爹也蒙了，有人故意说："穷人当家做主，还登基?"

新娘子缓步登场，穿着一身大红的衣裳，这是新式婚礼，并无红盖头，已经盘了头，鬓角上扎着一朵水红的绢花。

新郎新娘坐在一个长条凳上，对面是管结婚登记的办事员。办事员问了几个问题，新郎新娘一一作答，办事员一一记录。其中有："你们是自愿结为夫妻吗?"二人答的都是"是"。下面观看的人众多，在这样的场合搞结婚登记，人们还都没见过，不时大呼小叫。问毕，办事员便发给了他们结婚证书，一人一份。人们争相传阅那两份证书，刘小老也过来观看，见那证书只是两张粗糙的纸，表格是油印的，说："不像证，也不像书，像是地契。"

刘小大提示说："看见了吧，上面盖着大印呢。"

区长问："有证婚人了吗?"

李门楼说："让村长小韩当，他不敢，他怕羞。"

区长毛遂自荐："我来当你们的证婚人。"

刘小大对大家喊："听见了吧，区长大人是我们的证婚人。"

长桌上摆了一大排粗瓷碗，碗里倒了酒，刘小大端起一碗酒，向来宾敬酒。有人大喊："刘小大，今晚院门别插，我们都来听房，有月亮在，还能看皮影戏，都想看看当兵的战斗力咋样呢。"

刘小大笑道："别忘了我家还有个兵，我要派二弟小老为我站岗。"

刘小老憨笑说："行，到时候，我把他们都放进来，就坐在这凳子上，听里边的二人转。"

小韩说："我以为小铁匠是个小老实，看来他比他哥还坏。"

李门楼迎合说："早知如此，该让刘小老也娶个媳妇，闹他个满堂红。"

刘小老脸虽红，话还是理直气壮："我要等打了胜仗，立了功，我骑着大洋马回来，我在前头跑，后面呢？十里八乡的大闺女都跟着，我只要一回头，就能挑出好的来。"

李科介绍经验一般："这不行，你要让她们排好队，你骑着高头大马从她们前面走过，要一个个考察。"

李门楼提建议："你还是让她们赛跑，谁跑在最前头，就把谁背回家去。"

李科不满地看了李门楼一眼，刘小老说："跑在最前头的，肯定劲大身子壮，我背不动。"

小韩接茬说："那她是不是石匠啊？铁匠娶石匠，那才叫实打实。"说罢握了刘小老的手："你穿上军装，我才看出是真威武啊，我得恭喜你才对。"

刘小老说："同喜同喜。"

司仪扯着嗓子喊："唱喜歌。"

门前响起了鞭炮，合唱队的孩子们唱的喜歌是《没有共产党就没有新中国》。

拜天地还是少不了的，但之后并不入洞房，司仪喊的是："新郎新娘上汽车游行。"

很多人不知游行是何物，只见新郎新娘出了大门，上了那辆卡车，乐队也吹吹打打上去了。小韩一把抓住了刘小老，那架势完全像是把伴郎押上汽车的。

新娘子两手捂了脸，人们喊：“看不见啊。”

刘小大对新娘子说：“别捂着了，又不是丑媳妇，还怕人？”

新娘子不仅还捂着脸，两腿也紧着往下蹲，似乎是要藏在人堆里。刘小大说：“就是要让他们看看你是民主联军战士的光荣媳妇了。”

车前人们拦住了车，那种拦法也很怪，和汽车是零距离，就靠在车头，伸手乱摸那车鼻子车眼，有人喊：“当兵的媳妇还封建啊，不亮相不叫走。”

这一招很管用，新娘子手也挪开了腿也站直了，站在那里还大声说话：“这是军车，谁敢挡路。”

还是有人不满意：“我还没坐过汽车呢，我也上去兜兜风。”

刘小大喊：“我扔你个一丈八。”

下面还击说：“省点力气吧，夜里你还得干苦力活儿呢。”

小钱伸手连连按那键钮，汽车喇叭发出怪叫一般的声响，人们慌忙闪开，新娘子也爽快地笑起来。

李门楼大声地提议让这俩兄弟的父母也上车，说他们是为全村争光的父母。两位老人没推辞就上了车，他们带着笑意不停地和下面的乡亲们打招呼。李门楼笑不起来，老人为了能让孩子活下来，不得不过着一个母亲两个爹的日子，在乡亲们面前一直是抬不起头的，眼下他们站在两个儿子身边，成了大家敬佩的光荣父母。

车开动了，沿着村里的土路缓缓行驶，车上鼓乐齐鸣，新郎新娘和刘小老都胸佩红花站在最前边，路上看热闹的人很多。

第二天新兵们就出发了。

七十六

那晚全连吃饺子，也算是欢迎宴。向杰正在学包饺子，成果丑陋，这让小韩很快意，说我来教你。李门楼也说：“要多练，平时和点胶泥当面，抓把沙子当馅，让小韩当教练。”

一辆军用吉普直接开到了区政府，车上下来的那个人小钱认识，是炮团运输股的助理。小钱先打了敬礼，开口便问：“是不是接我来了？”

助理很认真地说：“是，手续都办妥了。”

小钱喜悦挂在了脸上：“我真担心我们团抓着不放。”

助理说：“没说不放，我们说要，他们就给了。”

黄副政委来了，听了情况，也没说不放，只说：“为了一个司机，还开车来接？”

助理很神气：“我们团就是汽车多。”

李门楼依依不舍的样子：“师傅真走？这里咋能离开你呢，炮团是釜底抽薪啊。”

小钱说：“人家炮团首长是慧眼识珠。”

李门楼见副政委有不悦之色，赶紧说：“小钱是求战心切，去了炮团就能上战场。”又说：“副政委啊，你也别不高兴，走了你的这个宝贝蛋，我再多抓几个回来。”

小钱拍了拍李门楼的肩膀：“抓啥啊，我的这个徒弟啊已经出徒了，车开得呱呱叫了。那辆卡车，我又不带走，就由你来驾驶。”

李门楼十分满意小钱的这话，说：“一日为师，终身为父，名师出高徒，我还真是要当个飞将军呢。”

副政委说：“我怎么听着你像是认贼作父？”

小钱替李门楼帮腔说：“他开车没我快，但比我还稳当。”

副政委对李门楼说：“就你那二把刀？开车我能放心？开车不是好玩的，开车是手握方向盘脚踏鬼门关。以后我要给你立个规矩，不经过我批准，你不能动汽车。”

入冬后，团里的群工干事坐一辆军用吉普来了，车上还带了两扇猪肉。干事说：“这是团里给的，让你们归队时请地方同志会会餐。”

“归队”两个字被李门楼挑了出来。

当天就开始移交，第二天中午就会餐，李门楼早饭没吃，把肚子里的位置空出来，等着中午吃猪肉炖粉条。

又过了一个夜晚，区政府的所有军人就撤出了，都乘车回部队。

李门楼随指导员宋良回到了九连，指导员官复原职。李门楼回了九班，九班住在老乡家，他进门就大喊：“我归队了。”

九班的士兵们大呼小叫地围了过来，刘小大喊：“我也在九班呢，是我要求到九班的。”

李门楼把背包放在炕上：“我这是回家了，挤一挤吧。”他一眼看到旁边站着小韩，笑道：“村长大人还真分到九班了？”

小韩委屈的样子：“都怪你，在这儿我成了小媳妇，受气呢，我在家都没受过国民党的气。”

李门楼笑道：“这话就不对了，要开班务会帮助你。”

向杰说话很有底气：“还是内部帮助吧，咱们开党小组会的时候，让他做检讨。”

李门楼听得出来，向杰的这句话无非是在表白他现在已经入了党。李门楼对向杰摆了架势：“你是党员了，对你可要高标准，你是不是对新兵小韩关心不够啊？”

小韩赶忙说：“我是新兵，可我是老党员，是我在政治上对他们关心不够。”

新郎官王进年跨前一步说：“本来应该早点来看老班长的，可我们都有点怵头，见了你总是有点臊得慌，我们都说等打仗立了功再来跟老班长汇报。”

李门楼满意地断言："我看你肯定是在秋季攻势中立了功了。"

向杰介绍："是啊，他在茅尖山战斗立大功一次。"

李门楼说："我惭愧的是这一段没跟大家一起参加战斗。"

向杰也有牢骚："后一阶段搞铁路大破袭，是很窝囊的，不见敌人的面，整天就是炸铁路。"

李门楼鼓励说："大仗有的是，埋没不了你的才能。"

向杰笑道："这九班长还是你来当，我给你当参谋。"

几个兵几乎是异口同声地说好，新郎官说："我们都盼着你回来，这个向杰，我们都不想要他，都骂他呢。"

李门楼坦然说："连里已经定了，我当爆破组组长，肯定服从向杰的领导。"

新郎官吹捧说："你要是当我们的排长就好了。"

李门楼笑道："你也不看看我像是当长官的料吗？"

新郎官故意盯着李门楼看，然后说："看出来了，还真不像，一脸的野气。"

李门楼说："这会儿才看出来？"

向杰也不再严肃："你们也不想想，能带一个班打胜仗，那就是真本事。能把九班带成战斗模范班，那带一个连一个团呢？就是手拿把掐了，何况他得了勇敢奖章。他回咱们班是暂时的，是先储备起来，你们要像尊重我一样尊重他。"

后面这话让李门楼觉得很憋屈。

李福强也回来了，手里提着酒。向杰说："我让他做一些准备，为你接风，欢迎你回到九班。"

李福强没说话，抱着李门楼的肩头哭起来，那声音很凄凉，这让李门楼想到了三林和那些牺牲了的战友。李门楼说："转院的时候你一直昏迷着，连医生都以为你醒不过来了，没想到你比我还早归队。"

李福强说："我是脑袋上被砸伤，一醒过来就没事了，下了炕就能走路。我说出院，医生说还得养养，不然后遗症就严重了，弄不好会变傻，我也只好又养了些日子。"

李门楼总想着把气氛变得好一点，他伸出两个手指头："这是几？"

李福强不屑一顾，存心说："那不是三个手指头吗？"

李门楼又问："你眼眉上边这块疤瘌，是你在以前留下的吧？"

李福强不高兴了："胡说八道，这可是新疤，是光荣疤，脑瓜顶上还有一块呢。"

李门楼笑起来："看来没傻。"

向杰汇报一般："李福强现在是九班副班长，我俩合作得不错。"

李门楼顺口说："你俩是情投意合。"

小韩冲李门楼一笑："你说话啊，是卵子上绣花，绵里带针。"

李门楼敲打他："你这话可不能当着指导员的面说。"

那晚全连吃饺子，也算是欢迎宴。向杰正在学包饺子，成果丑陋，这让小韩很快意，说我来教你。李门楼也说："要多练，平时和点胶泥当面，抓把沙子当馅，让村长小韩当教练。"

向杰不解地说："咱们部队也真怪，管理规定中还明确分工各班包饺子用的擀面杖由副班长负责保管，不就是这么一截铁锹把吗？"

李福强表白："别的我不敢吹，我把班里的擀面杖保管得很好。"

刘小大说："舒服不如倒着，好吃不如饺子，能包饺子就是福。"

李福强迎合道："是啊，我在家啊，是韭菜长吃，黄瓜老吃，一年到头吃饺子。"

向杰说："副班长家的家底可够厚实的，是不是隐瞒了家庭出身啊。"

小韩笑道："你是没听懂这话，这是我们关东穷人生活的写照。"

向杰傲气十足："要是有好菜好大米饭，就比饺子好吃。来了东北，尽吃带糠的高粱米，还跟我们说这是日本大米。"

李门楼开导向杰了："包饺子，贵在包，大家一起和一家人似的，和和美美边包饺子边唠嗑。尤其是咱们九班，这可是国共两军一起包饺子，珍贵的友谊啊。"

这话自然遭到了大家的反对，尤其是那个刘小大，直言说："老班长比新班长还糟糕。"

吃过晚饭，天已全黑，连部的葛长藤来了，通知李门楼去连部一趟，说六号来了，来看望从民运第一线凯旋的同志。李门楼问是哪个六号，葛长藤说："是徐主任，新来的。"

李门楼不禁笑起来："是徐八爷？"

葛长藤严肃地说："不尊重首长，我要向指导员汇报。"

李门楼佯装亲切："我以后一定注意，你千万别跟八爷汇报啊。"

葛长藤指出："你是存心的，是骄傲自满。"

李门楼纠正说："你批评得对，应该是称八路爷才对。"

葛长藤立刻敏感地扭头对向杰说："九班长，李门楼指桑骂槐攻击你。"

向杰应道："他欠收拾了。"

进了连部，屋里好几个人，其中有政治处徐主任和五连连长陈德标。宋指导员介绍说："这就是李门楼。"李门楼惊喜地说了一句话："哎呀，真是徐八爷来了？"然后才行军礼，徐主任和他握了手，说："你们辛苦了。"

李门楼本想说一句你是又打回老家了，但又觉得不妥，似有犯忌之嫌，他将话改为："你这是又回到了最早打鬼子的根据地。"然后转身向五连连长行礼，说："你的伤比我的重，看来恢复得不错。"

大家都坐下，葛长藤往碗里倒的是茶水。李门楼说："小葛啊，见了首长也不吭气，要问候八爷好。"

小葛很正规地立正，报告词是："首长好。"

徐主任叹道："我这一走就是四年，战斗频繁，老人不多了，很多新同志都没见过。"

李门楼说："我是常从报上看到你，刚参军时宋指导员给我们念你在《大众日报》登的演马庄连事迹，我听完就找指导员，坚决要求去二连当兵。指导员说有本事你就去，我们连正不想要你呢，还说咱们先说好，等八爷把我们连的战斗事迹登出来，你可别闹着回我们连，我们不会再要你。"

徐主任笑道："还有副作用了？"

李门楼赶紧解释："我那时候，就是报家仇心切。"

指导员说："这家伙还真的私自离队去报仇，结果差点丢了小命，说好了他伤愈就关他禁闭，只是伤一好就立了战功，也算是变相的功过抵消，多少次抵消了。让他去参加民运，他不想去，就是要求回连队，还故意吃了蓖麻子拉稀，拉得那个狼狈说不得了，连医院的褥子也给毁了。结果到区里不久，就遭遇敌人袭击，他还救了区长，成了大拿，我拿他都没招，我批评他重了，区长还对我不满。"

徐主任说："像他这样的同志，就得陈德标来管，他有办法。"

指导员转向陈德标，笑道："你对这家伙了解多少，我还就想打发他走呢，可先说好，你发现他的毛病后不能再退给我。”

李门楼表态一般：“真舍得把我送了人？我是哪儿也不去，关我禁闭也不去。”

徐主任很认真地说：“你们这个李门楼啊，真还是很像陈德标刚入伍的时候。陈德标也是报仇心切，他的弟弟参加革命后被敌人残酷地杀害，他就是为了报仇要求参军的，是我们这个团成立后的第一批新兵。他分在一连，我是一连的指导员，我是眼看着他从一心报家仇的新兵成长为战斗英雄。”

宋指导员很真诚地说：“李门楼可没法和人家战斗英雄比。”

徐主任说：“英雄都有一个成长过程。”

李门楼听到这里，突然明白了，在几个小时之前田春阳来看过他，见面就笑嘻嘻的，说：“我们连长把你夸成一朵花了，让我向你学习，还跟我打听了你的不少情况。我们连现在正缺一个排长，估计我们连长是把你作为预选目标了。”由此看来，这个陈连长真有可能是相中了自己，八爷和他一起来九连，除了看望当年的老战友，也确实另有公干，也可能就是要借机考察自己。平心而论，自己当个小排长，除了经验不足，哪个方面都富富有余，但让自己去五连，那可就不好了，自己当兵就在九连，没换过连队，其实换连队也得经过锻炼，自己还真没这个锻炼。想到这里，心中不禁暗笑，自己虽然不像在场的首长那样做过地下工作，但田春阳说的那些日常小事，足以让他预有准备，预则立，不预则废，也可以说田春阳已经起到了小交通员的作用。

李门楼很坦然，领导不提及的事，他也绝不涉入，而是另辟蹊径，其神态也不收敛不严肃：“有一次我见炮排长李科在看一份文件，他让我也看看，我说这是发到正排级的，我不看。他说这是八爷写的军事学术，该看看。我问啥是学术，他回答说学术就是打仗前就先纸上谈兵。我不傻，说人家老革命是纸上谈兵，这犯的是自由主义，我说见了八爷得告你一状。李科说人家讲的是步炮协同，以前咱们是土八路，现在的炮多了，炮弹也多了，那就得提前研究，很多做法要改变，不然，炮弹真会打到咱们自己正冲锋的部队。我当时就说是啊，大水还真可能冲了龙王庙，突破时还真可能挨了自己的炮，看来咱也得来点学术，哪怕是妖术，能打败敌人就行，我还说炮排长说的那个八爷啊，称‘爷’不妥，是该称他‘孙子’。”

他真的语出惊人，尤其那个小葛惊呆了，竟不顾身份，也态度显明，虽不便插话，却是一脸的愤怒。指导员批评李门楼："我们是人民军队，不要把庸俗的作风搬来，好就说好，别吹吹拍拍。"

李门楼知道指导员确实是把自己看透了，对徐主任说："可惜到现在我也还没看你的那个学那个术，此乃憾事。"

徐主任笑起来，看得出徐主任心情是好的。陈德标对李门楼说："也简单，给你提拔个排长，就能看那学术了。"

虽是戏语，可从一个指导员口中吐出，简直就有封官许愿之嫌，好在他不是九连的。李门楼如同替陈德标打圆场："不是把我们提上去，是把那文件降下来，让士兵都能看，有啥啊，又不是保密的。"

徐主任问："你说的李科是谁？"

宋指导员说："是我们连炮排长。"

徐主任郑重其事地说："难怪对步炮协同感兴趣呢，我抽空得见见他，我新写了一个东西，先给他看看，听听意见。"

宋指导员说："他是先睹为快啊，那个家伙是炮兵四年科班出身，也爱琢磨个新点子。"

李门楼这时突然觉得言谈中搬出李科，大有在首长面前替好友卖好之嫌，便向徐主任补充介绍："李科在家是个少爷，伪满军校毕业，当过伪军，在国民党军队七十一军当炮兵时，他就是神炮手。他是在各家部队都待过，有亲身经历的比较，不怕不识货，就怕货比货，这才认识了真理。"

徐主任叹道："有比较才有鉴别啊，这恰恰是解放战士的优势。"

小葛此刻站得倍儿直，一脸的自信，显然他也以为自己是优势满满了。

李门楼借机说了自己打算："九连是全团解放战士最多的，我们九班又是全连解放战士最多的。那次打四平，五连牺牲的人也很多，他们是先补入一批翻身农民，而后从集训队补入了一部分解放战士，他们一班做解放战士的工作很有成效。我们九连和五连不一样，我们带回一百多名俘虏，很多就补入我们连，是先补入后集训。他们要求留在我们连，是和我们班小于子的牺牲有关，小于子舍身炸敌坦克，其实是救了这些俘虏的命。眼下九班长是向杰，在敌军就是班长，被我抓获当天就参加我军，当天就立了大功，现在已是党员。副班长李福强原是敌人的机枪手，就打死了我们连的宋二顺，二顺子是指导员的亲弟弟。都说李福强转变很大，跟换了个人似的，我也没见指导员对他有啥高招，其实就四个字：不计前嫌。新郎官王进年，当过我们的房东，后来被敌人抓了壮丁，参加我军后两次立功。还有个飞毛腿刘小大，被俘后释放回家，他家在土改中分了土地，他和他的弟弟刘小老一起参军。我始终在思考一个问题，随着解放战争的发展，解放战士很多，如果真统计，恐怕在世界战争史上都是少见的，怎么把他们带好，且不说把他们培养成为战斗英雄，至少要培养成人民解放军的优秀官兵，这很重要，也很不容易。他们其中有不少是南蛮子，有的能参加我军就是因为离家远，回不了家，是因为能有饭吃能不被冻死。东北籍的兵也很多，以后咱们解放全中国，他们就得离开家乡，故土难离啊。我太了解他们了，很多工作要打提前量。所以我和指导员他们就想能摸索出一套能适应新局势带好解放战士的套路，指导员是做解放战士工作的老行家。不单是方法，涉及面很多，比如班长向杰，作战能力比我强，我俘虏他，那是我军正义之师整体的力量，要我和他单挑，我不是他的对手，他和日本鬼子拼过刺刀，像这样的人，为何不可以提拔为干部呢？到目前为止，我们的工作不仅是要让他们安心，而是要发挥大的作用，成为先进，成为骨干，成为英雄。”

李门楼停住了，徐主任问：“说完了？”

李门楼答：“暂且说到这儿。”

宋指导员批评他：“你少来这个暂且，你的大刀耍得再好，也不能在关公面前卖弄。”

李门楼已经领会出此话之意了，紧着表白：“大刀真要耍得好，就无须卖弄，我不过是想比画比画，求得点拨。”

不料陈德标也冲着他来了：“李门楼啊，我还是把我们的副指导员叫来，先让他给你点拨，你就服了。”

这话李门楼听得懂，虽没和那位副指导员打过交道，但知道他是当过几天伪军的，大约就是这个缘由，也当过伪军的田春阳和他是无话不说的好友，其实是把他当成了偶像。田春阳还跟李门楼说过一句落后话：“他能当军官，我也能。”李门楼当时没批评他，自然是会觉得有人批评他的，这个人当然就是那位副指导员了。

李门楼对陈德标说：“你们李副指导员的那些事，我听说的多了。当初部队开到一个地方，离他家不远，他想回家看看，不少人和他一样，也离家不远，且不说是革命需要，就是为了他们的生命安全也不能都放他们回家看看啊，汉奸到处都有。当时八爷是他的顶头上司，就让顺路的老乡给他家里捎了口信，他的爷爷就来了。都说这是八爷对战士的关心，也对，其实啊，不仅如此，你们想啊，他爷爷鼓励他的话，那可是比八爷的话还管用，这个爷不是那个爷啊。这我有体会，当初我们九班的解放战士李福强逃跑没成，后来他母亲来了，指导员跟老人坐在炕头上唠嗑。李福强后来再没逃跑，他跟我说主要就是因为他母亲跟他说的那句话：‘你逃跑，我这军属就变成逃兵家属了，这不是给我头上扣屎盆子吗？’”

这话让大家都笑起来。

徐主任说：“现在的解放战士，和我当指导员时不一样了，那时候是要打日本鬼子，现在很多人的家里分了土地，是要保家保田。我认识的一个兵是从劳工队跑出来当兵的，听到家里分了土地，反而想回家种地去。连队确实要很好地研究新情况解决新问题，现在我就去九班看看。”

指导员答了一个“是”字。

李门楼喜悦道：“到了我们班，只要说你是徐主任，他们就都知道你是八爷，你打鬼子的那些事，他们都知道，传得神乎其神。”

徐主任对宋指导员直说了：“不瞒你说，五连缺个排长，他们说反正你们九连三排已经有排长了，想把李门楼同志调过去，我也想考察一下。现在我定了，李门楼就待在九连不动，有毛病，你负责管教，他的想法很好，你别给我把他的长处管没了。”

陈德标当即表示：“我也不过是和李门楼一起住院时接触过，我想借着看望老朋友的这个机会考察一下，考察结果是，给我还不要呢。”

李门楼偏偏还补充一句：“我不想去五连，可我是想在陈德标手下工作。”

陈德标说：“少来这一套。”

指导员对李门楼实施警告：“别给我烧羊蛋。”

这下糟了，看来两位连首长都对他不满，李门楼说：“我又不了解陈连长，只是见他脸上的伤疤和残废了的左臂，就由衷佩服，在一起住院时，我见到了他身上那么多伤疤，他就是没有英雄称号，我也把他看作英雄。”

人们再没反驳李门楼。

那些日子主要就是在雪地里搞训练，训练科目是围绕攻大城进行的。李门楼搞爆破是强项，凡是涉及爆破城内工事的训练科目，由李门楼负责，有时还给全连做示范搞讲解，大家称李门楼为“李教官”。

捆炸药包，也是训练项目，找一些废旧麻袋片之类，挖地里的土，捆绑成“炸药包”，李门楼验收之后，做讲评，谁捆得合格，谁捆得不合格，一一讲明。李福强以前没捆过炸药包，垫底的老是李福强。其实李门楼心里清楚，捆炸药包最不合格的是班长向杰，有时向杰就不动手捆，在一边当指挥员。李门楼有点忍无可忍，但又不好当着全班的面说他不行。讲评时，他命李福强出列，让李福强抱起他自己捆的“炸药包”，说：“前面那个土坎就是敌人的地堡，你去把它干掉。要注意战术动作，不要叫敌人火力伤了你。”

李福强抱着炸药包往前运动一段，就匍匐前进，还打了一个滚，进入一处凹地，再跃起来往前冲时，他携带的炸药包已经变小了，“炸药”零零散散撒落在雪地上。返回来，手里只剩下了麻袋片。李门楼没有让他入列，命令是：“你给我站好。”然后态度放缓和：“你是送炸药包吗？我咋看着像山羊吃草背着黑豆，一边走一边漏，哩哩啦啦，稀里哗啦。还不错，你还回来了，真的打仗，炸药漏没了，你拿土坷垃打地堡吗？敌人不把你打死，也得让你挂点花，应该是把你背回来。在你思想上，根本就不重视也看不起捆炸药包，带有埋怨情绪。你别以为你的拿手好戏是打机枪，攻大城时，那大城从外到内碉堡比树多，楼也变成暗堡，这你比我清楚，我们要用多少炸药包？攻进去就全乱了，也许就需要人各自为战，需要孤胆，需要全能，即使是连长，在城里打散了，也是光杆司令。这还用我讲吗？我讲不如你讲。全班新兵老兵都有，咋就老是你的炸药包捆得最差呢，部队就是要奖惩分明，不给你惩罚是不行了。当然，怎么惩罚，让班长定。”

李福强喊了声报告，然后说：“我有意见。”

李门楼说：“有意见回去开班务会提。”

李福强当下就提了：“我不是老末，不是垫底的，班长捆炸药包也是松松垮垮，而且不怎么练，咋就只拿我开涮？”

李门楼蛮不讲理似的瞎扯道：“你想当班长了是不是？”

班长向杰脸色很难看，但他还是往前站了站，对李福强说：“我和你是并列倒数第一，我看你就重新捆一次，当然，我也舍命陪君子，也重新捆一次。”

李福强没意见了。

这次他们两个难兄难弟都把炸药包捆得很标准，李福强说：“要不要再抱着跑一遭？”

李门楼踢了踢那炸药包，说：“你这是什么速度啊，一年捆一个炸药包，捆得再标准也用不上了，一年后全国解放了，你那炸药包还有啥用？当枕头吗？”

向杰连声道：“多练，多练就快了，熟能生巧，巧能生精。”

李门楼赞扬道：“还是班长说得对，多练吧。”

接下来的训练，向杰的模范带头作用就比较好了。训练结束，向杰伸出两手叫李门楼看：“冻肿了，都怪你。”

李门楼笑道：“我给你揉揉？”

向杰说：“虚情假意，讲评不敢批评我，抓了替死鬼，把我也捎带上，别以为我听不出来。”

李门楼回应道：“我还怕你？我不过是要维护班长在大家面前的尊严，我知道你很看重尊严。”

天气寒冷，训练很也累，熄灯前向杰照例烧了一大锅开水让大家烫脚。新兵小韩已经在炕上睡着了，向杰喊他起来洗脚，他迷迷糊糊说：“不洗了，累死了。”向杰端了一盆热水，把那小韩拉起来，说：“村长变成瞌睡虫了啊。”

李门楼坐在炕上说：“有个班长真好，我也想烫脚。”

向杰蛮横道：“热水有的是，下地去自己端啊。”

李门楼懒洋洋的：“我也得体会体会班长的关心。”

向杰说：“伺候不着。”

李门楼躺倒了：“我累死了，比当劳工还累。”

李福强说：“老兵叫苦叫累，说二话，要注意影响。”

向杰对大家说：“李教官说破坏话，要不要开班务会帮助他？”

大家齐生生地都说“要”。

李门楼全然不怕：“我这腿还是不利索，班长也不关照我。”

向杰说："打仗我还是会关照你的，可以让你在我们屁股后头冲，跟不上，就当留守兵。"

李门楼跳下炕来，自己打了一盆热水，嘟嘟囔囔地说："不就是一盆水吗？还跟我装糊涂，还吓唬我，你能决定我当留守兵？我在地方留守了这么多日子，在这个时候让我回连，还想让我留守？"

向杰故作严肃："你不就是想让我帮你端盆热水啊，说一句不就行了？干吗兜那么多圈子？"

李门楼笑道："那行，洗完了脚，你帮我把水倒了去。"

向杰阴阳怪气的："等你当了团长，就有勤务员了。"

李门楼撇嘴："你是存心整我。"

大家都笑，向杰在一边跟几个兵嘀嘀咕咕说话，用的是南方话，李门楼听不明白，总觉得像是鸟在叫。李门楼问一个兵："说啥呢，看来你们都向着班长。"

朱传熙充当了翻译角色："班长讲了以前听到的一个笑话。说在他们南方人听来，关东人说话其实很侉的，把水泼出去，不是说泼，是说豁，关东兵洗了脚，对南方兵说，把这水豁了，南方兵又把豁听成喝，这还了得？让我喝洗脚水，这不是欺负人吗？两个兵就打起来了。"

李门楼笑道："是在说我们东北兵的坏话啊，我们连南蛮子多，打架，我肯定吃亏。"

向杰以一班之长的口吻教导大家："其实不用打，最好的办法是消除误会，知道啥是误会吗？"

李门楼概括不出啥是误会，他就打比方说："误会就是马勺碰了锅沿，牙齿咬了舌头，自己的脚丫子踢了自己的后脑勺。消除误会，就是要学会沟通。两个村相隔三五里说话就不完全一样，中国大了去了，哪能没有差异。那次向杰为我点烟，不是说点上，而是说燃起，我估计这个燃就是燃烧的燃，估计燃和烧还是有区别的，他说要烧开水，就没说燃开水。"

向杰疑惑地问："我为你点过烟吗？"

李门楼赶紧说："班长关心我们的事多了，自己哪能都记得呢。上次开班务会，那可是大庭广众之下，班长严肃地问我你为啥不开腔，我很不高兴，心想你当俘虏的时候我都没开枪，这时候怪我不开枪，我敢吗？我舍得吗？其实，他说的开腔就是发言，我哪懂啊，这就是误会，误会随时有，要学会化解。”

在场的多数兵对李门楼的话不满意，显然是因为他提到什么当俘虏，这属于存心揭疮疤。连睡眼蒙眬的村长小韩也不满了：“老班长不当班长了，就缺少了对自己的约束，话不检点，屌毛病也暴露得多。”

李门楼当即说：“你说话带把子是不是不检点啊，以后咱们都把各地不同的把子去掉。东北屌，西北㞞，山东棒子，河南鸭子，加上你们这几个说的四川锤子，都是同一样东西，说出来就有骂人之嫌疑。”

向杰见李门楼夸夸其谈，不服地说：“你为了搞好革命的团结，还是用了心，渊博啊。我考考你，在我们那儿，爱说‘崩锅’，你知道是啥意思吗？”

李门楼被问住了，他感觉到这肯定不是好话，便说：“这话是素面荤底，不能说破，尤其是现在住房东家，很多话不能说，包括‘勺子’两字，也不能跟房东大嫂说。”

向杰点头：“我明白了，你的水平高，是因为爱瞎琢磨。”

通信员葛长藤敲门进来，脸上并无送达连里命令时的那种表情。李门楼说：“这么晚了你还来会老乡？快上炕，炕上暖和。”

葛长藤以批评的语气说：“你太不严肃了。营里传来情况通报，是捷报，好几条呢，连长说天太晚了，就不集合了，让我去各班走一遍。”说着掏出一张纸，照本宣科，每条捷报就一句话，有点像标题新闻。其中有一条是：“我军已将长春之敌包围。”

李门楼插话：“这可是大事，看来我们也该行动了。”

葛长藤紧绷着脸说：“不要打断我的话，我还没传达完呢。”

传达完毕，葛长藤就转身走了。李门楼看班里的其他战士都没啥强烈的反应，他也就没再说什么话，和别人一样熄灯睡觉。白天该累该忙都好办，闲下来还可以和兵们扯皮聊大天，避免多想烦心事，可是躺在炕上，他睡不着。这一次拿下四平已无悬念，可是能找到儿子吗？儿子就在四平城内，而且是在敌长官的家中，炮火连天，会不会殃及孩子？敌人会不会在逃跑中把孩子也带走？

七十七

房东大嫂当下就火了："田鼠，不就是地里的大老鼠吗？大过年的你用我们家的锅煮大老鼠，还让不让我们活了？"

向杰知道自己把祸闯大了。

第二天照例在野外训练，向杰看到有老乡在挖田鼠洞，挖出了一些粮食。令向杰惊讶的是他看到有那么多田鼠，而且都是肥肥胖胖的。在向杰的家乡，田鼠是美味，向杰是很喜欢吃田鼠肉的。

眼看到了除夕，部队放一天假，李门楼和几个兵去了集市。向杰突发奇想，他和班里的朱传熙商量了一会儿，俩人就带了锹去了村外，没多久就抓了好多田鼠，在地里就剥了皮，去头去尾，带回来一大包肉。他想炖一盆田鼠肉，还特意备了白酒，准备请连队的几名同乡聚一聚，毕竟又要去打大仗了，这些同乡都是和他一起被俘一起参加民主联军的。

九班本来是单独住在东屋里，房东很少到这边来，谁知田鼠肉下锅，肉味飘香，房东家的小孩就过来了，很快孩子母亲匆匆赶过来领孩子，她不容许孩子在部队面前显得很没出息。虽然锅里只是无头无尾的肉，但她还是一眼就看出是田鼠肉，当下就急了眼，质问向杰："天哪，锅里煮的是啥啊，煮的不是大眼贼吗？你咋就用我们家的锅煮老鼠呢？这锅还能要吗？"

向杰慌忙解释："不是老鼠，是田鼠，肉很香。"

房东大嫂当下就火了："田鼠，不就是地里的大老鼠吗？大过年的你用我们家的锅煮大老鼠，还让不让我们活了？"

向杰知道自己把祸闯大了。

她当下就跑到了连部，声泪俱下。指导员赶过来时，向杰已经毁尸灭迹，鼠肉不见了，锅也刷得干干净净。李门楼也回来了，一听这事，便对房东说：“他们这几个南蛮子和咱们关东人不一样，他们不光是吃田鼠，还把过年吃田鼠当成大吉大利，田鼠不是祸害人吗？把它宰了吃了，来年就平平安安。你家这锅啊，底子都快烧漏了，就别要了，我给你换口新锅，比这口好得多。这个班我也不叫他们在这儿住了，你们就是留他们，我也把他们赶走。”

说到这儿，李门楼上去就把那口锅拔了下来，房东说：“这锅我们是不能要了。”

李门楼听此话，知道自己拔锅是拔对了，说：“我们有规定，损坏东西要赔，这可是比损坏还严重，不赔是不行的。”

李门楼如此上纲上线，向杰很不满意，可这时候他不敢说什么。

指导员来了，严厉地批评了李门楼，说他明明知道老乡忌讳吃老鼠，却未能及时发现及时制止。至于向杰，指导员只说他是不了解北方老乡的民俗。

李门楼到司务长那里领了赔偿锅的钱，很快就从集市上买了一口新锅回来，放在灶上一比画，大小正合适。

新锅上的铁锈很多，李门楼拿了瓦片在院子里“哧哧啦啦”打磨，房东走过来时，李门楼就从怀里套出一个小包，里面是一把绿豆，说：“磨亮了，放上这绿豆煮，就一点锈也没了。”

事情处理完毕，向杰问：“那口旧锅呢？”

李门楼自信地笑笑：“我把它卖了，我打算用那钱买几只鸡，你和你的狐朋狗友们聚会，可以请他们吃鸡。”

向杰点头：“还是你会算计，我以为你把那口锅砸了呢。”

李门楼说：“你还考我啥是崩锅呢，你这次崩锅可真的崩出了大麻烦。”

向杰撇嘴道：“你根本不知道什么是崩锅。”

李门楼严肃说：“你可不能乱来，等革命胜利，你可以自由恋爱，登记完了才能崩锅。”

向杰笑起来：“你还真懂了我们哪。”

李门楼果然买回了几只鸡。

一切办妥，李门楼找指导员说：“没事了，房东大嫂也雨过天晴。对于我们班长，也算不了什么事，以后都别提这事了。”

指导员余气未消：“你们班长抽了哪根筋了，你要带上他专门去找房东道歉。”

向杰死活不去道歉，还要求换房子。

李门楼退让了似的，说：“我知道你抹不开，你不去也行，让指导员跟我去吧。”

向杰只好同意去。

准备就绪，李门楼端了整只的炖鸡和向杰一起进了房东的住房，房东大嫂一见向杰就笑起来：“见了你，我就怪害怕的，我真怕你肚子里会钻出老鼠来。”

李门楼笑道：“这鸡是用新锅炖的，那锅已经油光发亮，要过年了，新锅炖鸡，万事吉祥啊，这鸡给孩子送来，吉祥先给孩子。”

房东大嫂真诚地说：“你们这个班可别搬走，不然别人还以为我们容不下民主联军。”

李门楼说：“不搬了，很快我们就会去南边打仗。”

房东大嫂恭谦说：“打完仗回来，还住我家。”

李门楼语气沉重起来：“能再住你们家，那就是大福了。以前我们住过一户新郎官的家，可是打完仗再返回来时，全班的兵大多都牺牲了。不求别的，只求我们班的人都能回来再住大嫂家。”

大嫂面带愧色：“我不该和你们较真，但愿你们都平平安安回来。”

大嫂还说了不少的话，在向杰看来，是大嫂在道歉。

平静几天之后，突然接到了命令，部队立即出发，以急行军的速度挥师北上。从行军的方向看，是要直奔四平。虽然还是冰天雪地，但这已经是早春二月了。

天亮之后，部队没休息，边行军边吃干粮。李门楼发现路上行军的部队增多了，几个师的部队也会集到公路上来，沿公路和两边的雪地呈多路纵队开进。也有骡马炮兵和汽车牵引的大炮从后面开过来，他们行军速度比步兵快，六团的部队也下了公路，把路面让给了炮兵。

李门楼看到了一队高射炮开了过来，全都是汽车牵引，这是他第一次近距离看到我军的高炮，李门楼喊：“快看，那长脖子的大炮是高射炮，那细脖子的，肯定是高射机枪，都是打飞机的。”

李福强看他那个少见多怪的样子，便说：“那是长脖子鹿。”

李门楼这才想到在国民党部队是经常可以看到高炮的。果然向杰说：“我当新兵时就见过高炮把日本鬼子的飞机干下来了，我们都跑去抓跳伞驾驶员。”

李门楼很不服气，你向杰有什么可吹的，在国民党部队干过几年，还值得这么炫耀？李门楼给自己有过警示，为了带头尊重班长，绝不再当众提起向杰在国民党部队当过兵以及被俘那一类的事，向杰自己却时不时地旧事重提，好像他是革命先辈似的。李门楼看到那路上有几辆车上的喷漆字和编号还是国民党的，估计是刚缴获不久，还没来得及改过来。李门楼又有了说的，他指着高炮说：“上面那洋码子我认识，可那个字是啥字啊，我咋不认识，看来我学文化不到家啊。”

向杰的表现还不错，他说：“我一看就知道这高炮是美国造的，应该让指导员表扬咱们的运输大队长。”

李门楼唱道：“拿着美国枪，开着美国炮，打得敌人哇哇叫。”

一阵急促的军号声响起，这是防空号，行军的人马火速离开大路，在开阔地上卧倒。有一队推着独轮车的民工也往两厢散开，李门楼见有一辆装有大麻包的独轮车翻倒了，李门楼赶紧去帮着扶起来，这时就听到了天上飞机的轰鸣声。那个推车的老民工喊：“你赶快躲开，这麻袋里装的是炸药。”

李门楼摸了那麻袋一把，他原先以为里边装的粮食。天上的敌机只有一架，没扔炸弹就飞走了。李门楼对民工说：“看来是一架侦察机。”

那个民工又推着小车上了大路，汇入了小车队的行列里。

中午在一条岔路口休息，李门楼发现那支小车队也在那里休息，其中也有几个携枪的士兵，估计是武装护送这批炸药的。那个民工看到了李门楼，他跑到李门楼这边抽烟，说那边有炸药是不准许抽烟的。一个当兵的也跑到这边来，也拿出了一根小烟袋，他是一个排长。向杰说：“支前还送炸药，我还是头一回见。”

那个排长解释：“攻大城用炸药肯定少不了，上级给我们调拨了很多，我们怕不够用，就到地方筹集了。”

李门楼说：“我也带过民工支前队，可我们赶的都是大车，那多气派。”

排长叹道说："我们走了几十里羊肠小道，那里马车根本走不了，只能靠独轮小车。"

一名司号员从河边提了水，正往公路那边走，是四团的，路那边行军的是四团。那位排长见他身上挂着两把军号，就叫住了他，提出一个要求，想要一把军号，说他们是独立师的，来带领支前队运送炸药，现在敌机老来，支前队独轮车多，拉的距离很长，要是能及时吹防空号就好了。司号员神气地说："我这一把军号是前天刚缴获的，我可以做主送给你们，可是你们有没有司号员？没有司号员，军号没用。"

排长说："我估计民工里有会吹喇叭的。"

司号员笑起来："那不是一回事，根本不行。"

排长问李门楼："你们这儿有没有多余的司号员？我们借一个，好借好还。"

李门楼说："你开啥玩笑，我们正在行军，你咋还？我们连没多余的司号员。"

四团那个司号员有了一主意，很热情地说："前天我们缴获这把军号的时候，是把敌人的司号员一起缴获了，本来是要释放他的，他怕一个人在大冬天的回不去，就跟着我们往北走，离家近了再离队，现在正好离家也近了，我看就把他借给你们。"

李门楼讥讽："你不是瞎说吗？他吹的军号，那是国民党的调，他会吹咱们的防空号？"

向杰说："我看差不多，都是那种急火火的调，跟起床号那种慢悠悠的调完全不同。反正跟民工们说好，听到号音就疏散开。"

那位排长觉得这话有道理，就跟着那个司号员去了。

李门楼刚吃完了干粮，就看到那个排长回来了，身边跟着个穿国民党军装的人，身上挂着一把军号，李门楼一看这事还真办成了。

向杰他们把那个"司号员"围上了问这问那，李门楼在一边没作声。

到了驻地，还没安家，连长就去营里开作战会了。这是一个小村庄，距四平城已经不远。

三月二日扫清城市外围支撑点的战斗打响，九连随团直奔城西飞机场，行军中就听到了大炮声。那飞机场早已变成了碉堡群，上次在这里作战，碉堡群被我军炸成了废墟，可是几个月后，这里又是碉堡林立。九连加入战斗时，这里的碉堡又都被大炮打掉了，而且看到那废墟上插着一面红旗。六〇炮排带去的炮弹，一发也没用上，李科显得颓丧。

李门楼不在意地说："你着急啥？打外围我们不是主攻，这意味着啥？你也不想想部队能白养着我们?"

李科说："突击队毕竟是少数，把口子撕开，大部队呼呼啦啦就上了。"

李门楼很内行似的："攻大城，纵深战斗激烈得很，你那些炮弹远不够用。现在咱们也有事干，咱们连打仗的特点是啥？就是能抓俘虏，别看这里插上红旗了，正是抓俘虏的好机会，你们也跟我们步兵排搜索吧，准能找到几个战果。"

李科对搜索俘虏不感兴趣："九连打仗的特点是敢啃硬骨头，是吃肉不是喝汤，抓俘虏，那只是喝汤。喝得把肚子撑成个羊皮鼓，撒泡尿也就瘪了。"

李门楼想，在九连士兵中，我是老九连了，你李科在我面前谈九连战斗的特点，简直是自我膨胀。他说："我和你不一样，我这几个月没打仗，就像几个月没吃饭，现在能喝汤，也比挨饿强，你不一样啊，秋季作战，你是战果累累，饱汉不知饿汉饥啊。"

李科不和李门楼计较，却对天壶说："三排长啊，你们排的李门楼不尊重我。"

李门楼想你李科还跟我伸手要尊重，尊重是能要来的吗？天壶回答李科说："他是老九连，连我也不尊重。"

班长向杰也说："现在咱们是狼多肉少，这废墟肯定不知搜过多少遍了，不可能高姿态高风格，给咱们留点肥肉。"

李门楼赌气似的往废墟那边走。

向杰见他独自一人前去，不敢怠慢，对全班说："李教练去抓俘虏了，行动就是命令，都别歇着了，都跟他去。"

李门楼和大家一起搜索，一个俘虏也没找到。

李科始终坐在炮弹箱上休息。

新郎官王进年走到李门楼身边，面带笑容，一看便知道是来安慰李门楼的。李门楼有理："搜不到是水平问题，搜不搜是态度问题。"

不料新郎官开口便说："到这时候了还盲目去搜索，这才是瞎子点灯——白费蜡。”

李门楼动了气，指着自己的眼睛说：“盲目？我这里是啥？是木头墩子上的俩洞吗?”

新郎官指手画脚说：“只要不是哑巴就行，你看被炸毁的工事，那顶部全是钢筋混凝土的，修造时是先绑好了钢筋结构再用洋灰浇灌，都像一个很结实的大锅盖，我们的大炮很少有穿甲弹，把碉堡地堡炸了，可那大锅盖没事，完好地扣下来，下面就有空隙，死的活的，就扣在那大锅盖下头了。我考虑了一下，咱们光看不行，要大声喊，母堡子堡那里都要喊，我看准有人应。他们是宁肯当俘虏，也不想在里面闷死。听到声，在锅盖下挖个洞，这不就有了你要的战利品了吗?”

李门楼当下就想表扬新郎官，说他是好参谋，可又觉得这样会让班长不高兴，便说：“我鼻子下面的洞，不是光往里边塞饭的。有的人没被炸死是震昏了，现在也该醒了。”

七十八

那个大个子俘虏，在新一军当过兵，我军攻打怀德时，他跑了过来投诚，在我军四团当了兵，可是在冬季反攻中，他又在国民党部队当了兵，李门楼说这家伙是个叛徒。

准确地说这次确实不是搜俘虏，是喊俘虏，扯着嗓子喊“还有人吗?”，还加了我们优待俘虏之类的内容。

果然在一个被炸毁的地堡跟前就有了回音，而且不止一个声音。李门楼看到一条缝隙，朝里边喊：“你们是给自己挖的坟墓啊，连个洞口都没有。”

里边的人很清醒，没忘了喊那句话：“我们是被抓来的。”

李门楼喊：“赶紧报告情况，还有几个活的，有没有伤员。”

里面报告说有三个活的，一个是伤员。

李门楼用小镐刨了几下，叮咚作响，不见效果，很难在那里掏出个洞来。李门楼说：“用手榴弹炸个洞吧，这里是砖的。”

里边居然听到了，大喊：“别炸，会把我们崩死。”

李门楼回头看：“维他命呢?”

向杰赶紧派人找来了卫生员，卫生员一看就说：“拖下去会窒息而亡，窒息就是喘不上气来，活活憋死，还是先打个小洞吧。”

向杰对卫生员的建议很反感：“小洞比大洞难打。”说着便拿小镐敲打着那个地方，喊道：“躲开这里，用手抱好脑袋，转身蹲下别炸了卵子，准备好了没有?”

里面未答，向杰认为不答就是准备好了，果断地掏出三枚手榴弹卡在最下边的那缝隙上。“轰隆”一声，崩出了一个洞，很快就把洞扩大，接着就有一个人探出个脑袋，向杰一看，把他往里推，说："先把伤员推出来。"

伤员露出了头，两个兵从外面拽，总算拽了出来，后边那两个兵也接着爬了出来。

李门楼走过去对新郎官说："我得请你喝酒。"

新郎官笑道："该请我喝酒的不是你，是后面的那三个难民。"

新郎官竟然把俘虏称作难民。果然那个大个头的难民很满意这个称呼，连声道："是难民，是难民啊，我们遭的罪，比难民还多。"

另一个"难民"说："我们都是小兵，把我们放了吧。"

李门楼说："不放了还养你们一辈子？我们还得行军呢。"

新郎官则建议："他们在这里边肯定休息好了，就让他们帮我们扛一回炮弹。"

"难民"不敢回绝。

再看那个伤员，不停地咳嗽，其实他也只是肩膀上被砸伤，是被闷晕了，并无大碍。他提出想喝水，李门楼把水壶给了他，他并不喝，水噙在嘴里咕噜咕噜地漱口，把水壶还给李门楼时，解释说："我是往嘴里倒的。"

连队原地休息待命，吃干粮。李门楼没事干，把那三个俘虏一个个叫到跟前单独谈话，很像是在审讯，让他们说自己的情况，也说别人的情况。

连长过来了，李门楼说这三个俘虏中有一个是班长，原先他还学过开飞机，学完后没开成，改为负责守一个碉堡。那个大个子俘虏，在新一军当过兵，我军攻打怀德时，他跑了过来投诚，在我军四团当了兵。可是在冬季反攻中，他又在国民党部队当了兵，李门楼说这家伙是个叛徒。

大个子说："我是和部队失掉了联系，我快冻死饿死了，遇到国军的兵正开饭，我吃了他们的饭，不当他们的兵也不行了。"

李门楼一字一板地说："冤家路窄啊，告诉你，我们和四团是同一个师，对你最好的办法就是还把你送到你待过的那个连，让他们按照逃兵来处理，说，你是哪个连？"

他死活不肯说，说他忘了。问他的籍贯，他很茫然，李门楼说："我问你是啥地方的人？"

他说他叫刘五华，家在刘家庄，山那边有小村叫桦树屯，问他是哪个县，他蒙了，只知道他们那儿的县太爷叫刘大嘴。说他当兵时走了一天就坐了火车又坐汽车，越坐离家越远，后来又换了好几个地方。去年他被俘释放，他是可以回家的，可他找不到家了。

李门楼笑起来："你这不成了傻女婿吗？我就不相信你连你姥姥家是哪个村的都不知道，只要多说出几个地名，就能给你把方位定下来。"

那刘五华自信地抢答一般："当然知道，我姥姥家也是刘家庄，我娘嫁在当村。"

李门楼不肯罢休："你总还得有个舅啦姨啊，他们是哪个村的你能不知道?"

刘五华也笑了："舅和姨都是我姥姥生的，当然也是刘家庄的，这你也不知道？你才是傻女婿。"

接下来他耍赖一般："天这么冷，反正你们得管吃管住，我也不白沾你们的光，我就是力气大。"

李门楼给新郎官布置了任务，新郎官也是东北老乡，李门楼让他跟刘五华慢慢地聊聊，多问问，也多听听，家乡的山啦水啦，名人名胜啦，总能找出蛛丝马迹，帮他找到家。

新郎官欣然受命，而且另辟蹊径，说还是先追根问底他原先部队的情况，那部队不可能没他的同乡，能找到同乡也就找到家了。

李门楼夸新郎官脑瓜灵活，新郎官便笑道："值得栽培?"

李门楼纠正："是培养，人又不是庄稼，还栽培?"

当晚九连宿营后，连长对九班长说明天一早就要出发，早点把那三个俘虏释放算了。不料这时团副政委黄伯仲带机关人员来了，是专为那三个俘虏来的，还说团里要发一个通报。大家都不解，上次抓了一百多个俘虏都没通报，这次仅抓了三个，而且只是在战斗结束后搜寻出来的，不知为何团里会如此重视。

副政委听九班战士介绍后，说了一句话："准确地说不是抓了三个俘虏，是救出了三个俘虏，不仅要发通报，还要为九班记功。优待俘虏是我们的政策，要有措施保证落实，优待俘虏做得好，也可以立功。"

李门楼也没想到这次全班毫发无损，没费什么劲就能立功。他借此机会讲了是新郎官建议以呼叫寻找废墟下的活人，副政委当即问了新郎官几句，对新郎官的评价很高，似乎发现了一个模范战士，李门楼估计新郎官个人也会立功。

李门楼见班长向杰始终没发言，便补充了一句，说班长应急能力强，果断用集束手榴弹炸出洞口，赢得了救护时间。向杰不得不发言了，讲了李门楼二返废墟坚持寻找俘虏的事，但他心里还是别扭，觉得李门楼把座谈会开成了一个互相吹捧的会。

副政委见了那三个俘虏，不料那个傻女婿刘五华说："你们用大炮把我们打在里边，又挖出来，还成了救？"

新郎官很不高兴："你是说还是把你闷死在里边比较好？"

李门楼也赶紧解释："放他回家，他竟然找不到家了，脑子不够用。"

副政委说："也不过就是小时候没出过远门，你们要帮他。"

刘五华说："释放我也不走，这冻死人的大雪天，我上哪儿投宿？谁家一看我这身棉衣，能让我进屋过夜？"

副政委立刻说："脑子没问题。"

对于那个会开飞机的俘虏，连长说是不是留下来以后给我们开飞机。

副政委说："牡丹江有我们的航校，学开飞机的一抓一大把，现在缺的是飞机，打下个机场，连个飞机毛都没拔一根。这样吧，你们先留下他，我问问高炮大队，看他们要不要，兴许他们需要个开飞机的。"

李门楼笑了："高炮大队是打飞机的，要开飞机的有什么用，总不能把他吊起来当飞机吧。"

副政委解释："打飞机的才需要懂飞机，需要知道敌人都有些什么飞机，有多少，飞的速度啦高度啦，反正知道得越清楚越好。"

李门楼服气地点头："也对。"

当晚三名俘虏被安排在九班住的房东家里。

由于随时要准备去战斗，大家都是和衣而睡，向杰不在意地说："大家都睡觉吧，俘虏要是逃跑，由他们跑去，省得我们释放。"

李门楼很认真："我对那个刘五华不放心，他是在两边晃荡，谁知道会干出啥来，我们都睡了，万一他抄我们的家伙呢？得有个防范措施。"

他对刘五华说："我得把你的手捆起来，你去找截绳子啥的来。"

刘五华没有提出异议，只说："夜里我要是撒尿，手捆着，你得给我解裤子。"

李门楼讥讽："真的不傻，还挺狡猾。"

一觉醒来，李门楼发现那个刘五华不知啥时候扯过了他的半边被子盖上了，暖炕不暖了，屋里变得很冷。李门楼觉得自己咋能和叛徒合盖一床被子呢。他使劲往另一边挤，脱离了被子，顺手把旁边战友的被子扯过一半来盖在自己身上。战友迷迷糊糊地翻了个身，李门楼说："我的被子被敌人侵占了。"

第二天大家起床，刘五华醒来便问："这是谁的被子？"

李门楼借机卖了个人情，说："是我的，我看你当团长了，就给你盖上了。"

不料刘五华说："从小到大，只有我娘怕我冷给我盖被子，你跟我娘一样疼我。"

听得出刘五华是说真心话，李门楼反而觉得过意不去。

早饭后就集合，那个刘五华还没有走，他对连长说："我看这里有民工给你们运炮弹，我也给你们运炮弹吧，只求赏碗饭吃。"

指导员让他去找炮排长李科。

李门楼又见到他时，他一个人挑了两箱炮弹。

行军途中传来了捷报，捷报是从队伍前面一个个传过来的："三师已经拿下新立屯，往后传。"

行军速度加快，新立屯再次被我军攻克，这意味着六团通向四平外围另一个火力支撑点的道路被打通了。

当晚攻打师道学校支撑点，九连炮排打了小炮，刘五华挑的那两箱炮弹也用上了。这一仗打得很干脆，炮击之后敌人就没有了还击之力，九连无一伤亡。

过了两天，李门楼又看到了刘五华，问他咋还没走，刘五华说："炮排长对我不错，同意我先跟着他们吃住。"

李门楼笑了："你和炮排长是一个窝里的螃蟹。"

刘五华很认真："你说干部的坏话，我告诉他去。"

村里来了一个货郎，挑着担子，摇着个拨浪鼓，新郎官看他那货担子里还有针线，买针线的大多是当兵的。李门楼跟货郎聊了几句，听说他挑着担子走过很多地方，新郎官便说："我们这儿有个人找不到家了，你成天走村串巷，见识广，兴许你知道。"

新郎官把那个刘五华叫来，说："这是个活地图，方圆几百里，没他不知道的地方，你把你那个刘家庄啥的，都跟他说一说，尤其是方位物，方位物知道吧？是有山啊有水啊还是有路有桥啊。”

刘五华东一榔头西一棒槌述说一番，说得货郎一头雾水，不过他说出了当地一个土匪头子的名字，货郎说：“这个土匪我听说过，离这里远呢。”

刘五华叹道：“是不近。”

新郎官建议说：“远不怕，有个方向就行，你可以边走边打听。”

刘五华很不高兴：“没有我，你们班能立功？我又不在你们这儿白吃白住，我给你们当挑夫呢。”

那天夜里连队突然接到转移命令，从城西南往城北急行军，携带所有武器弹药。李门楼看到刘五华还在行军行列中，依然是挑着担子。这回他挑的是炸药包，而李门楼又是爆破手，他最需要的就是炸药包，多多益善，便给了他一条毛巾，让他擦汗用。

天亮后看到了中山路的铁轨，李门楼想起上次攻城，他们就在中山铁路线上坚守过，现在终于又回来了。顺着铁轨往前看，那森严壁垒的城墙和城内的高楼隐约可见。

刚进入阵地，李福强就对李门楼说：“我看到四团的兵了，他们的主攻营定了，还是一营。看来咱们连很可能还是去打那个教堂工事，毕竟那里是我们再熟悉不过的地方了。”

李门楼未语。

攻城的前一天，先打了一场激烈的炮战，我们的大炮往城里打，敌人的大炮往城外打，炮弹落下来，到处是黑烟腾空。这时九连的任务只是抓紧时间休息，有的兵从掩体里探出头来看热闹。李科钻出掩体，在后面的高坡上参观，他站在那里，说是专业的需要。李门楼也跑出来站在那里，他自从不担任班长了，就成了班里的特殊兵，他说要出去看弹着点，班长也不好阻拦他，只说要小心。

李门楼问李科：“你咋站在这儿？”

李科说：“我放松放松，这一阵太紧张了。”

还有一人也站在这里，他就是那个俘虏刘五华，他不是九连的兵，不受约束。

李科一听炮声便知道是什么炮在开火，他说：“听到了吗？这是我们的一五零榴弹炮在发言了。”

李门楼发笑："发言？你以为是在开会吗？"

李科说："是发言，它向世人宣告，大反攻的日子就要来了。"

李门楼很在行："我也看出来了，城里的工事在明处，是固定的，我们预先就标定好了，而我们城外的大炮是刚在这里落脚，敌人这回可吃老亏了，完全是乱打炮。"

那个刘五华直言他是出来看热闹的。

李门楼训斥："这是打仗，有啥可看的。"

李科似乎是站在那俘虏一边，问李门楼："你不是看热闹？"

李门楼否认，说："我是心里闷得慌，在掩体里什么事也没有，胡思乱想，还是出来散散心。"

李科掩饰着自己心里的烦乱，很平静地表白："我也是来看热闹的，看一回少一回。等打完了仗，胜利了，想看，看不到了，人们只好把鞭炮造得大大的，打到天上。还有一个弥补办法，你看过电影吧，在电影里打仗，让打不了仗的人看热闹过干瘾。"

李门楼炫耀说："我看过好几回电影了，里面的人和真人一样，脑袋瓜子比真人还大，光天化日之下，男的女的搂在一块跳舞，要说也好看。"

防空哨的枪声响起来，是很多枪响，看来敌人的飞机也要来凑热闹。很快就听到了飞机的轰鸣，飞机一过来就往下俯冲，就在头顶上飞过，李门楼伸了一下手，好像能够得到飞机。李科说："麻烦了，这是轰炸机，是来轰炸我们的炮兵阵地的。"

就在这时我们的高炮把炮弹打到了天上，在敌机周围爆炸，天空出现了一团团的爆烟，像是一团团云朵。敌机拉了起来，那炮弹紧追不舍，从地面看上去，空中的爆烟不断对敌机形成包围圈。敌机完全没有目标地往下扫射。李门楼不满道："真笨，咋就没把它打下来呢。"

李科说："打不下来，也能把它吓跑。"

果然敌机掉转了方向，逃跑前在高空胡乱地把炮弹投了下来。李门楼看那炮弹在空中不再是长条，而是一个小圆点，惊慌地大叫："趴下，这是炸我们的。"

那炸弹就落在附近，弹片没击中他们，但飞起的碎石土石哗啦哗啦落在身上。李门楼站了起来，抖了抖身子，全身没不适之处，刘五华也爬了起来，挽起袖子，还好，胳膊只是被崩破一点皮，有血流出。李科没有动静，不知怎么他是仰面朝天躺在地上，两眼睁着，却一动不动，喊了一声也没有应。李门楼把他身上的土扒开，并没看到有血，动动他的胳膊腿，也没见到有伤。李门楼对刘五华说："咱们给他翻身，看看背后。"

李科说话了，他对"翻身"两个字很敏感，火道："翻个屌，我哪个部件也没伤。"

李门楼想拉他起来，他说："我就在这躺一会儿，这里很舒坦。"

李门楼看他两眼看着天，于是也抬头看天，天上没有了敌机，也没有了爆烟。李门楼说："完了，他被震傻了。"

李科喊："滚开，我在这儿清净清净。"

李门楼一眼看到连长往这边来了，身边还跟着九班长向杰，显然连长是找他算账来了。

七十九

别拖拖拉拉，我很讨厌开长会。这是战场，是敌人不让开长会。我们在这里啰嗦起来没完，敌人的炮弹就来了。大家按照连里要求对李门楼进行帮助，每人说两句就行。

连长先朝着刘五华踢了一脚，骂道："滚回掩体去。"然后站在那里把李门楼和李科都扫了一眼，但目光停在了李门楼身上。李科来这里是有理由的，而这个李门楼到这里来纯属违纪。

连长低声问他："没伤着?"

李门楼听连长先来了个和蔼关心问候，知道情况不妙，低调说："还好，差一点完蛋了，我得主动向连长检讨。"

刘五华还不走，朝连长喊："我负伤了，我不走了，你们得给我包治。"

连长骂道："活该。"

刘五华说："我又不懂，我看门楼大哥出来了，以为没事，也跟着出来。"

连长单冲着李门楼发作，吼道："跑到这里观山景看敌机?"

李门楼解释："敌机有啥看头，每回看都是干瞪着眼看敌机要威风，就从我们头皮上擦过去，想抓我们的帽子。这回我是想看看高炮射击，那炮弹打上去一朵一朵的，满天开花，敌机成了花里的蜜蜂嗡嗡地飞。"

连长反驳："瞎说，什么蜜蜂，是没头的苍蝇。"

李门楼赶紧点头道："是苍蝇，是苍蝇。"

连长转向了向杰："把他放在你们班，就是归你管，他跑到这儿给敌机当靶子，你也不阻拦。"

李门楼讨好地把自己和班长剥离开："我跟班长不在一个掩体，这事他不知道，跟他纠结不上，他最多是官僚主义。"

连长拍板："对李门楼要严肃处理，你们班先拿个处理意见提交上来。"

向杰为难道："处理意见不好拿啊，是记大过好还是记小过好，难把握，还是支部直接定吧。"

李门楼一听这话就知道班长幸灾乐祸，存心扯到了大过小过上。

连长给向杰壮胆："该撤就撤该撸就撸，火线立功高于平时立功，火线犯错误，处理也要严。"

向杰替李门楼求情："现在他连个班长也不是了，谈不上什么撤销职务了，给他小点的处分，略加表示就行了。"

李门楼心想，日你娘的想给我处分，这不是和敌机一样给我头上扔重磅炸弹吗?

连长不依不饶："打胜仗多了，就头脑发热，这样下去，就是攻到了城里，还收得拢吗?城里有的是热闹，是不是都看杂耍听说书的去?"

班务会上，李门楼先做检讨。他说了没几句，就把话题扯到了防空袭上，说："我以前看到天上正往下掉的炸弹都是长条，这次看到的是个小圆点，这就是说炸弹会垂直落到我这里，我赶紧卧倒，还打了几个滚，要不然我就没机会在这里做检讨了。"

大家对李门楼的检讨都不满意，新郎官开了头一枪："你是在做检讨啊还是在介绍经验?"

李门楼说："我有错误当然是在做检讨，顺便把经验说一说，也是为大家好。"

李福强不放过他："你态度就不对头，好像给自己请功似的。"

向杰不耐烦了："别拖拖拉拉，我很讨厌开长会。这是战场，是敌人不让开长会。我们在这里啰唆起来没完，敌人的炮弹就来了。大家按照连里的要求对李门楼进行帮助，每人说两句就行。"

大家都开火，像小钢炮的，像重机枪的，轮番发射。村长小韩紧绷着脸来了个点射："李门楼同志啊，自以为是老革命，天是老大，你是老二，尾巴翘到了天上，我就不信没人能割了你的尾巴。"

李门楼故意点头："自从认识你这个村长，我至少批了你十次，帽子也扣了好几顶，眼下你批我一次，送我一顶帽子，也是理所应当的。”

小韩也倍加严肃：“你的言外之意，是表明我在报复你？”

李门楼随意地答：“不敢，不敢。”

新郎官的话是温和的，其语调是属于苦口婆心那种类型，他说他当九班房东的那天，就发现老班长尾巴翘得顶到了房梁，没人能割了他的尾巴。其实呢，人家确实有功劳，没必要割尾巴，想法让他把尾巴夹起来就行。打蛇打七寸，打狼打软肋，谁知道老班长的七寸和软肋在哪儿？很简单，别让他参加这次攻城作战了，提拔为留守班长，就都妥了。

李门楼果然变乖了，讨好地说：“手下留情吧，好歹让我跟你并肩战斗，让我做啥都行，我给你买辣椒酱下饭行不行？”

刘小大当即说：“要买给全班都买。”

朱传熙开口：“我不爱吃辣椒酱，有一种和石头蛋子一样硬的东西，是砸开了吃里边的仁，我吃过一颗，真香啊，我想好了，等胜利了，我就带种子回去，在我们南方种。”

新郎官以关东内行者的身份说：“那叫榛子。”

朱传熙笑道：“是啊是啊，让爆破组长给我们买榛子吧。”

李门楼应道：“行，吃榛子的时候，都想想，现在这城的工事就像榛子一样坚硬，我们就要砸开它，吃里边的仁。”

向杰严肃说：“李门楼的态度还是可以的，连长说要严肃处理他，我理解处理不一定是处分。”

每个兵的发言都很短，但都很严厉，都给李门楼上纲上线，有说他破坏纪律的，有说他以功臣自居的，也有说他为九班抹了黑的。

李门楼见大家击鼓传花般地都说了遍，便表态说：“大家说得头头是道，目标一致，火力很猛，战斗力很强。相比之下，还是班长的发言最具政策水平，批评从严，处理从宽，没上纲上线，却是落地砸坑。”

朱传熙严肃地说：“谁让你讲评了，你又不是班长。”

连长来了，说：“我来给你们助阵，这个家伙犯了错误也不在乎。”

向杰看着连长说：“我的老班长有四个一样，搞留守和挨刀一样痛苦，受处分和喝凉水一样不在乎，做检讨和吃面条一样顺溜，写检讨可不一样，他写检讨就和妇女难产一样吃力。刘小大的意见是让他挨刀，不行，打仗我们班离不开他，我看就让他再尝尝难产的滋味，把检讨写出来，最好给他贴在墙上，供大家观瞻，也都吸取教训，以后他就检点自己了。”

李门楼点头道：“我写检讨，把不会写的字都空下，你给我填上。”

向杰拒绝：“没门。”

连长说：“他是赶到点上了，凉水不喝不行。情况是这样的，昨天夜里上级已任命他担任三排副排长，还没宣布，就出了这事。上级指示，下了命令也可以撤职。我看撤职不合适，给个处分让他背着算了。”

这是向杰没料到的，两眼惊愕。

李门楼当即表态：“还是撤职吧，撤职和放下担子一样轻松。”

连长瞪了他一眼，说：“别净想好事，担子得给你压，小夹板也得给你套上。”

李门楼说话突然就有了底气，人们完全有理由认为他是得志就烧羊蛋了，而且一打击就是一大片。他说：“要说对这城里的情况，班长他们都比我熟，以前那里是他们的老窝，闭着眼也能摸到地堡的枪眼，我还是当我的爆破手。”

这话明显是揭人伤疤，或者说是存心哪壶不开提哪壶，班长对李门楼的这话很有意见，但已经不是提意见的时候了。

李门楼笑了一下，说：“咱啊，副排长了。我现在就下命令，攻入城里后，向杰一刻也不准离开我，他的任务之一是出面向教堂工事内的敌人喊话。那里的敌人有很多是他的老朋友老哥们儿，他人缘不错，号召力比较强，完全可以用小的代价换取胜利。”

停顿片刻，李门楼又郑重其事地加了一句：“这一仗，我的目标是把大家带上去，就要全都带回来。”

这话对于连长来说颇具煽动力，也随即变通说：“我看今天这事只好先搁一搁，真能打得顺利，就不再追究。”

连长一走，小朱便说：“我说买榛子，说说而已，还是砸开城防，吃那里边的仁更好。”

李门楼长长出一口气：“我总算脱了苦海。”

向杰说：“副排长要带突击班的，突击班非九班莫属，你还得在我们班接受大家的帮助。”

李门楼轻松的语气：“九班长啊，以后见了你，不需要我先给你打敬礼了。给一个手下败将敬礼，不是不应该，是丢脸。”

向杰打了立正，行了很标准的军礼："是，以后是我行礼你还礼。"

当晚连长在布置攻城作战任务之前，就宣布了李门楼的任职命令。

第二天早晨，是雪后初晴，能见度很好，李科心情也变得很晴朗，他对全排说："老天也帮我们的忙，这么好的天气，炮兵精确射击没问题。"

在大家的经历中，大战的总攻常是利用夜幕展开，上一次在这里攻坚，是在黄昏时发起总攻。李门楼对大家说："我们是要在大白天拉开阵势和敌人干，才几个月啊，我们的力量发展这么快，连我也没想到。"

七时四十分，我阵地上空升起了五发照明弹，急袭火力准备，炮火齐显神威，隆隆之声震得掩体"哗啦哗啦"地落土。敌人还击的冷炮没响多少，就都哑巴了。士兵们可以探出头来观望，等待着冲锋的信号。他们看到前方坚固的城墙被轰出了一个很大的缺口，而且缺口在迅速扩大。

四团的阵地就在他们的左侧，炮击十分钟时就看到四团发起了冲锋，六团这边还是没有信号。时间好像凝固了，李门楼发牢骚："毛猴子偏心，老是看中四团，我们成了后娘养的。"

班长向杰安慰他："这怪不着别人，全怪我们团太年轻。"

李门楼听懂了向杰的话，四团的底子是红军部队，而六团是在抗日战争中组建的，和四团相比当然是年轻多了，可是说我们团年轻的话是由向杰来说的，这让李门楼觉得很别扭。

终于到了九连冲锋的时候，官兵们跃出了掩体，喊杀声一片。李门楼看到刘五华也从掩体里出来，站在那里观望，李门楼说了一句："你也跟我们冲进去看热闹吧。"

刘五华拒绝说："我是老百姓，我不去。"说着又回到了掩体里。

过了一会儿，城墙缺口那边的枪声稀疏了，而纵深处爆破声接连不断，扛着担架的老百姓也成群结队从城墙处走了进去。刘五华离开掩体往前运动，行至城墙处，见不少老乡从那缺口处大摇大摆走进去，他也从那里进城了。

街上到处是瓦砾，有一个铺面门板倒在了一边，那是个点心铺，地上散落着一些五颜六色的点心。刘五华喊了两声，并没人应声，看来店家的人也不知躲到哪里去了。他进到里面，捡起地上的一块点心，咬了一口，这是他一生头一次吃点心。想到自己有带着的干粮袋，就解了下来，把里面装的高粱米饭团子，就倒在柜台上，干粮袋内装了点心。临走又从柜台上拿了一块没落地的点心，边走边吃。干粮袋内的点心快吃完了，他觉得肚子里胀得难受。

远处枪炮声不断，战斗依然很激烈，刘五华在死人堆里捡到了一个望远镜，煞是喜欢，就挂在了脖子上。他看到我军一个士兵搀扶着一个伤员从小巷那边走出，那个伤员的一条腿被炸伤了，虽然经过简单包扎，但血还是顺着棉裤往下滴。刘五华训斥那个兵说："你赶快背上他去绑带所啊。"话虽是这么说，他看得出来那个士兵已经是筋疲力尽。刘五华说了声"你回家吃奶去"，就背起了伤员，疾步往前走。

卫生队的临时救护所设在沿街的一个店铺内，伤员很多。刘五华放下了伤员，伤员却拉住了他不让走，还呜呜地哭起来。刘五华说："轻伤不下火线，重伤不哭，你咋还哭了，你看你像解放军的样子吗？"

伤员断断续续说："我是不是不行了？我浑身都冷。"

刘五华好言相劝说："你这点伤是小菜，你自己摸摸，你腿上挨了子弹，身上都囫囵着呢。"他看看军医和卫生员都在忙碌，并没有人过来，有一个卫生员正在为流血不止的俘虏包扎。他走过去说："你在这儿磨叽啥？我送来的那个伤员都快死了。"

话没说完，刘五华认出了那个受伤的俘虏兵，那家伙和刘五华是一个团的，虽然没打过交道，但刘五华确信他就是昔日在国军时的战友。当下刘五华什么也顾不上了，问他们部队在哪里，找到那支部队就能找到两个和他同村的兵，这也就能知道自己的家在哪儿了。麻子伤兵叹气说："完了，没被打死的也都给逮住了。"

刘五华问："逮到哪儿了？"

伤兵不耐烦："我咋能知道逮到哪儿了，反正都押走了。"

刘五华当即决定哪儿也不去了，就在卫生队待着，等打完了仗，让李科帮他从俘虏中找到他的同乡。他突然看到秦妹，秦妹正拿着器械在为一个伤员缝合伤口，他惊喜地喊了一声："嫂子。"

秦妹认识刘五华，火道："好你个傻女婿，谁是你的嫂子？"

刘五华解释："李排长李科是我的大哥，我知道你和他早就是相好，我该叫你嫂子才对。"

秦妹晃了晃手里的钳子，那钳子正夹着一个弯曲的针，针后面拖着长长的线，秦妹说："我给你把嘴缝上。"

刘五华笑了："那李大哥可饶不了你，我帮李大哥送炮弹，他把我当大宝贝，你只是他的小宝贝，我留下来，就是要找到李大哥。"

秦妹指了指窗外说："你的李大哥刚才就进了马路对面的那个小院里。"

刘五华当即被打发走了。

刘五华穿过马路，来到那个小院前，门口有好几个士兵在站岗，说什么也不准他进入，他不服，放开嗓门大喊："李排长李大哥。"

李科听出是刘五华的声音，走出门看，果然是他，稍一停顿，就问："刘五华，让你跟我去执行任务，你敢不敢？"

刘五华说："你让我去，我就去。"

八十

听到这里，李科总算明白了他们唱的是哪一出戏。李科转向大哥李元，严肃地说："算起义是不可能的，你们只能是无条件投降。"

李科没再多言，带刘五华走入院内。刘五华看出来了，这里是前沿的一个指挥所。走进屋内，里面还有好几个人，有一个人他认识，是连队的王进年。刘五华也称王进年为新郎官，问："你咋在这儿？"

新郎官神圣地说："不该问的别问，懂不懂？"

另有一个人很特殊，着装和刘五华一样，他便是田信。刘五华不认识他，但还是打了个招呼，喊了声哥们儿。

李科郑重其事地向大家介绍："他叫刘五华，前几天才解放过来。他力气大，枪也打得准，我看就带他和田信两个人去，他俩都穿着敌人的军装，相对安全些，时间紧迫就这么定吧。"

田信是李元的老勤务兵，实际上是李元的贴身保镖，今晨我军攻城一开始，李元就料到保安团覆灭的日子到了，郑重其事地把田信叫到跟前说："现在我和三连那边联系不上了，你去看看，送一封信。"

田信很坚定："要死我也和你一起死。"

李元叹道："眼下这一仗，伤亡会很大，这都怪我错过了机会，一连很多官兵都是最早跟我闯荡的，都是乡亲哪。"

田信把信送到，大摇大摆离开了阵地，只拐了一个弯，便是望不到头的民房。想想临别时李元说的话，觉得李元不仅是心灰意冷了，也是绝望了，田信决定乘这机会溜之乎也。他想找六团的李科，可李科是排长，战斗也正在推进中，找到他很难。他很快看到了六团卫生队的救护所，他想到了那个有过一次交往的军医，可惜他不知道那个军医的名字，他贸然说要找三瘸子，这里的人知道三瘸子，而且三瘸子很有可能还在卫生队。他没费周折就找到了那个军医王继胜。田信立刻决定实施他想好的救营长的计划，对军医说："我们营长不想打了，有投降的意愿，我想要是让营长的三弟李科去谈判，就可以让他们放下武器走出阵地。"

王军医不敢耽搁，赶紧报告了团首长。不费一枪一弹，就能解决一个营，这个机会还是要利用起来，团政委把电话直接打到了三营前沿指挥所，并派敌工干事带一辆军用吉普车去接李科。

对这一突发情况，李科没有感到意外，他很有信心。他想带一名士兵同往，当即想到了新郎官。那次新郎官提出以呼喊寻找废墟中的俘虏，李科便发现他头脑灵活，而且他是解放战士，对这一带的情况熟悉，于是只说了句"跟我去执行任务"，就把他也带上了车。

在团指挥所，听田信简要介绍了情况，李科便说："你来带路。"

本来是要出发的，但李科看到傻女婿刘五华来了，当即决定用傻女婿换下了新郎官。李科的理由很简单，刘五华的这身装束加上他前几天还在敌军干，加上他的块头像个保镖，这让李科觉得真是天上掉下个宝贝蛋儿。其实李科换掉新郎官，还有另一个原因，这个新郎官在几分钟内向李科提了三条建议，李科不满，怕他干扰自己的决策。

新郎官失去了这个机会，很不甘心，也对李科很不满，当场就说："我也正不想跟你去呢，有啥了不起。"

李科笑笑说了四个字："彼此彼此。"

这让新郎官更觉得委屈，李科竟然让这个傻呵呵的家伙替换自己，无奈李科大小是个长官，自己有话可解释可反击，也只能把话咽在肚子里。

三人乘坐了吉普车向东行进，行至丁字路口，往南拐弯没多远，就见我军官兵正在攻打路边楼房工事，三人下了车，由田信带领沿一侧小路迂回往前。距敌一连坚守的那个地堡群还有几十米，三人先隐蔽下来。李科回头看了一下，此处距我军大部队只有千米左右，此时正是让这里敌军投降的恰当时机。田信站出来朝主堡那边大声喊道："我是田信，送信回来了，不要开火。"说着快步走向主堡。

见了营长李元，田信报告说："我把李科带来了，他来接你和弟兄们回家。”

这话让李元立刻明白是怎么回事了，狠狠扇了田信一耳光：“我待你不薄，你咋能引狼入室出卖我，我是瞎了眼。”

田信神态自如，平静地说：“我的命是你给的，我就是豁出这条命，也要让你和弟兄们活着回去。你要是觉得你三弟是条狼，你把他叫过来宰了他就是了。”

李元狠狠地说：“我不会对他下手，我要宰的是我自己。”说着就下了令：“把前面那个共军崽子给我押过来。”

田信补充：“听清了吧，是让你们押过来，押就是要活的。”又强调：“那个共军崽子是咱们营长的亲弟弟。”

去了几个兵，把李科和刘五华带来了，那场面不仅不是押，全然是在迎接，没下枪，也没搜身，那位班长还朝李科行了军礼，还有一个兵在朝李科赔笑。二人被带入主堡，李科看出这是一个连部，地上有烧纸张后的灰烬，桌上的物品摆放混杂且混乱。李元坐在正中的椅子上没动，李科说：“东北解放军排长李科前来受降。”

李元冷笑一声：“我们要打到底，宁死不降，你受什么降。”

一名军官向李科报告：“我是一连连长晋广田。”

李元对那个一连长下令：“把他们三个都给我绑起来。”

并没人前来绑李科，只绑了田信和刘五华，刘五华很委屈，立刻如同招供似的如实说：“我不是解放军，我是你们的兵，你们看我的衣裳啊。前几天被他们俘虏，让我回家，可我找不到家了，给他们当几天挑夫混碗饭吃，李科看我是当保镖的料就命令我跟来了。”

连长摆了一下手，刘五华也松了绑，只有田信一人像个粽子似的被绑结实了。李科简要说：“我们的政策你们不可能不知道，只要放下武器，全营官兵都可以回家。”

李元火道：“全营？我们的三连阵地已经被你们攻下，三连死伤过半，连我的营部也被你们端了。”

李科心想，三连被歼，这正是要一连投降的有利条件，他说：“为了不重蹈三连的覆辙，我劝弟兄们赶紧投降，我们的人就在附近，他们一到，你们也得伤亡过半。”

一连晋连长认真地说：“毕竟你们的部队还没到，这时候我们提前放下武器，不应当算投降，应当算起义，要有起义的待遇。我们不是为了别的，而是为弟兄们以后着想。我们这个连很多人包括田信都是从保安大队改编过来的，他们的家乡都是翻身农民掌了印把子，他们回去能有好？所以要有政府撑腰才行，承认他们是起义，这就不一样了。”

听到这里，李科总算明白了他们唱的是哪一出戏。李科转向大哥李元，严肃地说：“算起义是不可能的，你们只能是无条件投降。”

李元火了，对一连长说：“别跟他斗嘴皮子，我们就要跟他们拼个鱼死网破。他们攻，我们守，他们阵亡的人肯定比我们多，这也是我们的胜利。”

刘五华见眼前的兄弟俩僵持不下，真有火并的可能，便劝李科：“不就是算起义吗？你就松一下口，算就给他算上，两家就都活下来了。”又压着声补充：“先算上起义，大不了把他们带回去，你再改口，不给他们算起义就是了。”

李科大声对李元说：“要算起义，那就要有起义的表现，眼下还确实有个机会，你们的二连就在你们的东侧，你们去把他们的防御工事炸毁，这不难。”

李元骂李科：“做你奶奶的美梦。”

刘五华见劝李科无效，便又改劝李元：“你一个营长咋随便骂我们的代表？还奶奶，李科的奶奶不是你的奶奶？他们管我叫傻女婿，我看你们比我还傻，是傻公公傻老丈人。”

李科对刘五华的话很不满，又不好当着敌人的面斥责他。

刘五华越发放肆地对李元说：“我看算你们投降比算起义好，把起义顶到脑袋上，那就得接受改编，就得当解放军，还得打仗。要我看真不如算投降回家，抱抱儿女，钻钻老婆的热被窝。”

他这话让李科哭笑不得，不料站在田信身边的两个兵都急着开了口，一个说：“我们不入解放军。”另一个说：“可别起那个义，能回家就是老天爷开恩了。”

刘五华还在说话：“往后的仗还大着呢多着呢，你们打仗还没打够？得个起义的名声实际上就是得个烈士的名声。我就不信起义是功投降就不是功。”

晋连长对刘五华说：“大兄弟，你是不知道，我们的一个弟兄只是回家看了看，农会就让他交代问题，还批斗他。”

刘五华说：“我现在就想回家，能活着见见我的老父亲，就是坐班房也认了，也比再打仗死了好。”

李科说了一句：“你们要相信我们的政策。”

刘五华又说：“要我看，你们这里也就是营长李元罪恶大点，以后政府未必能轻饶。我已经看出来了，你们营长爱兵如子，为了弟兄们能活下来，不会怕自己走霉运。李科现在红得很，里外红透了，连师长团长都敬着他，有他这个顶梁柱，谁敢把营长咋地？这叫有福人自有高人护佑。”

李元喝道：“你给我滚出去。”又朝晋连长摆手，命他们都出去，说他要单独谈。晋连长遵命，带士兵撤出。李科觉得单独谈当然是和自己这个代表谈，他没动，李元说：“你咋不出去？还要让我用兵把你请出去。”

李科这才知道李元要单独谈的是田信。

屋里只剩下了李元和田信。

走出主堡，有人押来一个人，是一连的一名班长，他是企图逃跑被抓的。晋连长很气愤，拔出了手枪，说：“这家伙是副团长的心腹，很顽固，把他安插到我们连，就是监视我们的。在这时候他逃跑，肯定是要去报告，我现在就毙了他。”

李科未语，未语就是默认。刘五华却阻拦说：“这时候了，还杀人？想逃就让他逃。”

晋连长说：“他把我们连的情况一报告，副团长真有可能派兵来灭我们，我们部队和你们一样，对敌人能饶，对叛徒不饶，不能让他添乱。”

刘五华却说：“你们营长李元是个动摇分子，黏黏糊糊，拖拖拉拉，他一听有人去报告他要投降，肯定不动摇了，立马就跟我们走了。”

李科看了刘五华一眼，说：“真不傻啊。”当即命一连长把那个逃兵放了，一连长虽不甘心，还是执行了李科的命令。也就在这时，李元和田信走出来，李元命令一连长：“全体集合，参加受降仪式。”

一连长说：“还仪式？有人已经跑去报告了。”

李元并没改变主意的意思，解释说：“原想能算起义，不能算投降，他们得势不饶人，我们只好退一步，一定要算投降，不能算被俘。我们投降，让他们少死多少人，以后他们别不认账，大家有目共睹，我们是参加过受降仪式的。”

李科很想知道田信到底跟李元说了什么，让李元那么快就改变了主意。田信说：“我只是跟营长说了一句：这次来受降，不是李科的主意，是军医王继胜找了指挥所，他说他有办法让李元他们都成为战争的幸存者。李元很信服王军医，因为王军医救过敌人的伤员。”

李科不服地说：“原来王继胜早就和敌人勾搭上了。”

田信笑道：“他再早，也没你早。”

敌人顺从地把枪弹放在了前面的开阔地上，营长的那把手枪是最后交出的，他从腰上拔出手枪，很麻利地把子弹退出，那闪亮的子弹就跌落在地面，但他在枪里留下一发子弹，直言说：“我还是要打最后一枪。”

说这话的同时，他把那枪口对准了自己的太阳穴，李科想夺枪已经来不及。李科没想到大哥会来这一手，大哥性子虽刚烈，却并无日本军人那种杀身成仁素质。李科刚脱口喊了声：“大哥”，李元将枪一挥，同时枪也就响了，被击中的是田信，田信应声倒在地上，是胸部中弹，鲜血带着血沫子涌出。

李元对田信说：“要完蛋了，我也不能再留你，我知道你把我当大哥，可我是代表李家杀你，那么多年你装神弄鬼，搅得李家不得安宁。”

这话一出，李科当即想到上学时遭土匪绑架那次是田信起的歹心。

田信一只手捂了胸口，说：“是我对不住大哥，我和你们家有仇，可大哥对我有恩。李老太太的死，是我夜里进去给她灌了毒药，我和从萱妹子是娃娃亲。”

田信没说完就死了，李科觉得他已经说完了。

李科带着敌人的一个连队和两个加强班走出地堡群，没走多远，我军部队就到了，我方确实是未放一枪就占领了这一带的地堡群。刘五华走到李科跟前说：“你赶紧跟那个首长说说，敌人得知一连要投降，很可能要来打这里的碉堡，这正好可以消灭他们。”

李科心情很差，大哥结婚时，田信是迎新娘轿子车的车夫，换了一身的新衣，神采飞舞胸前别有一朵艳丽的婚庆小红花。田信家里穷困，却是一个令人羡慕的长寿家族，至今年田信的祖父祖母还都健在，只可惜田信当年戴小红花之处，却成了一个血的枪洞。李科见刘五华还跟着他提建议，便强打笑脸送给了刘五华一句让他高兴的话：“你，有功啊，以后你可以当连长，我当你的炮排长。”

刘五华信以为真，诚惶诚恐：“饶了我，我得赶紧回家。”

下午二时许，全团在火车站与师主力会师，李科也在这里归队。除一营留下参加攻打天桥工事外，其余各营都火速向东扩展，大胆穿插，以对敌分割包歼。

李门楼知道老冤家覆灭的时候到了。

李科看到了运送弹药的支前队，李光赶着的大马车上装满了六〇炮弹。进城时，李光的车上装的是子弹和炸药包，在铁西区这些弹药就卸载分发了，本来他的任务已经完成，但他在敌人的仓库看到有很多小炮弹，于是来了个二次装载。他问李科：“敌人的这些炮弹能不能和你们的炮配套?”

李科喜不自禁，说：“我们的小炮全是缴获敌人的，咋能不配套呢?”他并没征求三排副李门楼的意见，就把三排战士朱传熙叫来，说：“我知道你对这一带地形熟，你就留下来和这位民工李光一起把马车上的炮弹都运送到教堂，我要把它们都奉送给那里的敌人。”

朱传熙很不情愿：“我不离开战斗班，我的特长是口才好，我跟部队走可以向我的弟兄们喊话。”

李科不悦：“打仗不需要你卖嘴。”

朱传熙还是夸夸其谈：“动员时就说这一仗要加强群众性的政治工作，展开强大的政治攻势。”

李门楼见李科要把这么多炮弹送到教堂那边，十分满意，对朱传熙说：“你帮民工早点把炮弹送到，不影响你喊话，你喊得再好再动听喊出花来，没有炮弹做后盾也是白搭。”

李光说：“他想直接和敌人交锋是好事，我一个人也能把炮弹按时送到。”

李门楼说了自己的想法：“有我们连这个兵跟你在一起，要是兄弟部队也相中这一车炮弹，也没招，这是有主的了。”

朱传熙被说服，笑道：“三排副是小团体主义。”

李门楼对这话很反感，但还是表扬说：“朱传熙的进步是从嘴上开始的。”

八十一

王进年终于说出了自己的打算："这次我可以穿上小神父的衣服，让这个老神父带着我去钟楼顶端，这不难，我只要到了上面就主动了，居高临下，不需要开炮就能把他们逼下来。"

九连在指导员宋良的带领下，遇敌不纠缠，直插教堂据点。在一个十字街口，遭到火力阻击，那是一座孤立的碉堡，守军大约一个班。九连没还击，果断后撤百米，拐上了一条小路，沿小巷进发，他们是一定要参加夺取教堂战斗的。

连队率先赶到了教堂北面的隐蔽处，只隔几排房子，就是教堂墙外的开阔地，全连在房后停住。预定围歼教堂的主攻部队还没到达，李光的马车也还没踪影。李门楼见教堂内原先被炸毁的工事不仅又恢复了，而且在几个方向都增加了新的工事，教堂东南方向还建起了一个碉堡群，车库已经没有了，变成了一片开阔地。看来敌人汲取了上次的教训，把这里的工事做了很大的改进。

李科已经在选择小炮的发射点。

九班长向杰看到了东北侧的一个熟悉的院落，土红色的围墙，房脊中间隆起，立有一个十字架。原先这里的房屋也在教堂的大院之内，只是敌人在构筑工事围墙时，把这些房屋隔在了墙外，有的房屋被拆除，留下的土红色建筑曾是神父们的居所。向杰问王进年："你说小星还在那里吗？"

新郎官王进年说："估计还在，早上我还听到教堂的钟声呢。"

向杰说："敌人把人家的教堂改成工事，还要人家敲钟，装模作样，死要面子。咱们把小星找来，问问他情况，说不定有用呢。"

二人请示了李门楼，获准。

他俩走到了一栋房屋前，说是寻找一个朋友，虽没找到小星，却找到了老神父凤瑞。老神父认出了新郎官，很惊讶他穿了解放军的军装。新郎官说："这次我们来，就是要把教堂还给你们，让敌人去见上帝。"

他们把老神父带到了连长面前，说这个神父是留下来的敲钟人。

连长询问了教堂内敌人的情况，神父强调说："那钟楼经不住炮击了。"

连长说："你把那上面的敌人和火力部署说清楚，我们力求逼迫他们投降。你看我们这阵势了吗，敌人知道他们就要完蛋了。"

神父讲了一些情况，包括上面几名敌军官的名字，并提出他现在就上钟楼，去说服敌人投降。连长阻止说："你不能上去，太危险。"其实连长心里很清楚，需要炮击的时候，不可能不炮击，神父在上面，这就让我军很难办，说不定敌人会把神父当人质，阻止我军的炮击。

指导员是上次在这里战斗的幸存者，他重点向神父询问院内暗堡的情况，九连吃过暗堡的苦头，那次连长他们都是中了暗堡内射来的子弹。

神父还谈到了一个情况，敌人预先就把战壕延长到了南围墙下。

李门楼分析，敌人要是突围，也只能往正南方向跑，眼下只有那个方向还没有解放，两千米处还有敌人的两个楼房工事，和教堂这边可以相互策应，一处遭到攻击，也可以收拢兵力死守另一处。

李门楼很看重南围墙下的那条战壕，他也要向神父询问情况，这时新郎官突然问到神父："小神父小星在哪儿?"

神父实话实说："我让他下地下室了。"

当初新郎官守钟楼制高点，经常能见到小星，他俩是同龄，祖籍又在同一个县，也算是同乡。有一次闲暇时，新郎官耐不住寂寞，别出心裁地提出要试穿一下小星的那身衣服，小星见老神父凤瑞不在，也就同意换穿了衣服。新郎官模仿小星做了祷告的动作，大家都说他像神父。

当时神父凤瑞突然走了进来，他并没留意此事，只在那里点烛，新郎官也装模作样跟着忙碌。谁知正巧连队吹响了集合号，新郎官只好匆匆走出房间，在楼道里和小星换衣服，被凤瑞当场发现。他管不了新郎官，只惩罚小星。新郎官被带到了连部，确切说是被押到连部的，都说他想当神父是有背叛部队之心。不料那个连长听了情况却笑了，说："他想当神父?他家里有个如花似玉的媳妇，我还见过呢，他做梦都是哼哼唧唧在和他媳妇鬼混，他舍得丢下他媳妇当神父？鬼才相信呢。”

新郎官想到这里，自己就笑起来，问神父：“当初我穿了小星的衣服，为啥能把你骗了个底朝天呢？”

神父说：“老眼昏花，未能识别真面目。”

新郎官反驳：“你的眼好着呢，你没发现我是假神父，那是因为我和小星的模样差不多，都是尖嘴猴腮。”

神父也认可他和小星个头和模样是有点像。

李门楼对新郎官不满：“就要进攻了，你还有闲心翻腾你当初那些‘光彩’的事？”

新郎官终于说出了自己的打算：“这次我可以穿上小神父的衣服，让这个老神父带着我去钟楼顶端，这不难，我只要到了上面就主动了，居高临下，不需要开炮就能把他们逼下来。”

神父知道这样确实有可能让教堂免遭炮击，并没提出反对。

连长很反感新郎官的提议：“你以为这是演戏吗？想扮啥角就扮啥角，我还想扮个花旦过去迷惑敌人呢。人家就是瞎子也能知道我是大老爷们，跟花旦总是有不一样之处，你还是少出馊点子。”并对李门楼说：“你别让他给我惹祸。”

李门楼问神父：“你每次进教堂，敌人搜你的身吗？”

神父答：“最初搜过，后来就不搜了。”

李门楼说：“那钟楼里边我们都进去过，平时不点灯，很暗，尤其是螺旋楼梯，对面也看不清面目。”

新郎官很固执：“就是亮灯也没问题，你看神父这衣服，裹得多严，就前面这一点露着，又不是相女婿，没人看那么仔细。”

向杰是支持新郎官建议的：“敌人认出你来也没关系，你和敌连长是铁哥们，他是绝不会对你下手的。”

新郎官补充说：“敌连长救过我的命，这次是我报答他的机会了，我不能让他死。”

李门楼至此已有了打算，对连长说：“王进年的想法可以考虑，上帝把神父送到这儿，这机会真的可以利用。”

连长坚持说：“我们有这么多部队，还需要让这个新兵蛋子独闯敌营？他一旦露了马脚，你说我们的炮是打还是不打？炮弹把那里轰平，王进年也得死在我们的炮弹下。”

李门楼知道眼下没时间说服连长了，只好说：“你要是不同意王进年的建议，可以向上级汇报，别轻易丢掉这个机会。”

连长说：“最难得的机会是啥？是上帝把向杰、王进年他们这一批俘虏送到了我们连，成了我们的战士。现在他们又来到这里，这是一个发挥政治攻势的最佳时机，他们喊话和我喊话可不一样。我现在想的是怎么样让他们能接近敌人，让敌人能听到他们的喊话。”

向杰说风凉话：“既然是这样，上级是应该让我们连担任主攻的，却让我们敲边鼓，枉费了上帝的美意。”

李门楼提出了自己的一个新想法：“神父说敌人把战壕挖到了南墙下，我们的炮弹覆盖这里之后，我想敌人很可能利用这条战壕从正南方向突围。我建议派一个班加轻重机枪去南墙外，设立一个近距离的拦截点。我们只是想把逃跑的敌人堵住，不急于进攻，利用围墙掩护也就够了，大不了炮击的时候我们撤到一边，完全可以避免被自家炮弹误伤的。”

连长思忖片刻，觉得李门楼这个想法无可挑剔，也就同意了。

眼看大部队就要到了，李门楼知道要绕围墙去教堂正南面，必须避开围墙周围的开阔地，实际上是要兜半个大圈子，事不宜迟，他带领九班加一挺重机枪立刻出发。连长在身后大声叮嘱李门楼说：“尽可能接近，不需要急于穿过墙外的开阔地，有火力就足可以把敌人拦截了。”

大部队赶来了，虽然教堂内守军只有两个加强连，我军却有数倍于敌的部队，准备形成聚歼之势态。也就在这时，李光运送六〇炮弹的大马车也赶到了，马车的后面还有骡马运输队。李科心里明白，有大批的炮弹，夺取教堂的方案必然是先要炮火覆盖，甚至不需要单兵抱着炸药包去爆破。他看着前面那熟悉的一排房子，那里是他和小花棍第一次见面的地方，也是他训斥小花棍的地方，也就在不远处，那是一个拐角，是掩护组所在位置，小花棍就牺牲在那里。

连长去参加攻击前的协调会，也叫碰头会，他报告了神父所讲的情况和在战壕尽头设立拦截点的方案，也顺便讲了新郎官提出的随敲钟神父更衣进钟楼的建议。不料上级十分重视新郎官的建议，很快就有了答复，确定了由某侦察排一名侦察兵随神父提前进入教堂制高点，并指示要由老神父提前向那个侦察兵介绍教堂内的有关情况。

连长此时也才明白，上级并没有以炮火覆盖这里的打算。

李门楼带九班绕围墙行进，实际上是在距围墙三百米之外的民房之间穿插，李门楼发现刘五华也跟来抬机枪，问：“你咋又回来了？”

刘五华只笑了笑：“我又进步了。”

此刻自然不是问情况的时候，李门楼也没再开口。

行至正南，没入开阔地，李门楼下令停止前进。他对李福强说：“这里咋样？就在这里把机枪架起来。”

向杰提议：“我带两个兵再往前运动吧，炸了围墙，就可以向他们喊话。”

李门楼反对：“没有必要，我们的机枪就是最好的喊话。围墙不能炸，围墙现在对我们有用。”

向杰想说服副排长：“咱们到后边来扎口袋是对的，可也不能在这儿干等着。到了战壕那里就好办了，敌人可以利用战壕逃跑，咱们可以利用那战壕往里打，这就等于是敌人为我们修的战壕。”

李门楼说：“等着敌人把战果给咱们送上门来，这不挺好吗？敌人把靠近围墙的民房拆除了，想利用这开阔地阻挡我们进攻，可实际上却阻挡了他们逃跑。我们在这里一守，他们就是爬着出来，我们也一眼就看到了，一枪一个。”

新郎官也依此类推，说：“敌人修围墙是为了阻止我们进攻，现在围墙却能阻止他们逃跑，要逃跑，他们就得自己把围墙炸开缺口，我们朝那缺口打就行了。”

接下来就是等待。

李门楼见刘五华挂着个望远镜，说：“指挥员了啊。”

刘五华二话没说，把望远镜摘了下来，递给李门楼，李门楼用望远镜朝教堂那边观察，没有任何动静。他又把望远镜还给了刘五华：“我不挂这玩意儿，敌人开枪，肯定先打有望远镜的。”

刘五华没再把望远镜挂在脖子上，而是把它揣进了怀里。

首先送上门来的战果是两个敌兵翻上了围墙，有一个刚跳到了墙这边，就发现这边有了人，另一个又缩回了墙那边。当时就喊：“我是向杰，跳过来就没事了。”

不料墙那边扔过来好几颗手榴弹，那个跳墙的敌人不得不撒丫子快跑，墙头上出现了一个举枪射击的家伙，向杰在这边先开了火，只打了一枪，墙头上的人就不见了。

跳墙的兵被向杰拦住，看时，并不是熟悉的人。向杰喊：“赶紧趴下。”接着宽慰说：“别怕了，咱俩以前是同一个连队的战友。”又说了敌连长和几个士兵的名字，逃兵安静下来，向杰没问他的名字，只称他为逃兵。他对向杰他们的提问，一一回答，围墙内侧二十米内确实没有地堡。

李门楼当即决定向外墙处靠近，以围墙作掩护，开战后敌人若不炸围墙，我们就炸开缺口冲进去打。

这时，东、西两个方向都有我军的连队开来，很快形成了对教堂工事的包围。

随着信号弹的升空，炮击就开始了，小炮大多是平射，果然有炮弹从围墙上方飞过，一直飞出很远。但他发现炮击并没有他想的那样猛烈。

突然一声爆响，围墙被炸开了一个缺口，一看便知是用炸药包炸开的，而位置正在敌战壕处，看来敌人是要突围了。向杰没等李门楼发话，端着冲锋枪开始了射击，全班也开了枪。敌人都是携带着枪弹的，这说明是有计划的突围而不是混乱的逃跑。

缺口很快被封锁。

炮击停了下来，未听到军号声，但可以断定，正面攻击部队已经发起了攻击。李门楼不由得焦躁起来，他命大家立刻往那战壕内投弹，这是一次密集的手榴弹爆炸，没死的敌人只得退缩。他喊：“这战壕就是给我们准备的，就从这里攻进去。”

八十二

谁知敌连长话题转了：“美国有规定，需要的时候可以投降，这也是他们的传统，没有人给他们白眼。我们现在就效仿他们，把武器都放下，跟着我走过去。”

前面有一片废墟，看得出那是地堡被炮弹炸毁后留下的遗迹。废墟后面有手榴弹投了过来，估计突围未成的敌人又回到这里，利用废墟做抵抗。李门楼要大家在战壕内疏散开，然后对向杰说：“你们可以喊话了，他们会竖着耳朵听，会听得很清楚。”

向杰大声喊：“蒋军弟兄们，你们被包围了，四平就要解放了。”

李门楼说：“不对，就喊四平已经解放了。”

向杰喊：“你们的长官没有告诉你们吗？除了这一块弹丸之地，四平就要解放了。你们想逃跑可以理解，可是为时已晚，我们把你们的后路截断了。我就是你们连队以前的班长向杰，现在带着人马来解放你们，放下武器吧，只要举手过来，我们就放你们回家。”

李门楼在一边小声说：“胡说八道，放他们走，也得先当俘虏。”

那边有了回音：“向杰你这个忘恩负义的龟儿子，你是不是当了团长了？”

向杰和李门楼都听出是那个敌连长的声音，李门楼愤然道：“我要亲手宰了这个家伙。”然后喊：“你可真顽固，有啥用啊，宋家现在已经没有‘玲’可娶了，就是有，也轮不到你啊。”

向杰断定：“敌连长在这个时候他能骂我，能回话，说明他有投降的意思。”

李门楼警示说：“别上他的当。”

向杰补充说："要是他们往咱们这战壕里投弹，是会奏效的，他们没投弹，就是想投降。"

向杰让朱传熙喊话，朱传熙喊："连长，你是好汉不怕死，可是给弟兄们一条活路吧。我知道你拿我们当亲兄弟，投降吧，别怕丢脸，为了兄弟们，丢脸也值了，他们的父母不会忘了你的恩情。"

该新郎官王进年喊话了，他开口便哽咽，话音也小，向杰不满道："你别娘们似的来这一套，我们面对的是残忍的敌人，不是你的大哥。"

新郎官放大嗓门："连长大哥，我是你的小老弟王进年，你们抓我当兵的那天我就知道你是好人。现在我当了解放军，是我自愿当的，你是有能水的人，你应该知道自愿的分量，这是人心。你们的人心散了，为了嫂子和小侄子，你就扔了枪过来吧，我把你交给嫂子，也算是对你恩德的报答。"

对面没回音，向杰对新郎官的话也不满，主要是他用了"恩德"一词，说："你是乞求他啊。"

身后的刘五华听到这里，也跃跃欲试，见新郎官哑了，就接力似的开了口，高腔大嗓地喊："都啥时候了还拿着弟兄们的命来为你自己争面子。王进年跟我说过，你的老婆孩子都在四平，就住在大青楼后面的平房里，门牌号数我们都知道，王进年说他还帮你照看过孩子。共军和你们结的仇，都是人命，为了报仇啥都不怕，你不投降，真会让你媳妇让你孩子以后生不如死。"

敌连长立刻有了回话，愤怒地喊："王八犊子，我还就不怕你们这一套，不就是死吗？我就是要和你们拼到底。"

刘五华傻眼了，上午自己跟李科的大哥瞎咧咧一番竟然很奏效，还得到李科的赞扬，眼下自己一开口，反而成了火上浇油，帮了倒忙。想到这儿，他好像忘了敌人随时会射击，一下就跃出了战壕，说："看看我这衣服啊，我是你们八十八师的兵，被逮了，明天我就可以回家了。我是替你们着急，以为把你吓出屁来就让弟兄们回家了，没想到你是裤兜里的家伙越摆弄越硬。"

向杰揪住刘五华的裤脚把他拽回战壕，又踢了他一脚。然后喊道："刚才我就把咱们连的一个逃兵活捉了，现在我让他跟你说话。"

逃兵瑟瑟地说："我不会说啊。"

向杰把枪对着他："那我的枪就要开口了。"

逃兵说："那你教我。"

向杰说："不用教，嘴是你的，该说什么你知道。"

逃兵喊起话来："连长啊，弟兄们的心早就跑了，你现在看看二排长里边衬衣的口袋，装着共军的传单。你问问我们四班副，四班都准备从后面逃跑。还有六班的开明，他可是你器重的，他拿砖头故意在自己在头上砸了个大口子，成了伤员了。"

敌连长打断了他的喊话："叫指导员出来谈判。"

向杰回应："指导员不在这儿，他在正面攻击呢。我们这儿是排长李门楼负责，他对你的印象坏透了，要不要叫他跟你谈。"

敌连长说："你叫他出来说话。"

李门楼干咳一声，开口了，直呼其姓名，然后说："咱们又遭遇了，这也是缘分，现在你们放下武器，老老实实走出来。对你们的兵，我们释放，对你不能一样，投降也要严惩你，要先送你去整训队学习，学完了怎么处理你，也要看你有没立功表现，我们对你太了解了。"

敌连长当即回应："你在那儿别走开，别让他们打黑枪，让向杰离开这儿，我信不过他，不想见他。"

李门楼对向杰说："你往后撤几步。"

向杰不情愿地沿战壕往后走了几步。

听得见敌连长招呼他的兵喊道："弟兄们，美国人和咱们是一家，是支持咱们的，咱们的枪炮是美国给的，我的教官就是美国军官，咱们就是要跟美国学。"

听到这里，李门楼心里怒火一下蹿到了嗓子眼，他把手榴弹的盖拧开，谁知敌连长话题转了："美国有规定，需要的时候可以投降，这也是他们的传统，没有人给他们白眼。我们现在就效仿他们，把武器都放下，跟着我走过去。"

李门楼把那枚手榴弹盖又拧上了。

谁知敌连长对他的兵们还有话："我是最后一次以连长的身份跟你们讲话，共军我了解，对你们是来去自由，你们千万别留在他们那里当兵，他们释放你们，你们拿了路费就赶紧回家。"

李门楼觉得这个敌连长搞投降也让人恨，他看了一眼向杰，向杰说："走出来就好，他就这样。"

敌连长带他的兵们走了出来，只有走在敌连长前面的一个勤务兵双手举起。向杰打圆场说："勤务兵是代替连长举手的，也行了。"

李门楼大致清点了一下，有三十几个人，他说："都到围墙那边蹲下，怎么就这么点人？还有顽抗的？"

敌连长说："有的我召集不到了，北边的兵不是我们连的，剩下的弟兄已经被你们炸死了。"

李门楼问："伤员呢？不可能只有一名伤员。"

敌连长说："来不及找了，你们进去以后自己收罗吧。"

向杰跳出来，站在了敌连长面前，喊了一声"连长"。敌连长把头扭到了一边，向杰说："我真替你担心啊。"

敌连长没敢回话。

他们很快就与正面进攻的部队会合了。

维他命赶来为那个伤员包扎，他吃了一惊，看来他认识这个伤兵，说："是你？你借我的钱没还呢。"

伤兵乞求："你有没有止疼药？我快疼死了。"

维他命说："骨头都断了还能不疼吗？"

伤兵问："我这胳膊是不是废了？"

维他命答："得锯了，要不命也保不住了。"

李门楼厉声道："你会说话吗？锯不锯你管得了吗？"

维他命包扎了伤员，站起来就走。李门楼说："卫生员，你也不来见见你们连长？"

维他命往回走了几步，停住，问敌连长："你也负伤了？"

敌连长索性转过身，不理睬维他命。

维他命对李门楼说："他没伤。"说着匆匆走了。

新郎官不想见敌连长，敌连长却大声喊："王进年，你过来，我有事要问你。"

新郎官走了过来，李门楼一眼看出他立场又不坚定了，他不仅安慰敌连长，还问这问那，全是关心的话，然后就是嘀嘀咕咕地小声说话，在李门楼看来，那简直就是两个特务在对暗号。

俘虏还没送走，九连就接到继续东进的命令。

战至天黑，奉命往西折返，全团经过重新组织，会同大部队对困守在晓东中学和万字会的敌八十八师师部及残部发起攻击，天亮后，将该敌聚歼。

枪炮声停了，这依然是一个寒冷的清晨，抬眼望去，到处是被俘的敌人。老乡们顾不得严寒，走出家门，很多人围了俘虏们看。俘虏们都埋头坐着，任凭人们指指点点。李门楼大声喊："有啥可看的，赶紧散开，俘虏们是怕羞的。"

老百姓哄然地笑了。李门楼这时才确信：四平解放了。他笑不起来，这座城市是三林他们牺牲的地方，转移时尸体也没能掩埋，现在重返旧地，连他们的踪影也找不回来了。他对围观的老百姓吼道："这里是战场，是你们看热闹的地方吗？都走开。"

有老乡喊："这个人真凶，比俘虏还凶，凶神恶煞。"

一个小孩说："我不怕他，我敢去摸他的枪。"

那小孩真的过来摸他的枪，摸了一下想跑，被李门楼拉住，抚了一下那孩子的头，话也和蔼了。

李门楼把孩子抱起来，悠了一圈，说："我对小孩不凶。"

那孩子篡改了他的话，对人们说："他对大人凶，对小孩不凶。"

不知怎么，李门楼控制不住自己，眼泪落了下来，那小孩说："大兵还哭？"

李门楼说："我想娘的时候就哭。"

小孩很神气："我想娘就不哭，我就喊，我一喊，我娘就来了。"

李门楼说："你比我强。"

连队接到了就地休息的命令，但营里没通知将俘虏押送到什么地方，也只好派兵就地看守。连队炊事班也跟上来了，在院内挖灶做饭。

开饭时，刘五华一点都没胃口，昨天上午吃了过多的点心，肚子里一直很不舒服。李门楼决定给刘五华留点饭，他们的碗都小，一碗饭是不够刘五华吃的。李门楼看那里有个放子弹的小铁皮箱还干净，就吹了吹，盛上高粱米饭，又把咸菜夹在上面。

他把饭端给刘五华，刘五华挑剔地说："咋就用这玩意儿给我留饭呢？多埋汰啊。"

李门楼语气很冲："你还讲究起来了？不吃我就送还炊事班。"

刘五华把那个干粮袋解开，往外倒了倒，倒出一些小零碎，有烟末还有点心末，他把那些高粱米饭倒在里边，就挂在了身上。然后托词说：“我得歇歇，缓缓秧，缓过神来再吃。我是累熊了，比冲锋陷阵还累，冲锋陷阵也就是一阵子，我是连人带炮弹，连背带扛，又当挑夫又参加战斗，我还完成了一项了不起的重大任务。”接着就把他和李科去李元处受降的事说了一遍。

李门楼狼吞虎咽地吃饭，顺便听他自我表功，估计是他有事求人，便把话抢在前头说：“你是不是看我军胜利了，又想过来，到我们这边穿二尺半？这不行，我们不要你这号的。”

刘五华便把他想让领导帮着在俘虏中寻找那两个同乡的事说了。李门楼觉得这样也好，为了一碗饭老跟着连队走也不是个办法，应允说：“我把你今天的表现跟连长汇报，别的你自己跟他说。”

刘五华又把李科也叫过来，说：“炮排长啊，你和门楼大哥是连长的两个肩膀头。”

李科认可：“是左膀右臂。”

刘五华说：“我为你俩都效劳过好几次了，今天你俩就为我效劳一次。”

李科已经知道是啥事了，立刻满口答应，说：“愿意为小老弟竭尽全力。”

三个人一起到了连长跟前，刘五华不语，他在等连长先开口问他。连长每回见了他总是说“你还没走”？这次连长说的是：“说吧，有啥要求？”

刘五华脸上露出得意之色，冲着李科下令一般：“你说。”

李科把刘五华和李元的交锋做了汇报，那言语好像是在吹捧一个长官，然后才提出请组织出面从俘虏营寻找刘五华的两个同乡。

李门楼很严肃地讲了刘五华跟着攻入教堂，喊话时信口开河胡说八道，差点闯大祸的情况，并说：“成事不足败事有余，还是早点把他打发走，从各单位抓的俘虏中找他的同乡，确实还得上级帮忙。”

该刘五华说情况了，他先把揣在怀里的望远镜掏出，双手递给连长，说：“捡的，送给连长，这也是消灭敌人的武器呢。”

连长接过望远镜试了一下，立刻爱不释手。连长对他说：“找这俩人，范围很大，三个纵队都抓有大批俘虏。这样吧，你把那俩人的概况主要是何人、何事、何时、何地、何由，让小葛帮你记下来，我找上级，这事要速办，晚一步俘虏就回家了。”

刘五华蒙了，李门楼翻译说：“何人，就是你要找的那两个俘虏叫啥啊，张三李四王二麻子，总得有名字啊；何事，就是你找不到家了，要打听到家在什么地方；何时，就是昨天上午他俩才被抓住；何地，就是他俩在四平铁西区西北侧被抓的；何由就说你是我们九连抓的俘虏，理应帮你找到家。”

刘五华质疑：“何由这条，别说我是俘虏，就说我是民工，我真的给你们当过民工呢。”

李门楼说：“弄虚作假不行，上级也知道，越是俘虏越是需要我们帮助，不然还就真冻死饿死了。”

刘五华点头：“那就说我是为你们立了功的俘虏，还有，我不是找不到家，我知道我的家是大刘庄，只是不知道是哪个地方的大刘庄。”

连长笑了：“你们都说他傻，我看他一点不傻，把你们两位大将搬来，借你俩的嘴表功，也是知人善任啊。”

李门楼说：“摸不到家门不算傻，拉屎找不到腚门才算傻?”

连长说：“以后不准再叫他傻女婿。”

刘五华听着这话也没生气，带着笑模样说：“我也听我娘讲过傻女婿的笑话，说傻女婿去老丈人家，媳妇嘱咐他身上的衣裳越光滑越好，带的礼越重越好。他换了几样衣裳，发现身上不管穿啥衣裳也没有不穿衣裳光滑，他就光着身子去了。带的礼呢？啥礼也没磨盘重，就扛着磨盘去了。其实傻女婿不傻，那磨盘是干啥的？磨盘一转，人就有饭吃，我们家乡过年上供，也给磨盘点一炷香呢。我出来混的这两年，见过好多画，画上的大闺女也是水光溜滑的啥衣服也不穿，人家不叫大光腚，你们知道叫啥吗?”

都说不知道。

刘五华很专业地说：“那叫裸体，有钱人家还挂在墙上供着呢。”

李门楼责怪说：“你在那边当兵就学这些？难怪打败仗呢。我小时好几岁了，也还是裸体，那是因为穷，被剥削得叮当响，精打光。”

刘五华难为情道：“不瞒你说，我小时候也是穷得浑身上下不挂一根线头。”

连长说：“刘五华四肢发达，可头脑不简单，会琢磨事。要我看故事里的傻女婿不是傻，是教条主义，我们很多人就是傻女婿，可刘五华不是。田怕踩小道，人怕起外号，起了外号抹不掉，人家必定还是要娶媳妇的。”

李门楼表态：“我一定改。”

刘五华连声说：“不碍事不碍事，我们那儿给小孩起名，爱起个小傻小拙的，为的是长命，神啊鬼的一听我叫傻女婿，也就不会要我当挑夫当警卫员啥的了。”

李门楼把连长叫到了一边说：“你是不是看刘五华还行？你要是想留下他，我几句话就能说服他留下，咱们连的挑夫一直不咋样，我看让他当连队挑夫，还是很合适的。”

连长批评说：“你别老是挑夫挑夫的，现在都统一叫运输员，管炊事员也别再叫伙夫，这影响兵夫关系。现在我们连的八大员都个顶个，刘五华想回家，就让他回吧。”

八十三

孩子身伏在一个女人的怀里，李门楼扳了一下孩子头，看到了一张熟悉的脸，确实是自己的儿子，他喊了儿子的乳名，一把推开了那个女人，孩子声嘶力竭地哭喊。

当天连队住进了一个厂房内，三排的宿舍是一间厂房，连续奔波作战，大家十分疲惫，天刚黑，就接到命令，可以睡觉。房内没有床，睡地铺，但有电灯。这是大胜仗之后的一个夜晚，大家睡得很安稳，李门楼心里有事，怎么也睡不着，他索性起来去三排找李科。李科不在，有士兵说炮排长请假外出了，他立刻问："是有任务?"

士兵说："没有，排长是说他有私事要处理。"

李门楼的心骤然紧张起来，他追问："他说没说是啥事?"

士兵说："没有，只说是急事。"

李门楼没有回三排，他就在这里等李科，李科一回来就能知道情况了，否则李科会在第二天早上才找他。当初在三师见到被俘的李科，得知自己的儿子就在四平，从那以后，四平成了他心中最关注的城市，也是他在梦中反复去过的一个地方。在攻城前一天的炮战中，他和李科都出了掩体，两人心里都沉重都焦躁。眼下李科的大哥也算是有了一个理想的结局，下一步该找自己的儿子了，李科外出办的私事，很可能就是为这事。

倦意袭来，李门楼就势躺在了李科的铺位上等，他觉得身上很冷，厂房是四面透风，他把李科的背包打开，把被子扯到身上。旁边的士兵说："你不能盖我们排长的被子，他会不高兴，他可爱干净了。"

李门楼不高兴了，心想他还干净？他在敌人那边混日子，说不定连脏病都有了呢。不过李门楼的回答是："我们是哥们，从小盖一床被子。"

李科回来，穿着一身便装，他见李门楼在这里等他，没说情况，只说“真冷”，扯过了被子把自己裹起来。李门楼按捺不住说：“我都急死了，我知道你对小侄子比我还上心，连觉也不睡了。”

李科没说情况，只给了他一张纸，灯光昏暗，隐约看出上面是简单几笔勾勒的草图。李科拿出手电筒，把光柱打在草图上，说：“都在上面了，你按图索骥就行了。”

那图上有几个鲜明的字：王德江住所。

这几个字让李门楼心里的血直冲到了头顶，当初李元就是把孩子送给团副王德江的。李门楼停了一会儿，像是缓上气来了，说：“我哪会看作战地图，你给我详细说说咋回事。”这话出口，才知自己嗓门大了，这屋里的士兵都在睡觉。他一把拽住了李科，硬要他出去谈。李科无奈，就依然裹着被子走出来，也不讲究军姿军容了。他说：“我预先都搞清楚了，四平的保安团好几个，有的是叫什么北满保安团，还有个各县的保安大队，也都龟缩到这里了，好在我大哥活着，我专门问过他。那个王德江在我们上次攻打四平的时候，就被击毙了，他的老婆一直在公寓的一所房子里住着。现在敌人完蛋了，我怕那个娘们带孩子跑掉，这不就连夜跑去侦察，我困得走路都睡觉，也得找啊。我找到了她，孩子我也见了，虽说隔着玻璃窗，可的确是你儿子。”

李门楼不满道：“你都看到了，又是训练有素，就是抢也抢到手了，不就直接把我儿子带来了吗?”

李科淡然道：“你又不是没打过仗，且不说那屋里好几个人，地形就不行，屋子前后都有门有窗，又是夜里，我这边敲门也好，破门破窗冲入也好，人家带着孩子从后面的门就溜了。人家随便一躲，黑灯瞎火，就找不到，这一溜，就不会回来了，以后你在全国找？人家说不定还就去美国了呢。这种事，必须是首仗必胜，没有第二次机会，我看，还是明天早点过去。”

李门楼想了想说：“那咱们就在天不亮的时候出发。”

李科不同意：“你别咱们，我只是给你当侦察参谋，侦察完了，作战就是你的事了。”

李门楼退一步：“带路还是要带的。”

李科笑了：“你在这里都打过仗了，还找不着路？刘五华也能找到路呢。”

李门楼并没强求，他出了门直奔连部住的房间，见连部的人也都睡了，不便打扰。他知道连长是肯定要起来查铺查哨的，便对哨兵说：“连长起来查哨，你就把我叫起来，我有要事，换岗你把这事往下传。”

李门楼和衣躺下，刚睡着，就被人推醒，他一看是连长，赶紧看外面，天依然是黑漆漆的。李门楼把事情的原委汇报了，提出的要求是请连长下令，让李科明天一早跟他一块去接孩子。连长没思索就表示同意，说：“这是大事，总的来说我对你也不放心，我看让指导员也亲自跟你一起去处理这事，你不要擅自行动，再带上几个兵，以防万一。”

李门楼满意道：“还是连长思虑周全，对策稳妥。”

天刚泛白，李门楼就把随行的几个士兵叫起来了，然后就去牵了那匹马。最后去炮排那边，李科正在院子里吸烟，李门楼说：“连里通知你了吧？”

李科很不高兴地说：“什么事都去找连长，你就这点本事。”

李门楼点头哈腰地解释：“我看我这一辈子办的最重要的事，就是这件事了，紧张得要命，心里没底，生怕出一点纰漏，有你跟着，我就踏实多了，有意外可以帮我拿主意。这事办成了，我得给你重奖。”

李科不屑一顾：“就你？”

李门楼也自觉这话有失，自己一个副排长有啥权力给人家炮排长奖励呢。他修订说：“我是说我会竭尽全力给你送一份重礼。”

李科说：“还重礼？你有吗？”

从这话里李门楼听出李科心情还不是太坏，说：“我送的礼包你满意，不满意可以退回。”

李科总算有了笑脸：“你现在说话办事还真有点像是我们老部队的长官。”

李科跟着李门楼出了院门，李门楼问：“你不带枪？”

李科说：“我的武器是炮，你总不能让我扛着六〇炮去吧？”

指导员也到了，一行人上了路，有李科带路，没费周折就到了公寓。那是一片平房，行至最后一栋房，李科停住脚步指点说：“就是这儿了。”

先布阵，屋子前后都有了兵把守。

推那房门，推不开，门是从里面闩着，李门楼便敲那房门。没有人来开门，却传出一阵孩子惊恐的哭声，李门楼听出来了，那是他儿子的声音，他想把门撞开，没能奏效。他看旁边有一个窗户，虽然也是紧闭着，但他知道那窗棂不堪一击，他“嗖”地跃上了窗台，一脚把窗户踹开，端着冲锋枪就跳了进去。

孩子身伏在一个女人的怀里，李门楼扳了一下孩子头，看到了一张熟悉的脸，确实是自己的儿子，他喊了儿子的乳名，一把推开了那个女人，孩子声嘶力竭地哭喊。李门楼对冲进来的两个兵说：“把那娘们拖到里边屋去。”

那两个兵却下不了手，让李门楼赶快抱孩子走。孩子在李门楼怀里依然十分惊恐，那女人披头散发地扑了过来，被两个兵架着往另一间屋里拖，那女人突然跪下了，声泪俱下，乞求地喊：“别带走我儿子。”

李门楼下令：“把她的嘴堵上。”

孩子突然不哭了，他呆呆地看着李门楼，李门楼哽咽道：“小狗子，爹来接你回家。”

孩子喊了一声：“爹。”

李门楼心里一惊，眼前变得模糊起来。孩子还能认出他来，或者说是孩子听出了他的声音，孩子的模样一点也没变，算下来，和孩子离散也不过是一年半，这一年半出了多少事，时间显得是那样长，连自己也不知道是咋熬过来的。

李门楼抱着儿子往外走，外面聚了不少老百姓，指导员停住，絮絮叨叨向人们解释，李门楼对儿子说：“喊爹。”

儿子抱着李门楼的肩头，说：“爹，咱们回家吧。”

李科始终没进屋子，看着李门楼抱着孩子出来，就自己先走了。李门楼把孩子放在马背上，自己也骑了上去。

走了好一阵，指导员才跑步追上来。

李门楼对儿子说：“这马你小时候见过，以后要学会骑马，行军走累了，就骑马。”

儿子不同意：“走累了，你背我。”

李门楼满口答应：“行，还记得你小时候爱骑在我脖子上作威作福吗?”

儿子坚决否认：“不可能。”

李门楼又问儿子：“你还记得咱俩在被窝里吃烤土豆吗?”

儿子又否认："不可能，我最不爱吃烤土豆了。"

走出了几里路，李门楼大声喊："李科你给我站住。"

李科停了下来。

李门楼说："我要带孩子先去卫生队，你去不去？"

李科盯着孩子打量，问："有病了？"

李门楼白了李科一眼："你才有病呢，我儿子从小跟秦妹很熟，我想让孩子见见她，心情会好一点。"

李科立刻停住，赞同地说："孩子不可避免地有精神创伤，能和姐姐在一起，放松放松，是有益处。"

李门楼问儿子："你还记得秦妹姐姐吗？"

儿子没回答，却问："爹，我娘呢？"

李门楼心里一沉，可是又一想，儿子毕竟还记得自己的娘。李门楼说："你娘在老家呢，爹打完了仗，就带你去见娘。"

李门楼对指导员说："你和兵们先回连队吧，我带孩子去卫生队一趟。"

指导员说："不到连队，我是不会离开你的，我随时得给你擦屁股。"

八十四

李科突然醒悟过来，李门楼让孩子认一个干娘一个干爹，这不是明摆着把干娘干爹当成两口子吗？这样的安排，岂有不认可的道理。

见到秦妹时，李门楼问儿子："你认识这个女兵吗?"

儿子只看了一眼，就喊："秦姐姐。"

秦妹心酸地喊了一声小狗子，便像小孩子一般地哭起来，哭声让隔壁的军医匆匆推门而入，问出了什么事。秦妹抱着小狗子，冲军医说："出去，不用你管。"

军医退缩而去。

李门楼露出了笑脸："秦妹啊，我得跟你汇报，小狗子是李科帮我找到的。"

秦妹扬起眉毛："他是对敌军多熟啊，在敌军找个人，那肯定比我们容易。"

李科颓丧地说："我是费力不讨好。"

李门楼归纳说："秦妹表扬一个人的时候，听起来和批评一个人差不多。"

李科顺势说："她喜欢一个人时，看起来和憎恨一个人差不多。"

这话让指导员不好说什么，只在一边静候。

秦妹在小狗子的脸蛋上亲了一下，对李门楼说："你一个大老爷们，哪会带孩子啊，就让他留在我这儿，正好我们这儿有两个小孩，都是小伤员。"

李门楼叹了口气："我现在是一步也舍不得离开我儿子，还是先带他回连队。我带他来看你，是有个打算，想让他认你做干娘。”

秦妹傻愣着：“是说我？认我做干娘？”

李门楼表情严肃，点了点头。

秦妹泪还没干便爽声大笑了：“有这等好事？什么事也没费，就有了这么好的儿子。”

指导员终于有话可说了，他完全赞同地说：“是啊，她心细，又善良，比大老爷们会照看孩子。”

李科反对：“叫姐姐不挺好吗？还要叫你干娘？你现在还是个闺女。”

秦妹见李科说了这话，责备说：“你的心叫狼叼走了吗？孩子就得有母爱，我不光是要当干娘，我还要像亲娘一样带他。”

李门楼低沉道：“我想过了，秦妹对孩子差不了。现在仗还没打完，一仗下来，又有多少人牺牲，我要是牺牲了，孩子咋办？我那才叫死不瞑目。我得早点做安排，没安排哪行，咱这儿，就秦妹这么一个熟悉的靠得住的妇女，是同村又是亲戚，让孩子认干娘，就是把孩子托给她。”

李科斥道：“今天是你大喜的日子，少说这些不着边际的话，你啊，给阎王爷行军礼都不收你。”

李门楼滔滔不绝地解释：“我再会打仗，子弹也不认识我，有些事是从最坏处准备。其实准备好了，也可能就有最好的结果，咱村不少老人，早早就准备了棺材，其实长寿着呢。当然人家秦妹以后还是要嫁人的，也是要生小孩的，所以我不仅要让孩子认干娘，还要让他认个干爹。李科啊，你当孩子的干爹咋样？不会嫌弃我这个儿子吧？”

李科突然醒悟过来，李门楼现在让孩子认一个干娘一个干爹，这不是明摆着把干娘干爹当成两口子吗？这样的安排，岂有不认可的道理。李科觉得喜从天降，却不语，只是笑着看秦妹。秦妹脸红道：“看我干啥，又不是让我认你当干爹。”

李科给李门楼深深地鞠躬：“我可得谢谢门楼大哥，没想到你真还有重礼谢我。”

李门楼说：“又大哥了？你帮了我，让我们父子团圆，我也得尽力帮你一把。”

指导员听出了弦外之音，看来李门楼是赞同李科追秦妹的。

秦妹骂道：“真是一丘之貉，自己没有可谢的，就想把别人卖了，别想得那么美。”

李门楼对秦妹直说了：“我现在是一举两得，一是把我儿子托给你，二是把这个兄弟也托给你。他这个人是个猪八戒，人不错，只是投错了胎，你如果不要他，他可真找不下好媳妇了。你呢，开口就指责他，你对谁敢这样？对我们指导员你敢吗？可见你不怕他，把他当一家人了，我就想何不把你们弄成真的一家人？形势发展很快，用不了多久，就轮到你们这一茬成婚了。到时候，我来给你们当大媒。”

两个人听罢，都对李门楼不满。李科说：“门楼大哥，你咋这么贬我，我这不成了空弹壳了吗?”

秦妹愤然道：“什么大哥啊，这不成了人贩子了吗?”

当然最不满的当属指导员了，指导员指责李门楼：“我看你是捆绑俘虏捆绑惯了，世上有些事捆绑不得，你不能见了老太太就捆绑来当娘，见了老头子就捆绑来当爹，见了大肚子汉就捆来当弥勒佛就三叩九拜。”

李科偏要把这话说破：“是啊是啊，捆绑不成夫妻，强扭的瓜不甜。”

李门楼喝令道：“废话少说，你俩赶紧站好，我儿子给你们磕头认干亲。”

小狗子很乖，在两人面前，跪下磕了头，喊了声“干爹干娘”，秦妹又抹起泪来。

李科抱起小狗子，连跳带蹦，还在原地转了一圈，连喊“儿子”，李门楼听他对自己儿子的称呼少了一个“干”子，带着醋意说：“有些字是不能省的。”

指导员的话也充溢着老西子的味儿：“是啊，当初你在国民党部队是个‘反革命’，倘若省了一个字，岂不是成了‘革命’了?”

李科此刻完全是心花怒放，话也是拣好的说：“那一个字不是省去的，是指导员以无产阶级革命者的深谋远虑，力排众议，为我把那一个字搬走了，只剩下了两个字，洪恩浩荡，鄙人必当将终身献给那两个字。”

指导员说：“李门楼是过河拆桥，卸磨杀驴，拔了萝卜就刨垄。”

李科赶紧转移话题，对李门楼说：“我看你带孩子在连队过一天，然后就把他送到卫生队吧。”

李门楼没采纳他的提议：“我想官兵们也会把他当小战友，对他肯定能照顾好。以后咱们的队伍要是往北开，离家就近了，找个机会把他带给三林娘。等胜利了，或是我或是你俩把他接回来，他就有好日子过了。”

李科当家做主似的了：“我想咱们很快会转移，这么冷让孩子长途行军？不行，就让他在卫生队坐三瘸子的马车。”

李门楼说：“指导员专门跟我们讲过，在山东的时候，我们连的连长就带着一个十来岁的女儿，行军的时候，孩子走累了，大家就轮流背她，那时候我们的指导员是排长。”

他这话把指导员的心情砸得更糟，指导员说：“老连长的爱人是我军医院的护士长，那几年女儿是跟着母亲的。有一阶段部队医院化整为零，一个医院分散在几十个村庄，伤员也住老乡家，一个护士要管一大片村庄的伤员，天天都出去巡诊，母亲就是在巡诊途中遭敌人杀害的。一九四四年开春以后，部队在海陵开展大生产，种粮种菜养猪，还在黄沟峪开办了被服厂等手工作坊。老连长接回了女儿，女儿就在边区小学读书，在大半年的时间内，他和女儿生活在一起，晚上他还给女儿批改过作业，那是他和女儿一起度过的美好时光。到了七月，我们便在扩大鲁南根据地战斗中一举夺取大兴庄日伪据点，八月二十日参加灰土山阻击战，接着在白塔阜公路北的蔷薇村日伪新据点全歼守敌。老连长在两个连队任过职，后来仗越打越大，也越打越远，老连长把女儿安置在了老乡家，却没能有机会再去看望，他是在部队重返白塔阜与日军作战中牺牲的。那时候老乡收留八路军的孩子，就连亲戚都不能告诉，否则走漏了风声，是很危险的。后来，部队开到了东北，我盼望着胜利，胜利了我就回山东把老连长的女儿找到，把那孩子抚养成人。可我心里没底，一过就是几年啊。”

李门楼沉重地说：“我不会让我儿子再丢了，即使寄养在老乡家，我也要把寄养在谁家多告诉几个兵，要当众宣布，让全连都知道。”

秦妹喊道：“都给我把嘴闭上。”

李门楼带孩子回到了连队，孩子完全不认生，全连欢欣鼓舞。

也就在那天，接到了任职命令，指导员宋良改任三营副教导员。

时隔一天，刘五华的那两个同乡都有了下落，他们都是一师俘获的，看押在晓东中学。葛长藤把一张字条给了刘五华：“这是地址，不要丢了，照着这上面写的去找。”

刘五华说：“你念给我，多念两遍，我能记住。”

小葛说："就凭你？"但他还是慢悠悠地念了，刘五华喜眉悦目地说："这下好了，我赶紧去一趟，他俩肯定被释放，我和他们可以一堆儿回家。"

小葛把字条给了刘五华。

刘五华临走时，李门楼和连长来送他，他说还要和炮排长打个招呼。

李门楼说了恭贺的话："好人有好报，这可是我们傻女婿的大喜事，给你家里老人带个好。"

连长说："李门楼的毛病老改不过来。"

刘五华畅怀笑道："这外号我也带回去，挺顺耳的。你们首长不也是叫啥的大鬼子、二鬼子、毛猴子吗？都这么叫呢。"

连长反对："你不能认可你的这个外号，什么傻啊呆的，回去人们一听，谁家的闺女还跟你谈恋爱？"

刘五华"嘿嘿"地笑："谈恋爱？连长也会说文明话？"

连长笑道："娶个媳妇，是正事，你这一身的力气，养活个媳妇没问题。"

刘五华补充说："以后的媳妇也下地干活儿呢，不用我养活。我就盼着媳妇给我多生几个儿子。"

连长点头道："想得很远哪。"

当天下午，刘五华又回来了。

李门楼问："没找着？"

刘五华并无不悦："找到了，也见了面，可那两个同乡都留下来参加了你们的队伍。他俩也劝我留下干革命，我想了想，还是先干干革命再回家更合适，眼下我就想在九连扛大枪，我就想和连长在一块。"

李门楼说："你自己想好了再定，这事后悔不得，一当了兵，再走就是逃兵。还有，能不能批准你参加我们的队伍还两说着呢。"

刘五华蛮有把握："你们不批准，我就去三团，和那俩同乡在一块当兵。"

李门楼和他一起找了连长，连长的答复是："这事我定不了，要请示上级。即使是批准你当兵，也不一定是分在我们连，都想到我们连，把我们连变成营也搁不下。"

刘五华说："我力气大，行军能为连长挑行李，要是连长负了伤，我一口气就能把连长背下来。"

李门楼喝道："你这烂嘴不打是不行的。"

连长也说："难怪说你是傻女婿，还真缺根弦。"

当天刘五华就被批准入伍，在九连当运输员。运输员的编制并不在连部，而是在班排，刘五华想去炮排，连长斥道："一来就挑挑拣拣，你会打炮?"

李门楼说："就放在我们排吧。"

刘五华成了九班的兵。

战斗之后搞总结评功评奖是少不了的。那天接到了通报，有一名侦察兵在神父的掩护下率先进入教堂，在顶端一人制伏了两名敌人的机枪手，率先夺取制高点，为此这名侦察兵荣获"战斗模范"光荣称号。显然，最早提出与神父进教堂夺取制高点建议的王进年与"战斗模范"失之交臂。为此王进年对连长意见大了，而且情绪低落，说自己头也疼腿也疼胃也疼。营部军医也无奈，说他不好确认，也不好排除，王进年毕竟吃不下饭，就不能说他胃口没事。还说这叫"三疼一迷糊，医生难对付"。李门楼找王进年谈过，和声细语地说："我说新郎官啊，连长没把你的提议贪污了，是真报上去了，至于派谁担当此任，那是团里从全团挑选的人。"

不料王进年还火了："他根本不相信我，也看不上我这个建议，当时他还挖苦我呢，是你们几个硬要他把这个建议反映上去的。"

李门楼见到李科时，诉说了自己这次没成功的或者说是火上浇油的谈话，李科笑道："你太精明，你让刘五华跟他谈谈。"

李门楼也笑："那我可真派他谈，出了问题你负责。"他嘴上这么说，心里却觉得让刘五华出面也无妨。

刘五华和王进年谈心完毕，王进年啥事也没了，该干啥还干啥。这让李门楼百思不得其解，专门问刘五华："你都给新郎官开了啥灵丹妙药?"

刘五华谦虚道："没啥啊，我就说连长否定你的良策，是错误的，太胆小，鼠目寸光，让我们连错过立大功的机会，应该让他做检讨。"

李门楼吃了一惊，后悔不迭："李科害我。"

刘五华又说："我说副排长李门楼也对咱们连长老鼻子意见了，由头我知道，听说原先的那个谷连长和李门楼挺哥们，可惜谷连长牺牲了，李门楼老是想着谷连长的好，现在他看这个连长自然就矮半截。"

李门楼愤怒了："你这不是挑拨离间吗?"

刘五华赶紧表白："我也说新郎官有错呢，我说你不能拿那个敌连长的优点和现在咱们连长的缺点比。"

李门楼身上如果带有枪，他真是要拔出枪来了，他咬牙道："我是亲眼看着那个敌连长把我们村的李连成打死了，你摆那个敌连长的好，还优点优点的，我岂能饶你?"

刘五华不服："那你咋就饶了那个敌连长呢？我是亲眼见他走出来投降，你要是想除了他，举手之劳，你连一个手指头都没捅他，可见你是大人有大量，以后必能成大器。"

李门楼见这家伙信口开河，竟然顺便就来了个溜须拍马，说："你在敌军没白干，说坏话办坏事的本事大了去了。"

刘五华有点蒙头转向，强词夺理说："我还对新郎官说连长没同意你和神父一起进教堂，为啥？还不就是怕你死了怕你的媳妇变成寡妇？你闹情绪是高招，一闹，大家就都知道荣誉是侦察兵的，功劳是你的，这也就行了。新郎官当时就笑了，夸我会做思想工作。"

李门楼很无奈地说："傻女婿这个荣誉称号，就一辈子跟着你了。"

八十五

马还没停稳，儿子就跳下来，向爹爹李门楼打了个敬礼，奶声奶气地说："报告三排副，我现在是骑兵，请指示。"

几天后，六团接到命令，向吉林梨树县开进。

李门楼的儿子走在了行军的行列中，刚出城孩子就走不动了。战马铜锤驮着重机枪，已经不能再上人了，李门楼把孩子带到了炮排，炮排马多，让孩子搭顺风马没问题。李科打开了背包，把被子搭在马背上，让孩子骑了上去，李科显得很紧张。

李门楼说："我得归队，他掉下来我剥了你的皮。"他看前面那个兵的背包上贴着几个字，这是出发时文化教员贴上去的，为的是让身后的兵边行军边认字。李门楼对儿子说："你也得跟兵一样，行军中也学认字，看见前面那三个字了吗？"

儿子笑答："看见了，是'手榴弹'啊。"

李门楼这才注意到那背包后面确实写的是"手榴弹"三个字，李科喜悦地冲李门楼说："你儿子可以当小教员。"

李门楼大声说："文化教员呢？让他把那字换换，我看就换成'爹爹'两个字，我儿子肯定不认识。"

李科笑了笑："找文化教员没用，笔墨都在马背上搭着的那包里呢，休息的时候，我拿出来把字换上，休息一次换一次，到宿营地，你儿子就才高八斗了。"

休息时，李门楼又来到炮排，见背包上的字果然换了，写的是"干爹"二字。

李门楼看到有一队俘虏被押着在公路上走，这些人年龄偏大，都是一些军官。李门楼吃了一惊，分明看到了老冤家李元也在俘虏队伍里，他也有今天。李门楼紧着追了几步，这下看清了，确实是李元，依旧穿着军大衣，走路依然是梗着脖子目视前方。李门楼大喝："李元，咱们可真是冤家路窄啊，你看我是谁，我是被你害得家破人亡的李门楼。"

李元扭头看了李门楼一眼，神色慌张，全不见了往昔的潇洒谈吐，他停住脚步，一名押送俘虏的士兵也停住了。李元话很低沉："不是我，那是我家长辈复仇，我也是劝阻的。"

李门楼怒火中烧："怎么就没崩了你。"

李元紧着解释："我不是被俘，我是主动放下武器。"

李门楼回头大喊："李科，你赶紧过来，你家的李元在这里。"又对一个士兵说："赶紧去叫炮排长，叫他跑步过来。"

李元愤然道："我不见他，我没那个兄弟。"

李门楼没停脚步："我知道你不想见他，你们败到家了，哪还有脸见人啊。不过你要想死可以放心地死，你的老婆孩子没罪恶，政府有政策，李科也会关照他们孤儿寡母。"

李元冷笑一声："用不着你为我安排后事，我死不了。"

李门楼回头看，并没见到李科的身影，他冷言道："我知道你不怕死，可是真要把你押回大李村开公审大会后再枪决，你的老婆孩子，还有李科，也没好日子过。"

李元大叫一般地说："你是要存心激我和政府对抗？你说这些话，完全没有素养。不管怎么说，你和李科也是兄弟一场，你别把事做得太绝了。"

李门楼又回头一次，还是没看到李科，但小狗子蹦蹦跳跳跑了过来。他一见李元，就停住了，显然是刚看了一眼就认出了李元，立刻惊恐地哭了，两手抱住了李门楼的腿。李门楼把他抱起来，能感觉出他浑身在战栗。李门楼安慰说："别怕，他被咱们抓住了。"

儿子停住了哭，说："快把他打死。"

此刻李元的面部竟也是惊恐万状，疑惑地喊："他咋在这里？"

李门楼说："我找到了我的儿子。那个团副死了，我从他老婆手里夺回了我的儿子，后来李科在街上看到过那个娘们，披头散发，彻底地疯了。"

李元头耷拉了，叹道：“我也是被卷入了深渊。”

李门楼决定提一点往事，也把李科的情况告诉他，说：“那次你让石三行带李科逃走，现在石三行是我们连的兵，他是回家以后又找我们当兵的。现在你我的恩怨有了结果，我跟你有算不清的账，你还不清。但那十块大洋我不会忘掉，权当是我欠李科的。他现在有了对象，是秦妹，李科是我儿子的干爹，以后不管遇到啥情况，我都会把李科当亲弟兄看待。”

李元哀伤起来：“他真是前世的冤家，可他是我背大的，我就是死了也还是对他不放心。我那儿子，还小啊，有你这话，我豁出去不要老脸，我给你赔罪。”

押送战俘的士兵持枪喝令：“不能停留太久，归队。”

李门楼向那个兵打听他们是哪一支部队，士兵不仅告诉了他部队番号，还告诉了他转移的目的地，说：“你们要是找他，就去那个村庄。”

李门楼感慨地说：“你这个兵很善良啊，再有本事的敌人也打不过善良。”

李门楼找到李科时，李科正在那里呆坐着，李门楼不满道：“你还真坐得住，我不是叫你去见你大哥吗？”

李科抬了抬眼皮：“我不想见他。”

李门楼下令：“废话少说，没走多远，赶紧骑马追上去，问问情况。”

李科反而躺下了：“这里的村庄都住了部队，咱们连个宿营的地方都没有，我累得散了架儿了。”

李门楼换了说法：“你不见他，也该见见押送他的人员，先联系上，以后你嫂子他们找到你，你也好有个交代。”

李科伸出了一只手：“给我，我知道你已经留下了他们转移的地点。”

李门楼说：“你还真会掐算。”

到达宿营地八庙子后，李科失踪三个小时，李门楼估计李科还是见他大哥去了。李科返回后，李门楼什么也没问，到后来也没问，两人都把那事当成没有发生过的事。

在后来的一个多月里，连队就在八庙子搞整训。李门楼参加短训班时，把孩子交给了李科。一个星期后，李门楼回来，见儿子正在村外骑马，那马是在跑。

李门楼惊慌地喊：“赶快停住。”

马还没停稳，儿子就跳下来，向爹爹李门楼打了个敬礼，奶声奶气地说：“报告三排副，我现在是骑兵，请指示。”

李门楼埋怨：“你干爹不负责任，不教你好事。”

儿子笑道：“干爹比你好。连队的兵给你起了个外号，叫五野，说你是打仗野，骑马野，说话野，吃饭野。”

李门楼挑出了漏洞：“还差一野呢。”

儿子含羞道：“第五野是儿子野。”

李门楼讨好地说：“你不是野，是勇敢。”

李门楼见到了李科，埋怨说：“你是要把我吓死啊，他就在马背上颠，你不知道他才七岁吗？这可是事故苗头，我指望着你教他学文化呢，没承想你让他学马戏。”

李科推卸责任：“这可不是我教的，他看我对他比亲爹都好，就以为认干爹有好处，你知道他自己认了几个干爹吗？那个葛长藤才多大，也当起你儿子的干爹来了，骑马就是葛长藤教的，你没看那马是九班的铜锤？”

见了葛长藤，李门楼就劈头盖脸地说：“你个小蝌子，没掉尾巴呢，还当起孩子的爹来了，你知道孩子是咋来的吗？给你个媳妇你都找不着北。”

葛长藤一拍胸口：“咱啊，无师自通，现在你给我配发一个媳妇来，明年就能得个儿子。”

李门楼绷着脸说：“你去问问连长，是不是配发媳妇。”

葛长藤一本正经：“等全国解放了，肯定配发，当然也要看表现，不遵守纪律的，配发个老太婆。”

那天晚上开饭，儿子只吃了几口，就不吃了，李门楼紧着摸他的前额，问他是不是不舒服。班长揭发说：“你儿子打牙祭了，小葛偷了连队的罐头给他。”

儿子反驳：“不是偷的，是干爹跟连长要的。”

李门楼说：“我得问问连长。”

儿子笑道：“我知道你最怕连长。”

李门楼点着儿子的脑门说：“现在我最怕的是你。”

令李门楼满意的是李科为小狗子特制了一个小本子，是一张大白纸折叠后用针缝了一个边，再把那三个边裁开，就是很地道的作业本了。李门楼表扬李科："不错，你还是干了一件正事。"

看着儿子在那小本子上写字，李门楼心里突然就沉了，他知道在老指导员宋良携带的家当中，也有这样一个由大白纸折叠成的小本子。那是连长牺牲后的遗物，上面已经写满了字，是连长女儿用过的本子，老指导员保留了这个残缺不全的本子，是为了日后能找到连长的女儿。李门楼知道，往后的仗还很多，如果自己牺牲，儿子就成了无父无母的孤儿。

李门楼不敢往下想。

儿子在村里很快结识了一些小朋友，李门楼和连队一起训练，儿子便和小朋友玩。有一天李门楼正坐在屋里抽旱烟，儿子回来了，拉起李门楼就走，李门楼问："干啥去?"

儿子说："跟我们去玩打仗，你当我们这边的司令。"

李门楼故作为难："没那么多兵，咋能当司令，我当你们的排长就行了。"

儿子说话理直气壮："我当班长。"

李门楼很大方，当即任命干部，但有点像是封官许愿，他宣布的是："你的职务是连长，我听你的指挥。"

儿子很满意，也很自豪，李门楼也深有体会了，原来讨好儿子也未必都要花钱购物，空头支票也是很有用的。儿子见了那些小朋友，大喊："弟兄们，我爹也来参加，他有真枪。"

李门楼听着别扭，纠正说："不能叫弟兄们。"

儿子问："那叫啥?"

李门楼说："那就叫兄弟们吧。"

儿子对兄弟们说："还是分两拨，林子那边一拨，林子这边一拨。"

大多都站到了李门楼这边，真往林子那边走的只有一个小孩，那小孩大喊："过来啊，你们咋都站那边了？看到人家有真枪，就投降了?"

李门楼喊："你也过来吧。"

那小孩亦喊："我不投降。"

李门楼觉得那孩子挺可爱，问儿子："他是谁啊。"

儿子介绍："他叫黑蛋儿。"

李门楼笑道："小时候，我也叫黑蛋儿。"

儿子大笑："他是小黑蛋儿，你是大黑蛋儿。"

李门楼说："那边就一个兵，咋玩打仗啊。"

儿子让这边的小孩排成一列，然后说："我教你们报数，报单数的留在这边，报双数的去那边。"

大家都反对。

李门楼对大家说："我来教你们唱歌吧，学会了唱我们的歌，回家你们的父母准夸你们。"

孩子们按李门楼的要求站成三排，很有点大合唱的阵势，李门楼说："我教你们唱'大刀向'，我先唱一遍。"

李门楼自己打着拍子，就唱起来。

一遍唱下来，在一边看热闹的老乡发出了喝彩声，不料李门楼儿子说："别教这个，换一个吧，这个歌我会唱。"

李门楼换了一首歌，也还是先唱了一遍，大人们鼓掌，孩子们也鼓掌。那个叫黑蛋儿的喊："这歌啊小孩不好学，再换一个吧。"

李门楼顺从地说："行，我们会唱的歌很多，你们听了，挑一个。"

李门楼又唱了一首，然后问大家："这一首怎么样？"

其中一个孩子说："再唱再唱，我们只爱听。"

李门楼不再上当，说："你们不学我就不唱了。"

那个叫黑蛋儿的孩子大声地说："走啦，回家去了。"

那些孩子叽叽嘎嘎地叫着笑着，像一群晚归的鸭子，瞬间就散去了。

李门楼站在那里骂道："兔崽子们无组织无纪律，白听我唱歌，打仗没上敌人的当，却上了小屁孩的当。"

儿子笑得前仰后合，说："我也回去，你背我回连队。"

李门楼笑问："你不怕村里人笑话？"

儿子笑答："我就是要让他们知道你这个大兵是我爹。"

李门楼立即蹲下，让儿子趴在了后背上，说："我也想让他们知道你这个捣蛋鬼是我的宝贝儿子。"

李门楼背着儿子没直接回去，在村里转了一遭才往回走。

八十六

烈士遗体下葬，一人一穴，所有墓穴前都立了一块木牌，写有姓名、籍贯和部队番号。在李门楼的记忆中，把牺牲的每一个官兵都核对身份下葬并立木牌，这是第一次。

有一天儿子从外面回来，一身的装束全变了，原来的小棉袄已经抱在了怀里。李门楼细看了一下孩子身上的褂子，虽说是小粗布的，但里外都是新布料做成的夹袄。李门楼问："哪儿来的新衣裳？"

儿子不在意地说："黑蛋儿的娘给我做的。"

李门楼束手无策地在地上走了个来回，说："这可咋办，收了人家老乡的衣服。"

李福强抱起了孩子："是该换衣服了，我们班的小狗子是军属，老乡慰问军属，也是合理的。黑蛋儿那一家人我见过，挺不错的，炮一班就住在他们家。"

李门楼不安道："这里老乡的日子我见了，家里穷得吊起锅来当钟敲。"

向杰在李门楼耳边说："昨天送粮队刚给连队送来了五常大米，你跟司务长说明情况，他准能给点，带着大米去老乡家表示致谢，也就说得过去了，大米在这村里可是稀罕物。"

李门楼否定了向杰的建议："大米是公家的，你是捅咕我去犯错误。"

向杰撇嘴道："你犯的错误还少吗？"

李门楼恍然："我明白了，你是说犯个内部小错误，防止了军民方面的大错误，这还是划得来的，我可以探探司务长的口气。"

晚饭后李门楼找司务长把情况说了，又说："你看有没有这个可能，要是有，我去请示连长。”

司务长说：“这事我就定了，这可是我们九连的孩子。我们受苦，孩子也跟着受苦，我就不信一百几十号大老爷们，还照顾不好一个孩子。”

司务长叫来了给养员，打开了一间屋子，舀了一些大米，又加了两个罐头。

李门楼带着儿子来到小黑蛋儿家，那是一个三代同堂的大家。老奶奶盘腿坐在炕头上，小狗子喊声奶奶，介绍说：“这个大兵是我爹。”然后像主人一样把黑蛋儿家的成员一一介绍。李门楼感慨地说：“这里乡亲们日子过得都很苦，你们还给他做新衣裳，我也没啥可谢的，连队给了点大米，我送过来。”

黑蛋儿一看有大米，便要奶奶给他去做大米饭，黑蛋儿娘责怪说：“刚吃了饭就闹，你看人家小狗子多稳当多懂事。”

老奶奶看了一眼黑蛋儿娘，说：“孩子多长时间没见大米粒了，你就点把火熬点粥。”

小狗子指着罐头对黑蛋儿说：“这里边全是肉，就吃这个吧。”

黑蛋儿惊喜：“真的？”

小狗子把罐头打开，黑蛋儿便伸手捏出一块来，连说好吃，还拿出一块给小狗子吃，小狗子看他那手很黑，说：“你的手真脏。”

老奶奶说：“快给我尝尝，就是馋肉。”

黑蛋儿便拿给老奶奶吃，老奶奶赞不绝口：“你们都尝尝，人家这肉是咋做的呢。”

黑蛋儿走到了爷爷跟前，依然是不用筷子，爷爷吃了一口，说：“肉好油也大，我看就别吃了，锅台上不是有半筐老鸹颈吗？和这肉炖一块，咱都吃它一碗，就当是过年了。”

小狗子问：“老鸹颈是啥？”

李门楼回答：“你小时候吃过呢，是野菜，天刚暖和就冒出来了。”

老奶奶说话带了笑：“老鸹颈一长出来，人也就有了指望。”

小狗子许愿：“明天我再给你们一个罐头，小葛说我太瘦，每天跟连长要一个罐头，说是给我的特供。小葛是连部通信员，原先是个蒋匪帮。”

李门楼嗔怪道：“我这个儿子，全连都娇惯他，惯得不成样子了。”

老奶奶摇头：“都是一帮大老爷们，哪能照管了孩子，又是行军，又是打仗，让孩子跟着遭罪。我看你俩就留下来，孩子我给你看着，你看他和黑蛋儿，这不像亲哥俩吗？”

李门楼叹道：“我赶上了这世道，也不指望啥了，我打仗还不是为了孩子？让黑蛋儿他们这一辈儿能有安生的日子。”

五月二十四日，敌人一个师的兵力西进抢粮，被我兄弟部队阻击后溃逃，六团奉命参加追歼逃敌。九连二排是集中住在一个大院里，紧急集合号一响，全排最先集合完毕，副连长随即带二排跑步出发了。三排住得比较分散，李福强和班里的兵正在路边把重机枪放在马背上。突然有十来匹战马从身边驰过，马背上都有全副武装的官兵，其中有团部的传骑兵邱白地，也有五连炮排的田春阳。随着一声嘶鸣，其中一匹马放缓了速度，马背上的副营长喊：“李福强，赶紧上你那匹马，加入骑兵突击队。”

李福强立刻明白了是怎么回事，他当即翻身上马，朝着李门楼神气地挥了一下手，便随马远去了。为了能追上溃逃之敌，团里临时由部分运输马匹和团部几名传骑兵组成骑兵突击队，以尽快赶到逃敌前面，予以阻击。

李门楼出发时，把儿子交给了房东老大爷：“你先帮我照看孩子，我们营部有留守人员，你把他送到留守班也行。”

儿子“哇”的一声哭起来，李门楼带枪出门，儿子也冲出来，喊道：“爹，我害怕，别把我扔下。”

送行的老乡很多，李门楼突然看到了黑蛋儿和他的娘也在人群中，李门楼拉了儿子的手，对儿子说：“你去黑蛋儿家，跟黑蛋儿玩。”

孩子止住了哭，李门楼对黑蛋儿娘说：“我去打仗，孩子就交给你，打完仗我来接他，我要是来不了，他干娘也会来接他，我们是六团九连，这些孩子都知道。”

黑蛋儿娘把孩子揽在怀里，不知怎么她很想哭，她知道送亲人出门时哭是不吉，于是强打笑脸说：“你就放心，你们打仗回来的时候，我带他到村口迎。”

李门楼转身入列了。

连续的追击，离敌人越来越近。

敌人在逃跑中，突然遭到前方左右两个高地的火力阻击，那是我部的骑兵突击队的少部分人员先行占领了高地，其中有李福强和春阳。敌人组织了一次突击，企图打开通路，都没能奏效。我五连炮班长负伤后，春阳一个人操作六〇炮，把炮弹打入了敌群中，致使敌人迟滞了前进。敌人只好也调动小炮，向那边只有一个人的发射点射击。

我军追兵的先头部队赶到后，未做准备，即进入战斗，歼敌一部，有少数敌人夺路逃往长春，也有四百余名敌人转向西北，窜入了乔家窝棚敌据点，并占领了村北高地有利地形，以顽抗待援。乔家窝棚距长春飞机场二十余里，驻守据点的是有准备的防御之敌，主要任务是保护市郊机场，不仅筑有坚固碉堡，还有五米宽两米深的战壕环绕村庄。这里原驻有百余名敌人，加上逃窜至此的部队，敌人总计已有五百余人。

在战马的嘶鸣声中，李门楼听到了一个熟悉的声音，他循声而去，看到了战马铜锤，马背上有马鞍，却不见李福强的身影。李门楼觉得不对劲，让卫生员骑这匹马去找李福强。

卫生员随着铜锤急速赶到了阻击高地，那高地上只有李福强和五连六〇班长还活着，都已负重伤，但两人始终还能鸣枪。

由于这场追歼战行动急速，卫生队只有少数医护人员跟上了急行军的连队，其中有三瘸子赶的那辆为卫生队搞运输的大马车。李福强和五连六〇班长被送来了，医护人员就在马车上对二人急救。伤员情况基本稳定后，便把二人安置在临时救护所，他二人一直处在生死未卜中。

当日部队曾以五连为主攻对乔家窝棚实施突破，未能成功。一营和三营以及师山炮连赶到后，改变了部署，两个营分别从两个方向往村内突击，五连和二连率先从村西南方向和东南方向打开了突破口，与敌人展开了巷战。

在全团四面包围打击下，有部分敌人夺路逃窜，二连八班长翁永亭孤胆追歼逃敌数公里，并占领有利地形向敌人喊话，使二十余名敌人缴械投降。这次战斗全歼乔家窝棚之敌，生俘敌人一百九十一名。在我五连牺牲的官兵中，有连长陈德标和副班长田春阳。

烈士遗体都集中在了村外一块空地上，有老乡在那里摆了香炉，点燃了香。刚下了一阵春雨，老乡们已经把家里的油布、席子之类的盖在了遗体上。

李门楼和李科来见春阳最后一面，见遗体都被覆盖着，一个个地掀开看，看到了陈德标，也看到了春阳。李门楼记得那次春阳去卫生队看望陈连长，他是想跟连长说说立功的事，可是见了连长，他并没提及这事，李门楼当时提示他：“你不是有事要和连长说吗？”春阳摇头说：“这么多伤员，比我伤得重，他们都不提立功。”

春阳还对李门楼说过：“你媳妇总是看不起我，等胜利了，我要戴着立功奖章去让你媳妇看看，我得让你媳妇跟我认错。”

当时春阳还不知道李门楼的媳妇已经死了，李门楼没把这事说破，只安慰道：“我媳妇还说我是落后分子呢，我落后吗？我替我媳妇向你赔不是了，你打仗勇敢，是不是功臣，不单是看奖章，老百姓得天下坐江山，都过好日子，这才是大奖章。”

李门楼当时对陈连长说：“那次他爹的腿受伤，他安慰了老人，就回连队了。”

春阳脸红道：“你咋能当着我们连长的面表扬我呢，我的毛病连长都知道。”

陈连长对李门楼说：“他是我们连的兵，你对他能知道多少，要表扬，也得我来表扬。”

李门楼说：“论辈分，我是他的叔，是家长一级的，你还真得向我报告他的表现。”

陈连长很认真地向李门楼做了汇报，完全是评功摆好，说得春阳在一边面红眼笑。

陈连长当时也有思想包袱，他说：“我留下了残疾，现在我最担心的是让我去干地方。”

李门楼安慰说：“大不了让你去机关，当个参谋。”

春阳看着陈连长说：“你去机关，我也跟你去机关，反正我跟着你走。”

现在春阳真的跟着陈连长走了。

烈士遗体下葬，一人一穴，所有墓穴前都立了一块木牌，写有姓名、籍贯和部队番号。在李门楼的记忆中，把牺牲的每一个官兵都核对身份下葬并立木牌，这是他第一次遇到。

政治处徐主任来了，就他一个人，呆呆坐在陈德标的墓前，明天部队就要往南开了。他和陈德标的第一次见面，是他担任一连指导员时，陈德标作为新兵分到连队七班。那时陈德标的名字是陈新友，但人们向指导员介绍他时，说的是：“他就是陈保金的哥哥。”陈保金在海陵一带很出名，陈保金参加革命很早，没有担任过任何职务，所做工作只是跑跑腿送送信，相当于地下交通员，牺牲时是被敌人当众挖心而死，人们说他当时是被绑在树上，尖刀挖出的心跌落在地，人们在哀号声中都朝那颗心跪了下来。陈保金一家是外乡人，是由郯城县湖庄逃荒来到海陵城北村的，全村举目无亲，但陈保金死后，村里的人把他的遗体和那颗心合葬在了一起。抗战胜利那年，村里唱大戏，演出的是正直的比干王爷和妖魔鬼怪斗争的事，比干王爷也是被挖了心的。

陈德标没上过一天学，识字是从参军后开始的。一九四七年四月攻克长春时，他是排长，率领全排仅存的十四名战士俘敌一个营，创造了一个排俘敌的新纪录。同年十一月在刘家屯阻击战中，全排击溃了一个营的进攻，守住了阵地。他是个强健英俊的青年，多次的负伤，使他破了相。他的前额留下了一道伤痕，他说那是敌人给他的一道皱纹，使他显得老练了。在四平街的巷战中，六月十八日，配属老大哥团攻打保安十七团团部，六〇炮弹的一块弹片从他的左腮穿过去，他说那次敌人给的是一个酒窝。仅过一夜，进攻中，一颗子弹击中了他的腰部，不能冲锋了，但还能指挥战斗。五分钟后，连队攻入敌大院内，他的左膀被手榴弹炸伤，在抗战中他的左膀就负过伤，左膀二次负伤后就致残了。这次乔家窝棚战斗，在向村内突破时他颈部就中弹负伤，在突破敌人机枪封锁时，他的肩部和右腿中弹，来不及包扎，他就指挥全连向最后一个大院套发起了冲锋，他是在战斗即将胜利时头部中弹牺牲的，他肩上和腿上的伤口都是在牺牲后包扎的，被批准为他包扎伤口的是这次战斗中火线入党的一名士兵。

他是两次被授予“战斗英雄”的连长，一次在生前，是三战四平后，纵队授予的，另一次便是在他牺牲后，由师追授为“战斗英雄”。那次师授予英雄称号的还有一个活着的同志，他便是二连的班长翁永亭，称号是“孤胆英雄”。那次团里还授予三名同志为“战斗模范”，其中有田春阳。

不知从什么时候起，有了一首歌《我们的连长陈德标》，在后来的漫长岁月中，这首歌成为五连的连歌，后人都不知道此歌的词曲作者。

这天下午部队往回返，进村时，很多老乡闻讯出来迎接，李门楼果然在村口看到了他的儿子，黑蛋儿一家人都来了。

李门楼抱起了儿子回到队列里，儿子向欢迎的人们频频招手。

八十七

行至春阳家门前，春阳爹娘已迎了出来，春阳爹卧床很久，这次竟能在秋照的搀扶下走出房门。区长郑重地将“战斗模范”证书和奖章递给老人，然后宣布挂匾。

李门楼专门去后方医院看望过李福强，二人相见，李门楼自然是先问伤愈情况，见李福强已经能在地上走动，也就放心了。

李福强说：“我见这公路上军车很多，我打算出院后先搭军车回一趟家，不光是看望我母亲，我也要看望三林娘，以后她也是我的娘了。”

李门楼停了许久没言声，李福强问：“你是不是觉得我这样私自离队不合适?”

李门楼开口了：“回家这事，我回去替你请示，我想还有一件事需要你去办。春阳牺牲后，我把他的几样遗物打点了个小包袱，已经由地方政府送到了春阳父母手里。战斗总结后，团追授春阳为‘战斗模范’称号，追赠奖章一枚。春阳生前没能立功，我想早点把他的‘战斗模范’证书和奖章送到他父母手里。你去看望三林娘，正好可以直接把这两样东西送到区政府，咱们只能为老人做这个事了。”

李福强叹道：“是啊，还能做啥呢。”

几天后，李门楼托人把春阳的奖章和证书送来了，还有一封给区政府的公函。

李福强上了路。

岔路口下车，便能看到远处绿树掩映的村庄，那是李福强从小的生息之地。毕竟是刚刚伤愈，他拄着一根树棍，往村那边走。

路上来了一顶花轿，吹吹打打，十分热闹，看来是去迎亲的。走在花轿旁边的新郎官一眼认出了李福强。

李福强说："我伤刚好，回来看看我娘，我娘现在咋样?"

新郎官很热情："好着呢，比前几年还硬朗。"

李福强放了心，看了一眼那花轿，带笑说："我得给你道喜啊。"

新郎官也回敬："你伤好了这可是大喜啊，我看时辰还早，你也别拄着棍子磨蹭了，我们就先用这顶花轿把你送到你娘那儿，让我们也借借你的福气，沾沾八路军的灵光。"

李福强大悦，心想自己能坐着轿子去见母亲，母亲自然是光彩。他未加推辞，扔掉了那树棍，说："也行，这轿子让我这大兵一坐，新娘子那可是要早生贵子的。"

李福强被扶上轿，轿帘不放下来，看得见他神采飞扬。轿子被抬起来，鼓乐声起，热热闹闹抬着进了村，抬到了李福强的家门口。众多乡亲围着看热闹，李福强下了轿，喊娘的声调很高，搞得四邻都听得到。

母亲十分欣喜，新郎官说："福强哥一定要参加我的婚礼，新媳妇的娘家人来得不少呢，这面子你要给啊。"

李福强见母亲的面色果然比先前好了许多，两眼也变得有神，他不禁想起了三林的母亲。李福强在家只住了两天，母亲领着他把该看望的乡亲们都看望了，其实他很清楚，他和母亲都是为了在乡亲们面前展示他。

他没忘记对三林的承诺，他要去看望三林的母亲。

他去了大李村。

一见面，三林娘就认出了他，未开口先落泪。

三林的牌位设在三林娘住的东屋，排位前有个香炉，平日老人坐在炕头上做军鞋，如同有儿子守候着她。

李福强掏出了那杆烟袋，装了一烟锅烟，吸着了，摆在了那里，一缕烟雾飘然。李福强说："三林，抽烟吧，这是你的烟袋，我给你带回来了。以前，咱俩用这同一个烟袋抽烟，那时候就是兄弟了。"

他还是悲伤地哭泣起来。

三林娘宽慰道："咱不哭，他回家了，守着我呢。老是有咱们胜利的消息，我都说给他。"

李福强说："他走的时候，我就守在身边，我给他换了双新鞋，那鞋还是你老给他做的呢。我梦到过他，还有他爹，他和他爹有吃有穿，钱可不少。”

三林娘也说：“这我知道，村里不少人清明都给他送过钱。”

李福强跪在老人面前：“以后你就把我当三林，我就是你的儿子。”

老人把他扶起，宽慰地喊了声：“儿啊。”

李福强说：“我家里也是只有一个老娘，我和三林约定好了，不管谁能活下来，都要给两家的娘亲养老。打完了仗，我就照料你，让你安度晚年。”

李福强和老人唠嗑，总有唠不完的话题，有时老人情不自禁地称李福强为大林。李福强没吃饭就先去区政府，对三林娘只说有公事，回来再吃饭。

在区政府，李福强自我介绍是部队派来的代表，点名找区长，并补充说副区长不行。见了区长，李福强从怀里掏出了个大红的纸包，打开，将证书和奖章递上，说：“春阳是烈士，‘战斗模范’称号是追授的。”

听了李福强的介绍，区长当即找来几个人开临时会，其中有民事科长，有一个办事员的家就是大李村的。李福强也参加了会，他在凳子上正襟危坐。区长的建议是制作一个写有“战斗模范”的大匾，与证书、奖章一起送到大李村。大家一致认为这个建议好，并提议应该像早年间那样有个挂匾仪式，有鞭炮，有鼓乐，有颂功德的唱词。只是时间紧迫，新的唱词不知能不能编出来。来自大李村的办事员当即说不需要写新词儿，当初三瘸子写过不少好曲儿，挑一首就行了，就让唱大鼓书的欠儿来唱。

征求李福强的建议，李福强自认为是部队代表，说话要有水平，他很正规地一字一板地发言。说到春阳是全村全区的光荣，不禁想起了同是大李村的三林，三林生前和死后都没立过功。李福强说：“春阳只是代表，大李村牺牲的人多啊，我们班的李三林也是大李村的，至死都挂念着他的娘，我说我会照料他娘，可我还要回去打仗，也是生死难料。”话语间他已经是完全失态。

民政科长说：“李三林的父亲是抗联烈士。”

区长很郑重其事地向李福强表态要照顾好军烈属，又对民政科长说：“你们把大李村的烈士名册核对一下，我看要为他们立一个碑。”

李福强没等会开完就退场了。

第二天一早，区里有人骑马来找李福强，说今天区里要来送匾，让李福强代表军方参加。李福强骑马赶到了区里，一队人马上了路，走在最前面的人抬着一块大匾，上下两行小字，正中是“战斗模范”四个大字，匾框上扎着大红的绸子。李福强和区长代表军地两方一左一右行在大匾两边。鼓乐队紧随在后，一路吹吹打打。

行至春阳家门前，春阳爹娘已迎了出来，春阳爹卧床很久，这次竟能在秋照的搀扶下走出房门。区长郑重地将“战斗模范”证书和奖章递给老人，然后宣布挂匾。鼓乐声鞭炮声响起，两位老人抬头望匾，虽是老泪横流，却也带着宽慰的笑，只是那个秋照忍不住哭出了声。

牌匾挂定，鼓乐骤停，场面一片寂静，只有村里的欠儿一人随着击鼓，唱起了一支《雀登枝》。那是三瘸子以前写的一首曲子，说的是老两口挂念参军走了的儿子，屋外树上一对喜鹊喳喳叫，仿佛带来部队胜利的喜讯，也带来了儿子的佳音。那曲子是欢快的，在大家怀念春阳的悲壮气氛中，这旋律却显得十分恰当，似乎春阳没有死。欠儿声泪俱下，李福强也不能自控，一人离开了这里，他不想让那两位老人看到他的悲伤。

在李福强归队后没几天，大李村立了一块石碑，碑上刻有大李村烈士的名字，碑址是在三林家的杏树林前。立碑那天没举行仪式，区长带区里几个人和村干部一起填了土，也没静默鞠躬那一套新礼仪，上香之后，一行人都跪在那里磕了头。

黄昏，村里已是炊烟缕缕，三林娘一人来到了那石碑前，杏林很静，正是满树红杏的季节，这年三林娘没有在这里看守，但树上那些杏并没丢失，夕阳之下，满树的红色。

三林娘在碑下坐了许久。

八十八

小花棍倒立之后，双腿像炮筒一样斜着有一个角度。李科赞许道：“有功夫啊，很像双管的高射机枪。”

炮一班长评价：“双管高机加一挺歪把子，很有战斗力。”

有一天团宣传队来慰问演出，演出是在中午，部队和老乡一起观看，场地一分为二，一边是部队，一边是老乡。演出节目中有一个小合唱，先唱的是一首老歌《我们的连长何万祥》，这是纵队一团“钢铁红二连”的连歌，是当初在山东根据地广为流传的歌，接着唱了两首新歌，一首是《攻大城》，一首是《钢铁部队》。演出一结束，宣传队员就分别下到各连，向连队官兵学习，同时教唱那两首新歌。

分到九连的是一名小宣传队员齐铭，背着背包，挎着军用水壶和挎包，背包上照例斜插着一根小花棍，这差不多就是他的全部家当了。

齐铭来不及卸妆，搽的红脸蛋还没有洗就跟着九连回来了。连队安排他住连部的青年班，齐铭不同意，要求下到战斗班，最好是炮班，说他们正在编一个炮兵的节目。葛长藤把他带到了炮排李科那里。李科一见到这个背小花棍的小兵，头就“嗡”的一下大了，他想起了牺牲的那个小花棍。李科对葛长藤说：“战斗模范班是九班，你把小花棍带到九班去吧。”

小葛不满：“人家是团里的人，叫人家小花棍是不尊重。”

这位小花棍说话带着童音：“团长也叫我小花棍呢，我们准备编排一个打炮的舞蹈，是我要求来炮排的。”

李科不相信似的：“打炮还能编成舞来跳？”

小花棍信心满满：“肯定很好，我会倒立，倒立了就像炮了，还有大鼓，敲起来轰轰隆隆的。”

炮一班长冲着小花棍笑道：“你太小，长大了才像炮。”

李科瞪了炮一班长一眼：“不许逗小战友。”

炮一班长说：“表演一下拿大顶啊，我们看像不像。”

小花棍当下就表演，他倒立之后，双腿不是垂直的，而是像炮筒一样斜着有一个角度，这样倒立自然有难度，但他完成得很好，屋内的人都鼓掌叫好。

李科赞许道：“有功夫啊，很像双管的高射机枪。”

炮一班长评价道：“双管高射机枪加一挺歪把子，显得很有战斗力。”

李科不饶炮一班长了：“你咋回事呢，我们排的几个小兵都是你逗坏的，小花棍是上级机关来的，你要放尊重点。”

班里士兵提议：“给我们练一手打花棍吧。”

李科说：“他要住好几天呢，以后有的是机会。”

小花棍面带笑意：“我打花棍打得好呢。”说着拿起花棍边打边唱，以歌为伴奏，大家也跟着唱，唱的是《没有共产党就没有新中国》。

这是李科第一次这样认真地看花棍表演。

房东家的几个人也闻声过来观看。

停下来时，小花棍期待评价，说：“怎么样？”

大家都说好，小花棍笑道：“你们要是喜欢，我可以在休息的时候教你们，我的学生可多呢。”

大家都说要学，有一个兵已经把花棍拿过去，比画着练起来。李科看大家热情很高，就提议：“我们全排都学，等开联欢会的时候，给他们露一手。”

小葛埋怨：“李排长只知道自己排。”

李科赶忙说：“我看可以让全连都学，沈阳解放的时候，咱们打着花棍进沈阳。”

李科委派炮一班长给小花棍介绍炮排的战斗情况。炮一班长啰里啰唆讲了很多，快开晚饭了，还没讲完，小花棍听得很投入。李科走过去问：“还没说完？有那么多可吹的？”

炮一班长有理：“不是我吹，是他缠着我不停地提问题，说还要编个大鼓书。”

李科故作惊讶："你还会编大鼓书？"

小花棍底气十足："编出来，我唱给你听，你就知道了。"

那天晚饭吃的是高粱米饭加炒酸白菜，李科说小花棍是客人，应该加一个菜。他盛了两大碗高粱米饭，端到房东那屋说："我见你家有豆腐，我来换一块豆腐，招待我们的那个小演员。"

返回来时李科端的碗里已经是凉拌豆腐了。李科说："我先声明，这是连队招待小花棍教员的。"

正吃着饭，房东大娘送来一个煮鸡蛋，说："这可是刚下的鸡蛋，是给打花棍的小小子的。"

大家都笑起来，李科笑道："当然是小小子。"

房东大娘凑到小花棍跟前说："你看人家是咋出挑的呢，比闺女还俊俏，这年头连年画上的小小子也跳出来参加你们的队伍了。"

小花棍脸红红的，和没卸妆时差不多。他看着李科说："我不能随便吃老乡的东西。"

李科把那鸡蛋磕了，剥了皮，放在小花棍碗里说："这是大娘的心意，我做主了，干掉。"

小花棍吃了鸡蛋，说："排长让我想家了。"

炮一班长拉着腔调："排长啊，我也想吃鸡蛋。"

李科说："给你吃狗蛋。"

小花棍是天津市人，他有个哥哥早年被日本鬼子抓了劳工，运到抚顺挖煤。抗战胜利后没见他哥回来，那时有不少人一起去抚顺寻找亲人，小花棍也和他们一起出了山海关。哥哥没找到，又赶上了内战爆发，小花棍没法回家。他流浪了几个月后，参加了民主联军，入伍就在宣传队。宣传队小兵多，也有女兵，小兵长大了就下到连队参加作战，小花棍觉得自己已经长大了。他认真地说："还是打真炮好，比用两条腿当炮筒好，回去以后我就要求到九连炮排来参加战斗。"

李科不悦，他很严肃地说："我们的炊事员还想参加战斗呢，都不当炊事员，把大家饿得前心贴着后脊梁，还没打仗呢，就都成烈士了，当然饿死了算不算烈士还是两说着，我个人意见是算。"

小花棍不是那么容易被说服的，他的理由也比较充分，他说他认识的一个炊事员就是在战斗中得了勇敢奖章，这个炊事员何名何姓何单位都数落出来，还说："不信你找他问。"

李科自然比小花棍会说："我找他干啥，需要的时候，牺牲也得上，现在我们需要你上吗？在山东根据地有一次和日本鬼子打仗，我们伤亡很大，连炊事员也上去了，可是团长不容许宣传队的小兵加入战斗。团长也负了重伤，临牺牲时还叮嘱接任他的副团长说要让宣传队的孩子们活下来，让他们宣传我们的官兵是怎么牺牲的，让人们不要忘了这些烈士。"

小花棍牛气地说："你们排不要我，我不到你们排就是了，到时候我就去三排九班，这你就管不着了。"

李科不敢再惹小花棍生气，只对炮一班长说："你这个班长下午都跟他说啥了，弄得他不安心本职工作。"

炮一班长说："我当然是说我们排好，说大炮射击距离远，小炮近距离打碉堡一炮一个准，这不能怪我，要怪也怪你排长指挥得当，让小炮发挥大威力，让小花棍羡慕。小花棍想下战斗班，这和我有什么关系，我有那么大能耐吗？但我能看出来，小花棍能成为我们炮排的骨干。"

李科索性说："那就让他当炮一班长，你滚蛋，你去当宣传队员。"

炮一班长眉开眼笑："行，宣传队的女兵们长得好看，说话好听，能和她们一起工作，我一定能干好。"

李科喝令他住嘴，并说他是存心想把这个小兵带坏。

饭后李科拿出几张白纸，是那种不带毛边的光滑的纸，他一直舍不得用。他在纸上几笔就画出了一门高炮，对小花棍说："你倒立的架势很像这种大炮。"说着又在炮的旁边勾勒出了一个个炮手，边画边说："这一门炮的炮手就这么多，每个人的位置也不能错，这个在左边，这个在右边。"

小花棍如获至宝，笑道："这对我们编舞很有用，我拿回去给队长看，他也不懂炮兵。"

李科在另一张纸上画了一门双管的高射机枪，说："这是打飞机的，是双管。"

小花棍说："这两个管是并拢的呢，人员呢？人员是怎么布局的？"

李科把高射机枪手添加在画面上。小花棍要李科再画几幅，李科笑道："我舍不得这白纸了，我还有大用场。"

小花棍含笑说："班长都跟我说了，说你学过好多种炮，你都给我画出来。你画得这么快，挥手就得，求你了，排长大哥。"

李科不想和他把感情拉得很近，否则更助长他见异思迁不安心在宣传队工作。李科严肃了：“排长就是排长，什么大哥。”

小花棍很甜地笑：“可以兼职啊，我们宣传队员都身兼好几职。”

李科的脸依然绷着：“来不来的就跟排长套近乎是不正确的，我先跟你交个底，我打炮是在伪军校跟日本鬼子学的，后来我又在国民党七十一军当过炮兵。”

小花棍没了笑容：“你原来是坏蛋?”

李科却挂出了笑容：“当然现在改邪归正了，改正了就是好同志，做你大哥也够格。”

小花棍当机立断：“那不行。”

李科笑起来，还摸了一下他的头：“你赶紧准备一下，你的任务很重，我们都等着跟你学新歌呢。”

那天晚上全连集合跟着小花棍学唱歌，学的是新歌《钢铁部队》，小花棍说：“我先唱一遍，再一句一句教。”他那嘴张得溜圆，声音洪亮地唱起来：

钢铁的部队，
钢铁的英雄，
钢铁的意志，
钢铁的心。
秀水河子歼灭战，
队伍打成钢铁。
大小几百仗，
仗仗有名堂。
三下江南，
打得敌人胆破心又慌。
四战四平街，
威名全国扬。
我们越战越勇越战越强，
跟着英明的共产党，
勇猛地向前进。

一个小时不到，全连就学会了。合唱时，大家唱得很严肃很低沉，小花棍说："不行，这是进行曲，要高昂，要有激情，重唱。"

各班带回时，也都很安静，全然没有往日唱歌时的那种兴奋。回到房东家，小花棍很不满意地对李科说："你们连打仗行，唱歌不行，越唱越没劲头。"

李科却完全不赞同小花棍的评价："这歌他们唱懂了，我也唱懂了，你还没唱懂。"

小花棍不服："我不跟你说了，我跟你没共同语言。"

八十九

小花棍很不高兴：“我以为你是好人呢，原来是披着羊皮的狼，那你怎么没跟我说，我要是知道你当过敌人的兵，我才不带你来呢。”

第二天小花棍听到有人在用军号吹奏《钢铁部队》，循声去找，见是葛长藤拿着军号在吹奏。小花棍不禁称奇，这么短时间内竟然能用军号把这首歌吹奏得如此好。他问：“你还会吹什么歌？”

小葛毫不夸张地说：“我会唱的歌，都能吹出来。”

不等小花棍要求，小葛便吹奏了一首。小花棍说：“我们有一把挺长挺细的号，是连队打仗时缴获的，送到我们宣传队来，我们都不会吹。”

小葛炫耀地说：“可能是长号，吹起来很好听，你们真傻，缴获敌人的长号，怎么不把他们的号手抓住，让他吹啊。”

小花棍说：“号手早不知道跑哪去了。这样吧，我带你去我们宣传队，你给我们队长吹奏歌曲，他准能把你留在宣传队，我们宣传队的小乐队都是民乐，以后应该有个军乐队。”

小葛大喜：“我能留在宣传队？”

小花棍比较肯定：“我看能。”

那天连长来找李科说：“小花棍带着小葛来找我，说是请假去宣传队，说宣传队肯定需要他。一个娃娃家还想把我的兵带走，我也不好不准假，我说午饭后再去。我看你和小花棍很合得来，吃饭时你跟他说说。”

李科明知故问：“说啥？”

连长说：“当然是别把我们连的小葛拐走。”

李科奇怪：“拐走？让小葛去宣传队不是挺好吗？”

连长摇头：“那不行，把好兵都弄走了，让我当光杆儿司令啊。”

李科笑了：“小葛是好兵？上级要还不给？他即使去宣传队，还是要回来的，再回来那也就长大了，还不就是个班长排长了？”

连长反驳：“在我这儿就长不大？我们连是小熔炉。”

李科自有妙招：“要想不让他走，办法有一个，就跟小花棍说一句，就说小葛是个挺操蛋的俘虏兵，小花棍准保不推荐他了，这个小家伙现在不理我，说我是坏蛋。”

连长笑道：“你出的是个馊主意。”

吃饭时李科对小花棍说：“听说你想把葛长藤引荐到宣传队？他有啥好啊。”

小花棍笑道：“反正比你好。”

李科没再说什么，他觉得自己已经按照连长的要求和小花棍谈过了。

小花棍带小葛去见了宣传队队长，小葛当下用军号吹奏了《钢铁部队》，队长评价说：“不错。”小花棍让他再吹奏一个，队长让他吹一支最熟练的，小葛略一想，说：“就吹《皇帝练兵歌》吧。”

这支歌吹得果然很熟练，队长听了说：“什么《皇帝练兵歌》，这不是《三大纪律八项注意》吗？我说你啊，是不是解放战士啊？”

小葛认可道：“是，在其塔木作战的时候我被俘，就留在连部当通信员。”

小花棍很不高兴：“我以为你是好人呢，原来是披着羊皮的狼，那你怎么没跟我说，我要是知道你当过敌人的兵，我才不带你来呢。”

队长对小葛说：“你也别在意，我的这个小演员以前受过国民党士兵的欺负。我看这样吧，你就留在宣传队，我跟军务股长说一声，让他通知你们连。你乐感很好，就在小乐队边学边干，我们这儿都是多面手，你也多学几手。”

小葛就这样进了宣传队。

之后九连随团开拔到长春东北方向的九台县羊草沟，平日里各连都抓紧训练，上级派干部讲授大兵团作战的课程，还派一个电影组给全团放映了一部国外大兵团作战的电影。由于看电影的老乡也很多，三营观看的位置在银幕的背面，银幕上的字是反的，大家也不在意。李门楼的儿子小狗子也坐在那里，说："咱们咋就坐到反面来了，你看他们写字也都是左撇子。"

李门楼说："那是外国佬，他们就是左撇子。"

电影开场不久，银幕上就是飞机轰炸、坦克开火，老百姓骚动起来，场地上出现了一些孩子的哭声，很多老乡拥挤着离开了放映现场。小狗子坐在那里笑着喊："那是假的。"

儿子兴致勃勃地看电影，李门楼始终很沉闷地坐在那里，想到即将到来的新的战斗，他是经历过残酷战斗的，自己是怎么走过来的，很多事已经厘不清了，但有一点他清楚，战斗最激烈的时候，他没有退缩。可是面对电影，心里产生了一种莫名其妙的沉重和胆怯，他把儿子揽在了身边。这几个月，他珍惜和儿子在一起的每一天，他看得出儿子的快乐，他的心情也总是随着儿子的快乐变得很好，在他看来，这已经是难得的美好时光了。这样的时光还有多少，他是不愿去想的，可是他知道和敌人决战的日子快要到了，不管自己是否能看到胜利，胜利必将到来，自己所要做的而且能够做到的是一定要让儿子看到胜利，享受胜利带来的好日子。

九月十三日，六团奉命参加辽沈战役，当天晚上就开拔，然后就是连续行军，是夜行晓宿，迅速地隐蔽地向辽沈地区运动。出发前秦妹来了，她是来接小狗子的。

李门楼停了片刻，便对儿子说："你在连队生活，就是一个小兵，你要服从命令，跟干娘去卫生队吧。"

小狗子没有违抗命令，眼里的泪珠一对一对地往下掉。秦妹说："卫生队就跟在连队后面走，你爹天天都可以去看你，卫生队还有一个小朋友也坐马车走。"

小狗子没有表态，时间很紧，秦妹领着他匆匆地走了。

两天后的凌晨，部队在一个村庄宿营，天还没大亮，李门楼发现这个村庄离黑蛋儿家只有五六里路。更大的仗就要开始了，他想来想去，还是把儿子寄养到黑蛋儿家比较合适。

他请示了连长，就去了卫生队。卫生队也正在安排宿营，李门楼把自己的想法跟秦妹说了，秦妹为难道："这里离战区还远，打完仗来接孩子很不方便，不如再往前走几天，好人家有的是。"

李门楼说："越往前走我这心里越不安，我看就一条，让孩子远离战区。你还看不出来？这一带以后不会打仗了。打下沈阳之后，接孩子还不容易？"

秦妹没再言语，带李门楼去看孩子。孩子还在马车上，身上围着被子，已经睡着了。李门楼把他喊醒，他一看是爹来了，模模糊糊地说：“我不坐马车了。”

李门楼也顺势说：“这里的路到处是坑坑洼洼，坐马车是活受罪，以后天越来越冷，我真担心把你冻坏，你冷不冷？”

小狗子委屈道：“冷。”

李门楼劝慰说：“还是跟我去黑蛋儿家吧，睡他家的热炕头去。”

小狗子高兴起来。

李门楼背起了儿子，儿子在爹的背上又睡着了，一路上李门楼始终都是背着儿子。进了黑蛋儿家门，黑蛋儿娘正在锅台前做饭，一见小狗子是背回来的，大惊失色，慌张地连声喊“小狗子”。李门楼说：“他在马车上颠了一夜，太累了。”

把儿子放在炕头上，儿子还照样睡着，黑蛋儿娘紧着扯过被子拿了枕头，把孩子安顿好。老奶奶闻声走了进来，李门楼解释：“他没事，只是睡着了。”

老奶奶怪罪道：“这么点大的孩子，咋能带在队伍上呢，这些日子老是担心，关东的冬天，大人在外头都受不了，你这当爹的咋就能忍心呢。”

李门楼看了一眼炕上的儿子，压着声道：“家里就剩了这一个亲人，我哪能不担心。现在部队往南开，又要去打大仗了，我想还是托给你们照看能放心。”

老奶奶说：“我早把他当亲孙子了。”

黑蛋儿娘出去把黑蛋找了回来，黑蛋儿不由分说就把小狗子喊醒，小狗子睡眼蒙眬，见是小黑蛋儿，便诉起苦来：“我爹最坏了，他把我的泥钱都扔了。”

黑蛋儿说：“你让他包赔啊。”

李门楼不解地问：“泥钱是啥？我咋会把钱扔了呢。”

黑蛋儿跑出去，端过来一个柳条簸箩，里面都是黑蛋儿的宝贝，大多都是泥捏的，他把一串泥钱掏出来，挂在小狗子的脖子上，看起来，像挂了一串大念珠。黑蛋儿说：“我把我的这串给你。”

小狗子态度蛮横：“我不要你的，我要爹赔。”

李门楼笑道：“我没有啊，没有咋赔？”

小狗子下令一般："你给我做。"

李门楼为难："我不会做啊。"

黑蛋儿滔滔不绝地向李门楼介绍："我教给你做，用两个铜钱夹一块泥，穿上筷子一滚，就是一个，一会儿就能做一吊钱。"

李门楼看那泥钱，一个个确实很像铜钱，只是比铜钱厚得多，掂了掂，很有分量，说："我想起来了，确实是我给扔了，我看都是泥疙瘩，很重，带这玩意儿行军，那还真不如多带几梭子子弹。看来，我得向我儿子道歉。"

黑蛋儿问："道歉是啥？"

老奶奶说："道歉就是赔礼。"

小狗子笑了："我不要你赔礼，你现在就给我赔泥钱。"

李门楼让了步："行，我跟你们学着做，让小狗子当我的教员。"

黑蛋儿问："啥是教员？"

小狗子说："教员就是师傅。"

小狗子完全没有了睡意，也没有了疲态，下了地就奔屋外，两小一大三个人在院子里和泥玩，除了做泥钱，还做泥人泥狗泥鸡之类的小玩意儿，做好了就摆在阳光下，摆多了，李门楼就一个个调整位置，显得很整齐，像列阵。老奶奶在一边张着大嘴笑："你一个大老爷们也跟小孩似的玩泥。"

李门楼笑道："我小时候也爱玩泥，不过我那时候比较简单，不用水，撒泡尿就得。"

这话让背后的人们哄笑起来，原来是不少老乡在观看大兵玩泥。小狗子向大家介绍他们的泥塑作品，表现得也很大方，看有的小孩喜欢，便拿作品送人，还说："我爸爸会做，能做好多呢。"

李门楼心里暗暗叫苦，如此做下去，何时才能脱身归队。他看看日头，一副犹豫的样子："回去晚了，连长饶不了我，我是最怕连长熊我了。"

小狗子参谋一般："你就跟连长说是我不让你回来。"

李门楼继续寻找理由："我看这样吧，你不想和我分开，就跟我回去，你还去坐马车行军。"

小狗子很坚决："我不回去。"

说服了儿子，李门楼跟黑蛋儿家里人打了个招呼就匆忙离开，他怕儿子变卦又缠着他，手也没洗就上了路。

九十

王进年郁郁寡欢的样子："我在村里肯定比狗屎还臭，我就待在这里，我要让全村父老乡亲都眼见为实，我不是蒋匪帮了，我是解放军，而且是立过战功的解放军。"

第二天部队上了一条很宽阔的公路，那路曾是日本人运输煤炭的主道，当地老乡都称其为油漆马路，李门楼记得很清楚，这是他们走过的路。

他们奉命在路边的一个大村庄宿营，还没进村，李门楼就大声喊新郎官，他本来已经有些日子不用这个称呼了，眼下却情不自禁恢复了这个已经过时的名字。王进年并无喜悦的表情，只说："快两年了，谁知会咋样，我们这个村倒霉就倒霉在离公路近，敌我拉锯，少不了受牵连。"

这个村正是王新庄，王进年就是这个村里的人。

王进年看到有一个从村子那边走来的人，还没看清是谁，就大呼小叫跑步迎上去，他是急于打探家里的情况。他和那人只说了一两句话，就跑步入列了，准确地说不是跑步而是连蹦带跳，一只手伸过头顶晃动出了花样，脸上堪称眉飞色舞。李门楼见状，没问也知道他媳妇是平安的。王进年见李门楼表情淡然，便报告说："副排长，我要向你报捷，我可是有了战果，老婆给我生下了一对双胞胎，是俩大胖小子。"

李门楼平静地说："给你贺喜了。"

在他们身边的李福强听到这里，也按捺不住喊叫起来："战斗模范了，一炮中双靶啊。"然后对前面的那个兵说："有捷报，往前传，王进年喜得双贵子。"那个兵心领神会，果然就往前传了，而且很顺畅，一个接一个地传，虽是南腔北调，这次却没传走样，完全不同于夜间行军作战时的传递，这次是声音可以无限放大，绝不用担心会走漏消息。偏偏连长从前面过来，问：“是不是传错了，王进年喜得俩鬼子，是不是抓了俩小俘虏啊。”

王进年笑说：“连长别跟我装憨，有本事自己先划拉个媳妇，再谈抓小俘虏。”

连长谦虚道：“是啊是啊，还是你牛，我还真没发言权。”

李福强不怀好意地看了王进年一眼：“我分析肯定是我们住在你家那次你中靶的，一晚上连续突击。”

李门楼很不满地喝道：“你们这是行军啊还是开联欢会啊。”

李福强立刻住了口，他知道李门楼的心情，上次在王进年家住的那一个班，眼下只有李门楼和李福强还活着，那个怕见新娘子的三林，那个一心想看小两口种高粱的小于子，都已远离他们而去。

此刻王进年未经请示，又第二次出列，他站在了那片地边，那是他家的地，是祖辈传下来的良田。地里茅草很厚，偶尔可见地头还有南瓜残存在瓜秧下面，很多没结穗的高粱挺在那里，与茅草一起在秋风中抖动。显然，这地已经荒芜了。

王进年跑步追上队伍，发牢骚说：“没男人在家，女人的日子真没法过，我家的地简直是撂荒了，到现在也没秋耕。”

连长问：“你还认识你家的地？”

王进年大声说：“地是啥？是庄稼人的命根子，是父母是子女是祖宗，我闭着眼也能摸出哪块地是我家的。”

连长跟身边的李门楼交代了一句，就对王进年说：“我跟你去瞧瞧。”

二人返回到那块地前，连长没再说什么，他见有一棵野菜长得很高，像小树，就拔了下来，说：“我们那儿管这个叫野苋菜，你们这儿叫啥？”

王进年说：“叫千穗谷。”

连长叹道：“真有一千个穗呢，可见这是好地，可见这高粱穗子憋回去，不是天灾，是人祸。”

往回走时，连长亦提着那千穗谷。有孩子见了问：“你带这个干啥？”

连长笑道：“打敌人啊。”

孩子以笑声反驳他的谎言。

连长改变说法："我儿子调皮捣蛋，我拿这个抽他。"

显然他说的儿子，是他虚幻中的人物。王进年是了解连长的，在老爷们扎堆的地方，别人爱虚幻出个媳妇来，连长却动不动拿儿子说事。他的儿子比任何人真实的儿子要优秀得多，那次高兴了，还来个指鹿为马，公然说葛长藤是他儿子，葛长藤不高兴："你什么事也没费，就有这么大的儿子？"

部队进村，依旧是集中在打谷场，依旧是先唱歌，这是一个团的兵力，看上去是很整齐的满满当当的一大片。宿营的房子都是预先就备好了，有人在屋顶带着喇叭筒一喊，人们就相继到打谷场来领兵了。村长亲自出面张罗，他手里拿着一张清单，那是预先拟定的房东姓名及可住人数。

李门楼对坐在那里的王进年说："你还坐得住？新婚不如远别啊，赶紧回家见你老婆和儿子们去。"

这个"们"字是他精心加上去的。

王进年郁郁寡欢的样子："我在村里肯定比狗屎还臭，我就待在这里，我要让全村父老乡亲都眼见为实，我不是蒋匪帮了，我是解放军，而且是立过战功的解放军。"

李门楼说："立过没立过功，哪能看得见，要不要我给你说出去？"

王进年立刻说："行，这可是你提出来的，不是我翘尾巴。"

李门楼笑了笑："尾巴该翘还得翘，没有尾巴我也得给你插一把大扫帚让你摇个够，让你这个臭小子变得比大肉丸子还香。"

连长站在队前，手里照例提着那棵千穗谷。

李门楼走到村长跟前，笑眯哈地说："我们是第二次住你们村了，上一次我还帮你从菜窖里抓了个敌人呢。"

村长认出了他："是班长啊，村里都传疯了，说佘太君带了十二个妇女征西，你是带了十几个小屁孩就在进年家里把敌人一锅端了。"

李门楼不想白让人家夸赞，也回敬道："你们村是井井有条啊。"

村长侃侃而谈："自从你们打下四平，我们这里再没驻过敌军，这是解放区了，睡觉再也不用睁着眼竖着耳了。"

李门楼问："咋没见进年的媳妇呢？上次我们九班就住她家。"

村长神秘兮兮地说："她家可住不得了，她丈夫在国民党部队干呢，她家成分也高点，是富裕中农，以前老是雇有帮工，长工短工都雇过。还有，他媳妇是个懒婆，那可是落后到家了，就是饿着肚子也把自己打扮得光鲜，逢集必去，没买的，就是逛，她要是个爷们，就给她定个二流子。"

连长在一边听他没完没了地说起王进年家的坏话来，气就不打一处来。关东人爱讲护犊子，关着门可以打孩子，大庭广众，谁说孩子的半点不是也是不能容忍的，连长膝下无子，护犊子的习性就转移到了手下士兵身上。眼下见这个村长还来了个搂草打兔子，把士兵王进年的媳妇也顺便来了个扫堂腿，他很严肃地问村长："王进年的媳妇也当了国民党的兵？"

村长笑道："那娘们的做派，就是国民党的官太太，他娘家成分也高，也难怪她很少下地干活儿。"

连长心想她一人带俩孩子，还下地？于是愤慨地说："这不是开控诉会，我只问你，你家是啥成分？高点不？"

村长赶紧说："一点不高，是贫农。"

连长心里窝火，却把语气放平和了，犹如领导干部在作指示："那好，我的意见是你和王进年家换换成分，以后他家当贫农，你家当中农。"

村长拒绝："革命不像刷锅端碗，说换就换，成分哪能换呢。"

连长不肯改口："我跟你们区长说说，就换过来了，就换一年，又不是换给你个地主。今天我就派人到你家去看看，吃的住的穿的用的，看看是像贫农还是像中农，这叫实事求是。我去王进年家的地里看过了，乱葬岗子的草也没那么多，他家里肯定像个贫农。他家出了国军崽子，他家的地打出粮食就有毒了吗？交公粮支援前线也不行？你们却让那地荒废了，这是失职，是错误，给你换成分，是给你的处分。鉴于你们村拥军工作还不错，贫农就不给你撸了，只换一年。我们部队的人犯了错，也有留党察看一年的。这一年，王进年家就是贫农，是困难户，你们的助耕队该帮他家把地侍弄好了吧。"

村长不敢说连长的话不对，却强调客观："助耕队只是帮军烈属的。"

连长就等着他这句话呢，他转了一下身，面朝大家，大声地说："乡亲们哪，我在这里恭喜大家了，你们村出了一个人民解放军的大功臣，两次立功，尤其是在解放四平战斗中，他就像诸葛亮借东风，出了一个好计谋，让我们减少牺牲，推进了战斗的胜利。这是你们全村的光荣，也是你们全区的骄傲。"

老乡们一阵欢呼，也有人扬声喊：“你还没说他是谁呢。”

连长卖关子一般：“他是我们部队学习的好榜样，鉴于你们输送了这样的好子弟，以后对你们村生产自救工作扶贫工作都要优先，为全东北全中国的解放做出更大的贡献。”

村长带头鼓掌，下面的欢呼声中也夹杂了掌声，也有人把目光投向了那些官兵，想搜寻出是哪个子弟如此风光，无奈人又多又密，且着装一模一样，年龄也相差不多，根本看不出来，也看不过来。

连长继续卖关子：“他，就是我们九连的兵，是我们的战斗骨干。”

这话一出，下面立刻鸦雀无声，连长这才说：“他就是鼎鼎大名的王进年。”

停顿片刻，老乡们才大呼小叫地欢腾起来。此刻王进年站了起来，很规正地行了军礼，然后转身，向另一个方向的老乡们行军礼。由于老乡们是围着全团官兵的，而王进年又在中心，于是他在四个方向都行了军礼。连长在前面看着很清楚，王进年军姿很好，似乎是头一次发现这个家伙竟然是十分英俊的武生。在一边看热闹的清一色的大闺女们也开始推推搡搡，连长心里说你们也不过就是两眼过过干瘾，我们的战斗功臣已经名花有主了。他大声地关切：“王进年，还不赶紧回家看你媳妇，你媳妇也是大功臣。”

王进年往外走，连长发现他的军姿不咋样了，走路像是扭搭扭搭的，两眼朝上翻着，一看就是骄傲了。

村里的那些小伙子冲了过来，很多是王进年当年的哥们，大家二话不说就把王进年抬了起来，有人嘴里还喊乌拉，这里的人和俄国老毛子打过交道，凑热闹还喊乌拉，幸好没把王进年往上扔，只是抬着他往家那个方向走。

王进年的媳妇来了，没带孩子，是跑着来了，这下王进年从人们的脑瓜顶上下来，和媳妇见面也来了个俄国老毛子的架势，那叫拥抱，只不过姿势略有不同，媳妇是扎在他的怀里哭泣。

后面来了两个老娘们怀里各抱一子，显然抱的就是王进年的双生子了。王进年来了个一只胳膊抱一个，他媳妇惊呼着两手护住孩子，说：“还没名呢，等着你回来起名呢。”

王进年拿腔作势：“我思考一下，也征求一下官兵们的意见，起好的。”

连长插了一杠子："思考啥，就叫大功、小功。"

王进年不赞同："不合适啊，我再有了下一个儿子就成了嘉奖了，再往后就只能叫表扬了，这不成了黄鼠狼下耗子，一窝不如一窝？"

连长一锤定音："老三出来，我给他起个特功。"

王进年笑道："那不成了卧底成了特务了？"

连长很霸道地拍了板："就这么定了，你敢不服从命令？废话少说，赶紧回去做战斗准备。"

媳妇不悦："还没回家呢，又有任务？"

王进年嘻嘻哈哈往家走，回头说："连长放心，肯定首发命中，打得敌人嗷嗷叫。"

安顿好部队，村长回到了家里，他家当然也住了兵。他媳妇告诉他："来了俩军官看望咱家呢，是九连长和副排长。"

村长不安地问："看了咱家了？"

媳妇说："来了哪能不进屋呢，还跟我唠嗑呢。"

村长连声说："糟了，糟了，咱这屋真比中农还中农呢。"

媳妇又报喜一般："副排长还认识咱家的女婿，喊他小老弟，像是亲哥俩久别重逢。"

村长跺了脚："这麻烦可就大了去了，咋就能让女婿抛头露面呢。"

原来那个女婿不是别人，正是李门楼帮他家从菜窖里活捉的那个俘虏。

村长接下来的话都是发泄对两位军官的不满："那个副排长一眨巴眼，就要冒一个坏点子，看着他小，一肚子坏水，当初他就挖苦我要招女婿，还真给他说中了。还有那个连长，霸道啊，给他换身衣裳，那就是个囫囵个的国民党连长。他见了咱家女婿，肯定会定性说咱们是变相雇他为长工。"

媳妇笑起来："有这么好的长工？一年下来，怎么也得给长工几斗高粱吧，人家可是分文没要。"

村长惊叫："你可别提这壶，那位连长大人会拍板说这是剥削。"

媳妇依然是笑而不止："咱把那么好的闺女都给他了，这顶多少工钱？还剥削？要说剥削，你都剥削我大半辈子了，女婿要是长工，我就是你的老妈子。”

村长不敢耽搁，饭也没吃，就去找区长。区长的家就在这个村，和村长也算同族，村长预料有部队住在这里，区长肯定会回家来搞公私兼顾。

进了屋，村长惶惶的，区长未语先笑了，村长委屈地说了那个连长要给他家换成分的事，区长不在意地说："还是中农的日子好啊，让你当中农还不好？不就一年吗？一年后你想当还没有了呢。"

毕竟是自家人坐在炕上，村长愤愤不平："他一个部队的连长改起人家的成分了，蛮横无理。"

区长严肃了："要说责任，首当是我这个区长，来来回回就从那地边过，竟视而不见。这事也都叫咱们赶上了，村里住过国民党的败兵，败兵哪里还有约束啊，老百姓是真恨哪。进年本来是敌人，偏偏变成了解放军。一个在前方流血牺牲的战斗功臣，家里的地没人种，老婆孩子靠东家借西家借维持生计，说是借，人家要说是讨，也是真的。这事要是捅咕上去，就是捅到中央，那也会严肃处理。解放战争大反攻的时候，出了这事，真是够典型啊，那肯定是一撸一大片，我这个区长还干得成？多大的处分也得背着，说我一句迫害战斗功臣的家属，也不是空穴来风。都以为是国民党的臭老婆，群众的冷漠甚至过激行为可以理解，干部不行，干部是百姓的干部，那娘们好歹也是百姓，也不能连地都荒了干部还当没事人。咱们哪，是跳到黄河也洗不清了。好在九连长有水平，加上那个副排长以前在咱们村住过，有老交情，给了你个换成分的惩罚，既平复了进年一家的情绪，也安抚了全连士兵，对你呢，也没伤筋动骨。开贫雇农会，你不去就是了，别的你还能有啥损失？"

村长犹豫："你是说那个连长是好心？"

区长说："是不是好心，说不准，但好事是无疑的。这事正式报告上去，咱们真是吃不了兜着走。说实话，真正帮咱们的是进年那一对双胞胎，大功臣见一次性得了俩宝贝疙瘩，也就忘乎所以了，大嘴咧得都狗似的到了耳朵根了，高兴还来不及呢，哪里还想到衙门告状啊。"

村长终于笑了，区长进一步说："让你当当中农你就不干了，我眼下就是当孙子都行。为了这事能到此为止，别扩大影响，我已经采取了应急措施。首要的是明天一早就让助耕队把他家的地耕了，多准备几套犁几套牛马，一上午都干完收拾利索。说好听点这叫早点纠正错误，说不好听的，这叫毁尸灭迹。”

村长自告奋勇：“明天我亲自带助耕队去。”

区长摇头：“你去可以，但不是带队，带助耕队去的是我，我这个区长保不住，你这个村长还当得成?”

村长笑了：“我去了真干，我扶犁是把好手。”

区长补充：“还有，我准备以区政府的名义为进年开一个庆功会。我们不能光堵窟窿，也要有建树，他是我们区的，要借此机会扩大影响，让更多有志青年参加解放军。”

村长夸道：“难怪你能当区长呢。”

区长又说了个“还有”，这一条是给村长布置任务：“拥军要更上一层楼，要想得周到，做得细致。比如把灶火点起来，炒大瓜子炒花生，端给他们，他们不吃，要装到慰问袋里，由妇女会组织慰问。瓜啊菜啊肉啊蛋啊，尽力而为，这次要加一条，连军烈属一起慰问。给进年家多送点，包括那些闲嗑牙的东西，他家肯定跟赶集似的，让他也有东西招待来客。”

村长加码：“他家啊，我以个人名义慰问，我家有只奶羊，我孙子大了，也不吃奶了，我就把这只羊给他家牵过去。他肯定欢喜，羊奶吃在孩子嘴里，堵住的是孩子爹的嘴，不能让他说咱们的不是。当然了，只借一年，一年孩子就可以断奶了，那奶羊我还得牵回来，毕竟我家那女婿也会有孩子的。”

区长赞扬说：“好，借鸡生蛋，借羊哺婴。”

村长苦笑道：“只要不是借老婆生孩子，我都得应承。”

九十一

王进年果然转移了话题："我这人谁要？也就是我媳妇看走了眼，误嫁于我，她做梦也没想到咱中不了状元却也立了头功。"

第二天，天刚亮助耕队就下了地，一看九连一个班已经在地里耕地了，农具都是借老乡的。村长说："你们这是打我的脸啊。"

王进年解围："我自家的地我来耕，这机会难得啊。"

连长打圆场："部队上午都是助民劳动。"又说："咱们是：前线协力共歼敌，后方并肩同耕田，还有四个字：解放东北。"

在一边的区长听到这里，连声说好，还说："今年过年我就把你这话当对联写出来贴在家门。"

连长对助耕队的人说："我们在家也是种地的，也是天不亮就下地，早饭是送到地里吃。今天你们各家就不要送饭了，我让炊事班把你们的饭也备下，一并送来，这才是同吃同住同干活儿。"

王进年的媳妇也来了，忙着把地里残存的果实收拢在一起，无非是些秋瓜，南瓜冬瓜，圆的扁的，大的小的，让她紧着忙活。

大家都干活儿，唯有王进年在那里指手画脚，调兵遣将，毕竟他对这块地有自己的筹划。李门楼对他很不满，说："我们以前是敌强我弱，老是夜战，王进年练就了一身夜战本领，能连战几个回合。你们不知道，夜战结束，那种疲劳，别说是干活儿，就是吃饭，都不想端那碗。"

别人听不出来，当兵的岂能听不出这话所指的是啥？兵们都不说破，王进年知道李门楼在挖苦他，瞪了李门楼一眼，没敢言声，毕竟这里有很多老百姓，内外有别还是要坚持的。他脸红红的，眼也垂了，头也低了，赶紧亲自干活儿。

日头刚一竿子高，地就耕完了，剩下的就是把地整平。炊事班送来了早饭，高粱米饭加炖南瓜和茄子，连长对村长说："你下令吧，让老乡们都围过来，共进早餐，这菜还都是你们慰问的呢。"

王进年先盛了一碗给区长："区长带头吧。"

村里的哥们儿聚在一起干活儿，加上士兵们都是毛头小伙子，嘴是闲不住的，又要吃饭又要唠嗑，是兼有双重任务。王进年大声谦让："别客气，现在是共产主义，随便吃。"

人们在这当口少不了问王进年这事那事，战场对于后方青年来讲是有诱惑力的。李门楼当众夸赞王进年有过和诸葛亮借东风一样的谋划，有人便盯着他嘻嘻哈哈的："也没见你能掐会算啊，咋就成了摇羽毛扇的诸葛亮呢。"

这本来就是王进年最引以为荣的事，他开了口，貌似谦虚："我不是借东风，也不是草船借箭，我要借的只是两个神父。"

都说开弓没有回头箭，王进年是开口就像开闸放水，关不了闸门，他肯定是要把下回分解也一次说完呢。本来连长一想起这事就很憋屈，眼下王进年说书一般当众揭老底，连长脸上就挂不住了，觉得这个忘乎所以的臭小子全然是要当众揭短。

连长看了李门楼一眼，显然是让他发话制止王进年面对老百姓说连队内部的事，可李门楼装作没看到，当初李门楼就是站在王进年一边的。

连长只好自己开口，转移话题说："新郎官啊，你这个名字得改改，孩子都有了，还新郎官？"

李门楼附和了："是啊是啊，你媳妇听我们喊你新郎官，还以为你刚刚在外面停妻再娶或是刚纳了二房呢。"

王进年果然也转移了话题："我这人谁要？也就是我媳妇看走了眼，误嫁于我，她做梦也没想到咱中不了状元却也立了头功。"

看来他是言必称自己是功臣了，连长的笑语中带刺儿："我看就叫你小诸葛，这下你满意了吧？"

王进年坚决反对："我们村有个叫小诸葛的，瞎编乱造给人家算卦，打幡似的举着个纸帘，上面写的就是小诸葛。"

连长说：“你是名正言顺的小诸葛，我让大家破个闷，猜对了有奖。”

破闷，实际上就是猜谜语，连长的谜面是：“小小诸葛亮，围坐军中帐，摆下八卦阵，专捉飞来将。”

有村里的一位青年存心看着王进年笑：“说你呢。”

区长见状，也不禁参加进来，摆手说：“不对。”

王进年沉思的样子：“捉飞来将，是不是我们的高炮打敌机啊。”

区长笑道：“这是古代就有的谜语，那时没飞机。”

区长显然是知而不说，村长忍不住，说：“我也让你们猜一个，是诸葛亮手下的一员大将。小将军穿战袍，满身兵器逞英豪，两把钳子八杆刀，冲锋陷阵横着跑。”

刘五华当下就鄙视地说：“还大将？不就是横行霸道的螃蟹吗?”

李门楼夸奖说：“还是傻女婿聪明。”

刘五华再接再厉：“那个诸葛亮我也猜出来了，不就是蜘蛛吗？啥八卦阵，不就是蜘蛛网吗?”

大家都说有道理，王进年心里不高兴，但也不便表示不满，只说：“我也让你们猜一个：傻大个儿，没有腰，浑身披白毛，打开肚子看，全是棉花套。谁要学剃头，先拿他练刀，谁要学削面，为他把皮削，谁要想喝汤，把他放在火上煲。”

刘五华心里猜到了却不说破，只说：“真狠啊，这不是土匪恶霸残害老百姓吗？难怪要革命呢。”见大家看着他笑，便说：“他说的不是我，是冬瓜。”

区长也以平易近人的语气出了谜语：“谜语一定要洗练，我说的是：大哥弹，二哥捏，三哥长了一肚子疥。很难猜，我可以提示一下，这三样也都是瓜。”

刘小大当即猜出了一种：“三哥是黄瓜，肚子上有疙瘩还带刺儿。在家的时候，吃黄瓜讲究顶着花带着刺儿，当了兵吃大锅饭，黄瓜都没刺儿了，光滑得像驴屌，区长这谜语编得俏啊。”

区长也神气了：“这可不是我编的，是民间流传的，古已有之，尤其是大哥二哥，一个‘弹’字，一个‘捏’字，就是两个谜语。想想挑瓜，挑啥瓜要‘弹’?”

李门楼按捺不住似的说：“是西瓜，对不对？分地那年我种了一块瓜，有西瓜，也有甜瓜。我媳妇有个干爹叫半截爷，没牙了，我专门种了面甜瓜，那瓜也叫老头欢喜，我一捏那瓜，软了，这就是成熟了。西瓜捏不出来，是弹一弹，拍一拍，声音发闷，那就是可以摘了。我把西瓜抱回来，儿子光着屁股吃瓜，吃得肚子眼瞅着就像大肚子蝈蝈了，胸前的西瓜水顺着身子往下淌，那小鸡鸡就像撒尿似的流西瓜水，那时候的日子真让人想啊。”

李福强开口了：“我说的是：东南西北风，谜底也是瓜，是四种瓜。话不长，难坏了多少读书郎。”

果真把大家都难倒了，李福强提示说：“比如东风，是往哪个方向刮啊？”

王进年顺口道：“当然是往西刮。”

此话一出，大家也就都猜出来了，异口同声一般：“是西瓜。”依此类推，四个谜底也都不言而喻。王进年踢了旁边的南瓜，说：“这就北风了。”

班长向杰在一边没发言，他听大家谈瓜果，也就想起了家乡的那些瓜果，在他看来，家乡的瓜果要丰富得多，好吃得多，而且也都有各自的谜语，很多谜语都是能唱的，“什么结果披鱼鳞，什么结果包梳子”，说的是菠萝和柚子，可惜北方的兵们还都没见过也没听说过这些东西，说出谜语来无人能知道，也就索然无味。见大家在这里头头是道，他也不甘寂寞，来了个现炒现卖，说：“我也说一个，不难猜。一个甜瓜手中拿，扔出去，开了花，敌人吃了喊爹妈。”

大家都猜出了是手榴弹，而且是兴致勃勃猜出的。李门楼不服，当即顺水推舟，说：“一个角瓜长又大，顺手推上架，飞到天上开了花，专打敌人的黑乌鸦。”

大家是在群情激昂的状态下猜中的，毕竟都猜出此谜底是高炮打飞机，夸赞说肯定是副排长新编的，编得好。李门楼笑眯眯地谈体会：“为了观看打黑乌鸦，我还犯了错误，还挨了大家不依不饶的批判，差点还背个处分，有此教训，才能编出好谜语。”

大家立刻转移目标，说还是班长向杰的谜语好，副排长只是照猫画虎，此话的意思显然是向杰才是原创，而李门楼只是模仿。

村里的小伙子们此刻最好奇的是这位堂堂的副排长都犯了些啥错误，李门楼说：“放心，都不是丢脸的错误。”

连长说了一句话，是五个字："还不够丢脸?"

李门楼辩解："是啊，没有那些男男女女的错误，也没往自家腰包里掖的错误，大不了就是勇敢过头，勇敢过头就是冒险啦鲁莽啦啥的。你们别跟我学，要学先进，你们村的王进年才是你们的学习榜样，"

李福强看了一眼大家，在场的官兵中，只有李福强一人和李门楼交往时间最长了，李门楼所犯的最严重的那次错误，是他私自离队回乡去报仇，那是令他撕心裂肺的伤痛，李福强不想让他触动那些往事，于是也有意转移目标，对刘五华说："我也让你猜一个，比他俩编得都好。小伙子，长得愣，生下来，就会蹦。一餐能吃一盆饭，一脚能踩一个洞。担任运输员，完全不怕重，两个背包三杆枪，背在身上挺轻松。腿是飞毛腿，长途行军是头名。要说打冲锋，那是快如风。"

这次傻女婿刘五华真犯傻了，中了圈套，笑眯眯地谦虚道："哪有这么好啊，再说，我虽是个大肚子汉，可一次也吃不了一盆饭啊。"

连长立刻对刘五华说："说的不是你，别理他们。"

刘五华固执地说："肯定是，全连就我一个运输员。"

大家都笑，也都故意说是，连长全然是护着刘五华的，说："你们欺负人家刘五华老实啊。"

刘小大小声对刘五华说："你也不想想，在李福强心里能有啥?只有那匹马，给他个媳妇都不换的。"

刘五华恍然明白了，伸手打了自己的嘴一下，骂道："叫你逞能，还真是个傻女婿，你要是生下来就会蹦，还不成了妖精了?还不把老娘吓死了?"说到这里，他语气又变了："不对，那马啥时候背过两个背包三杆枪啊，只有我背过，可见李福强是存心下夹子让我伸爪儿，我还就真让他夹住了，我真成了受气的童养媳妇。"

李福强得胜而笑："有这样的媳妇?锅沿贴饼子，锅底炖鸭子，盖头一揭，吓死一家子。"

王进年笑道："我早看出来了，连长护犊子，处处护着傻女婿。"

连长板起了面孔："我护犊子，护的是你这个小王八犊子。"

村长当即赞同："何止是护啊，捧上天了，把我家好不容易得的好成分，也送给你。就算你是诸葛亮，那也得有刘备知人善任，没连长慧眼识珠，你能发亮?"

王进年忍着笑说："是啊，我毛病不少，连长像个剃头匠，把我头上的毛啊病的都剃光了，剩下个光葫芦头，就亮了。"

连长笑眯眯的了，顺口说："我是剃头的挑子一头热。"

王进年连忙说："是两头，两头都热。那次我不过是借小聪明出了个小点子，连长就断出是良策，就把我的预案汇报给上级，上级如获至宝，就采纳了，这才是上下一条心，石头也成金。"

王进年真不知道抽了哪根筋，事还是那个事，人还是那几个人，过程还是那几个过程，可在连长听来犹如两个小宝宝在用小手为他挠痒痒，心里很舒坦，他坦然地听下去。

不料王进年来了个急转弯，或者是飞流急下，他叹口气说："当然也有遗憾，点子是我的，任务却由一个侦察兵完成了，那个家伙得了战斗模范，我呢，连个小功都没有，只得了个队前表扬，也算有毛不算秃吧。我两次成为战斗功臣，那都是在别的战斗中得的，不是这一次。"

哥们儿替他鸣不平，有的竟说："那侦察兵不放枪了吗？好事都让他得了。"

王进年的情绪被鼓动起来了，说："连长太胆小，死活不让我去担当此重任，从排长到班长都替我请战，连长就是不同意。"

说到这里，王进年还指点着补充一句："就是我们这位连长大人。"

此刻连长很坦然，心想他既然把屁股撅起来了，我也就知道他要拉什么屎了。于是以敢作敢当的语气说："我不让他去，他敢去？"

王进年认可说："连长的命令就是圣旨，我不敢违抗。我在部队练了功夫，可要和侦察兵擒拿格斗飞檐走壁相比，那就差多了。要是把那个任务交给我，让我和敌人格斗，我就有三成的可能性是牺牲。"

一个小伙子大声说："那可就是七成把握啊，值得一试。种庄稼能收七成，也感谢老天爷了。"

王进年立刻回应："我也是这么想的，我有备而去，可以乘敌人不备来个突袭。可是那制高点至少是两个敌人，工事里有一个连一百多个敌人，杀死一个敌人我没问题，可一招制敌不行，其结果，我牺牲的可能性是六成。"

没人再主战了。

李门楼他们都不发言，这里毕竟是王进年的家王进年的地，那个女人是他的媳妇，在这里只能是以他为中心，别人不可能取代他的位置，任凭他海吹，也不宜真的反驳。

王进年又加码了："后来才知道，为防止敌人搜身，所以啥武器也不能带，要赤手空拳和敌人打斗，敌人那是啥武器都有，他们一抄家伙，我就完了，这样我牺牲的可能性就没法算了，反正我是死定了。我不怕牺牲，可革命的损失就大了。"

有人的结论出来了："还是你们连长考虑周全。"

王进年不服气似的："啥周全啊，打仗啊，有的人是越打胆子越大，有的人是越打胆子越小。我们连长是越大还是越小？我不说。一个连的官兵，生死在一起，看上去像兄弟，其实何止是兄弟，兄弟的话你可以不听，连长的话谁敢不听？兄弟可以不敬，对连长谁敢不敬？说是像父子，也不是，父子有养老送终的问题，我们没人能管养老，可送终是真的，多少任连长牺牲了，连掩埋的机会都没有。所以只能说是战友，战友是说不清的，有时是同行，有时是师徒，有时是朋友，有时是兄弟，有时是父子，有时简直就是君臣，他下令，我得无条件执行，啥叫无条件？那就是得当圣旨看。有一点我看透了，连长是把我们连的兵当成他的儿子了，儿子就是心尖子，那可真是吃喝拉撒睡都得操心，是眼见着他们成长起来的。一仗仗打下来，每一仗都有那么多人牺牲，每个人的死都像一把刀子扎进他的心，这些年来，他的心都被扎烂了。那次连长没批准我去执行那次任务，肯定是一个错误，是团里的决策弥补了损失，歪打正着，结局是好的，也正是他的这个错误，使我避免了牺牲，我活下来了。"

李门楼在一边，听王进年评价连长，自己这个排副不能不表态，就概括说了四个字："信口开河。"可是他眼前分明出现了很多往昔的身影，音容笑貌皆挥之不去，这让他有了一种同感，王进年的话不应该说，但并没说错。九连的小兵宋二顺牺牲后，当时的那个连长谷秀完全不顾军法军纪，发疯一般地杀死俘虏，现在想来，连长和二顺子真的是情如父子，后来的结局是谷连长也牺牲了。现在九连又是齐装满员，李门楼不敢想象下一仗打下来，全连还能剩下多少人。

王进年媳妇站在那里，开口便哽咽："我听明白了，是连长救了孩子他爹一命，不然我那俩孩子连爹的面也见不到了。"

这话说得让连长心里很沉重，以后这仗还是要打下去，谁也难料以后自己会怎么样，王进年会怎么样呢。连长知道自己指挥打仗是心理负担越来越重，这让大家很有意见，也有人提出让他改任指导员，他也表示同意，可是指导员在战场上也是要指挥打仗的。眼下王进年两口子都对他如此感激，实际上是对他的那次失误的感激。他说："我打仗就一个心愿，我把全连带上去，就要把全连都能带回来，可是每一次都有我的好兄弟回不来，是我对不住他们。"说到此，他不敢再说下去，也许他怕在场的老乡看到他的失态，也许他已经把能说的话都说完了。

村长也赞扬了连长，这次是真心的："你让我把成分改中农，我还有意见，看来你是真心对兄弟们好。"

连长宽宏大量："成分就不要改了，我相信新郎官家很快就能过上中农的日子，会名副其实。"

王进年信誓旦旦说："连长大哥，我们都会活到胜利的那一天。"

当天午饭后，全团的任务是睡觉，老乡的拥军工作是管好鸡鸣狗叫，让村里寂静，大家猜也猜得出，当天夜里部队就要出发了，昼伏夜行，又要打仗去了。

九十二

李门楼和向杰他们被押在敌人的队尾，李福强和新兵小韩、刘小大也在其中，显然，三排包括副排长李门楼在内的五个官兵成了俘虏，敌人在喊："我们优待俘虏。"

十天后，六团到达新民西北的长驼子待命，而后在师编成内昼夜兼程至高桥东南的新立屯，三师加强到十纵参加打锦州的主攻，归属十纵指挥，而六团所在的二师担任锦州攻坚与塔山阻援的总预备队。十月十四日，我军对锦州发起总攻，激战一昼夜，攻克锦州，完全切断了北宁线，扼住了敌人的咽喉。当日一股从锦州突围的敌人逃至六团一营坚守待命地域，遭我一营阻击，全部被歼，我二连俘敌百余人，在右翼坚守待命的九连却未能与敌遭遇。

十九日夜，九连随大部队向东急进，行军途中不断有消息传来，部队始终没有停息，所有捷报都是从前往后逐步传递。

第二天，天黑之后，部队来到一里多宽的大凌河，此时的辽西已是寒气逼人，而且部队还都没有发棉衣。指战员们顾不得寒冷，跳进了齐腰深的河水，手挽手徒涉过河。没到河心，都已经是两腿麻木。为了防止跌倒被水冲走，李门楼大声地喊："互相都拉得紧点，不要松手。"

河里的水并不是一样深，遇到河底的坑洼处，水深到头顶，大家全身都湿透。上岸后寒风一吹，给人的感觉是比严冬还冷，说话也都带了颤音。为了御寒，部队开始跑步前进。李门楼深有体会地说："没换棉衣反而是好事，要是棉衣湿透了，那可就遭老罪了。"

前面遇到一个村庄，部队奉命进村休息。村里很多老乡已经入睡，听到解放军进村，全都起来，把官兵们领回家去，家家烧起了灶火，为大家取暖，烤湿衣服。由于村子小，部队人很多，后面的部队就在村口场地休息，老乡们纷纷抱来柴火，点起了一堆堆巨大的篝火，火焰把那半边村都映红了，官兵们围着篝火很快都把衣服烤干。

六团准时到达指定位置，未加休整，凌晨就向四堡子一带的敌人发起了进攻。为了防止敌人向东逃窜，三营预先插入四堡子东南方向，李门楼率三排冲击，最先拿下敌人据守的一个高地，并成功阻击了东撤之敌，一个排毙敌一百一十余名。

黑山战斗开始后，六团随师由黑山以北直插杨家屯，任务是和兄弟部队一起歼灭敌十四师炮兵营和新三军五十一师一部。

战斗打响，三营从村南进攻，村西路边有个庙，那是个要地，没有发现火力点。李门楼估计敌人不可能不占领那个庙，他有了在四堡子获胜的经验，命令全排不与敌人纠缠，直奔那座大庙。村内敌人成了惊弓之鸟，完全失去了控制，从不同的位置逃跑。李门楼冲到大庙的围墙下，见庙门未关，决定占领庙顶，阻击从这个方向逃跑的敌人。不料庙内设有敌人一个救护所，有二十余名伤员，并预先把一个连的两个排及两匹骡马部署在这里，随时准备转移。李门楼和几个兵一冲进庙院，敌人就开火了，殿顶上也立刻出现了一挺机枪，封锁了前面的路口，院门也被关上，把三排的五个官兵全困在院内。

李门楼守在石头狮子一侧，有敌人露头，就打回去，他知道只要坚持住，大部队很快就会上来。庙的两侧都有通路，敌人从两边射击，庙顶也有手榴弹扔下来。乘着手榴弹爆炸的机会，殿内突然冲出了一股敌人，李门楼一枪撂倒了一个敌人，扔手榴弹时，已经来不及了，他被当场活捉，头被敌人按在地上，两手被扭到身后，被一根白色的带子绑住了。敌人一刻也不停留，拽着李门楼就从后门撤退，敌人的马匹和担架上的伤员正在快速转移。

李门楼和向杰他们被押在敌人的队尾，李福强和新兵小韩、刘小大也在其中，显然，三排包括副排长李门楼在内的五个官兵成了俘虏，敌人在喊："我们优待俘虏。"

九班长向杰的头部和肩膀负了伤，但他还能走。向杰是在敌人上来时投出了一颗手榴弹，由于距离近，弹片把他自己也炸伤了，旧伤刚愈，又加了新伤。李门楼又慌又急，看到前面的马匹上驮有药箱，有个敌兵身上也背着小药箱，他冲着那个兵喊："他负伤了，赶紧给他包扎，我们的部队带着很多炮，现在没向你们打炮，是因为怕伤着我们。我们死了，几发炮弹就把你们炸没了。”

李门楼说到这里，才恍然明白，庙里的敌人不仅预先安排了退路和火力掩护，而且为了防止在撤退中遭炮袭击，设下了圈套，请李门楼他们入瓮，成为防炮的盾牌和人质。

李门楼脑子里很乱，他有点不相信自己会成为俘虏，可眼前却是被绑着被拽着在跑。

如果是这样，敌人暂时就不会杀他们，他们也许能找到脱身的机会。

李门楼想拖住敌人，可是刚一把脚步放慢，就挨了一枪托，敌人喊："不走就毙了你。"

李门楼觉得敌人这话是真的，说毙是真的会毙的，没有必要因为拒绝跑步而被枪毙，他只好被动地跑。他看到前面的李福强双手是在胸前拴着，看上去像是被牵着跑。向杰则是被两个敌兵连架带拖，向杰喊："我受伤了，跑不动。"

李门楼却说："还是坚持跑吧，你就当成早操跑步。"

向杰埋怨敌兵说："跑出这么远了还跑，你们不累？"

李门楼说："他们是逃跑，能不跑吗？只恨爹妈少生两条腿。"

李门楼又挨了一枪托。

李门楼见这么多官兵掩护并运送伤员，估计担架上一定有他们的高官。

再往前走，路边有一个隆起的高地，担架上一名伤员大喊："叫你们连长过来。"

跑步过来的无疑是连长了。担架上的伤员命令他派几个兵带轻机枪在那高地设阻击点，如果追兵赶来，就在这里抵挡一阵子。

连长虽有不悦之色，但还是执行了命令。

突然听到了马匹的嘶叫声，李福强心里一惊，他听得出那是为他驮重机枪的那匹马，回头看，从老远就看出是那匹马奔跑着追来。那匹马原本是隐蔽在杨家屯村外林子里的，现在怎么跑到这里来了，这不是找死吗？李福强心里着急，可是也没有办法阻止它不过来。

敌人听到马叫，也很紧张，但看到只有一匹马，并无人过来，也没采取应急措施，照样在往前走。那匹马直奔到李福强跟前，李福强一眼看到马的身后血糊糊的一片，马臀上被穿了一个小洞。

敌人把马拦下，一名轻伤员一拐一拐地走来，他要骑这匹马。李福强急火火地说：“看不见它负伤了？不能骑。”

那伤员年龄小，是敌人的一个小兵，他说：“它的伤不重，比我的伤轻，四条腿都好好的。”

他固执地爬上了马背，端坐在了马背上。不料那马突然就尥起蹶子，那动作是又蹦又跳，当下就把那个伤兵甩了出去，伤兵重重地摔在地上，好在马蹄并没踏在他身上。敌连长赶紧跑过去，又看又问，很紧张，他称那个伤兵为小雨，战士们称他为小丁，看来他的名字是丁雨。还有，连长也姓丁，有士兵喊他丁连长，加上仪表、口音、年龄等因素，很有可能丁雨是敌连长的弟弟。丁雨并未惩罚那匹马，反而对敌连长说：“这匹马聪明，看出了我是它的敌人。”

李福强对他的马很满意，但也担心这马如此爱憎分明，敌人会把他杀害，尤其敌人在仓皇出逃之中，这马很容易被屠宰以充饥。尤其是看到马身上那弹孔处还在渗血，而且它从今天开战后就没吃草料也没饮水，与其这样等死，还真不如让这个伤兵骑上它，这样至少可以使伤口得到包扎。李福强对那个丁雨说：“不是马聪明，是你太笨，你要对它好一点，对我们也好一点，他就误以为你是好人了，就会让你骑。”

丁雨竟然问：“还能往哪儿好？我不可能把他当爷爷伺候。”

李福强借机说：“比如给它把伤口包扎一下，喂它点什么吃的，比如给我们松绑，让我牵着它走，拿你们的一些干粮给我们吃。”

丁雨当即说：“这是你的阴谋诡计，我不上当。”

李福强边走边说：“不信你可以试一下，简单点的就行，你可以给我打敬礼，它一见，就不把你当敌人了，哪有敌人给它主人敬礼的。”

丁雨脚步未停，就打了个敬礼，这是真正的举手之劳。李福强说：“可以了，你试试看。”

小雨靠近了马，李福强也朝马打了个手势，那马竟然就卧倒在那里，任凭丁雨骑了上去，然后就是起立，稳稳当当驮着丁雨走。

丁雨让那个背药箱的兵给马的伤口包扎了一下。

李福强介绍说：“它叫铜锤，你就喊他铜锤兄弟。”

丁雨不仅喊它的名字，还跟它说话。李福强也说：“你那话他听不懂，只能听出你的态度和蔼诚恳，就把你当朋友了。”

丁雨的声音果然变得柔声细语，像是老妈妈在跟小孩说话，这让李福强越发觉得丁雨是个小孩，本想借这个机会问他一些有用的情况，可是身边都是敌人，那个敌连长就在不远处，他们可都不是孩子，他们会分辨出自己和丁雨拉呱是在搞黄鼠狼拜年。

走了一段路，李福强没啥收获，便对丁雨说：“铜锤也是伤员，驮你一段，你就得下来走一段，让它能歇口气。”

丁雨自得地说：“没事，它有精神呢。”

李福强很无奈的样子：“它是我的无言战友，也是铁哥们，我可舍不得，宁可我背你走，也要让它能喘口气。”

这下丁雨就同意了，跳下了马，让李福强蹲下。李福强顺从，但抬了抬被捆绑的手，示意松绑。丁雨当然清楚不松绑就不能背，当即解开了他手腕子上的绷带，但还是拔出颗手榴弹，在他眼前晃动：“你要是不老实，脑袋就加个洞。”

敌连长回头见大个子俘虏在背着丁雨行军，也没作声。

李福强委屈地诉苦：“我这是给小少爷当牛做马啊。”

丁雨不满：“谁是小少爷，我是国民革命军的战士。”

李福强叹息：“我原来也是，是你们的机枪手，被活捉了，就当了他们的兵。”

丁雨警告说：“别跟我套近乎，现在你是被我们活捉住了。”

李福强赶紧说：“当我们的部队包围上来的时候，我背着你是跑不快的，你还是上那匹马，让马帮你死里逃生。”

丁雨不满：“你们的部队根本包围不了我们，营口那边就没设防。”

看来敌人是要从营口方向渡海突围。

李福强觉得自己很累了，抓紧时间跟他兜圈子把情况搞清楚。说到那个躺在担架上指挥的伤员，李福强心不在焉似的说：“那是何方神圣啊，咋就那么牛啊，连你们的连长在他面前也唯命是从，是抬了个老祖宗啊。”

丁雨立刻警觉地说：“这不能告诉你。”

李福强对背小药箱的敌兵幸灾乐祸地说：“你看你们这个长官头一歪就不动了，死啦。”

那个敌兵惶急地大喊一声“营长”。

营长睁开眼说：“我没事。”

李门楼估计这个说了算的营长就是伤员中最大的长官了，不免有点失望。在他的印象中，越是大官越不会轻易杀俘虏，营连一级的长官就很难说了，尤其是他们自身难保，随时可能对他们这五个人开杀戒。

李福强觉得情况基本清楚了，便说："你岁数小，身子还真壮实，在我身上泰山压顶似的，该我歇口气了，你还是上马，让它继续辛苦。"

丁雨上马时，并没忘掉把李福强的两手又绑起来。

向杰头上还在渗血，他说："我头晕，走不了啦，血快流干了。"

那个背药箱的兵看了看他，边走边拿出一个小包，撕开，把里面的三角巾给了他，说："我们优待俘虏。"

向杰用三角巾包了头，对背药箱的兵说："再给我一块，这肩膀上还流血呢。"

那个兵不理他。

向杰说："兄弟，你比我还清楚，你们现在是逃跑，我们是在进攻，你对我好点，我们的人追上来的时候，我替你说情。"

那个兵朝前面喊："连长，这个俘虏不老实，搞宣传。"

连长停了一下："找死啊，不老实我就把你撂倒在这儿。"

向杰挖苦说："你舍得？我们五个人在你手里，是宝贝，以后的用场大了去了，我们的部队就是把你们包围了，你也有五个筹码。我只对你们的战士搞宣传，对你，没必要。你是个会打仗会看局势的人，不然绝不可能在这时候有计划地全身而退。"

连长说："你这话还提醒我了，你们是有用场，现在你们也给我抬担架去。"

向杰摸了摸头："我是伤员，没坐担架就不错了，哪能抬得动担架。"他指了指李门楼："让他抬吧，他可有的是力气。你们欠他的很多，可他也欠你们一个人情，有一次作战他负了伤，他就是由俘虏抬回去的。"

李门楼骂道："你小子报复我啊。"

村长小韩气愤地谴责向杰："是不是还想回老家啊。"

向杰笑眯眯的："我又不傻，现在敌军不光是败局已定，而且是看得见摸得着的败局，是屁滚尿流在逃跑，我能跟着他们吃屁喝尿？找死我也不能这么个死法。其实呢，他们现在哪还有心思招兵买马啊，他们连杀咱们的心也没有了，人要是到了极端的心灰意冷，杀人也就没意思了，唯一想杀的就是自己，那叫自杀。”

敌连长十分恼火，命令士兵持枪押着李门楼他们都去轮换着抬担架，李门楼没吭气，完全顺从，带头抬起了担架，后面持枪的兵不时地呵斥着，敦促他们快点。

李福强也未能幸免，他说：“我刚背了一个，又要抬一个？”

人家根本不跟他说话，只踢了他一脚，他便不再吭气，完全任劳任怨了，因此他又一次得到了双手解放的机会。趁抬担架的机会，李门楼先把从丁雨那里听到的情况传达给了向杰。

小韩坚决不抬担架，敌人拿枪托打他，他也绝不去效力。李福强大声地规劝他：“人在屋檐下，哪能不低头。”

小韩讥讽道：“你是在起模范带头作用啊。”

李门楼还笑了：“你看人家向杰，带伤工作。”

小韩愈加气愤：“他是回老家了，都是老哥们老相识。”

向杰洗脱说：“我原先跟他们不是一个单位。”

刘小大老实本分地劝道：“咱们可都别说原先，简直丢死人了。”

李门楼从容地念叨：“敌军是你们的娘家，我军是你们的婆家，有机会回娘家看看，也很好，你们要是想留在娘家呢，也行。”

刘小大也不满了：“我不留，打死我也不投降。”

小韩支持刘小大：“是啊，宁死不能叛变，叛徒没好下场。”

李福强却说：“娘家婆家都是自家兄弟，人家刘五华在娘家婆家来回折腾好几回了，现在不也好好的？娘家人不争气，眼看着就败家了，我那些娘家兄弟可真可怜哪。回娘家了，看着小表弟这么小就受伤，生死难料，我也不忍，能背他走一程，也是行善。”

小韩继续冷嘲热讽：“啥生死难料？不对，是死定了。我是看出来了，你们几个解放战士，李福强是最动摇的。”

李福强实在走不动了，敌连长对小韩说：“你去替换，要不我杀了你。”

李门楼赶忙说：“我们这新兵争强好胜，我来劝他。”

李门楼大声地开导，但还是小声说了四个字：“为了松绑。”

小韩反应还是很快的，说：“我服从你的命令。”说完就乖乖去把李福强替换下来。

九十三

李门楼继续对敌人的这个连长说："我以抓俘虏而著称，没想到被你们捉了俘虏，这样回去，领导饶不了我。要是咱们换一换，你们当俘虏，我把你们带回去，那我就功过抵消了。"

敌人不敢休息，一直走到了天黑，还是在赶路，只是行进速度也越来越慢，李门楼也精疲力竭了，令他奇怪的是敌人士兵毫无怨言。

路过一个村庄时，敌连长下令休息。他们不敢进村庄，就停在村边的一栋农舍前，集中坐在那里。

李门楼一坐下来，身上就像散了架，索性就仰面躺在了地上。为了防止这五个人趁天黑跑掉，敌人用一根绳子把他们拴了，连接在一起。

旁边照样有一个兵持枪看守着他们。李门楼和那个兵搭话，那个兵喝道："不许说话。"

李门楼对向杰说："乘这个机会，咱们开个会吧。"

向杰不同意："这不是开会的地方，敌人就在身边，说什么话都能听去。"

李门楼沉痛地说："我做检讨还是可以的，这次咱们被俘，主要是我轻敌，前天那一仗，敌人是惊弓之鸟，就以为今天这股敌人也是惊弓之鸟。没料到他们把逃跑安排得这么周到，而且逃跑中也有进攻。"

向杰继续扮演参谋的角色："我认为，咱们也得有进攻。"

李福强语气像真的在开会，说："别看他们安排得周到，其实心里虚得很。他们能有多大把握逃跑成功？他们比我们还清楚，想侥幸跑掉的可能是微乎其微的。"

李门楼小声说：“我看我们可以进攻，跟他们连长摊牌，让他们早点投降。”

向杰没有信心：“在这个时候，不可能向我们几个投降。”

李门楼提了自己的方案：“我看现在就可以跟他们连长谈，不指望他现在投降，可我们理直气壮地跟他说清楚，等我们的追兵临近的时候，我们再见机行事。”

向杰说：“谈可以，你可别惹怒那个连长，狗急跳墙的时候，他真有可能把咱们干掉。”

李门楼对那个持枪士兵说：“把你们连长叫来。”

士兵说：“我不去，我一离开，你们就逃跑了。”

李门楼说：“你喊他一声，他就过来了。”

士兵朝那边喊：“连长，这几个臭俘虏开会呢，他们要你过来。”

连长真的就走过来了，站在那里说：“你们几个在我手里捏着呢，跑是跑不掉的。”

李门楼力求使自己放松，面带微笑，估计表情差不多了，才开口：“总而言之，我们要说的，也是这句话：你们跑是跑不掉的。”

连长冷笑道：“咱们就看看是鱼死还是网破。”

李门楼摇头说：“我已经辨出你们是在往营口方向退却，看来你们也知道我们开始时没能全力控制营口，可这消息能传到你这来，也就晚了。我们早已派重兵加强营口，渔网上的漏洞已经补上了，鱼是跳不出去了。你们早干啥了，要跑也得早点跑，辽西会战已经展开，很快就把你们分割围歼。刚才我们几个开了个会，我们这个班长对你印象还不错，让他说说对你的评价。”

向杰谦让：“还是你说吧。”

连长火道：“我还用得着你们评价？你们死到临头了，还有这个闲心？”

李门楼装腔作势地发言：“对战败的敌人，也应该有客观的评价，该肯定就是要肯定，该表扬就应该表扬。我基本上是这样三点看法。一是指挥作战的能力比较强，在杨家屯，预先就估计到我们会攻打那里，提前做好了撤退准备。但是，正是因为你有能力，有预见性，你也就完全能知道下一步你们的结局，想侥幸跑脱，可能吗？二是你在逃跑的时候，还能把伤员都带上，这很不容易，可以说是个爱兵模范。还有三，三是以身作则，你的弟弟丁雨也有伤，你却没让他上担架。他还是个天真的孩子，对你，我就是想杀了你，对丁雨，我就是批评他也不忍心。现在你还没到黄河，你也不会死心，跟你也不可能达成什么协议，但有一个共同点，也可以说是不签字的协议，那就是要共同保护好那个小弟弟，我相信你也清楚，我说的是真的。”

面对这个提议，敌连长想说“猫哭耗子假慈悲”，但他没有说，他也想说“我信你说的是真的”，也没说，他说的是：“我不该把他带出来。”话出口，又觉得有他的兵在一边，此言有失当连长的威严，便加了一句：“我知道你们瓦解敌军那一套，在我这儿行不通。”

李门楼继续他的发言：“正因为你舍不得丢下伤员，尽管人多，行军速度越来越慢，大家是把吃奶的劲拉屎的劲都用上了，如果今天不在村里过夜，继续行军，那就是乌龟爬行了。”

连长敏锐地说：“我不上你们的当，不会在村里过夜的，我们的兵体力好得很，吃上一顿饭，照样抬担架行军。你也住口吧，一个俘虏没必要对我们评头论足。”

李门楼慢腾腾地鄙视地说：“你那头是啥头？顽固不化的头，你那足是啥足？逃跑逃得全打了血泡。我们的大部队追上来的时候，行军跟你们就不一样了。一是我们人多，最后的决战了，各处兵马都会集到这儿。二是轻装追击围歼，不需要抬伤员，我们有了伤员，交给老百姓的担架队。还有三，沿途你们也看到了，路边尽是你们丢下的汽车和枪炮，我们不光是有步兵追击，还有骑兵、装甲兵，比你们快得多。就是步兵追击，随便捡你们的几匹马，就横刀跃马了，捡你们的几辆汽车，就摩托化行军了，到时候你们投降也来不及了。你不怕死，可你的弟兄们就死得冤了。你现在是能够救他们的，我想了三个方案。”

估计连长已经知道他要说什么了，干脆地说：“你不要说了，你要明白你们现在的身份。”

李门楼侃侃而谈：“你连听我说话的勇气都没有？好像你是战俘似的，没有必要。你应该相信你现在还是连长，我说得不中听，你可以不采纳，也可以杀我，不必吓得堵塞言路。方案之一，我就不说了，无非就是向我们投降，你没这个勇气。方案之二，就是就地解散，让那些士兵离开战场，各奔前程。仗虽败，人还活着，这也是你的功德。方案三，把伤员留在村里，你带着弟兄们赶紧逃命。你们的重伤员多，在这么冷的天气里，再跟着你颠簸，就没命了。当然伤员留在村里，老百姓一看是国民党衣服，未必接收，要是由我们和伤员一起留下来，我们就可以保证他们的安全，可以把他们送到我们的救护所去。”

连长冷笑：“我听出来了，你不就为了让你们恢复自由吗？门儿都没有。”

李门楼继续对敌人的这个连长说：“我以抓俘虏而著称，没想到被你们捉了，这样回去，领导饶不了我。要是咱们换一换，你们当俘虏，我把你们带回去，那我就功过抵消了。”

连长强硬得很：“痴人说梦。”

李门楼不耐烦了：“我现在不过提预案，先给你交个底，也没指望着你赞同。我们的追兵赶到的时候，咱们再商量，需要的时候，我可以替你们喊话，就说你们这儿都是伤员和运输队，就说你是医生。”

连长拿出了正气凛然的架势：“我是连长，不是医生，规劝你还是放老实点。”

李福强以开会发言的语调说：“我得补充几句。”

见李门楼没反对，李福强才说：“有件事现在就可以落实，那个丁雨是受伤的娃子，交给我，我把他送到村里，这村子肯定也建过人民政权，我穿着解放军的军装去，肯定一呼百应。找户人家把丁雨安顿了，以后他就可以回家了。当然，我有个条件，让我把那匹战马一起送过去安顿了。”

敌连长蔑视道：“我们的兵，还用你操心？”

一个敌兵请示连长：“给不给这几个俘虏吃饭？”

连长转身说：“不给吃饭，他们怎么能抬伤员，不要给他们解开绳子。”

饭后没有再休息，又匆匆忙忙上了路，在夜幕里继续往东逃。不过这次并没有再让李门楼他们抬伤员，那条长绳子始终把他们五个连在一起。到深夜，这条绳子上又多拴了两个人，那是两个士兵逃跑未成，也被押着行军。那两个兵几乎崩溃了，走路很艰难。李门楼对他们说：“你俩得打起精神走路，不然连长真会把你们解决了。”

行军速度继续递减。天亮以后，就听到了身后的枪炮声，听得出那声音并不是来自一处，令敌连长愈加不安的是侧前方也有枪炮声。他们捡到了一匹战马，让那名轻伤员骑了上去，敌人的两辆汽车从他们的身边开过去，接着是骑着马的敌人超了过去。敌连长向马上的兵打听情况，那些兵都不回答，头也不回地往前奔。

连长带几个兵持枪拦下了一匹马，让马上的士兵说情况。士兵慌张地说："他们来的人多啊，铺天盖地。有汽车有骑兵，想把我们的人包围起来。"

李门楼在一边埋头走路，装作什么也没听到。敌连长走近了他，很严肃地对他说："我决定了，把你们五个人全都释放，伤员也留给你们，拜托你们能把他们转到救护所去。"

李门楼赶紧承诺说："行，我会对伤员负责到底，你要相信我们。"

连长说："不瞒你说，伤员里的丁雨确实是我亲弟弟。"

李门楼直言："抗战胜利的时候你挂着奖章回过一次家，你弟弟羡慕，死活要跟你来当兵。"

连长惊奇："你都知道了？"

李门楼炫耀一般："我们的那个兵背他行军，其实借机跟他拉呱，侦察敌情，就都搞清楚了，他只希望你哥俩一块回家。"

连长长叹："我也侦察清楚了，你们这五个人里，有三个原先是我军的兵，我看你真的是把他们当兄弟。我信得过你，我弟弟就托付给你，让他能回到家里，我是不回去了。"

李门楼指了指身边那两个逃兵："你把他俩跟我们拴在一块，还拴出感情来了，我看就把他俩也留给我们，帮我们照顾伤员。"

连长不同意："我给你另派两个兵留下，这两个是逃兵，放了他们，影响不好。"

李门楼语气坚决："还影响？不为别的，是因为他俩年龄都小。"

李福强也提了要求："还有那匹伤马，那是我的马，留给我。"

李门楼替连长回答："当然留下。"

那个背药箱的卫生兵也留了下来。

伤员就放在了路边，连长走到营长躺着的担架旁说："你要不想留下，我们就抬你一个人走。"

营长丧气地说："算了。"

临别，李门楼向连长说了部队的番号和自己的姓名，停顿片刻又把连长的名字告诉他。说："要是走不成，你和我们联系，还有个卫生队的卫生员叫秦妹，我把你弟弟交给她照料。你也可以直接找她，你们兄弟俩还是可以团圆的。"

连长带连队跑步往前行进。

这一带村庄密集，李门楼命大家就地待命，自己进村去找民工来抬担架。返回时，不仅带了民工，还整了一辆大马车，车上放着一大木桶还冒着热气的水，还放着好多床被子。李门楼说："伤员怕冷，他们在外面冻的时间太长了，我怕把他们冻死。"

这些被子很管用，那些烦躁不安的伤员，看到又加盖被子，也就放了心。

马车上安置了好几个伤员，其余的伤员是由民工用担架抬，这回是沿着大路往西走。

走出几里路，到了唐家窝棚一带，看到路上有不少敌人的战马在惊跑，路边到处是被打坏了的美式大炮、汽车和坦克。李门楼终于看到了我军的大批官兵，他们刚打完仗，还没来得及打扫战场，上千名俘虏被押着往回走。李门楼打探到这是三师七团和九团刚刚在这里打完仗，被歼的敌人属于新一军和新六军。李门楼很感慨，他多次和新一军交过手，现在新一军终于到了彻底覆灭的时候了。

李门楼对向杰说："咱们几个手里什么武器也没有，现在正好可以把我们都武装起来，要拣最好的枪来武装。"

他们很快从敌人丢弃的枪支弹药中选配了自己所需要的枪弹，李门楼不仅配了一支冲锋枪，还有了一支手枪。

李门楼他们都急于回到部队参加战斗，毕竟打沈阳的日子不远了。他们打听六团卫生队什么的，想把伤员转交出去，可眼下都是长途奔袭追歼敌人的战斗部队，好在李门楼打听到了三师所处的位置。

为了赶时间，李门楼把希望寄托在路边的汽车上，只要看到外观损伤不大的汽车，他就上去试试，总算是找到一辆能开动的大卡车，他测了测油箱里的汽油，足够用的了。所有伤员都上了车，有的坐着有的躺着，把车厢板都占满了，还有那两匹马没上车，一匹是负了伤的马，一匹是刚捡到的战马，李福强坚持要把那匹伤马也牵到车上，说："它也是伤员，不就是占四条马腿的地方吗？马肚子下面照样能躺人。"

李福强拽那马，马就上了车。马站稳当了，就有伤员躺在了马肚子下面。

李门楼对民工们讲了几句话，就让他们返回了。

找到团卫生队时，李门楼急于回连队参加战斗，他想把敌人的伤员交给秦妹。秦妹一见他，十分伤心。李门楼慌张地问："出啥事了?"

秦妹狠狠地说："还问我，都说你们几个牺牲了。"又说："我上午去了你们连队，我打听到了你儿子寄养在谁家。"

李门楼坦然地笑："有你在，孩子受不了委屈。"

秦妹还是很伤心说："现在兵荒马乱的，一仗接着一仗打，拖久了谁知道会出什么变故。"

李门楼赶紧说："打完这一仗，我就去接儿子。现在我得赶紧回连队。我这儿有二十三个伤员留下，包括向杰。"

向杰走了几步，说："别包括我。"

秦妹说："估计你们连已经到新民城下了，这里离新民很近。"

李福强把马也托付给秦妹："它也是伤员，我把它拴在这儿，你们帮我照看，打完了仗，就回来牵它。"

向杰也上了汽车，李门楼带着四个兵直奔新民。

找到九连的时候，连队已经进入阵地，六团的任务是待攻取新民的战斗打响后，截歼敌人骑兵二旅。

李门楼看到了自己的背包。连长说："刘五华不相信你会死，行军中总是把你的背包也带着，说你回来就交给你。"

李福强"嘿嘿"地笑着对刘五华说："咋不把我的背包也带来，是不是以为我光荣了?"

李门楼喝道："少胡说八道。"

刘五华说："我知道咱们副排长穷毛病多，宁可冻着也不跟别人合盖一床被子。你不一样，你和我是彼此彼此。"

李福强不满："谁跟你彼此。"

这一仗仅用一个小时就攻占了新民城。

九十四

李门楼嘶哑着嗓子喊：“你不开药，你信不信我现在就毙了你。”说着端起了枪，“哗啦”一声拉了枪栓。

副队长感觉到了那枪口就顶在自己的胸口。

在与敌骑兵二旅的战斗中，三排副李门楼率突击班最先突破了敌前沿，可是突击班的刘小大负了伤，子弹击中了腹部，卫生员把几块纱布都塞到了伤口，还是未能止住血。李门楼以前见过一个这样的伤员，没能活下来。他急了，对卫生员说：“我开汽车直接把他送到卫生队，路不远，说话就能到。”

正是激战的时候，路上没什么人，李门楼一口气把车开到了村里，李门楼看刘小大清醒，说：“你要挺住，到了这里就没问题了。”

当时有后方医院的几个医生也正在卫生队，他们都是为了支援打沈阳，下到团卫生队的。有一个外科医生为刘小大做了手术。那次手术时间很长，李门楼坐在手术室门前的磨盘上焦急地等待。

手术结束后，还是没让李门楼去见刘小大。李门楼看到了秦妹，问：“还没醒过来吗？”

秦妹伤心道：“肠子缝合了，医生担心还有出血点。他不是有个弟弟在咱们团吗？要不要把他叫来？”

李门楼站了起来：“是不是他不行了？”

秦妹说：“我也不是医生啊，我是看医生也挺着急的。”

李门楼见李科也来了，无端地发了火。

秦妹说：“有本事你去缴获敌人的盘尼西林，在这里发脾气有啥用。你们给他肚子里塞了那么多东西，医生怕腹腔感染，想给他先打上一支，结果还没批下来。”

李门楼问：“批?”

秦妹解释：“这药很少，只能用于重伤员伤口感染，凡是为了预防感染的，就先不批。”

李门楼火道：“感染以后才开药，那不是马后炮吗？干脆你们再改改章程，人死了才给用药。”

秦妹火上浇油一般地对面前的两人说：“批这药的权限就在分管外科的卫生队副队长手里，你俩可以直接找副队长，软的不行来硬的。”

李科当即下软蛋：“我不敢。”

李门楼没说话，只把挎在肩上的枪提在手里，去找副队长。秦妹对李科说：“你赶紧跟上他，别让他闯大祸。”

李科没动。

秦妹自己紧跟了李门楼。

李门楼推开房门，卫生队副队长正在房内。李门楼直截了当说：“我们连的刘小大伤得很重，你先给他开点叫啥西林的那种药，算我借你们的，打完沈阳，我还你们。”

副队长为难地说：“重伤员很多。”

李门楼不客气：“我现在就管我们连的这一个，现在你就开。”

副队长和蔼地说：“你的心情我理解，你也要理解我们的困难。”

李门楼嘶哑着嗓子喊：“你不开药，你信不信我现在就毙了你。”说着端起了枪，“哗啦”一声拉了枪栓。

副队长感觉到了那枪口就顶在自己的胸口。他抬了一下眼，看到了李门楼的那张已经变得恐怖的脸，语不成句地说：“你，你先坐下。”

李门楼骂道：“坐你娘的蛋，我叫你先横着躺下。”

几个人闻声进了屋，秦妹赶紧把那枪支按下，瞬间李门楼已经扣动了扳机，子弹打在了老乡房子的墙角，打出了一个洞。

秦妹知道劝说李门楼无用，冲着副队长喊：“你傻了啊，他是真敢杀你的。”

副队长紧着说：“我这就批。”未坐下就批了条子，递给了李门楼。

李门楼出了门，副队长才松了口气：“这么野蛮，他差点就打中我。”

秦妹还是慌张：“他真干得出来，你招惹他干啥，团长政委也让他三分。”

刘小大醒了过来，李门楼得到允许，可以进病房去看望。那病房是老乡的一间里屋，屋里一股浓烈的药味。刘小大嘶哑着嗓音问：“你跟我说实话，我是不是不行了？”

李门楼安慰：“现在能活着就死不了啦。”

沉静了一会儿，刘小大说：“我想见见我二爹，我心里老是不安，老是觉得对不住他。”

李门楼说：“等你伤好点，我把他叫来，你们好好说说话。”

李门楼从病房出来，停住脚想了想，眼下刘小大是生死未卜，还是把他二爹叫来比较好。

李门楼开着汽车去了军里，在一个临时马厩，见到了刘小大的二爹。

二爹听李门楼讲了刘小大的情况，没多言，便带李门楼直接去找了卫生部长。李门楼向部长行了军礼，二爹开口便说：“救救我儿子吧。”

卫生部长没等他们说完，就写了条子，对李门楼说：“三师刚缴获一批药品，你带信去，我让他们尽量多分给你们一些，回去交给你们卫生队。”

二人乘车直奔三师。

拿到药时，李门楼看到药是一个个小玻璃瓶，他怕给压碎了，就都小心翼翼装在腰间的子弹袋里。

赶回卫生队，天已黑了。临进病房，李门楼叮嘱二爹：“你可不能表现得太伤心。”

刘小大见了二爹，两行泪水滚落下来，二爹说：“你是好样的。”

刘小大张了张嘴，话音很弱：“我害怕，你别走。”

二爹说：“我告了假，我来守着你，一直到你伤好。”

李门楼把子弹袋里的药瓶拿给他看：“你二爹给你找来很多好药，医生说你已经没危险了。”

二爹勉强地笑了笑：“眼看全国就要解放了，剩下的就都是好日子，有饭可以随便吃。”

二爹清楚地记得，刘小大从小饭量大，这是他让全家忧虑的先天性缺陷，总是遭到埋怨。走亲戚很少带他，就是怕他吃饭时丢脸。民主联军在村里驻扎，他问过一个正吃饭的士兵：“给你们一人吃几碗？”那天他一回家就羡慕地说：“他们吃饭是随便吃。”

后来随着我军的节节胜利，二爹总是想着等打下了江山，老百姓是真的可以有饭随便吃了。

二爹把美好未来描述给刘小大："打完仗，咱们就能回家种地了，打的粮食不用交租，都留着自己吃。"

李门楼觉得那个二爹想得过于狭窄，就补充："粮吃不完，可以卖，有了钱，给媳妇买上一身灯芯绒的衣裳，那多阔气。"

刘小大喊了声"二爹"，郑重其事地说："我有件事求你，我媳妇那可是个好人，我要是死了，她可咋办哪。我看还是把她托付给我弟弟小老，你跟他说说，他就听了。"

李门楼大声说："等你病好出院，你亲自跟你二弟说吧。"

李门楼走了出来，他找了主治医生，问："你说吧，刘小大需要几支盘尼西林。"

医生狮子大开口："最好是再有十二支。"

李门楼掏出了二十个小药瓶，交给主治医生。主治医生喜出望外，两眼还盯着李门楼的那个鼓鼓囊囊的子弹袋。李门楼说："你别吃着碗里的看着锅里的，这里药还有不少，我交给你们领导，你还需要就找领导去。"

卫生队副队长正和几个军医在会诊，李门楼走了去，副队长一见他就畏惧三分。李门楼说："我来还你药。"说着就一把一把地从子弹袋里掏那些小药瓶，桌子上就稀里哗啦地响。

副队长吃惊地说："我得代表伤员谢你，我对你啊，五体投地。"

掏完了，李门楼说："敌人有的，我们就都能有。我得走了，你们这地方一辈子我都不想来。"

李门楼返回连队，还没坐定，看到小花棍齐铭和葛长藤来了，都背着背包。没等李门楼开口，小花棍便兴奋地报告："这次打沈阳，团首长已经批准我们宣传队下到连里，一起参加战斗，我俩都要求来九连，都想去九班，所以先来找你，你带我们去找连长。"

李门楼说："这几天九班战斗减员多，刘小大也负了伤，三排还是突击排，可是尖刀班不是九班，是七班。"

小花棍当即应变："那我不去九班了，我去七班。"

李门楼建议："去炮排吧，炮排长还念叨你了呢。"

小花棍笑道："我不去炮排，炮排长是个反动派。"

葛长藤老练多了："反正我去九班，我要和九班副李福强在一个班。"

李门楼表示失望："我以为你是冲着突击班要求去九班呢，原来你是想和你的难兄难弟李福强在一起。"

葛长藤摆出了当通信员时的架势，训斥道："你太落后了，李福强也是我们的阶级兄弟。"

李门楼带着这两个兵去见了连长，连长热情地说："我们接到通知了，说你们要来，欢迎啊。我和指导员商量了，你俩就先去九班。"

李门楼犹豫说："他俩去九班不合适。"

连长说："不要挑挑拣拣，让九班先满员再说。打完这一仗，团里肯定还把他们要回去，你给我把他俩照顾好，大家都盼着打完仗看他们的慰问演出呢。"

李门楼随意地附和："是啊是啊。"

葛长藤和小花棍都分在了九班。

九十五

李门楼从俘虏中相中了一个中校，走过去说：“给你个立功的机会，仗打到现在，你看这一带是不是还有你们成建制的部队在等待我们受降？”

两天后九连随团向沈阳疾进，途中常和各路友军交叉穿行，在一条公路上，一纵和二纵会合在一起，成了四路行军纵队。临近沈阳城时，从公路到田野，到处是行军的队伍。

六团日夜兼程，提前赶到了沈阳以西大房身待命。当日团侦察排前去勘察地形，途中遇到逃敌，侦察排主动阻击，以一比三的力量对比俘敌一百四十余名、战马一百一十余匹，侦察排没有伤亡一人。俘虏和战马带回宿营地时，连长对李福强说：“你看都是好战马，乘着这机会，我帮你把那匹受伤的老马换掉吧，让老马歇歇。”

李福强说话带了火：“别跟我说这个，我不换，这匹马一淘汰就没命了，它几次受伤都没伤到要害处，我能把它照料好。”

九连在战斗动员之前，有一个干部会，李门楼和李科都参加了，李科发言很简单，别人争论的时候，他便默声不语。

李门楼的发言却是长篇大论：“我们终于看到了敌人兵败如山倒，这两天我一直在想侦察排阻敌战斗的成果有没有代表性，我分析是很有代表性的。我和向杰交换过想法，他也认为有代表性。看得出现在沈阳的敌人是两个急于，一是急于逃跑，二是急于投降。逃跑是不可能了，锦州一拿下来，大门就关上了，现在呢，是连窗户连水沟眼都堵死了，登天也不行，我们有高射炮，我们是真正的瓮中捉鳖。对于敌人基层的那些官兵来讲，只剩下了一条，那就是急于投降，他们已经做好了投降的准备。我们只要打开突破口攻入城内，打不了多久就会看到各处都有敌人挑白旗。因此对于小股敌人对于散兵游勇不必纠缠，也完全可以不理会，他想当我的俘虏，我还顾不上要他呢。我们应该是快速穿插，去找那些大据点、大兵营，直接闯进去和他们谈，要学会接受大批敌人的投降，也可以搞受降仪式。过去我们抓百八十个俘虏，就是大收获，这一次要是也这样，那就落后了。所以要根据我们攻击的主要线路，尽可能地多了解敌人的兵力部署，尽早和重兵把守的据点交手。我有一个打算，打开突破口后，找到一辆敌人的汽车并不难，我来开车，只带一个班，我驾车去找敌人投降的大部队。有四个轮子，那就是插了翅膀，这一仗不是和敌人赛跑，是和我们的友军赛跑。”

说到这里，李门楼停了下来，李科突然发言：“好，我看可行，找不到敌人的军车，找一辆地方的运输车公交车也可以，车上不要只带一个班，还可以带我们排的小炮，需要时，打一炮，再增加点震慑力。”

指导员不赞同：“我们的进攻路线是定好的，攻入城后要直插铁西区，不能离开我们的任务找大据点。”

连长耐着性子说：“让三排副把话说完。”

李门楼听得出连长这句话说得很严肃，但他觉得研究作战本来就应该严肃，于是他也严肃地继续发言：“任务肯定是要完成，不能按时到达指定地点，没说的，军法处置。可是走哪条路，那要根据当时的情况随时调整，该绕道要绕道，该抄近要抄近，这么大的城市，两军兵力这么多，一打起来，就乱套，能排自为战就很不错了，搞不好就是人自为战，全靠灵活掌握战机。饿极了的几万人一起进城吃饭，饭再多再好，也是有的吃肥肉，吃得满嘴流油，有的就是喝汤，捡一些残汤剩饭，搞不好就只能捡人家啃过的骨头来啃。”

连长问：“说完了？”

李门楼答：“让别人先说吧。”

连长平静地说：“你是盲目乐观啊，敌人不管有多少想投降的，只要高层指挥官不投降，那就会调动部队顽抗到底，秋后的蚊子更咬人，我们必须立足于这一点，不能轻敌。你想闯进敌营去和敌人谈，这我信，你有这个胆量，你不怕冒险，人家就听你的？要是人家撑了口袋，你就钻进去了，人家把口一扎，被动不被动？你开一辆车独闯，目标大，只要敌人在楼上开火，那就完蛋操了。”

李门楼分辩：“打仗，哪能一点都不冒险，我只是说这一仗和以往不一样，预先要有准备和安排，能够有更大的战果。”

连长不赞同李门楼的提议，是和打杨家屯时李门楼和四个兵同时被俘有关。在战斗进行顺利时，看来李门楼轻敌是无疑的，他不仅不反省，现在这一仗还没打，从思想上就做了冒险的准备。连长说：“别忘了你一个副排长和几个兵，让敌人包了饺子，虽然侥幸归队，可给我们连抹了黑，你没有责任？没有处理你，那是因为这段时间接连打仗，你不接受教训，越发把敌人看得不堪一击。”

李门楼打断了连长的话：“我们被俘，我有责任，也有收获和启发，我就是在那个时候看到了敌人的很多变化，我们和敌人连长谈话，谈成了，他把伤员也留给了我们。”

连长严肃地批评说：“敌连长向你投降了吗？你还以为有了功了，还要在这次战斗重演？你被俘我不管，可你是干部，你不仅有责任带大家打胜仗，还要尽全力保护你的兵，尤其是仗打到现在，我们已经是势如破竹，这也是在东北打的最后一个大仗了，东北解放就是最大的战果，你不能为了你们排的战果让士兵付出更多的代价。”

这话说得让李门楼心里很不舒服，自参军以来，身边的多少兄弟牺牲，是自己眼看着牺牲的。李门楼不再坚持：“行，我听你的。以往打仗常常是越保守牺牲越大，这一仗不一样，保守就是保险。”

连长发了火：“说我保守是胡扯蛋，我对你不放心啊。临战了，我也不想把你这个副排长撤了，可对你还是要有措施有约束。”

李门楼苦笑道：“临阵换将，大忌啊。”

连长说：“不就一个排副吗？自以为是，继续坚持你那愣头青的一套，撤了你也是应该的。”

李门楼连忙认错说：“在杨家屯我冒险，是我的错，我看还是老办法，这处分先在党支部那儿搁几天，这一仗打完，我立了功，再把处分还给我。”

连长打断李门楼的话说：“我看你啊，根源就是立功心切，我提议这一次你们排不要担任突击排了。”

连长的提议立刻得到了一排长和二排长的赞同。

李门楼反对："这不行，因为我一个人，把全排牵连进去，株连的范围太大，我们排的兵饶不了我。"

指导员说："这样吧，这次我跟三排走，我来监督三排副。"

很显然这话的言外之意，是突击排还是由三排担任，李门楼表态说："指导员对我的毛病知道得最清楚，他有一套办法能治我。"

十月一日夜，九连随团向城西预定突破口运动，此时城南、城东、城北已经打响，枪炮声密集，李门楼大呼来晚了，督促大家加快行军速度，由于携带弹药很多，连队未能跑步前进。

六团阵地与九团阵地相邻，八团率先攻下地堡群，突破了第一道防线，九团和六团阵地却遭敌炮击，正面敌人先向我军发起反冲击。由于守敌一二零师一名连长率全连投降，突破口不突自破。大批官兵激流般从那个突破口涌入，九连借此机会，从那个突破口进入城内。

天亮后，铁西区内大街小巷到处是我军人流，往前开的部队和往后押送的俘虏相逆而行，一些扔掉枪的敌人，在大街上乱窜，没人搭理他们。

李门楼见一座大楼上打出了白旗，决定上去受降，他带了一个班上去，见投降的只有九个人，也是一个班。李门楼觉得很窝囊，他说："这几个小虾米，咱们不要了，太麻烦。"

不料敌人的那个班长说："别不要啊，把我们扔在这儿，还会挨打，我们不能再投降一次，你们要守信用。"

小花棍齐铭也舍不得："好歹是咱们的战果，让他们走快点就是了。"

于是李门楼对俘虏们喝道："不要集合了，赶紧下楼。"

那些俘虏下楼速度比李门楼还快。

九连打到和平区，看到友军押着整团整营俘虏，连长也着急了，他命官兵以排为单位，分三路跑步前进。指导员随三排行至中山广场，枪声已经稀落，对面交际处大楼上的俘虏正从楼上下来，足足有六千人。指导员遇到了一个认识的参谋，那参谋是八团的，在一边点了一支烟，等待俘虏们集合。指导员说："你们手脚可真够麻利的，我们是起了个大早，赶了个晚集。"

参谋指了旁边的一辆坦克，傲气十足地笑笑："那是团长坐的，我们团长先到了敌人的一个汽车队，跟他们要来一辆敞篷吉普车，我们在车内坐了五个人，包括纵队小报的一个记者。有了车，还不就长驱直入？开到五义路口，接受了敌人总司令部直属高炮团投降，二十多门高炮呢。就这我们还不满足，我们团长扔掉了吉普车，换了这辆坦克，乘坐敌人的坦克赶到了这里。”

李门楼瞥了指导员一眼，遗憾地说：“看人家这才叫胜仗，一网撒下去就是一个团。”

那参谋对李门楼的羡慕并不买账：“何止是一团，开始是我们团的政治处主任，带着六连的九个同志，接受了一个坦克团的投降，主任还兴冲冲报告，让我们去看，我说和平大街那里一次就缴了一个汽车团。现在缴一个团也没什么可牛的了，我们已经接受了敌人第二守备队的投降，这可是一个师啊，我们一次性包圆。敌人那个司令和副司令跟我们扯皮，想让我们认可他们起义，我们的首长还跟他们解释，我当时就斥责他们说：“你们知道什么是起义吗？我告诉你，我三师的老底子包括我们这几个人就是先前从你们那边起义过来的。结果那司令也只能认可是投降，但条件是受降仪式要高规格，要隆重，这可真让我纳闷。”

李门楼很认真地对指导员说：“指导员啊，我是让你们捆了手脚来打这一仗。”

指导员说：“不要发牢骚，有错误我战后承担责任。”

李门楼还在啰嗦：“现在仗还没打完，就是吃剩饭，我也得找个鱼头啃，你把捆我的绳索放开，我也得飞起来。”

指导员听懂了这话的含义，对那个参谋说：“你们那边有那么多刚缴获的汽车，我们这个副排长会开汽车，你给他一辆。”

李门楼补充：“我先要用他们的一个俘虏，也就是问几句话，问完了原封不动归还。”

参谋允诺。

李门楼从俘虏中相中了一个中校，走过去说：“给你个立功的机会，仗打到现在，你看这一带是不是还有你们成建制的部队在等待我们受降？”

那中校先来了一句报告词，然后指点说：“顺这条路往前走，到头往右拐上土路，再走一千米左右，见红围墙，这一带就那院子里有大开阔地，那里有一个汽车队，两个分队都是连建制，还加一个训练分队，大多是驾驶员，没有什么战斗力，估计他们不会先开枪，在等你们接收。”

李门楼问："能知道那里长官的姓名吗？"

中校说："队长我只知道姓赵，都叫他赵队长，我认识副队长，和我是同乡，叫袁新光，上个月才成了亲，他早就不想在军队干了。"

李门楼没再问下去，转身就走，那校官又大声报告了一遍自己的姓名，李门楼回头道："忘不了，如果属实，给你更多优待。"

李门楼直奔路边的一辆军用吉普车，上去发动，完好无损。指导员赶了过来，李门楼把要去的地方报告了一遍，然后说："还能上来四个人，指导员就不要去了。"

没等李门楼点名，车内的人已经坐满了，小花棍齐铭是抢先上来的。李门楼让再加两支冲锋枪，指导员还想叮嘱什么，李门楼已经把车开出去了。

李门楼一路按着喇叭，瞬间就看到了红围墙，铁门紧闭。从缝隙看，虽没看到汽车，却见那开阔地上满是车轮印子，后面好多栋平房，偶尔有当兵的身影出现，只是看不到挂白旗。李门楼命几个兵一起狠命地敲那大铁门，接着李门楼喊："汽车队的弟兄们，我们是解放军一纵队，你们被包围了，我们来接受你们的投降。"

小花棍请示："要不要打枪？打枪他们就听到了。"

李门楼制止："不要，他们正竖着耳朵听呢。"

小花棍翻到了墙头上，说："出来了，挑着白旗呢。"

李门楼对小花棍喊："你给我下来，这门缝里看得很清楚。"

来的是三个人，两官一兵，并列而行，没看到带枪，那士兵挑着白旗不停地晃动，两名军官很正规地迈着步子昂首而行。走到铁门前，也从门缝里看了一眼，没等开门，一名军官便说："是真的，首长啊，我们总算把贵军盼到了。"

门打开，中间的那个军官很正规地自报家门，原来这个家伙是车队副队长。李门楼问："是袁光新啊，幸会。"

副队长受惊若宠似的："你们都知道了？"

李门楼说："现在我们已经是神兵，所有情况都在掌控之中，就看你们的表现了，你们赵队长呢？看来他表现不咋地啊。"

副队长赶紧解释："他掌握部队，让我全权代表。"说着就从身上掏出一个纸包，层层打开，里面是我军的传单。

李门楼态度和蔼："很好，你也算是知己知彼了，我们的政策我就不讲了。"

副队长介绍身边的那个年轻的军官："他是分队长，专门找过你们，可惜没联系上。"

李门楼完全不信他的这话，但没反驳，客气地对副队长说："你是新婚蜜月，这下好了，你能活下来，也是新娘子的福。"

副队长得寸进尺道："我们队长的意思，我们是起义。"

李门楼听刘五华在班里介绍过和李科闯敌营的经验，便照搬过来，大大咧咧地说："那好那好，我们正好缺汽车缺司机，算起义，你们就得整编成我们部队的官兵，还得冒枪林弹雨打冲锋。"

分队长当即抢先说："那就别算了。"副队长也不再坚持。李门楼下令："眼下要紧的是你们赶紧老老实实把部队带出来。"

三人按原路按部地班就往回走，李门楼催着道："抓紧时间，跑步去。"

三个人按同一个步点跑起来。

全队人员徒手集合完毕，指导员带一个排赶到了。李门楼对指导员说："这里就交给你了，我去清点他们的汽车。"

九十六

团里有指示，说可以投降，他认为等着投降还不如跑，换了衣服就跑了。我们把白褥单挂在炮筒子上，还是不放心，共军先给咱几炮也是可能的，我一想，也跟着大家集体开小差了。

汽车大多在车库里锁着，李门楼嫌麻烦，并不去清点，只在外面的汽车中挑了一辆中型客车，里面可以坐二十几个人。他进了驾驶室，发动起来，满意地说："不错，他们的准备工作很充分，就是它了。"

他点名让李福强一人上了车，然后就开动了。

指导员把车拦住问："又上哪儿?"

李门楼探出头说："现在想掏窝怕是没了，我看那街上到处是流窜的敌人想当我们的俘虏，我去捡点洋落，多一个算一个，你没看我换了个大点的车吗?"

指导员未同意："那你能捡得过来？算了。"

李门楼笑道："我这个人也算是老兵油子了，看敌人，眼贼得很，街上那些游兵散勇，肯定有大官，顺便捡个团长旅长的来。"

指导员批评说："歪门邪道。"

李门楼狡辩："我说的是顺便，是副业。街上的伤员很多，抬的背的，都得赶紧送，不管哪个连的伤员，我都用这车送。"

指导员没再阻拦，态度也变了："好，别的连还真没这机会。"

车一开，李福强就占了便宜还卖乖，愁眉不展的样子："你就看我好拨弄。"

李门楼胸有成竹："小花棍太单纯，原则性太强，就咱俩在车上，方便多了。”

上了大街，满眼还是当兵的，败兵们也不都是单行，结伴而行的很多。李门楼放慢车速，不时地目测那些败兵，可惜看到的全是很年轻的小伙儿，凭年龄即可断定不是大长官。好不容易发现了一个目标，那家伙穿着一身不合适的士兵军装，李门楼把车停住，跳了下来，见那个家伙是一脸的皱纹，李门楼心里一喜，说：“哥们，你可别跟我胡诌你是伙夫，赶紧报告，何等职务。”

听到的回答是：“你可真有眼力，本人不是伙夫，你看我这袖口，没一点油污，我是老兵，是老炮手，打炮是越老越值钱。”

李门楼不想跟他扯皮，朝路上的兵们喊：“有知道他职务的吗？谁揭发出来，我们可以接收谁，管吃管住。”

当即有个胳膊带伤的兵喊：“他是我们炮连连长。”

那个炮连连长喝道：“我毙了你。”

李门楼挖苦道：“看来你有枪啊，还想反抗？找死啊。”

炮连连长伸出两手：“不找不找，如若不信，可以搜身。”

再看那个伤兵，已经不见了。费了半天的劲，想捡个大点的，却只是个连长，弃之可惜，食之无味，不管咋说，先捎带上。那个连长却不想上车。李门楼说：“你不说实话，就先抓起来再说。”

炮连连长被押上了车，委屈地嚷嚷：“我不要你们的优待还不行吗？”

李门楼下令：“连俘虏也不会当？”

炮连连长说：“你们让我当俘虏，不过是拿我去邀功，我只是个芝麻绿豆大的官，加不了多少筹码。”

李门楼坦率相告：“你有眼光啊，不像个连长。不瞒你说，我只想着多抓几个有分量的俘虏。”

炮连连长口气变得强硬：“在路上捡现成的，算啥功啊，我要跟你们的上级报告，就说你没本事打仗，随便捡几个就滥竽充数，邀功请赏。让我下车，咱们各走各的。”

李门楼回了一下头，对李福强说：“他威胁咱们，算不算反抗？”李福强心领神会：“威胁还不算反抗？我也打红眼了，毙了算了，外面到处是死人，推下去没人知道。”

炮连连长献媚地笑了笑：“哪能呢，这一仗你们打得够过瘾了，你们要是看我有用，我就跟你们走。说实话，我只是不想进你们的整训班，成天听你们念经，我一听，脑瓜就斗笠般地大。”

李福强笑道：“这就证明你需要进去改造改造。”

炮连连长看着窗外，突然说：“我知道你们想要大官，我给你们提供一个，让他替我进整训班。”

李福强问：“你是不是看见外面有大官了？”

炮连连长讲条件：“是，先说好，他上来，让我下去。”

李门楼停了车，稍等了片刻，炮连连长指着外面的一个身影：“看啊，那不连衣服都没换吗？”

李门楼一看，那个人虽然剥去军装上的标记，但依然穿着军官服。

炮连连长说：“我们营的副营长啊，我们是一块逃跑的，你看他旁边那个兵，是营部通信员，真够牛的，逃跑还带通信员。”

李门楼跳下车，跑了几步，追上去询问，那个军官不隐瞒，如实报告说他是炮兵营副营长。

李门楼平静地说：“我们可以收容你，去俘虏营就安全了。”

那个副营长指着身边的通信员说：“求你把这个小兵收容了吧，他是南方人，这么多兵都在逃难，别说吃饭，想喝口热水上哪找啊。”

李门楼劝说道：“你还是跟他一块去吧，关照士兵，就关照到底，等天暖和了一快回家，要不你们一失散，就找不到了。”

副营长没犹豫就同意了。

炮连连长借这个机会，下车往小路上跑。

副营长和那个小兵一块上了车，说：“副团长怎么跑了？”

李门楼不解：“哪个副团长？”

副营长指点说：“就刚才从这车上下来的那个。”

李门楼吃惊道：“他是副团长？他说他是炮连连长。”

副营长苦笑道：“这几天他就跟督战似的盯在我们炮阵地，他接了个电话，团里有指示，说可以投降，他认为等着投降还不如跑，换了衣服就跑了。我们把白褥单挂在炮筒子上，还是不放心，共军先给咱几炮也是可能的，我一想，也跟着大家集体开小差了。”

李门楼后悔不迭。

敌通信员把一个水杯递给那个副营长，副营长没接：“几天在炮阵地坚守都没合眼，现在我只想在热炕头上睡一觉，以后的事，走一步看一步。”

话刚说完，他就在车上睡着了。

前面路边好多我军的官兵在搬运白面，看来这里是敌人的一个仓库。李门楼停了车，问他们是哪个部分的，原来他们并不是同一个部队。李门楼对李福强说：“咱们也下去扛几袋放在车上，这车的空闲地方也派个用场，回去交给炊事班。”

李福强没动：“车上这不还有俩人吗？让他们看着咱们干坏事，对咱们的影响可就打折扣了。”

李门楼笑道：“用白面包了饺子，也给他们盛上，嘴也就堵上了。”

俩人下了车去扛白面，李门楼发现那面袋子里面都是小硬块，说：“疙疙瘩瘩的，不是白面啊。”

李福强笑道：“这是洋白面，是敌人干爸爸给他们送的礼。”

李门楼鄙视地说：“送礼也得送点好面啊，这粗粗拉拉的跟苞米大楂子似的，还不让干儿子见笑？”

李福强满内行地说：“这可是好白面，一沾水就化开了，和出面来，滑滑溜溜，白白净净，比大闺女的脸蛋都白。”

李门楼教训说：“进了城，和老百姓说话要检点，话不干净也是违反纪律的。”

李福强扛起了一袋面，边走边说：“是啊是啊，洗脑还要洗嘴。”

装了十来袋白面，副营长才醒来，没说话，继续睡觉。路上有一个担架队在运送伤员，李门楼停了车，朝外喊：“有重伤员吗？我们的车送得快。”

立刻有人跑过来，说有个需要急救的伤员，李门楼就下了车，协助将那个重伤员抬上了车。看看车上还有地方，便又抬上了两个人，有个座位还空着，又让一名肩胛骨处受伤的上来坐在那里。

把伤员送到了地方，车才往回开。很快找到了连队，此刻连队已经奉命在市内康太街休整。李门楼对车上的副营长说：“你俩先下车。”

连队住在了一栋楼房内，房间都是敌军住过的，不仅有地铺，还有很多没来得及带走的被子。李门楼见有一个很大的屋子还空着，就让那两个俘虏先进去休息。副营长说：“你派人给我先送点开水来。”

李门楼很不高兴这副营长给他派任务，说："都忙呢，就让你这个通信员跟我去端开水。"

通信员没动："我穿着这身衣服，很怕见你们的兵，还是躲在这屋里好。"

副营长不悦，批评他的通信员："你也学会说说讲讲了？"

通信员只好跟在李门楼身后去找炊事班打开水。

见了炊事班长，李门楼让他找几个人去汽车上卸白面，谎称："路上遇到了供给处送给养的大车，正好那车坏了，我说我帮你送一部分，就把一些白面装上了车，这几袋是给我们连队的。"

街上的老百姓多了起来，敌军那个通信员打开窗户往下看，下面有成群结队的人来部队送慰问品。副营长烦躁地喊："看什么看，把窗户关上。"

当日晚饭照例是吃高粱米饭加萝卜干咸菜。第二天，供给处给每个连队送来几袋大米和白面，九连开始名正言顺地吃细粮。

开始休整，主要内容是加强纪律教育，严查攻克沈阳后的违纪行为，但李门楼往连队运白面的事并没人提起。李门楼怕那两个俘虏把这事捅出来，便向指导员提出他要把那辆中型客车上交，指导员说："赶紧上交，那也是战利品，不能留在连队。"

李门楼这才说："顺便把那两个俘虏也送走，不能让他们在连里养大爷了。"

指导员想起了什么，说："先把那个军官送走，那个兵先留下，他想留下当兵，我看他还灵活。"

李门楼不相信似的："他没跟我提起过啊，你看那软啦嘎儿的样儿，打仗不行。"

指导员说："不是他跟我说的，是那个军官要我留下他，说把他释放了也回不了家。"

李门楼又加了一句话："他啊，当了俘虏了还伺候那个副营长，没觉悟嘛，留下可以，别留在我们排。"

指导员想起了什么，叮嘱道："快去快回，回来你得交代问题，有人揭发你和李福强搬运白面的事，性质严重啊。"

李门楼当即就判断是那个副营长在整他。

李门楼把汽车开到楼前，上楼去找了副营长，说："赶紧准备一下，我开车送你走。”

副营长说：“没什么准备的，现在就可以走。”

李门楼转向了通信员：“你想留下当兵?”

通信员直言：“我知道你主不了事，没跟你说。”

李门楼也直说了：“当兵我不拦你，可有一件事，我得问你，我往这车上装白面的事，你俩是知道的，现在部队正在查违纪行为，是不是你把这事信口说出去了，我是倒血霉了，处理会很重的。”

通信员装憨卖傻地笑说：“什么白面啊，我怎么不知道，是不是我俩都睡着的时候你抢老百姓的白面了?”

李门楼首次赞扬他：“不错，是够灵活，当然还需要努力进步。我们连的前任通信员，是我们抓住的俘虏，后来进步了不少，毛病也长了不少。他现在是我们排的兵，老给我提意见，专揭我的疮疤。在连部他给连长洗衣服，连裤衩都洗，现在我让他帮我洗个军装，他说等你当了连长再给你洗。我正想着怎么好好收拾他。”

通信员打了立正：“本人一定不负期望，烦请三排副引荐，让我去当通信员，你的衣服我也给你洗。”

李门楼摆手道：“这就不好了，我们连的兵都想着在战斗班，不想当通信员，你还是有差距啊。”

副营长说：“我跟这个通信员说三排副前程无量，你跟着他没错，把他伺候好了，不会吃亏。”

通信员应声道：“是啊，他是这么跟我说的，他还跟我说，以后共军就要往南开了，越开离家越近，瞅个机会就可以开小差回家。”

副营长斥道：“你还没换军装呢，就把枪口转向我了，后面这话，我没说。”

李门楼很大方地信心十足地说：“说了也没事，我还开过小差呢，只是又回来了。”

副营长对通信员说：“我说你这共军崽子，赶紧把你的军装脱下来，咱俩换一换，我这衣服太显眼，反正你就要换他们的军装了。”

李门楼笑道：“算了，换上他的军装你就不显眼了？我教你一个好招，出去走到叫花子多的地方，你跟他们一说，准保抢着换你的衣服，那衣服虽破烂，可是安全，省了很多麻烦。”

副营长一口拒绝："绝对不行，别人还真当我是叫花子呢。"

李门楼变脸说："你看不起穷苦人？"

副营长赶紧转变："不瞒你说，我小时候还真当过叫花子，只是后来干行伍了，穿惯了正规军装，不能再接受光着脊梁露着肉的衣服。"

李门楼许了愿："你先搭我的车走，路上我帮着给你换一套你满意的衣服。"

副营长上了车，笑对通信员说："下次见面，你就是团长了，别忘了关照咱兄弟。"

通信员吼道："谁想当团长了？"

李门楼训斥副营长："你把人家玩得团团转，于心何忍。"

副营长白了他一眼，没反驳。

路过繁华区，李门楼停了车，说："我就去给你换衣服，你把衣服脱下来。"

副营长犹豫："这冷天，又是大庭广众，丢人现眼啊。"

李门楼又发动车，副营长赶紧脱军装，说："你转过身去，别往我这边看。"

李门楼骂道："啥屌毛病啊，一个国民党的大老爷们，现在就是把你扔到窑子里，也没人看你。"

副营长先把帽子脱下来，匆忙把口袋里包着裹着的小零碎都掏在那帽子里，李门楼偶尔听得到叮咚作响。

军装脱完，副营长就蹲在了车厢板上，这样外面的人就看不到他了，那顶帽子被他推到座位下面。

李门楼用手一指："还有那鞋。"

副营长说："这鞋暖和，皮的呢。"

李门楼一口咬定："没有鞋换不了。"

副营长边脱鞋边嘟囔："这不是抢劫吗。"

李门楼拿了衣服就下了车。

他很快就返回，换回的衣服虽旧点，却是一身很整齐的商人衣服，还有一顶小毡帽，鞋也令副营长满意，那是一双羊毛毡棉鞋。李门楼说："好几件里挑出来的呢，你看，好几个衣袋，可以装你的细软。"

副营长边穿衣服边说："只是几样私房东西，还不够置两亩地的呢。你们啊，说的比唱的好听，可有一样我信了，说不搜腰包还真就不搜。"

李门楼照例把身子转到了另一边，说："不光是不搜，连看都不看。"

副营长穿戴完毕，从容地把那些小零碎装入口袋，这回没听到叮咚之声。李门楼开动了车，副营长自得地从玻璃上自我欣赏，连声道："好兆头好兆头，看来我后半辈子是要做商人了。"

李门楼聊大天一般地说："我去的那是家估衣店，掌柜的一看你那身军装，不仅不换，还说是从死人身上剥下来的。"

副营长丧气地说："咒我呢？"

李门楼笑道："我对他说这是我的一个战俘兄弟刚脱下来的，不信你去车上看看，还光着。他还真就出来看了，嘻嘻哈哈跟我说那人还真是光着腚。他让我先喝杯热水，说要多冻你一阵子。还招呼大伙说都去看看吧，说敌人真是输得就剩条裤衩子了。我说不许去，那是我的兄弟，可那几个人包括老娘们都出来看，还不错，看完了还夸你呢，说看看人家那一身膘那身板，还真是个男人，可怜见的，快给人家把衣服换了。我说你也真是，我不是叫你蹲下吗，咋就坐在座上了，你就不怕人家看见你的机要部门？"

副营长埋怨说："你是存心整我，让我丢脸。"

李门楼继续说："那个掌柜的又滑又奸又小气，只同意给你换一身很旧的棉衣，我说他要不是吓得拉了裤子，能拿这么好的军装来换？那掌柜的赶紧看裤裆，我赶紧解释：不是真拉，我是说他吓破胆了，怕这身皮出去会被人砸巴死，吃天大亏也得把这皮换出去。我说你看这面子里子都是上等的洋布，光滑不？绫罗绸缎也没这好，你摸摸掂掂，这棉花叫赛丝绵。人家是大长官啊，你就是不看不摸也能知道，他们作威作福，穿的能不好吗？皇上穿衣服也只是在全中国挑，这帮为非作歹的大长官，是在全世界挑，美国还真愿意把最好的布给他们，人家认了干亲了。我说掌柜的你大不了把这军装染一染，颜色变了，布还是那个布，出手就是好价钱。还有鞋，这是牛皮鞋。就这双鞋换你一身衣服，你也落个大满贯。那掌柜的当下就换给这一套绅士穿的衣服，你看我这不紧着开车走？我是怕他后悔了追上来。"

副营长可怜兮兮地说："咱们就要分别了，你就别再挖苦我了。"

李门楼说："不是挖苦，是向你汇报，替你跑腿回来，我得把情况如实汇报，别让你以为我吃过水面了。"

出了城，李门楼停了车说："就在这儿下吧，不能再送你了。"

副营长下了车，李门楼探出头来说："你那个通信员，你就放心。"

副营长阴阳怪气地"嘿嘿"一笑："我能放心吗？其实你们自己就不怎么样，那天我是眼看着你往这车上装了十一袋白面。一切缴获要归公，吹吹而已。"

李门楼没想到他来这么一手，看来是对自己刚才数落他的回敬。李门楼也只能硬着头皮一笑："啥是归公？交给连队就是归公，没装在腰包里帽壳里，不能算是归私，那白面做的大白馒头你没吃？我跟连里说白面是上级发的，可他们还是知道我是从敌人仓库搬的，我知道是你告我的状，对你很恼火，刚才让大家参观你的狼狈相，也算是收拾你了。"

副营长连忙说："不是我，是我的通信员跟你们指导员说的，不信你去问他。"

李门楼说："通信员告我，是进步的表现。你告我，是报复。"

副营长小声地神神秘秘地说："我是不会告的，因为我盼着你们违纪，都往自己怀里搂，搂来搂去，那可就是不动枪不动炮，城门楼上换旗号。"

李门楼很憋气地开车走了。

回到连队后，李门楼的头一件事就是找到指导员，检讨说："我发现那个烂屌副营长就因为白面的事对我们部队的印象不好了，还有那个通信员，他是刚把一条腿迈到部队，另一条腿还没迈进来呢，我就成了反面教材。"

指导员严肃地说："你想啊，敌人起义和投降是不一样的，同样，你的违纪行为，自己交代和别人揭发也是不一样的，这次也算你主动交代。"

从此李门楼等待处理，但一直没有下文。那次他和李福强谈及此事，不解道："等着处理呢，无声无息了。"

李福强分析说："是啊，打鼓要打到点上，我的体会是犯错误别犯到点上，这次不在点上，也就蒙哄过去了。"

李门楼不赞同："不是那么回事，我的体会是犯错误也要犯那种得人心的错误，毕竟白面是大家吃了。"

李福强点头笑道："以后找机会，多弄几个这样的错误好好体会体会。"

李门楼阴沉了脸："干坏事啊你是不学自通。"

九十七

丁雨不高兴："我就没说过你好，还有李福强，也够坏，背着我行军，我以为他好心，其实是哄骗我说了好多情况，然后瓦解我们，有针对性地对付我哥。"

当日有一个人来找李门楼，穿着一身乞丐衣服，自称是外乡乞丐，但李门楼一眼就看出是个当兵的。他在李门楼面前站得笔直，说是有人让他来送一封信。

李门楼说："我和丐帮兄弟没来往。"

乞丐只得自我介绍说他是新三军五十一师的士兵，被俘后刚刚被释放出来，他们连长写了封信，上面有李门楼的名字和部队番号。李门楼当即想到了在杨家屯那次战斗，估计是那个敌连长派人来打探他弟弟的情况。

乞丐蛮有理地说："我们连长说他对你不薄，把你们五个兄弟释放了，还把他弟弟丁雨和伤员交给了你，他托我无论如何找到你，打听到他弟弟的下落。"

李门楼听了这话，心里虽别扭，但并没计较，说："你们丁连长没死?"

乞丐低头说："他也被俘了，他还在接受整训。"说着把那封信交给李门楼。

李门楼不在意的口气："他弟弟和那些伤员情况还都不错，都活着，前一段一直在卫生队住着。估计有的伤好了，就出院走了。"

乞丐忧心道："要是走了就麻烦了，兵荒马乱的，和他哥可就失散了。"

李门楼认定："丁雨不会走，在这儿他成了少爷了。走了也没事，有家就有根据地，失散不了。"

李门楼带着乞丐去了卫生队，卫生队也在康泰街上，其实和三营驻地只隔一道围墙。李门楼不想去绕远，俩人跳过围墙就到了。先找了秦妹，没想到李科也正在这里。李门楼对秦妹说："你不让炮排长带领全排做南下的准备工作，又把他弄来黏糊。"

秦妹很气恼地说："是他心里苦闷，翻墙过来问我点事。"

李科解释："我托她帮我找人，她这里毕竟是卫生队，接触的人多。"

李门楼叹道："现在找人的很多，有的还真找到了，我来这儿也是带哥们找人的，找那个叫丁雨的伤员，不知道他是不是还在这儿。"

秦妹说气话："他的伤已经好了，还赖在这儿，装模作样这儿疼那儿疼。他凭着自己的那张小模样，跟我们的女兵嬉皮笑脸，那个酸哪。有个女兵还真上他的当，来甜的，称他雨哥，我批评那个女兵立场不坚定，啥雨哥啊，小心他来个暴风骤雨把你刮走。"

李门楼说："他是想等他哥。现在有了下落，你赶紧把丁雨找来。"

李科没走，他跟那个乞丐聊起来，问了一些情况。丁雨走了进来，一见那个乞丐，先哭了，李门楼骂道："大喜的日子你哭啥的丧。"

那个乞丐安慰说："别哭，你哥让我来找你。"

丁雨惊讶地问："我哥还在？"

乞丐说："在，好着呢，都没跑脱，一来就被围住了，只好灵活处理。"

丁雨看周围："他怎么没来？还在洗脑筋呢？"

李门楼埋怨秦妹："你们只给他治伤，就不帮他提高提高？开口还是个敌军崽子。"

乞丐说："他让你伤好了就去找他，地址写下来了。"说着把一张字条给了丁雨。

乞丐对李门楼说："我们连长对你又是敬重，又是信任，又是钦佩，都成了你的，把你供起来了。"

李门楼拒不认账："你瞎编啊，没见到他弟弟呢，他能说我好？"

乞丐说："他真的夸你呢。"

李门楼现出了得意的神态，但还是说："麻烦了，敌人说我好，这不是坑我吗？"

丁雨不高兴："我就没说过你好，还有李福强，也够坏，背着我行军，我以为他好心，其实是哄骗我说了好多情况，然后瓦解我们，有针对性地对付我哥。”

秦妹在一边笑起来，对丁雨说：“你说他坏，他该高兴了。”

李门楼迎合一般地点头：“是啊是啊，我一高兴就喜欢为我们排挑好兵，我看丁雨不错。”

丁雨说起了软话：“哥啊，饶了我吧。”

李门楼对那个乞丐说：“你赶紧带他走，把他交给他哥，你的任务也就完成了。”

乞丐不干：“这里离他哥培训的地方几十里路呢，那个鬼村子我一辈子也不再去了，我只是帮着牵上线。”

丁雨客气道：“天晚了，你先在我们这儿吃饭，晚饭有鱼。”

秦妹尖叫一般地说：“小丁子，你倒大方，做起主来了，那鱼是老乡慰问伤员的，连我们医护人员都不能沾。”

乞丐说：“我得吃饭啊，还得给我找个地方睡一觉，这一路走的，两腿都灌了铅。”

李门楼对丁雨说：“我看这样吧，我在我们连给这个家伙安排食宿，晚饭我可以加一个菜来优待。”

丁雨说：“我也去。”

李门楼爽言：“你要去，我加两个菜，保证有鱼。”

秦妹撇嘴：“你还把这俩小遭殃军当客了，你都没请我吃过鱼。”

李门楼笑道：“你想吃鱼，有李科请。丁雨见了他哥，小孩子肯定要学舌，咱们咋说的咋做的，都会说给他哥听，治好了他的伤，那是九十九拜都做了，就剩最后这一哆嗦，请他吃一顿，加俩菜，这叫扩大影响。”

秦妹说：“还影响？不就是敌人的连长吗？”

李门楼评价敌连长：“他是一只好猢狲上了一棵老枯树。”

丁雨噘嘴道：“你这话我也说给我哥。”

李门楼点头道：“行，还有后半句：把一只小猢狲也带到了那棵树上。”

秦妹对李门楼说：“我看你啊一辈子都是费力不讨好。”

那天的晚饭，果然为他们加了两个菜，一盆熬鱼，一盆炖豆腐，还上了酒，饭桌设在连部住的那间屋内，连长和指导员都参加，来作陪的还有李科。

酒倒在一个大碗里，轮着喝。李门楼对丁雨说：“团长在这儿吃饭我们都没加菜。”

连长端起酒碗：“团长不是客，是自家人，你们是客。”说罢喝了一口酒，把酒碗递给丁雨。

该乞丐喝了，他也会说客套话：“我盼望着回家喝酒呢，这不是也跟家一样了吗，跟连长大哥、指导员大哥一块喝酒，是小弟的荣幸。”

李门楼斥道：“别把你们那一套词搬上来。”

连长笑道：“你别说，他说话还真中听。”

指导员接过酒碗说：“你俩的到来，团里也知道了，要求我们连款待两位小客人。”

李门楼不相信似的：“真的假的?”

指导员说：“你自己去问。”

李科也向丁雨敬酒：“轮番轰炸，我也得投一弹。咱们是一把壶里撒过尿，一棵树上上过吊。你的大哥找到了，是兄弟团聚，我的大哥也找到了，是兄弟反目成仇，以后也是老死不相往来，我是真羡慕你啊。”

李门楼也改称连长为连长大哥，说：“以后你可不能再提我被俘的事了。”

连长回敬道：“提还是要提的，那是你们几个深入虎穴，得胜而归。”

丁雨不满意了：“不能说是虎穴。”

连长坚持说：“我说虎穴就是虎穴，难道说是狼窝就妥了？你俩啊都是虎崽子，你们让大家看看，是不是虎头虎脑？以后再长长你们就是大老虎了。”

指导员接过话说：“那就是虎虎生威了。”

丁雨叹道：“虎落平阳啊。”

李门楼赞叹：“丁雨喝过墨水，确实不错。”

连长很严肃：“李门楼啊，你别老是看着人家的闺女好就想都娶进门来。前一段我去看刘小大，他在国民党那边九死一生，在我们这边又在劫难逃，他一见我就哭了，说：‘连长，咱们来世做兄弟。’”

李门楼宽慰道：“连长，刘小大现在没事了，能下地走动。”

连长不胜酒力，两眼红红的，瞪着李门楼说：“你不是说他的弟弟刘小老在后勤打铁吗？蒙人，刘小老是在一连战斗班。”

李门楼解释说：“是他哥受伤后要求下战斗班的。我有办法让刘小老滚回后勤。”

连长又喝一口酒，对丁雨说：“打仗打得到处是废墟，以后啊，怎么炸毁的还给我怎么建起来。”

李门楼纠正说：“是要建得更好。”

连长不满地说：“我说是照原样建了吗？以后是楼上楼下，电灯电话，楼得有人建，电灯电话得有人安装。看这电灯了吗？别以为就是安个灯泡，电灯后头那是个长尾巴，有多长？几千里长的也有，那活儿得多少人干？这俩虎崽子回家后，就搞建设，那也是虎虎生威。”

连长还要喝酒，李门楼说：“夜里很有可能有任务。”

连长不敢再喝酒，说：“这次攻打沈阳，咱们连推进缓慢，成果不突出，‘巩固模范连’称号和咱们连无缘，这都怪我，一来就否定了李门楼开汽车去接受敌人投降的建议。”

李门楼真心地表白：“你没错，我们连战果不突出，可是全连伤亡很少。”

连长自责地说：“我是越锻炼越胆小，落伍了。”

李门楼高姿态：“你不是胆小，是谨慎，是稳妥。”

连长伤感道：“你的心情我也知道，你们九班的那些兵，都是好兄弟啊。”

李门楼主动说：“我啊，对不住他们，是贼大胆，是冒失。”

连长总算满意了：“是，你还是有自知之明的。”

九十八

丁雨随即接受采访，说："我都向你汇报，我可不是俘虏，我和二十几个伤员都是我哥委托给三排副李门楼带回来的。那天真正的俘虏是李门楼，共五个。"

这时来了一个人，是负责师《火线》小报的宣传科干事。丁雨一听介绍就不悦，顺口说："胡参谋夏干事，参谋不好怨战士。"

那干事不计较，对丁雨说："劫后余生，兄弟相见，这可不容易，也算是大喜事了，我得提前来恭贺。"

丁雨并不领情："差点没被你们打死，还恭贺？"

连长问那干事吃饭没有，干事说吃了，但见桌上有鱼，说："晚来一步啊，我就是想吃鱼，我怀疑自己是猫变的呢，这盆里残渣余孽归我。"说着便大嚼起来。

连长为他倒了一杯酒。

干事急于要采访，指导员说："让丁雨跟你说吧。"

丁雨对干事很反感，说："不就是想让我摆你们的好吗？我什么也不说。"

指导员说："你们单独谈谈吧。"

丁雨倔强道："那我更不说了。"

连长也说："不说就算了，要是我，我也不说。"

干事严肃道："不是说好不好，有什么困难啊要求啊，都可以说，你不是急着要见你哥吗，在这里等着，还不是度日如度年？我可以做主，明天就让副排长亲自把你送到你哥那儿。几十里路算什么，马蹄一响，眨眼就到了。"

丁雨惊喜：“真的？今天我还见铜锤了，它的伤也好了，它把我当自家人了。”又对记者说：“你不就是想让写的文章有个好结尾？”

干事坦诚地说：“我是想以完璧归赵而结尾。”

丁雨随即接受采访，说：“我都向你汇报，我可不是俘虏，我和二十几个伤员都是我哥委托给三排副李门楼带回来的。那天真正的俘虏是李门楼，共五个。”

该李门楼有意见了：“你是哪壶不开提哪壶，存心啊。”

丁雨立刻说：“我可以省略你当俘虏的狼狈情况，只挑点你喜欢的事说一说。”

干事明显对李门楼不满，他鼓励丁雨：“你也别怕他，如果你能反映真实情况，我可以请示上级，缩短你哥的整训时间，让你们兄弟早点回家。”

丁雨脸上有了得意之色，说：“李排副冒冒失失，偷鸡不成，倒蚀一把米，钻进了我哥设的口袋。有了这五个人，就没人敢向我们开小炮了，我们得以撤退。李排副很听话，使劲讨好我哥，屁颠屁颠地去抬我们的伤员，还对他的那四个兵说可以留在我哥手下当兵。”

连长插话说：“小丁啊，我们怎么听着你的立场不对啊。”

李门楼改变了策略，大大咧咧地说：“他也没瞎编，我们有三个解放战士，我说敌军是你们娘家，再回娘家当兵我也不拦着，结果他们都说打死也不再当敌军。”

连长感叹道：“看来我们的兵还是经得住考验的。”

丁雨说：“后来我哥问这个李排副：你们连长叫什么？李排副说了三个字：楚旺山。”

这下连长可就不依不饶了：“还真把我的名字说出来了？这不是出卖了上级领导吗？”

李门楼喝道：“丁雨，你存心整我？他哥求我把他们的伤员带回去，我能不考虑以后怎么联系？我说要是我牺牲了，还可以找我们连长，还有一个卫生员在卫生队，找她也没问题，所以我把秦妹的名字也说了。”

丁雨笑道：“那个秦妹啊，很粗野，我管他叫秦姐，她呢？总是喊我小国兵，我要认她干姐，她说她是姑奶奶，要认就认她做干娘。一个丫头片子，就想占我的便宜，我说你那么凶，没有哪个男人敢把你娶进门。这下她真可成了河东狮吼，手里挥着手术刀，说早就听到有个女兵娇滴滴地喊你雨哥，说你敢腐蚀我们的女兵，我把你变成老公。我大惑不解，赶紧说在我们家乡管丈夫叫老公，我这个小国兵咋能当人家清白女孩子的丈夫呢？这下秦妹可更不饶我，说他们家乡管太监才叫老公，她要用那手术刀把我变成太监。”

连长笑起来：“这个秦妹啊，是改造小敌兵的模范。”

丁雨转向了李门楼：“李大哥，咱们说定了，明天你就带我去见我哥。”

李门楼不动声色地说：“我也成大哥了？”

丁雨感叹道：“还是做兄弟好。”

李门楼慷慨激昂：“人们说，十年修得同船渡，百年修得共枕眠，千年呢？千年没说，要我说千年修得好兄弟。”

李科冷淡地说：“三排副喝多了。”

李门楼知道李科的心事，说起了安慰之言：“同船渡是有聚必散，共枕眠是可聚可散，做了兄弟，那就是有聚无散，哪怕是天涯海角，哪怕是人间地狱，是兄弟也还是兄弟，这是变不了的。”

李科打断了李门楼的话：“我不听你胡诌八扯，丁雨赶上了抗日，要是在咱们这边，也算是个小八路了，竟落得个如此下场，他还是最幸运的。你们排的那个小花棍，叫过我排长大哥，现在叫我反动派，我宁可他叫我反动派。原先也有个背小花棍的小兵，从宣传队刚分到我们连就参加战斗，我见他打仗还背着小花棍，就训斥了他一句，他就是在那次战斗中牺牲的。我跟他唯一说的话就是那句训斥，现在也还老是想着当时他面带天真的笑容，想起来就难受，我算什么排长大哥，我是害死他的凶手。”

干事问：“那个小花棍叫什么名字。”

大家都不知道他的名字，指导员说：“我查查那次的阵亡名册，我也只见过小花棍一面，印象中他和丁雨一样开朗天真。”

丁雨抬了头，突然对李科说：“我想，我想干脆就留在你身边当兵，你就把我当成小花棍。”

李科大声说：“你真是长不大了，说风就是雨，说变就变，你是想让我天天见你天天难受，折磨我啊，明天你赶紧滚蛋。”

连长也被感染，说：“丁雨啊，你老是喊我连长，不妥，你还是称我大哥比较恰当。”

丁雨大悦：“我真的把你当大哥了，这可能和我大哥也是连长有关，你真的很像他。”

连长不满了：“胡说八道，我能像一个敌人的连长?”

丁雨对李科说：“秦妹为我治伤，又怕我疼，又怕我冷，一顿饭吃少了，她也担心我出了毛病，我是命里注定遇上个好大姐。顺理成章，你是好大哥。”

李科平静地说：“你年龄比我小，自然我就是你的大哥，我的理想社会，就是普天下长者皆应为兄长。人世炎凉，能与如此纯净的小兄弟相识，也是一件幸事。”说到此时，心里不由得涌上了往事，加上酒力，无法控制地哭了起来。

第二天干事就派人送来了给整训队的介绍信，李门楼没迟疑，带了两匹马见丁雨，丁雨抢先骑上了战马铜锤。

两人乘坐骑沿公路奔驰，很快就赶到了整训队。那是个大院落，李门楼让丁雨和那两匹马留在院前，自己去找整训队领导联系。没费周折就把敌连长叫来了，他一眼认出李门楼，含愧说：“我坐卧不安啊，我的弟弟怎么样了?”

李门楼高腔大嗓说：“你一个连长只担心你弟弟，你就不问问你的那些伤员?”

敌连长垂头道：“我现在哪还是连长，你能来见我，肯定是我弟弟还活着。”

李门楼严厉地训斥：“我就见不得你这点头哈腰的虾米样，你给我站好。”

敌连长只得以军人姿势站好。

李门楼的脸总算放晴了：“空口无凭，我已经把你弟弟丁雨带来了，跟我去见他吧。”

刚一出门，就看到在那匹战马身边站着的正是丁雨，丁雨一只手晃动着跑了过来，看到这个活蹦乱跳的丁雨，敌连长仍然不相信似的说：“小雨，真是你?”

丁雨脸上竟然还带着调皮的笑，敌连长很想哭，碍着李门楼的面子，他忍住了。

李门楼居高临下地命丁雨：“你赶紧跟你哥报告你们那些伤员的情况。”

丁雨立正，打了个敬礼："报告连长，我们的伤员都活下来了。"

李门楼说："你都听清了吧，我的任务完成了，得赶紧走了。"

敌连长对丁雨说："他对你有救命之恩，你要磕头谢恩。"

丁雨没向李门楼下跪，而是把两臂张开，像一只展翅的飞雁，李门楼还没回过神来，丁雨已经和他来了个拥抱式的告别，嘴里喊道："李大哥，咱们后会有期。"

敌连长也露出了笑脸："没大没小，才几天啊，换了个敌人当哥。"

李门楼上了马，那马便跑起来，可是铜锤并没跟上，李门楼回头，见它还站在那里，才想到来时是丁雨骑着它，看来它是误以为还要把该人驮回去。李门楼只得返回，跳下马背，改乘铜锤，这样另一匹马肯定会随它而行的。不料铜锤还是没动，看来它真的是把丁雨当朋友了，虽不是话别，却像依依不舍，李门楼只得两腿一夹，命铜锤起步奔驰。

有一次连长骑马去开会，一回来就先找了李门楼，开口便说："明天一早你就去接儿子，来回只给你一天时间，只能开汽车去了。我已经请示过了，就开那辆中型轿子车，你先去看看那车还能不能开。"

一听这话，李门楼便知道部队就要南下入关了，他不便提问，下一步行动计划，该传达时自然会传达。

那辆客车还停在院里，是属于已经上交的战利品，始终没有开走。炮团来人看过，但对那车不满意，说啥炮装不了，牵引也牵不了，并没把车开走。李门楼走近了车看，车轮子还都在，这让李门楼放了心。进入车内看，坐垫上的包布都已被人剪走了，显得狼藉不堪，但仪表还都全，动了动操作杆，也没问题。油箱肯定是没有油的，对于敌人抛弃的汽车，老乡们首当其冲是要把车里的油弄走。

李门楼很快搞到了汽油，车就发动了，他把车开到了三排住的房前，并和站岗的士兵做了交代。安排就绪，他心里还是不安，主要是对自己能不能顺利地驾车信心不足，担心车坏在路上，担心遇到意外情况自己处理不了，毕竟路途比较远。为了保险起见，他还是驾车去了一趟在东郊的一个整训队，那里曾有大批被俘的汽车驾驶员。还好，有部分驾驶员还在。

李门楼的要求是借一名驾驶员。

整训队的一名干部带他去见驾驶员，让他当面挑选。他有如此的面子，只是因为正是他攻打沈阳时接受了这批驾驶员的投降。果然有驾驶员认出了他，他也不再挑选，便定了要借这名驾驶员，然后就问了训练队副队长袁新光的情况，听说他还在，便提出要看望他。

那次看望，充其量就是一次接见，李门楼也没坐，他说不能忘了朋友，特意来看望一下，有什么困难可以跟他说，这足以让袁新光感激了。

天一亮李门楼就带车出发，出了城，就往北开。他和驾驶员轮换开车，驾驶员开车时他便抓紧时间打盹睡觉。

当日中午就赶到村里，李门楼见儿子已经换上了新棉衣，第一印象是很健康，也很愉快。左邻右舍听说小狗子要走，送来了不少东西，黑蛋儿也上了汽车，迟迟不肯下来，他这是第一次坐汽车。李门楼开着车围村子转了一圈，然后说："黑蛋儿，以后我还开着车带他来找你玩。"

黑蛋儿这才下了车。

李门楼这才想起出发时没给驾驶员换便装，好在儿子并不在乎，对驾驶员没有任何畏惧。回了沈阳，天就黑了。连队正在开军人大会，各班排代表在会上表决心，誓师入关作战。

李门楼睡意正浓，被通信员推醒了，通信员说要一排出三个公差到炊事班帮厨，李门楼见身边的儿子还没醒，说："三个班每班出一个，你跟班长说就行了，我还得睡一会儿。"

通信员又把他推醒："帮厨是要烙大饼做干粮。"

李门楼"嗖"地坐了起来："这么快就要出发了？"

通信员说："这我不知道，反正连长说今天要把上级送来的那猪肉都做熟。"

李门楼也无心再睡，起来叫醒了三个兵去出公差，自己也走了出去。这天是十一月十九日，室外已结冰，那整片的猪肉冻得很结实，战士借了老乡的大锯，像锯木头一样把肉锯开，大块地放到锅里煮，李门楼一看就知道，这些肉一两天是吃不完的，显然，吃不完就带着走。

在另一户老乡家，两口大锅都在烙大饼。

连里干部也都起来了，也许他们就根本没睡。他看到了连长，连长打了招呼："睡好了吧？"

李门楼睡眼蒙眬地说："没睡够啊，现在是能睡觉我宁可不吃肉。"

连长说："你能不能吃成还难说呢，现在连里干部都脱不开身，派你去看望刘小大，他要往后方医院转移。这一分别就长了，还不知哪年能再见面。”

李门楼直接问：“出发时间定了吗?”

连长毫不隐瞒：“明晚就要开到集结地，然后就披星戴月行军，那可是浩浩荡荡。连队东北籍贯战士不少，你要随时掌握思想动态，做好工作。”

李门楼汇报一般：“我们排东北籍贯的不算多，很多解放战士是南方人，部队越往南打离家越近，我给他们提个口号是‘打回老家，去见亲人’。对排里的东北兵，我跟他们说‘解放全中国，你们就都是开国元勋’。”

连长讲评一般：“李门楼的鼓动能力是很强的，但和做好政治工作还是有距离。”

李门楼笑道：“距离当然有，现在让我去当指导员锻炼一下，距离也就没了。”

九十九

卫生队副队长当军医时，荣获过“士兵之母”的称号，李门楼说：“一个大老爷们得这么个称号，不伦不类，我不管他之母之父，就是要把他当碉堡来攻，上次是强攻，这次是智取。”

李门楼带着慰问品去了卫生队。

军医王继胜一见李门楼就说：“安排你们连的刘小大往后方医院转移，他死活不去，要跟着我们入关，连饭也不吃，怎么跟他做工作都白搭。”

李门楼也觉得刘小大不能长途行军，说：“这事做工作有啥用，你们把他抬到马车上转院就是了，他一个伤员，还不是由你们摆布？不行就捆上，你们有的是绷带，就用绷带捆，那绷带捆人结实得很哪。”

军医苦笑道：“你就是这么做士兵工作的？你们指导员怎么没来？”

李门楼转身说：“那你找指导员吧，我不管了。”

话是这么说，李门楼还是让军医把他带到了刘小大住的病房。刘小大还没起床，军医说：“你们连的人来看你了。”

刘小大装作没听见，没动，眼也没睁。李门楼忧愁地说：“看来伤还是很重。”

刘小大一听是李门楼，坐了起来，就像受了多大委屈，喊了声门楼哥，说：“我跟你回连队。”

军医欲走，李门楼说：“你别走，你得跟我介绍他的伤治疗得咋样了。”其实李门楼是想让军医看看，自己用不了几句话，就能把刘小大的工作做通，他是会听自己规劝的。

刘小大哭诉道：“他们欺负我，不让我跟着进关，要把我打发到后方。”

李门楼对军医说："说说吧，咋就让我兄弟这么伤心？"

军医解释道："重伤员要转院，他是重伤员。"

李门楼说："他是舍不得离开我们部队，只想着伤好了参加战斗。"

刘小大松了口气："总算有一个人替我说话了。"

刘小大穿上衣服，然后就下了地，在地上走起步来："轻不轻重不重还不是由着你们说，我没伤着胳膊没伤着腿，要说行军，我比那些轻伤员还行，不就是走路吗？"

军医对李门楼说："他伤了内脏，小肠才缝合不久，长途行军支撑不了，他说坐三瘸子的马车。坐马车也有风险，光是颠簸就不行。"

李门楼附和说："是啊是啊，这我知道，我家祖辈就是赶大车的，路况不好，没伤没病坐在车上还把屁股颠成八瓣呢。肠子刚接上，连着颠多少日子，还不把肠子又颠断了？那还怎么回连队打仗啊。"

李门楼说得玄玄乎乎，但军医还是赞同他的话："是啊，行军途中再手术就困难了。"

刘小大更加委屈："老百姓跟着南下的担架队都到了，你们已经安排一些轻伤员让担架抬着进关，我怎么就不能上担架呢，担架颠不坏人，大不了跟坐轿子似的，坐轿子要是受不了，以前那些当官的还能坐轿子？"

李门楼也觉得刘小大说得有道理，说："你现在还在治疗中。"

刘小大说："啥治疗啊，不就是吃药片吗？我在路上还吃不了药片？"

李门楼安慰道："你现在是养伤，养不好，出个万一，就完了。这里离你家不远，后方医院离你家也远不了，到时候你可以回家养伤，把伤养好了，把身体养壮，再回部队那多好。"

李门楼太了解刘小大了，刘小大家庭观念强，以回家养伤为诱饵，不由他不咬钩。在关键时刻李门楼充分利用这里离刘小大家近的优势，自以为这是解决问题的"撒手锏"。

不料刘小大的话里充满了气愤："我不回家，你们进关了，到时候我上哪儿去找你们？伤还没养好呢，我先急死了。要回家，也要等打完仗等胜利了，我二爹和我弟也进关呢，我就跟他们进关。"

李门楼心里明白，如果刘小大不跟着南下，以后再找到九连那几乎是不可能了。他说："听说你绝食了？这就不好了，不利于养伤。"扭头对军医说："弄点吃的来吧。"

军医断定："他倔强，弄来也不吃。"

李门楼蛮有把握："我说一句话，他肯定吃。"

军医不相信似的："那就看你的本事了。"

李门楼对刘小大说："先吃饭，这事，我批准了就行，我也舍不得把你留在东北，我批准你跟我们一起进关，咱们一块打到华北去，解放全中国。"

仅此一句，刘小大果然神态大变，喜不自禁："我听你的，吃饭。"

李门楼得意看了军医一眼，军医斥道："请你来是让你做他的工作，结果你还向他投降了，跟他结成统一战线了，这事你说了能算？就是团长，也得先听我们的意见，我们是视伤情而定，你刚才还说那样行军会把肠子弄断。"

李门楼吐了实话："我是想吓唬他，没那么严重，我杀过猪，那猪肠子用两手使劲扯也扯不断，我就不相信行军能把肠子弄坏了。"

刘小大对李门楼的话很不满："你咋说话呢。"

李门楼笑了笑，自信地说："这事用不着找团长，我去你们卫生队首长那儿，我只要说一句话，他也就同意刘小大随军南下了。"

军医看了一眼李门楼肩上挂的枪，说："上一次你的野蛮行径，反而让副队长更加敬重你，说'士兵之母'的称号应该归你，你可不能再胡来。"

卫生队副队长当军医时，荣获过"士兵之母"的称号，李门楼说："一个大老爷们得这么个称号，不伦不类，我不管他之母之父，就是要把他当碉堡来攻，上次是强攻，这次是智取。"

李门楼和刘小大一同去找了副队长，副队长连忙站起来，两眼盯着李门楼。李门楼说："用不着看，我不会动枪。"

副队长笑道："我是在看你的子弹袋。"

两人把情况说完之后，副队长问了刘小大几句，又问军医，军医还是一口咬定刘小大不适宜长途行军。李门楼执着地说："你不同意，我就把他接回连队，我们轮流用担架抬他行军。"

副队长当即说："那太危险了。"

李门楼没坐："没时间听你们扯皮，我就说一个情况，也算是一条建议，说完就走，采纳不采纳你们定。"

副队长赔着笑：“你说。”

李门楼慢吞吞说：“打沈阳的时候，我用了敌人的一辆汽车，是中型客车，昨天去梨树接我儿子，我用了那辆车，还找了一名被俘的驾驶员。我想最好是我跟黄副政委说一声，把这车和驾驶员一并交给卫生队，南下的时候有大用场，这也算是救那辆汽车一命。那汽车肯定知恩图报，你们缴获敌人的小型发电机也可放在里边，把刘小大他们放在里面也行，想坐就坐，想躺就躺，还不就跟在病房似的？”

军医先开口：“有这等好事？”

副队长兴奋地说：“雪中送炭啊，人家美军的团级卫生队早就装备汽车了，叫卫生车，在车上就能做手术。”

李门楼“嘿嘿”一笑：“不瞒你们，我这谋划是有私心的，我把儿子接回来了，到时候也可能把他送到你们这儿，搭乘汽车。”

副队长表态：“这没问题，让刘小大照看他就行。”

李门楼一听此言，知道副队长已经同意刘小大入关了，笑道：“我那个儿子啊，早就认了刘小大做干爹了。”

李门楼出了门，立刻去找了副政委黄伯仲，在门口喊了声“报告”，没等回应“进来”二字，他就闯进去了，颇有一副请战时的气派。副政委不满道：“我让你进来了吗？”

李门楼笑了笑：“我以为还在区里呢，在地方上养成的毛病确实要改改，我重来一次。”

副政委的心情很不好：“你少给我来这套。”

李门楼立正，站着报告说：“我们排刘小大伤还没全好，坚决要求跟连队入关去解放全中国，不批准他南下，他就不吃饭，从昨天就不吃饭了，伤员不吃饭会坏事的，我能不急吗？”

他原本是打算说到这一步，只要把话拐个弯，自然就引出为卫生队配备那辆中客汽车的请求，不料副政委立刻站了起来，叹道：“这才是九连的代表啊，刘小大是我批准参军的，是哥俩一块参军，家离这儿也不远，这也才是我们东北籍官兵的代表。”

李门楼听到这里，便坐下了，他想的是两人都坐下，心平气和地把该说的话都说到，还是能够让刘小大乘坐着汽车入关的。但副政委没坐下来，在屋里踱着步子，李门楼坐着汇报情况，那阵势好像是在向副政委做指示，他说：“不只是兄弟俩，还有个爹，是刘小老的亲生父亲，在军直属队当驭手，是一家两代三口一起入关，一起打到华北去。”

副政委突然说：“时间紧，先别说了。”

李门楼紧张了，该请示的还没说呢，他说：“就几句，我说完就走。”

副政委说：“我去召集个会，你在会上讲一讲，就从刘小大被你们班活捉和他兄弟俩争相参军讲起，当然重点还是讲出为啥他要跟部队入关打仗。你是他的班长、副排长，好讲。”

李门楼不敢推辞，推辞是违抗，但他可以谦虚，谦虚就是推辞：“咱一介武夫，说说讲讲的事不行，从来没做过报告。”

副政委严肃道：“想得美，就你？还做报告？你要老老实实汇报。”

李门楼讨好地说：“汇报不过来啊，还有村里的三瘸子和他的父亲李光都支前，是父子都赶着马车随军入关呢，这事汇报不汇报啊？”

这话让副政委满意了：“也汇报，只要是你亲身经历的，反映南下积极因素的都可以汇报。”

副政委的神态和语气完全像是在布置战斗任务，李门楼敏锐地感到已是身兼重任了，也感觉出这也许和有的东北籍官兵不想南下有关，反正是有针对性的。副政委把一页纸和一支铅笔推到他跟前：“你也做个准备，列个提纲，别把重要的丢了，也别成了脱缰的野马。”

李门楼谦虚：“咱这点能水你都知道，识字班的水平。”

副政委讥讽地揭短：“在区里你看闲书，一晚上看大半本。”

李门楼很规正地在那纸上写了好多短句，不写就是没按首长的指示办，但写了也并不准备看，发言时看这玩意儿，那就等于停下来识别这上面的字，这叫冷场，也很容易把他的思路打乱。

没过多久，来了一个公务员带他去会议室，那会议室是老乡的大屋子，与会人员都已经脱鞋上了炕，其中有团政委和政治处主任，宣传股的人他认识，是股长，上炕连袜子也脱了，正在那里抠脚丫子。还有两个娃娃兵，能看出是宣传队的，看来自己讲的内容是要编成节目来演呢。

副政委扭头对政委说：“你来介绍一下吧。”

政委听得此话，便盘腿端坐了，大家也都正襟危坐。政委只向李门楼介绍了一个人，这个人便是新任的九连指导员，并说听完李门楼的汇报就去九连上任。

李门楼没想到这么快就更换指导员了，他没忘了观察大家的表情，以便调整自己的发言。政委在本子上记录三次，都是记名字，因为这三次都曾打断李门楼的发言核实名字中的某个字。如讲到东北籍的解放战士刘五华坚决要求入关时，政委便问："哪个五？"李门楼回答："他兄弟五人，他是老五。"他如此回答是属于搂草打兔子，顺便体现一下自己对士兵情况了解得很透彻。

说到刘小大参军前夜的婚礼，李门楼特意点出婚礼上都是要唱喜歌的，他们这次唱的喜歌是《没有共产党就没有新中国》，大家都笑了，政委说："好，确实是喜歌，是谁的主意啊？有水平啊。"

李门楼本该说是在区里工作的黄副政委提议的，但又一想在政委面前赞扬副政委，似有不妥，他说的是："都这么提议呢，这是民心所向。"

政委评价是："李门楼同志一语中的。"

李门楼感觉到了政委是在表扬他。说到刘小大绝食，李门楼略作加工："刘小大伤已经好得差不多了，没问题了，只是长途行军有困难，为了让他吃饭，我就骗他说肯定让你南下，一起解放全中国，他就吃饭了。"

政委不满："不能说骗，我们就是用担架抬，也要抬着他南下入关。"

李门楼借机说："不用担架也行，我们那院里停着一辆缴获的中型客车，里头跟房子似的，不是车厢板那种，有车厢板的那些车，都被老乡拆了车厢板上的木材当柴火了，轮子也被卸下来安装到马车上，这个客车始终在院内，幸免于难，只是坐垫上的布被撕走了。我看这车就安排到卫生队用，驾驶员是一名解放战士，能拉药品器械，刘小大也能坐上。"

政委当即让黄副政委落实这事，李门楼见这会已经变成现场办公会了，也就说："我就汇报到这里。"

李门楼匆匆离开，宣传股长跟着问这问那，李门楼不耐烦地拒绝说："具体情况你去卫生队找刘小大。"

汽车的事一落实，李门楼便带车进了卫生队。他儿子已经坐在了车上，一见秦妹就跳下车来，大喊"干娘"。李门楼对秦妹说："还有刘小大，你也得多照应点。"

秦妹拒绝说："他？我管不着。"

李门楼对小狗子说："儿子啊，你要照顾刘叔叔。"

小狗子报告一般："保证完成任务。"

卫生队副队长来了，那驾驶员跳下车来，行了军礼，这就算是报到了。

副队长俯下身子，对小狗子说：“叫我一声‘干爹’。”

小狗子拒绝：“我不叫，你是首长。”

副队长喜不自禁，对李门楼说：“天越来越冷，早点把儿子送来，在这儿，他就是我们的小少爷。”

小狗子说：“我当卫生员。”

副队长吹捧道：“我让你当司令，领导你爹。”

正在这时，来了一辆大马车，车上有人喊门楼，是李光的声音。李光跳下车，开口便说：“报告你一个喜讯，我们父子都跟部队入关。”

李门楼应酬说：“看来你和三瘸子真是跟我们解放全中国了。”

李光对小狗子说：“我批准你坐我的马车。”

小狗子指着汽车：“这是我的汽车，比你的马车快。”

第二天夜里，连队就集合出发了。

李门楼大喊：“我的干粮呢？”

刘五华应声：“我都给你带着呢。”

李门楼笑道：“赶快给我，长途行军只要有干粮和水在身，啥都不怕。”

刘五华不高兴：“我知道你信不过我这个大肚子汉。”

李门楼就势说：“既然这样，你就帮我背着干粮，连续行军，到后来，多个大饼都嫌沉。”

刘五华打听刘小大：“他不能回我们班了？”

李门楼心绪不错，回答说：“他不回来也好，以前九班是二刘班，以后就是一流了。”

出了城不久，连队到了集结地，只作了短暂的休息，就随团连夜行军。虽说是行进在公路上，步兵都是野地里跋涉，路面上行进的是各式的大炮车和汽车，马车也成队，每一队都有百辆之多。还有一种队列是骡马队，骡马背上也驮着物资，骡马队也走公路。公路上汽车喇叭声中夹杂着骡马的嘶鸣和马鞭的脆响，汽车行驶的速度也不得不和马车一样。路边常有被打坏的敌人的汽车，大多被推翻到了路面之外，有的地段，几十辆被推翻的汽车连成了长龙，这是敌人留下的汽车，有的是被炸毁的，但大多是被拆卸之后才成了被遗弃的废品。

原有的那挺重机枪和那匹马依然归李福强负责。李福强牵着马，看上去很像个驭手。李门楼发现李福强照例背着背包，肩上还挎着一支步枪。李门楼问："你咋不把背包也让那马驮着？有这么好的条件不会用。"

李福强说："重机枪就够它受的了，我怕它吃不消。"

运输员刘五华挑着一副担子，这次行军是全部家当都搬家，不设留守人员，运输员的担子也很重。

天亮后，经过一段无人区，无人区里的村庄全是废墟，残垣断壁中抖动着枯草。这还是日本人搞并屯的时候，把这里的房子都烧光了。

眼下无人区里也不是一个人没有，李门楼看到那断壁前面站着几个人，有大人也有孩子，棉衣破烂不堪。李门楼当即拿出了一些干粮出来，对身边几个人说："你们也把干粮匀出点来，那边的几个人，一看就知道是饥民。"

刘五华请示班长向杰："你帮我挑一会儿，我给他们送吃的去，我跑得快，追赶队伍方便。"

向杰说："你不行，你是个大迷糊，回来就找不到队伍了。"

李门楼却批准了："让他去吧。"

刘五华拔腿跑了起来。

没多大工夫，刘五华追上了队伍，走到向杰身边说："班长你看我是不是回来了？我还多带了一个回来。"

刘五华身后跟着一个老乡，身穿露着旧棉絮的棉衣，腰上扎着草绳。乍一看，那人也是五大三粗，四方脸，大嘴巴，和刘五华简直是一个模子脱出来的。那人说："我跟你们走，我也当兵去。"

刘五华很自得："他不错吧？肯定能干。我拿大饼换回个大活人。"接着就面授机宜对那人喊："赶紧帮他们背行装。"

向杰推托说："我们连现在齐装满员，你要当兵到别的连去问问。"

那人说："我就在你们连，我要跟着这个大兄弟走。"

向杰"嘿嘿"地笑着看了刘五华一眼，他没想到这个大迷糊还有崇拜者。他对那人说："现在东北全境解放，以后日子就好过了，你还是回家吧。"

那人固执道："你们不要我，我也跟着，这个大兄弟说，跟来跟去就收下了。”

向杰对刘五华笑道：“你还传播经验了？”

李门楼说话了：“你要当兵，就在当地当，都知根知底，人家会要你。现在你半路上冷不丁要参加，弄不好，我们会把你当逃亡地主呢。”

那人振振有词：“地主也有个地主样儿呢，就我这胳膊腿的，一看就是干粗活儿的劳苦大众，我还下过煤矿，是工人阶级。”

李门楼惊讶道：“这一开口，还真比刘五华强啊，可惜你来得不是时候。这事还是交给刘五华处理。”他让刘五华动员他回去，这是任务，完不成不行。

刘五华只好劝那人回去，俩人都停了在路边说话。刘五华跟上队伍的时候，身后的那个人已经不见了。向杰问：“回去了？”

刘五华没好气地答：“副排长下了命令，我敢不让他回去吗？”

李门楼发现刘五华的干粮袋已经空了，想必是他把干粮都给了老百姓。他把那人带来参军，原本是好事，可却让他老大的不高兴。李门楼想安慰他几句，就笑道：“那个家伙咋的和你就那么像啊，衣裳一换，不就是双胞胎吗？你没听家里人说过是不是有亲兄弟小时候失散了。”

不料刘五华当了真：“我连姓名都没问他，要真是亲兄弟，这不又失散了吗？小时候的事，我哪能知道，万一是呢，后悔也晚了。”

向杰也笑了：“你和他除了体形像，没一处像的。进了大城市，人山人海，一天能遇上多少大块头？光是长胡子的大块头就成百上千的，你都心神不定怀疑人家是你爹？”

刘五华说：“副排长，他骂我。”

李门楼敲打向杰说：“九班长，人家刘五华是老实疙瘩，你说话要检点。”

向杰自白道：“我也是老实疙瘩。”

李门楼装模作样地说：“一个班都是老实疙瘩就不好了，有个把溜奸耍猾的，作用非凡。”

向杰说：“副排长表扬我呢，他的意思是我非凡灵活。”

小韩走路一拐一拐的，向杰问：“脚底是不是打泡了？”

小韩不想搭理他，头也不抬：“我又不是炮排的，打什么炮。”

向杰不由分说，想把那小韩的步枪拿过来自己背上，可小韩死拽着枪不放，向杰也只好作罢。向杰回头看时，刘五华挑着担子，身上还多背了两支步枪。按照规定，长途行军中帮战友背枪，班长就要给记一个点，三个点就可以折合一个圈儿，如果有了三个圈儿，就折合一个小功。向杰说："贫富不均啊，匀给我一支枪，二一添作五。"

刘五华说："你想多背，找他们啊。"

向杰丧气的样子："他们不让我帮。"

刘五华介绍经验："你就跟他们说'过村庄的时候，就还给你'，他们就让你帮了。"

向杰惊叹："你是不是吃了什么妙药了，怎么变得这么聪明？"

刘五华乐滋滋道："我以为班长小气，舍不得给我一句表扬话呢，看来也不小气。"

向杰连着说了好几句表扬话，刘五华说："表扬多了我就背不动了。"

一百

向杰走在这里，是故地重游，三年前他们出关，只知道越走离家乡越远。现在又走了回来，可出关时的那支部队已从人间消失了。

部队小休息，全连集中停在路边。有的士兵不顾严寒，一停下就躺倒，一躺倒就睡着了。李门楼呵斥向杰："那是你们班的谁啊，我这里也听到打呼噜了，你是瞎子聋子啊看不到也听不到？"

向杰不服："我把他拉起来，就又倒下了。"

李门楼说："你给他一脚，看看他醒不醒。"

向杰走过去，不仅没踢入睡的兵，还把自己身上的大衣脱下来，给那个兵盖上，蛮有理地说："不就是怕他冻病了吗？这就没问题了。"

李门楼心里很不高兴，说话却是带着笑意："不错，体贴部属。"

这时刘五华也就地躺下，喊道："舒坦不过倒着，我也迷糊一阵。"

话音刚落，还有几个兵也效仿，集体搞了个天当被地当床。这让李门楼心中暗喜：看来九班的士兵们还是向着我这个老班长。

向杰喊道："前面不远就是宿营地，都起来，你们跟我过不去啊。"

刘五华笑道："我还以为你鼓励我们睡觉呢。"

向杰只得把那个打呼噜的兵强行拉了起来，大衣也物归原主，显然，向杰的这次爱兵举措宣告失败。

上午九点到了宿营地，各班住进了民房。连长召集干部开会，刘五华提醒李门楼："你们开会肯定又要汇报行军中的好人好事，别忘了跟连长汇报我多背了两杆枪。"

李福强来找李门楼："那匹老马还是不肯吃草料，我怕它垮在路上。"

李门楼说："我跟大班长说一声，以后只要需要，就给马打病号饭。"

开饭时，李福强去打饭，炊事班长笑了笑："你们班是十个人，就按十一个人给你们班打饭。"

李福强夸赞说："大班长心地善良，这匹马来世准托生到你们家去，为你们全家效力。"

饭后李福强和李门楼去看了那匹马，那马精神好多了。李门楼说："这马驮重机枪够呛，我让他驮点轻的，减减负。"

李门楼直接找了连长，说明了情况，连长当即说："炮排马多，负重可以协调，就把你们的那匹马连同重机枪和子弹箱都交给炮排统一管理，让老马去驮点小部件就行了。"

李门楼当下就同意了。

傍晚，部队又出发了，李福强也去了炮排，李门楼回头能看到他照样牵着那匹马，马背上只有几个背包。行军到后半夜，李门楼专门看了炮排的马，发现铜锤背上的背包也不见了，除了有马鞍，什么都没驮。

入长城关口时是夜里，隐隐感觉到崇山峻岭全都覆盖着白雪，山野很安静，行军行列里也很安静。连队教歌员小花棍请示指导员："都这么闷着？可以唱歌吗？这里已经是傅作义的地盘了。"

指导员淡然地说："可以在心里唱。"

李门楼则对小花棍说："不要问了，隐蔽行军。"

三年前挺进东北走的是水路，全连从山东郯城出发，经过千里长途跋涉，又从龙口登船起渡，全连乘坐在两条渔船上。那时有规定，夜里要实行灯火管制，行军中一律不准唱歌，但有个特例：如果在海上遇到苏联的舰艇，那全连就要一起高唱《国际歌》，以避免误会。经过六昼夜海上航运，抵达辽宁腊腰子登陆，这里已经是关外了。上岸后全连点了一次名，指导员清楚地记得，那时全连一百六十名官兵一个不少。大家的音容笑貌，在指导员的心里依然清晰，可眼下他们大多都没能入关。

向杰走在这里，是故地重游，三年前他们出关，只知道越走离家乡越远。现在向杰又走了回来，可出关时的那支部队已经从人间消失了。

李福强回头环视了一下朦胧的山岳，他坚信在这个时候一定要回头看，他从小就听老人说出远门的时候，一定要回头，回头就意味着以后还能回来。他心里发沉，脚下也不免沉重。他知道这次走进关口，再想回来，那就要经历漫长的时间，也许是一年，也许是几年，他对自己鼓动说：只要自己活着，迟早是要回到家乡的。

下午行军部队进入了老解放区，路过村庄，老乡们敲锣打鼓扭着秧歌迎接东北野战军。小学生们也列队在路边唱歌，唱着李门楼熟悉的一支老歌："鼓声咚咚，红旗飘扬，战士们好英勇。我们在此立正敬礼，唱歌来欢送。"很多老乡带着各种食品在路边慰问部队，有辆大马车上装满了慰问袋，每个袋上都用红线绣着"慰问解放军"字样，落款是"妇女会"。有一个慰问袋送到了李门楼手里，李门楼把它转给了小花棍齐铭，说："里面都是零食，还是给小孩比较好，这袋子得给我留着。"

给李福强的慰问袋里有食品还有一条毛巾和一双羊毛毡鞋垫。李福强的鞋垫早已湿漉漉的了，他当即走出行列，坐在雪地换鞋垫。

当日进入一个村庄里宿营，村里预有准备，村干部就在村口迎接，部队来了不需要临时号房子，给部队的住房都已经腾了出来，提前把炕烧热了。有人站在房顶上拿着个喇叭大声喊："乡亲们，戴大皮帽子的解放军到了。"

李门楼待全排安顿好，准备去九班那里休息，可是他刚才忘了问九班房东的姓名。他看到了司号员，问："知道九班住啥地方吗？"

司号员牛气："我怎么能知道，你一家一家找吧。"

李门楼下令："你吹号，把九班长调来，让他接我回去。"

司号员嘀嘀嗒嗒吹了一声，向杰很熟悉连队的号谱，一听到号声，就知道是招呼他去呢。循声而来，见是李门楼调他，李门楼说："我找不到家了。"向杰很不愉快："你成了刘五华了。"

孩子们围着司号员，要他吹号，司号员说："这可不是随便能吹的。"

洗衣队的妇女们到各家收罗需要洗的衣服，李门楼过意不去，对士兵们说："大冬天的，洗啥衣服啊，我们说走，半夜说不定就出发，衣服干不了，带着湿衣服走吗？"

大家果然都说没有可洗的衣服。

妇女们对李门楼很有意见，妇女主任说："你这个干部一点都不关心大家，我们又不是给你洗衣服，我们是给战士洗的，你要是怕衣服干不了，我们可以在炉灶跟前烤干。"

向杰笑道："我们排长主要是怕羞，他的衬衣尽是补丁，还长了不少虱子，他一脱衣服，连小狗小猫都捂鼻子。"

妇女主任对李门楼说："没被敌人吃掉，还能让虱子吃了？你老老实实带头把衣服换下来，要不然我们就一起动手给你剥下来。"

李门楼知道今晚洗衣队不来，班里也会烧水烫内衣的，他无奈对大家说："还是服从她们的命令吧，我是领教过这些解放了的老娘们的厉害。"

向杰面带笑容，很客气地说："请各位妇女回避一下，让他们换衣服。"

妇女们都暂且退至外屋，全班借机脱下了该洗的衣服，也有的兵想把内衣坚壁起来。李门楼说："不要藏了，就交给她们洗。老百姓是我们的衣食父母，你们权当是父母给洗衣服，都在自己衣服上做个记号，免得弄错了。"

李门楼的衬衣不需要做记号，那衬衣是他媳妇给他做的。向杰特意叮嘱妇女主任："这件衣服洗的时候小心点，我可是知道这是排长的心爱之物，只有打仗的时候才穿。"

妇女主任和蔼起来："我看得出来，这件宝贝准是他父母啊媳妇啥的给做的。"

向杰小声说："这是他媳妇留下的，他媳妇也是妇女主任，后来被敌人害死了。"

李门楼喝道："向杰你咋这么多话。"

妇女主任恍然道："我看啊，这衣服是护身符。"

李福强则心急火燎一般地问："我有要事请示妇女主任，你们村有没有兽医啊，我的战马是带病行军。"

妇女主任爽快地说："我们村的兽医参加支前队了，邻村也有个老兽医，我去派一个人把他叫来。"

李门楼为难："天都黑了，他能来?"

妇女主任说："他敢不来？不来就把他捆了来。"

李门楼一脸的正气："随便捆人就不对了。"

妇女主任下达了指令，说让民兵赶着马车去接。

当晚就把兽医请来了，带了很多草药。

兽医为马做了检查，灌药之后，又开了几种药，要求把炒黑豆和这些药掺在一起磨成粉状，以后在行军路上也可以喂它吃，它会很爱吃，有点像是药食合一的保健品。

妇女们按照兽医指点，当即就点火炒黑豆，连夜把这药磨了出来，药装入一个个慰问袋内。

第二天一早妇女主任带人来送洗好的衣服，顺便带了那些慰问袋，慰问袋都给李福强，李福强不敢接，看着李门楼，说："咋给我啊，能不能收啊。"

妇女主任说："这是药，给你们的那匹马。"

李福强赶紧打开了一个慰问袋，自己先尝了一点，点头哈腰地说一些感激不尽的话。

一百零一

李福强突然明白了，现在是要让马在前面开阔地上跑起来，这也是一种侦察的手段，实际上就是看马跑多远的时候会被火力击倒，马是死定了。

正说着话，门外有一个童音在喊爹，李门楼一听是儿子来了，儿子戴着一顶大皮帽子扑了过来，身后是秦妹，秦妹不满道：“你可真放心啊，宿营了也不去看儿子。”

李门楼眉眼带笑：“有你精心照看着，我能不放心？”

他炫耀道：“我来给妇女主任介绍，这是我儿子，先看看这英姿，百里挑一的大小子。”

小狗子盯着妇女主任愣住了，突然就“哇”的一声哭起来，抱住了妇女主任的两腿，很凄惨地喊：“娘，你咋不要我了。”

妇女主任很奇怪，这陌生的孩子咋就把自己当成娘了呢？李门楼也不解，眼前的这位妇女主任除了那个大宽脸盘子和脑后留的那发髻和自己媳妇像，别处并无相似之处，尤其是口音就完全不同了，还有，人家脸上也并无那两颗麻子。李门楼赶紧往一边跨了几步，觉得儿子有可能是看到自己和这个妇女主任站在一起，才产生误会。

妇女主任把孩子抱了起来，孩子不哭了，那妇女主任却落了泪。

李门楼对儿子说：“你认错人了。”

秦妹打断李门楼的话：“你闭上你的嘴。”

李门楼决意先不跟儿子把事说破，儿子把妇女主任错认为娘，硬是解释清楚了，孩子少不了伤心失望，就算是演戏，也得先演下去再说。

妇女主任坐在了炕沿上，孩子始终在她怀里。孩子说话了：“娘，我想吃你炒的大瓜子。”

妇女主任当下应承：“我这就去炒，一会儿就给你送来。”

儿子却执意要跟妇女主任走，李门楼自然是不肯松口。妇女主任双目含悲，对李门楼说话却很冲：“我又不是拍花子的，还怕我把他拐走了？”

李门楼只得同意。

儿子拉了李门楼的手：“爹，咱们都回家吧，别在班里住了。”

李福强自告奋勇：“这麻烦是我惹来的，我背他去，也认认家门。”

李门楼想不出他说的这麻烦是什么。

妇女主任拉着孩子的手走出门来，李福强紧着跟随，孩子却坚持让爹也一块回家。在老乡家住，必须执行双人制，李门楼也只能是在身后跟着走，一起前往妇女主任家，共四人，两前两后。孩子在前面不停地东张西望，也不停地问这问那。李门楼脚步很沉重，他少不了又想起了往事，想起了那一去不复返的美好时光。

妇女主任家是一明两暗的三间老房，屋里还洁净，但一只猪就卧在灶间的地上。

妇女主任张罗来了葵花子，放在大锅里，又烧火又搅拌，手忙脚乱。李门楼不便在这里久留，便借口排里工作离不开，让妇女主任出面做孩子的工作。孩子没阻拦父亲的撤出，只说：“那你吃饭的时候回来。”

中午一名妇女来给李门楼送口信：“主任让我来跟你说，孩子很好，让你放心。”

晚上李门楼和李福强去接儿子，儿子不回来，而且要爹也留下来睡。李门楼劝说儿子的内容完全改变，不再是让儿子回去，而是自己脱身。好在儿子心绪很好，而且妇女主任把她的小姑子叫来一块照看孩子。小姑子还带着一个五岁小男孩，称呼都已明确，一个是姑姑，一个是表弟。在连队都是大朋友，突然有了表弟这样一个小朋友，李门楼的儿子喜不自禁。

部队在这个村庄休整两天，再出发时也是在夜里，北风呼啸，雪花乱飞。妇女主任风风火火地来了，对李门楼说：“这么冷的天，带着孩子去行军打仗？我听孩子说他以前是在什么黑蛋白蛋家寄养过，我们这儿是老解放区，我这里的条件比那个什么蛋的家不强？你让你儿子跟你说。”

儿子预有准备似的：“我不跟你受冻，我就跟我娘在家。”

显然妇女主任是先和孩子谈妥了。

李门楼也不再见外，当即把孩子托给了妇女主任，并说："孩子娘都当了，我还没问你的贵姓大名。"

妇女主任说："我姓焦，叫红麦。"

李门楼回头对大家说："她叫红麦，你们都记住，把这个村子也记住。万一我在这一仗中遭不幸，你们派人来看孩子接孩子。"

这话让妇女主任又哀伤起来。

行军路上，李福强把他侦察到的情况告诉了李门楼，红麦十七岁出嫁，丈夫才十四岁，丈夫十六岁参加了八路军，是在冀中二分区，抗战没胜利就牺牲了。

继续南进，向宝坻一带隐蔽集结。每过一村，都有老百姓带路。路上常与老大哥部队相遇，天虽黑，却依然看得出也是戴大皮帽子的部队，但他们是从山海关那边进来的。

六团提前五天到达平津前线，直接开至处于平津之间的廊坊地区，九连未加休整便开始在铁路附近构筑两面工事，协同兄弟部队切断平津守敌的联系。天气严寒，地面已冻得很结实，为了加快进度，他们连夜把大量柴草堆积在那里，燃起了大火，火光映红了半边天，地面被烤焦了，冰冻自然被融化。

那些日子不断有捷报传来，我军已完成对平、津、张的分割包围，北平近郊的丰台、石景山等已经解放。此时，九连已经做好了攻打北平的准备。

这已经是一九四八年年底，部队吹响了紧急集合的号音，全营集合在村口，这是一次战前动员，也是入关后第一次动员，即将展开的是进关后的第一仗，战斗任务很明确：攻打天津。还有一条也是在动员会上宣布的：我们这个军担任主攻，军党委向部队发出号召，解放天津，打好进关第一仗，各部要做到完成任务打得好，遵守政策纪律好，互相礼让团结好，要争当天津战役三好单位。

接下来便是急行军。第二天，他们到达了杨柳青以南汪庄村，这里距天津只有二十多里。

在这里只要登高，用望远镜就可以看到天津市区，李门楼没有想到市里会有如此多的高楼和烟囱，烟囱的浓烟连接到了天上的云彩，显然，任何一座高楼都可能成为被敌人控制的火力点。成天讲攻大城，原来这才是真正的大城。令李门楼惊讶的是市区里竟有那么多大河流，河流把整座大城切割成很多小块，显然在这里打仗，每夺取一处要地，都会遇到河流障碍，这是一个易守难攻的城市，加上陈长捷经营的“大天津堡垒化”的工事，深沟高垒，我军面临的是一场硬仗。

各级领导都分批到前沿侦察地形，那天司令部侦察参谋、作训参谋和工兵参谋各一名，和侦察班一同前出侦察，还需要一匹马跟随，团里指派九连出一匹马。落实到炮排，李科很不高兴，思忖了片刻，说：“就让铜锤去吧。”又叮嘱说：“它爱吃高粱米饭，给它从炊事班打一些，让它吃饱。”

炮排一个兵来找李福强，说铜锤有了任务，是跟侦察班去前沿，又说铜锤连高粱米饭也不爱吃了。李福强去了，看那马不像病加重的样子，他抚了一会马鬃，说：“这是给你的开的小灶，人是铁，饭是钢。”

那马就埋头吃起来，炮排那个兵在一边笑。

侦察员来牵马，那铜锤四腿像生了根，就是不走，炮排的战士说：“这匹马服从李福强的命令。”

李福强上去拉了缰绳，那马就跟他走出了院子。侦察员对李福强说：“我跟你们连的干部说一声，你也跟我们去吧，到了前沿，需要马配合，有你在，它肯定能完成任务。”

李福强没有多想，当下就同意了。他看到炮排有两匹马又去驮弹药了，每一次驮弹药，都负载很重，让铜锤去配合侦察班，是对它的照顾，而且今天是眼见着出征前给它犒劳高粱米饭，可见炮排对它还是不错的。

李福强见有好几个侦察员都背着炸药包，每人都是背着两个，就强调说：“它身体状况不行，受过伤，驮不了很重的东西。”

侦察员便笑了：“它什么也不驮，我背着的这炸药包是骗敌人的。”

李福强也看出那炸药包捆得都比较窝囊，伸手摸了一下，炸药包内是草，李福强笑了一下：“是草啊，我的马有干粮了。”话虽这么说，李福强还是带了一个慰问袋，就挂在自己腰带的一侧。那慰问袋内装的是混合了草药的黑豆粉，铜锤很爱吃，这些日子李福强已经把它作为铜锤的零食。

和侦察班一起出发的侦察参谋，李福强认识，听过他的课，他说话是天津的口音，李门楼便问：“你是天津人？”

侦察参谋点头认可：“是，我从小就在市里长大的，现在是解放自己的家乡了。”

李福强提建议似的：“像你有这样的条件，干啥还在城外敲边鼓，把军装一脱，换上老百姓的衣服，大摇大摆进城去侦察，那多精确。就是遇到敌人盘问，你还不应答如流？哪条街哪个楼都知道，肯定不会怀疑你是我军的侦察员。”

侦察参谋未语，李福强判断自己的建议让人家不屑一顾，但他还是说：“侦察参谋的眼睛贼得很，溜上一眼，就能发现别人看不出来的情况。”

侦察参谋认可：“有道理。”

李福强觉得这已经是夸赞之言了，谦虚道：“眼看又要解放一个大地方了，我能和干部一样先出来看地形，回到连也有话说了，咱跟侦察参谋一起执行过重要任务。”

侦察参谋评价说：“你是个有想法的兵，做到就得先想到。打仗需要十八般武艺，可终归还是头脑灵活，能够有战胜对手的办法。”

李福强推荐说：“我们连有个小兵，原来是宣传队的，花棍打得好，他也是天津人，一听就是个卫嘴子，他说他十七了，看上去，毛孩子一个。他可是头脑灵活，要是他跟着你进城搞便衣侦察，敌人就是换一双鹰眼也看不出他是解放军。”

侦察参谋不想给他泼冷水，就说：“需要的时候，可以找他。”

李福强推测说：“你是牡二团合并过来的吧？我听说牡二团有很多天津人，都是学生出身，是龙须岛、刘公岛起义过来的。”

侦察参谋并没不悦，说了声“是”。当年刘公岛是日伪军校，招收的学员大多是来自平津的青年学生，李福强的话无疑是点破侦察参谋是起义过来的。有侦察兵看不惯李福强的直言，喝道：“你侦察到我们的参谋头上了？”

李福强赶忙分辩：“我搞不了侦察，机枪扛了几年，敌人一看肩膀，就能看出有扛机枪的茧子。我这个人老是改不了老兵油子气，口音也变不了，开口就哈、哈的，敌人一听准会把我抓起来，他们怕东北野战军，一听东北口音就防范了。”

侦察参谋改用地道的东北口音问：“你是啥时候被我军俘虏的？”

李福强佯装佩服：“真是老侦察员，咋就看出来了呢？我是第一次下江南就解放过来了。”

那名侦察兵脸上带了笑意："要是进城搞化装侦察，你可以化装成敌人啊，肯定很像。我可以化装成老百姓，你不高兴还可以拿枪托打我几下。"

李福强摆手道："不像不像，我在那边的时候也不是拿枪托打老百姓，我就是从老百姓窝里孵出来的。"

侦察参谋说："我看你很爱惜这匹老马，马也对你唯命是从。天津解放了，如果能放假，我带你去逛劝业场，那可是个大百货公司，让你三看两看，眼花缭乱。"

李福强受宠若惊，但他说："肯定不会放假，我们现在就抓纪律呢，越是解放了越不能随便外出。再说逛百货公司，看着人家有百货千货的，我们兜里没钱，那滋味，就像看着人家攻打天津，让自己在后边留守。"

侦察参谋连声说："这样吧，打天津我们肯定会缴获到战马，我去请示首长，给你分配一匹身强力壮的战马。"

李福强停住脚步，打了个标准的军礼："感谢首长。"

离城墙还有一段距离路，前面已经全是开阔地了，原来敌人在构筑防御体系时，把防御前沿五千米之内的房屋都拆除了。开阔地上全是泥浆，看来是敌人刚放过水。为了阻挡我军进攻，敌人已经把护城河加宽到十米，环绕全城，全长近五十公里。并将南运河与护城河沟通，使河水流入护城河，同时堵塞了护城河流入海河的通道，使护城河河水不断增加，通常都是水深没过头顶，基本保持在三米深左右。河中布满地雷，水面浮雷可见，碉堡群和地下暗堡的密集火力网，层层覆盖着护城河。

大家都停下掩蔽，只有一名侦察兵行至一片坟堆中间，侧翼不远处便有敌人的子母堡，可以看得见那工事周围有铁丝网和鹿砦，估计周围的地雷很多。碉堡内的敌人发现了有我军零星人员和马匹，立刻有机枪朝这边打来。

侦察参谋拿望远镜观察后，在地图上做了标记，李福强心里也明白，不等攻城，我们就可以先用大炮把这个火力支撑点端了。

临近开阔地，有一片未清理干净的房屋废墟，这已经是难得的可以利用的地形了。侦察员们把携带的假炸药包都放在这里，可是那匹马的目标很大，李福强到这时候还没明白这次侦察为何要带这匹马，这么大的目标，这不是添乱吗？李福强试着拍了拍马的颈部，没想到那马竟领悟了，就地卧倒在那里。

两名侦察兵在向西匍匐移动，浑身都是泥浆，行至小西营门正面，那里刚放过水的地面都还没冻成冰，看上去像是湖面，其实水深不足半尺。

侦察参谋把望远镜拿给了李福强："你也仔细看看，攻城有用。"

李福强从望远镜中清晰地看到了他们的攻击目标，那城门前就是护城河，城门堆满了沙包，护城河上的石桥也堆满了沙包。城墙上大碉堡林立，大碉堡周围都有小碉堡簇拥，每隔一段，城墙都构建有火力支撑点，显然这些火力可以交叉射击。临近护城河处是布雷区和一道道铁丝网、鹿砦。

李福强敬佩似的："陈长捷不简单哪，这得多少年才能把工事修成这个样子。"

侦察参谋说："突击连任务很艰巨。"

李福强轻松地说："用大炮来轰，他造一年，我们一个钟点也就轰完了。"

工兵参谋也说了一句："护城河不仅宽，水也很深。"

李福强依然有话："用坦克啊，我上过坦克顶，那可是大家伙，把坦克开过去，直接开到护城河里，那就是桥了。"

前出的两名侦察员回来，汇报了情况，侦察参谋说："可以放马了。"

侦察员过去把那马牵了一下，马站了起来，侦察员牵着马，让它转动一下身子，马头朝着前面的开阔地。几个侦察兵将那假的炸药包都放在了马背上。李福强突然明白了，现在是要让马在前面开阔地上跑起来，这也是一种侦察的手段，实际上就是看马跑多远的时候会被火力击倒，马是死定了。或是密集的枪炮，或是布阵的地雷，马就是会飞也难逃厄运。李福强起立，说："你们要干啥？"

侦察参谋说："你们炮排长没跟你谈吗，我以为你知道了呢，就是要放马过去。"

李福强很愤怒，难怪炮排长让人给马喂高粱米饭呢，他是给马吃的送行饭。还有这个侦察参谋，许了愿要送给我们一匹好战马，原来他也只是把战马作为这匹马的补偿。可是在眼下，是执行军事任务，自己不能违抗，自己已经没有能力来救这匹马。他对侦察参谋吼道："不就是往那边跑吗？我来跑。"

侦察参谋劝说："不要说气话，我们把能用的手段都用上，就是为了攻城的时候减少牺牲。"

"减少牺牲"四个字，对于李福强来说是有说服力的。李福强知道三林曾把这匹马当兄弟，三林牺牲后，在他的遗体前，李福强就说过要把这匹马照顾好。后来的日子，不管多苦，这马和自己在一起时都是快乐的，不管伤得多重，它都是要回到自己身边的。可是眼下，自己却亲手把它牵到这里，这不等于是自己把它送上了惨死的路吗？

李福强走上前，抱住了马颈，他欲哭无泪，抚了抚马鬃，说："铜锤，是我对不住你，你找三林去吧，他会对你好。"

他见侦察兵身上配有匕首，便要了过来，割下了一撮马鬃。这时他才想起自己腰上还有个为铜锤准备的慰问袋，现在军令已下，已经不是给马吃零食的时候，他解下来慰问袋，挂在了马鞍上。然后拍了一下马的身后，马往前走了起来。李福强似乎头一次发现这马的步态也和老人一样不稳，乃至有些蹒跚，尤其是有一条后腿，还带着点跛。那马回头看了一下，李福强觉得那马是什么都知道了，他觉得那马是在流泪。

李福强哀号起来，两腿发软，不由得跪在了地上，他分明是在呼喊三林："三林，我对不住铜锤，它找你去了。"

马奔跑起来，跑出几十米便有枪弹射来，很快就有来自几个方向的子弹射向它，马加快了速度，四个蹄子似乎都在腾跃，泥浆飞溅，像是在水中奔跑而掀出两道水翅，却又像有水雾涌着它，李福强是第一次如此专注地观看这匹马的飞奔。然而他的两眼变得十分模糊，像蒙了云，那马确实是在云雾中飞翔。离护城河越来越近，它的身影似乎在缩小，突然那城墙的下部也出现了射孔，所有射孔都吐出了机枪的火舌。它的正面也迎来了如此密集的子弹，可它没有转身，没有放缓步伐，也没有再回头。并没到达护城河，铜锤便中了弹，倒下时又压爆了地雷，不是一颗地雷，看得出是几个爆炸点在飞溅，在汇集，李福强感觉到了溅起的不再是泥浆而是喷洒的飞扬的血水。

侦察班长说："看来并不是只有护城河边有雷区，敌人布雷的地方远比我们想得多。"

侦察员说："没想到城墙中部也有暗堡，看来是在城墙内挖了通道。"

侦察参谋说："在地面突击非常困难，最好的办法是把坑道直接挖到护城河附近。"

李福强再没说话，只是目不转睛地盯着前方，他似乎看到战马还在飞奔。

一百零二

李福强越发地愤怒：“你不光是逃兵，还策反，我早就怀疑你了，你说你救过炮排长，有那么容易救吗？他还真让你留在我们连了，我看他也脱不了干系，也是特务。”

返回时，李福强一路无话。回到连队，他遇到了李科，很生硬地说：“你们排好几匹马，你偏偏让我们班的铜锤去送死。”

派铜锤去执行任务，李科是知道会放马过去的，他打算的是铜锤死后把炮排的一匹强壮马分归一排驮运重机枪，但他没跟李福强解释这些，只说：“我是从战斗力考虑。”说完就走了。李福强见他就这么没事人似的走了，心里的火直冲到了嗓子眼。回到九班，说起这事来了，一口一个地主崽子。别人不好说话，李门楼不能不管，规劝道：“先去吃饭，少说两句吧。”

李福强发狠道：“我不会轻易放过他。”

李门楼也觉得李科对这事的处理过于草率，但也不好说什么，只说：“那次我私自回大李村报仇，都冻僵了，是那匹马卧倒在我身边，把我驮了回来，它对我有救命之恩，要说对它的感情，我比你深，现在我还能咋样，有痛有苦有悲也得咽下去。”

李福强反而把汉奸的称呼也用上了，还把李门楼也捎带上：“我知道你和那个汉奸从小称兄道弟。”

虽说是气话，可李门楼总觉得有一种不祥的预感，为了一匹马的事，就把李科的老底翻腾上来，以后的日子长了，大的事，大的冲突，随时都会遇到，李科还能安宁吗？他对李福强说：“又要打大仗了，这一仗下来，谁知道还有多少你的好兄弟会死掉，炮排长也是人，子弹也不会躲着他走，说不定他就完蛋了。你现在烦他，他死了，你就后悔了，战马兄弟走了，你就伤心成这样，和你在一起共事这么久的战友走了，你能不伤心？”

李福强不再言语。

李科见到李门楼时，劈头就是一句：“听说你咒我死？”

李门楼否认：“我没说，你想这可能吗？”

李科心情很不好：“死也不是那么容易。”

李门楼和稀泥了：“我已经尅李福强了，这事就算了吧，权当你不知道。你们排不想当三好排？‘团结好’，没这一好，就当不成了。”

那天小花棍齐铭在村口看到了一个乞讨的老头倒在地上，想把他背进屋，可是怎么也背不动。他看到八班的石三行也路过这里，就让石三行帮忙，石三行劲大，把老头背进了九班住的房东家。老头是饿坏了也冻坏了，在暖炕上喝了些热水，便缓了过来。老头说他有个儿子在天津打工，听说要打仗，他专门从乡下赶到天津市内寻找儿子，想把儿子接回去。他没有找到儿子，在城里找了十来天，盘缠全都花光了，只好一路乞讨返乡。小花棍自己有过去东北找大哥的经历，没找到大哥，也是沿街乞讨。

老头身体恢复了些，准备继续行程。老头是西小站人，搭顺路的车很难找到，大家凑了些零钱，打算专门雇一辆马车把老头送回乡。那钱太少了，小花棍就问房东大爷能不能借给他一点钱，房东和他很合得来，他和房东聊天也全是用天津话，房东听说他要帮助那个老头回乡，就从家里拿了些钱借给他。

不料这事当天就让团里知道了，派政治处干事来追查这事。向房东借钱，这是严重违纪行为，连长也知道仅此一件事，就足以让九连与天津战役三好连无缘。那位干事到来时，李门楼正在连部，听到那位干事说是来查处小花棍向房东借钱的事，也吃了一惊，估计小花棍就是为那个返乡的老头筹路费。李门楼赶忙先去找到了小花棍，没说上级追查的事，他觉得小花棍太单纯太善良，只要把这事告诉小花棍，也是一种伤害。他对小花棍说：“咱俩赶紧想办法找到钱，先把借房东的钱还上，现在就还。”

小花棍犹豫道：“现在哪有。”

李门楼说：“能不能先从寻亲老人那里把钱拿回来，就说明天他走的时候再给他。”

小花棍坚决不同意：“给了人家又要回来，这算什么事。”

李门楼也觉得不妥，可是当务之急是要在干事找老乡核实这事时，把钱先还上。李门楼急中生智，他迅速去了八班房东那里，八班房东和九班房东只隔一堵墙，李门楼在八班住过，和房东混得很熟。他进门二话没讲，就跟房东小伙子借钱，说有急用，半天之内就还。房东小伙子也没说二话，当下就把钱拿了出来，问："够不够？"

李门楼拔脚就跑。见到小花棍说："赶紧去还了，啥话也别说，别停留，我在这儿等你。"

李门楼进屋还没坐定，小花棍就还钱回来了。李门楼问："办妥了？"

小花棍说："不就是送过去吗？你是怎么了，这么着急。"

李门楼笑眯眯地说："你啊，真是个孩子。"

小花棍老大的不高兴："我在你面前是长不大了。"

李门楼夸奖说："我看到你，就想着我儿子长大了要像你这么懂事就好了。我以为打仗能让人越打越狠，从认识了你，我的想法变了，你是越打越心净。"

小花棍底气十足地："这叫经历战斗的洗礼。"

李门楼附和："是啊是啊，心里越洗越干净。"

小花棍不解地问："排长怎么把我夸成一朵花了？是不是有什么事。"

李门楼笑道："一个人因为做好事挨批挨整，是不是有点残忍？尤其是对小孩，我最见不得小孩受委屈，于是就得兜个圈子，先表扬后批评。"

小花棍挺了一下胸膛，面带微笑："该批评就批评，敌人的子弹我都不怕，我还怕批评？"

李门楼正待说出事情的由来，那那位干事已经在指导员的陪同下进了屋。指导员掀起门帘打了个招呼，并没进来，就和干事进了房东住的那间屋。两间屋只隔着个灶间，或者说是隔着两个门帘，那边说话的声音稍大，这边就听到了。开始时干事很和气地跟老乡说话，这边偶尔能到一句半句的，但小花棍已经听明白了，自己因为向房东借钱铸成大错。他看了李门楼一眼，没说话，李门楼已经看出他很委屈。李门楼不在意地说："你就放心。"

只听那边房东老头发起火来，高腔大嗓，这让李门楼也紧张起来，往门帘外跨了一步。老头说："什么是反映？我们什么时候反映了？我找过你们吗？就你这德行我犯得着找你吗？我只是跟乡亲们说，我们家住着个叫小花棍的兵，人俊心也好，积德行善，救了个老叫花子的命，还凑钱要让老人平安回家，我这才说出他借钱的事。左右邻居都是亲戚，在一起聊大天，都爱显摆，新女婿送来一对猪蹄子，也吹得好像就他家招了个王孙贵族做女婿了。我就没说的？我这里住了个好兵，我也有可吹的。”

干事解释说：“好事归好事，借房东的钱是违反纪律的，还是要奖惩分明。”

老头越发急眼：“分明个蛋，他又没赖账，借了一天就还了，一分钱没少，你还奖惩分明，我倒要去问问你们的首长，我看你们怎么奖怎么惩。我可告诉你，我在村里不是年龄最大的，可论辈分，我最大，半大小伙子叫我太爷爷，在全村我是号令天下，你们敢动我们家的那个小小子一根手指头，我让全村起来找你们的首长。”

干事竟然还笑得出来：“那个兵怎么就成了你们家的小小子？我们对士兵不打不骂，这你能不知道？我个人的看法，钱已经还了，而且事出有因，这事也就是大会上点名批评。”

老头余气不消：“还上大会？跟斗地主老财似的押到大会上去？”

干事又解释一番，他也不好再谈下去，就告辞出来。既然是奉命来调查，程序还是要走，于是在指导员的带领下进这边屋来见小花棍。不料那个老头也跟了过来，这里是老头的家，没理由不让他进来。他先站到了小花棍身边，一副护驾的样子，对干事说：“你还真来找他？我就不信了，因为我这张嘴，让他受冤屈，我就不能替他讨还个公道？我不是都跟你说清楚了吗？你还就要把这出《六月雪》唱下去？”

小花棍直挺挺面向干事站立，眼里噙满了泪水。李门楼对房东老人说：“咱们家的这个小小子，原来就是团里宣传队的，团长也拿他当宝贝疙瘩，那是噙在嘴里怕化了，搁在脑瓜顶上怕掉了，揣在怀里呢，又怕捂馊了，谁也不敢对他咋样。在我们连，他是我们一百多号人的小弟弟，有这一百多号人护着他，谁还敢欺负他？老人家，我也算是咱们家的大小子了，可我也在想，我还是得向这个小弟弟学习，好心有好报啊。”

干事觉得李门楼这话不妥当，可是看老头在那里连连点头，眉头也展了，脸也晴了，也就没有纠正李门楼的话，只笑着点评说：“欠原则。”

李门楼对老头说：“别看我打了几年枪，我还是怕枪。国民党的兵要是带着枪跟房东借钱，房东再不乐意，也得借给他们。”

老头说："他们还借？还不抢？"

李门楼看那干事并没制止他说下去，继续发言道："有枪就有势力，是借是抢谁知道啊。我们也有枪，在老百姓面前还有威信。有势力，不敢不借，有威信，也不好意思不借，心里再不愿意，也磨不开，也只好借。"

老头一副蛮不讲理的架势："别说是借，就是给，我愿意，你们管得着吗？他不要，我强塞，你们的家当也都这儿搁着，趁他不在，我随便在他的挎兜里袜子里啊一塞，就妥了，完事我不认账。"

李门楼笑道："牛不喝水强按头，这行，是个好办法，小花棍有双新鞋，你可以趁人不备偷偷摸摸塞到他那鞋壳里。我们家乡儿子出远门，老人总爱在儿子的鞋壳里塞钱。"

老头笑道："这话我爱听。"

小花棍瞪了李门楼一眼："你别害我。"

李门楼对房东老人循循善诱："跟老乡借东西和借钱是不一样的，借你一个盆，用完了还回去还是一个盆，借钱呢，用完了就没了，等全国解放了，我们不是穷光蛋了，再来还？我们部队住在这儿，紧急集合号一响，谁敢停留？就是正撒了半泡尿，那也得憋回去，先出发。借老百姓的钱，真有可能忘了啊来不及啊，这不成了赖账了？那影响可就大了去了。所以我们不允许向老乡借钱，违反规定的，不处理不行。部队就是规定多，有个规定是士兵犯了错，要追究干部的责任，小花棍是我们排的，大会上点名批评，那就点我的名。你就放宽心，小花棍没事，磕不着碰不着，我这个人是虱子多了不咬，账多了不愁，处分多了不怕。"

干事对李门楼的这话倒是很满意。

老头点头笑了："这好啊，处罚你行。"

老头心满意足地离开了这个房间。

指导员建议那位干事去见见那位被救的老人，干事没去，他说他是保卫干事，回去后建议领导派宣传干事来。李门楼说："这就对了，这事就应该是宣传干事管。"

这时就到了吃饭时间，李门楼强拉硬扯留下他吃饭，说等你回到机关，人家就吃完饭了，说你今天把我们家的小小子吓得够呛，在一起吃顿饭，随便唠唠，给他个放松的机会，其实就是展示一下你和蔼可亲的一面。

这顿饭就在九班住房吃，全连吃的是玉米面饼子加炒大白菜，李门楼亲自到炊事班张罗，很快就把饭打回来了，加了四个菜，一概是装在从房东家借的四个碟子里，主菜是一大盘炒鸡蛋，另有蒜泥拌虾米皮、大葱拌甜面酱和小磨香油拌心里美萝卜。那干事一见便说口水都出来了，不过他还把那三个凉菜合在一个盘子里，形成一个凉拌拼盘，笑着对李门楼说："你可看好了，你给我加的是两个菜不是四个菜。"

小花棍还是很紧张，干事给他夹了菜，说："虚惊一场，就像今天吃饭，传走了样，说我下连吃四个碟子，其实呢，不是那么回事。"

小花棍终于开心地笑了，李门楼说："小花棍唱东北的歌，比咱们东北人唱得还好，让他唱一首，你看看是不是地道。"

小花棍唱了一首《瞧新郎》，干事连声叫好，说："听你一唱，真是回了家乡了。"又笑道："这要是传走了样，我下连不单是吃大餐，还唱堂会呢，管他呢，你再给我唱一首，能有如此享受，扣啥帽子我也值了。"

第二天送寻亲老头去码头，李门楼考虑到老头体弱走不了多远，派力气大的李福强去送，以便在老头走不动的时候能背着走。石三行也要求去，说他可以和李福强轮换着背老头，李门楼当下就同意了。

两个兵把老头送到了码头。河上有了冰，船停运了，空地上有拉脚的马车，只是等马车的人很多。等了好一阵，石三行提出他去买几个烧饼。

直到李福强把老头送上车，也没见石三行回来，李福强急了，估计是出了大事，石三行很可能是借这个机会当了逃兵。他慌慌张张寻找打探，这一带人虽多，但穿解放军军装的人却少，很快就打听到有一个大个子兵刚才搭上了一辆马车走了，那马车上拉有木箱。从老乡提供的体貌看，确实是石三行。

李福强见路上有驮运货物的马匹，便对赶脚的老乡说："我要去追一个化装穿了解放军衣服的敌人，借你的马用一下。"

那老乡不敢说不借，只是说他也骑一匹马跟着去，看来是防他的马有去无回。

李福强快马扬鞭，追出几里路，就看到装有木箱的马车上坐着一个兵，估计就是石三行。石三行见远远有个军人骑着快马往这边来，断定就是李福强。石三行知道有了大麻烦，赶紧跳下马车，往回跑。两人碰面时，李福强已经端起枪，拉了枪栓，对准了石三行，怒喊道："想逃跑?"

石三行找不出理由，只得说："上马车后我就后悔了，我这不是往回跑吗?"

李福强说："你是看我追上来，才往回走。"

石三行哀求道："放过我这一回。"

李福强说："放过你就把我扯进去了，我不是你的同党。"

石三行认账："我是想回家。"

李福强咬牙道："你先跟我回连队。"

石三行抬头说："我不回去，你还看不出来吗？这里的敌人还没伤元气，我不想死，我家里有老婆孩子，这是个机会，你跟我一块走吧，他们不可能到东北抓我。"

李福强越发地愤怒："你不光是逃兵，还策反，我早就怀疑你了，你说你救过炮排长，有那么容易救吗？他还真让你留在我们连了，我看他也脱不了干系，也是特务。"

石三行连声喊"冤枉"，李福强端枪押着他往走，石三行回了一下头："你行行好，千万别把我想逃跑的事说出去，要不我可就完蛋了。"

李福强拒绝说："你要只是逃跑，这事我可以烂在肚子里，反正有我在，你也逃跑不了。可是我看没这么简单，你回去要和组织讲清楚，你是不是被派进我们部队来的。"

石三行慌了，停住了脚步，浑身也瘫软下来，连声喊"大哥"，乞求一般："大哥可别坑我，我这人猪不吃狗不啃，谁派我啊，要说派，那就是我媳妇派我来的，她嫌我丢人现眼，就把我推到咱们部队来了。"

李门楼推了他一把，他也只得往前走。

回到连队，李福强直接带石三行进了连部，把情况向连长指导员做了汇报，石三行没否认逃跑，低头坦白："打下沈阳，我遇到了我们村里的一个人，说我媳妇给我生了个胖小子，我就想回家了。没想到进了关还有更大的仗，在这时候死了，我觉得太冤得慌，就想找机会开溜。"

情况问清楚，先把石三行单独关在了一个房间内。出了这样的事，指导员不敢拖延，紧着去营部做了汇报。教导员也不敢怠慢，向团里报告了。

李科听说石三行当逃兵被截了回来，就去见石三行，一见面，石三行便说："大哥救我，我不想死，放我回家。"

李科十分恼火，恨不能一脚把他踢开，但他还是忍住了，并未问情况，就相信石三行逃跑是真的，说："你糊涂啊，回家能咋样？我敢断定你们村里也成立了查逃兵的机构。"

石三行没听明白："鸡狗？"

李科说："你媳妇不是妇女会的吗？妇女会也是机构，是管娘们的那些事的，这个会那个会的多了，专门有个查逃兵的会，人家见你回去，就查你是不是逃兵，查出来就送政府处置，你敢回家吗？"

石三行哭丧着脸说："听说我有了儿子，就想着回去，见李福强追来了，我就后悔了，赶紧往回跑，我可没路走了。"

李科想了想，小声说："你不能乱说，要如实讲清。有两条很重要，一是你一来就把枪弹都交给了李福强，二是在李福强赶到之前你就主动下车往回跑了，定性是动摇，最多是逃跑未遂，处理能轻一点。还有，在沈阳你遇到村里的亲戚，连队很多人都见了，以后你不要老说你的儿子，我知道你媳妇生过黄病，现在管黄病叫肝炎，是挺重的病，你就说从那个亲戚嘴里知道你媳妇病得快不行了，想回去和她见最后一面。"

很快团里派人来了，指导员一看又是那个保卫干事，心里越发沉重，盼着宣传股来人，没见踪影，保卫股又登门了。连队出了这样的事，搞不好攻城还没开始，连队就和三好连的称号不搭界了。李福强被叫到连部，没等干事问话，李福强便喊："我怀疑石三行有问题。"

干事说："怀疑？事已经出了。"

李福强很认真地说："我是说他参军来得就蹊跷，他可是敌人营长的大红人，是李科把他带来的，我怀疑他是敌人派来的特务。沈阳解放后我和九班长去公园走了一遭，有人喊抓特务，大家都去追，还真抓住两个，我一看那俩人就是特务，还带着照相机呢。敌人越是吃败仗，越是爱派特务。"

指导员听他扯到特务上了，还扯上了李科，赶忙说："你的警惕性高是好的，但不能乱怀疑，你和石三行成天在一起，还看不出他是成事不足败事有余，不过是老鼠尾巴上的疖子，能有多大能水？谁能要他当特务，你还是汇报他逃跑的事吧。"

不料李福强恼火了："他没多大能水，李科能水够大的，李科是根不正蔓不正，结个葫芦歪着腚，我看他给李科当帮手，跑跑腿，完全干得了。"

指导员紧着把他和李科的矛盾抢先讲了："我知道你和炮排长有过节，

他把你的马害死了，他当时就是要给你换一匹好马，你不能感情用事。”

干事看了指导员一眼，那眼神分明是嫌指导员老是打断李福强的话，或者说那是一种示意，示意指导员先离开。一个保卫干事来找连队士兵调查情况，有指导员在一旁盯着，确实妨碍战士畅所欲言。但是指导员还是决定不离开，而且制止李福强说出牵扯别人的话，他声调平和，话却加重了分量：“不了解的情况，听风就是雨，那是要负责任的。”

干事站了起来，对指导员说：“我看这样吧，我带李福强还有那个石三行回团部，事关重大，我跟首长汇报一下，至少要让我们股长一起调查。”

指导员建议：“你还是先回去汇报，需要就让他俩去团部，你带两个兵来，对石三行要持枪押送，不能让他再跑了。”

干事笑了笑：“你这儿有的是兵，你找两个兵过来，带步枪。”

干事把石三行和李福强带走了。副教导员宋良听到这一情况，立刻赶到九连，他把李门楼找来，只说：“赶紧跟我去团里。”

李门楼却说：“就这事，还把你搞得这么紧张？”

副教导员说：“你不懂，这样的事我经历过，就怕乱揭发，很麻烦。”

李门楼完全不在意，还说起风凉话：“他俩啊，还揭发？那还不是狗咬狗一嘴毛，没必要管他们。”

副教导员说：“别来这一套，我知道你是李科的帮凶。”

李门楼反应很快，说：“我帮他啥了？不过就是顺水推舟，他和秦妹黏糊，秦妹还挺陶醉，愿打愿挨两相情愿，我反对也没用。现在李科被人揭发，洗清洗不清，也都得对他重新评估，秦妹也得重新掂量，没有哪朵花愿意插在牛粪上。”

副教导员郑重其事地说：“有的话我不方便说，李科的那些烂事，你都很清楚，你能说得清，只有你帮得了他。”

李门楼狡黠地眨眼：“这事出在咱们连，咱俩出面不合适，还是回避比较好，你放心，李科不会有事。”又说：“我给你推荐个人，卫生队的秦妹咋样？她和李科一块长大，一听说李科有难，肯定要出面，赴汤蹈火也愿意。”

副教导员醒悟了似的：“这可是个好人选，她了解李科，有发言权，这家伙也有本事，神通广大。”

李门楼轻松地笑了：“这就对了，这又不是打仗，我就不插一杠子了。”说着扭头往回走了。

一百零三

李门楼十分有把握："不会，你不是说你有了个大胖小子吗？孩子是一条绳，你是坏人，你媳妇是好人，孩子能把你们这一对好人和坏人拴在一起。"

副教导员只好亲自去找秦妹。秦妹一听这事，先动了怒："你带出的是啥屌兵啊，乱咬人。"

副教导员愁眉不展："是啊，我是带兵无方，现在需要的是主动把情况说清楚，不能由着李福强一个人说，晚了就被动了。我眼下是一筹莫展，李门楼让我找你帮忙，他说毕竟你俩也算是有点青梅竹马意思，情深意浓，说你会出面。"

秦妹跺脚道："你还有闲心瞎咧咧，这事我不管，鱼死鱼活，我不去沾一身腥。"

副教导员很沉稳："我只是把情况向你通报一下，我得赶紧走。"

副教导员刚走，秦妹就匆匆去了团部，见九连指导员正在政委住的房间门前徘徊，指导员说："政委在开会，不方便打扰。"

秦妹未语，只给了他一个鄙视的目光，走到了另一侧。那里是副政委黄伯仲住的房间，秦妹不顾通信员的阻拦，喊了一声"报告"，就闯了进去。指导员见状，先退出了院子。

晚饭前，指导员返回连部。他把李门楼叫来，平静地说："团里对李科还是了解的，你那个表侄女太凶了，她说要找李福强算账，这就不好了，你要管住她，李福强这边不能再出事。"

李门楼完全不在意："算账先让她算去，算完了，我们再做工作，她能怎么样？连枪也没有，大不了左右开弓扇李福强几个耳光。"

指导员紧张地说：“不能让她动手，矛盾激化就糟了，李福强是带枪的，他那火性子上来，真不好说。你要找他心平气和地谈，尽量化解他和李科的矛盾，秦妹要是来了，你不要让她见李福强。”

李门楼得令而归，回到班里，见李福强已经回来了。李门楼对班里的兵们说：“你们都出去，李福强留下，我要单独教训他。”

兵们撤出房间，不料秦妹在这时候迈进了门，二话没说，一把抓住了李福强的前襟，顺手扇了他俩耳光。李福强君子动口不动手：“你一个娘们家敢扇我，我知道你和李科是相好，有本事你让李科来打我。我不瞎不聋，在梨树县搞查整，他就仗着有他二叔撑腰，蒙混过关了，他从头到脚没有一处清白。”

秦妹冷笑道：“他不清白，可是清楚，就凭我和李门楼就都能替他说清楚。”

李门楼赶紧接话：“是啊是啊，李科那小子屁股沟里长个疖子我也知道。”

秦妹指着李福强吼道：“你呢？你是不清白，也不清楚，你是咋到我们部队来的？你的罪恶，罄竹难书。”

李门楼转向了秦妹，跺脚道：“我的姑奶奶，你可不能长着白牙乱咬啊。李福强搞揭发，你也跟他学？他揭李科，大不了揭一层皮。李福强是一个小兵，可经不住揭，大家一哄而起跟着揭，那还不把他连皮带肉都揭下来？”

秦妹自信道：“我别的本事没有，我就是会发动群众，看我能不能把上上下下都动员起来，揭他个底朝天。”

李门楼对秦妹好言相劝：“你可不能添乱，拔起萝卜带起泥，哪个萝卜没泥。”

李福强逞强地喊：“我不怕，谁揭我也不怕，身正不怕影子歪。”

李门楼存心上下打量了李福强一眼：“你现在站得就不正，人就怕捕风捉影，都整治你，那就人言可畏了，就跟潮水似的，想扑腾出来，难哪。不怕不清白，就怕不清楚，真要乱打一锅粥，谁能证明你是清白的？我就凭信任，对你信任，要是对你失去信任，说你是啥也有人信。你到九班后，当众说你在家是韭菜长吃黄瓜老吃一年到头吃饺子，当时大家就都说你是小少爷。真要互相揭发，就凭这个，就相信你也是地主老财了。”

李福强看着李门楼说："你可得给我做证，他们南蛮子不懂我们关外的话，你是懂的。"

李门楼摇头："一句话好解释，可要证明你不是地主老财，那要等全国解放，要到你家乡问问地方政府。"

李福强愤然不平："你也信不过我了？"

李门楼十分委屈的样子："你让我怎么相信你？你对李科有意见，你就把他和特务扯到一块，我成了和特务穿一条裤子的兄弟了，这还了得？你还不如拿枪崩了我。眼下我坚守一条，这次我就是受牵连了，把我和李科关在一块，我也不会听风就是雨，不会乱揭发你。你呢，你分到九连九班的第二天夜里和三林一起站岗，你就准备当逃兵，不然你不会随身带那么多干粮，只是因为你拉稀没跑成。今天要真的让大家揭发你，火一烧起来，那是越烧越旺。大家的火肯定都冲着你来，肯定说你是特务，特务的枪是打得很准的，你的枪就打得准，还会说几句日本话，那可真是越想越像特务。"

李福强委屈地说："靠想？"

李门楼坚定地说："你说李科，就是靠想。我不靠，打死我也不相信你是特务，可大家真要都说你是，我也灭不了这场火。"

秦妹大大咧咧："管你是不是，我先到团里揭发，就说怀疑你是特务，让保卫股来人先带你去接受审问。李门楼你听好，你要是不采取措施让他跑了，你跟他就是一伙的。"

李福强慌忙说："你不是存心要坑我吗？我知道你在团里熟人多，都拿你当宝贝蛋。"

秦妹冷笑道："我在你们连说话也有人听，我先找你们宋副教导员，我让他把你先关起来。"

李门楼带着不怀好意的笑在李福强耳边压着声说："副教导员早就相中了这丫头，有事没事就找她黏糊，副教导员拿她的话当圣旨。"

秦妹那两眼瞪得像要把李门楼吃了，出口就伤人："你也不是好东西，这时候你还幸灾乐祸。"又说："李福强，我告诉你，我说你是狼，没人敢说你是羊。"

李门楼纠正说："啥狼啊羊啊，不准确，应当说特务是披着羊皮的狼。"

李福强此刻也听出李门楼也是要收拾他的，心里气愤，话却是软和的："我把你当亲哥亲爹亲祖爷，你可不能毁了我。"

李门楼喊一声"我的天哪!"说："我现在是眼看着就成了李科的亲哥亲爹亲祖爷了，火烧连营，不灭火不行了。要说李科，确实不咋地，从小出门坐马车，你想他能懂穷苦老百姓对马的感情吗？一来就让你的马去送死，预先也不跟你说一声，把国民党的军阀作风搬到我们部队来了。我看这样吧，你跟我到团里去一趟，你把情况原原本本说清楚，就说他害死了你的马，你跟他不团结，积了怨。"

李福强拒绝："我不去。"

秦妹平静地说："你不去算了，你等着，我和大家一起让你尝尝当特务的滋味。"

李门楼规劝道："李福强啊，你和李科是一条绳上的蚂蚱，解脱了他，你也就平安了，回来有好多正事等着你办，你截住了逃兵，该受奖就受奖，该立功就立功，当功臣比当特务好得多。我不跟你扯皮了，现在你给我起立，跟我走。"

李福强只得站了起来，跟着李门楼去了团部。

石三行被士兵押着返回了连队，关进了那间小屋。

熄灯后，李科把李门楼叫出了屋外，李科把身上的皮大衣脱下来，说："你把大衣给石三行送去，这么冷的天气，在那小屋里不冻死也得冻掉脚指头。"

李门楼不在意地说："你送去不就行了？"

李科很恼火："你们排的兵在那里站岗，我不想再找麻烦。"

李门楼没接大衣："要送也得送我的大衣，送你的大衣还不是一样麻烦？"

李科说："也行，我这大衣留给你盖。"

李门楼笑道："你晚上没大衣盖，还不是露馅？"

李科过意不去："这里的老乡家啊还没东北那边的屋里暖和，我盖着被子和大衣还觉着冷。"

李门楼说："我好办，我和李福强搭伙，两床被子一个大衣，能捂出汗来。"

李科愤怒不减："你少给我提他。"

李门楼劝道："事情过去了，就算了，他专门去了团里，承认他和你有过节才那么说的。"

李科鄙视道："用得着他去说吗，团里领导对我的信任，远比你们强。"

李门楼笑道："你别一扫把撸一大片，领导是懂政策而对你信任，我们是看着你的行动而对你信任，是眼见为实，这是动摇不了的。"

李科不想再搭理他，转身走了。

第二天，李门楼在路上遇到了宋副教导员，他看副教导员脸上阴着，便装作没看见，招呼没打就走了过去。副教导员把他喝住，说："李门楼，你没大没小的连个礼貌都不懂了。"

李门楼笑道："我满脑子都在思考这一仗咋打呢，走神了。"

副教导员讥讽："你还思考？你和秦妹对李福强胡诌了什么？李福强跟我汇报了，把我也编派进去，污我清白。"

李门楼否认说："不是我，是秦妹自己说的，不信你去问她。"

副教导员直言道："那我直接去找她。"又说："既然她这么说了，你就得给我侧面探探她，看她是不是真的，回来跟我汇报。"

李门楼奇怪且惊讶："这事也能命令？"

副教导员大言不惭："我还命令不了你了？"

李门楼为难了，人家副教导员在这事上跟他如此率直，这让李门楼突然同情起副教导员来，或者说是不忍心伤害这位小兄弟。可事到如今，不能哄骗他，只能如实汇报，只能相信他能正确对待。李门楼毫不含糊地说："不用探了，她是拿你吓唬李福强的。萝卜白菜，各有所爱，再水灵的白菜她也不要，死心塌地要一辈子啃那个大萝卜了。没法子，他们从小就黏糊在一起，是历史形成的。秦妹我了解，也不是只有优点没缺点，不过就是物以稀为贵。以后全国解放，我们接触面广了，你也就会发现她啥都不是。"

副教导员还是紧绷着脸："我是打仗出身，我还能不懂打得赢就打，打不赢就走？本来我是退出战场了，听李福强一说，我就考虑要不要再发起一次进攻，你的话又给我当头一盆凉水。"

李门楼是想笑一笑的，可没笑出来："你又没跟她直说，没进攻，谈不上打仗，谈不上失败。"

副教导员是想拿出若无其事的样子，可还是忧心忡忡地说："我知道，我是败下阵来了。”然后才冠冕堂皇地补充说：“只要革命能胜利，别的我不在乎。”

两天后，石三行回到班里收拾东西，李门楼看他走路一拐一拐的，便问他是不是冻坏了脚，是不是需要去卫生队看看，他说：“我现在还有脸见人吗？要不是我怕在路上冻死，我连被子也不回班里取就走了。”

李门楼见天已过午，让他过一夜再走，他执意不肯。李门楼问他要不要见见李科，他哀伤地摇了摇头，语气很坚决：“别，千万别见他了，你帮我给他捎个话，就说我给他磕头了，我欠他的下辈子再还。”

李门楼安慰说：“他现在没事，一点也没受到你的牵连，没啥欠的。”

石三行说：“要不是他让我编个瞎话，还不知道咋处罚我呢。他让我一口咬定我媳妇病得不行了，我想回去见一面。”

李门楼叹息道：“你还真是个老实巴交的人。”

李科听说石三行就要走了，也匆匆赶到了九班。石三行一见李科，哭了起来，李科斥道：“号啥呢，哭丧啊，就这么让你走，也太便宜你了，我现在还是想枪毙你。”

石三行低头道：“大哥你枪毙我，我没说的，是我不争气。”

李科掏出一卷钱来塞给他：“这是我到处凑的一点钱，我不是冲着你给你钱，我是冲着你媳妇，那可是个让我佩服的妇女。我不能让你冻死饿死在路上，你死了我对不起你媳妇。现在东北的一些火车也开通了，能坐车你就用这钱买张车票，天再冷下去，有这钱，你也能找地方住下来，好歹回到家里。”

石三行忍愧接下了钱。

出了屋子，墙边立着一根树棍，石三行拿过来当拐杖拄着，原来他预先就准备了这根树棍，看上去像讨饭用的打狗棍。李科没再往前送他，出了院门就往炮排那边走了。李门楼把他送到了村口，他说：“回去吧，我不值得你送。”

李门楼效仿李科：“我也是看在了你媳妇的面子上，回去你可要善待你媳妇。”

石三行突然站住，问：“是我对不住我媳妇，你说我媳妇会不会跟我打离婚？”

李门楼十分有把握：“不会，你不是说你有了个大胖小子吗？孩子是一条绳，你是坏人，你媳妇是好人，孩子能把你们这一对好人和坏人拴在一起。”

石三行脸上挂出了一丝笑意。

李门楼站在那里，看着石三行拄着树棍走了，他还是又补充了一句：“记住，你不能让孩子没有爹。”

一百零四

要我说芦苇垛桥大，不便运输，但反而便于我们在芦苇垛后面隐蔽。芦苇垛，敌人的机枪子弹也打不透，远看像坦克，又不是坦克，敌人还以为是解放军的新式武器呢。

照惯例，连队在大的战斗之前要召开军事民主会，这次不同的是军事民主会分了专题。

连队战斗骨干看地形回来的第二天，连长先动员，讲明专题是为突破护城河出谋划策。连长说："'河下埋着弹药库，河上织成火力网。'这是敌人的话，我看也不完全是吹嘘。全线强渡，敌人火力强，暗堡很多，会使我们伤亡过大，水深雷密，也很难涉渡。以往我们搞的夜间偷渡，在这里用不上，敌人的照明设备，把护城河一线照得如同白昼。上级首长和机关已经研究出几套可选的破水险方案，包括把坦克和汽车顶着火力开到河里。这些方案都有长处和不足，有的还有破绽。军首长要求机关参谋下连找诸葛亮，说护城河很长，各个地方的宽窄深浅和火力强弱各不相同，不能做千篇一律的文章。我要补充的是，我们全连官兵来自不同地方，对渡河都不陌生，很多士兵都有不同的渡河经验。大家都可以拿出自己的想法，这是献计献策，也是开阔思路，互相启发。什么事就怕互相启发，一个锤子是块铁，两个锤子一敲，就冒火花了，脑瓜就算是闷葫芦，锤子一敲，也就开缝了。各班先开班务会，先'温嚷'，然后开全连军人大会，机关参谋也参加我们的会。人家参谋都是有想法的人，到下面来，不是带着空口袋来，人家那口袋里有货呢。有用的没用的都有，一听你们的意见，就受启发了，一百多个锤子敲起来，没用的也就都敲出去了，能经得住你们敲的，也就是有用的了。”

连长还宣布了一个措施，不论哪个官兵，提出的建议都要有记录，如果被采纳或得到上级的推荐，连队要对该官兵给予奖励，建议提得好，也可以立功。

李门楼照例是参加九班的会，班长向杰还没说开场白，大家都要抢先说，而且总是把别人的说话打断。李福强先喊了一句：“我先报个题目：用坦克架桥。”

葛长藤也用一句话报了题目：“我主张扎小竹排架桥。”

大家都明白了这俩家伙的用意，都吵吵巴火地报题目。班长向杰严肃地说：“嚷什么，都抢先报题目，不就是想把这个题目先占领下来吗？为的是报功的时候算在自己头上，动机就不纯。我们是要为打胜仗提建议，不是为了抢功。连长说让大家先‘温嚷’，这个词他念得不对，应该是‘酝酿’，‘酝酿’就是要有一个发酵过程，有一个认真思考和议论的过程。”

李门楼笑道：“班长是老鼠钻到书箱里，咬文嚼字。我看‘温嚷’更好些，温和地嚷嚷，互相启发，光报题目不行，要看谁能把大家说服了。”

葛长藤站在班长一边，说：“我可以帮连长改掉错别字。”

班长用赞许的目光看了葛长藤一眼，允许葛长藤先发言。葛长藤说：“架桥器材要轻，便于在敌人的炮火下把器材运过去。我们家乡过河常用竹排，竹子是空心的，浮力大，我看就用细竹扎成小竹排，大小也就和门板那么大，很轻便，俩人提一个，就冲到护城河边了。”

李福强的话带着讥讽：“在你们家乡行，这里哪有那么多小竹子？”

葛长藤胸有成竹：“我就等着你这话呢，老乡家扫院子的扫把就是细竹子的，一声令下，把扫帚收集起来，那还不堆成山？肯定够用了。”

刘五华也发了言：“到时候咱们每个人扛一把扫帚就冲过去了，把扫帚往护城河里一扔，那么多扫帚塞在河里，往上铺些板子还不就是桥？”

朱传熙疑惑：“我听说敌人把运河和护城河挖通了，护城河的水是流动的，扫帚扔下去，还不就被冲走了？”

不料小花棍齐铭说：“现在护城河归敌人管，可是敌人管不了运河，城外归我们管，我们去运河那里，不让运河的水往护城河里灌不就行了？”

向杰很惊讶地说：“这可是个好建议，你当机关参谋都行呢，这一条我可得给你记下来。”

葛长藤朝班长的小本子那儿探了探头："我说的呢，不写上?"

班长毫不吝啬说："大家说的不管行不行我都写下来。"

正在这时外面有人大喊："我回来了。"

李门楼听出是刘小大的声音，还没迎出去，刘小大已经掀起门帘走了进来，身后还跟着他二弟刘小老。大家都欣喜若狂，问这问那，只有李门楼不动声色，问："偷着跑回来的?"

刘小大挺了胸："我是好利索了，批准我回来参加战斗。"

李门楼朝刘小老发声："小铁匠，滚回你的后勤去。"

刘小老很傲慢："你管不了我，我们一连最不服气的就是你们九连。"

李门楼明知故问："你们一连的指导员是谁啊?"

刘小老笑道："老八路余学谦。"

李门楼只说："是他啊。"

刘小大加了注释："余学谦原先是李门楼他们的九班长，对李门楼是言听计从，毕竟是生死情谊。"

刘小老用上了革命的语言："个人情谊要服从革命需要。"

李门楼对刘小老的话大加赞赏，但他的话是对刘小大说的："你听听你弟弟这水平，你住院这些日子，就显得落后了一大截，你是一天三个饱一个倒，水平赶不上刘小老。刘小老是处处以革命利益为重。"说到这里，他才对刘小老说："小老弟啊，现在我们的革命工作是正研究渡护城河呢，渡河不造桥也得造桥板，造桥板要靠木工和铁匠，刘小老啊，小铁匠的作用，别人取代不了。我把这个情况和有关人员一说，后勤的人就会去接你。"

刘小大也说："三排副的神通我领教过，他只要说一句话，你在一连可真待不住了。"

刘小老软了下来，态度也诚恳起来："我们不服气九连，是因为九连能打仗，是英模连，羡慕啊。"

刘小大笑道："这时候下软蛋讨好他没用，唯一的办法是咱俩携手打他的软肋，他不让你在一连，咱们就不让他当突击队长。"

刘小老反其道而行之："这不行，不让他当突击队长，那他肯定就是爆破队长了，爆破队长是冲在最前面的。"

李门楼很满意这话，说："你比你哥强。"

刘小老笑道："我们哥俩说好了，看谁能立功。"

刘小老一走，刘小大就说："我赶回来，就是来参加这个会的。"

村长小韩见刘小大也预有准备，便不客气地抢先发言："葛长藤说的，思路很对。要我说，这里缺竹子，可就是芦苇多，往东看，遍地都是芦苇，芦苇也是空心的，浮力大，还不怕炸。"

葛长藤赞赏道："是啊，就用芦苇扎成小排子。"

刘五华说："芦苇排子不好运输，行动慢，我看冲锋的时候，我们每人扛一捆芦苇，在护城河里架芦苇桥。"

小韩摇头："不捆成垛不行，漂在水上，人踩上去准翻，那就跟踩在水葫芦上似的。"

刘五华坚持说："多了就翻不了。"

李福强支持小韩："预先就要捆扎成芦苇垛，推到河里就是桥。"

小花棍站在刘五华一边："太笨重了，不好运输，目标也大。"

李福强反驳说："大白天进攻，啥目标敌人也看得很清楚。要我说芦苇垛桥大，不便运输，但反而便于我们在芦苇垛后面隐蔽。芦苇垛，敌人的机枪子弹也打不透，远看像坦克，但又不是坦克，敌人还以为是解放军的新式武器呢。当然芦苇桥也有不足，比如爱着火，可是下到水里，想着火也难了。"

大家笑起来。

朱传熙忧心忡忡的神态："运输比较困难啊，就算是我们在下面搞四个车轮子，可是这一带，敌人搞河水倒灌，到处是泥泞，连车轮子还不都误住了？"

李福强感慨地有点自言自语："要是天再冷点，地面冻结实了就好了，用爬犁都行。"

班长摇头："冻结实了，还要我们架桥干什么，护城河要是冻结实了，就算是敌人用炮把冰上炸得到处是冰窟窿，我们也能踏着冰过护城河。"

刘五华念念有词："我们的队伍从来就是有老天保佑呢，我经历过几回了，到攻城那一天，我看准会把护城河冻结实。"

班长批评说："你的思想不正确，这叫迷信。"

刘五华不服，说："灵呢。"

班长规劝一般："靠侥幸是打不了胜仗的，我们要从最坏处着想。"

李门楼也参加进来："我看过作战地形了，城外开阔地上，有不少地方泥浆过膝盖，可是我们进攻地段的泥浆不严重，估计和地势有关。只要我军打开运河闸门，解决河水倒灌的问题，我看走车轮是没问题的，用车轮运送芦苇垛，可以作为我们的一个方案，不足的地方还可以改进完善。"

刘小大是后发制人："要是这么重的芦苇垛能运到护城河，我看那就不如运送浮桥板了，以前我架过舟桥，舟桥看上去是船，连起来就是桥，连汽车大炮都能从上面走。"

说到这里他就停住了，他以前架舟桥显然是在敌军当兵的时候。

班长惋惜："我们没有舟桥啊。"

刘小大又说："护城河统共才十来米宽，对于浮桥来讲，那是小菜，我看有一节长桥板就够了，推到水里就是桥，中间不用连接，两头预先备绳子，绳子可以在岸边固定。我见过支前的木工队和铁匠队，那时我弟弟就是铁匠队的民工，两个队一天就造出了十几辆大马车。现在这一带农村和杨柳青这样的城镇都归我们管，只要说句话，布置个任务，需要多少能工巧匠？编一个连还是一个营？有两天足可造出一节适合在护城用的浮桥板。"

班长鼓励说："这建议要是被上级真的采纳了，就派刘小大去当技术指导，那舟桥多高多宽多重，刘小大在行。"

朱传熙按捺不住，拿出自己的方案："我思考过了，还是架梯子比较好。攻城用的云梯，那长度也有十来米，只要把云梯造得结实一点，在护城河岸上一搭，就是桥。缺点是梯子窄，承受力有限，怕经不住重压，可以在中间加两条腿就行了，一个一个过就没问题，看起来过桥慢，但搬运和架桥是最快的，而且在突破的时候能抢先过去一部分人，就能够拿下暗堡火力点，为大部队过河创造条件。"

班长喜形于色地看了一眼李门楼："排长，你说呢？"

显然班长很看重朱传熙这个建议，李门楼说："班长不能光给大家的建议过筛子，当评判，班长战斗经验丰富，也要出高招。"

班长正式谈想法："我想的渡河器材分两个部分，一个部分是门板，我听老同志讲，九连在山东的时候，有一次战士们跳到河里头顶门板，让部队踏着门板跑过去。门板是就地取材，就算是明天就打仗，门板也有的是，而且搬运起来方便，行动迅速。"

李福强反对："这次用门板不行，水冷不怕，问题在于水中布满了地雷。"

班长不高兴了："我还没说完呢，我说另一个部分是空汽油桶，那家伙浮力大，冲击的时候，推着在地上滚动就行了，速度快，可以减少伤亡，缺点是即使在水面上连接起来，人踏上去还是容易翻倒。如果把门板加在成片漂浮的汽油桶上，过河就没问题了。"

这让李福强无话可说。

一百零五

冷不丁地出来个女学生给我献花，花好，可那女学生比花还鲜亮，笑得甜，话也甜。我哪经历过这阵势，没接人家的花，还吓得连连倒退。

军里很快把二十几种渡护城河的方案印发各部队，这是从部队官兵建议中选出的，供各级指挥员参照，根据各单位作战的具体情况确定渡河方案。

在杨柳青进行巷战演练中，也利用小河进行抢渡护城河的训练，团里还在九连进行了芦苇桥渡河检验，团里首长大多亲临现场，司令部专门有人负责记录时间，手里始终拿着一块怀表。检验证明芦苇桥不仅取材方便，浮力大，抗击枪弹能力强，架设也简便，三分钟之内就可以通过一个连。

渡河检验一结束，徐主任便和机关的几名同志参加九连的军人大会，听取官兵对渡护城河的意见。刘小大也在会上发了言，当他要求发言并得到连长允许时，他站起来还没开口时，徐主任就问了一句："伤好利索了？"

刘小大夸大其词："身体比受伤前还好。"

刘小大的发言称得上是一鸣惊人，之所以惊人，是因为他还是主张架浮桥，连队刚刚成功进行了芦苇桥检验，他却认为九连不适合架芦苇桥。倘若不是有首长在，当场准会有人说他是固执己见。而且他还直接向徐主任提出："团里是不是已经确定我们九连是突击连？不然为啥渡河检验在我们连进行？"

连长只好插话："不该问的不要问，就按照当突击连准备就是了。"

徐主任说："你们确实需要按突击连的标准做好准备。"

这话已经让全连欢欣鼓舞了。

刘小大说："九连担任主攻如果定了，那就要依照主攻的特点确定渡河方案。大部队进攻时，敌人的火力必定分散，用芦苇桥等是有优势的，但主攻连突破时，敌人火力会很集中地对付主攻连，虽然经过了大炮的急袭，但敌人残存的火力不可小觑，所以我们的渡河器材应该是能够在交通壕内搬运。我看了军里下发的二十多种参考方案，觉得还是浮桥板方案更适合，搬运和架设也比较快，对于突击连，快更显得重要。我想直接在交通壕把浮桥板送到前沿，突击时，运送距离不大。这就需要造出一种重量适宜的浮桥板，一个班就能搬得动，一节就行。"

向杰补充一句："阵地前还有一条小河汊，也应该有一块浮桥板，可以短一些轻一些。"

看来向杰已经放弃了用门板和汽油桶架桥的方案，其实他当初想到用门板，也是考虑到搬运方便，毕竟是冒着敌人的枪弹搬运。

李门楼在大家谈得差不多的时候发言，也按捺不住想说几句，他说："敌人的火力部署，从外围到市中心，有明有暗，高密度，多层次，说它多层次，不仅是指部署，也是指他们开火的时机，很多暗堡是不到火候不揭锅。听说城墙内侧也有暗堡，这对阻止我军突破是用不上的，目的只是在我军突破后过了城墙才开火，搞两面夹击。我听李福强说那天放马过去，小西营门外围先开火，那马一直跑到接近护城河，城墙下部的暗堡才开火，那马的正面中了好几发子弹。很明显，有的暗堡就是留在我们过护城河时才开火才暴露，尤其是对架桥部队，是近距离的威胁，搞不好会让架桥人员覆灭。我有个想法，我们大部队在挖战壕，尽可能把战壕挖得离护城河近，大不了最后一段改挖暗道，实际上是先挖战壕后挖地道。同时组织一到三个水性好的同志，冲过去之后，不等架桥，就快速游过去，带爆破筒和手榴弹。护城河里据说有不少浮雷，现在天气严寒，敌人为了防止护城河冻结实，天天打捞浮冰，可见浮雷是有，不会多。我知道凡是漂浮在水面的东西，都不会匀称地布在水面，哪怕就是水沫子，或是溜边或是顺流往下。即使遇上浮雷，那也是看得到的，也能躲开，至少我能够躲开。水面比地面低，涉水反而比在地面和桥上安全，因为届时城墙顶端碉堡已经被火力急袭时的大炮端掉了，低处的暗堡，很难对更低位置的人直瞄，而且十来米宽的河面，整个渡河时间，不会超过二十秒。当然像我这样在松花江边长大的泅渡高手，在我们连不是很多，我看也不需要很多，我一个也行。你们该架啥桥还架啥桥，我先冲上去了，别小看就一个人，对新冒出的敌人火力点，我能先干掉它，你们就安全多了。”

他的发言让很多人愕然，好在六〇班长紧接着就发言了，开口就说：“三排副的发言对我启发很大。”

李门楼笑了一下，能够对自己的设想提出正面看法是很难得的。不料六〇班长话题转了：“新冒出的火力点确实杀伤力很强，但也没必要下水泅渡，我们炮排长善于用六〇炮近距离打直瞄，在掩护架桥的火力中，应该有六〇炮，新的火力点一露头，就给它端掉。”

徐主任问：“李科啊，你有把握？前面是架桥部队，你不怕打了自己人？”

李科见徐主任说这话时面无表情，看不出他对六〇班长的意见是何态度，李科也以模棱两可的语言说：“哪能不怕呢，炮弹质量也不一样，掉弹落在哪儿也难说。好在我们是突击连，前面最多一个连，没大部队，架桥也只有一个班多一点，最多一个排，小炮射击从大方向上就要避开架桥人员。我就不相信我们架桥的位置正面恰好就有暗堡，如果暗堡是在两侧，那就没问题，完全是另一个方向了，出意外也不会波及我们的人。”

会一开完，向杰便不冷不热地对李门楼说：“排副真有可能就是全团第一个冲过护城河的。”

李门楼却很满意班长的预测，说：“就是要争这个第一，第一就是撕开了口子。田鼠打洞也能溃河堤。”

向杰笑道：“我是最喜欢田鼠的了。”

连长从后面追上了李门楼，下令了：“跟我去连部。”

李门楼进了连部，连长赌气一般地说：“让指导员跟你谈吧。”便不再开口。

李门楼见状，问：“是不是又给我送帽子？是急躁情绪？骄傲情绪？个人英雄主义？你给，我就都拿着。”

指导员对连长说：“他啊，全连就怕你和李科。”

李门楼反驳：“怕连长是真的，我能怕李科？”

连长完全幽默不起来，说：“你想孤家寡人抢先泅渡过护城河，两名参谋听了都很恼火。我跟他们解释，这也只是你的一个设想。天再冷下去，出水就会冻成冰棍，这你是有体会的。我只提示你一句话，这次攻城和打沈阳不同，打沈阳是我们在东北的最后一仗，眼下是我们团在华北的第一仗，敌人元气还没伤。”

李门楼态度诚恳：“是啊，在这样大纵深宽正面的作战中，需要发扬孤胆作战的精神，可越是这样，越需要我们冷静，在作战中要发挥灵活机动的优长，互相掩护，团结协作，减少牺牲。孤胆是好的，孤立就糟了，不可取。孤胆要有后盾，有信心。胜利在握了，我不会也没必要莽撞。”

李门楼把连长想说的话抢先说完了，指导员也就不再说什么了。

连长带着情绪对李门楼说：“你回去就多想想你还有个儿子。”

李门楼把声音放小，说：“还是连长会做工作，就凭你这一句话，我得谨慎。”

为了表示改过，李门楼随即把已经准备好的两个猪尿泡交给了连长。

一月五日，全团以二营为主开始了肃清天津外围敌火力支撑点的战斗。十四时许，在我炮火掩护下，四连由二营教导员张成福率领，向敌张八坟据点发起进攻。张八坟早已经被敌人改造成坚固的工事，有碉堡群，可以与城内守敌相互策应。

这是全团进入华北后的首次攻坚，四连在抗战中是以能打胜仗敢于刺刀见红而著称的。一九四四年七月，在我军夺取海陵大兴庄日伪军据点后，日伪军五百余人向我军疯狂扑来，我四连官兵在武器低劣的情况下，与敌展开白刃格斗。连长刘克英勇牺牲，孔指导员接替连长指挥，迫使残敌逃至小演马庄。一班副班长邵仕佃孤胆爬上了敌碉堡，他右臂负伤，用左手投弹，压制敌火力，使部队乘机发起冲锋。由于四连伤亡过半，主攻演马庄的任务交给二连。二连五班长张克胜与日寇拼刺刀，一人捅死三名鬼子，其中有日寇小队长。在攻打敌炮楼时，全连只剩几十发子弹和几枚手榴弹。由于缺少爆破装备，经江团长批准，决定火烧炮楼。大批群众送来柴草，柴草把炮楼连同西侧的房屋包围起来，柴草多了，阻挡了日寇的射击，不少群众不仅是献柴草，还直接把柴草送到了炮楼周围的柴草堆上，那是真正地把敌人包围得严严实实的柴草山。一点左右点火后，火光冲天，浓烟蔽日，直烧到两点多炮楼崩塌，全歼敌寇。在当时武器装备悬殊、战斗来得突然、地形不利的情况下，这次大捷成为当时的战斗范例。那场烈火，成了把日寇葬身于人民战争火海之中的象征。祝捷大会后没几天，二连和四连的官兵就补齐了。

五年过去了，四连又面对着即将被攻克的碉堡，可惜全连的官兵中，已经没有了当年在演马庄战斗的老骨干。他们手中武器装备齐全，有不少是精良的美式装备，身后便是师山炮连的火炮，预先已标定好目标。火炮开始射击，炮弹准确地击中目标，前沿工事大部被摧毁。

四连发起了进攻，按照预先部署，由一班用梯子迅速架桥，爆破班引爆雷区，并连续爆破多道铁丝网，连长在发出要求炮火延伸的信号后，便命令集中火力压制当面敌母堡，并投出发烟手榴弹，这是一座已经被我炮兵击中的母堡，但依然有敌人固守在残堡内，四班借烟雾掩护首先攻克敌堡，歼灭了堡内敌人。二班和三班从右侧进攻，连克三堡。八班在左侧那拿下一堡后，遭敌翼侧火力封锁，乘双方火力对峙之际，八班一个战斗小组迂回到堡垒侧方，将堡内残敌歼灭。四班以政治攻势迫使最后一堡的十余名敌人缴械投降后，四班长命令俘虏带路，单人抵近敌隐蔽部洞口，击毙敌一名排长、俘敌十余人。经四十分钟的激战，全歼守敌。

在这次战斗牺牲的战友中，有二营教导员张成福，是城墙上敌人的机关炮击中了他。

四十多年后，有人曾来部队查找张成福，也询问过李门楼，李门楼和张成福不是一个营，没有什么接触，留给他的印象是张成福曾被授予“爱兵模范”称号，他的籍贯他的经历等都没印象了。李门楼专门查了团史，厚厚的一大本，但也没提到张成福。战争年代，一个团经历的战斗很多，战斗英模功臣很多，值得一书的人比比皆是，无法都留下文字记载。至于人们重新提到张成福，是在徐八爷病逝之后，他的长子在整理父亲的遗物时发现了父亲在当年的一篇日记中写到了张成福的牺牲，也发现了父亲当年写的有关张成福英模事迹的文章，但想从父亲留下的那么多战友的照片中分辨出哪个是张成福，也绝非易事了，也是经历了很多曲折，但还是确认出了谁是张成福。身经百战对于张成福来说不是形容词，那是一个可以确切统计的数字，他在东北军时就参加了台儿庄大战，一九三八年起义参加八路军。

有一次李门楼参加一个会议，实际上是领受一项特殊任务，当时天津人民为了纪念这个军在解放天津时牺牲的两千多名官兵专门修建纪念馆、纪念碑，希望能把烈士的名字都铭刻下来。李门楼不仅自己回忆，也寻找了不少老战友，尽管那么多幸存者都在努力，那次战斗中的两千多名烈士，能够收集到的铭刻下来的名字，只有五百一十二名，第一个牺牲的便是张成福，而成为无名英雄的是一千多名。

那次攻克张八坟据点之后，过了整整一个星期，十二日下午十五时，拔除天津小西营门外敌支撑点的战斗打响。两次清理外围的战斗相隔时间拉长，是因为二营组织六连把交通壕挖到了小西营门外地堡群的附近，同时主攻连五连也依据四连经验修改了作战方案。战斗打响后，爆破手从贵顺左边雨裂沟隐蔽接近敌人，炸开了铁丝网，面对火力猛烈的母堡，他利用地形地物，直接上了那个最大碉堡的顶端，他拉了炸药包导火索后跳下碉堡，碉堡就炸了。牺牲战友的炸药包，从贵也用来炸毁了敌碉堡，他负伤后，仍参加了歼灭残堡内敌人的战斗。

天津战役后，从贵获“战斗英雄”称号，他是五连继连长陈德标后又一名战斗英雄，是活着的英雄。庆功会之后，全团都认识他，他比李门楼入伍早，是从县大队合并过来的，和李门楼是老乡。在后来的两次爆破手集训中，他和李门楼都是教员。一九五〇年从贵参加了全国战斗英雄劳动模范代表大会，会后，从贵返回朝鲜战场参战，在战斗中牺牲。

那天，九连连长和指导员骑马去团指挥所开会，返回时两匹马都跑出了汗。李门楼和大家正利用一堵残墙进行翻越训练，班里士兵对李门楼说：“赶紧去问情况。”

李门楼没动：“不用问了，肯定有紧急情况，你们看那马背上都冒白气。”

向杰说：“看来是要总攻了。”

李门楼命全排集合，对大家说：“训练就到这里吧，各班带回住房，烧一锅开水，把水壶灌满，也好好洗一洗，一开战，几天也洗不了啦。”

连队召开动员会时，支前的骡马队、小车队也集合了，他们是帮部队运送弹药物资的，部队突破前沿之后，他们也要在后面跟进，还有担架队和带着枪弹的民兵，也是都做好了进城的准备。

这次总攻，九连担任全团的主攻连，具体分工是：一排为尖刀排，负责突破敌前沿；二排抬桥飞奔护城河架桥；三排为爆破排，只要攻击信号一发出，便要率先冲击，连续爆破前沿障碍物，包括布雷区。

李福强携带轻机枪参加突击，他负责的那挺重机枪暂纳入重机枪排担任火力掩护。

晚饭提前开，打饭时去了好几个人，把两天的干粮也领了回来，还给每个人发一棵白菜，其实都是剥得干干净净的白菜心。

小花棍不领白菜，还说二话："突击就要减轻负荷，带棵白菜还真不如多带颗手榴弹。"

李门楼解释："吃干饼子，有白菜心，那就顺口多了，但白菜心主要是为了进城以后解渴用的。"

小花棍说："我就不相信进了城没水喝，根本不用喝老百姓的水，自来水龙头一拧，让你把肚子喝个滚圆。"

李门楼以老同志自居，讲了亲身经历："别指望自来水，我们在四平，那自来水管子三滴答两滴答，没了。为了拿下一口水井，和守护水井的敌人交火，牺牲了我们的兵。天津的自来水塔那么高，敌人能放过？早成了制高火力点了。"

小花棍则以当地人自居，依然有说的："天津市区里到处都有河，大清河、子牙河、永定河、白河，还有运河，敌人利用河流固守，我们进攻很难，可就是喝水容易。"

李门楼无话可说，只好"嘿嘿"一笑："生白菜有维他命啊。"

向杰很干脆："不带白菜不能参加战斗。"

刘五华把小花棍的那棵白菜拿了过来，说："我帮你带吧，我这里多棵白菜，也就跟多根鸡毛似的。"

小花棍对刘五华最满意："还是刘五华最会做政治工作，其实，白菜还是我自己带，到时候刘五华帮我吃白菜就行。我是最怕啃生白菜了，你们东北人咋就那么爱吃生白菜呢？我听起来咔嚓咔嚓的就像兔子。"

李福强吃着饭就笑起来："有一回我们吃饭没碗，李门楼给我们一人一片大白菜叶子当碗，这一碗饭吃完，再盛饭，没碗了，碗叫我吃了。现在想起来，觉着那是我吃得最香的一次饭。"

小花棍也满脸的笑："我不信，高粱米加生白菜，还最香？除非你扛了几天的刀。"

李福强说："不是扛刀，是扛机枪。"

小花棍笑道："打进天津城，你就知道啥是扛刀了。看来这次攻下城来，我回家还得准备点急救药，不光是我娘，全家肯定高兴得过头了，别晕倒，他们还都不知道我当解放军了。”

李福强介绍经验：“急救药不用带，我的概括是一定要‘双厚’。一是衣服要穿得厚，大城市的人爱疯，见了你说不定就把你抬起来扔，接住再扔，万一接不住呢？二是脸皮要厚，我不行，脸皮薄。沈阳一解放，我们在大街上走，两边欢迎的人多啊。冷不丁地出来个女学生给我献花，花好，可那女学生比花还鲜亮，笑得甜，话也甜。我哪经历过这阵势，没接人家的花，还吓得连连倒退。我这个人打仗都不倒退，当敌人的时候打仗都不倒退。胜利了，就倒退了，这下把人家那女学生弄得很难为情，下不来台。”

小花棍拍着自己胸脯说：“到时候你看我的。”

李福强羡慕地说：“你是经过锻炼的，宣传队有那么多女孩子。我没那个条件，我上哪儿锻炼去。”

小花棍嬉笑说：“等全国解放了，你有的是锻炼机会，大庭广众之下可以跳舞，不是我们宣传队跳的那种舞，是男的和女的搂在一块跳。”

李福强惊叫一般：“你是想学国民党的军官啊，那我们不是白革命了吗?”

天黑以后部队就出发了，驻地离前沿十几里路，全部实行灯火管制，通信员提着一盏联络用的信号灯，需要时就点亮。

还没到开阔地，就进入了交通壕，往前走了几百米，便插入了交通壕的一条分支。这交通壕就像一棵大树，先是树干，越往前走，便越是树杈，壕沟也变得窄多了。终于到了九连的埋伏地带，全连在战壕里停住，然后就是坐下来待命。

战壕往前还有一段距离的延伸，要等我军炮火急袭开始后才顺着战壕往前运动，战壕尽头距护城河有六十多米。

李门楼探头观察前方，城墙一线布满了照明设备，把护城河上空照得贼亮，巨大的探照灯光柱不停地在开阔地上扫射，偶尔有照明弹在半空点亮，把埋伏地带也照得如同白昼。李门楼掏出了怀表，不用点火，那表上的指针也清晰可见，时间是临近九点，距总攻时间还有十来个小时。借此机会，连长组织班长、排长匍匐前出勘察了地形，进一步明确了架桥、爆破点、冲击目标，选择了行动道路。

这是进入华北后最冷的一天，入夜后气温不断下降。刘五华说：“看来护城河真要冻结实了。”

葛长藤对刘五华说："都说你傻，我看你是会神机妙算，这回又让你说中了，老天爷还真是护着我们呢。"

小花棍似乎有些惋惜："我们的渡河器材也许是白准备了。"

李福强说："护城河上的冰再厚，也经不住炮弹，我跟侦察班去过前沿，看到很多敌人在河面打冰，冻一层打一层。敌人是想得很周到，那冰面肯定会被炮弹炸塌陷。"

葛长藤已经站起来跺脚，班长说："不要把头露在战壕外面，这里比大月亮照着还亮。"

葛长藤便弯了腰，但还在继续活动腿脚，样子像一只大虾，喃喃道："冻伤了脚，冲锋可就慢了。"

连长来检查时说："要活动手脚，别冻伤，可以用东北的老办法。"

在小花棍的印象中，在最冷的时候在东北露营，最好的办法就是点篝火，大家围着火烤，烤了正面烤反面，可是眼下不可能点火了。他问李门楼："东北是啥办法？"

李门楼只说："你看别人咋做，你咋做就行了。"

刘五华对李福强说："我和你搭伙。"

刘五华把棉鞋脱了下来，说："我不想这么熬着，几晚都挖战壕，太缺觉了，还是眯瞪一会儿。"

李福强也把自己的棉鞋脱了下来，小花棍奇怪怎么越冷越脱掉棉鞋呢，但他很快就明白了，原来东北的老办法只是互相把脚丫子伸到对方棉袄里面，利用胸前的热气暖脚，防止冻坏了脚。

刘五华很快就睡着了，还打起了呼噜。

小花棍对葛长藤说："我的鞋不行，脚冻得跟猫咬似的，我看这个办法可以，我跟你搭伙。"

葛长藤问："我不是披着羊皮的狼了？"

李门楼担心刘小大身体吃不消，问他："抗得住吗？"

刘小大笑道："没问题，就是脚冷，你帮我暖脚就行了。"

李门楼说："我不跟你合作，我知道你从昨天就没洗脚。"

刘小大有办法："咱们都带着白菜，我用白菜叶擦一擦就行了。"

李门楼也忍不住笑了："你那白菜肯定也冻成冰疙瘩了，你还是留着当冰棍吃吧。"

一百零六

李门楼那湿透了的棉衣外部已冻成冰，是穿着冰甲打仗，活动受限，士兵们连拉带推协助他上城墙，那种方式历来被称为“推着毛驴上山”。

天亮之后，从原野到市区都笼罩着大雾，即使用望远镜，也看不到敌人阵地上的工事和重要目标，总攻迟迟未能开始，估计要在大雾消散之后才开始炮火准备。

大雾逐渐消散，九时三十分，各级指挥员自上而下通过电话对表。连长拿着一块怀表走了过来，对李门楼说：“我这表刚对过了，你跟着我的表对一对。”

一排有两个人有表，一个是李门楼。

十时整，数发红、绿信号弹腾空而去，炮击开始。这个方向的几百门大炮开火，炮弹呼啸着从头顶飞过，试射，破坏性射击，压制射击，千发炮弹一起射向预定目标。在和平门南北八公里的正面上，硝烟滚滚，可以看得到城墙瞬间被炸出了豁口，有长长的一段城墙变成了陡坡。开阔地的雷场被密集的炮弹引爆，铁丝网、鹿砦被炸飞。一架敌侦察机从西南方向飞来，我军高射炮群开火，敌机被击中，眼看着拖起了黑烟坠落下去。

九连提前沿着战壕往前移动，行至战壕的尽头，只等上级一声令下，便可冲出战壕，直向敌前沿扑去。

硝烟中，大家看到前面被炮弹炸毁的地堡群后面出现了红旗，李门楼喊：“连长，你看，红旗，是不是人家突破了前沿阵地？出击吧。”

连长疑惑：“不会吧？炮兵还在往那里打炮，我们要等出击命令。”

出击信号是三发照明弹，此刻正值刮西北风，北边射击的炮弹烟雾飘来，像黑云压顶，高空却晴朗，若有照明弹信号，是完全能够看到的。

也就在这时，大家看到左方阵地上士兵扛着红旗在冲锋，这次是看得真真切切，那是四团突击连红三连冲向了护城河。

李门楼并不知道红三连也是求战心切，左邻为炮兵指示射击目标在开辟冲击道路上竖起了红旗，位置前出，被战壕内红三连指战员看到，同时也看到敌人的工事被摧毁，误以为是老大哥部队突破了前沿阵地，因此红三连提前发起了冲击。

李门楼按捺不住了，眼看着老大哥部队在往前冲，难道等人家打胜了我们再上去？他喊："连长，出击吧。"

连长的命令是原地不动。

此刻我军炮火的压制射击还没有结束，炮弹随时会打了自己人，电话里传出了上级首长的声音："二鬼子，我枪毙了你。"

二鬼子是四团突击营裴营长。

连长看了李门楼一眼，没说话，意思到了：没命令你敢出击，我也枪毙了你。

李门楼冷静了。

好在指挥机关针对这一情况，命炮兵停止了射击，继而改为延伸射击。

终于盼来了天空的三发照明弹，连长下达了"开始爆破"的命令，三排是爆破排，李门楼是爆破队长，他率先冲出了掩体。冲至敌方前沿的铁丝网、鹿砦、绊马索一带，迅速爆破，清除障碍物，此刻，二排五班已经抬桥冲了过来。

就在这时，架桥处两侧的暗堡开了火，几名战士被机枪扫倒，架桥五班的老战士吴翰臣当场牺牲。那暗堡设在城墙根，只留着一个枪口，里面不开火很难看出来，李门楼知道是敌人在城墙里挖了通道，设有一连串的暗堡。

李门楼冲下护城河，他想绕开冰面上的弹坑冲过河去，可是没跨几步，支离破碎的冰面承受不了他的身躯，瞬间就坠入冰河中。在他踏到河底时，猛然往上一蹿，蹿出了河面，他就势卧在冰面上，手里的枪和腰上的手榴弹还在，敌人的子弹就在他身体的上方"嗖嗖"地飞。回头看，排里的战士都被压制在河那边，他没直接上岸，在冰面上快速往左侧滑动，他估计已经到了地堡侧面，匍匐上岸。

没带炸药包，他只能前去把手榴弹塞到了地堡的枪眼里，刚一躲闪，里面的手榴弹就炸了，机枪也哑巴了。这时他才发现棉衣已经湿透，他又一次感受到了什么是透心凉。

他想去打掉另一个暗堡，便沿城墙根向那边运动。就在这时，他听到一声炮响，一发炮弹不偏不倚打在了城墙右边的那个暗堡上。

李门楼知道这是炮排打了小炮，李科并没有跟着步兵冲击，他在战壕边架着小炮掩护，没想到这个家伙没冲击就立了攻城的头功，心里愤然骂道：王八犊子差点把我也炸了。

九连过了护城河，按照预定方案沿着突破口的陡坡上城墙，以抗击敌人的反击。城墙根下东侧仍有地堡在开火，为了保证后续部队顺利渡河，连长命三排沿城墙根向东摧毁敌人暗堡，扩大突破口。

李门楼带全排连续炸毁几个嵌在城墙内的地堡，听城墙上枪声激烈，喊杀声一片，便命全排也上城墙。李门楼那湿透了的棉衣外部已冻成冰，是穿着冰甲打仗，活动受限，士兵们连拉带推协助他上城墙，那种方式历来被称为“推着毛驴上山”。

他突然看到和平门上出现了我军一面红旗，那是四团三连的突破口，看来他们已经率先攻下了和平门。

通信员来传达命令，见城墙上的遗体旁有两个炸药包，就背了一个扛了一个。也就在这时，一阵机枪响，往下看，冲到城墙下面的部队当即被扫倒一片，机枪声来自侧面下方。是敌人设在城墙内侧的两个暗堡开火了，这暗堡是专门对付我军破城后冲下来的有生力量，和前面增援的敌人对我军形成夹击之势。李门楼下令：“扔炸药包，拉了导火索就往下扔，比飞机扔炸弹还过瘾，让他们坐土飞机。”

两个炸药包垂直扔了下去，下面两声巨响，李门楼卧在边上探头看，两个暗堡处都出现了不小的废墟堆，机枪声没了。

李门楼下了城墙刚追上三排，突然从掩体内冲出来两个排的敌人，正好把九连两个排拦腰斩断。李门楼指挥三排从正面抗击，一排则掉头向敌攻击。一排长头部负重伤，机枪班射手牺牲，机枪班长一个人用三挺机枪轮换扫射。九班李福强携轻机枪冲上一废墟，从另一侧向中部敌人开火，我两个排趁势将敌人压进一个大院。此刻大部队已经从突破口攻入城内，众多兵力将大院团团围住。

大院内敌人被全歼后，九连便向前火速突击，全都跑步前进。李门楼有全身的湿棉衣拖累，受过伤的腿也不争气，他没能跟上连队。通信员也落在后面，估计是连长让他协助李门楼。他们看到了李福强，不知李福强从哪里捡到了一箱机枪子弹，也扛在了肩上，很费劲地走过那一片废墟。还有一名落伍者，他便是刘小大，一看就知道他是体质跟不上，上战场就原形毕露了。

李门楼带着三个兵按预定路线去追赶连队。

没走多远，那条路就变成了两条，就像一个裤腰伸出两条裤腿，无法知道九连走的是哪条裤腿，只好随便选了一条，反正找不到三排也能消灭敌人，预定作战方案中就明确了进城被打散也要人自为战，争当孤胆英雄。

他见路边是一排溜的铺面，有的铺面门敞开着，看得出里面货物已经是遭劫一般地落了满地，店主估计已经逃之夭夭。李门楼决定进入那个铺面，借机在室内把身上棉衣脱下，把内部的水分拧出来，以减轻负荷，也减少体温的丢失。可是进去一看，那店铺里有很多新衣服，有的衣架倒了，衣服也落在地上，其中还有棉衣。李门楼喊了一声，无人应答，就赶紧退了出来，里边倘若有敌人，他也不至于如此慌张。其实他只是很敏感，知道自己眼下是落汤鸡，进入人家这衣帽店，大有拿老百姓衣服之嫌疑，搞不好就会惹出天大的麻烦。

刘小大问：“咋回事?”

李门楼说：“他娘的，瓜田李下，太危险了。”

他发现马路对面的铺面窗顶有烟筒伸出，烟筒正在冒烟，想必是铺面主人还在。李门楼走过去，果然那门没上锁，他推了一下门，门也没有插死，里面有不少柜台，但没货，他还没迈进门，立刻有两个敌人把他抱住了，他喊了句：“有敌人。”外面的刘小大怕伤了李门楼，自然是不敢开枪。李门楼当即就被敌人制服，步枪和手榴弹被缴获。

李门楼只能迅速地观看房内敌情，大声朝外喊：“房内有敌人一个排的兵力，和后面的大楼有连接。”

李门楼被拖到西边，这里没有窗户，却有一个空汽油桶做的大火炉子，火很旺，一股热浪扑面而来。一个敌兵大声说：“他当了俘虏还指挥战斗。”说着拿起了一团黑啦吧唧带着油污的擦枪布想把他的嘴堵上。李门楼心里迅速确定了他要说话：“你们能躲到这里取暖，我就不能进来烤烤火？我都要冻死了。”

敌兵立刻反驳：“我们不是躲，是要和你们拼到底。”

李门楼佯装疑惑，说了“是吗？”两个字，就继续审视室内敌人，说：“我以为你们在这避避枪炮就回家了，看来你们还真有可能是要顽抗的。那好，我也变变，我可以当代表，和你们谈判。”

一名敌少尉看了那位多嘴士兵一眼，似乎对他很不满，但并没开口，只对李门楼强硬地说：“谁和你谈判，你成了我们手里的小鸡仔了，大不了和你同归于尽。”

李门楼心平气和：“城都破了，你们活着的也就活下来了，没有必要还找死。你从窗户上往外看看，你们的那些散兵游勇，恨不能有四条腿呢。”

多嘴士兵依然还嘴：“还是把他的嘴堵上。”

李门楼紧着说：“先别，我得喊话，不是向你们喊话，是向我们的人喊话，让他们先别拉炸药包的导火索。”

少尉当即同意：“看来他怕死，让他喊。”

李门楼往门那走了几步，两个敌兵依然在背后扭着他的胳膊，他朝外喊：“把炸药包都靠紧墙放好就行了，先不要爆破，我和他们都混在一起了。”

李福强在外面朝路面扫了一梭子，其用意显然是要让敌人知道他们被封锁了包围了，是一个也跑不了的。

李门楼又喊：“也不要打枪，我估计他们是被俘过了，释放后在这里避避难，用不着咱们再俘获他们一次。”

敌少尉竟没反驳，示意两个兵放开李门楼，那两个兵改为用枪对着他。

李门楼看到这屋里的敌人除了有武器，还有一部电话，估计他们是守楼的，我军破城后，他们不想在楼上挨炮，就下到一层铺面，这儿就安全多了，跑出去也方便。于是李门楼大大咧咧地说：“听你们说话，估计你们就是粤军林伟铸的部下，城墙暗堡里被炸死的，就是你们一个军的，求饶的话也全是一个味儿。”

少尉逞强："现在该你求饶了。"

话虽是这么说，少尉心里却是焦虑不安的。守城被攻破，他联系过连长，连长没作任何指示，只说我们当了替死鬼了。眼下室内他们是绝对优势，可外面的热火朝天让他真不知如何是好。

李门楼心里是又急又悔，但还是力求放松声音，把该说的话说出来："你们经营多年的金汤银汤，我们十来分钟就突破了，你们就算是瞎子，光听炮声也该尿裤子了。"

多嘴兵打断了他的话："他在宣传。"

李门楼故意笑了笑，继续宣传："我们耍了个小把戏，你们就误以为我们会从城北突破，把主力一五一师调到北面，结果首先吃亏的就是你们了，替死鬼其实值得同情。"

李门楼发现脚下是顺棉衣滴下来的水，棉衣外面的冰已经融化了，他这才想起自己进屋来的目的，觉得还是乘着有火炉，先把要事办了，出去之后才能把耽搁的时间补回来。他往火炉跟前靠了靠，说："你们的护城河真他娘的厉害，本想找个僻静处把棉衣里的水挤一挤，却来了个林冲误闯白虎堂。"

他当即脱下了棉袄，前胸对着火，手里把那棉衣死劲拧，拧出的水流在地上。他又想到还有棉裤，最影响战斗力的还是这吸饱了水的裤子，他索性连裤子也脱下来拧水，说："黑不溜秋的看什么看，都转过身去。"

多嘴兵坚决不转身，还说："他诡计多端，脱了裤子也不会老实。"

李门楼讥讽："脱了裤子不老实能咋地，你以为你是漂亮妹子？"

多嘴士兵火了："看我敢不敢毙了你。"

李门楼表扬的语气说："够野，这叫有个性，我这个人就是喜欢有个性有特长的兵，我还就要你留下当我们的兵，放心，不会让你当爆破手，我要让你当我的勤务兵。"

少尉竟然笑了，讥讽说："你芝麻大的官还有勤务兵？"

李门楼不能丧气了："看来你还真了解我们。"

不料这时刘小大竟然背着枪走了进来，当然其下场和李门楼一样，武器被缴。李门楼生了气："谁让你进来的？又送上门来一个。"

刘小大看看周围的敌人，分辩："你说他们是被俘过了，我才进来啊，我在窗口见你在处理棉衣，就想到我这棉衣里头还有好几件单衣，是把夏天的衣服也都穿在了里边，不单是怕冷，我是怕留守兵给我弄丢了。我进来就是想把内衣给你穿在里边垫上，肯定好多了。”

李门楼不同意：“我知道那是你成亲时穿的行头，都是单衣，我不穿。”

多嘴兵从窗户往外看了一眼，说：“糟了，满街都是他们的兵。”

少尉说：“慌什么，把携行包拿过来。”

那兵拿来个枕头包，少尉打开，内有一套绒衣。没想到的是少尉当即递给李门楼，说：“别说我们不优待你，这件绒衣给你穿上，外面再穿你那湿棉衣。”

那绒衣对李门楼颇具诱惑力，当即问：“这棉衣是你的还是士兵的？”

少尉说话还是居高临下：“这是棉花做的，可不叫棉衣，叫绒衣，士兵一人只有一套，都穿着呢。这是我的，这一套叫备装。”

李门楼毫不犹豫接受：“你的我敢穿，这是缘分也是情分，我想以后也许还有见面的机会。”

说着就把本来穿上的湿裤子脱下，先穿了那绒裤。

刘小大觉得不可理解，排副此举搞不好会影响全排的荣誉，说：“吃了人家的嘴短，拿了人家的手短，穿了敌人的裤子，你不怕腿短？”

李门楼没理搅三分：“他又不是老百姓，就是追查起来，我就说快冻死了，穿了哥们送的绒衣。我是副排长，职务比他低，说是上级对下级的关心，也说得通，还能把我撸了？”

刘小大随即说：“我是什么也没看见。”

少尉说：“不瞒你说，刚才我们就从窗户看见你进了对面那个衣店，还真没拿里边的衣服，贵军秋毫无犯是真的。”

李门楼见他说起吹捧的话来，便觉得时机到了，匆匆穿戴整齐，说：“你们愿意在这继续烤火的，就留下，想回家的，出去回家就是了。南方兵，路远，这城里是一根金条也换不了多少米，怕没饭吃，也可以在我们指定的地方歇些日子，先保住命，天暖和再回家。至于枪，是惹祸的根，就别带了。”

说罢，并不等敌人的回应，便走到窗户那边朝外喊：“我这就带他们走出去，你们不要误伤他们。”

门打开了，全排的敌人走了出去，枪弹就堆在门口。

李门楼走出来一看，眼前站着连长，没想到连长他们比自己推进还慢。李门楼开口炫耀道："我们没动枪，就俘获敌人一个排。"

李门楼明显看出那个少尉对他的话不满，李门楼不在乎这些了，向连长介绍了少尉："他有重大立功表现，我同意让他眼下回家。"

连长没反对，李门楼问："怎么不见炮排长？我让他认识一个新朋友。"

连长说："他在发射位置。"

李门楼对少尉说："你可以走了，有事可以找我，找发展部九连就行了，我叫李门楼。"

少尉很难看地笑了笑："我还找你？向一个俘虏讨好，我是丢脸丢到家了。"

李门楼说："丢到家怕啥，回到家就捡回来了。"但他还是小声警告少尉："你可别在这里哪壶不开提哪壶。"

少尉没往城外方向走，而是往内城走，他说他先去找女友，说他有手艺，在市里能混下去。他迈着不紧不慢的步子，始终没有撒丫子快跑。

一百零七

刘小大说："路边的战利品中有好几辆坦克，不可能都坏了，咱们就把那个俘虏要过来，让他开坦克，为咱们开路。没炮弹也不要紧，坦克撞地堡，地堡就成了鸡蛋壳。"

八连从九连打开的突破口攻入城内，行进顺利，后来就冲到了九连前面。八连按预定方案冲到南大道瑞康染厂时，遭到敌人一个营的兵力在三辆坦克掩护下的反击，全连迅速抢占有利地形，只消灭了敌人的部分步兵，未能切断敌人的步、坦协同。九连赶到时，由于坦克开火，被压制在一片废墟后面。三营首长调来了营属火箭筒班，向坦克射击，击毁坦克一辆，其余两辆退至一片房屋之间，我部队随即冲入大院歼敌。

中午时分，部队已打到老城附近，这是敌人的又一道防线。敌人凭借坚固工事进行顽抗，一侧的第三监狱和自来水公司等几个制高点没能拿下来，迟滞了部队的进攻，与敌人形成了对峙。我军后续部队也很快打到了这里。九连被阻隔在一条小巷口，往前面看，大街小巷都挤满了我军官兵，听得到前面爆破的声音，但就是不见往前移动。九班士兵开始发牢骚，李门楼呵斥说："不要说二话，你们的计划肯定能超额完成，有你们显身手的机会。"

李门楼问李科："你们排还有几发炮弹？"

李科发牢骚说："你们随时可以捡敌人的枪弹，我们是一发小炮弹也捡不到，全排剩下的弹，和我裤裆里的弹一样多。"

炮排的小炮弹只剩了两发。

李门楼说："两发就能摧毁两个目标，我跟上级请示，把你们小炮排调到前面去，现在谁请战都没用，只有你们炮排要求往前调，才会批准。”

就在这时，远处路上出现了马队，马背上驮着弹药，李门楼说：“人家支前的老百姓都赶到了，我们还窝憋在这里，我们在这儿等着享受革命胜利的成果吧。”

李科突然信心满满了：“你要是沉不住气，我们炮排往前调的时候，你可以带一个班到我们排里来，条件是你们要帮我背炮弹。”

李门楼带着情绪说：“只要能往前，别说背炮弹，就是背你也行，你们不就那两发弹吗?”

李科笑道：“你往那边看，那马队驮的小箱子，上面的字看到了吗?那驮的是六〇炮弹。”

李门楼根本看不清上面的字，他不相信李科能看清，估计是从木箱的形状上看出是六〇炮弹。

李科又喊李福强：“你看后面的马驮的是啥啊。”

李福强一看，有几匹马驮的是重机枪，他走过去，对民工说他认出有一挺重机枪是他的，说罢，连同马一起要了过来。

路上开来了一辆坦克，坦克一停住，就从坦克上跳下了几个首长，有人喊：“首长到一线来了。”

李门楼对李科指点说：“那个是军里的三号首长，旁边那个是师里一号，也就是我跟你说的毛猴子，他接见过我。”

李科不耐烦：“啥时候了还套近乎。”

李门楼听得出来，看来李科很反感他的介绍。李门楼信心满满：“我这个人哪，套近乎就为了一条，那就是请战，每一次我都套成了，我就有这个本事。不信我现在就去试试，保证让你到前面去施展威力。”

李科存心说：“我怀疑。”

李门楼让李科跟他前往，到了一号跟前，打了个敬礼，一号果然认出他来。

李门楼看了李科一眼，对一号介绍说：“这是我们连炮排长李科，原先是敌军出了名的神炮手，擅长隔着建筑物打制高点。我看让他带几个炮兵往前运动，他准能找到合适的发射点，能把制高点端掉。”

李科打个立正：“那里有座楼顶插了红旗，是我们控制了，就在那座楼上打炮。”

一号当场拍板："好。"

李科跑步来到连长跟前报告："师一号首长命我们排先把那个制高点敲掉。"

连长说："你们请战也打隔山炮？"

李科解释："是李门楼拉我去的，他提出的建议。"

连长满意说："隔着锅台上炕，这次还真上对了，一步迈到炕头了。别光带炮班，也带上一个步兵班，遇上敌人可以掩护你们。"

李门楼请示："我带一个班去吧。"

连长准了："行，完成任务尽可能回到这里，要是我们离开了，我留一个兵当联络员，下一步攻老城不能少了你们这两员大将。"

李科带人上了那座插有红旗的小楼，打开楼上一侧的窗户，正好面对前面的一个制高点，完全没有遮挡物，那制高点也是一座经过改造的高楼工事。小炮发射，首发命中，接下来就是连续射击，眼看着那楼顶被炸成了废墟，高层的火力点被端掉，有的炮弹从窗户里打进去，烟火又从窗户里炸出来。

李门楼请示："可以撤了吧。"

李科没动："再等等，部队在进攻，我们观察一下高层还有没有新的火力点。"

等了一会儿，没见新动静，李科看还剩下了几发炮弹，说："往回扛太麻烦，都打出去。"

李门楼反对："别给我来这少爷作风，别浪费，我们步兵班扛回去，全当是备荒粮。"说完带头扛炮弹。

回到巷口，连队还在原地，但堆在那里的炮弹全没了，指导员说别的单位也需要补充小炮弹。李科对李门楼大加赞赏："幸亏你们把剩下的炮弹搬回来，看来还是你有预见性，我们排缺了炮弹，那就是巧媳妇难为无米之炊。"

李门楼教训说："不是我说你，打仗不能图痛快，越是势如破竹，指挥员越要理智。"

李科边点头边连连说"是"，但他心里在想：好像那制高点是他李门楼打下来的。

李门楼好久没见李科这么虚心了，趁势说："还有，能抓活的还是要抓活的，留一条命，他也不会跑到美国大鼻子那儿去。"

连长从营部那边回来了，一见李科就说："我听营长说，一号表扬你了。"

李科立正说："再接再厉。"

连长大声对全连讲："我们还是要按预案打，东西对接，拦腰斩断，先分割后围歼，先吃肉后啃骨头。刚才上级要我们团从右侧迂回打进去，中途不要纠缠，先向纵深穿插。"

进老城的道路都有火力控制，九连没有从道路上突破，选了一道围墙，炸开一个豁口，冲了进去。没冲多远又是一道围墙，炸开这道围墙，便是一条斜街，街边有一个地堡群，主碉堡已经被我军大炮轰塌了，但一翼地堡还完好，依然在射击。为了便于掩护爆破，九连又在一侧炸出了个围墙豁口，豁口正对着那个完好的地堡，距离不到五十米。朱传熙请示向杰："我去炸。"

向杰说："你掩护就行了。"

朱传熙把步枪在断墙出枪，打了几枪，对面射孔内的机枪就哑了，很有可能是朱传熙把子弹打入了射孔内。向杰下令投弹，趁着爆炸的烟团，葛长藤抱着炸药包冲了上去，一直冲到地堡跟前把炸药包放好，那地堡的射击孔再也没开火。葛长藤卧在那里，迟迟没有引爆，向杰急了："糟了，葛长藤可能负伤了。"正要派人上去，葛长藤朝这边喊："里面的敌人同意投降。"

向杰怕葛长藤上了敌人的当，大声喊："你磨蹭什么。"

这时从地堡侧面爬出一个敌人，手里没有枪，看来这就是投降的敌人了。向杰让班里的兵在原地掩护，自己一个人迂回跑了过去，不满地说："你怎么这么黏糊?"

葛长藤报告："里面就剩这一个活的，投降了。"

向杰说："你怎么能确认就一个活的，赶紧把地堡炸掉了。"

随着爆炸声，地堡被炸开了，九连官兵冲了过来。

只有一个俘虏，不好派人押送，连长说："就让他先跟我们走，遇到别的连队押送俘虏，顺便交给他们就行了。"

葛长藤问向杰："什么是黏糊?"

向杰态度很不好："你提这个问题就是黏糊，为了一个敌人，拖拖拉拉，把战机都黏糊掉了。"

还没到路口就看到了我军的很多官兵，他们已经把这一带打下来了，看来他们是从小西门直接打进老城的。

连长下令："我们已经落后了，跑步前进。"

路边有几辆敌人的坦克，看来这坦克已经成了我军的战利品。

再往前走，就看到了一连的兵在押送俘虏。李门楼没看到一连指导员余学谦，却意外地看到一连的刘小老也在押送俘虏，还未打招呼，刘小老已经很神气地朝刘小大喊："哥，你看哪，这都是我们连抓的俘虏，我们一个班就抓了二百多，你们抓了多少？"

刘小大无言以对，李门楼说："你哥的目标是炸它二百多个碉堡。"

刘小老笑道："咱啊，现在是充满了骄傲自满情绪。"

刘小大突然停住，指着那俘虏队列对李门楼说："你看那个俘虏的军装、袖口，还有那身材，矮墩墩，结结实实，屁股很大，是坦克驾驶员。"李门楼催促说："那他也是小虾，咱们抓大鱼去。"

刘小大说："路边的战利品中有好几辆坦克，不可能都坏了，咱们就把那个俘虏要过来，让他开坦克，为咱们开路。没炮弹也不要紧，坦克撞地堡，地堡就成了鸡蛋壳。"

李门楼大悦，先提醒注意事项："这事别找你二弟，他知道了那个被俘虏的坦克兵是宝贝疙瘩，没准还就不给咱们了。"说着就把小花棍抓住的那名俘虏叫过来，扯着他的胳膊紧着往前追了几步，先跟押送俘虏的一连班长自报家门，还没说完，那个班长就说"我认识你"。李门楼可怜兮兮说："我看到你们抓那个俘虏，矮胖的那个，那可是我亲弟弟，两年前就被抓走，我真怕再和他失散了，我娘想他快想疯了，求你把他交给我吧。我不白要，我拿我们的这个俘虏跟你们换。"说着把那个俘虏推入了队列。

那个班长没犹豫就同意了，并很大方地说："我们押送的人，也都是只有个大概的数。"

李门楼直奔坦克兵，悲喜交加地喊着："小墩子啊，你可把咱娘想死了。"

坦克兵懵懵懂懂被俩人拉着跑。

刘小大请示李门楼："要不要问问他。"

李门楼答复："不要。"

刘小大又请示："要不要给他做做工作。"

李门楼又答复："没工夫。"

刘小大吃吃地笑："小墩子，给他的代号？"

李门楼也笑了："我叫门楼，弟弟叫门墩比较好。"

到了坦克面前，李门楼把枪顶到坦克兵的后脊梁上，下令："看看哪辆好，能开动，上去。"

坦克兵哭丧着脸："要是能开得动，哪能扔在这儿。"

李门楼恐吓他："开不动就把你和坦克一起炸毁。"

刘小大安慰他："别怕，我们排长是吓唬你。你当过敌人，而且是在乌龟壳里当，你回了家人们也不拿你当人看，连父母兄弟也受牵连，连媳妇也找不下，谁愿意跟遭殃军一个被窝里睡觉啊。"

李门楼笑了："现身说法？"

刘小大瞪了他一眼，继续说："你帮我们把坦克开起来，就有功，我们负责给你写证明，有证明家乡就拿你当解放军看了。当然想当我们的兵我们可不能要，全国都要解放了，都想跟我们坐龙廷，绝对不行。"

李门楼又笑："比较全面。"

那个坦克兵果然说了实话："你们不懂，这坦克，有的没坏，是没油了，有的坏了，但还有油。"

刘小大下了命令："你让坦克兄弟合作一下不就行了？"

坦克兵心领神会，李门楼和刘小大也帮忙，很快就解决了。李门楼命坦克兵上去，坦克兵觉得后腰上硬硬的，只好又上去，他俩也跟着钻了进去。

李门楼又命令："开着走。"

坦克兵觉得腰眼上还是硬硬的，就开始操作。

李门楼在他肩膀上拍了拍："看来你也没坏。"

坦克兵胆怯道："不行啊，你们的兵看到是我们国军的坦克，会开炮，会把你俩也打死在里边。"

李门楼有同感："是啊，我俩可不能当就冤死鬼，你想得还挺周到，我看找一面红旗插上就没事了。"

往前行驶，噪声很大，坦克兵大声说："你把身子探出去，他们就看出你是自己人了。"

李门楼也大声说："你是不是想让你们的人把我打死。"

他知道连队下一步是打百货公司火力点，便命坦克手直奔百货公司。他的发言终于柔和了："团长把我们连当后娘养的，给八连配属坦克，不给我们。我们现在也有了坦克班，我是班长，刘小大是炮手，我的这个弟弟门墩是驾驶员。"

刘小大说："搬炸药包就行，那就是我这个炮手的炮弹了。"

很快就追上了连队，刘小大把舱盖打开，把身子露在外边，招着手，还大声喊叫着，他看到了连长，扯着嗓子喊："连长，我们捡了辆坦克。"

连长问："谁在开？"

刘小大说："我们捡了个坦克兵，连长你上来吧。"

李门楼把刘小大扯回舱内，自己探出身子喊："坐这里边活受罪，赶紧送一挺轻机枪上来。"

连长命一个机枪手把轻机枪递上去，又换成刘小大探头："还有炸药包，我们直接开到火力点跟前放炸药包。"

坦克跟在连队的后面行进，刘小大说："坦克应该是做前导的。"

李门楼说："不用急，到时候你就是前导了。"

九连开到了百货公司附近，火力点是两栋有平顶的楼房，平顶上有机枪火力，周围有的平房也改造成地堡，射击孔控制着四面开阔地。李门楼命坦克驾驶员撞那道围墙，坦克开过去，那厚厚的围墙自然就出现了一个突破口。一个班的士兵端着枪呐喊着跟在后面往前运动。正面的平房顶上在开火，比地堡的火力不弱。李门楼对驾驶员说："猛开啊，给它撞塌。"

坦克手说："太快了，就把后面的步兵丢下了。"

李门楼立刻醒悟一般："门墩同志的话有道理。"

刘小大说："这叫步坦协同。"

李门楼说："我听炮手的。"

坦克开到火力点跟前，猛地撞了上去，那平房倒塌了，坦克直开上了废墟。前面楼房下排列着大批的沙包，有敌人借助沙包的掩护向这边扫射，跟随坦克的士兵们卧倒在废墟后面还击，有人投去了手榴弹，可惜距目标远了一点。坦克开向了沙包，敌人的子弹打得坦克叮当作响，还没到跟前，敌人就乱了套，放弃抵抗朝两边跑，刘小大从腰间拿出一颗手榴弹，李门楼说：“不要把头露出去，咱们不管投弹，让步兵投去。”

坦克开到了楼脚下，刘小大举起个炸药包，拔了导火索就扔了出去，刘小大像土拨鼠似的钻回了舱内。

李门楼对坦克兵喊：“往回倒。”

还没来得及倒车，炸药包就爆炸了，楼墙被炸出了一个大洞，坦克还能开。李门楼命坦克兵：“往右开，撞开楼门。”

那坦克在原地只一扭，就掉转了方向，往楼中间位子开动，李门楼十分惊讶：“没想到这么重的家伙竟这么灵活，说向右转，立马就转过来了。”

坦克兵竟然还有心思炫耀：“它是轴心转动。”

坦克把门前的沙包连同大门一同推开了。

连队的士兵们拥入了楼内。刘小大按捺不住：“我们也冲进去吧。”

坦克突然停住了，坦克手说：“完了，坦克坏了，估计是你们扔炸药包的时候，把它也捎带上了。”

刘小大埋怨道：“关键的时候拉稀。”

李门楼也不想在这里看别人打仗，自己也冲了出去。坦克内只剩下了坦克兵一个人，他探出头往四下里环视一遍，看来人们已经把他忘了。他看有一条干粮袋还在，里面还是鼓鼓的，就捡起来挂在身上，然后就爬出坦克，溜之大吉。

很快有不少俘虏被押出来。

李门楼想起了那个坦克兵，到坦克上一看，里边空空如也，对连长说：“那个臭小子跑了。”

连长并不在意：“跑就跑了吧。”

刚清点完人数，远远地跑来一个人，李门楼定睛一看，那不是坦克兵吗？那坦克兵喊：“别开枪，我是你们坦克班的。”

李门楼埋怨：“我们以为你逃跑了。”

坦克兵反而怪起李门楼来：“你们都进楼了，把我丢在坦克上不管，你们不要我了，我干吗还赖在这儿，脚底抹油溜了吧。”

李门楼敷衍一句：“我还说给你立大功呢，没影了。”

坦克兵很认真地说：“本来我走了，可是一想背着黑锅回去，是不好，我想让你给我写几句话，就写我被俘后帮你们开坦克打下国军工事，为解放天津立了功。”

李门楼爽快地答应了：“我可以给你写，我们连打这个工事，只有个把轻伤，没有阵亡的，这和你的帮助分不开。”然后转向连长：“可以吧？”

连长点头：“帮助过我们，就是朋友。”

坦克兵掏出了几张很像样的白纸和一支没削的铅笔，说：“刚好那边有个文具店，没人，也没什么货了，纸和笔还有，就拿了出来。”

李门楼说：“这就不对了，老百姓的东西怎么能随便拿呢。”

坦克兵拿刺刀削铅笔，很难削，但还是削成了。

李门楼简要写了几句，然后说：“我们攻打这高楼工事和地堡，这和你用坦克开路有关，是头功。要是他们不相信，就叫他们来找我，我把单位和咱们坦克班那三个兄弟的名字也写上了。”

连长说：“把我的名字也写上，我也是亲眼看到的，也是证明人。”

李门楼小声说：“回家也不容易，我允许你进楼里取点吃的，路上用。”

坦克兵说：“算了，有你们的这个干粮袋就行了。”

走出几十米了，那坦克兵回头笑着喊：“门楼大哥啊，小弟门墩得向你坦白，那坦克没坏，是我存心拔了一根线，大哥上当了。”

李门楼没生气也没笑，只是很伤感地补充了三个字：“保重啊。”

一百零八

李科见机枪哑了，很恼火。无奈之中，李福强脱下了棉鞋，用鞋底子朝机枪使劲拍，嘴未停闲，连声地骂："叫你顽固。"再试，机枪打响了，李福强喊："是欠揍。"

且说九连离开百货公司，又接连拿下了两个据点，冲到了鼓楼西大街。一个丁字路口边上的高楼工事，封锁了街道，街上一个障碍物也没有，连路边的大树也提前砍伐了，只留下一个个和地面齐高的树桩。九连被堵在了两个店铺之间的空隙中，一露头就有枪弹射过来，店铺前面有一排钢筋栏杆，钢筋上也被枪弹穿出了一个个的小洞。

炮排往后撤退一百多米，避开了敌人的封锁地段，冲过了街道，这就到了高楼工事的斜对面了，然后贴近路边房屋往回移动，那房屋有长长的屋檐，正好可以遮挡楼顶射来的子弹。没走多远，便是一座和高楼工事差不多一样高的楼房，楼上所有玻璃窗上都贴着防震的"米"字形纸条，看不出有工事改造的痕迹，估计不会有敌人。李科决定把小炮架到那楼顶上去射击，可惜全排只剩下了一发小炮弹，全排大多士兵都改了步兵，携带着步枪参加战斗。李科看到了李福强，那匹马的背上依然驮着重机枪。

李科喊："李福强，看到那楼顶了吗？把重机枪抬上去射击。"

李福强受宠若惊，几个炮排的兵立刻上前抬重机枪和子弹。

上了楼顶，那里是一个顶端平台，上面还有两个小房，平台边四面都有半米高的边围，正好可以依托，李福强把重机枪架好，对面的和下面的敌人，都在这挺重机枪的射击范围内。

敌人的高楼工事顶端有机枪打过来，子弹就打在李福强身边，李福强大悦：敌人的机枪子弹能打到这里，我的机枪子弹就能打到敌人那里。

李科并没把小炮和那一发炮弹搬到楼顶，而是选了二层楼的窗口作为射击位置，炮弹打出去，把敌人火力最密集的工事炸开了。

可是李福强的重机枪却打不响，楼顶只有炮排的几个兵在用步枪打单发。李福强又急又气，怎么也找不到故障出在哪里，伸手照重机枪又拍又摇，还是无济于事。李科见机枪哑了，很恼火。无奈之中，李福强脱下了棉鞋，用鞋底子朝机枪使劲拍打，嘴未停闲，连声地骂："叫你顽固。"再试，机枪打响了，李福强喊："是欠揍。"

李福强把着重机枪平射了一阵，敌人楼顶的火力被压制。他探出大半个身子把着重机枪朝下打，地面敌人虽有沙包墙掩护，可是李福强居高临下，看得到沙包墙后面的敌人，看得到就打得中，他辨不出是否击毙了敌人，但敌人不敢露头是清晰可见的。

这是我地面突击排攻楼的最佳时机，李福强没见地面有动静，气愤道："都瞎了，我给你们这么好的机会都看不出来。"

李科也沉不住气，骂道："笨得拉稀。"

下面有了两声爆炸，而后有兵力冲入那高楼内，接着至少有两个连的兵力跟随而来。李福强见此状，迫不及待要去加入楼内搜索，对李科说："炮排长，我下去了，重机枪是你们排抬上来的，还是你们把它抬下去。"说完就下楼去了。

李科也命令全排撤离。炮班长请示："重机枪抬不抬？"

李科没犹豫说："抬，咱们惹不起他。"

行至楼下，已经有俘虏从高楼工事内被押出来，李科对炮排的士兵们正式宣布："从现在起，我们炮排改步兵排，大家抓紧时间去挑选适合自己的最好的枪支弹药。"

大家先从缴械的枪支内挑选，也有的进了楼。

李福强从楼内出来，很着急地说："找不到重机枪子弹，我这挺重机枪挑食，支前队送来的子弹它不认，只认缴获的子弹。"

李门楼说："这么大个楼，找起来太麻烦，没有向导不行。"他面向俘虏们大声问："你们谁是机枪手？"

虽没人应，但有两个俘虏的目光不约而同地朝一个人扫了一眼，李门楼走上前拍了一下那个人的肩膀，说："就是你了，楼内哪儿有重机枪子弹，你不会不知道吧？"

那俘虏犹豫，李门楼不跟他磨叽，只对李福强说：“这是你的同行，让他带你去找子弹，不听话就以顽抗处置。”

那俘虏顺从地往楼上走，李福强带了机枪副手紧跟着。

俘虏没有让李福强失望，很快就找到了所需子弹，李福强和副手每人扛两箱，还剩很多箱，李福强不舍，命那个俘虏也扛上了两箱。

李门楼见扛来了六箱子弹，说：“连队还要快速往纵深打，不能负荷太重啊。”

炮排没了炮弹，李科很看重这挺重机枪，主动说：“我们排可以分担三箱。”

李福强对李门楼说：“那个机枪手不错。”

李门楼在急匆匆赶路，不耐烦道：“还想要机枪手？有你一个就够受的了。”

往前没走多远，天就黑下来，连长问小花棍对这一带的路熟不熟，让他多留意，不要走错了路绕弯子。路上依然有敌人从高处打枪，幸好有夜幕掩护，完全可以顺利通过。可是街灯亮了，抬头看，一根根的电线杆上，全都有电灯，部队沿墙边跑步前进，跑了很远，还是有电灯。行至一个丁字路口，突然响起了枪声，而且还有密集的机枪声，那路口有一个地堡，看得见那射击口的火舌，九连官兵全都停在了墙边。

刘小大端起步枪，瞄向了电线杆上的电灯，骂道：“叫你给敌人卖力，我毙了你。”枪响灯碎，首发命中。连长喊：“先别打，趁着亮，把地形地物都看清，准备好。”

地堡前面是开阔地，地堡前面没有围墙，只有两道铁丝网，那铁丝网就架在人行道边。

连长下令：“可以了，把那些灯都给我消灭。”

士兵们都举枪射击，一阵点射，把丁字路口的灯全都击落了。大家又进入了黑暗中，两个爆破手带炸药包在夜帐中冲了过去。突然两道强光出现在前面，李门楼一看就知道是敌人把汽车灯打开了，这时我们的爆破手已经到了铁丝网跟前，第一声爆炸，炸毁了铁丝网，第二声爆炸就把地堡摧毁了。

三排端枪冲了上去，那里只有这一个地堡，旁边没有依托工事，地堡内设有床铺，守地堡的敌人只有一个班，没被炸死的敌人从地堡里钻出来，共三人，敌班长举着手竟敢对我们的人说话："都说你们进攻前会先喊话，要是先喊话，我们早就缴枪了。"

小花棍说："这是夜战，要的就是悄悄地上来，打你们个措手不及。"

李福强把枪口顶到那敌班长胸前说："我还没见过在这时候还敢跟我们说说讲讲的俘虏。"

敌班长忙解辩："我只是想表白我们早有投降之意，以赢得你们的优待，不求别的，里面还有个伤员，救救他。"

李福强喊了卫生员维他命过来。

那个伤员被刘五华背了上来，他伤的是腿，卫生员给他用了止血带。

眼下俘虏有四人，李福强说："没必要派人押送的，就把他们先交给老乡吧。"

敌班长赶忙说："别把我们交给老百姓，他们意气用事，会把我们砸巴了。"

那个伤员很清醒，只喊冷，敌班长脱下棉袄给伤员盖上。卫生员见状，对敌班长说："你不怕冻死?"

刘五华说："用不着盖棉衣，下面有好多床被子呢，我去取一床上来，敌人的被子给敌人盖，这不算违纪。"说着他就钻进了被炸坏的地堡。

那里边黑漆漆的，他摸到了一床被子，提起来抖了一下，碎渣"哗啦哗啦"落下来，他夹着被子正要出地堡，却有一枚手榴弹从外面投进来，落地即爆炸。

李门楼听到爆炸声赶来时，刘五华已经倒在地上，一摸，他身上是湿的，显然都是血，根本看不到伤在哪里。李门楼声嘶力竭喊："信号灯呢?"

通信员的信号灯内没油了，亮不了。

刘五华被抬了上来。

李门楼上了那辆汽车，打开了车灯，车前立刻变得如同白昼。刘五华还能说话："不要开灯，周围有敌人。"

连长赶来了，见卫生员正给刘五华包扎，刘五华被手榴弹炸得到处是伤，胸口的伤口在冒血，连长知道伤在这个部位会形成气胸血胸，很难救过来。李门楼见状，心里也凉了，他的前任连长就是死于肺部伤。

连长喊了一声"刘五华"，突然就失控地哭起来，这让李门楼惊慌失措，看来连长确实是精神创伤越来越严重。他听得出连长在责怪自己：“都怪我，本来他就要回家了，我却把他留下了，他本来就傻啊，为了一床烂被子就把自己的命丢了，我咋就说他不傻呢，他咋能当兵呢，这不是我害了他吗？”

突然刘五华动了一下，他还能说话，他说的是：“我死不了，我见的伤员多了，心口处受伤，只要喘气不觉得憋闷，就死不了。我只是疼，一点都不憋闷。”

这话让李门楼惊讶不已，前任连长受伤后就是喘不上气来才死的，刘五华的判断也许是对的，也许这就是医学专家才能总结出的道理。

小花棍说：“这一带我熟悉，前面不远往右拐，就有租界的一家医院。”

连长也冷静了，对李门楼说：“你不是会开汽车吗？就用敌人的汽车把他送到医院。”

李门楼把那辆军用卡车发动了，刘五华被抬上卡车，他死死拽着连长的手不撒开，说：“连长，别走，我害怕。”

连长说：“我不走。”

连长哪能不走呢，他扯过了卫生员的手。天很黑，刘五华是仰卧在车厢板上，他并不知道握着他的手的人已经换成了卫生员。

小花棍坐在了李门楼旁边，他是带路人。

既然是去医院，敌人的那个伤员也理应上车。

卫生员把那床被子给两个伤员盖上了，依然有话：“流血过多，保暖才能保命。”

李科借机把炮排的小炮都放到了车上，没了炮弹，小炮暂时用不上，又不能丢掉，放到车上是最佳选择。还有那三个俘虏，押送不值得，交给老乡确实不合适。李门楼自作主张：“也押上来吧，先捎带上，等攒多了一块押送。”

一百零九

连队对各库房进行了搜索，仓库内罐头、饼干等食品堆积如山，搜索过的仓库，门上都用粉笔写上了：“发展部十四日夜十一时占领，原封未动。”

很快就到了医院，这是一家教会医院，里面灯火通明，照样在开张，来就医的人很多，大多是外伤。车上的两个伤员被抬了进来，李门楼依然带着枪。

一个着修女装束的人迎出来说：“这是医院，不能带枪进入。”

李门楼两眼巡视着问：“里面没有敌人？”

修女说：“你带来的这一个不就是敌人吗？”

李门楼应答：“他也是伤员，只能找你们了。”

修女指了指旁边的那个房间，俘虏被抬了进去，李门楼一看，里面已经有好几个敌人的伤员，他心里一缩，这里该不会是敌人掌控的医院吧？

刘五华被抬进了另一个房间，李门楼紧着跟了进去，这下他放心了，这里的伤员全是穿着我军的服装，有一个年龄稍大的伤员，一看就是指挥员。李门楼问：“你们是哪个部队的？”那个指挥员说：“我们都是发挥部的。”

李门楼说：“我们是一个师的啊，我是发展部的，你们怎么来到这儿了？”

指挥员说：“我们营从这儿打过去了，看这儿有家医院，就把伤员送进来了。”

李门楼心里很别扭，原以为这个方向上九连是突击最快的，可还是被老大哥部队超过去了。

李门楼安慰了刘五华几句，便对小花棍说：“你先留下来照看，没什么问题，你就可以赶队。”

小花棍很不情愿说：“我兼任着带路的向导。”

刘五华说：“你们又不是大夫，都走吧，这里不需要留人。”

李门楼坚持要小花棍留下来。

李门楼开着汽车追上了连队，他下车向连长报告情况，说刘五华还活着，暂留下小花棍照看他。连长说：“我怎么看小花棍好像就在汽车上。”

李门楼看车厢板，果然是小花棍。小花棍说：“是刘五华把我赶走的，他说我不走他就撞死。”

夜里十点多，连队赶到了敌军需库，老远就能看到旋转的探照灯，探照灯安装在一个主炮楼上，此外还有三个炮楼，分布在军需库的角上，军需库占地面积很大，每个炮楼之间距离至少有五百米，围墙上的铁丝网隐约可见。按照预案是全营一起歼灭守军，眼下九连是最先到达这里的连队。

夜幕里，连长召集干部们研究了一下方案，分析的结果是金汤桥方向的枪炮声很密集，如果那边的敌人撤退下来，这边压力就大了，现在是攻打军需库的最好时机。

连长说：“好吧，先断其一指。”

他们先攻打的是眼前的这个子堡，位于军需库的东南角，碉堡周围照明设施很差，主堡的探照灯虽能把这里照亮，但探照灯是旋转的，利用空中的黑暗完全可以接近围墙。

围墙一被炸，那围墙上的铁丝网冒了一阵电火花，看来那铁丝网是带电的，这在九连参加的夜战中并不常见，连长大声喊：“不要碰电网。”

爆破手似乎没听见，还是携炸药包冲了过去，映着天空的微弱亮光，看得见那碉堡在爆炸声中朝一面倒了下来。连长没有让连队冲上去，他下令：“不要管这里了，赶紧往主堡方向移动。”

七连在三营长的带领下从另一个方向赶来，先九连一步赶到主堡前。李门楼听得到七连有人在向主堡喊话，而且主堡内的敌人回应很及时，那声音居高临下，反复地喊那句话：“不要打了，我们缴枪。”

九连和七连会合时，那探照灯还亮着，主堡的敌人已经开始往外走，主堡上的敌人不多，但主堡一侧不远处是一栋平房，里面有一个连的敌人，那便是看守军需库敌人的大本营了。让李门楼意外的是，主堡上的敌人投降，那大本营的敌人也一并投降了，七连在这里一枪没放，就抓获百余俘虏。

俘虏中有一名副营长，他不仅不隐瞒身份，还大声自报家门说自己是这里的最高长官，大声地说：“我已经接到我们营长的电话，要求我们放下武器，停止战斗，我已经通知了各炮楼，你们千万别再爆破。”

李门楼带三排跑步赶往另一个子堡，那也是个高耸的水泥工事，从上到下都有射击孔。喊话后没见动静，官兵冲入子堡内，未搜出一个人，敌人全都跑掉了。

最后那个子堡内里也是空空如也，九连长在这里派了岗哨，主要是防止我军的枪弹误伤自己人。

连队对各库房进行了搜索，仓库内罐头、饼干等食品堆积如山，搜索过的仓库，门上都用粉笔写上了：“发展部十四日夜十一时占领，原封未动。”

有十余辆运输军需物资的卡车，整齐地排放在停车场上，士兵在车厢板上也写上了粉笔字。

八连赶来了，还押着几十名俘虏，他们刚才也夺下了一座仓库，活捉敌营长。八连长做了简要汇报，并补充说：“我们俘获敌人营长后，看他那里有一部电话，就让他给各连都打电话，命各连都放下武器，他照我们的话做了。”

我方三营长当即赞扬了八连的做法：“我们这边打得顺利，主炮楼敌人没回击就投降了，估计和你们迫使敌人营长打电话有关，你们是团结作战的模范。”

李门楼听了这话心里很不服气，主堡敌人明明是看我们把一个子堡炸掉了才投降的，现在归功到八连了。

营长看了看表，命各连就地休息、吃干粮，准备下一步的作战。

李门楼突然想起自己从丁字路口开来的那辆卡车，那卡车上还有三个俘虏呢。

李门楼出了仓库大门，来到那辆卡车前，他两手扶住后车厢板往上一跳，车上黑乎乎地还蜷缩着一个人。李门楼喊：“下来。”

车上的黑影站了起来，是小个子俘虏。李门楼问：“咋就剩了你一个？”

小俘虏回答：“他们走了。”

李门楼奇怪："你咋不走？"

小俘虏丧气道："往哪儿走啊。"

李门楼说："不走是对的，跟我进驾驶楼里暖和暖和。"

小俘虏说："行。"

李门楼进了驾驶室，小俘虏也上来了，这里果然暖和多了。李门楼看看外面，黑漆漆的看不到人影，他把手伸到挎包里掏出一包饼干，那是他刚才从仓库地上捡起来的。他撕开个口子就大嚼，对身边的小俘虏兵说："你们的饼干咋就齁咸？我还是头一回吃咸饼干。"

没吃几口觉得很干很噎人，水壶里的水早喝完了，想到身上还带着白菜，也掏出来，白菜心就饼干，吃得顺畅多了，小俘虏在他身边只听得咔嚓咔嚓的咀嚼声。李门楼想起什么，叮嘱说："听好，不该说的不说，你可不能说我吃了饼干，不然我可就不客气。"

小俘虏慌忙发誓一般："不说，绝对不说，我跟谁说啊。"

李门楼补充："一是不能说，二是别学我。"

小俘虏懵懵懂懂的："干吗学你啊。"

李门楼说："万一你成了我们的兵，跟我学就不好了，当然优点可以学，但不能学犯错误。"

小俘虏好奇地问："吃干粮，吃着吃着就吃出错误来了？"

李门楼神秘地说："这饼干不是我的，是战利品，他们要是知道了，准整治我，这我不怕，我是怕连累全连。"

小俘虏的话语中竟带了天真的笑意："那你可得对我好点。"

李门楼严肃道："你还有心思笑，说吧，咋样才是对你好？"

小俘虏兵也说不出什么来，想了想，说："我想走的时候能让我走。"

李门楼说："不让你走还养你一辈子？"

不料小俘虏又补充一句："我不想走的时候别让我走。"

李门楼也答应了："行，想留下就留下。"

小俘虏很满意，宽宏大量地说："这仓库的东西，以前是我们的，你们把它缴获了，就是你们的了，该吃该用理所应当。就像这汽车，加了油才能开动，一包饼干吃在你肚子里，其实不是为了你自己，是为了能打仗。"

李门楼也带了笑："你是鼓励我干坏事？"

李门楼吃完了饼干，把一团纸扔到车窗外，算是灭迹。他把汽车开到了仓库院内，停在了车场，和那些汽车停在了一起。他说："走吧，该归队了。"

他带这个小俘虏走到了全连休息处，小俘虏一眼就看到官兵们吃的干粮是玉米面饼加咸菜疙瘩。

向杰走了过来，递给李门楼两个玉米面，说："这是匀给你的。"

小俘虏未语，不禁回头看了李门楼一眼，李门楼觉得很不爽，说："看啥看。"

李门楼对向杰说："那车上就剩这一个小蟊贼。"

向杰不在意地说："这也好，自然淘汰，剩下的就是好的。"

李门楼看了看前面正在集合的俘虏们，对小俘虏说："你跟他们一块集合吧，生活会有保障。"

小俘虏说："他们跟我不是一个团的，我过去，准受气，我还是跟你们走吧。"

向杰还是不在意地说："也行，就跟着我们班走。"

李门楼犹豫："这样合适不合适啊。"

小俘虏对李门楼说："反正我就跟你们走，你要是拦着，我就把你的事说出去。"

李门楼说："人小鬼大，你可不是个省油的灯。"

吃完干粮，全营就集合，三个步兵连各留了一个班看守仓库，其余官兵继续往前开进。走了很远没遇到敌阻击，路上都是我军官兵。一直冲到了金汤桥附近，那里也已经有我军士兵在站岗，发挥部已经拿下了金汤桥，并向胜利桥方向打去。

九连决定按预定计划继续往北，直奔专员公署一带，那里肯定还有仗可打。

又接连打下两个小据点后，天就亮了。

行至专员公署附近，全连借民房的掩护迂回接近，专员公署是一个大院，高墙铁门，院墙上架有电网，前后各有一个炮楼，三层楼顶上建有水泥工事，院墙沿街一侧也同样有沙包堆积的防御工事。

八连先行赶到了专员公署附近，见需要爆破的工事不少，但连队所剩炸药包已不够用，他们派爆破组两人去调炸药包。走出二百多米，就遇到了九连。见九连携有炸药包，爆破手便说："把你们的炸药包借我们一用。"

九连沿路打下来，炸药包和爆破筒也成了稀缺资源，但李门楼当即同意，且条件优惠，说要借连爆破手一起借给你们。然后他对九班下的口令是："看见那炮楼了吧？那里住的可都是敌人高官，我们现在携带炸药包，炸碉堡去。"

这时开来了一辆坦克，坦克内乘坐着代理教导员宋良，他是昨天在三营沈教导员负重伤后被任命为代理教导员的。他请调了坦克，那坦克虽然没有了炮弹，但用它去撞大铁门是没问题的。

果然坦克在猛烈撞击大铁门之后，突破口就打开了，我官兵随着缴枪不杀的吼声，冲进了大院，还没冲到那栋高房工事前，就看到全大院有不少窗口都挑出了白旗。那白旗种类繁杂，大到白褥单，小到白衬衣、白毛巾，有一处还挑出一段白色的医用纱布和绷带，李门楼说就差白袜子没挑出来了。

投降敌人有四百多名。

八连在大院内展开搜索，这次搜索的主要是躲在室内不出来的"高官"。九连不参加搜索，紧急集合收拢，宋良下令：九连继续往北打，直插化工厂。

李门楼见路面上开来了很多人，他想让兄弟连队支援点炸药包或是爆破筒，可是街上是一队队被押送的俘虏，一眼望不到头，几乎把宽阔的路面全占满了。

再往前走。见一营的几个连队也分别请调了坦克，仗打到这个时候，坦克已经不再是固定配属一个单位，而是哪个单位需要，就配属哪个单位，攻下了堡垒，坦克便就近另行去攻坚。李门楼知道往北打，也需要连克敌碉堡，炸药包不够，也应该让我军坦克配属到九连来。他看到一辆单独行驶的坦克，去拦截，谁知那坦克根本没减速，李门楼只好躲闪到一边。

李门楼的急躁情绪又上来了，对连长说："仗打到现在，正是抓俘虏的时候。"

连长沉稳地说："据可靠消息，化工厂有一个加强营的兵力，好几百人哪，我们争取全都抓活的。"

路边有不少老百姓在观看逆行的俘虏，李门楼边喊："老乡们，有熟悉通往城北化工厂道路的吗？抄近路。”

随即有人站了出来，还说他可以为部队带路。连长没同意，说：“你告诉我们怎么走就行了。”

李门楼建议：“还是让他当向导好，现在可走不起弯路，他是工人阶级，我可以派一个班保护他。”

连长问向导：“为了避免和小股敌人纠缠，尽量避开敌人的火力点，你能行吗?”

那位向导拍了胸口：“这里的大街小巷都在我这儿装着呢。”

向导进入连队行列。

一辆吉普车开了过来，车上坐着师参谋长和一名参谋，车上还装着一些炸药包。参谋长说：“炸药包给你们调运过来了。”

李门楼一听有炸药包，立刻跑过去看，不由分说，先抱了两个下来，装作没看到参谋长，抱着炸药包就跑了回来。他喘着气说：“没多少，别等分配了，你们也赶紧去先抱几个回来。”

参谋长在那里看着九连的兵搬炸药包，也没阻拦。李门楼这才走过去和参谋长打招呼，敬仰地说：“大家都说五号首长是我们的运输小队长。”

那名参谋立刻说：“这是污蔑。”

参谋长不在意：“没关系，我发现李门楼脑瓜一点都不灵活，炸药包在车上多好，让吉普车跟着你们行进不好?”

李门楼试探的口气：“那就再搬到车上?”

参谋长说：“由你了？我怎么看你慌慌张张跟做贼似的。”

李门楼笑了笑：“我们这里缺炸药包，我怕平分。”

在向导的带领下，九连在小巷中穿行，为了抢时间，他们翻越围墙，从另一个工厂内穿过。距化工厂还有一段距离，就看到化工厂的一座高厂房。

化工厂大门紧闭，地上也很干净，看来敌人还在。果然制高点上有敌人在射击，听到枪响，李门楼放心了。连长知道时不我待，形成包围圈已来不及，而且那工厂极大，想围也围不过来。便命令直接把围墙炸开。

“轰隆”一声响，围墙被炸出了突破口，大家突进去，避开高厂房，紧靠近路边建筑散开往前行进。不料又是“轰隆”一声爆炸，看得见是远处的后围墙也被炸开了缺口，有不少敌人在往那缺口处跑，看来，这里的敌人是不战就逃。

九连开始了冲锋，跑在最前面的果然是飞毛腿刘小大。李门楼看得出来，这次他跑得快，并不在于他的腿，而是根本不懂城市作战，尤其在这布满厂房的地带，首当其冲是要防备敌人居高临下射击。

刘小大突然停了，他转过身喊话，不是对敌人喊话，而是对我们的部队喊话：“我看见了，他们都没带枪，是逃跑，不要开枪。”

围墙的缺口处在逃敌人很快密集起来，显然是那缺口狭窄，敌人在那里如同要排队要拥挤，这种场面也只有轮渡码头和火车站才见过，有点像早先鬼子投降时日本难民在码头的场面，也有点像后来小长假时在火车站的场面。而在战场上，这无疑是用冲锋枪扫射歼敌的最佳时机。李门楼也搞不清是咋回事，不堪一击的敌人他见过，不战而降的敌人也见过，可真没见过像羊群遇狼而拥挤溃逃的敌人。

连长也看得出来，这阵势，想跑过去抓活的也是不可能的，等追上去，那里的敌人也就跑光了。相反我们在追敌的过程中，若有厂房上的射击，连队的损失则是巨大的，他摆了一下手，惋惜地说：“算了，跑就跑吧。”

随后就下达了靠墙隐蔽准备搜索的命令。

很快敌人就消失殆尽。

厂房顶上的射击孔内挑出了白褥单。

李门楼带领士兵冲了上去，令他失望的是那里只有一个连长和一个机枪手。

原打算抓一个加强营的俘虏，却统共只抓到三个人，还有一个人是重病号，大家都觉得很扫兴。

李门楼推推搡搡把敌人那个连长带了下来，对连长和指导员报告：“这就是打化工厂最大的收获了，是个狗娘养的连长。”

连长问：“你是留下来掩护全营逃跑的？”

敌连长说：“不是逃跑。”

李门楼讥讽道：“是撤退。”

敌连长很讲究用词准确：“也不是撤退，是解散。营长接到电话，说我们的警备司令部被攻克，警备司令官也被俘了。我们营长就下了个命令，说‘全营就地解散’。”

指导员叹道：“树倒了，你们是该散了。”

敌连长依旧梗着脖子，大声地表白："我跟营长说不能解散，就是拼，我们也要拼个鱼死网破，死也要和他们同归于尽。我拒不向我们连传达营长的命令，可是在那顶上看到你们来了，他们就都拥向后围墙的缺口。我知道在这时候要是你们向人群扫射，弟兄们的尸体就成堆成山了。我不会跑，我带机枪手，居高临下，我要让你们的尸体铺满地。只是见你们并没向那些手无寸铁的逃兵开枪，我也就没让机枪手射击。"

指导员平静地说："打你们这个据点，我们无一伤亡，你们呢？也没见有死伤的，双方也只是各炸了一堵墙，战斗就结束了，这也算是双赢吧，两全其美。"

敌连长低下了头："这话让我是无地自容。"

李门楼惋惜说："从昨天打到现在，这末了一仗打得憋屈。"

指导员一只脚跺了一下地面："你跺跺脚，这脚下，是解放区了。"

卫生员被叫来，他摸了一下那病号的前额，有点慌，骂道："他们连军医都跑了。"

敌连长说附近有家医院，其言无非是想让人把病号送去。连长对敌连长说："我们在这儿损失大了，还得补回来，赶紧往北打，你是他的连长，你背他上医院。"

卫生员说："就这么放他走？"

连长怨声载道："大鱼都跑了，留这个小虾能顶什么用。"

不料敌连长开口讲了一个惊天内幕，说团里工兵预先就在化工厂安装了爆炸装置，如果战局不利，就同归于尽，由于没来得及，没能引爆。

李门楼当即说："不可能来不及，是你良心未泯，不忍让这一带的百姓毁灭。"

查看爆炸物后，九连没能再北进，他们组织厂内和周围百姓转移，并由上级派来的工兵拆卸爆炸物。

攻打化工厂成了九连在天津战役中的最后一仗。

一百一十

向杰可怜兮兮的音调："当时我吓得就差没尿裤子了，这两手不停颤抖，还有，我自己也不知道怎么就跪在地上，讨好地称呼他'八路爷'。"

学生们都哄堂大笑了。

激战后的市区十分平静，路上行人主要是我军的官兵和支前的民工，有一栋沿街楼房垂下了红布条幅，上面有三个字：解放了。

当晚三营在敌人的一个兵营休息，每个宿舍可以住一个连，睡的是敌人的大通铺，大家都睡了一个安稳觉，在屋外也可以听到鼾声此起彼伏。

连长考虑到连队随时可能开拔，决定让小花棍先回家去看看。天刚亮，小花棍就被叫醒，他懵懵懂懂问："嘛任务？"班长严肃地说："今天连长交给你的任务是回家看看，天黑前要归队，以后如果能在这里休整几天，再给找个机会回去。一定要注意安全，守纪律，不要惹祸。"

小花棍喜不自禁，说："要是你们转移，最好给我留张字条，写上去向，我找起来方便。"

他看了四周，选了床的一条腿，说："就把字条放在床的这条腿下。"

班长看他的棉衣上有几处口子，有一处是被子弹穿破的，便看了看还在熟睡的士兵们，那些兵的身上都覆盖着自己的棉袄。班长说："你看哪件好，就换件哪。"

小花棍很自信："不用，带着战地痕迹回家，他们会更羡慕我。"

班长不赞同："你父母看了会心疼。"

小花棍却坚持不换衣服。

这天的任务是原地待命。

街上热闹起来，听得到鼓乐声，有秧歌队腰鼓队从门前经过。九连官兵未能出去，大多利用待命机会整理个人卫生。一群学生走来，径直进了兵营院，要求找首长。连长和指导员都去营部开会了，并没有人代表连首长出来接见他们。外面的学生七嘴八舌，向杰从外面进来，对李门楼说：“来的都是大学生，还有不少女学生。”

李门楼笑嘻嘻的：“是吗？是不是来给我们献花的？”

向杰白他一眼：“你别想好事了，他们是来要求参军的。”

李门楼也移到了窗户跟前，透过玻璃窗，看到外面是一色的青年，李门楼发议论：“这么大的仗刚打完，街上还在搬运尸体，大学生们就来要求参军，热血青年啊。经过我的目测，都是风华正茂，有为啊。”

向杰建议说：“隔着窗户搞什么目测，咱们出去吧，人家热心而来，冷落人家就欠妥了。”

李门楼一本正经，原地不动：“这么多大兵都出去，那是目测吗？那是围观。”

李福强在一边整理自己的军容风纪，说：“这些女学生，还真就比乡下闺女可人，我们都出去是不大好，如果管不住眼睛，影响也是很坏的。”

向杰颇有讨好李门楼的意思，说：“派代表出去接待比较合适，来有迎，走有送，我看让副排长做代表吧。”

李门楼推辞说：“我不出去，我当不了代表。”

李福强大有小看他的意思：“勇往直前的精神不够。”

向杰惋惜道：“要是小花棍在这里就好了，他的外交能力很强。”

李福强鼓励说：“副排长应该借这个机会多锻炼锻炼。”

向杰转身对班里战士说：“副排长胆小，咱们班要挺身而出，走啊，出去看看，就是出于礼貌，也不能不理不睬。”

李福强紧跟在向杰身后：“我也需要锻炼，该出击就得出击。”

向杰带班里的几个兵一走出来，便向学生们挥了一下手，解释说：“我们这儿最大的首长就是连首长，他们去开会了，我们副排长还在，可是他怕羞，不好意思出来接见大家。我是九班长，对于大家要求参军的革命热忱，表示敬意和支持。我要告诉大家，我们部队很欢迎很需要你们这些有文化的青年，还顺便告诉大家，我们部队有卫生队，有宣传队，都是需要女兵的，女同学们也是很有希望成为解放军的一分子，这是很光荣的。解放军有着无以比拟的向心力，一种比万有引力还要大的引力，我们欢迎你们加入这个行列。”

大家报以掌声，向杰自己的情绪也被鼓动起来了，他的话刹不住车了，顺势说：“我可以理直气壮地说，在家的时候我也是一介书生，在革命军队这个大熔炉里，我成长为战斗功臣，两个大功，两个小功，这次打天津，我们九连战绩显赫，我们九班更是开路先锋。”

瞬间学生们把向杰当成了偶像，有个女生是全校有名的国文状元，身上总带着个本子，她当时就掏出本子让向杰签名留念。向杰不仅潇洒地挥笔写下了名字，还有一句题词：“让我们成为并肩作战的战友。”

这位国文状元虽文静，却也掩饰不住激动，向同学们炫耀：“看看人家这字。”

小韩见班长一人被学生们围住，走回了屋里，说：“我们班长红透了。”

李门楼很理解地说：“我听出来了，他是想把学生们吸引到革命队伍中来。”

这时听外面有学生问向杰：“你打过日本鬼子吗？”

向杰有点得意，也就有点忘形，竟然很激情地认可说：“打过，我和日本鬼子拼过刺刀，那一次战斗全连只剩十几个人活下来。”

学生们愈加佩服，有人大喊：“这么年轻，就是老八路啊。”

小韩对李门楼说：“完了，他把自己绕进去了，难收场了。”

只听外面的向杰说：“我和老八路差远了。”

有学生自以为有判断力说：“准确地说他是小八路。”

向杰难言，很老实地推托：“惭愧惭愧，小八路也不是。”

一个女学生敏锐地问：“不是八路，你怎么和日本鬼子拼刺刀呢？”

李福强紧着打圆场：“他以前是新四军的啊。”说完赶紧回到屋里，生怕向杰在这些天真烂漫的学生面前说出自己也来自敌军。

向杰有些狼狈，不过他并没胆怯，索性说：“我刚才不是说我们部队有吸引力吗？不瞒你们说我以前是国民党部队的一个班长，四平攻坚战中我被俘，被俘几个小时我就参加了人民军队，当天晚上我就立了大功。”

在学生们眼里，向杰立刻黯然失色，那个拿着有题词本子的国文状元喊了句：“天哪。”

又是一个女生问："你被俘的时候，是不是举着手？昨天我们见的那些俘虏，都没举手。"

向杰坦然了："你们想想啊，当时那个臭小子的枪就对着我，刺刀上滴着血，一看那扭曲的脸就知道他杀红了眼，那可真是来索命的魔鬼，我能不举手吗？"

向杰如实坦白，重新赢得了人气。

向杰可怜兮兮的音调："当时我吓得就差没尿裤子了，这两手不停颤抖，还有，我自己也不知道怎么就跪在地上，讨好地称呼他'八路爷'。"

学生们都哄堂大笑了。

国文状元问："你的那个爷，八路爷，如今在哪儿？还是那么可怕吗？"

向杰玄玄乎乎地说："他啊，就是我们的副排长，那时他也是个班长，我被他活捉不到三分钟，他看我很可靠很优秀，仪表不凡，谈吐不俗，就派我去救护伤员，从那时起我和他就是铁哥们了。"

回应依然不佳："他有那么傻吗？能跟你是铁哥们？"

向杰朝屋里看了一眼："不信你们去问他，他就在屋里，他脸皮薄，乡下土生土长，怕见城里的女孩子，尤其是对城里仪表有致衣着得体的女孩子，一见就脸红。像啥呢？像油焖大对虾。还有，他没读过书，见了有文化水的新潮女性，更是觉得相形见绌，必然会退避三舍。"

国文状元兴奋道："进去看看啊，看他有多可怕多魔鬼。"另一女性说："我敢断定不像魔鬼，我想看看他的脸到底有多红啊。"

大家一拥而上，进了宿舍，屋内的兵们都起立，规规矩矩站好，唯有李门楼还坐着。

李门楼放下了手中的铅笔，慢吞吞说："九班长啊，你咋说我脸皮薄呢，像吗？"

大家的目光投过去，分明是一尊铁罗汉。一位学生说："很标致的男子汉。"

国文状元观察很细："果然是未语脸先红，不乏温柔啊。"

向杰也加把火："他就是鼎鼎有名的战斗模范李门楼。"

李门楼很低调地说："你们看看，我在干啥？写检讨呢。"说着提起那页纸，上面的三个字十分醒目：检讨书。

李门楼沉痛的语调："前天打了一天仗，到夜里我饿得受不了，干粮中只剩了一棵生白菜。正好我们打下了敌人的军需仓库，里面堆着饼干，满地是饼干，走路得蹚着走，不然踩的都是饼干。我意志薄弱，纪律观念差，经不住诱惑，我就吃了一包地上的被踩碎了的饼干。这事让一个刚抓的小俘虏看到了，没想到这个小俘虏就在我们连当了解放军战士，他觉悟一提高，就把我的错误向这位九班长揭发了。我写的检讨书，还要在全排念，接受大家的批评，然后还得背上一个大包袱，知道大包袱是啥了吧。"

国文状元似答似问："是处分？"

李门楼故作委屈："是。"

学生们都愤然不平，有人喊："那个臭俘虏兵在哪儿啊，怎么这么坏啊，怎么能让他参加光荣的解放军啊。"

李门楼敢作敢当，一副凛然之态："他是对的，对坏人坏事，应该揭发。"

有学生入了他的圈套，愤然说："你是坏人吗？他才是坏人呢。"

李门楼对向杰说："你听听群众的意见，我看这检讨就免了吧。你知道我这个人文化浅，检讨写不好。"

向杰坚决地说："不能免。"

有人把国文状元推到前边说："她出口成章，下笔如神，三下五除二就是一篇文章。我看这位副排长有什么要写的，就让她帮助写，副排长只要说说情况，她一加工就得。"

李门楼露出笑容："这倒是个好办法。"

小韩面对国文状元说："写检讨还得拔高呢，不好拔。"

李门楼说："拔高我可以自己拔，加上几句就行。"

国文状元为难地问："拔高是什么？"

李门楼直言道："拔高就是把自己的脸抹得黑点，后果说得严重点，一句话，就是要往自己头上扣屎盆子。"

这不文明的令学生们恶心的话，是从李门楼的口中说出来的，可大家都冲着向杰来了。国文状元说："我明白了，这叫欲加之罪何患无辞，更不应该的是让人家自己给自己加罪，我看你也不像坏人，肯定是你把国民党那一套搬过来了。"

向杰委屈道："打仗打得紧张死了，晚上摸摸脑袋还在，还活着，就想家了。今天见你们这么纯真，我自己也不知道怎么就很想在你们面前多说点，想表表功。事与愿违，话多必有失，被你们抓住了狐狸尾巴，你们都把我挤到门缝里了。”

他如此低调表白，立刻扭转了局势，有学生当即笑道：“咱们也别为难他了，你们看啊，他仪表还真是不错，热面小生，一点也不封建。”

李门楼慢悠悠地说：“他是个南蛮子，家离这里远了去了，天边似的。整天行军打仗，见了你们，就像见了自家兄弟姐妹，啥话也倒出来了。”

国文状元嘻嘻哈哈的：“那你命令他叫我一声姐。”

向杰严肃起来：“不敢不敢，我一叫，你不就成了敌军的亲属了？洗不清了。”

李门楼模仿领导讲话的语调：“他在敌人那边练了一身的武艺，尤其是指挥打仗，有将才之相啊。敌军为我们培养了人才，我们拿来就用，占老鼻子的便宜了。我负了伤，他冒着枪子儿掩护我回来，也算是有救命之恩。还有，他现在是共产党员，还担任我们排党小组组长，在党内，我归他领导。”

国文状元又喊一声“天哪”，说：“这是不是真的啊。”

李门楼回头朝一名小兵喊：“臭小子，你给我过来。”

那小兵唯唯诺诺前来，李门楼说：“他是个小国兵，前天被俘的，昨天才参加我们解放军，军龄一天。”

国文状元喊：“真还没见过有这么可爱的小国兵。”

一个女生还抚了抚他那小和尚一般的头顶。

李门楼笑道：“就是他揭发我吃饼干的事。”

男生说：“小弟弟，这就不好了。”

女生说：“他没编造，如实说，也没啥不对的。”

学生们把李门楼和向杰都冷落在一边，围着小弟弟问这问那，少不了要问他为何参加了敌军。小弟弟说：“我爹我娘都是大水冲走的，我喝了个把月的舍粥，粥没了，就跟着一群人去要饭。那天有当兵的敲鼓奏军乐，很好听，趁他们吃饭，我就去敲了几下鼓，他们来了也没骂我，说跟我们走吧，教你吹号敲鼓，我就参加了他们的队伍。可是没分到军乐队，一来就在连队修工事，后来就守在工事里。我们班长对我很好，不让我守在射击口，可是敌人来了，地堡被炸塌，一个兵负了伤，他们把那个兵抬到汽车上往医院送，把我也押上了汽车。”

李门楼纠正：“没捆没绑算什么押啊，只是照顾他，让他也上了汽车。”

小弟弟固执说：“就是押么，还有枪比着我呢。”

李门楼又要说什么，被国文状元喝住：“不要打断，我们不听你说。”

小弟弟看着国文状元说：“姐姐，我不是有意出卖副排长，是九班长见了我安慰说咱俩彼此彼此，还问我是怎么留下的，我说我看你们副排长很像我们班长，就留下来了。九班长说你怎么能拿国民党的一个班长和我们副排长比呢，我就说我还见你们副排长偷吃战利品了呢。我没想到，吃一包饼干会给他带来灾难。”

国文状元宽宏大量：“你没错。”

李门楼对小俘虏说：“这样吧，等小花棍归队，我让他带你去见你原先的那班长，现在他也参加人民解放军了。”

小弟弟喜形于色。

李门楼以领导者的语气对向杰说：“学生们要求参军，应该支持。我交给你一个任务，你带他们去找首长。这事是军务股管，你找谁都行，就是别找军务股。”

向杰笑嘻嘻地受领了任务，说：“这可是个美差。”但又修正说：“应该说是很光荣也很愉快的任务，我看直接找四号吧。”

学生纳闷：“四号是什么？”

向杰替李门楼回答了：“是团里副政委，姓黄，和李门楼是同一个村的亲戚，你们只要说是李门楼推荐来的，副政委就会网开一面。”

国文状元又不解了：“你们怎么尽是稀奇古怪的事，人又不是房间，怎么能编号啊，听起来不舒服，让人想到监狱里的犯人。”

向杰略举一例，便把国文状元说服了，他说的是：“他们说你是国文状元，状元是啥？就是一号，把你称为国文一号，也是褒而不是贬。”

李门楼拍板了，是一锤定音：“向杰啊，找谁也别找四号，四号在家就是个典型的贾宝玉，让他推荐林妹妹当兵，会有思想顾虑，他出身富豪，由他确定有钱人家的孩子当兵，尤其推荐女兵，肯定不够坚决。”

国文状元当即说：“时代变了，林妹妹还就是要当女兵呢。”

李门楼立刻揣测这个国文状元出身也不一定好，他说：“不只是当女兵，还要当女将军呢。”说到这里，他不由得顺口卖弄道：“‘红粉不知愁，将军意未休。’‘眼前不见尘沙起，将军俏影红灯里。’那是啥成色啊。”

国文状元大惊失色一般：“看看人家，曹寅的弟子啊，这才是文武惊天下，我们就要求到你们连。”

李门楼说：“二连有宣传队，男兵女兵都要，二连是我们团第一英雄连。”

国文状元当即表态：“我们听你的。”

李门楼居高临下，对向杰发号施令：“你要打隔山炮，直接去找毛猴子，他是师一号，老红军啊，毛猴子把文化人看得很神，不仅想要，也敢要，也能要得来。”

学生们自然也奇怪怎么有如此的称呼，李门楼一言以蔽之：“保密需要。”

国文状元临走叮嘱李门楼：“你可给我们照顾好小弟弟，不准欺负他。”

向杰被学生们簇拥着出了门，李门楼松了口气：“总算打发了。”

李福强歪着头看他：“还是略胜一筹啊。”

李门楼沾沾自喜：“一生会背诗三首，今日用上了两首，还有个‘粒粒皆辛苦’没展示，可见本事不在大，用对了就行。”

一百一十一

指导员说的是李门楼吃掉了敌军需库的一包饼干，副政委打断了他的话：“你的意思是让他饿死就好了？让他饿得打不了仗就好了？你回去两天别吃饭，有了体会再来汇报这件事。”

天黑前，小花棍回来了，兴致很好，一看就知道他家里人也还都好。但在他身后，还一个青年，小花棍开口便说：“他是想参军的，我看还不错，就捎带着来了。”

李门楼接过了小花棍手里的一个纸包，没问什么，便打开了，里面是各种样式的点心，伸手拿了一块，三口两口就吃完了。向杰也拿了一块，并招呼大家说：“小花棍带来的，都来品尝。”

小花棍指着那个男青年说：“这个男同胞是来找你的，他叫锁，他认识你。”

李门楼打量那个锁，在记忆里搜寻，好像没这个人。

小花棍见李门楼吃完了点心，才汇报说：“今天我回到家里，街坊邻居把我家的门也快挤破了。听说我今天就得归队，一定要让我去照相馆照一张穿着解放军军装的相片。我一想也对，留一张这样的纪念，这多神气，我就去了。照相的人挺多，有不少是我们的士兵，都来留念呢。这时候遇到一个人，你也认识，你猜他是谁？”

李门楼不耐烦：“你咋跟娘们似的让人猜，我猜不着。”

小花棍报喜一般：“我告诉你，就是攻城那天把你抓住的那个少尉排长。”

李门楼纠正说：“别胡扯，我没被抓住。你是不是说我独闯敌据点，一举让敌人一个排投降的那次？”

小花棍点头：“是，我在照相馆见到的就是那个排长。那家伙会照相，照相馆的人忙不过来，他摇身一变，就成了照相馆的伙计。我认出他来了，他挺热情，还说：‘你们排长欠我一个人情，我对他有不杀之恩。’”

李门楼自然不认账：“胡扯淡，他敢杀我吗？”

小花棍赶忙说：“我也是这么说的，我说你们都举手投降了，还牛什么啊。”

李门楼说：“平心而论，那个家伙对我还不错，给了我一身绒衣。”

小花棍笑道：“是啊，他也说了。”

李门楼也笑道：“他当时是讨好我，想让我对他和他那帮弟兄好点。”

小花棍接过了这话茬：“这次他又讨好你呢，你刚才吃的那盒点心，就是他买了送给你的。”

李门楼怪罪道：“你咋不早说？这叫腐蚀革命干部。幸好你们班长也被腐蚀了，要不然他又得让我写一份检讨。”

小花棍装作沉痛的样子：“我也被他腐蚀了，他买点心，是一式两份，也给了我一盒，让我带给我父母。”

李门楼告诫：“吃了人家的嘴短，拿了人家的手短。”

小花棍完全赞同地说：“是短了不少，那个家伙说他们排有个兵叫锁，夜里就睡在照相馆的门洞里，全靠那个排长给他点饭吃。他很后悔没留在咱们部队当兵。正好我去了，那个排长就让我把他带来，说交给你，拜托你能让他参军，他还给你写了封信，我嘴短了，哪能开口拒绝。”

李门楼看了信，信很短，最后署着名字。李门楼问：“真名假名？”

那位锁答：“以后他就用这个名字了。”

李门楼以讥讽的语气说：“看来他是隐蔽下来了。”

小花棍不否认。

李门楼未请示便做了决定说：“你就先搁在我们排，这次战斗减员很多，很快就会补充兵员，到时候我让你当上我们的兵就行了。”

向杰睁大了双眼：“你就这么相信他？”

李门楼不在意：“信得过的人推荐来的，我就要了。”

向杰质疑：“和敌人的一个少尉，打了一次交道，就信得过了？”

李门楼笑道：“我说的是小花棍，人是他领来的，也算是推荐。我敢说他在路上肯定把他考察了个遍，连人家祖上是干啥的也都问过了，有不行的地方，他早把人家打发走了。”

小花棍得了便宜卖乖：“排副把我看透了，以后我的日子好不了。”

连队在接下来的几天，每天的任务不同，但总的来说是打扫战场。任务不是很重，每天可以允许少部分官兵集体上街，要求是必须有骨干带队。小花棍的照片取了回来，那穿着军装的照片确实很神气。轮到李门楼外出，他决定也去照个相。他把锁叫来说：“带我去一趟照相馆，我也留个纪念，你也正好让你的排长看看你，你现在精神面貌很好，换了个人似的。”

锁刚换了一套新军装，李门楼兴致不错：“你也照一张，这日子你也值得纪念。”

锁拒绝：“我不照相。”

李门楼很大方：“钱我给你先垫上。”

锁忧心地说：“不是钱，照相那玩意儿，是吸人血的，我流的血还少吗?”

李门楼笑起来：“你咋就这么土呢，土老杆啊，照相机离人那么远，咋就能吸到人的血呢?”

锁很认真：“我看过照相的底版，人的脸都是彤红，那就是人血。”

李门楼无奈：“你不照算了，别乱说，别人还以为你是散布谣言呢。”

有锁带路，很快就到了一家德国人开的照相馆，橱窗里贴有几幅外国女模特的照片。锁盯着那些照片说：“外国娘们都跟电线杆子似的。”

李门楼严肃地说：“别乱看，那是资产阶级。”

锁把他原先的那个排长找来了，李门楼一见，热情地称他老朋友。他是在暗房工作，揉揉眼睛，把锁打量一番。李门楼颇为得意：“咋样？比我的军装还漂亮。”

老朋友说：“比我们的军装差远了。”

李门楼评价说：“没进步，没进步，还恋着你们那牛屄帽呢，我就想不通咋能把那玩意儿顶在头上。”

锁很在行地说：“那叫船形帽，人家美国大兵就戴那帽。”

李门楼说话越发地难听：“美国大兵脸是很长的，是马脸，鼻子是很高的，是鹰鼻子，头是很扁的，扁帽子能戴进去。咱们中国兵个个虎头虎脑，圆鼻子圆脑瓜，那扁帽子咋能戴进去，摆在头上就是了。”

老朋友耐心地分辩：“船形帽折起来是扁的，戴上也不扁。”

李门楼自然不肯败于这俩人，说：“为啥叫船形帽，船形能不是扁的？一叶扁舟，说的是船形。”

老朋友笑道说：“有道理啊，没想到老兄引经据典，诗情画意。”

李门楼得胜。

老朋友提议说：“你们好不容易进了城，趁着这个机会，我想咱哥儿仨来个合影，贵军副排长不会拒绝吧？”

李门楼没想到这个昔日的敌排长会提出这个要求，他没犹豫就爽快地说：“话说在前头，照相的钱我只出三分之一。”

老朋友笑道：“照相的钱都归我出。”

李门楼也笑说：“你是个老百姓了，我侵占老百姓的利益，不是找事吗？”

老朋友十分满意被称为老百姓。

老朋友征求二人意见：“你们喜欢洗布纹的，还是喜欢洗大光的？”

锁笑道：“我就穿着这身军装照，怎么能照大光的呢？那可丢死人了。那边外国娘们的相片也不是大光着，背心裤衩都穿着，就这还成了资产阶级。”

锁不仅照了合影，还单独照了一张，照相时面带微笑，估计照得很不错。

那相照得极快，“咔嚓”一响就成了，一个人也好，三个人也好，都装进去了。李门楼笑道：“都跑不了啦？”老朋友很敏感，当即说：“跑很容易，这儿哪怕是开一条缝，就跑了，这叫曝光，再想逮回来，没门。”

时间还早，锁提议去逛劝业场，说去那里可真是开眼界。李门楼不去，说：“看到眼里拔不出来就麻烦了，看得脑袋里成了资产阶级，口袋里还是无产阶级，我想给儿子买顶带耳朵的好看的帽子，价码我知道，那得全班凑钱。”

锁压着声神秘兮兮地说：“找小花棍就行，他跟我说他母亲给了他不少钱，财主了。”

李门楼说：“他跟我可没露口风，这说明了啥？小资产阶级，是最小气的。”

锁笑了起来，李门楼也笑："找你行。"

锁说了真话："我要是有钱，能参加你们的队伍？"

李门楼下了结论："你没钱，也没觉悟。"

李门楼突然提出可以去看看万兽园，万兽园实际上就是有几种人们难得一见的动物，大老虎之类的。李门楼说李科去过了，买张门票，进去随便看。说他和李科从小都喜欢小动物，还合养过一只小花狗，又借题发挥说李科根本没有远大革命理想，只想等胜利了能养一群狗，前呼后拥，什么官都不当，就当狗司令。

两人真的往万兽园去了，老远就看到那门口有不少人。售票员是三个，都站在那里，其中一人身材极高，这是李门楼头一次见到个子如此高的人，脖子也又细又长，一看就知道不单是天生的，也是专门练过的，他的颈部活动自如，他喊的是："看看去吧，有西太后喜欢看的长颈鹿，增寿增福的吉祥物，直接吃树上的叶子，脖子比我的长多了。"

围观的人都笑，那人说："笑一笑，十年少，笑百笑，来买票。"第二个卖票的是个侏儒，李门楼想不通是从哪里找来的怪人，看面相至少是四十多了，个子也就是两三岁的孩子，而且极胖，他动不动就趴在地上，摆动四肢，他的广告词是："内有千年的长寿龟，看一回，增百岁，消灾祛病，益寿延年。"说罢滑动四肢，身体果然向前移动，脖子也一伸一缩，若龟若鳖，憨态十足。

第三个卖票人年龄很小，模样极像猴子，而且绝对没有化装，在那里抓耳挠腮，翻滚跳跃，还做出捉虱子、遮阴瞭望之状，惹得人们笑语欢声不断，找他买票的也最多。李门楼当下就觉得自己的头涨得斗笠般地大，他想到春阳小时讨饭，就是任人们拿他取笑的，不同的只是春阳可以任人们去踢，踢一脚便有犒赏，而眼下人们是不踢不打的，人家这里很讲文明。有个一身华装的夫人还把那人猴亲昵地揽在怀里，那人猴也给她行礼，是人模仿猴子行礼还是猴子模仿人行礼还是二者兼而有之，就难以说清楚了，反正那贵妇人在他那脸蛋上亲了几下，还买下了好多门票，然后就挥手离去，并没入园。

李门楼当即说："不看了，咱们回去。"

俩人往回走，李门楼见有卖包子的，便把买门票的钱买了包子，锁把李门楼拉到了路边的僻静处吃这美味，李门楼笑道："咱们这是吃啊还是拉啊，还怕人看?”

锁指了指摊位不远处的几个乞丐，李门楼说：“不给就是了，躲啥啊。”

锁神秘兮兮介绍：“你看不出那是赖子？是专门等在那里的，不是乞讨，是上来就给你在包子上吐痰，有本事你就吃了，不吃你就扔了，你扔了，他就有吃的了，这也是人家的职业。”

李门楼愤然：“我不吃我就用鞋底子踉碎也不能让他得逞。”

锁说：“何必糟蹋了呢，我所见的，都是他们得逞了，没人糟蹋这饭食。”

李门楼拍拍肚皮：“这下好了，咱胜了。”然后感慨说：“打下沈阳，我们连长酒醉吐真言，说解放后就可以把废墟变成楼上楼下，其实废墟何止是破砖烂瓦。那么多人围着三个残废人嬉笑作弄，真笑得出来，真是疯了。”

锁则说：“夜里你到红灯区看看，倚门卖笑，灯红酒绿，其实那也是真正的废墟，哪能都清理过来啊。”

当天晚上部队就接到了转移的通知，第二天一早部队就开拔了，照片也没来得及取。进城时，九连是翻越被炮弹炸出陡坡的城墙冒着飞舞的子弹攻进去的，出城时，是随大部队列队从和平门走出的。

那城门大开着，城楼上也有军人在列队，人数不多，却有两名旗手各持一面红旗，没有风，红旗飘动不起来，只能偶或看到旗上的一两个金色的大字，但李门楼推断那是“红三连”和“钢八连” 这两个红军连队的连旗。没有鼓乐，也没有歌声，显然那里不是在举行仪式，只是在撤离天津城时，来和牺牲在这里的战友告别。攻城时，这两个连队担任第一突击连和第二突击连，两个连队绝大多数的官兵都牺牲了。李门楼看过战斗通报，红三连旗手王玉龙在战火中把第一面红旗插上了天津城头，王玉龙也牺牲了。红三连长是战斗英雄史德红，他在刚当排长时找李门楼交谈过一次，他们的共同话题是都要立志寻找各自的老连长的遗孤。而这次解放天津的战斗，史德红也牺牲了。

穿过城门洞，李门楼回头看了一眼，那城楼上一个人也没有了，显然他们是要加入行军队列的。

这次全团转移到了永清县的后奕镇，部队在这里进行休整，对这次战斗进行总结。

在总结中先发了战果通报，全团捕俘最突出的是一连，一连在二十九小时战斗中俘敌一千八百四十五名，创造一个连俘敌最好纪录。指导员余学谦，带一个通信员进入敌人的一个教导队，说了几句话，没放一枪，就让五百多敌人缴械投降。相比之下，一向以俘敌而著称的九连就逊色多了，同时九连还有一个违反纪律的事件。黄副政委在三营调查遵纪情况，指导员在会上主动汇报了这件事。

指导员说的是李门楼吃掉了敌军需库的一包饼干，副政委打断了他的话："你的意思是让他饿死就好了？让他饿得打不了仗就好了？你回去两天别吃饭，有了体会再来汇报这件事。"

评功评奖之后，全团召开庆功大会，军、师都有首长参加大会。军授予一连和九连天津战役"三好连"光荣称号，两个连队打了个平手，同时荣获这一称号的还有八连和通信连。

李门楼和他的老班长、一连指导员余学谦也都荣立大功，两人也是打了个平手。

一连刘小老因俘敌过百光荣立大功一次，九连刘小大在战斗中灵活机动，利用俘虏和敌坦克保证了攻打百货公司工事的胜利，也光荣立大功一次。

李门楼却说："刘小大立功，很重要的原因是他在兵工厂不忘旧情，率先喊出不要开枪射击他的老朋友们，使得全连在兵工厂只俘敌三名，歼敌为零。"

他的言外之意，刘小老因俘敌多而立功，刘小大则因俘敌少而立功。其实大家也知道，李门楼的话也不无道理，化工厂的爆炸物得以拆除，那件事在当时影响很大，都说是彰显了我党我军的政策感召力。

庆功会上，这兄弟二人相见，都戴着红花，却变得不服气。刘小大说："你们真笨，抓住了敌人的坦克驾驶员，却让他为我们连增了光。"

刘小老说："要不是我们把敌人的驾驶员抓住，你能坐上坦克打仗？"

李门楼充当和事佬："你俩都是功臣，也打了平手，兄弟同喜，不要争了，还是携手一起赛跑比较好。"

支前队也搞了评功评奖，三瘸子被评为支前模范。这个支前队从吉林一路走来，已经走了三个省，在永清他们搞了移交，然后就返回。

三瘸子没走，支前队副队长林大孩当时领受了筹建军马场的任务，他知道三瘸子放过马，便找到三瘸子，写了一个条子，建议他去军马场工作，那里是工人待遇。林大孩又写了一句话：“军马场主要是和马打交道，除了场里的职工，很少能见到人，不知你能不能耐得住寂寞。”

这话正中三瘸子的下怀，当即写道：“我最不想见的是人，你一定让我去军马场。”

这就定了。

三瘸子发现去军马场工作的还有同村的瓢哥，瓢哥也是林大孩点名要的。

临走，三瘸子去见了李科和李门楼，看得出三瘸子心绪很好。

部队开始为南下做准备，南下出发的时间是定好了的，是四月十八日，连队主官知道这个时间。教导员宋良找了李门楼说：“还有十来天就出发，这一次走得很远。你去把儿子接回吧，我见到秦妹了，她说还是由她来照顾。”

李门楼沉静了片刻，说：“往后行军，速度就快了，一天百八十里是家常饭，拖累大家不说，孩子也受不了。去了我先看看，那户人家我看靠得住，孩子把妇女会主任当成他娘了。要是孩子在那里不受委屈，就在那里寄养着也行。”

教导员说：“你尽量搭部队的车去。”

李门楼心里急：“我不想等了，我就到路上拦车，是朝那个方向走的车就行，大不了多换几次车，用不了几个钟点就到了。”

教导员提了要求：“让三排出个兵跟你一起去，还是双人制比较好，路上的散兵游勇很多，俩人同行，安全些，也方便，还可以轮流背孩子。”

李门楼知道教导员是对他不放心，那个女人是个年轻寡妇，自己去她家里，那是真正的孤男寡女。他笑嘻嘻说：“在妇女面前，我就一个标准，把自己当成骟了蛋的太监。”

教导员也直来直去说：“老百姓对那些男男女女的事十分敏感，你去了不能不过夜吧？你和孩子住一块，孩子不就在妇女主任家吗？还是派兵跟你去，该监督就监督。”

李门楼只好说：“那就让小花棍跟我去吧，他和当地人交流很方便。”

教导员没同意：“他不行，他自己就是个花心小萝卜，对你还能起监督作用?”

李门楼坦然地请求组织定一个随行监督者。

教导员点名让李福强去，理由是：“他力气大，有他背孩子，你就省劲了。”

当天下午，秦妹来了，一见李门楼就说：“听说你打算还是把孩子继续留在老乡家？这不行，这一南下，还不知啥时候能回来。”

李门楼没想到她消息如此灵通，说：“是不是教导员跟你说的？他又找你去了？我去接孩子，他还给我安排个双人制，他找你咋就是跑单帮?”

秦妹拉下了脸，带着鄙视的目光，说：“别以为我看不出来，那个半老徐娘，讨好你也不能那么讨好啊，我怀疑她是不是个狐狸精啊。你去那儿，是身处险境。我告诉你，寡妇门前是非多，你可别败坏我军声誉。”

李门楼疑惑地问：“她有那么好吗？我咋没看出来，你说是不是她施展妖法把我儿子迷住了？我现在怀疑教导员派人监控我，是你的建议。”

秦妹并不否认：“你们教导员是个护犊子的家伙，对内部管理睁一只眼闭一只眼。”

李门楼诉说委屈似的：“我现在是内外受夹攻，你不帮我还给他们助力，你是越来越像孔家二小姐。”

秦妹愤然说：“我现在就向你们教导员建议，为了防止意外，接孩子你不能去，另派人。”

李门楼把态度收敛了一些：“你放心好了，我这个人从不做说不明道不白的事。我知道你对我儿子好，等打完仗，我就把他交给你带，你又有文化，还能兼任私塾先生。”

秦妹直截了当：“你别尽想好事，打完仗，我会有自己的孩子。”

李门楼笑道：“这我知道，你有了孩子，对我儿子也差不了。我担心的是李科，他一天打我儿子三次也说不准。”

秦妹说：“你变得贼坏，就是跟李科学的。”

李门楼拍了一下自己的胸膛：“我是谁？我能跟他学？我有预感，胜利了，我是你俩的首选大媒人，现在算是候选媒人。说是自由恋爱，哪有那么自由的，组织上说一句话，把你分派给哪个首长当媳妇，你愿意则罢，不愿意呢？只有我能解救你，毕竟我是你的长辈。别看现在是五八七团，过不了多久就轮到了教导员，肯定是先李科一步。到那时候，自然是我可以替李科摆平教导员，李科能摆平？不行。”

秦妹撇嘴道：“我今天真是没事来找事了，好心替你儿子着想，还找了一肚子气。”

李门楼很规矩地说：“你也别担心，我把事情都跟你如实坦白。那个妇女主任，你也见过。她丈夫牺牲时，她才二十二岁。那天你也在场，她真是对孩子好，我跟她说了我媳妇和孩子的很多事，孩子爱吃啥，爱干啥，爱说啥，挨过几回打，把我们家的那点家底都抖楼给她了，无非就是假戏真做，当时我看得出来，你也是想让她把这个娘当下去，不忍再伤孩子的心。我这次去，看看她是不是真的对我儿子好，我也找她的街坊邻居侦察一下，要是真的好，我看孩子就托付给她了。”

秦妹直接把话挑明：“你和孩子是父子，你把孩子托付给她，不也就是把你自己也托付给她了？”

李门楼“嘿嘿”一笑：“你这话还提醒我了，咱这个二茬子光棍，有这么个女人，不吃亏。”

秦妹真的是在生气：“我揣测你就是看准了那个没文化的大脸盘子。那个村子连个初小都没有，孩子别说上大学，识字也没人教。你是鼠目寸光，根本不为孩子的将来考虑。”

李门楼笑道：“我想啊等全国解放，我们进了城，我这个人最土也就最想学洋气，我要让我儿子上洋学堂。那天一群洋学生找我们要参军，看人家那做派，生气的模样都高雅，当时我就想到我儿子。”

秦妹冷嘲热讽：“我明白了，小资产阶级那一套，你是先欣赏再模仿，直到不可自拔。”

李门楼压低了声音：“那一套啊，李科拜小花棍为师了。小花棍教他说，对女孩子的进攻，要迂回作战，先要火力侦察，火力侦察就是投石问路。还说：‘秦妹不是刚照了一张相片吗，你跟她去要照片，她要是给了你照片，你就可以进攻了。’结果你还真给了他照片，他拿照片给我们传阅呢。”

秦妹发狠地说：“你们都不是好东西，叫他来进攻吧，看我不拿大炮把他轰到九霄云外。”

一百一十二

看来孩子确实把这里当成了家，这个寡妇是做了长期抚养孩子的打算了。照说这也正合李门楼的心意，但他把话先压在心里，这次来，接不接孩子，他没确定也没说破。

李门楼和李福强一大早就上了路，边走边等车，俩人都背了步枪，李门楼还是老习惯，出门总是要带上干粮。马车没等上，却等到了地方的一辆汽车，李门楼招了下手，驾驶员就停车让他们上了驾驶室。汽车一直开了一个多小时才在一个岔路口停下。驾驶员说："我得往那边拐了，你们就从这里下吧。"

两人下了车，又拦到了一辆顺路的马车，在车上和车老板聊了几句，话很投机，车老板便把他们一直送到了那个村庄的村口。李门楼仰脸看看太阳，还没到中午。李门楼心里不禁懊悔起来，早知这么方便就能到这里来，那就该早点来看孩子，能多看几回呢，这次和孩子见了面，谁知啥时候再见面。

进了村，李门楼决定先去农会，农会是一级组织，还是先和人家的组织打个招呼。李福强说："找啥农会啊，红麦家你又不是不认识。"

李门楼东瞅西望："她家那胡同拐来拐去不好找。"

李福强笑道："那时候，你一天去人家好几趟，黑灯瞎火也摸去了。"

李门楼板起了面孔："该同志说话检点些，我那不是去看孩子吗？每次去都是和你们一起去，这次我看还是让公家的人带咱们去好。"

农会主任一眼就认出李门楼，兴奋地说："你们打下天津，我们还庆祝呢，你们是功臣哪，是来看孩子的吧？"

李门楼直奔主题："是啊，我们就要南下了，赶紧来一趟，你带我们去妇女主任家一趟。"

主任说："她啊，不当主任了。"

李门楼没想到她真的辞职了，说："她不是当得挺好吗?"

主任汇报似的："她好歹不干了，就是想一心照顾好孩子。我劝她还是两头兼顾着，她说老出去，一开会也是大半天，把孩子搁在家里不行。"

李门楼不禁赞道："我看人不会看错，一来我就看出她靠得住。"

李福强赶紧扯了一下他个胳膊，提示他说话要检点，这也算是在尽监督者的责任。

主任汇报说："那天开会，宣布新的妇女会主任，我让红麦讲几句话，你们猜她讲了什么？她把孩子以前受的苦说一遍，又说孩子现在把她当成亲娘了，求乡亲们千万别跟孩子捅破这层窗户纸，不能再让孩子伤心了。"

李门楼说话又不注意了："难为她想得周到，比我这当爹的还强呢，看来当娘的总是比当爹的心细。"话出口李门楼也后悔了，这话大有让人产生误会的可能。

主任感慨道："这也是孩子有福，遇上了个好娘，我以前见后娘打孩子的事多了，狠毒不过后娘心，可你看人家，比亲娘可不差。"他说了这话，也后悔了，人家不过是帮着照看解放军的孩子，咋就扯到后娘上去了呢?

进了红麦家的门，红麦正在院子里喂鸡，腰上扎着个白围裙，地上有一只母鸡带的一群刚出壳的小鸡。红麦一见李门楼，"哎呀"一声，怪罪说："你怎么才露面啊，天津解放一个多月了，连个音信也没有，吓也把人吓死了。担架队的说刚到城门那边就看见死的人海了去了，我还想要再过十天你还没来，那就凶多吉少了。"

农会主任说："大春天的，说的什么话，这不好好的回来了吗?"

李门楼解释："天津一打下来，我们就开拔了，想找个人捎个口信，报个平安，哪找得着。"说话间他眼睛往四下里看。红麦说："没在家，在前门口跟一群孩子疯呢，咱先进屋，我去找他回来。"

李门楼说："我跟你去找。"

红麦不客气道："这时候你着急了，你这不是还有个大兄弟吗？先进屋喝口水。"

李福强赶紧说：“我们副排长想儿子想疯了，我也先不喝水了，跟你们走走，乡亲们我也熟。”

两个背枪的大兵，跟着红麦在狭窄的路上走，农会主任也还是陪同着。见了路上乡亲，李门楼还没打招呼，红麦便爽声说：“打天津的功臣回来了。”

行至一片开阔地，这里就是红麦说的前门口了，一群孩子在玩耍。红麦喊了一声小狗子，孩子便抄水燕似的跑来，跑到李门楼跟前，站住了，并没像以往那样扑过来，而是回头对小朋友们介绍：“这是我爹，是解放军的干部。”然后对李门楼说：“爹，我替你背枪。”

此刻李门楼是有求必应，他把枪拿在手里，然后放在儿子肩膀上，让儿子扛着枪。孩子不往回走，挺神奇地朝相反方向迈步。有小伙伴伸手摸枪，孩子说：“别乱摸，摸坏了你赔得起吗?”

红麦怪罪道：“多嫩的身子啊，就压上条七斤半，这大了还有好？你是存心想让他大了也穿二尺半？这可不行。”

李门楼笑而未语，他知道老乡常把步枪称作七斤半，把军装称作二尺半，那步枪的重量也确实是七斤半左右。

一条小花狗朝两个大兵汪汪叫，孩子喊：“别叫，那是咱爹。”

李门楼笑道：“是你养着的?”

孩子介绍说：“是，我给他起了名字叫小钢炮，原来是二子家的，我想要，我娘就给我要来了。”

李门楼故作认真：“违反纪律啊。”

红麦扭着头冲李门楼说了两个字：“毛病。”

李门楼看那小狗，这让他想起了小时候和李科一起养的那条小花狗，在他的印象里，这条小狗和当年的小花狗长得一模一样。他蹲下来，抱起了小狗，小狗并不认生，在他的怀里很乖。

李门楼问：“谁是二子啊?”

大家都看着一个和儿子一般大的男孩，李门楼说：“这小花狗原先是你家的?”

二子开口说：“是我哥抱回来的，小少爷想要，我爹就让我给了他了。”

李门楼直言：“小少爷这个名字不好，他和你们一样都是调皮的小朋友，要搞好团结。”

红麦谴责说："你是调教兵哪，这么小，谁知道什么是团结。"

儿子逞能说："我知道，团结就是不打架，他们要是跟我打架，我就叫爹把他们枪毙了。"

李门楼连声说："不对不对，我是你爹，也是小朋友们的叔叔，小朋友们叫一声'叔叔'我听听。"

大家七嘴八舌叫"叔叔"，李门楼听得很惬意。这时他才注意到儿子穿的棉衣是新的，这在孩子中间显得很突出。他对红麦说："这不真打扮成小少爷吗？你看那衣裳那鞋那帽子，你养得起吗？"

红麦谦虚："这可不是我一个人打扮他，前后乡亲们都慰问小军属。"

往回走时，依然是孩子扛着枪在前，李门楼抱着小花狗跟在后头，红麦命令："你还不快把狗扔下，哪有大老爷们抱着条狗在外头晃荡的。"

李门楼放下了小狗，笑道："你们没听我儿子已经给它定位了，说我也是它的爹。"

红麦笑道："这当兵的都想家想傻了，家里的狗也成了儿子，那要是养匹老牛老马，还不把它们当成爹娘伺候？"

这话自然触动了李福强，李门楼说起了李福强和战马铜锤的事，这让红麦对李福强赞不绝口，说好心有好报，说那匹老马会在天上看着他护着他。李福强也会夸赞人，说红麦你对李门楼的儿子好，上天有眼，会在云彩后面看得清清楚楚，会派通信员下来，到你家来送福送喜。

路上行人不少，红麦和李门楼并着肩说话，这让李门楼很不自在。眼下见李福强和她说到了一块，觉得轻松了不少，在一边有一搭没一搭地向农会主任问村里情况。

进了屋，红麦从暖瓶里倒了水。李福强说："上一次来没见有这暖瓶啊。"

红麦解释："孩子可不能离了热水，有进城的，我就叫人家捎来一个。这暖瓶里的水总是有股怪味儿，不如大茶壶里的水好喝。"

李门楼说："这里头是玻璃，能有啥味，其实就是这暖瓶的木塞有股味儿，等木塞用旧了，就没味儿了。"

李福强也觉得李门楼分析得对，说："是啊，连用新锅做饭也有铁锈味儿呢，用旧了就好了。我这个人，连衣服都爱穿旧的，就图个宽松舒服。"

红麦正南八北地说："你们喝着水，我向你们汇报一下孩子的情况。"

李福强佩服的语气："汇报？还是村干部的做派啊。"

主任对红麦说："你先准备饭，他俩就在你家吃饭，我就不另派饭了。"

红麦客气："主任也别走了，陪客陪到底。"

主任当下就应承了："行，这可是贵客，照说乡里也该来人。我那儿可有酒，我拿过来。"

红麦在灶间烧火，把孩子叫了过去，悄声跟孩子说话。不知为何，李门楼很想知道俩人在嘀咕什么，蹑手蹑脚走到门帘边偷听，全然不顾李福强就在这屋看着他。听了几句就明白了，红麦只是在通过孩子打听李门楼爱吃什么，孩子一个个地数落，什么炒腊肉黏豆包之类。李门楼听得想笑，这些明明都是儿子自己喜欢吃的东西。孩子在懂事之后，原本就没和当爹的单独吃过几顿饭，不可能知道爹爱吃什么。李门楼想到这里，心里又泛上了一种隐痛，闷闷不乐地坐回到了凳子上。

李福强凑在他耳边说："这就不好了，偷听人家娘们说话，我还不知道你有这个瘾。"

李门楼瞪大了眼，压着声说："听我儿子说话算啥偷听？"

李福强笑道："我知道你是想搞侦察，看对你儿子好不好，没必要，这娘们肯定是被你老婆附体了。"

李门楼板着脸："这我就得批评你，刚才你俩就说迷信的话，一个解放军战士，一个当过村干部的妇女，咋能迷信呢。"

李福强强词夺理："要我看，还是信迷信的娘们靠得住，至少不出大格。"

没想到李门楼当下就点了头："也对。"

农会主任提来了酒，连酒壶酒杯也带来了，说："她家没个男人，这些东西是不备的。"

吃饭时，酒也烫好了，炕上放一张小桌，四个男性都上炕围桌而坐，孩子坐在了一个枕头上，大人都是盘腿坐着。李门楼叹道："这里和我们东北老家是一样啊，上炕吃饭。"

李福强抱打不平说："准确地说，是男人上炕吃饭，女人在地上当跑堂的。"

李门楼很开通地说："解放了，就该换换，让男人当跑堂的。"

红麦反对："男人在地里干活儿，比牛马还累，是给自己家里扛大活的，是耗着命来填饱大人孩子的肚皮。你们说，回到家里，还不该清闲点养养神？其实哪养得过来啊，到老还不是落一身的病，村里的老两口们，大多是老头先走了。"

李门楼觉得红麦这种想法，和当年自己的妻子是一模一样。

他举起酒盅对红麦说："你这么精心照看我儿子，我借这酒给你敬一盅。"

孩子说："我娘不喝酒。"

红麦蛮有道理："听听，我是孩子的娘，照料是应该的。"

农会主任劝酒："他敬的酒，不能不喝。"

一盅酒就让红麦脸上泛起了红晕，李门楼赶忙把目光躲开了。李福强却把头歪过来又正过去地端详那个女人，开口直白："嫂子真年轻，家里也该置办点胭脂粉的，一朵花好，也得挂点露水。"

红麦扬声道："我闲的啊，我连头油都不用。"

李门楼对李福强的言谈举止极不满意，又不好当众批评他，看儿子在那里吃得满头大汗，便把话题转到儿子身上："我儿子吃胖了，小脸蛋红扑扑的。"

红麦唠家常了："孩子夜里老是在梦里被吓醒，药铺掌柜的说，这是惊厥，要给孩子吃磨碎的鸡蛋皮，我说鸡蛋皮怎么能吃，吃鸡蛋不行吗？那掌柜的说常吃鸡蛋也行，最好是吃咸鸭蛋。家里哪有咸鸭蛋啊，我跟乡亲们一说，我的天哪，当天我收到的咸鸭蛋一坛子也装不了。咸鸭蛋是通红的油，没过多少天，孩子脸蛋就变红了，那就是鸭蛋的油上了脸。"

李门楼对儿子感慨道："你这也是吃百家饭，日后有福啊，你可别忘了乡亲们。"

红麦颇为自信："现在我养了鸡养了鸭，还孵了一窝小的，以后就用不着麻烦乡亲们了。"

孩子兴致勃勃地说："我家母鸡抱窝，我娘在它肚子下面放了好些鸡蛋和鸭蛋，后来听到有小鸡叫呢，我娘就赶紧把小鸡拿走，放在那边屋里养着。我娘说不能让母鸡看到小鸡，母鸡看到小鸡就以为任务完成了，就不孵那些鸭蛋了。后来鸭蛋都变成了小鸭子，也整天跟在母鸡后面，以为母鸡是它们的娘呢，小鸭子嘴是扁扁的，不是母鸡生的。有一次走到河边，小鸭子们下水，母鸡不敢下水，吓得在河边跑，又叫又拍翅膀，小鸭子还是不上来。”

大家都静了。

看来孩子确实把这里当成了家，这个寡妇是做了长期抚养孩子的打算了。照说这也正合李门楼的心意，但他把话先压在心里，这次来，接不接孩子，他没确定也没说破。此时他对儿子说：“到了部队上，你可就没那么多咸鸭蛋吃了。”

红麦急了：“孩子这么小，跟着你们去受罪啊，你看看他那小手，冻疮刚好。”

李门楼问孩子：“在家好还是在部队好。”

孩子率直说：“在家好，部队太冷，也没有小朋友跟我玩。”

李门楼笑道：“部队有大朋友啊，你不想见秦妹阿姨？”

孩子大声说：“想见，你叫她到我这儿来吧。”

红麦很敏感地问：“秦妹是谁？”

李门楼解释：“是我们卫生队的卫生员，她很喜欢孩子。”

红麦疑惑道：“是没出阁的大闺女吧？她能照顾好孩子？”

李门楼赶紧做补充：“她才二十出头，是我的一个表侄女，是我们连炮排长的对象，当初领导把照顾我儿子的任务交给了她。”

红麦说：“你们不是南下吗？叫孩子也南下？那还有尽头吗？”

李门楼见红麦竟然知道部队要南下，他的话开始转弯：“孩子在这儿，是掉在蜜罐里了，我打算接他回去，也得说服他呢，我总不能把他绑了去吧。”

红麦面向孩子说：“咱就在儿跟着娘，别去部队，再去，会把手冻掉，看见村里的四表叔了吧，他的手就是冻掉的。”

孩子两眼怯怯的，看着李门楼说：“爹你也别走了，还是让娘给你做好吃的，咱俩躺在被窝里，让娘给咱们烤土豆吃，现在我又爱吃烤土豆了。”

听了这话，李门楼心里自然发沉。

李福强打趣说：“你爹是大懒虫，你是小懒虫。”

大家都在笑，李门楼却想哭，他不敢再喝酒了，他怕酒后失态，那可就有损部队形象了。

一百一十三

李福强还在笑："又没拜天地，不过就先挂上钩，性质只是私订终身，备而不战，明修栈道，暗度陈仓，一切等全国解放了再说。我不汇报，你不坦白，她不张扬，谁能知道。"

当日晚上，李门楼和儿子住在了东屋，李福强当然也住在了这里。当年红麦成亲时，东屋曾是她和丈夫的新房。

儿子兴致很好，完全没睡意，李福强在西屋和红麦拉呱，迟迟不过李门楼这边来。李门楼问孩子近来的一些情况，他觉得儿子是最了解红麦的，儿子成了他考察红麦的主要渠道。儿子说他去过姥姥家，姥姥对他很好。李门楼便追根问底，了解到了红麦娘家的一些情况。

儿子突然问："我娘咋就搬到这个村呢？咱家前面有大河，这里是小河。"

李门楼听出儿子不是没有怀疑。他想了想，说："你娘是妇女主任，敌人要抓她，她就跑到这里了。"

儿子问："跑这么远？"

李门楼理由比较充分："远了敌人找不到。"

儿子又问："那我姥姥怎么也在这里来了，以前我没见过姥姥，只见过姥爷。"

李门楼顺口编造说："这里原本就是你娘的娘家，是鬼子并屯的时候，逃荒到那边的，大冬天的，我看她很可怜，就收留了她。"

儿子笑了："我知道了，你就把她娶过来了。"

李门楼苦笑着："是啊，我把她背回来的。"

儿子推理说："后来就生了我？"

李门楼说了一个字："是。"

儿子还在问："娘脸上有两颗麻子，现在咋没有了？"

李门楼无奈，瞎编说："你娘吃胖了，就把那两个浅坑填满了。"

儿子却说："我娘说是她快老了，脸上的肉就松了，就把那两个坑盖住了。"

李门楼应酬道："又老又胖，就有皱纹，皱纹比麻子还难看。"

儿子很严厉："不许你说我娘难看，叫我娘过来吧，我困了。"

李门楼解释："今天有李叔叔在呢，李叔叔一会儿和咱们在这里睡。"

儿子重新分配了房间："叫李叔叔睡那个屋，咱们睡这个屋，还像我小时候一样，咱们三个钻一个被窝。"

看来儿子能回忆起以前的不少事，李门楼说："行，你困了就先睡，你娘和李叔叔还得干活儿。你看李叔叔劲可大了，让他把家里的重活儿帮着你娘都干了，明天咱们让他把猪圈的粪都起出来，要不你娘多累啊，你不心疼你娘？"

他给儿子说清楚了，可他觉得自己糊涂了。儿子入睡，李门楼吹灭了油灯，和衣睡下。可是李福强还是没过来，那边屋里还在叽叽咕咕说话，李福强很有可能在帮李门楼实施火力侦察。偶尔传来红麦的笑声，李门楼很听不惯，觉得一个娘们是不应该这样敞着嗓子笑的，尤其是在男人们面前，一解放了，妇女们咋就都没了约束。

李门楼下了地，走到西屋那边，掀起门帘说："李福强啊，你今天不累？明天你还得助民劳动呢，我得让你把家里的重活儿都干了呢，赶紧给我睡觉去。"

李福强没动，大大咧咧说："我唠嗑正唠在兴头上，一点都不困，你先睡吧，明天你跟孩子玩，我一个人把重活儿都包圆。"

李门楼狠狠瞪他一眼，回到孩子身边。他也没睡意，索性又点亮了灯。

李福强终于过这边来了，这家伙上了炕就脱得光赤溜地钻进了被子里。李门楼说："这是在哪儿啊，放肆，把你那套家伙都给我入库。"

李福强根本不听他的："好不容易赶上个热炕头，我得舒坦舒坦，她就过这边来，总不能给我掀了被子吧。"

李门楼正儿八经地说："指导员派你来，本意我知道，是让你监督我，没想到，最需要监督的是你。见个娘们就挪不动腿，叫都叫不过来。你知道啥是最危险的时候吗？就是打了大胜仗以后，忘乎所以。"

李福强笑道："在油灯下，那个红麦啊，是越看越好看，你知道她年龄才多大？"

李门楼训斥说："你可真是色胆包天啊，你也是乡下人，啥不知道，寡妇家来了两个大老爷们，少不了有闲得无聊的人跳墙到窗户跟前听气儿，你们两个一坐大半宿，谈笑风生，这影响有多坏。"

李福强笑道："你生气了？"

说话间，儿子惊醒了，醒了不睁眼，哭着喊娘，李门楼搂着他说："爹在这儿呢，别哭。"

孩子哭声不止。红麦匆匆赶了过来，边走边系衣服扣，慌慌张张上了炕，搂着孩子说："娘在这儿。"

孩子不哭了。红麦拍着孩子，嘴里念念有词，孩子很快就睡着了。红麦说："白天好好的，夜里就老是惊吓，落下病根了，再大点，兴许就好了。"

李门楼和李福强都没说话。

红麦下令："睡着了，别搬动他了，你俩到西屋去睡吧，我守着他。"

李门楼披上棉袄，下了地。这下李福强坐蜡了，李门楼悄悄把他的大裤衩子给他塞到被子里，意思是让他在被窝里穿上。李福强却有自己的办法，他躺着把被子往身上一裹，然后就坐了起来，接着就下地，被子严严实实裹着身子，裹成了一个桶状，只有脑袋露在外面，就这样走出了东屋。

李门楼唉声叹气："让我咋说你呢，你不觉着害臊？"

李福强一脸的鬼相："这有啥啊？新词是军民一家，老词是嫂娘如母，没啥见外的。顺便我把被子也就带过来了，我想得多周到啊，你还是赶紧把人家红麦的被子送过去。"

李门楼抱起红麦的被子往那边送，被子上散发着暖暖的气息，是一种当年和妻子在一起时才能感觉到的味道。他加重了脚步，又干咳一声，进去把被子放在炕上，不吭声不大好，他说了句："真怪，孩子听到你的声音就安静了。"

红麦也说了一句：“还说把孩子接走？你接接试试。”

李门楼乖乖退出。

李门楼只脱掉棉上衣，倒头而睡。李福强阴阳怪气：“没必要这么紧张，风声鹤唳了，她就是看中你，也不可能过来掀了你的被子。”

李门楼真的恼火了：“我不过是为了孩子哭时过去方便，你拿我开心，你可别把人家也捎带上，二流子习气你就改不了？”

李福强很顽固：“咱们在这里满打满算也只能住一天一夜，你打过多少仗了，能不知道这么短的时间只能速战速决？你的情况我知道，对她呢？咱们是若明若暗，知己而不知彼。我替你侦察，不是火力侦察，只是绕着弯子摸情况。人家条件这么好，媒人还不挤破了门？人家要是名花有主，咱们这仗还咋打，提都别提。”

李门楼埋怨说：“指导员看你可靠，才派你来，结果呢？你不把我拉下水，你是不死心，你给我住嘴吧。”

在李门楼看来，李福强如同碎嘴的娘们。李福强把话说得简练了：“她没把我当外人，我也不好藏着掖着的，就把你的底细抖搂给她，说你为了孩子，有意和她合成一家人。”

李门楼坐了起来，话音不高，却充满愤怒：“你这不是造谣吗？你让我明天咋见她？这可毁了，犯这样的错误，在部队还抬得起头来吗？”

李福强还在笑：“又没拜天地，不过就先挂上钩，性质只是私订终身，备而不战，明修栈道，暗度陈仓，一切等全国解放了再说。我不汇报，你不坦白，她不张扬，谁能知道。”

李门楼说：“你可真是麻子敲门，坑人到家了。”

李福强继续加码：“这么一定，那她对孩子要咋好就咋好，你放心，我也放心，我那小侄子也有个家了。”

李门楼停止了说话。

李福强独自喋喋不休：“你现在还有啥？不就还有个儿子吗？这就是你的命，就是你的盼头你的前程，一切都是为了儿子，你找媳妇的标准只能有一个，那就是对你儿子好，别的都是扯淡。为了孩子，就是让你卖身，你也得认了。你别以为你能老进步，也别眼馋城里的洋学生，一个寡妇就把你吓成这样，洋学生就是相中了你，你也得吓尿了裤子。在市里你不是没逛过大街，长得水光溜滑穿得妖里妖气的娘们，闻着喷香，笑起来让人心痒难耐，能把人骨头笑酥了，你弄一个来，能对你儿子好？见你拖着个油瓶，连你也蹬了。我见过一个穿军装的女军官，那我可真饱了眼福，可是我这个贼大胆也不敢多说一句话，站得笔直。我替你想来想去，还是眼下这个好。有剩饭剩菜，没剩男剩女，解放了，人们都干啥？分土地，盖新房，娶新娘。受苦的时候掀起的是革命浪潮，革命胜利，那先来个娶亲浪潮，大光棍小光棍，光部队就几百万光棍，都要成家立业。你现在不定下来，那就没你的份了，弄个剩下的，一天价打孩子，那才是打在孩子身上，疼在你心里。”

李门楼翻了个身，发出轻微的鼾声。李福强说：“你能睡着？你要是磨不开，明天跟她啥也不说就行了，反正我跟她说好了，说你要是不跟她说这事，就是定下来了。只等打完仗，回来接她，就在部队成亲，再也不回这个村了。”

李门楼继续打鼾。

第二天一早，李福强开始助民劳动。李门楼也出来帮忙，李福强阻止：“你不用动手，你今天的任务是开展谈心活动。”

李门楼喜悦：“行，我找我儿子谈心去。”

红麦在灶间做早饭，儿子醒了，大声喊“娘”，李门楼进去，见儿子还没起床，也上了炕，在炕上和儿子聊天。红麦进来对孩子说：“该吃饭了，还没起来。”

儿子躺着不动：“我和爸爸在被窝里吃饭。”

红麦拿起小裤子给孩子穿衣服，李门楼说：“他多大了，还叫别人给穿衣服。以后娶了媳妇，还得要媳妇给穿衣服？”

儿子在爹耳边小声：“他们说小边子是我媳妇。”

李门楼问：“小边子是谁？”

红麦笑道：“是村里的一个小女孩，长得挺好看。”

儿子很坚决：“我不要她，我跟她恼了。”

李门楼也笑道：“我儿子是要自由恋爱。”

红麦斥责李门楼：“孩子跟着你，学不出好了。”

李门楼借机交了底：“我也想好了，孩子还是跟着你好，我现在做啥决策，也都是优先考虑孩子。”

红麦眼圈瞬间红了，说：“孩子在我这儿，你就放心，我和他等你平平安安回来。”

李门楼语言简洁：“打完仗，我就回来。”

红麦未语。

李门楼进了一步，把话说完整：“打完仗，我就回来接你们。”

红麦长叹：“盼望那一天了。”

李门楼没再往深处说，他觉得俩人把话都说清楚了。

红麦把炕桌搬上来，然后就端饭，李门楼隔着窗户朝外面的李福强喊：“开饭了。”

李福强一进来，孩子就跟他说：“我爹说了，打完仗，就把我和我娘接到部队去。”

李福强没惊讶，说：“是啊，你娘到部队还可以找个工作，那就成了工人阶级。”

红麦装作没听见，脸却泛了红。李福强朝李门楼挤眉弄眼，小声地表扬：“这才像个当兵的，需要的时候，就得冲锋陷阵。”

李门楼也小声说：“给我点面子，少说几句，我现在心虚得很。”

李福强果然没再提起这事。

早饭后李福强要孩子跟他出去玩，孩子不去，说要跟爹玩。李福强边在孩子耳边说：“我带你去打兔子，别叫你爹知道。”

儿子很欢喜地跟他走了。

还没到做中午饭的时候，两人回来了，李福强手里提着两只野兔：“中午我请你们吃兔子肉。”

李门楼以副排长的身份批评李福强：“你咋能拿步枪打野兔？”

儿子说：“我们看到套子了，上面套了一只兔子，还是活的，我想要，李叔叔说那是老百姓下的套子，咱们惹谁也别惹老百姓，他给我拿枪打了两只。”

李门楼心绪不错的时候爱表扬人：“又有进步啊，在孩子面前遵守群众纪律很重要，孩子是跟着好人学好人，跟着巫婆学跳神。”

李福强端了个盆子去院里收拾野兔，对李门楼说：“帮把手，咱们会完餐再走。”

李门楼坐在一边抽烟，还说："让你来这里的任务好像不是会餐。"

李福强神神秘秘的："机会很重要，我是尽量给你多创造机会。"

李门楼看了看屋那边，压着声说："把你的臭嘴给我闭上。"

李福强笑嘻嘻道："搂抱没有？"

李门楼真的变了脸："狗嘴里吐不出象牙来。"

午饭有炖兔子肉，备了酒。李福强提议把农会主任叫过来。

李门楼说："刚才他来过了，现在咱们自家人会餐，放开肚子吃好。"

李福强端起酒盅："我得敬你们在座的三位，以后就全是好日子了，咱们啊，都白头到老，儿孙满堂。"

李门楼听他那话，好像是在喝喜酒，有红麦在，李门楼不好说什么，端起酒杯，一饮而下。红麦也向李福强敬酒，李福强喝下，对李门楼说："副排长礼贤下士，也该敬我一盅。"

李门楼笑道："咱们还得赶路呢，算我欠你一盅酒，到时候给你补上。"

听了这话，李福强比喝了酒还高兴，他的理解是李门楼到时候补给他的是喜酒。

红麦夸李福强了："你这个人老实本分，心眼好。"

李门楼低头笑了一下，说："评价不低啊。"

李福强一高兴，在称呼上打了提前量："嫂子啊，李副排长对我是老头吃柿子，专拣软的捏。"

李门楼反问："我不捏你，能捏连长指导员？"

红麦笑道："你俩啊，像是亲哥俩。"

李门楼没再笑，对李福强说："每一仗下来总是又少了不少兄弟，剩下的，好也罢孬也罢，谁也离不开谁了。这一回你跟我来这里，我看是老天安排的。你把这村这街这房子都给我记好了，有我在则罢，没我在，你就是他们的靠山。"

红麦慌忙说："快给他水漱漱口，晦气的话不能说，我一看就知道你们都是好命的人。"

饭后没敢歇息，二人就出发，李门楼把菜金掏出来："这是部队支给孩子的生活费，你收下。"红麦没说推托的话，收下了钱。

红麦带着孩子把他们送到了村口。

一百一十四

李门楼话很冲："我可没打提前量，只是拥抱。大学生给解放军献花还拥抱呢，这不能算出轨，是礼节。"

指导员喊了一声："你一个排副抱人家寡妇，了得？来人，把李门楼的枪先下了。"

回到连队，天就黑了，先到连部销假。连长和指导员都在，一看没带孩子来，便说："真把孩子留在那儿了？"

李门楼笑笑："我俩一致认为，她靠得住，对孩子是没说的，先留在那儿是上策。"

销假很简单，只是说一声就妥了，但李门楼磨磨蹭蹭没走。李福强示意他回排里去，李门楼不动。

连长出去了，李门楼这才说："我得抓紧时间向指导员汇报，连长要是知道了，他饶不了我，我想好了，还是先向指导员坦白。"

一听这话，指导员就说："你要是出了问题，我更饶不了你。"

李福强赶忙说："啥问题也没有，就是心累，回去休息一下就好了。"

李门楼愁眉苦脸："刚打了胜仗，又见了儿子，心里一高兴，就忘乎所以了，一念之差，铸成了大错。"

指导员看他那表情，不像是犯了错误，但他还是严厉地说："人非圣贤，不可能不犯错误，有的错误是可以谅解的，但男男女女的那些作风问题，是绝对不允许。你要是敢利用外出机会挂钩，我就把你一撸到底。"

李门楼指了一下李福强："主要责任是他，不是我。晚上我带孩子睡了，他和那个寡妇聊大天，说得挺对脾气，他未经我允许，也没征求我的意见，就说我相中了她了，说打完仗就回来娶她。像我这条件，她能不同意吗？当下就含羞带怯地表态愿意。李福强跟人家说定了，才跟我汇报。人家一个妇道人家，说出心里话多不容易，我反过来跟她说不行，那不就等于给人家心里扎一刀子吗？我没辙了，我跟李福强说不行，咱们是有纪律的，他就给我做政治思想工作，他把我说服了，主要是他突破口选得好，那就是说为了孩子，是啊，只要能对孩子好，那就行了。”

指导员并没暴跳如雷，只是批评：“你怎么就把责任推给一个士兵呢？”

李福强无招架之力，埋怨道：“我成全你，你还出卖我。”

李门楼继续坦白交代：“说到成全，是真的，他带孩子出去打兔子，给了我俩单独待在一起的机会。人家把我儿子当亲儿子带，我没别的答谢，好话还是可以说的，我不能吝啬到连句好话都不送给人家。我就说了几句，无非是说你人好心地善良，孩子能遇到你也是他前世修来的福。谁知她这么多年在苦水里泡着，一听我这话，哪里还忍得住，也可能是想起了他那个被日本鬼子杀害的丈夫，她泪如泉涌，倚着我哭了起来。我也伤心啊，这不是同病相怜吗，我抱住了她，动机自然是想安慰她的，她呢，估计也想安慰我。可偏偏这时候农会主任走了进来，被他撞了个正着。我一个大兵，正抱着人家房东家的年轻寡妇，这在村里人看来就是生米煮成熟饭，就是十恶不赦。我傻了眼了，吓得魂飞魄散，战场上我没被敌人吓倒，可做梦也没想到我被自己的举动吓得垮掉了。”

李福强听到这里，也傻了，一个常年扛机枪的棒小伙儿竟然面色蜡黄两腿发颤，他的害怕是迟来的。

指导员那做政治工作的口才不见了，他口吃一般地说了两个字：“完了。”直挺挺地就势坐在了凳子上。

李门楼还算镇定，继续说：“那个农会主任快七十岁了，一见那场面，老泪横流，号啕大哭，那声音连邻院邻家也听得到，他那两手颤抖着拉着我不放，好像我会逃跑似的。我劝慰说你打我骂我枪毙我都行，千万别生气。谁知老人说：‘我不是生气，这些年红麦是怎么过来的？日本鬼子到处抓她，她丈夫死后，连尸首也没找到。遭殃军查匪属也把她抓去过，那年月别说是再嫁，谁帮她挑担水，也是通匪也不得好。咱们这儿解放了，她的苦日子也该熬到头了。现在我过来，是受农会委托，也是代表村里的长辈来见李副排长。孩子喊她娘，你就真把她当孩子娘吧，给她个盼头给她个家，这个媒人我来当。’面对老人，我就是推辞，也得讲点战术啊，我说你老想想真正的大媒是我儿子啊，我也就让老人打消当媒人的念头。我又说等打完了仗，我就来接他们娘儿俩，现在千万不能声张，女人家是很怕羞的，让大家还是安心生产，支援前线。”

李福强推托说：“我可不知道这事，我只是想让他们先定下来，谁知道他打了提前量。”

李门楼话很冲：“我可没打提前量，只是拥抱。大学生给解放军献花还拥抱呢，这不能算出轨，是礼节。”

指导员喊了一声：“你一个排副抱人家寡妇，了得？来人，把李门楼的枪先下了。”

通信员把李门楼肩上的枪拿了过来，李福强也主动把枪交上，指导员说：“没你的事，你先回去。”然后命通信员：“哪个排站岗啊，单独派岗哨，看紧点，出了这么敏感的事，隐瞒不报，我不敢，我先去汇报。”

李门楼不放心：“你汇报要把我的态度说清楚，给我啥处分我都可以拿着，关禁闭撤职枪毙都行，反正我是不撒手了，革命胜利我就娶她。”

指导员说：“过不过堂，枪毙不枪毙，要由上级定。”

通信员见李门楼不动，便端枪押着他走。刚出门，没想到也就在这时刘五华回来了，李门楼“哎呀”一声，喜悦地喊：“傻女婿出院回来了。”说着就问他的伤情，刘五华没回答，只问通信员：“门楼同志犯错误了？”

通信员遗憾地说：“而且是最见不得人的严重错误。”

刘五华立刻判断说：“是啃人家娘们了吧？”

李门楼语气和蔼：“刘五华你得帮我。”

刘五华满口应承说：“行，我跟连长说说，让他给你挑个最小的处分。”

李门楼被关了禁闭。

轮到三排站岗，头一个看守李门楼的是刘五华，带班的是班长向杰。刘五华忧心忡忡，心里替李门楼惋惜，“唉唉”地叹气之后说：“哥啊，你抓了那么多俘虏，怎么就叫那个娘们给俘虏了呢。”

李门楼纠正说：“不对，是我把她俘虏了，咱这条件，又光鲜又时兴，上次那些洋学生也把我捧得名角似的，何况她一个乡下的妇道人家，我就是坐在那儿不动，也能把她征服。”

刘五华替李门楼打抱不平：“那个寡妇我见过，至少是良好，你想征服她，她也想征服你，那就该拜天地进洞房去征服，这不正合了新政府说的婚姻自由吗？咋还把你关起来了呢？”

李门楼没事人似的侃侃而谈：“我没破坏政府的规矩，可我破坏的是军纪。全团几千人，要是都像我，一人带走一个，结果呢？那几个村就没未婚妇女了，那村里小伙子能没意见？还不反了天了？所以就得给我很重的处分，不然别的官兵就会效仿我。”

刘五华明白了似的：“杀鸡给猴看，你这个鸡当得有点冤。”

李门楼说：“是杀一儆百。”

刘五华很紧张：“会杀你？”

李门楼十分有把握：“不会，估计只是把我的副排长撸了，还到九班当大头兵。”

刘五华放了心，很认真地说：“丢个排长，捡个媳妇，很划算，还是你会算计。”

向杰走了过来，批评刘五华：“叫你来站岗，不是让你来促膝谈心的。”

刘五华蛮有理由：“我怕副排长想不开。”

向杰顺势说：“是啊是啊，错误大不说，而且极其丢脸，这可是败坏我军声誉啊。加上他平日里好胜，爱面子，对咱们的要求苛刻，他自己显得是明镜高悬，好像他从小就没跌过跤似的。这下可惨了，好好的一个爆破教员，成了反面教员，落差太大，浑身就是铁铸的，也经不住这么摔。身上该搜也得搜，小刀啥的，都先没收，防止他想不开。”

刘五华觉得班长说得有道理，只是觉得没必要搜身，说：“搜没用，主要还是该开导，有啥大不了的，丢脸丢去，又碍不着吃喝，不为别的，就是为了自己那大胖小子，还有啥想不开的。”

向杰对刘五华的话十分赞赏：“我安排你来站头班岗，就是看你原则性不是很强，工作爱马马虎虎，肯定会安抚犯严重错误的干部，睁一只眼闭一只眼也就过去了。”

刘五华讨好地说：“还是班长有眼力，不过我还是觉得你这话有哪里不大对劲。”

李门楼存心说：“刘五华，你还是听听我的体会和经验，这对你很重要，毕竟你不可能打一辈子光棍，其实不复杂，主要的不在于创造机会，而是把握机会，送上门的啊。”

刘五华似有所悟。

向杰喝道："刘五华，你别听他的，他是嫌关禁闭寂寞，想让你也铸成大错，也被关到班房和他做伴。"

刘五华便笑起来。

开晚饭了，李福强和小花棍来给李门楼送饭，两个人又端盆又端碗。李福强指指点点说："这个土豆丝是小花棍从八连伙房打的，这包子是我跟七连炊事班长要的，我说我们副排长出问题了，吃不下饭，他就让我自己拿，我可没说副排长出啥问题。"说着自己先拿了一个包子吃起来。

李门楼把一个包子给刘五华："这不是砍头的饭，是小会餐，一块吃。"

向杰见状也蹲下来，一把抓了两个，说："我说你俩怎么不来替换我们呢，原来是为副排长化缘去了。"

李福强埋怨说："门楼哥被胜利冲昏了头脑，一桩人不知鬼不觉的美事，偏要捅出去，这可好，捅了个天大的窟窿。"

小花棍却满不在乎地笑："副排长预先就知道这窟窿一捅开，哗啦哗啦掉下来的就是金元宝。你们想啊，地方搞拥军，给拥来个媳妇，再不对，能把地方怎么样？副排长搞爱民，爱上了个寡妇，再有错，可牵线人神通广大，不管是连长营长团长见了那牵线人，都得哄着让着捧着。"

刘五华吃惊："莫非是师长军长给他当红娘？"

小花棍藐视道："你眼里怎么尽是大官啊，如果是你在七连要到这么多包子，你最想先给谁一个？是想给师长军长送一个包子去？"

刘五华笑道："不会不会，人家还缺一个包子？我当然是最想送给副排长。"

向杰喝道："傻女婿眼里根本就没有我这个班长。"

小花棍说："我不管有了什么吃的，首先想到的是该给咱们连的那个小朋友。"

李福强茅塞顿开："我知道这个神通广大的人是谁了，是个红小鬼啊。"

小花棍夸赞："还是你李福强聪明，难怪你处心积虑地怂恿副排长蹚这道洪水。"

李福强得意忘形地说："小花棍的脑瓜是咋长的，你看指导员忧心忡忡，他都没想到呢，其实他该放宽心，啥事都没有。"

刘五华依然懵懂，李福强逞能地说："傻五华，我告诉你，门楼大哥的强大后盾不是别人，是他的儿子小狗子。打下沈阳，他把孩子接回来，老指导员坚强不？可他把孩子抱起来时，我看见他流泪了。”

李门楼说：“他是想起了老连长的女儿。当年老连长把女儿寄养在老乡家，老连长和很多人都牺牲了，老指导员说等胜利了他就回山东，一定要把老连长的女儿找回来。”

小花棍开导说：“你们想想，现在收养副排长儿子的女人跟亲娘一样，指导员啊是能忍心棒打鸳鸯的，可他能忍心拆散这一对母子？绝对不会，天意不可违。副排长也正是因为看到了这一点，他才肆无忌惮地把这事全都抖搂给指导员，这也是主动进攻。”

刘五华也笑了：“副排长才是狡猾的狐狸，我也得对副排长好点。我见炮排长那儿有一包烟卷儿，我去要，他准给，见见面，分一半，我老帮他挑炮弹呢。”

李门楼应允：“好，我估计他那儿还有酒，也要点。”

晚饭后指导员接到了通知，匆匆忙忙去了一趟团里，返回后，先进了李门楼所在的禁闭室。李门楼一见指导员，赶紧起立，站得倍儿直，指导员未坐，或者说是没地方坐，只围着李门楼转了一圈。李门楼好似诚惶诚恐：“指导员啊，咋处置我都没意见，枪毙也行，只是我接受了唯物主义教育，不相信有来世了，所以最大的遗憾是不可能下辈子还当指导员的兵了。就这我一辈子也值了，以前我就曾经在难民堆里白捡了个好媳妇，到了部队呢，又白捡了个好指导员。”

指导员开口了：“你别给我绕着弯子套近乎，白捡惯了，就还想再白捡人家一个寡妇。那个女人有什么好啊，一身的土气，土得掉渣。等全国解放了，我们是要驻守大城市的，那就是掉到人海里了，什么样的人没有啊，你是干部，何止是百里挑一。大学生未必就好，可怎么也得有文化吧？仪表呢？花瓶似的反而让人别扭了，可怎么也得能拿出手啊，毕竟是要待人接物。不能苛求很有钱，可怎么也得找个有工作的，月月有工资，孩子也能上学，不只是上高小，还要上高中，还有大学呢，就该有这个雄心大志。可那村里，连初小都没有，这辈子你也就这样了，再长高一寸也难呢，可是孩子该有大出息。”

李门楼奇怪一个指导员竟然说出这等话来，他说：“难怪我犯错误呢，指导员在城里见了世面，没看到租界里的帝国主义欺负百姓，却对资产阶级的小姐们印象很深。我们不能一边抓俘虏，一边被资产阶级思想俘虏吧?”

指导员喝令：“李门楼你给我站好，现在是我批评你，来回一天，速战速决，还得胜而归了。我们打仗也不是都是速战速决，抗战就是持久战。”

李门楼强词夺理：“这次去，只是打了第一枪，我是做了持久战准备的，一切都要等胜利以后。”

指导员挑选了他这话的后半句给予了肯定：“我总算听到了你的一句比较正确的话，个人问题，是要等胜利后再逐步地分梯次解决，你这个兵头将尾，怎么也得是二梯队吧?”

在禁闭室门前站岗的是朱传熙，指导员把他叫了进来，说：“现在全连召开军人大会，宣布团里对李门楼挂钩的处理意见，你把李门楼押到会场。”

朱传熙得令，打了个立正，请示说：“要不要把他绑起来?”

李门楼一听便说：“小朱你报复我。”

指导员的意见还中肯：“不用绑，他不会跑。”

朱传熙把枪对着李门楼：“走。”

李门楼开步，还回头看了朱传熙一样，指导员既然用了一个“押”字，朱传熙自然是要端着枪的，无可挑剔。李门楼便对指导员说：“小朱很认真，如果是枪毙我，让小朱当刽子手最合适了。”

小朱声音和蔼，说话的声调依旧带有书卷气，话的内容却是：“放老实点比较稳妥，你自己很清楚根本不可能枪毙你，大不了把你批判一番，给你个处分背在身上，依我所见，乖乖听喝为上。”

李门楼也有求小朱的时候：“小朱啊，要是遇到老百姓，尤其是遇到大闺女小媳妇的，你就把枪放下来，咱俩并肩而行，若无其事的样子，我可不想在她们面前坏了形象。”

小朱厉声喊了“不行”二字，然后才放低了嗓门：“我能押着你走，这可是机会难得啊。当初你押解我，刺刀都顶到我后脑勺了，你明知道我是一介书生参加革命的，很柔弱，很在乎形象，你却让我出丑出到底。”说到这里他突然得意地笑起来：“看来副排长是挺在乎在妇女们面前的形象，这就折射出内心世界是好色的低级的。”

李门楼似乎眉头一皱，计上心来：“你也知道，我和《火线》报的同志成了铁哥们，我也知道你是有两把刷子的秀才，你把我坏的一面先搁一边，挑好的一面划拉篇文章，我让那哥们刊登出来，这样一来，人们知道了我的英模事迹，也就挽回了影响。对你呢，也名声大噪，这叫共赢。”

小朱真的很生气：“你这是腐蚀革命战士。”说着还使劲推了他一把。

果然有几个妇女迎面走来时，小朱故意喝道：“放老实点，我这枪里的子弹是上了膛的。”

妇女们惊讶不已，不仅指指点点，有的还揣测起来，说：“可能是特务。”

李门楼竟然搭腔：“我们是闹着玩的。”

小朱坚决否认：“谁跟你玩。”

李门楼又回了一下头，然后说：“你看最边上的那个年轻妇女，仪表不俗，我分析，主要是沾了表情的光，你看人家爽爽快快，而且是笑不露齿，不造作，也和蔼。我想她家准是翻身农民，她是人逢喜事精神爽。”

小朱讥讽道：“你是吃着碗里的，看着锅里的。”

李门楼介绍经验一般：“没有锅里的，哪有碗里的，以后你要注意呢，不能老母猪拱土豆，一条垄跑到黑。打仗要胸有成竹，但不是一根竹，要有几套预案。”

小朱说了一声“好”，然后才说：“等进了军人大会会场。肯定让你上主席台，有你发言的机会。”

这时偏偏走来了秦妹，一见李门楼被押的样子，她就笑弯了腰，拉着腔调说：“既有今日，何必当初。”

李门楼从她的表现里，已经揣测到了结果，轻松地问：“听到了喜讯?”

秦妹当即说：“喜你个奶奶，你是找媳妇啊还是给孩子找保姆？新社会疼孩子，就该先想到，对孩子好的娘，应当是能兼任家庭教员的。”

李门楼回击：“萝卜白菜，各有所爱，我现在才明白，你是想让李科当你的家庭教员呢。”

秦妹动气了，对小朱说：“你还不借机给他几枪托。”

小朱用了批评人的语气：“你咋就不懂政策呢，对犯错误的同志是不准许体罚的，包括变相体罚。”

秦妹冲着小朱来了：“你还给姑奶奶讲政策？过一会儿，你就知道啥是政策了。”

全连已经集合完毕，李门楼被带了进来。先由连长讲有关南下的事，连长最后说：“下面由指导员向大家报告一个喜讯。”

指导员走上前来，说：“这也算是一个捷报吧，我们连的红小鬼，我说的是副排长李门楼的儿子，现在又有了一个新家。”

全场鸦雀无声，指导员继续说：“有一位乡下妇女把子弟兵的儿子当成自己的儿子照料，孩子又有了母亲。李门楼昨天去看了儿子，孩子生活很幸福，他也不用再跟着我们奔波了。团长、政委听到这个消息，让我转达对李门楼的祝贺，《火线》报也要派人专门去孩子母亲那里采访，带去大家的问候。我们大家都关心的红小鬼，以后会在新的社会新的家庭里幸福成长，大家可以放心了。”

全连鼓掌。

李门楼回到排里，朱传熙一见，脸就红了。李门楼奇怪：“我犯错误，你却害羞了。”

小朱委屈地说：“我现在才知道，你是存心的。预先就设计好了去犯错误，利用了大家的人性弱点。”

李门楼没反驳，认可说：“是啊是啊，难得你没这个弱点。”

小朱辩白：“既然是人性弱点，那就是人皆有之，只是我革命的原则性比较强，就把这种弱点掩盖了。”

第二天，李门楼迎面见到指导员，这时脸红的是李门楼了，宛若李逵醉面，指导员说：“你还知道害羞?”

李门楼一迭声：“知道知道。”

李福强见了李门楼，牢骚满腹：“我为你鞍前马后张罗，好事都是你的了，没我的事了。”

李门楼满面春风：“我说过欠你一杯喜酒，革命成功我一定还上。”

一百一十五

我们的新中国就要诞生了，新中国的名字叫中华人民共和国。十月一日，也就是后天，中华人民共和国将举行开国大典，我们要打好花桥之战，向开国大典献礼。

四月十八日，六团出发向江南挺进，一举行进两千余里，到达湖北襄阳地区，投入了紧张的渡江准备工作。九连和全师一起，从白洋渡口过长江，展开了大规模的追击歼灭逃敌的作战，连续追击作战十余日，粉碎了敌人的局部攻势，一举突破了敌人湘西屏障。

全团行至石门以南，追上了敌人新编四师残部。这是一场小仗，但从此敌人的新编四师也就不存在了。

为粉碎敌人防线，我军在湘南展开了衡宝战役。六团从常德向芷江挺进。九月二十日，激战两小时占领敌据守的公路要地。敌人为了维持西南公路的运输，令二三四师七零零团乘车驰援，由于要地被我军占领，敌人只好改变方向，徒步行军，开到花桥构筑工事，以掩护主力转移。

我二师担任了围歼花桥之敌的任务。

九月二十九日晚，九连长和指导员开会回来，当即召集了全连，指导员兴奋地说："我们的新中国就要诞生了，新中国的名字叫中华人民共和国。十月一日，也就是后天，中华人民共和国将举行开国大典，我们要打好花桥之战，向开国大典献礼。"

全连连夜进行战斗准备。

作战任务下达，四团为正面攻击部队，五团一营部署在西南方向，切断敌人往西南方向突围的后路。师属炮兵连的任务是穿过丛山深谷，占领龙岩山，把山炮架到山顶上，居高临下射击。为了防止在战斗总攻开始后敌人向山区逃跑，师决定派一个营乘夜晚由左翼山区隐蔽迂回到敌后，占领五零零高地。这个任务交给了六团一营。九连的任务是集结在滨河畔林中，如果敌人涉水沿公路往这个方向逃窜，即可截歼逃敌。

第二天晚八时，六团副团长率一营由中和铺出发，避开道路，在峡谷山岭穿插行进。阴雨连绵，山高路滑，行进很艰难，但恶劣的天气和地形，也为隐蔽行军创造了条件。在敌人完全不知晓的情况下，按时到达指定位置，占领了五零零高地和两翼阵地，把敌人往东南方向逃窜的大门提前关上了。

十月一日六时五十分，总攻打响，敌人在我正面攻击部队四团的沉重打击下，企图向西南夺路突围，遭到我五团一营的阻击，突围未能成功。敌团长决定掉头行进，想攻下五零零高地，打开向东南山区逃窜的道路。六团一营面对数倍于我的敌人，顽强阻击。敌人向这一高地和两翼阵地发射数百发迫击炮弹。一连三班长率全班利用隐蔽地形作掩护，直插北端敌迫击炮阵地。三班长令轻机枪占领有利地形后，利用俘虏向敌人喊话，俘虏直呼迫击炮连长的名字，说："我们现在都被关在铁笼子里了，没法打了，只能认输了。"

三班长又喊："你们的大长官跑的跑降的降，这你们比我还清楚。"

敌迫击炮连长下令停止了炮击，并和三班长对话。几分钟后这一迫击炮连全部投降。

一连指导员余学谦乘敌人失去炮火支援之际，带一排和三排向敌人发起反击，迫使数百名敌人投降。二连和三连也开始分割围歼丧失了进攻能力的敌人。敌人团指挥所被歼后，有的缴械投降，有的则仓皇逃窜。一些敌人跳下了大河，从对岸爬上来，向怀化方向逃跑。一连副连长赶到河边，决定过河去追歼敌人，遂率领二排涉入河中，游泳过河。

战斗打响后九连始终在河边待命，李门楼听得到枪炮声，却没有机会参战，他想这一次战斗很可能只是观战了。

枪声渐疏，河中冲下来几具敌人的尸体，但也有一名活着的敌人，他被激流冲了那么远，竟然还清醒，这一带水浅一些，他就试图站起来，水只打到他胸脯。可是一道浪花冲来，他又被席卷而去。

岸上小花棍喊："有活的，要不要下去抓啊。"

李门楼随即点了几个水性好的兵，说："有毛不算秃，能捞上一个敌人来，也算是没白参加这次战斗，也算是咱们给开国大典的献礼。"

他们看清了位置，就跳了下去。

刘五华先在岸上往前猛跑了一段，才跳了下去，正好那个敌人被水冲过来。刘五华把他抓住，拖了上来。见俘虏肚子鼓鼓的，刘五华压了压他的肚子，他就吐出了好多水。又自己把手指伸到嘴里，抠出了好多泥沙。刘五华把水壶递给他："你是我们的宝贝爷了，我来伺候你，漱口。"

那俘虏不敢接水壶，从地上的水洼里捧起水，然后就咕噜咕噜地漱口。

李门楼对刘五华说："千里地上一苗，你给我照顾好。"

连长接到营里的命令，要九连组织部分水性好的士兵迅速过河，追击和搜寻从五〇〇高地那边逃窜下来的敌人。

李门楼没急于下水，而是带李福强跑到林子里去牵那匹马。为了机动方便，重机枪一直在马背上，等把重机枪弄下来，牵着马到河边时，连队涉水过河的官兵们已经到对岸了。李门楼和李福强组成了护卫队，护着马过河，李福强发牢骚说："它不识水性，会被淹死。"

李门楼警告："不要说话，小心呛水。"

那匹马过了河，再往前走，就上了通往怀化的公路。逃窜的敌人，有的拼命沿着公路往前跑，有的则钻进了树丛草棵之中。九连分组行动，有搜索的，也有跑步沿公路追击的，李门楼由于带过来一匹马，自然是属于追击的部分。他骑马前行，马跑得很快，很快把大家都抛在了后边。

没跑多远，李门楼就看到小树丛里趴着几个敌人，李门楼翻身下马，见那几个人一动不动，枪扔在地上，并无反抗之意，他们身上全是水淋淋的。李门楼大喝："缴枪不杀。"

有一个敌人回应说："我们缴过了呀。"

李门楼吼道："当面造谣，枪都在你这儿呢。"

那个敌人哭丧着脸说："是你们的人追过来，把我们抓了，他们不要枪，只把枪栓卸下来带走了，让我们还是自己带着枪在这里等着收容。"

李门楼拿起地上的枪看，果然没有枪栓。看来一营也有人过了河，缴枪只缴枪栓，李门楼是头一次遇到，看来一营不缺俘虏。

李门楼把枪又放回原地："你们就在这儿待命吧，我们还得追击呢。"

又骑马追了一段路，遇到了一连的副连长和两个兵，他们在追击中又捕获了二十多名俘虏，副连长他们身上也是湿的，看得出是从河那边游过来的。

李门楼羡慕地说："你们真彻底啊，连俘虏都不给我们剩。"

一连副连长说："前面有的是，跑得比兔子还快，我们吃肉，给你们留个兔子后腿。"

李门楼仰仗着有马，声大气粗地说："剩下的肯定归我了。"

一连副连长喊："要不要分几个俘虏给你？我们多得不得了。"

李门楼还击说："你以为我不敢要？现在顾不上，回来我到你们连去挑，我想挑两个能负重行军的。"

副连长一口拒绝："挑不行。"

李门楼快马加鞭。

终于看到了前面有三个人，是正在逃跑的敌人。敌人见有解放军的骑兵追来了，自知跑不过骑兵，便撇开大道拐弯往一侧的地里跑，而且是散开了跑，怎奈那片地里只有不厚的草，无法藏住身。李门楼追了上来，李门楼端着冲锋枪下了马，大声说："跑啥呢？前面是我们的大部队，早把公路切断了，你们过去，他们还以为是敌人进攻呢，老远就把你们击毙了。"

一个敌兵喊："我们不是进攻，我们是在逃跑。"

李门楼问："前面比你们跑得快的人还有吗？"

敌兵答："还有不少呢，你赶紧骑马追他们去吧。"

李门楼把他们的枪都拿在自己身上，有马骑，多背几条枪也不会影响追击。

李门楼上了马，对俘虏说："你们不要乱跑了，就在这儿等着，等我回来带你们走，这是最安全的方案。今天是新中国成立的日子，我回来带你们去吃新中国的饭。"又说："你们把姓名报上来，我要对你们负责，保证让你们平平安安。"

三个人一一报上了名字。

李门楼骑马奔驰，很快看到了前面的逃敌，逃敌虽然都背着枪，但李门楼料定敌人完全顾不上还击，于是李门楼毫无顾忌地追击。

敌人听到有马蹄声，都回头看，见是解放军的一个骑兵，便离开公路往山上跑。李门楼急了，那山上大大小小的树很多，再往前跑就会钻进林子，再想搜索到他们，就有困难了。李门楼端着冲锋枪先扫了一梭子，瞬间那几个敌人都不见了，想必是卧倒在了草丛里。这下麻烦了，敌人躲在了暗处，而李门楼的战马是在明处，敌人只要开枪，那是一打一个准。他边打枪边跳下战马，也火速钻入草丛中。这里毕竟只有他一个人，搜索敌人很困难。而且一动，身边的草便窸窸窣窣地响。他开始喊话："弟兄们，你们七百团完蛋了，你们只是几条漏网的毛毛虾，我知道你们只是想逃跑，没心思还击，我也不为难你们。"

那几个敌人依然趴在那里不动，一致地保持沉默，他们很清楚此刻只要露出身子，就会被轻易地击中。

李门楼继续说："我看你们几个还是向你们的大长官学习比较好。不瞒你们说，我就是想活捉你们哥儿几个，舍不得杀你们。今天是改朝换代的日子，从今天下午开始，你们的民国就过去了，我们的新中国就来了，我们就是开国的功臣。在这个喜日子里，我得有点成绩，这叫献礼，老天给了我这么一个机会，我得把你们活着带回去，让他们看看，看完了，就把你们放了。死的我不要，把你们击毙了，我怎么带你们回去展示，我说我消灭了敌人，他们肯定不信。"

终于听到了回音："你要保证不留下我们当你们的兵。"

李门楼拿起水壶，喝了一口水，继续说："我们部队现在是齐装满员，想在我们这儿当兵很难。现在上级有了新规定：不善于长途行军的不要，枪打得不准的不要，长得丑的不要，还有，睡觉打呼噜的脚丫子太臭的我们都不要。多少年来，我们把脑袋别在裤腰带上打天下，从今天下午起，我们就坐江山了，我们是绝不能容忍你们也混进来和我们一起坐江山一起当开国功臣，你还是回家当新中国的子民。"

草丛中有了喊："弟兄们，咱们还是效仿大长官将军吧。"

李门楼觉得有点可笑，该无条件投降了，竟然还冠冕堂皇效仿起义将军。李门楼没有反驳，只说："把职务报上来。"

回应是："班长何旺。"

李门楼很失望，看来这次俘获的最高职务者就是个班长了，他说："你在你的弟兄们中威望咋样?"

那个何旺奇怪这时候还问及威望，何旺说：“一呼百应。”

李门楼心里讥讽，统共就这几头蒜，还百应？他下令：“你把他们都带过来，这就是立功。叫他们把枪举过头，都到公路边集合。”

那个叫阿旺的班长照办了，共走出来五个人。李门楼过去把他们的枪栓都卸下来，枪又还给他们，让他们自己背着，并指点说：“站整齐一点，精神一点，以后就是新中国的人了，别萎靡不振。”

李门楼骑在马上，带着俘虏往回走，九连连长带着连队赶来了，也押着部分俘虏。连长喊：“三副排长，不要往回走了，跟我们往前，那里有一座桥，不用下水。”

向杰敬佩地说：“五个？比我抓的还多，多一个。”然后指点着说：“那四个是我搜山抓住的。”

李门楼一眼认出了那四个俘虏，李门楼还隐约记得一个名字，说：“彭阿火啊，你们怎么跟他走了？”

那个叫彭阿火的俘虏说：“我想早点离开那个鬼地方，不想老是被抓。”

李门楼朝向杰笑了笑：“这四个难兄难弟的枪还在我这马上呢。”

向杰赶忙纠正：“准确地说我不是抓，是捡，是捡了四个。”

李门楼从俘虏中又看到了三个熟人，李门楼对连长说：“这三个人今天被俘三次了。第一次，他们的枪栓被一连副连长他们带走了。第二次，我把他们的枪带走了，还是第三次更重要，你们把他们这三个人带走了。”

向杰实事求是：“要是让一连认出他们三个人就不大好，这是人家的战利品，人家有枪栓为证。”

李门楼笑道：“不会，今天他们吃肉吃得快把肚皮撑破了，有三块肉掉到我们的汤碗里，我就不信他们还要捞回去。”

那个彭阿火很生气：“把我们当肉，是侮辱。”

连长点头认可：“我们的副排长嘴馋，瞎比喻。”

李门楼见李福强在队列里情绪低落，于是向连长报告：“要说有功，李福强拔头筹，这一仗是狼多肉少，要不是他牵马来还护马过了河，那咱们连献礼可就是薄礼了，我得提前提议为他请功。”

李福强并不买账，说：“连长，他一个人骑马跑，扔下我们不管，我们成了没娘的孩子，我提前提议把他撤了算了。”

连长笑道：“那不便宜他了？”

过了桥沿河边往回走，遇到了五团一连的部分官兵，他们押着三个俘虏，李门楼见那三个俘虏身上并没有沾什么泥水，显得衣冠楚楚，而且走路也挺着胸，完全不像俘虏的样子。两个连迎面相遇，那个一连的官兵先唱起军歌来。李门楼不服气，说："我们怎么成了哑巴，五团抓的俘虏还没我们抓的多呢，我们唱歌也应该压倒他们。"

俘虏彭阿火开口说："那个瘦的，是我们团的团长。"

李门楼傻眼了，人家活捉了敌团长。李门楼埋怨起俘虏来："你们真不争气，都是小喽啰，没一个有质量的。"

李门楼见那位团长怀里支支棱棱的，一只手捂在肚子上，李门楼很纳闷也很警觉地说："那个家伙怀里好像是枪，咋还让他带着枪呢？就不怕他图谋不轨？"

李福强笑起来，说："这你就不懂了，那团长怀里揣着的说不定是抽大烟的大烟枪。"

李门楼见李福强大有讥笑自己的意思，说："大烟枪也是枪，这下好了，他可以戒烟了。"

李福强也有兴致说话了："也怪，这时候了还让他带着大烟枪？不可能。我估计他怀里揣的是他的细软。"

五团的兵把敌团长押走了，其余的官兵却在河边浅滩处停了下来，就在那里洗漱。他们身上沾满了泥巴，脸上也全是花的。虽是南方的秋季，但由于昨晚下了雨，水还是有点凉，好在有正午的阳光照着，很多士兵索性脱了衣服下到河里洗澡。有人朝九连这边喊："你们也下来洗洗吧，干干净净迎开国。"

大家觉得这话很有道理，李门楼看看自己身上，又摸了一把自己的脸，在泥泞的地里匍匐抓俘虏，浑身都带满了纪念品。这里是红土地，脸上的泥也是红的。李门楼说："在东北打完了仗，一个个是黑脸包公，现在咱们都成了红脸关公，咱们也下去吧。"

连长下令洗澡，并对俘虏们说："你们也洗一洗。"

李门楼让派两个兵在两个方向警戒，向杰说："他们都脱了衣服洗澡，不可能裸着身子逃跑。"

李门楼心绪很好，没驳斥向杰，只对那两个兵布置说："你们警戒的任务不是防备俘虏逃跑，是要防备老乡中的妇女们从这里走过，现在我们是原形毕露，不能让他们看到。”

向杰佩服道：“还是你想得周全，很敏捷啊。”

李福强说；“那次关禁闭之后，他是怕了妇女们了。”

大家把衣服脱在岸边，并不急于下水，而是把衣服排放整齐。

俘虏们站着不动，李门楼说服他们下水：“你们逃跑跑了多少里？比我们还累，满身汗，就这么迎接新中国？马上给我下去。”

俘虏们只好遵命下河洗澡，那个叫何旺的班长很麻利地率先脱光了衣服，见人们的目光落在他很强健的身上，说：“有什么好看的，跟你们完全一样。”说着下了河，进行一番彻底的洗浴。

李门楼把身上脱得赤条条的，衣服拿在手里，说：“我看顺便把衣服也洗干净比较好。”

李福强不同意：“这里没换的衣服，那我们穿什么啊，总不能溜光着往回走吧?”

李门楼笑道：“洗干净了，拧干，就湿着穿上，回到村里，也就干了。”

兵们都去拿自己的衣服，地面上刚刚摆好的军装队列瞬间就解散了。

一百一十六

彭阿火很有意见：“我听说下午你们就开国了，你们这个新兵说他是开国前参加革命的，是开国元勋，我也想在开国前参加革命。”

连长很严肃地说：“来就想当开国元勋？不可能。”

李门楼在水边把衣服漂洗了，然后在水里快速地洗了身上，就上了岸，蹦跶了几下，想把身上的水珠甩一甩。他见彭阿火用异样的目光看着他，就大声说：“好好看看，我这大腿上的伤疤，还有这儿，都是你们打的。”

那个何旺听到这话，便从水边跃过来，站在李门楼面前，气呼呼地说：“你还来劲了，还是先睁眼看看我这儿吧，这伤疤，还有这个洞，这是和日本鬼子打仗留下的见证，我一次就捅死三个鬼子，这身上留了四个伤疤。我敢断定，你根本没和日本鬼子打过仗。”

李门楼很憋屈，大声喊：“指导员，你过来叫这个俘虏兵何旺见识见识。”

指导员已经是衣冠楚楚了，李门楼几乎是命令式：“把衣服脱了，让他看看小日本在你身上留的纪念，看看谁比过谁。”

指导员笑笑：“刚穿上又脱一回？比什么啊，你不看看那个何什么旺虎背熊腰，和小鬼子打仗，肯定行，对他啊，你也别比，跟他说两个字就妥了。”

李门楼问：“哪两个字？”

指导员说：“佩服。”

李门楼遵命，转身抱拳说：“我就说这两个字：佩服佩服。”

何旺挑剔说："你说的是四个字。"

李门楼换了语气："太佩服了，就多说了一倍的赞语。了不起啊，你是能打硬仗的兵。全连都知道我有个传统的做法，对于你这样的好兵，是一定要留在我们排当解放军的。"

何旺傻眼了，强硬地说："我不当你们的兵。"

李门楼态度和蔼："不想当，我们不能强迫，但可以动员。过两天，把他们都释放了，留下你，我好吃好喝伺候着，天天动员你。"

何旺不示弱："我打仗都不怕，还怕你动员?"

李门楼笑道："我可以跟你熬夜鹰，找几个兵白天晚上轮流动员你，我们轮流睡觉，你得熬着，我看你能熬几个晚上。"

俘虏们劝何旺："人在屋檐下，哪能不低头，你不能在长官面前表功，咱们毕竟是落在人家手里了。"

何旺气未消："落在谁手里，咱们也都是爹娘养的，站着不比他们矮，躺着不比他们短。我们不就是穿错了一件衣服吗？现在都裸了，你们看看他们身上也没多出任何一个零部件来，每个零部件也没开出花来。"

李门楼也不禁发笑，当即说："你是外部啥也不少，内部少个心眼。"

连长已经穿上衣服，何旺朝连长喊："这位大哥强迫我当你们的兵，还说不让我睡觉。"

连长劝说道："李门楼啊，一看这个家伙就是个老兵痞子，有什么好啊，一脸横肉。我们就是缺兵也不要这号的，何况你们排已经超员了。"

连长这话竟然让何旺满意。

李门楼反驳连长："他不是兵痞子，是有战斗经验，我就是要定他了。连长你看我们排哪个兵好，可以任意挑走，空缺由这个家伙补上。"

这话自然就伤了众，李福强说："我看就把副排长调走，让这个老兵油子当副排长好了。"

向杰自以为是，说："把我的位置腾出来，让这位敌军大哥当九班长。"

虽然都是战后"放松放松"的话，李门楼还是不敢越界，对向杰说："你不能走，我们排不能没有你。"

这自然让向杰心里舒坦。

连长说："别拿老皇历说事了，现在连俘虏都知道我们就要开国了，都想摇身一变，变得跟我们一样，我们要得了吗？就像吃饭，不是饥不择食的时候了，现在满桌子的饭菜，要挑着吃，不能见什么都倒进肚子。这个何旺可不是什么好菜，不过就个是大萝卜。”

何旺附和道：“是啊是啊，而且是个糠了心的。”

李门楼也附和：“是个死秧子大萝卜。”接着说：“你赶快把衣服穿上，把你那大萝卜收起来。”

阿旺迅速蹬上了裤子。

俘虏彭阿火迟迟不上岸，在水边听两军口舌大战。李门楼喊：“彭阿火你是不是想潜水逃跑？”彭阿火走上来，赤条条站来那里喊：“我可不是兵痞子。”说话间还打了立正。

连长严肃地说：“你先把衣服穿上，光着身子打立正，军姿再好也很难看。”

彭阿火穿上衣服，跟在连长后面说：“我看你们的鞋都不成样子了，我很会打草鞋，我当你们的兵给你们打草鞋。”

连长停下，转身打量了彭阿火一番。连长知道下一步连队面临的是连续的长行军，官兵的鞋成了大问题，一听到这个俘虏会打草鞋，连长兴奋道：“你一个人能打出那么多草鞋？不可能，你可以当教员，教给大家打草鞋，很多兵是东北人山东人，在家没穿过也没见过你们这儿的草鞋。”

彭阿火很有信心地表态：“我边示范边教，半天就教会了。”

连长笑道：“先教我，我也可以借机考察你，过关就留下。”

听到这话，一个面容消瘦的俘虏金娃子也追了几步，表白自己也会打草鞋，也想参加解放军。连长说：“我们要的人，不光会打草鞋，还要能吃苦能打仗能行军，我看你瘦啦嘎儿，一副麻秆腿，浑身没二两重，你不行。”

金娃子诉苦说：“家里穷得叮当响，从小吃不上饱饭，哪能不瘦？别看我麻秆腿，就是跑得快，这次我们一个排，就我一个跑出来了。”

连长笑了：“光会逃跑不行。”

金娃子巧舌分辩：“这腿是逃跑过，到这边来就可以换用场，可以追击。”

连长愈加不满：“花言巧语。”

这次战斗，一营俘敌七百六十四人，一营那边的村子并不小，却无法让俘虏都住进屋里，命一个班押着七十余名俘虏到三营这边来号房子住宿。九连抓获的十几个俘虏没能送走，被安置在老乡的一个大房子里。

各班都在老乡的灶上做午饭，彭阿火想借这个机会打草鞋。他向房东大娘要稻草，房东大娘是侗族，不仅不给稻草，还说："要不是看在解放军的面子上，这屋子也不能给你们住，这不是引狼入室吗？"大家听不懂她说话，但彭阿火能听得懂，原来彭阿火也是侗家娃子，他用侗族话说："我已经被批准当解放军了，我要稻草是为了给解放军打草鞋。你想想啊，我要是狼，我打草鞋干什么。"

大娘轻易地被说服，彭阿火得寸进尺，说今晚炕上地上都要睡人，地上很潮，最好在地上铺一些稻草，大娘也一口应承。

老人带着彭阿火出院子去抱稻草，在门边看守俘虏的九班士兵赵烨明不准彭阿火出去，还说："你是不是企图跑啊？"

彭阿火很生气，他看那个兵年龄小，身子也单薄。这个兵是部队打下宜昌后招的初中毕业生，是属于士兵中的高学历人才。彭阿火见他出言不逊，也只能忍着说："我是去抱稻草打草鞋，你看你的鞋都穿帮了，打好的第一双草鞋就送给你。"

赵烨明讥讽："草包打的草鞋我不要。"

这下彭阿火按捺不住了，还击说："我一眼就看出你是个新兵蛋子，还跟我来企图，我要是企图逃跑还用请示你？"

赵烨明拍了一下自己的胸口："我是新兵，可我也是开国前参加革命的，咱啊，开国元勋。"

彭阿火竟能巧舌如簧："就凭你这小豆芽子，我一拳就把你打迷糊了。倘若醒不来，这开国元勋你还可以当，只不过是追认，知道追认吧？"

"开国元勋"一拉枪栓，把枪对准了彭阿火。老大娘听不懂他们说什么，见士兵端起了枪，吓得大叫，还护住了彭阿火。彭阿火说："你们解放军把枪对准老百姓？这还了得。"

老大娘一个人去抱来稻草，彭阿火和麻秆腿金娃子就在灶间打草鞋，俩人坐在稻草上，打累了还可以躺在稻草上。俩人都想快一点打出一双样板来给连长看。开饭了，有士兵送来了午饭，彭阿火和金娃子匆匆吃了饭，继续手里的活儿。老大娘在一边没事，也动手打草鞋，彭阿火问："你们以前见过解放军？"

老大娘说："没有。"

彭阿火不解："那你们怎么对他们那么好？"

老大娘笑道："我们听说他们是打你们的，你们拿我们当蒜瓣子，想拍就拍，想砸就砸，我们想他们能来收拾你们，那就是好部队了。这不，把你们打得跟断了尾巴的蚂螂似的，该抓的也抓起来了。"

金娃子摇头："不对，能打败狼的，说不定是老虎，你们就不怕老虎？"

老大娘笑着反驳金娃子："哪有这样的老虎啊，人家就是用一把稻草，也跟我们说一声，人家买粮食，不压价，用的是现大洋。你们呢，不知哪来的那么多纸钱，到末了还不是擦沟子的纸。"

彭阿火表白："我用你家的稻草，也是跟你说过了。"

老人撇嘴道："你说你参加解放军了，你要是真参加了，那个兵伢子能不让你出去？想蒙我可蒙不了，我心里不糊涂，我知道我家啊，住着一屋子蒋介石。"

金娃子纠正说："不对，蒋介石只是一个人，早带着老婆孩子走了，留下我们在这里挡着，哪挡得住啊。"

老大娘还是说："我们这儿的人都说你们是蒋介石。"

彭阿火耐心解释："八竿子打不着边啊，我们以前是蒋介石的部队，不是蒋介石。"

老大娘还在问："不姓蒋？"

彭阿火说："我姓彭，他姓金。"

连长来了，见这两个俘虏真在打草鞋，虽说刚开了头，却也看得出动作很娴熟。连长咨询："这草鞋穿在脚上，能穿多久？"

彭阿火汇报："报告连长，那要看走多少路，我打的草鞋，走一百里山路没问题。"

连长问："那要是超过一百里呢？"

彭阿火笑道："那就有可能磨穿了，散了架了。"

连长摇头："这不行，我们要是天天走一百里，还不是得光脚丫子？"

彭阿火建议说："打一双草鞋也快，我把全连都教会，白天行军，晚上睡觉前，把第二天穿的草鞋打好，也不会误事。"

连长犹豫："天天打草鞋？太麻烦了。"

彭阿火笑道："你们天天做饭就不麻烦？习惯了就不觉得麻烦了。"

金娃子也献计说："你们不是爱开会吗？开会是君子，动口不动手，手闲着干什么，打草鞋啊。"

连长笑起来："你还知道我们爱开会？不全面。现在开会，也就是一袋烟的工夫就散会了，开会打草鞋行不通。"

彭阿火说："反正就一条，让大家早点学会打草鞋。"

连长无奈道："只能这样了。"

连长和老大娘说话，一句也听不懂，彭阿火给连长当翻译，连长惊讶："你会说当地话？"

彭阿火说："我是侗族。"

连长越发觉得应该把他留下来，说："我们老是过少数民族区，语言交流很困难，老得找翻译，连队有少数民族战士，就方便多了，看来我得同意你在我们连当兵。"

金娃子当即说："我也是少数民族，是苗族。"

连长考察："那我问你，用你们苗族话，老大娘，怎么说？"

金娃子说了，连长没再问就信了，还说："上级现在要我们学习当地少数民族的风俗习惯，你呢，两种话都会说，当教员正合适。"

金娃子提了条件："要当现在就当，离开这屋子，衣服也得给我换了。"

连长笑道："你俩还挺积极？你得给我个请示领导的时间，领导肯定会同意。明天吧，明天我通知你。"

彭阿火很有意见："我听说下午你们就开国了，你们这个新兵说他是开国前参加革命的，是开国元勋，我也想在开国前参加革命。"

连长很严肃地说："一来就想当开国元勋？不可能。"

金娃子巧辩道："沾个边也行啊，反正早一分钟就比晚一分钟强。现在这个屋子里的弟兄，有的是很顽固的，他们见我们要改换门庭投奔你们，夜里说不定就把我干掉了。"

连长轻松地笑道："他们不敢，你看这里有我们的兵看守着呢。"

彭阿火看门边那个小兵持枪站岗的"开国元勋"，就借机奏了一本："你们这个兵拿我当敌人，枪对着我要开枪，要不是这个老大娘拦着，他就把我毙了，老大娘也被吓坏了，不信你问老大娘。"

"开国元勋"不打自招："我只是拉枪栓吓唬他。"

连长批评："吓唬也不对。"

彭阿火借机说："连长你要处罚他才公道。"

金娃子却在一边说："处罚啥啊，只是误会，以后就是一个连队的了，握手言和算了。"

彭阿火竟然倔强："跟他握手？不是不可以，要是日后我有机会当了他的长官，我真是要和他握手呢。"

金娃子劝道："人家连长看重咱们，咱们就得有个姿态，不能任性。"

彭阿火也只好说："我年少任性，对开国元勋不够尊重。"

这话立刻让连长觉得金娃子很善于化解矛盾，水平不低，心里油然对金娃子有了好印象。

金娃子对连长说："你看这屋啊，住我们这么多人，炕上地上都睡人，也还是很挤。既然连长打定主意要我们，就把我们分到班里住算了，在班里随时可以教大家打草鞋。你们领导要是不批准我们参军，再叫我们回来就行了。"

连长点头："这样吧，你和小彭现在就搬到班里去住。"

金娃子越发显得懂道理："我有个建议，给俘虏讲课的时候，一定要我俩也来听，我想肯定讲的都是解放军的基本道理，这很重要。"

连长连声说"好"，还表扬了金娃子："你是个地道的小滑头。"

一百一十七

何旺说："我来找你是有一事拜托，金娃子是我在广西山区抓的壮丁，是我害了他。他受伤后用大烟止疼，惹上了烟瘾。你们千万别丢下他，在大山里丢下他，必死无疑。"

来了一个换岗的，把"开国元勋"赵烨明换了下来。连长见状，对小赵说："我还有事，你把他俩带回去，交给二排长一个，交给三排长一个。"

彭阿火临搬走时朝里面的俘虏们挥了一下手："后会有期。"

俘虏中的那个班长何旺拉住了金娃子的手，说："这也好。"

金娃子笑道："我先补进去，为你们探探底，要是好，你们再争取补进去，要是不好，我们就跟你们说一声，咱们就溜之乎也回家去。"

有俘虏赞同说："那我们就等你一句话了。"

"开国元勋"带这两个人在路上走，让他俩在前面走，自己跟在后面。在彭阿火看来，有点像是被押着走，于是故意磨磨蹭蹭走得很慢。

"开国元勋"说："走快点。"

彭阿火疾步如飞。

"开国元勋"喊："你们存心啊。"

到了路口，往前是出村的方向，彭阿火明知道该拐弯，却还是往前走。"开国元勋"说："你们想出村啊，往这边拐。"

俩人顺从地拐了弯。

彭阿火对金娃子说："看来他不信任咱们，我得跟那帮弟兄说一声，这边的兵不是好当的，受歧视。"

金娃子笑道："不是歧视，我听说狼要是遇到人，先咬后面的人，因为狼总是从人的背后进攻，可见‘开国元勋’是为咱们着想，狼来了先吃他。”

“开国元勋”笑了起来，命令道：“你们跟我并排走，这下该公平了吧？”

金娃子依然津津乐道：“我听说狼看到三个人并肩走，总是误以为是一个人挑着俩箩筐在走路，把两边的人当成箩筐，只咬中间的人，所以他就走中间了。”

彭阿火笑了：“我在中间吧，要咬先咬我，不能咬‘开国元勋’。”

迎面遇上了二排长，“开国元勋”说：“这是连长准备补进来的新兵，让你领一个回去。”

二排长把两个人扫了一眼，就把彭阿火领走了。到了三排房东的院子里，“开国元勋”大喊：“三排长，分给你们一个预备的新兵。”

李门楼走出房间，说：“这么快啊，何旺呢，我们排就是想要何旺。”

“开国元勋”说：“挑肥拣瘦？”

李门楼不满道：“我不拣瘦，他也太瘦点了，这不麻秆吗？能行吗，就是拿麻秆打狼，也是两头害怕。”

金娃子冲李门楼笑笑：“我不挑排，我只挑排长，反正我就是跟你这个排长走。”

于是李门楼态度转变：“瘦就瘦点吧，黄鼠狼瘦，也厉害呢。”

金娃子还有话：“解放军的饭肯定能把我吃得滚瓜溜圆。”

宣传科预先向各团下达届时收听开国大典实况转播的通知，师通信连负责统一调拨收音机，预先就为六团送来了两台，团通信连有一台使用直流电的收音机，可惜这一带都不通电，这台大功率的收音机用不上。团政委想到团卫生队有一台小型发电机，估计能让收音机响起来，便命通信连连长带通信兵把那台收音机送卫生队。

一切准备妥当，一根绳子一拉，小发电机响起来。收音机接上了电源，响是响了，刺刺啦啦的噪声，却收不到电台的声音。通信连战士说估计九连的炮排长李科懂这种收音机，理由是打沈阳的时候，李科把一台缴获敌人的收音机送到了通信连，说这是一台好收音机，看你们有没有用。可惜当时打开收音机时就听到了敌人的广播，通信连拒收这台收音机，当时就把它移交走了。

李科跑步赶来，他扳动了几个开关，就收到了新华社的广播。政委兴奋地说："你把声音放到最大。"

李科照做了，政委动手还想把声音拧大点，李科说："你不能拧那儿，一拧它就跑了。"

政委不服："你别咋呼我，我就不相信它能跑了。"

果然广播被拧跑了，换成了敌人的广播，一个娇滴滴的女音。政委自谦地说："不光是跑了，还来了敌人。"

李科的心情也格外开朗："跑了，我再把他找回来就行了。"

政委发话把发电机和收音机都转移到村口的开阔地上去。

来了几个小伙子抬发电机，李科不动手，他当着政委的面就问卫生员："你们的秦妹呢？怎么不出来干活儿。"

政委警惕地问："你打听秦妹干什么?"

眼看就要开国了，李科存心要在政委面前先下毛毛雨，也可以说是先挂个号，他说："好多天没见了，我和她是青梅竹马。"

政委故作严肃状："你别来那个青梅竹马，敌人还没完全被消灭，你还是要多想想横刀跃马。"

李科笑道："我这个人爱瞎想，我就老是担心有人会把秦妹夺走。"

政委自言自语似的小声说："胜利刚来，就都出牙念了。"

看来政委心情很好，不然他不会故意也把邪念说成牙念。

李科赶紧说："我需要继续改造，秦妹那个野丫头是最会改造人了。"

政委严肃地敲打他："广播要是出了故障，我找你算账，老老实实把心收回来，你就坚守在这里，一分钟也不准离开。你的痴心妄想能不能实现，我不管，让黄伯仲做主，你想见秦妹，那要等解放后再说了。"

李科喜悦地连声说行，他知道再过一小会儿，就是解放后了。

全团官兵都整齐地列队，俘虏们也都带来了，老乡也围了过来。

下午三点，在这个偏远的村庄，收听到了北京开国大典的实况转播。

一连全体持枪站在一侧。

当北京的礼炮响起的时候，团长洪亮地向全团下达了口令："立正。"

全团官兵都立正了，一连全体官兵整齐地朝天鸣枪，由全团组成的司号员吹奏军乐。

团长扬声喊：“向新中国致敬。”

全团一同向刚刚诞生的中华人民共和国敬礼。

彭阿火和金娃子都在九连的队伍中，他们和大家一样也行举手礼。

九班原本是齐装满员，加上运输员刘五华共十人，金娃子分到九班后，超编一人。李门楼保留了当时的花名册，九班的全体士兵是：

班长向杰，云南人，1943年2月参加国民革命军，1947年5月参加我民主联军，同年9月加入中国共产党。

副班长李福强，吉林人，1946年2月参加国民革命军，1947年2月参加民主联军，翻身农民。

战士齐铭，天津人，1946年5月参加民主联军，工人子弟，1949年9月加入中国共产党。

战士葛长藤，四川人，1945年3月参加国民革命军，1946年2月参加民主联军。

战士王进年，吉林人，1947年4月参加国民革命军，1947年5月参加民主联军，1949年2月加入中国共产党。

战士朱传熙，辽宁人，1946年3月参加国民革命军，1947年5月加入民主联军。

战士韩鹁鸪，辽宁人，曾任我民主政权村长，1947年2月加入中国共产党，1947年7月参加人民解放军，翻身农民。

战士刘小大，辽宁人，1946年1月参加国民革命军，1948年6月在家乡参加人民解放军，1949年9月加入中国共产党，翻身农民。

战士刘五华，辽宁人，1946年3月参加国民革命军，1947年5月参加民主联军，同年7月走失，又参加国民革命军，1948年3月重新参加人民解放军，翻身农民。

战士赵烨明，河南人，本人成分学生，家庭出身城市贫民，1949年7月参加人民解放军。

战士金娃子，广西人，1947年5月参加国民革命军，1949年10月1日参加人民解放军。

第二天，俘虏们听讲课，彭阿火和金娃子也参加。俩人先去俘虏们住的房间，何旺一见这俩人换了解放军的军装，说：“以后咱们是敌我关系了。”

也有俘虏谴责他：“你俩是不是奉命来看押我们的？”

金娃子点头哈腰：“哪里哪里，我们也是来受训的。”

彭阿火劝说：“我看你们也归顺了算了，那边也没啥好，可不打不骂倒是真的，还给烧酒喝。”

金娃子纠正说：“喝酒那是因为庆祝开国。他们那边饭菜不比咱们部队好，累得要死，刚歇下来，就得给老百姓干活儿，水缸不满，就得挨熊。不过他们不敢使唤我，我算是新兵，他们是老兵伺候新兵，对我还不错。我们那个班啊，不少的哥们当初是国军，没人敢歧视他们，你们知道为啥吗？因为连队老指导员还有团里的副政委，原先也在国军，能撑腰的人多了。”

一名俘虏说：“他们现在打胜了，牛气得很，说这次补新兵，还得先验身体，不合格的不要，我就说我有花柳病。”

班长何旺告诫：“我们败归败，可有损于我们部队的话不能说。”

金娃子对何旺笑道：“我们副排长是一根筋，还是想把你要去。”

何旺绝不领情：“我有那么好吗？”

金娃子点头而笑：“是没那么好，可副排长偏说你好，我估计他未必是真心，是跟你较劲。”

何旺终于笑了：“我也爱较劲呢，就他？要是单挑，他能是我的对手？”

彭阿火说：“现在改朝换代了，咱们换棵树上去，也是个办法。不管怎么说，这是棵有根有叶的大树，你们知道树根是扎到哪儿了吗？”

何旺反感道：“你少给我现炒现卖，说啥也别说树，他们爱拿树说事，言外之意，还不是把我们贬作树倒之后的猢狲？他们就忘了猢狲里还出了个闹天宫的呢。”

金娃子叹道：“是啊，人家封了弼马温还大闹天宫，咱们去了不过就是无名小卒，我只是觉得迈一步过去就能跟他们平起平坐，以后也没什么大仗了，好机会总会有，走一步看一步。”

由于全团要随师部乘胜向忆化追击，当天晚上部队就出发了，对俘虏的集训也只进行了一天，九连抓获的俘虏，除彭阿火和金娃子已经补入九连，只挑选了一人分到了七连，其余都释放了。

何旺临走时来找过李门楼，李门楼喜出望外：“你没走？”

何旺解释：“今天太晚了，夜路不好走，我们跟房东大娘说了一下，老人同意我们再住一天，明天一早出发。”

李门楼用了表扬的口吻：“显而易见，你们的军民关系还不错啊。”

何旺真诚地说：“很遗憾，没能在你手下当兵。那年我儿子刚出生，我就要求参军抗日，现在我可以回家了。你在军队打你的江山，我回家去坐我的天下。”

李门楼笑道：“在你们部队连长是半个皇上，你回到家里就是一个囫囵皇上了，你媳妇是皇后，你的那个太子几岁了？”

何旺喜眉悦目：“八周岁。”

李门楼也自豪地说：“和我儿子差不多大。”

何旺说：“我来找你是有一事拜托，金娃子是我在广西山区抓的壮丁，是我害了他。他受伤后用大烟止疼，惹上了烟瘾。你们千万别丢下他，在大山里丢下他，必死无疑。”

李门楼后悔地说：“我们连还真没收过大烟鬼当兵。”

何旺没做任何解释，说：“算我求你，有你关照，他能闯过关头，以后他能成为你们的一个好兵。”

李门楼安慰说：“他已经是我们的兵了，理所当然就要对他负责，不可能把他抛弃。这就像生儿子，是俊是丑，也是儿子，也要把他养大，这你就放心好了。这事你别跟别人再说，彭阿火就在那边，你亲自跟彭阿火叮嘱一下，叫他也守口如瓶。这事还是保密比较好，我估计我们连的士兵也没见过犯烟瘾是啥样，到时候我就说他是累了病了。不就是一个关头吗？闯过去就没事了。”

何旺叹道：“你想得很周到。”

当晚上八点，部队就出发了。部队所经之处，敌人望风而逃，一直逃过沅江。六团追到沅江，隔江与敌人对峙。四日凌晨四时，全团渡江追歼敌人，追至江西街，二营与敌人交火，三营借机插到敌人前面，形成两面夹击，俘敌一部，九连俘敌三十余人。

十天后，二师占领城步，至此，衡宝战役宣告胜利结束。六团奉命于湖南武冈县休整，并进行战斗总结，军授予一连“花桥战斗模范连”光荣称号，九连副班长李福强等七人立功。

为彻底歼灭敌人，我军由两个野战军组成了强大的迂回兵团，进军云贵地区。原拟定乘汽车行军，由于敌人炸毁大桥，改为徒步沿黔桂边境向广西西南进攻。六团于十一月七日出发，第二天就进入了崇山峻岭。尤其是黔桂边境的苗岭山区，更是高峰叠连不断，山坡险陡，上下山五十余里。那时九连官兵都学会了打草鞋，每天晚上，都要把第二天所穿的草鞋打好。

由于在这样的险路上马匹难行，在过苗岭之前，就奉命把所有马匹留在后面另寻道路。李福强用来驮重机枪的那匹马也留了下来。麻秆腿金娃子当时身体不适，连长让他和马一起留下，金娃子执意不肯，他找了李门楼，委屈地说："连长不想要我了，要我留在这里，你跟连长说一说，我能走。"

李门楼找了连长，连长说："我不过是让他跟着马队，走不了还可以骑马。别以为我不知道，金娃子这些日子是犯了烟瘾。"

李门楼紧着洗清自己："这怪不着我，是你把他选出来送到我们排的。"

连长也有悔意："他没跟我说实话。"

李门楼笑了笑："不管怎么样，他当过我们打草鞋的师傅，一日为师，终身为父，我们一个排这么多人，就是背也能把他背过山区。"

连长也笑了，检讨说："都怪我审核不严，为你们排弄了爹背着。"

第二天下午，部队正在半山腰行军，金娃子突然抽搐起来，完全不能走路，身强力壮的兵们轮流背他，遇到陡坡，是一个人背着还要加上两个人在后面推。

刘五华是大力士，背着金娃子能走很长一段路，他不知道金娃子是犯了烟瘾的，安慰说："你没啥病，就是太瘦了，我背着你就跟背了个屁似的，你要多吃饭，吃不下也要吃，这么多苦都吃过了，还怕吃饭?"

李福强来替换："还是我来吧，扛惯了重机枪，扛个人没问题。"

李福强背金娃子时，话就没那么好听了："你咋老打哈欠啊，你是不是个大烟鬼啊。我的重机枪也给留在马队了，我不能白背你，打仗的时候，你得给我缴获一挺重机枪。"

李门楼知道如果论体质，自己也当列入身强力壮一类，怎么说也得背一段路，他敢断定走不了几步，就会有士兵强行接应他。

他背上了金娃子，嘻嘻哈哈地说："金娃子，你可别把鼻涕哈喇子弄到我身上。"

金娃子说："放下我吧。"

李门楼气喘吁吁道："前面的坡不陡了，就能用担架，再往前走就是苗寨，还要靠你做群众工作呢。"

李门楼走了很长一段路，并没人主动来替换他。

天黑前，九连进了苗寨，村里人大部分都提前跑到了山里。房屋内没有人，部队也就都不进屋，大家都在墙边休息。指导员带政治处群工干事来找李门楼，说："让金娃子带我们去找寨子里的老乡。"

李门楼推托说："他病了，拉稀呢。"

金娃子却说："我能走。"

他们在寨子里找到几个没跑的人，金娃子当翻译，用苗家话和老乡交谈，指导员把带来的一些盐巴献给了老乡。早在准备进云贵地区时，大家就按照上级的要求，普遍学习了苗族的风俗习惯，还学会了几句日常用语。指导员用苗族语言向一位长者问候，长者提出去山里把大家都叫回来。

寨子里的人是躲在了一条山沟里，长者见了他们，说："来的是咱们的大军，这个小伙儿，就是咱们苗家的大金。"

金娃子用流利的苗族语言和大家说了一番话，很快就有不少老乡跟他们回到寨子里。大家见大军都住在屋外，没动屋里一样东西，也就互相转告，当天夜里乡亲们就都回来了。

从那天起群工干事常找金娃子，班里士兵也称金娃子为"群工战士"。在巴吉渡口过江时，只有三只渡船，金娃子和苗族老乡联系，找来了两个艄公，从苇荡里又划出了两只隐蔽的船。

当敌机飞来扫射时，全团已经渡过了江。

走出苗岭，上级命前卫团部分连队配合友军追歼一股企图越境逃往越南、缅甸的敌人。有一条河上敌人曾架了浮桥，敌军通过后，就炸毁了浮桥。当天一批敌军的家属赶到了河边，他们行走速度很慢，有的还带着孩子。敌军为了摆脱我军追击，顾不上家属们还没赶到，就急急忙忙引爆了设在浮桥上的炸药。

我军赶到河边时，连护送那些家属的敌人也逃窜了，只剩了三个女兵。她们是敌军医院的医护人员，其中一人换了家属的便装，没被发现，其余二人被九连抓获，这是他们第一次抓到女俘虏。

李门楼请示连长对这两名俘虏怎么处理，连长的答复是："不要管她们了，我们的任务是赶紧过河。”

卫生员维他命对她们的三个药箱十分敏感，看了里面装的药，请示连长：“这里都是好药，要不要收缴了？”

连长指示：“她们是给这些娘们和孩子看病的，药箱还给她们。”

维他命只好离开了药箱。

九连涉水过河，上岸后没有休整就开始了急行军。

第二天中午时分，便听到了战马的嘶叫，能见度很低，又有丛林遮挡，望远镜中看不到敌人，但可以断定，敌人就在不远的前面。现在离敌人也越来越近，敌人离国境线也越来越近。一旦出境，他们就会得以喘息。

有机枪子弹从一侧的山上扫过来，看来是敌人在这里设了阻击，企图迟滞我军的前进。连长命六〇班架好炮，朝着敌人的阻击位置开炮。

两发炮弹打出去，就把敌人火力压下去了。

再往前，路上到处是敌人扔下的武器，连长下令全连也减负，只带部分轻武器跑步追击，连背包也扔在了路边。但炮排所带的六〇炮和四枚炮弹始终携带着，炮排落在了全连的后面，排里的兵很着急：“等我们赶上去，人家连俘虏都抓到了。”

李科说：“我们不怕落后，我们的炮弹会飞到步兵排前边。”

金娃子看到路边草丛里有一挺重机枪，他想起了李福强曾要求他缴获敌人的一挺重机枪。

敌人为了迟滞我军前进，在路上埋了地雷。有士兵在迅跑中，触发了地雷，李福强就在那个士兵的旁边，飞起的弹片击中了他，他捂着肚子跑了几步，还是栽倒在了地上。维他命跑来，见他身上几处伤口，不知先包扎哪里。李福强想用手撑地爬起来，发现胳膊也受了伤。

金娃子跑了过来，报告说：“副班长，我找到一挺重机枪。”

李福强说：“难得你还想着这事，你赶紧去追击敌人，我只是轻伤。等消灭了敌人，回来你再搬机枪。”

金娃子顺从地离开，和部队一起继续追击。再往前，路上不见了枪支弹药，估计敌人把武器扔得差不多了，但路面上出现了大批的银元。

敌人逃跑时带着整箱整袋的银元，马队除驮着武器弹药，还有不少马匹驮着银元，银元是他们出境后待机卷土重来的资本，都说银元是他们的命，可这时候为了逃命，把很多银元也丢掉了。

奇怪的是敌人不是把整袋的银元丢下，而是在行进中用刺刀把马背上装银元的麻袋挑开，银元撒落在地，人却骑上了马背，跃马扬鞭，逃之夭夭。他们也许想的是，追兵一到，如果在这里捡银元，那无疑就会迟滞追击，在埋地雷和和阻击失效之后，银元也许就是最后能延缓追击的武器。

敌人最后的希望也落空了，我们的部队追击到这里，并没有一个人停下来，没有一个人捡银元。为了抢时间，他们也没有绕开银元区，一个个穿着草鞋的官兵，就踏着银元从这里跑过，脚下不时地有“哗啦哗啦”的银元声响。金娃子脚上的草鞋已经坏了，他已经赤脚行军了好一阵，他很担心银元会把脚扎破，他总是灵活地选择没有银元的地方落脚。

逃跑的敌人疲惫，追击的官兵也很疲惫，两军相距不远，可总是追不上，想插到敌人前面切断敌人的逃路，几乎是不可能的。李科突然命炮排停止前进，就地朝敌人前面射击。他说：“前面骑马的人很可能就是他们的长官要员，给我把炮弹打到他们前面去，炮弹一发不留，都给我打干净。”

炮声响了，为了防止误伤追击部队，弹着点不是定在敌群中，而是在敌前方的路面上，炮弹接连地爆炸，没有打到敌人，却让敌人不能再往前跑，连骑马的长官也跳下马来，往路边的山上爬，没爬多远，九连已经赶到。敌人没有做还击，只能举手投降。少数爬上山坡的敌人，没等我军喊话，抢先在那里向我军大声喊话：“不要开枪，我们投降。”

押着俘虏往回返时，金娃子没找到李福强和维他命，那挺重机枪还在原处。

李门楼牵来一匹刚缴获的战马，驮上了那挺重机枪。

这是九连在大陆打的最后一仗。

过了年，金娃子在团卫生队见了李福强，李福强伤口已经好了，一条胳膊留下了残疾。

李福强没想到金娃子身体变得很壮实，金娃子告诉他：“我现在是机枪手了。”

一九五〇年二月，全团开到河南信阳农场执行种水稻任务。农场还迎来了一匹退伍的战马，和九班一起耕田的是一匹白马，就连在家种过水稻的九班长也知道，那白马不习惯在水田里耕作，在家耕水田的都是水牛。那白马身上也是有多处伤疤，李福强知道每一处伤疤都有着令人敬佩令人伤感的故事，可惜那白马的故事没人知道了。

借这个机会老指导员宋良去了一趟山东，他去寻找连长的女儿，可惜一无所获，只好找当地政府，让他们帮助寻找。

同年三月，部队根据中央人民政府和中央军委的指示，动员部队中的一些老、弱、残疾等不适应继续留队的同志光荣退伍，李福强是在中央指示颁布后首批退伍的。退伍有退伍费，按当时的小米价格折合为现金下发，不料李福强提出他不要退伍费，只要那匹白马。当时李福强和战马铜锤的故事传播很广，上级破例批准了他的请求。出发时，他和白马顺路搭载了农场一辆去几百里外拉农具的汽车，其余的路，全是他和白马步行，走了半个多月。

他回到了久别的家乡，和他的母亲团聚了。他没有忘记当初对三林的承诺，到了夏天，他就赶了一辆马车去了大李村，驾辕的便是那匹白马。

三林娘一眼认出李福强来，说："是福强?"

李福强跪倒在老人面前喊了一声："娘，是我。"。

老人说："我还记得你比三林大，是三月十一的生日，这个日子我忘不了，那年三月十一，我的大儿子死了，死的时候七岁。头一回见你，你和三林比大小，都说了自个儿的生日，我心里一惊，你出生那天，就是我大儿子死的日子。现在我才明白，我大儿子投胎是投到你家去了。"

李福强没否认三林娘的说法，还说："估计投胎的时候，他是看中了我们家也姓李。我这次来，想趁着天气暖和，把你接过去。我娘也说你老年龄大了，没人在身边咋行，要我把你接过去，三口人相依为命。"

李福强在大李村住了三天。

到了第四天，李福强早早就把车套好了，车上垫了厚厚的被子。那是个好天气，李福强背了三林娘，走出了院子，走过了那狭长的胡同，把三林娘放在马车上，说："娘坐好，咱们走。"

李福强坐在了前边，手里的长鞭杆儿一甩，马车上了路。阳光明媚，马上拴的铃铛悦耳地响，马蹄踏在路面上，发出像敲木鱼似的声音。

一百一十八

李门楼顺着话茬说起赞美之言："是啊，那年我和你一打交道，就被你俘虏了，你有啥？就是有魅力。我的这心，当下就被你押解走了。"

在李福强复员四个月的时候，部队开赴东北，移驻开原。十月二十四日，李门楼随部队东进入朝。出国前李门楼给红麦写了一封信。信上不容许写抗美援朝字样，他写了"我们还要为无产阶级国际主义去战斗，估计时间比较长，战斗胜利，我就回去接你们娘俩"。

归国时已是一九五三年的七月下旬，全团驻在了吉林省海龙县，距华北的宝坻还很远，部队在此期间只是休整，随时准备重返前线。第二年，部队开始建简易营房，团里批准了李门楼和红麦的婚事，同意李门楼回去接红麦和他的儿子。

从村里到火车站还有一段路程，连里派一辆马车送李门楼去车站，和李门楼同坐马车的还有几个人，其中有刘小大和刘小老，两兄弟在朝鲜二八一点二高地战斗中都负了伤，但他们都活了过来，他们是幸运者，军务股批准他们一起回乡看望父母。李门楼说："见了你爹娘，替我问个好。"

接下来，李门楼没再说什么话，闷着头坐着。在朝鲜，排里牺牲的人不少，李门楼很哀伤：是我带他们出国的，我却没能把他们带回来。

和儿子见了面，第一印象是果然长高了。儿子开口便问："爹，你告诉我，我娘在哪儿?"

儿子还是知道了红麦不是他的亲娘。

李门楼听儿子依然叫红麦为娘，和红麦很融洽，看上去依然是母子。李门楼对红麦说："这样也好，原来我打算把结婚证领了，咱们稀里糊涂过日子就行了，既然他知道了，咱们还是办个典礼。”

红麦埋头说：“我都老了，带着这么大的孩子办典礼，那可臊死人了。”

李门楼说：“明媒正娶有啥丢人的，可惜李福强复员了，他可是我们的大媒。”

那时部队还在村里住民房，李门楼把红麦和儿子接了回来，安置在村里的一户房东家里。结婚那天，全连加了两个菜，饭菜都是各班打回去吃的，打饭时，炊事班长边盛菜边说：“今天三排长结婚，给大家改善伙食。”

婚礼没办成，主要是因为李门楼还没到允许结婚的职务，李门楼的结婚报告是属于特批。教导员宋良给李门楼做工作说：“红麦是烈属，团里主要是考虑红麦的生活安置，下不为例，就不要声张了。”

李门楼笑道：“我咋就听着像是偷来的锣鼓敲不得。”

教导员批评说：“你不感谢组织的关心，还有二话？进了洞房，你那锣鼓想怎么敲就怎么敲，用不着在公开场合大张旗鼓。当然，也不能天天敲，我看还是坚持三六制度，周三和周六可以回去敲一回，其他时间，还是住在排里。”

两年后李门楼又有了一个儿子。那天他赶到卫生队时，孩子已经出生了，秦妹一见他就斥道：“你上哪去了，孩子出生了，你就来当爹了，真是省事。”

李门楼问：“丫头还是小子？”

秦妹笑道：“是个小排长。”

李门楼快步进入，没问候妻子红麦，先看儿子，先要看能证明是小排长的地方，他笑着喊：“我的小俘虏，真是个小俘虏。”

妻子嗔怪道：“说什么呢。”

李门楼很得意：“咱家是有一个大俘虏，一个小俘虏。”

妻子直指李门楼：“我看你就是大俘虏。”

李门楼顺着话茬说起了赞美之言：“是啊，那年我和你一打交道，就被你俘虏了，你有啥？就是有魅力。我的这心，当下就被你押解走了。”

妻子吃吃地笑：“你这话我听着挺顺耳。”

李门楼倒背着手，作了指示：“不能有骄傲情绪啊，再接再厉，再给我生个闺女吧。”

妻子索性说：“我给你生一个班。”

李门楼大喜："有理想啊，敢于争当英雄母亲。既然是一个班，那班长得我来当，当然，副班长非你莫属，副班长分管吃喝拉撒睡，包括保管擀面杖。"

在这期间，老指导员宋良为了寻找老连长的女儿，在报纸上刊登了寻人启事。在后来的日子里，陆续有好几个女青年找来了。指导员和他们交谈之后，确定她们都不是老连长的女儿，但还有一条也是确定的，那便是她们的父亲都是在战争年代牺牲了。有个姑娘还带来了父亲的烈士证书和照片，那是曾贴在良民证上的照片。这个姑娘的母亲也在两年前去世了，是个孤儿，她虽不是老连长的女儿，但宋良还是把留下了，安排她在三师医院当了卫生员，后来她还读过部队医科大学。

李科在炮兵股当参谋时，和秦妹完婚，李门楼是他们的婚姻介绍人。黄伯仲那时候在上级群工部工作，专门带车来过，送了一套细瓷的碗碟。婚礼就在那间洞房里举行，李科准备了糖果和一面袋子葵花子。李门楼在这里第一次吃到了牛奶软糖，他觉得不错，先往自己口袋里装了不少。

仪式很简单，宣读了结婚证书，把两床叠得很整齐的军被靠在一起，仪式就结束，接下来就属于闹洞房了。李门楼是秦妹的长辈，他不参加这种场合的闹腾，先退了出来。教导员也跟在他后面走出了屋子，教导员要他一起去喝酒，还说："你家的那个秦妹犯迷糊，偏要嫁给一个臭俘虏兵。"

李门楼说："教导员啊，没喝酒呢你就说醉话。"

向杰结婚，新娘子是在天津解放认识的那位国文状元，她参军是在宣传队，参加过抗美援朝，一九五六年军以下宣传队撤编，她改任宣传科干事，不久后就转业到地方工作。

在李科出国期间，三瘸子就已经娶妻生子，他很少给李科写信，也从来没离开过军马场。后来李科带妻子秦妹去了一次马场，专程去看望三瘸子，见了面方知道，三瘸子娶的是李连成的遗孀大丽。大丽的公婆去世后，她便携子到了马场，她是执意要嫁给三瘸子的。

三瘸子在马场照例是牧马，偶尔也开汽车。早先飘飘来这里想把他接走，他是铁了心不离开马场。飘飘再来看望他时，带来一辆吉普车，同时专门还带了一名驾驶员教三瘸子开车，想让他学会开车，以车代步。当时大家的反映很不好，说三瘸子仗着有个当资本家的生母搞特殊化，场长林大孩也觉得飘飘是异想天开，毕竟三瘸子是聋子，是连汽车喇叭声也听不到的。

飘飘和那位驾驶教练一走，那辆汽车就封了。

春节，马场自己搞联欢，还有套圈、钓鱼、猜灯谜之类的游艺。有一个担任组长的职工，专门撕下了一条谜语让三瘸子猜，谜面是“按时睡觉”，打一词，三瘸子摇了头，就走开了。那个组长却扯住三瘸子，并对大家说：“谜底是‘定息’，他母亲是大资本家，现在靠拿定息剥削人民，那辆汽车就是用定息买的。”

这个春节三瘸子过得很苦闷。

没过几天，暴风雪使一群马连同牧马人失踪，三瘸子开汽车去寻找，不仅找到了马群，还把两名受冻伤而奄奄一息的牧马人接了回来，其中有那个组长。牧马人转危为安后，场里就允许三瘸子在马场内部开汽车了。场长林大孩还打报告申请配备汽车，上级调拨了一辆卡车，配备有一名驾驶员，这辆车是搞运输的。有时三瘸子奉命驾车牧马驱赶马群，他开着车，并不需要驱赶，马群便自动追逐而行。

儿子李天松刚两岁，三瘸子就又得了女儿。飘飘来了，要把孙子接走，说她可以雇奶妈带孩子，不能让孩子从小闷在荒原。临走，她见儿媳大丽带来的儿子天柏已到了学龄，而且很聪慧，便提出把他也带到城里上学。大丽十分赞同，还给飘飘磕了头。后来大丽常去城里看这两个儿子，一住就是几个月，三瘸子却从没去过，只是在暑期，孩子来马场，才有父子团聚的机会。

李门楼当九连副连长时，向杰由副连职参谋提为九连连长。这一对冤家又成了搭档。

有一次李门楼带连里四个人去接新兵，出发前连长向杰把丑话说到前头了：“你们谁要是接来屌兵，走路顺拐的啦，尿炕的啦，是班长接来的，我就把他分到你们班里当兵，是排长接来的，我就把他分到你们排里当兵。当然，要是李副连长接了这样的兵，就把他分到连部当通信员。”

偏偏是李门楼看中的一个新兵连着尿床，班长把尿湿了的褥子送到连部，对连长说：“我们班不要这个兵，从谈话到家访到拍板，都是副连长定的。”

李门楼以为向杰会给他个面子，不料向杰真的去了班里，进门就从后面踢了那个尿炕兵一脚，吼道："走吧，现在要你去连部当通信员。"

那兵固执道："我不去，我不会伺候人。"

向杰摇晃着脑袋说："谁伺候谁还不一定呢。"

那兵理直气壮："我得了夜尿症，你还是把我退回家里去吧。"

向杰故作无奈："尿就尿呗，我又不可能把你的枪管给焊上。"

李门楼正坐在连部生气，好像尿炕的不是那个兵而是他。他对向杰说："押来了？"向杰很不爱听他用的这个"押"字。

向杰回敬道："又有改造的了。"

李门楼一听就笑了："能把他改造过来？"

向杰送了个人情，说："你把我都改造过来了，还怕这个烂屌兵？"

瞬间李门楼心情愉悦，正、副连长之间皆大欢喜。

那天文书把湿褥子晒了出去，李门楼把火发到了文书身上："你把褥子晒到当院展览哪，成心让我丢脸，我老皮老脸不怕，他呢，越害臊就越紧张，越紧张就越要尿床，我这连队成了舰队啦？漂洋过海啊。你没听兵们怎么说？说的是：到了五更天一亮，连部尿成了太平洋。"

每日晚上李门楼总要把这个通信员叫醒，让他撒尿，有时一晚上他被叫醒两次。有一次驻训，李门楼一晚上查了三次岗，每次查岗回来，都要推醒通信员："醒醒，该撒尿了。"

通信员被折腾得够呛，知道副连长是存心收拾他，心里很火，但又不好说什么，跟谁诉苦也没用，人家副连长好心叫你起来撒尿，这是对你的优待，你还有意见？谁叫你老在褥子上画地图？通信员被折腾得老是睡不好觉，只得宣称病好了。从此他也没尿床。其实他是嫌连队不自在，想退回去不当兵了，就装夜尿症，有夜尿症的不符合当兵条件。他还公然向后进兵介绍经验，说装病要装夜尿症，反正夜尿症不红不肿，扒了裤子也查不出来不是真的，清晨只需把半缸子水倒在褥子上就妥了，于是人们都说屋里充满了尿臊气。

没想到这个通信员进步很快，手勤嘴甜，在正、副连长之间巧妙周旋，让这两个人都满意。有一度通信员还兼着司号员，有一把铜号，连长向杰给他的铜号上弄了块红绸子，李门楼就给他的铜号上弄了块绿绸子。李门楼出门有时就带上他，见了别的连的连长，就叫人家把通信员拉出来比一比。

那时各连连首长之间最喜欢比的有两样，一样是比马，另一样是比通信员。比通信员不光比仪表，还要比摔跤。比赢了，李门楼给通信员开罐头吃。比输了，李门楼自己不吃饭。通信员劝导说："没必要这么认真，比来比去，不就是争个面子吗？我好好练练，下一次把他摔个狗吃屎，面子不就回来了吗？"

李门楼叹息道："你说得也对，战争年代，那可是真比，拿下一个山头，那就能在上面坚守，夺来一杆枪，那就能打响，抓住一个俘虏，那呱啦呱啦的就能听到俘虏说软话下软蛋。不打仗了，要说比，也真是比得没劲，我也想改，改不了。看见人家的杯子好也不服气。你倒水把连长的杯子炸了，我就很高兴，他那玻璃杯的套儿太漂亮。"

通信员说话带着明显的倾向性："这你就不对了，连长这个人挺好的，建树很多，你知道他跟我说你什么了？"

李门楼笑道："说我不尊重他贬低他？"

通信员一字一板地说："他说你是他参加革命的引路人。"

李门楼连连点头："属实，属实。"

通信员很内行地说："他那杯子上的套，不就是姑娘们扎小辫的塑料绳儿编的吗？我给你编一个，肯定比连长的那个漂亮。"

通信员果然把水杯的套儿编出来了，是编了三个，花纹完全不同，一次性拿给正、副连长，让两人挑，并宣布了挑选规则："先挑者是挑一个，剩下的两个就归后挑者。"

李门楼当即说他后挑，说他要给红麦一个，并说："我就跟她说是我编的，是心意。"

向杰不需要以此表心意，一个套足矣，他先挑了。

二人都满意。

不久，李门楼调任三营当副营长。临上任那天，李门楼在饭桌上对连长说："有个事得跟你商量一下，这个通信员用顺手了，我得带走，他原本就是我接来的兵。"

向杰不同意："这不合适，是我把他从班里挑到连部的。"

正、副连长说话，通信员插嘴是大忌，可这次通信员说话了："我不去营部，我就在九连当兵。"

李门楼满意道："热爱连队啊，不错吧？这样的兵我得带走。"

向杰表扬说："他不想离开老战友，重感情，这个小子和我当战士的时候一模一样。"

通信员觉得很冤枉：我竟然和当年国民党的兵一模一样？不过他还是笑着说："咱有的地方是跟连长学的，有的地方是跟副连长学的。"

说得连长和副连长都笑眯眯的。

李门楼对通信员说："你不得了，能在我军和敌军之间都吃得开，必成大器。这事就这样了，你准备一下。"

向杰笑道："不商量了？我最担心的是他到了营部，我们连一改善伙食，他准带着饭盆过来，他和大家都熟，直接到伙房去就成了，我们连损失可就大了。"

李门楼说："打点菜也舍不得？你也太小家子气了。"

向杰想起了什么，从上衣口袋里掏了两张面额五斤的全国粮票，递给李门楼："这个送给你，不小气吧？"

李门楼接过粮票连声道："大方大方。"

向杰说："这不能白给你，粮票你带走，通信员留下，就这么定了。"

从此人们都知道通信员是连长用十斤粮票换下来的。

李门楼每个月只在家吃几顿饭，可每月都要跟司务长结算，让司务长把那几顿的粮票支给他。每当粮票攒到了二三十斤，就叫通信员去镇上邮局，把粮票寄给外地一个叫李福强的人。那次通信员探家，归队时跟家里要了二十斤全国粮票，带给了李门楼。李门楼批评："你跟家里要粮票，父母会怀疑你在部队吃不饱。"

通信员说："不会，我都跟家里说清楚了，说是你需要。"

李门楼收下了粮票，便向他讲了李福强赡养三林娘的事，然后叹息道："这些年我和李福强一直有联系，给他寄过学习材料。李福强来信说不要寄材料，我看不懂，你要是有心，就凑点全国粮票寄来。"

李门楼寄粮票成了习惯，或者说是战友帮他筹集粮票成了习惯，粮票送到了他手里，不寄出去也浪费。他寄粮票的终止日期是那年的春节，李福强寄来个大邮包，里面全是白面做的各式花糕，李福强在信中说是他的两个母亲亲自做的。在李门楼看来，那都是艺术品，不仅有年下才做的枣花糕和鸡、鱼等样式，还有祝寿时的发面寿桃，以及中秋节才做的面鸽子和正月十五才做的面刺猬。有很多面制小动物，李门楼也是没见过的，是真正的才艺大展示。李门楼对媳妇说："李福强是很容易满足的人，有饭吃就是福，给他饭吃就是恩，他是知恩图报的，寄这么多东西，是给咱进行形势教育呢。"

李门楼真的把这些农家的小面点在食堂内搞了一次展示，新闻干事来拍了好多照片，团政委也亲临参观，讲了话，还对李门楼说了一句："你是会做政治工作的。"

那位文科状元临时来队时，还带来了她发表的文章。不少战士对她表示了崇拜，通信员没表示，却在与她闲聊中想揣摩写文章的真谛。果然他也写出了文章投递出去，文章被退了回来，不过没退给他，而是退到了政治处，并附有盖着大红印章的公函，上面写有："此文章有严重的问题，如果是有意的，要严肃处理。"

向杰得知此事，匆匆忙忙去找宣传股长，此时担任宣传股长的是朱传熙，当年他被俘时由于能言善辩，差点被李门楼杀了。向杰在被俘前和被俘后，都和他在同一个连。向杰与他见了面，直截了当说了来意，其中有一句话"不过一个新兵蛋子，要允许战士犯错误"。

朱传熙正忙着，就打断了他的话，说："那家伙用的是笔名，笔名是十斤，一听就是一代更比一代强。那退回来的文章我看了，那臭小子还真有两把刷子，我看就调到我们宣传股报道组吧。"

向杰说："我可没心思开玩笑。"

朱传熙不耐烦了："明天让他来报到就是了。"

一百一十九

三林娘和李福强的生母都健在，都是八十多岁的老人了，家里儿孙满堂。

一九六七年部队移防，移防前李门楼想请假去看望三林娘，可是任务紧，部队已经停止了休假。

也就在这一年秋天，李光来了信，信封上就写了“十万火急”四个字。信中说三瘸子和全家都从军马场被押送回原籍，问题是两个，一是地主阶级的孝子贤孙，他是李七爷的亲生儿子，这事还是被捅出去了。另一个是他演过旧戏，是牛鬼蛇神。村里每次批斗他，都让他穿上女子的戏装，而且每次批斗都遭打，这样下去怕是要被打死了。

李光写这信是希望李门楼和李科能救救三瘸子，但他没给李科写信。

李科看了信，发了疯似的，完全不可自控，还大骂三瘸子：“这个小王八蛋看不起我不给我写信。”还说他要带枪回去，把三瘸子接来，以后就和老家断道，永远不再回去。

李门楼不好劝阻，只说：“咱俩一起找宋主任，他对三瘸子印象很好，还问过三瘸子的情况，他比咱们有办法。”

李科觉得这个方案可行，他俩当天就去了军里，那时老指导员宋良担任军政治部主任，职务虽高，但管地方的事也是属于打隔山炮。三人在一起商量了很久，其实是要在老战友中挑选几个能够帮上忙的人。其中有当年土改工作队长的林大孩，他当过区长，大李村那一带的乡镇乃至县里干部有一些是他的部属。可毕竟时过境迁，在电话里才得知，林大孩在当军马场场长时不仅被打倒，而且已经被整死了。

老指导员把电话打到了黄伯仲那里，黄伯仲已经离休，住在沈阳，他当即说那里的县、地革委会的领导有一些是由部队现役军人担任，他可以找人出面为三瘸子平反。

这时李门楼接过了电话，火急火燎地说："我是李门楼，我打算和李科去大李村把三瘸子接到我们这里来，他已经被打得遍体鳞伤了。听说那里造反派势力大得很，想把戴了帽的人带走，会有麻烦，我想还得靠你帮忙。"

黄伯仲当即说："你们接他，正好路过沈阳，你们先到我这里来一趟，李科就不要出面了。"

李门楼说："好，我们明天就出发。"

黄伯仲也着急："不要等明天了，又不需要准备什么，就今天吧。"

事不宜迟，李门楼当天就乘坐一辆军用吉普出发了，他借口怕路上不安全，随身带了手枪，给司机也带了枪。

到沈阳见到黄伯仲时，黄伯仲已经和县里联系上了，还安排了一名群工干事一起前往，也出了一辆军用吉普车。由于时间紧迫，没再停留就出发。黄伯仲对李门楼说："接到了三瘸子，返回时你和他一起在我这里来聚一聚，我也是一直没再见过他，他是支前模范，他养父李光是老抗联，是我失职啊。"

李门楼还是有所担心："你这样公开出面，会不会对你有影响？"

黄伯仲说："我和一名还在职的战友联系上了，他指示严肃处理这起迫害支前模范的事件。"

到了县里，县革委主任是部队一名团副政委，他已经接到了上级通知，亲自带了两名穿警服的人员一同去大李村，他们乘坐的是一辆警车。

三辆军、警车一同开进了大李村，那辆警车鸣起了警笛。

进了李光家的大门，见到的是李光和他媳妇，两位都已是白发老人了，李光媳妇一见他们，哀号一声便跪倒在地："你们救救三瘸子吧。"

李门楼愤然说："我要扫荡大李村。"

李光喊了一声，从正房那边走来了三瘸子的媳妇大丽，李门楼有点不相信，这就是那个爱打扮的新媳妇？记得门楼媳妇总爱说大丽是一心想当地主婆的，眼下地主婆没当上，却要和地主婆一起劳动改造。李连成牺牲后，留下的儿子天柏，后来是跟着飘飘在沈阳读书。李门楼问起了天柏，才知道飘飘也被打倒了，三瘸子还有第三重罪，他是大资本家飘飘的亲生子。

三瘸子没在家，牛鬼蛇神们每天是要集中劳动改造的。李门楼直接去了劳动现场，那是一片庄稼地，活儿并不重，却有几个同村的青年手持皮鞭在看守，每次干活儿前要有个仪式叫请罪。李门楼走到了三瘸子跟前，三瘸子一只胳膊也残废了，他哇啦哇啦的，不知是想说些啥，李门楼拉着他就走。一位看守拦住不准走，还抽了三瘸子一皮鞭。李门楼怒不可遏，拔出枪来，连发数枪，不是朝天开枪，子弹就从那看守头顶飞过，看守边跑边摸头，似乎是想知道头还在不在。

李门楼给三瘸子写了一段话，这是他预先想好的："我们带你全家走，到我那儿去，是部队，我给你找了一份工作，是在河堤上巡视，不累，只是很难见到人。"

三瘸子当时就点头同意了。

当晚李门楼他们都在村里住了，李光始终陪同上级来的人，按照他们的要求找一些人了解情况。一些乡亲来看望李门楼，其中有秦妹的爹秦先生，李门楼把李科两口子带的礼品给了他，他便滔滔不绝说起了当年为了阻止小篦子把李科遗弃，谎称李科日后必做高官，没想到还真被说中了。

李门楼不满地说："高啥啊，还是那德行。"

第二天他们就带三瘸子一家离开了大李村。临走时，县里那两个警员以迫害支前模范的名义将打断三瘸子胳膊的青年抓获，当场就戴了手铐，带上了警车。

到了沈阳，黄伯仲把他们都安排在了招待所，还说有一个老朋友一定要见三瘸子。聚餐时，那个老朋友来了，三瘸子完全认不出那人，那人叫罗幼青，在四平是突击队长，负伤后，三瘸子赶着马车和一个叫王继胜的军医救过他。三瘸子很感慨，心里明白那次真正救他的是大哥李元。没想到罗幼青始终和李元有联系，李元的工作就是他给找的。解放后李元再没返乡，妻子儿女也都随他在外，李元也从来没给过李科和三瘸子任何音信。

一九七九年，李门楼办了离休手续，他要做的第一件事是回趟东北，去李福强那里看望三林娘。

三林娘和李福强的生母都健在，都是八十多岁的老人了，家里儿孙满堂。见了老人，李门楼喊了声："我是门楼子。"

三林娘没哭，还笑了笑说："早就听说你得了六个孩子。"

三林娘精神很好，还能照看重孙子，这总算让李门楼得到点安慰。三林娘拿出了很多东西给李门楼看，她有很多喜欢的小玩意儿，有各种小手镯小手链小佩链，李门楼知道这些东西每一件也就是几元钱。老人说："我就爱花钱，孙子在外上班，每回都给我钱，我都收着，买了我也不戴。"

老人坚持要给李门楼看看她的寿衣，说那寿衣是缎子的，很排场。李门楼不好拒绝，他看那寿衣也不过就是人造丝的，还有头饰，有一把金色的簪子，李门楼断定不是金的。老人拿起那簪子戴在头上，笑道："死了也风光。"

那天李福强还让李门楼看了给老人准备的寿材，他带李门楼走到院子最西头的一个偏房子，打开门，里面放着两口大棺材，这是他为家里两个老人准备的。他用手敲了敲，叮咚作响。他说："上了好几遍漆了，秋天还能上一遍。我问过老人，她还是想葬在大李村。到时候，一入殓，我就雇辆汽车，一两个钟头也就到家了。"

李门楼沉重地说："很周全啊。"

李福强摇摇头，说："困难时期，公家给三林娘特供，每月去领，都是好粮食，还有几斤大米。三林娘总是让着她的宝贝孙子孙女，熬一大锅米粥让全家聚餐。我说这不行，这家里的司务长还是我来当。隔三岔五我给三林娘做一次米饭，还专门盛一碗米饭给她老人家留个下顿。我对家里晚辈说这米饭别动，我做了记号了。我真的是把那碗内的米饭堆成两个小山包，动了就能看出来，结果发现那俩小山包还在，只是变小了，我要查清那个不懂事的孩子是谁。我还真逮了个正着，原来偷吃米饭的是我娘，我当时就哭了，一咬牙，就写信跟你要粮票。也多亏你的帮助，都熬过来了。"

听到这里，李门楼叹息道："我对不起三林啊。"

飘飘还未年迈，便将公司全权交给孙子李天松打理，而李天柏也有了自己的企业。这兄弟二人向来不和，但对三瘸子都是孝敬的。他们把三瘸子接到沈阳，住所称得上是深宅，除了妻子大丽，便是几个雇工，完全可以深居简出，这让三瘸子很满意。天柏出资为三瘸子治聋哑，说话没能恢复，听力有了一些。

不久天松便找飘飘报告了他为父亲制定的整容方案，飘飘批示了“可行”二字。在后来的几年，三瘸子迷上了整容，曾两次出国，面目虽未彻底改观，但也确实好多了，至少不是那样令人恐怖。

三瘸子闲暇时间多，便想做点正事，他改写了一部老的戏剧本子《南北和》，其改动主要是突出一个“和”，战可以出戏，和也是可以出戏的，有和方有情，情中有戏，戏中煽情。这个本子改好后，飘飘亲自将其送到剧团和戏研室，找行家和专家征求意见，都是从正面评价这次改编的，其中有一句话：“都是中华民族，是应该把和戏唱好。”

这个本子很快被采纳，开始了排练。正式演出时，李科也专程赶来参加首演仪式。在众多人士的陪同下，三瘸子到场了，这是他多年来首次在大的场合抛头露面。他留了长发，在李科看来那是中年妇女才有的发型，头发垂下，正好把两耳根难看之处遮挡，这让李科感觉是不伦不类，很不舒服。平心而论，李科觉得戏确实改得好，戏文也好。

演出获得成功，让三瘸子精神焕发，他给新认识的一名戏剧界领导写了一封长信，提出要改写名剧《排宴》，戏中佘太君逼死了自己的亲生儿子杨四郎，三瘸子对此很不满，写道：“世道变了，如今都是民族大家庭中的一员，不能把杨四郎当叛徒判处死刑，当初他原本就是无奈。”

那位朋友来信说：“该剧为名家所著，就不要改了，留下原貌，也是有价值的。”

三瘸子不服，并没停下笔来。他的儿子天松见爹固执，便跟他说了实话，说他的新编《南北和》是祖母飘飘出资赞助才得以演出的。

飘飘怪天松跟三瘸子露底，说：“你会让他失望，会把他击垮。”

三瘸子并没垮下来，他有他的事情可做，他要把已经失落而即将失传的大批戏剧本子和段子整理出来出书。他自然是先把小时学戏时的段子整理出来，然后就去寻找，仅在一家已经破落的小剧团仓库，他就找了几十个老脚本。后来他就到民间去收集，由于语言不便，飘飘给他派了一个助手，名为秘书。

后来九连老指导员宋良在一篇回忆文章中，有一段是写审讯土匪头子邱二更的，其中谈到土匪明盏，说当初明盏是邱二更劫持上山而当土匪的。三瘸子去看望李门楼时，无意中看到了那篇文章，他神态陡变，小时学戏的师兄就叫明盏，后来在卖艺中失散。三瘸子觉得这个土匪就是曾经和他相依为命的师兄。李门楼说那次剿匪他亲手抓获土匪头子邱二更和小土匪邱白地，别的土匪他没打过交道，具体情况可以找老指导员宋良。

李门楼带三瘸子去军里见了宋主任，宋主任说敢肯定当初枪毙的土匪中没有明盏，明盏和别的土匪包括邱二更都被押走了。邱二更是病死的，别人的下落就都不知道了，有一叫邱白地的小土匪当过传骑兵，后来调到了骑兵团，现在他在外地当县长，复出后还来过信。

三瘸子执意要去找邱白地，他和邱白地有过交往。

李门楼说："要去也得我带你去，我也正要去扇他俩耳光。说起来，他还是三林娘的干儿子，当了官后就没给过三林娘消息，他可是个忘恩负义的王八蛋。"

李门楼和三瘸子乘吉普车去了，很轻易地就找了邱白地，他自然是认不出三瘸子了，当初三瘸子劝他投奔八路的时候，是一个英俊小生。李门楼一脸的严肃，说："三林娘始终挂念着你，我以为你石沉大海，没想到当了县太爷。"

邱白地说他始终隐瞒了当土匪的那段历史，和大李村那一带的人都没敢联系。

三瘸子给李门楼递眼色，催促他切入正题。李门楼讲了来意，邱白地说在那伙土匪中确实有个叫明盏的，外号叫"压寨夫人"，会唱莲花落，当初劫他入伙时，身上还带有两副竹板。他很少下山，工作相当于参谋、文书之类，邱二更和李元谈判，就带他在身边。其实还有兼职，相当于文体委员，为大家逗乐子消遣。被俘后，没被判处死刑，是被管保卫的干事一起带走的。

三瘸子已经断定那个明盏就是他要找的师兄，他急于想知道其后来的下落，邱白地只说："后来我见过他们其中一个人，我没敢认，躲了，一个人被释放，其余都差不多，肯定也被释放了。"

三瘸子是想找到师兄，一起搜集整理老剧本的，可是始终没能找到。

最先出版的是老剧本集子，是两集，其中不少段子是他学戏时唱过的，他说这两集只是个开头。不言而喻，出版费用是他母亲飘飘付的。那些日子他忙于寄书，他所能知道的剧团，差不多都寄去了，李门楼也收到过一套书，封面上有"李大江整理"的字样，翻开扉页，有他的签名，看目录，确实是有很多李门楼根本没听说过的剧名。再往后，李门楼就没往下翻。三瘸子的第二批书集收到时，李门楼只拆开了包装，没有翻阅，但入了他的书柜。后来收到的书，他一概都没有拆封，他说是为了便于保存。

多年后，人们都广泛使用手机了，李门楼常收到三瘸子的微信，那时三瘸子已坐了轮椅，他住院主要是治腿，盼望着能重新站起来，继续他收集戏剧本子的工作，他不甘心这工作刚刚开了头就停顿了。不久李门楼就察觉出他的头脑似乎是老化了，他的微信，大多都是说某一部古装电视剧中用了他收集的戏剧剧本，还具体标明了是哪一集。有的电视剧李门楼是断断续续看过的，有的看过不止一次，不过是消遣而已，从没和三瘸子的集子联系起来。李门楼终于按照三瘸子的提示翻阅了那些集子，他真没想到那些老剧本会那么有戏，会那么精彩，虽不能断定电视剧取之于三瘸子的集子，但取之于中国戏剧是无疑的，让李门楼有一种电视剧让戏剧再生的感觉。李门楼给三瘸子回了音，那是他有感而发。

一百二十

我说你们红三连和钢八连是真正培养革命干部的小熔炉，我们团的兵说法就略有变化，说我们团善于招女婿，我们要是不优秀，人家能来我们团倒插门？

一九八八年，有两个老头前来找李门楼。李门楼端详了一阵子，还是把两人认了出来，一个是彭阿火，一个是金娃子。彭阿火是在抗美援朝初就被选上了飞行员，学开飞机去了，后来听说是在海军航空兵。金娃子是在扩编时调走的，始终在部队。他俩来找李门楼，是想让李门楼写一个证明，证明他们是建国前参加人民解放军的。

彭阿火回顾："是那天刚吃完午饭，也就是中午一点多钟，我们就补充到九连了。开国大典是下午三点，所以我俩都是在共和国成立之前参军的。"

金娃子也说："全团收听开国大典广播，我俩都在九连的队列里，和你们一样行军礼。"

至于为何需要这样一个证明，两人都没具体说，李门楼也没问。算下来他们都是六十来岁了，估计是和离休还是退休的界定有关，也许是和胜利功勋荣誉章有关。还有一种可能，他们仅仅只是需要一个说法。不管什么目的，李门楼都觉得自己应该出这样一个证明。

李门楼没有异议，认可说："你俩确实是建国前参加我军，那天二排长把彭阿火先挑走了，剩下金娃子推给我们排。我看这样吧，证明我写，我再叫政治处给你们出个函，那是代表组织。政治处主任原先当过我的通信员，尿炕大王出身，我让他出具证明，他不敢不出。"

二人喜不自禁，金娃子敬慕道："你退下来还能说了算，这才是本事。"

李门楼炫耀说："我眼下是无冕之王，在敌我双方都有人脉。你们要是不放心，我给你们开个集团军政治部的证明，咱们的老指导员宋良当过军政治部主任，还念叨过你俩。可惜他中风了，头脑一直清醒，还能说话，只是情绪爱波动，老是控制不了，见了老战友就呜呜地哭，他的老伴把关很严，一般不允许老战友见他。”

二人都叹息想见老指导员，李门楼给老指导员的老伴打了电话，没想到竟然得到了应允。李门楼说：“我提出的要求，他老伴一般不会拒绝，当然，我一般是不提要求的，对你俩，我是特例。”

李门楼带二人去看望老指导员，这一次老指导员没哭，李门楼介绍了这两位战友的名字，老指导员两眼直直盯着金娃子说：“你，你是大烟鬼?”

这一句话让金娃子大哭。

老指导员突然说：“我想起来了，那个外号叫二哑的兵，牺牲在四平，这么多年咱们都没想起他的姓名，我想他是不是叫倪亚鼎?”

李门楼也立刻想到倪亚鼎确实是二哑的名字，这让李门楼也失态地挥泪，说：“至少我们这一茬的人不能忘了他。”

老指导员说：“没找到老连长的女儿，我死不瞑目啊。”

第二天，李门楼带金娃子他们参观了团史室，那俩人边看边挑剔，尤其是金娃子，几十年来不敢说的话也倒了出来，竟然还说到他抽大烟的事：“你们都说是我们团长下连队搞爱兵，你一口我一口地共享那杆烟枪。团长对我好不假，可他根本没教我抽大烟。那次我受了重伤，疼得又哭又叫，团长不忍，命人找来大烟让我吸了几口，就止住了疼。战争中的事，都是常人不能想象的，让后人评说，都是瞎玩闹。”

他说的团长，当然是敌人的团长，金娃子还念念不忘，李门楼觉得他简直就是给敌人涂脂抹粉。不过李门楼已过了耳顺之年，学会了顺着别人的话往下说，他叹道：“你们那个团长，后来你见过吗?”

金娃子说：“我干吗去见他啊。”

当晚李门楼做东，请老战友在家吃了一餐，红麦特意请示了李门楼，炒了几个菜，有一个是很辣的菜，那是考虑到了客人的饮食偏好。向杰两口子都来了，文科状元也退休了，她也曾是金娃子和彭阿火的战友。李科也被叫来作陪，秦妹在家照料小外孙女来不了，但李科把自己的小孙子带来了，小孙子是他最得意的成就，李门楼总是直呼小家伙为“小少爷”。

李科当过炮兵股股长，后来在军炮兵室主任的位置上干了多年，当过副师长。李科很会说好话，和李门楼碰杯时说：“你得干了，你对我来说是常青指路。”这话说得李门楼如醉如痴，不由得犯了骄傲自满翘尾巴的老毛病，对两位客人说：“归国不久，上级想把他调到炮兵处去，我是全力拦截，我说在咱们团都了解你，这是你的根，就别往高处移栽了。他留下了，换了一个人去，那人和他是炮校的同班同学，结果那人五七年就下放到北大荒，前几年才平反。”

李科说：“其实你的拦截没起作用，是小花棍跑到我那儿去，一把鼻涕一把泪地说舍不得我走，我才发现我也舍不得大家。我得指出，我舍不得的战友中，包括你李门楼。”

李门楼有一搭没一搭地说：“你舍不得小花棍是真的，咱俩合伙养的那只小花狗，死后变成了小花棍来和你做朋友。”

李科笑道：“看来你还没老，记忆力不减，联想力见长啊。”

金娃子对向杰说：“听说你写了本自传，你得给我送一本。”

向杰谦逊道：“哪里是自传，想老战友了，就把他们写出来了。”

彭阿火赞道：“你是让战友在书里永生啊，你也得给我赠送一本。”

李门楼夸夸其谈：“他那本书我这儿有好多，好几捆呢，上面写了我，是个正面人物，基本符合事实。我见他那屋里堆满了书，就竭尽全力，能背多少就背多少，一次性背回了一百多本，我也是拿他的书送人，不是替他宣扬，是让他们从书里看看我的丰功伟绩。”

两位战友命李门楼立刻去拿书，金娃子接过书便说：“肯定很好，老婆是国文状元，我估计是向杰口述，国文状元整理。”

向杰很计较这话，开口就还击了两个“不够”：“看来你是对我了解不够，信任不够，判断失误啊。”

李门楼当即说：“有手稿为证，他可真是自己爬格子爬出来的。我这个人优点多毛病也多，我怕他下笔把我的优点缩水把我的毛病夸大，他写的时候，老是去看。”

金娃子立刻双手把书捧上：“请签名吧。”

向杰打开扉页，挥笔很洒脱地写了几句话：“离别是一个游戏，捉迷藏，三十八年后才找到你。穿着军装的冲锋，化作了永恒的记忆，你打出的草鞋，保留了太多的青春气息。想煞我也，战友兄弟。”

金娃子喊了一声“兄弟”，便没再说下去。

二位战友称回去有事，走得急。李门楼去车站送他们，金娃子说：“来也匆匆，走也匆匆，这样吧，找个机会，咱们搞一次聚会。”

李门楼说：“等你们这茬兵都退下来之后，我来筹备，那时来的人会多一些，李福强他们也会来。”

聚会是在第二年秋天，李门楼想方设法把能找来的老战友都找来，但李福强没能来，他说他的两个母亲都是奔九十的人了，他离开不放心。

在李门楼离休后的第八个年头，他所在团在精简整编中减掉了，但保留了两个连。一个是二连，改为师通信营的一个连队，二连曾于一九四四年七月七日在山东演马庄与日寇血战获全胜，荣获“演马庄战斗模范连”光荣称号。另一个保留下来的连队是九连，被纳入了红三连所在的团。那个团战争年代便有铁七连、钢八连、打不垮的老九连的说法，那次是把老九连裁掉，把李门楼所在团的九连补了进来，也算是为一个战火中走来的团队多保留了一个连。

九连是双模连，每年有两个连日，其中一个是纪念荣获天津战役三好连称号，连日为一月十四日，届时有纪念活动，唱《钢铁的部队》，请老同志讲传统，参观连队荣誉室，最后是会餐。那次李门楼应邀参加九连连日，是人家团政委亲自给他打了电话，他说：“我去掺和算啥啊。”其意是显然的，参加连日的少不了有大首长，自己充其量是个小首长。政委给他的回答是：“别谦虚了。”他提了要求：“我去也行，毕竟九连是我的老连队，还有，也想去你们红三连看看，是有事，你得全程陪同我去红三连。”政委的回答是：“不陪同首长，我敢吗？”

他满意了：“行，九连是我娘家，回娘家看看去啊。”

那位政委当初是他手下的兵，他当副团长时，那个兵是二连的兵，后来在机关当过干部干事，过年团首长慰问老干部，走在后面提慰问品的就是那个干事，一眨眼人家是老大哥团的政委了。参观九连荣誉室时，专门有一名拿着本子和笔的干事随行，目的显然是随时记下老同志的话。果然，在九连的历史事件中具体时间什么的总有老同志给予纠正，政委总是重复那句指示：“改过来。”参加过战争的包括李门楼在内的老同志，都没提出意见。李门楼是在九连战斗生活最长的，也自然是最有发言权的，但自始至终，他唯一的一次开口，是站在九连历任主官的栏目下，那栏目里有他的照片，是在天津刚解放时照的，一直到七十年代末有一个当过敌排长的摄影师找到他，给他的礼物就是这张照片。这是他穿着棉军装的黑白照片，历史的痕迹显然，让他似乎永远能嗅到战火的气息。最后两任主官的照片是彩色的，脸蛋都红润，显得威武而牛气，肩上有肩章，显得金碧辉煌。而最前面的几任领导，用的不是照片，是画像，有几名主官，李门楼也是没见过的，有的在李门楼参军前就牺牲了。即使是画像，至少要依据人们对他们相貌的描述，李门楼敢断定没人能把他们描述出来。李门楼没说这些，只是指着其中一幅画像说："像，真像啊。"

政委当即听懂了他的话，说："照着相片画，哪能不像。"

其实他这话是自相矛盾，既然有照片，何必不用照片而去用画像呢，好在并没人留神他的话，只有李门楼是听明白了的，这画像是参照烈士儿子的照片画出来的，他的儿子在李门楼他们团当过参谋。

该去红三连了，红三连这一天也是连日，他们连也是天津战役三好连，是团长参加他们的连日。李门楼在确定团长和来宾都离开了，才在政委的陪同下去红三连看望革命的后来人。

这是他退下来之后首次来红三连，是预有准备的，专门带来一份礼物，是他很多年前发表的一篇回忆文章，那文章是装在文件包内，文件包是提在政委手里，李门楼想等看完他们连队的荣誉室后，再视情况决定是否赠送。

红三连指导员的报告词是："欢迎老首长来视察。"李门楼说："不是视察，是来看看你们的老连长史德红。"

指导员陪同新老两位首长先来到史德红英雄排，这也是惯例，首长来视察，不是先进会议室，而是去三排宿舍，在那里看一眼，就凭着四棱四角的被子列阵和朝着同一个方向的牙刷把儿，就已尽显连队的作风了。全排立刻都放下了手中的事，站在那里，仅此一站，其军姿就不是九连所能比的，李门楼心里并不服气，他抱定一个成见，来了新兵都是钢八连、红三连先挑，这是属于先天优势。

李门楼的赞语是："都是小史德红啊。"

指导员慷慨地向大家做简介："九连的老战斗模范李门楼来看望大家，请他给大家讲讲传统。"

李门楼立刻觉得这位指导员有水平，自己的职务不高，属于名不见经传的那一种，副团是他职务的天花板，而且当时副团长多，有的副团长是在县革委会任职，有的纯属是照顾那批战争年代过来的老同志，李门楼就是这一种。当时团里同时有八个副团长，他是第八个，因此他得了个外号叫“铜像”，因为当时有一部翻来覆去演的电影叫《第八个是铜像》。对他以老战斗模范相称，这比抛出任何头衔任何名片都好。

这时政委说了一句：“大家都坐吧。”

李门楼立刻觉得糟了，依据他的经验，来排里看望大家，大家都是只站不坐，那整齐的床铺平时是连战士本人也不能坐的，坐了就叫破坏内务。眼下让他们坐下，看来政委就是真要让他讲讲了，心想，这个臭小子知道我会讲也讲得好，便要显示一下自己带来的老首长的水平，也好，讲就讲。

李门楼开口了，以谦虚的姿态说：“我不是来讲传统，是来寻找传统，再不寻找，就丢了。听说你们找到了老连长的女儿，我就贸然来了。你们政委带我先来排里看看大家，一看你们一个个还是黑不溜秋，本色不变啊。上次去松骨峰连，人家是机械化了，成天坐在装甲车里训练，我说这还不都成小白脸？再现代化，体能训练也还是要搞好吧，黑不溜秋不一定就靠边站，还是到你们连来感觉亲切啊。其实，这是因为我落后了，对于一个人来讲，落后了不一定要挨打，但是挨骂是真的，所以这次最好的办法是只看不讲。”

大家迎合地笑了，随之一位士兵说：“听说当年你因为偷吃了敌人军需库的一包饼干，使你们九连差点没评上天津战役三好连。”

李门楼当即断定，这位战士口吐此言，绝不是揭人之短，而是为了彰显他们新一代革命军人是很了解传统的，李门楼不能不加以解释了。他毕竟是老谋深算，他拿出了表扬的话来实施反驳：“果然是新一代最可爱的人，不仅关心传统，知道传统，连细节都知道，细节有时真决定成败，而且你们还有自己的独到见解。我犯的错误多了，说我打仗是冒险主义，其实呢，冒险是真的，主义？未必，咱那叫勇敢。说我吃敌人的一包饼干是违纪，那歌是咋唱的？‘没有吃没有穿，自有敌人送上前’。”

李门楼知道自己颇有没理抢三分之嫌，他做了一下修正，说：“当时我们对纪律要求确实很严，不拿群众一针一线是真的。到解放战争时，我军在政治工作上已经是很成熟了，也就是说很有水平了，包括政策水平。什么背景，什么原因，怎么定性，怎么把握，很有一套，比如实事求是，比如具体问题具体分析，那是行之有效，令人心服的。我们指导员把我吃了一包敌人军需库饼干的事在会上汇报了，团首长说的是：你的意思是让他饿死就好了？饿得打不了仗就好了？你回去两天别吃饭，有了体会再汇报。”

没想到大家听到这里给予了掌声，但政委和指导员都是口含笑而手没动。

有士兵不客气地问：“听说你们连是国民党部队起义过来的？”

李门楼心里不满，想必他们是看我退下来了，就肆无忌惮跟我说这话，又一想，他们是把我当成九连的代表了，也说明他们把九连也作为竞争的对手了，能成为红三连的对手，很难得啊。李门楼摇头：“非也。”然后说：“我们团的老底子是东北军五十七军六六七团，是起义过来的，最有代表性的是早先的一连、二连，但我们九连不是，九连组建时就是八路军滨海独立一团了。那时的应急措施是走出去，请进来，往哪儿走啊，请谁啊，就是走到老四团去求教，就是把老四团的骨干请进来施教，革命不分早晚，起义过来就是好同志。”

大家都笑，本来那是年轻人的笑，偏偏李门楼就听出笑声中充满了他们的自豪感，他知道眼前的官兵没有一个不知道老四团，那是他们这个团的前身，是抗战中打出威名的团队，老四团的歌，他们还是天天唱的。李门楼以此推断，他们的笑里肯定掺杂了对我们团的讥笑。李门楼情不自禁地说：“别小看了起义，你们连的光荣诞生，也是起义，是彭老总他们领导的平江起义。所不同的是你们起义早，是先驱，是老红军，也是老大哥，我们团是老八路，也是小弟弟，小弟弟吃亏就在于太年轻，年轻虽然帅气，虽然强健，但资历不够，不然怎么减编就把我们团减掉了。我是看着团队在战火中长大，看着多少战友牺牲了，从感情上讲是舍不得，可我知道没有牺牲就没有胜利，为了质量建军，牺牲是值得的。”

大家再没笑，尽管对他的话有看法，也没反驳，或者说是没法反驳。李门楼也觉得不管怎么说，人家年轻一代是要显示英雄连本色，自己应该高姿态，一个有过荣誉的革命老一辈，姿态低就小家子气了，不就是实事求是地说一些好话吗？又不费事。他说了：“在战争年代，我们九连和你们红三连总是在同一场战斗中并肩作战，打天津，你们团是全师的主攻团，你们一营是主攻营，你们红三连是第一主攻连，钢八连是第二主攻连。在我们团，我们九连是主攻连。战前两个团的主攻连还在前沿开过协调会，我是副排长没资格参加协调会。你们连把第一面红旗插上了天津城，这意味着什么？多少人都讲过，其实，胜利就是回答，历史也是回答。”

大家全神贯注地在听他的讲话，并没人反驳，李门楼感觉到他要讲的话并没讲明白，或者说是他们没听明白。这样也好，作为历史，必然会有很多不明白。李门楼说：“我当副团长时，我们团的陈团长就是你们团红三连打龙源里阻击战时幸存的那个一排长，他前任的两任团长也是从你们团副团长位置上调任到我们团的，我们团的杜政委当时是你们红三连打龙源里时的副指导员。同一个班子内，还有个朱副团长，原先是你们团钢八连的。钢八连的连长二鬼子，也在我们团当过团长。我说你们红三连和钢八连是真正培养革命干部的小熔炉，我们团的兵说法就略有变化，说我们团善于招女婿，我们要是不优秀，人家能来我们团倒插门？我说招女婿是真，可女婿一上门就是当家人哪，领导全团干革命呢。”

屋内除了李门楼，大家都面带笑容，毕竟这位老同志是拐弯抹角地在讲红三连的功勋，对他的话，如果让大家按键选择，肯定是选择“满意”，有士兵当场就说：“我们红三连是革命的播种机。”

李门楼赞同这个比喻，他说：“很遗憾，你们红三连打龙源里时的麻子张连长没在我们团班子任过职，遗憾还是得到一些补偿，他播种还是播到了我们团，他的儿子是我们团的团长，人家一表人才，脸蛋光滑着呢。”

屋内气氛活跃，似乎成了座谈会，李门楼喜欢座谈会。他说：“可惜陈团长、杜政委都是在四十多岁就去世了。我们有个新闻干事，一到点验，准会从他的床下搜出个纸箱子，里面尽是破破烂烂的本子，那是他的采访记录，那烂字没人能认识。陈团长的追悼会上，悼词一念，他傻眼了，他没想到团长当排长时竟然是为我军赢得‘万岁军’荣誉有过特殊贡献的功臣。他一次也没采访过那个团长，那些烂本子上没有关于团长的记录，我想也许是团长不接受他的采访。在我的印象里，陈团长从没在公开场合讲过战争年代的事情，他夜里要是喝了酒准要查铺查哨。我曾经怀疑他出现幻觉，我知道战争中很多人留下了残疾，也有很多人精神上留下了残疾，只是没引起重视。那次他查哨把人家带班排长的名字喊错了，拉着人家很悲伤地说了一番莫名其妙的话，但有一句听明白了：‘你还活着？’

第二天白天，我和一名军医专门把那个带班排长找来一起去见他，他盯着看，然后说：‘你长得太像我们连的刘序学了。’后来在和他交谈中，我才知道在龙源里作战时刘序学是三排排长，负伤后还坚守阵地，全排打光了，刘序学牺牲，阵地丢失，指导员和副连长也都负伤，你们那个张连长带通信员、司号员和两个抬担架的，还有八九个轻伤员冲上去，以生命的代价夺回了阵地。一排那边和南边来接应的援敌打得很残酷，一排包括陈排长在内，只剩六个人，排长把这六个人编成一个班守住了阵地，使南逃北援之敌，相距不到一公里，始终没能会合。我看过很多资料，都没提到过这个一排长，当然没提到的人多了，我和他也只是因为后来共事多年，记住了他。我希望你们知道红三连有过这样一个排长。”

指导员说：“可惜一排没在这儿，我们可以把你的讲话录音给他们播放，老首长作指示，我们都是录音的。”

环视室内，并没发现有录音机，他说：“现在的录音机也小巧玲珑了，隐蔽得很深啊。”他心里想的却是难怪你们的内务会有这么高的标准，你们是预先就准备好了让我参观呢。他把声音略调高了一些，也激昂起来，而且像宣读标题一样地说：“红三连在世界革命战争史上留下了光辉的一页。”然后才平静缓和下来：“那次阻击战，是把美军逃跑的那扇大门关上了。敌人就这毛病，还没打仗呢，就先留下了逃跑的大门，还不止一扇大门，这叫狡兔三窟。头一扇大门叫三所里，我们师一夜强行军一百四十五里，赶到了三所里，前卫团是咱们师的红军团，率先把那扇大门关上了。从三所里南逃的美军三个师，都是主力，其中骑一师是华盛顿的开国元勋师，一直保持着骑兵番号。美二师是‘二战’时随艾森豪威尔征战欧陆的主力之一。这些敌人共有三百多辆坦克、四百多门火炮，飞机很多。而我们师，除了枪支手榴弹，只有十几门迫击炮和一些反坦克手雷。红军团八连打到最后也没剩几个人，二排长王步身负重伤后拉响了爆破筒，与敌人同归于尽。好几个连都有与敌同归于尽的，现在我能记住名字的也就王步这一个人。你们团也赶到了三所里，但三所里南面的龙源里还有一条通顺川、平壤的南北公路，估计敌人在三所里突围失败后，大有可能由龙源里向南逃跑，你们团奉命连夜向龙源里机动。全团行军序列是一营在最前面，又是翻山越岭一夜行军一百四十里，赶到了龙源里，你们红三连是前卫连，刚一到那里，就和南逃北援的敌人遭遇了。你们连和加强配属的是二百八十多人，剩下不到二十人，可还是一道不可冲破的闸门。”

李门楼见大家听得投入，没有人提出异议，也就是说没人与他为“敌”，便决定采取“两个一点”的攻略：讲话的胆子大一点，把自己团的战功也说一点。他说：“当时敌人可以逃跑的大门不止两个，还有一个松骨峰，打的也是阻击战，《谁是最可爱的人》写的就是那个团的三连。敌人逃跑的大门，不仅是指公路上的山口，在山口阻击，敌人就成了瓮中之鳖，还有公路上的桥梁，我们把桥梁一炸，敌人也就插翅难飞了。我们团也出奇兵，炸毁了大桥，有部电影叫《奇袭武陵桥》。炸桥的出发地点就是龙源里，我们在你们连找张连长补充了弹药，当时敌人先头部队的十五辆汽车被你们连炸毁，汽车不仅阻挡了敌人主力的通路，车上装的军用物资也被搬运上来，我们补充的物资有的就是那车上的战利品。我是目睹了你们连在龙源里的壮举，我说向红三连学习，不是谁教的，是我的经历告诉我的。”

李门楼的补充让大家很满意，他的高姿态也换来了士兵的高风格，有士兵说：“看来你是参加了奇袭武陵桥了。”

李门楼拍了一个自己的胸口，说了“咱哪”二字，稍做停顿，说：“这还是让你们政委说。”

政委说：“他不仅参加了，在拍摄电影《奇袭武陵桥》时他还参加了演出，是战斗模范兼电影明星，当初那可是大帅哥啊。”

立刻有人呼应：“现在也像大明星。”而且还点了一个明星的名字，李门楼听出好像是个日本名字，但他还是很满意，谦虚了一下说：“咱不是那个电影的最大明星，最大明星是大鬼子。”

大家都听得明白，大鬼子当过军长，也来过红三连，在那部电影中演一名指挥员。

李门楼说：“我这里要补充一句，炸桥任务是由我团副团长带领我们三营和侦察排完成的，副团长就是从你们团提拔过去的二鬼子，后来就在我们团当了团长。”

补充完毕了，李门楼心里却有点别扭，怀疑自己是不是有点胳膊肘往外扭啊，他顺其自然地往下说：“你们团是威名天下扬，打大仗硬仗你们是主攻，关键是真攻下来了，胜了。给你们团配干部，肯定是挑最好的。我当兵，是我们九连指导员接来的，我也就分在九连，指导员在东北军当班长时带领连队起义，也是我们团的老祖宗了，我们连打四平的光荣称号就是他当指导员时获得的，十多年后他当政委，当的是哪个团的政委，就没必要说了，反正没离开‘万岁军’。”

指导员当即感觉到了这位老首长的狡猾，他不说，恰恰不就等于说了？还落了高姿态，与其这样，倒不如把高姿态归我们红三连，于是说：“他说的宋政委，是在我们团当政委，挺早的，是在六十年代初。”

李门楼不动声色，或者说是不露自豪情绪，说：“我们团的同志说他是我们团培养出来的，我们团是他的娘家，你们团是他婆家。我说你们这话就有失偏颇了，大家都是我们党培养出来的啊。”又举一例：“我们团的诞生，真正编成一个团，是一九四三年组建的海陵独立团，我团第一连的第一任指导员，那时是二十二岁，却是个老革命老党员，他是当科长之后，在精兵简政中改任指导员的，后来他调到了你们团九连当指导员。攻打天津时，他是我们这个团的政治处主任。有一次我去看儿子，我媳妇是被敌人杀害的，孩子一直是寄养，帮我带儿子的是个年轻寡妇，她丈夫在抗战中牺牲，我看她对孩子很好，就和她私订了终身，当时我是副排长。这事传出去，我被关了禁闭，当天又被放出来了，听说是团里领导说了一句话：让孩子有个新家不是挺好吗？我分析这话是主任说的，这类事是主任分管，指导员也只跟他一人汇报过。从朝鲜归国又过了一年我的新家组建，成婚那天我对媳妇传达了那句话，但修改了一个字，说的是：让孩子有个新妈不是挺好吗？我媳妇说这可得请人家喝一杯喜酒，人家也算是大媒呢，我说主任早调走了。调到哪了呢？我哪知道啊。后来我才知道，你们红三连在二次战役中，率领你们血战龙源里的而且他自己也负了伤的团政委徐八爷，就是我们当初的主任，当战士就在我们团。”

指导员听到这里，也惊讶地问：“真是从你们团出来的？”

李门楼说：“事实确凿，只是有的细微处记不清了或者是当初就没了解得很细致，略做了填补。”

士兵们中间出现了善意的笑，李门楼舒了口气，觉得总算扯平了，不过他还是觉得该补充几句，其实就是抹一抹，抹得平点，绝不露一点王婆卖瓜的嫌疑。他很平淡很真诚地说：“我这个人啊，就是爱替我们团我们连说话，跟人家争得焦头烂额，但有一条，我从不夸我自己，当然别人夸我，只要是实事求是，我不反对。这是因为我心里有一个血肉铸成的参照系，多少次连队的官兵快打光了，和那些流尽最后一点鲜血的战友比，我那点事还算事吗？”

话说到这儿，大家不约而同地鼓掌，李门楼挥一下手，算是答谢，说：“能赢得红三连的掌声，很荣幸很自豪，我这内心虽不自满，却不由自主有了一些骄傲，我也得说我自己几句。我在三十多年前发表过一篇文章，是军史办约我写的，这也是我一生中唯一的署名文章，都说我是笔杆子不行，嘴皮子行，这篇可不是口述，是我自己动笔，写好后命通信员帮我润色，通信员是枪杆子不行，笔杆子行，打靶推光头，可是投稿一投一个准。文章写了纵队的一次总结会，其中有你们连突击排长史德红的几句话，他有个心愿是，胜利了一定要找到老连长王占山的女儿，可是史德红在打天津时也牺牲了。我听说老连长的女儿找到了，我特意把这篇文章找了出来，我还想写点什么，写了一句，写不下去，这一句是：‘老红军的孩子找到了。’我认为这一句就是我一生中唯一写的诗。诗可长可短，最精练的当然就是一句了。”

这时一名佩戴列兵肩牌的士兵站了起来，显然这是连队的新兵蛋子了，他完全不顾军姿，一只手比画着说：“我来续写一句。”然后就来个“啊！”然后朗诵一般：“老红军的孩子找到了，带着满头的白发。”

李门楼愣在那里，他的自控能力很强，绝不会让眼里存有泪水，更不容许滴落下来，他知道人老有三不才，其中头一个不才就是爱流泪，他坚信自己还没到老得爱流泪的年龄。团政委也开口了，很严肃地说：“我也接着续一句。”然后也朗诵：“老红军的孩子找到了，带着满头的白发。带给我们一个新兵，让我们看到了当年老连长的风采。”

大家都鼓掌，掌声热烈，指导员紧张了，说：“我也想续一句，只是心里同时有了好几句，我得挑挑。我看这样吧，全连官兵都可以续，挑好的入选，每人只限一句。”

当即有士兵笑道：“政委刚才就是两句。”

指导员驳斥：“你把它抄写出来就知道了，肯定是一个逗号，一个句号。一个句号能说是两句？”

李门楼也谈体会：“关键是要领会政委这句诗的深刻含义，含义是啥？咱们的老英雄老连长没留下一张照片，这样一来，只有从后辈的模样去感觉到老连长是啥样儿。”

这话让全排官兵又发出了掌声，李门楼听出那掌声是真诚的。

指导员点了那位列兵的名，说："你全权负责这首诗的集体续写，哪句能入选，由你一个人定，你就是评委，今天就续完，今天就发表。"

李门楼拿过文件包，掏出了那篇文章的复印件，对指导员说："我把史德红当年对革命胜利的展望带来，赠给你们连队的荣誉室，也算我对你们红三连对史德红兄弟的敬意。"然后郑重其事地交予指导员，指导员行了军礼。

掌声热烈还有点持久，而且掌声一停，有人就提议："最好能和我们老排长的战友合个影。"

指导员立刻应允，说他就打电话给团里摄影干事，全连都和老首长合影。政委说："估计摄影干事已经在连部等咱们了。"

走出房间后，李门楼对指导员叹道："老了，什么都不能讲，你们连惹不起啊。"

指导员直言："我是提心吊胆啊，见你讲什么起义，我真担心你把老排长是解放战士的事讲出来，他们都不知道。"

李门楼装憨说："他是解放战士？我咋没听说。"

照完相，就进了连队荣誉室，李门楼知道这个程序是不会变的，如果先参观荣誉室，再去排里看，就不对了，因为这样会让客人觉得正是在参观荣誉室的时候，排里把宿舍内务突击整成高标的。一来就突然袭击一般地去宿舍，才能看出他们的作风是一贯的。红三连的荣誉称号多，锦旗也多，其中有当年的"史德红英雄排"的锦旗和一些已成为文物的照片和实物，其中还有刘白羽当年发表的通讯《十分钟突破四平》。李门楼清楚地记得和史德红一同参加纵队总结会时，是有一名战地记者采访过史德红，说不定那记者就是刘白羽。这篇通讯后来收入了集团军编写的《军史旁编》，那书中也收入了有关九连的文章，李门楼就是在看九连文章时发现了有关史德红的这篇通讯，荣誉室展示的是书中那几页的复印件，这也是难得的史料了。在展板的最后有彩色照片，其中有一幅照片上是一位老大娘和"史德红英雄排"锦旗的合影，照片的说明是：红三连老连长王占山的女儿。

李门楼停留在那里，他终于看到了王占山的名字，从照片上看，王占山的女儿头发已经白了，指导员说她的六个孩子都已经长大成人。李门楼在师军务科当副科长期间几次来过红三连，还蹲过点，也看过连队的荣誉室，这次到红三连来，似乎就是为了能看到这张新的照片。四十多年前的那个晚上和史德红的长谈，起因便是他们都要寻找在战争中失散的亲人，自己找到儿子是在第二年，可是真正找到老连长王占山的女儿时，已经过了四十三年，这也是王占山牺牲四十三年，史德红牺牲四十一年。那次王占山把女儿寄养在老乡家里时，女儿十二岁，找到她时，她已经是五十五岁了。

能够确认她是王占山女儿的，是当初的红三连二排长，二排长是个麻子，人称麻子张排长，正是这个特征让连长的女儿记住了他，也把麻子张排长作为名字记住了。攻打天津城，张排长是突击排长，全排七十多个人，没剩下几个人，张排长也负了重伤。在抗美援朝中他在红三连和钢八连当过连长，那是又一次漫长的血与火的考验。龙源里阻击战，他是红三连连长，当时美军的汽油弹燃烧了他的衣服，他却没死，他是钢八连的幸存者，也是红三连的幸存者，在部队一直干到离休，使这个部队留下了一个知道并见过王占山和他的女儿的人。

走出荣誉室，门前有不少士兵，是在围观两块黑板，黑板报上的题目便是《老红军的孩子回来了》，还有个副题：《三代革命军人共同创作的诗》。后面还署有一串儿创作者的名字，李门楼的名字排第一，但最后还写有一行，写的是领创者加冒号，冒号后的名字显然是那个新兵，但署的名字是“鸟朦胧”三个字。

政委赞赏：“果然是当天发表啊，黑板报也是报，还是专刊呢。”

李门楼没说话，只是两眼盯着黑板报，嘴里念念叨叨，嘟嘟囔囔，他是认真地在读那诗。突然间，他失态了，他是面对黑板的，别人看不到他的面孔，只听到他爆发了不可自控的号啕大哭，嗓子里是呼噜呼噜的痰音，而且一只手情不自禁地抚摸那黑板报，把人家那娟秀的字抹乱了一大块。指导员也慌了，问他哪里不舒服，问他胸口憋不憋，眼前黑不黑，政委却淡定，他知道李门楼身体是没问题的。那个鸟朦胧也站在身边，他那点小心眼谁都知道，原本是想多听点对他的领创之作的赞扬。他搀住了李门楼，说：“别伤心了，你的那些战友都活在我们心里呢。”

李门楼突然就冷静了，他似乎是头一次发现在那些娇生惯养的毛孩子中，有人是能真正看懂他这个经历过战争的心。他神态有点慌，或者说是有点愧，其实准确的概括应当是狼狈，尽管还谈不上不堪。他对鸟朦胧说：“我是丢脸丢透了，丢到你们红三连来了。”鸟朦胧说：“我发现，情感是听得到的，真的，我听到了，挺吓人，可那是从心底爆发的雷鸣，让我们的心像玻璃窗一样被震得‘哗啦哗啦’地响，也许这就是共鸣。”

李门楼心里想说的是你太小了，你比我参军时小好几岁，还是个毛孩子，可是真脱口而出的话却是：“你领创的诗把我感动得泪流满面。”

鸟朦胧立刻对指导员说：“听到了评价吧，这可是当着你们的面说的。”

指导员说：“不要翘尾巴。”

鸟朦胧说：“有吗？我希望我的尾巴翘到天上，搅动着浮云，把那红的云白的云黑的云在蓝天的调色板上涂抹，画出一幅和谐的画，让天堂的先烈看到我的心。”

政委是会打圆场的，对大家说：“老英雄看到你们连老连长的女儿找到了，也就想到自己找了大半辈子的战友遗属还没音信，难受啊。”

吉普车开来，鸟朦胧把李门楼扶上了车，车开动时，政委对指导员说：“没事，老爷子中午在九连多喝了点。”

车窗没关，这话被车上的李门楼听到了，不满地瞪了政委一眼，也就在这时他看到外面的那些红三连的官兵，虽然没列队，是零零散散站在那里，他们却在无任何口令的情况下，都不约而同地朝着车行军礼，而且那手并没即刻放下来，像是一幅行军礼的大幅照片，那车窗成了照片的框，他还是看了一眼车内，车上除了司机只有他，显然他们是在向他这个老兵敬礼。

一百二十一

李门楼听到这里，哪里还控制得了情绪，他敢确定眼前的这位老人，确实是老连长的女儿。

回到家里，他一连两天没怎么出门，老婆红麦到女儿家伺候月子了，他借机翻他自己的那些视为宝贝的破破烂烂。他打电话把李科叫了来，李科进门就环视屋内，问："找啥呢？"

李门楼回答："找我的中年，几天之前，我觉得自己还是年轻时代，至少自我感觉是，去了一趟红三连，我突然发现我是老人了，连自己的情绪都控制不了，怎么就没有过渡没有中年呢。"

李科给他的回答："三个字就可以概括：神经病。"

李门楼说："是犯神经，但绝对不是神经病，这次去红三连，两个字就可以概括。"

李科笑问："哪两个字？"

李门楼一根手指头指着自己的脸大声说："丢脸！"

李科不以为然："在那些臭小子面前，丢脸丢去，性质不会很严重。"

李门楼却认真："跑到人家连队夸夸其谈，我都不知道说了些啥。"

李科安慰道："别寻找你的中年了，你是停留在年轻时期不可自拔了。"

李门楼没驳斥他的话，还为他的话找了注释："军营啊，都是年轻人，是受了年轻人的感染。"

李科说："说吧，这次又想有啥年轻之举。"

李门楼这才切入他的想法："王占山的女儿找到了，我不甘心啊，老主任病在床上，我们应该在他有生之年，了却他大半辈子的心愿。现在电视这么普及，我们还是应该用现代化的媒体，重新打一场战役，把老连长的女儿找到。”

李科很认真地表态：“需要我做什么，我会全力以赴。利用新媒体是一个方面，我看还是要依靠地方政府。《解放军报》有一篇文章，说一九七三年部队和海林县就组成联合调查组来胶东，把杨子荣参军时的情况、体貌特征和一些线索打印成文，发往四个县的五十多个乡，请当地民政部门协助查找他的家乡和亲人。”

李门楼说：“曲主任负重伤离开部队早，他大半辈子为寻找那些战友的遗属费了不少心血，没白费啊。”

李科当即说：“走啊，见曲主任去，听听他的办法，让他帮咱们找电视台的同志，也为咱们做个访谈录。”

李门楼则提出让他的老通信员尿炕大王一起去，理由是尿炕大王写过曲主任的文章，还拿着他和曲主任的合影炫耀过。

李门楼通了尿炕大王的电话，说：“炉子也灭了，屋里冷死了。”

尿炕大王得令而来，他和李门楼是住同一个家属院，他退下来之后，一直在协助部队整理一些材料，正式的称呼是编余干部。他进门便开始生火，李门楼没制止，只说他生火屋里没烟。李科也知道他最早是李门楼手下的通信员，如今只要李门楼家属不在，做饭的事宜主要由他来帮忙，其最后一道工序便是盛饭。李科感慨中还带了愤慨：“我的通信员多了，都是白眼狼。”

李门楼则说：“不在于白眼红眼，是你没把他们整得成大气候，都早早复员了。”

尿炕大王停住手，觉得老连长分明是把自己评价为大气候，看来是有事，但不便开口问，在首长说话的时候插嘴是大忌，这是他当兵时就悟出来了的。

李门楼转向了他，说：“你的文章我看过了，还真是曲主任的得意门生啊。”

他佯装困惑，他清楚地记得李门楼曾对他说你是国民党培养出来的笔杆子，其意无外乎是指当年解放战士朱传熙是手把手指点他学写作的历史，眼下却把他的师傅更换为扬名中外的老主任曲波，便说：“想写回忆录？”

李门楼不客气：“写回忆录我还用找你？你先联系一下，我们去拜访一下老首长，跟团里也先要个车。”

他听出老首长指的是谁了，先爽利地说了一个“行”字，然后才为难地说：“曲老师这几年很少接待客人，电话也是他爱人接，一般都挡驾了。”

李科见这位笔杆子还真拿自己当人家的学生了，全然不见了通信员的形象，露出了和李门楼一样都是领导干部的威严本色。李门楼批评说：“你别给我玩这个深沉，先把这事落实了。老战友就是老战友，不是客人。那次在纵队的总结会上，他和我们连指导员都介绍经验，他比我们指导员年龄还小，也就二十二三岁，我心想哪来的个小嘎，还主任，他讲了啥，我一句没记住。十年后，咱们侦察连长拿了本书说借我看几天，我说我革命工作还忙不过来还看闲书？我也不装那个文绉绉。他说你知道这书是谁写的吗？说着神神秘秘伸出手指头在空中画弯弯曲曲的道子，我说你指手画脚是啥意思，是天书？其实我也知道，这样画曲曲弯弯的波纹，就是代表曲波。我一看，拿了书就走，他说你不是不看吗？我说不看可以保存啊，直到现在我也没还他那本书。”

第二天，驱车两个小时就到了曲主任的家。说明来意后，曲主任说：“有的好找，有的是找了几十年。陈振仪和三营营长刘春晓一块在攻坚战中牺牲的，那次你们九连的人也快打光了。后来我见了他父亲，一看，老人和陈振仪一模一样，没错啊，这是一九五九年年初的事。后来我又去看望过老人，时间久了，老人也就淡化了，人家也没有什么要求，陈振仪跟我当警卫员时间最长，几次掩护我，我也是亲眼看着他牺牲的，心里留下的哀伤却难以淡化。”

曲主任还是涌上了悲伤：“陈振仪是无名英雄，我不甘心，在小说中提到了他。凡是牺牲了的同志，我在小说中都用了真名，没想到这为寻找他们的遗属提供了方便。我的警卫员牺牲了六个，头一个是高波，他是在小火车上遭土匪袭击时负了重伤，子弹头和动脉紧靠，后来动脉破裂，死在医院。高波的父亲是个教员，看到书里有高波的名字，高波的叔叔来找我，把高波当年给他爷爷写的家信拿了出来，确实是高波的信，这就定了，家乡发了烈士证，我也专门去他家乡看望过老人。”

李科颇有信心地插话：“我们的老指导员宋良始终保存有老连长的女儿用过的半本作业本。”

李门楼并没那么乐观：“解放初来过几个找老连长的，就是那作业本断出她们都不是老连长的女儿，只是有着一些相似的经历。”

曲主任说："照片很重要，那时候无论是部队还是乡下都是很重视保存照片的。当时我们改编大队时，都照了相，凡是能和家里联系上的，本人都给家里寄去了照片。一营营长王孝忠在辽宁义县牺牲，解放后他的妹妹寻找他，我给她写信说你有没有王孝忠的照片，如果有照片就来找我。她带着照片来了，我一看照片就是王孝忠。王孝忠的二哥王孝堂也是烈士，有烈士证，王孝忠的牺牲是从我这里知道的，没烈士证，我给地方去了三封信，也没给发，说你们一个烈士证还不行，还要两个？我跑到总政治部去了，带了很多战友的证明。总政通知省军区，由省军区直接给他家里发了烈士证。"

李门楼插话："老连长的女儿是寄养在老乡家的，肯定没有父亲的照片，唯一的有利条件是我们老指导员宋良知道她寄养的那个村庄，还给我们大家宣布过。宋良在抗美援朝前去过那个村，没找到，后来发过好几次寻人启事，给当地民政部门多次写过信，都没收获。"

曲主任说："写信没用，上访的信多了。这么多年，变化肯定是出人意料的，必须是有人蹲在那里排查，不行就扩大范围。战乱年代，很多事都很难预料，寄养在老乡家的孩子，为了躲避敌人的追查，基本上都改了名字，有的还换了寄养的家。我认识的一位老首长抗战初把女儿寄养在老乡家，就是因为孩子没有奶吃，换了一家，名字改为布换，那家的妇女姓白，刚刚生了儿子，有奶。也很不容易啊，她把亲生的儿子卖给了一个大户人家，才把那个老红军的女儿养大。还有一个老乡，一来就把寄养在家里的孩子改名叫二乖，因为她有个孩子叫大乖，几次遇险，都逃脱了日本鬼子的追查。杨子荣在参军前不叫杨子荣，这就使寻找的难度加大了。一九四六年我们的战斗模范在一起照了张合影，一九七三年我请日本朋友把合影中的杨子荣相单独翻拍放大，寄给了哈尔滨东北烈士纪念馆和海林县杨子荣纪念馆，这是杨子荣唯一留下的照片。在查找杨子荣的胶东几个县的民政部门向纪念馆索求杨子荣照片时，纪念馆寄出的就是由这个照片复制的。在牟平初步确认杨宗贵就是杨子荣时，他们把几张不同人的老照片混在一起，让见过杨宗贵的乡亲辨认，无一例外地挑出了杨子荣的照片。这些都是地方政府做的工作，我没去。"

李门楼借这个机会直接提出了要求："现在电视普及，我想能不能趁老指导员还在，做一个电视节目，访谈啊，专题节目啊。"

在一边始终不插话的尿炕大王开了口："就找我们军区电视中心的主任就行，不管他接不接这活儿，先让他跟上次一样听听我们的汇报，他肯定感兴趣，而且一旦找到，那就又是一个节目，悲欢离合啊，他懂这些。"

曲主任拨通了电话，把情况讲了，没等放下电话，尿炕大王便接过电话，没用多少话就把这事的故事梗概绘声绘色地讲了，对方当即表态"不错"，还说适合做八一的专题。尿炕大王说不在于播放的时间，好饭不怕晚，关键是录制能早一天是一天，老主任身体状况不太好。

那边的最后一句话让尿炕大王脸色沉了下来，李门楼紧张问："咋回事?"

他忧心忡忡："他让赶紧写个东西，不让邮寄，直接送到他手里，我最近都忙得脚打后脑勺，干脆让九路军拿大刀把我劈成两半儿得了，每半儿领受一个任务。"

从返回的路上起，李门楼和他换了位置，那些日子李门楼全力为尿炕大王做好保障工作，包括在提供当年的素材时没忘了给尿炕大王的茶杯里添水，人们说李门楼成了尿炕大王的合格的秘书兼公务员。李门楼不否认，尿炕大王说："可惜我这幸福生活不会久，这个东西一写完，就恢复真面目了，颠倒了的历史还得颠倒过来，通信员还是我来当。"

有一天，一对母子找李门楼来了，那位母亲五十多岁，说是为寻父而来的。李门楼曾发了多个寻人启事，电视上播了那个专访节目，宋良和李门楼都是受访人，上了镜，李门楼是主讲。由于宋良经常住院，行动也不便，寻人启事中联系人的名字是李门楼。

李门楼问了老人一些情况，她说当年村里出了汉奸，是要捉拿八路军留下的孩子的，由于那个汉奸的父亲来给孩子的养父报了信，养父带她和全家连夜逃走，后来随逃难人群流落到河南。考虑到她的亲生父亲会来找她，在解放后的第一个春天，养父便拖家带口回到了故乡，那是一九五〇年的五月，老指导员去村里寻找她是二月，只差三个多月。

李门楼也问了她有什么要求，不出所料，老人提的唯一要求是让她的小儿子能参军。李门楼是没见过那位老连长的，他无法确认老人是否真的是老连长的女儿，一切全都要靠老指导员鉴别。解放初来寻找父亲的姑娘中，有的李门楼是已经很有把握地认为是老连长的女儿了，可是和老指导员面谈后，都被否定了。这次李门楼不会轻易下结论，但可以认定的是老人的父亲是参加了红军的，她带来了地方政府的证明，她和父亲失联也是真的，他相信老人的眼泪。

李门楼对老人说："你儿子参军的事，我就可以办成，就不要跟首长提了。"

令李门楼忧心的是老指导员病得很重，真的是经不住刺激了，不管怎么说要让他在生前了却这大半辈子的心愿。他想到了老连长留下的那个小本子，解放初，来寻父的孩子之所以都被否认是老连长的女儿，那个小本子便是试金石。老指导员始终保存了那个小本子，那本子饱含了他太多的期望。李门楼沉思片刻说："老连长留下了一个小本子，那是他女儿用过的。"

老人说："是，是我识字用的。"

李门楼直言了："我见过那个小本子，里面还写有古诗，有一首是'烽火连三月，家书抵万金'。还有，写错的字，老连长没打巴叉，是在字下面画个横道，旁边写上正确的字。"

这话让老人哽咽起来。

显然，李门楼已经下了决心，即使她不是老连长的女儿，也要让老指导员把她当成老连长的女儿。

把母子二人安顿下来，李门楼专门去师医院找了一位老军医，她便是当年老指导员送去的那位烈士的女儿。她听后提了三条建议，一是要在早饭后去，二是事先不要和首长打招呼，三是她也一起去。

第二天上午，一辆军用吉普车把一行人带到了老指导员的屋前，女军医还带了一个大枕头包，李门楼知道那是氧气包。女军医一个人先进去，和老指导员打招呼，慢慢聊起这事，防止太大的情绪波动。一切准备就绪，李门楼带母子二人进入。老指导员已从床上移动至沙发，端坐在那里。老人第一句话是："我是秋容，现在的名字是养父怕我被敌人抓去改的名。"

老指导员很平静地说："我找的那个女孩子是叫秋容。"

李门楼知道在寻人启事中，已经写明了要寻找的人叫秋容，她的头一句话已不足为凭。

老人简要说了情况，老指导员情绪正常，问："记得你还帮我们照顾伤员，给伤员换药。"

老人说："我哪会换药啊，只端水喂饭，给好几个喂过饭呢，对了，还倒过尿盆。”

老指导员又问：“那时你小，行军走不动了，就背你，我也忘了是不是背过你。”

老人说：“除了我爹，就还有两个兵背过我，他们都是大个子，力气大，有一个是长着麻子。你肯定没背过我，你背一个小兵，人们叫他‘小顺子’。”

指导员纠正：“是二顺子。”

李门楼听到这里，哪里还控制得了情绪，他敢确定眼前的这位老人，确实是老连长的女儿。

没想到老指导员却能冷静，李门楼心想，看来他的病况已有很大的好转，但又一想，也许是向坏走了，精神上有麻木的兆头。

老指导员拿出了那个小本子，故作平静地问：“还记得它吗？”

老人抹去了泪，说：“那次连队学唱一首歌：‘鼓声咚咚，红旗飘扬，战士们好英勇，我们在此正敬礼，唱歌来欢送。’为了让我学这首歌，我爹把歌词写在了这个本子上。”

李门楼知道那是一首红军歌曲，他自己并不会唱这首歌，后来人们很少知道这首歌。很可惜，那本子上没看到这首歌的歌词。

李门楼插话：“这本子只剩了半本，听说后面的纸是卷烟撕下来了。”

老人很认真地说：“我写的字，父亲认为写的好的就画个圈，是为了鼓励。他画圈很吝啬，因为他许过愿，说画一个圈，就给我一个鸡蛋吃。后来我才知道，他是有了一个鸡蛋，才给我画一个圈。我记得很清楚，有一页上，父亲给我画了十一个圈，我是一个一个数过的。我还记得我说要是十一个真鸡蛋就好了，父亲那天真的给了我十一个煮鸡蛋。”

老指导员打开了本子，翻开了那一页，上面真的是画有好多的圈，岁月的流逝，竟没有冲洗掉老连长的铅笔道子。老指导员也没数过那一页上到底画有多少个圈，他很认真地用手指点着数那上面的圈，数到了十一，果然是十一，老指导员的本子掉落了，手颤抖得厉害，声音也颤抖，他喊的是：“我对不住你们啊。”

女军医把他的手按住了，他这才哭出了声，那是年迈之人才有的沙哑的哭声，听起来很凄凉。

李门楼是强忍着的，他必须强忍着，不知怎么他的眼前全是二顺子，是二顺子死前手捂着胸口喊疼。

那次女军医带去的氧气包，老指导员没用，是给李门楼用上了。

老连长的女儿返乡时，老指导员执意要请那母子吃一餐饭，陪同的老战友，只邀请了李门楼一人。当时那位老人的儿子已穿了军装，老指导员一见便说："你长得太像你父亲了。"话出口才纠正说："我真是糊涂了，我想说的是你像你姥爷了。"

老人的儿子后来没能考上军校，三年后复员的，临走时专门看过李门楼，李门楼看出他走得很愉快，他说母亲要他服从部队需要。

图书在版编目（CIP）数据

冰甲 / 张惠生著. -- 北京 : 作家出版社，2020.1
ISBN 978-7-5212-0470-4

Ⅰ. ①冰… Ⅱ. ①张… Ⅲ. ①长篇小说 - 中国 - 当代
Ⅳ. ①I247.5

中国版本图书馆CIP数据核字（2019）第067655号

冰　甲

作　　者： 张惠生
责任编辑： 宋辰辰
装帧设计： 老　左
出版发行： 作家出版社有限公司
社　　址： 北京农展馆南里10号　　**邮　　编：** 100125
电话传真： 86-10-65067186（发行中心及邮购部）
86-10-65004079（总编室）
E-mail:zuojia@zuojia.net.cn
http://www.zuojiachubanshe.com
印　　刷： 玉田县嘉德印刷有限公司
成品尺寸： 152×230
字　　数： 857千
印　　张： 55.75
版　　次： 2020年1月第1版
印　　次： 2020年1月第1次印刷
ISBN　978-7-5212-0470-4
定　　价： 85.00元（上下部）